MARCELLA ROSSETTI

Filhos da Lua
O Legado Sombrio

VOLUME 2

Copyright ©2020 Marcella Rossetti

Todos os direitos dessa edição reservados à AVEC editora

Nenhuma parte desta publicação poderá ser reproduzida, seja por meios mecânicos, eletrônicos ou em cópia reprográfica, sem a autorização prévia da editora.

Editor: Artur Vecchi
Projeto Gráfico e Diagramação: Vitor Coelho
Ilustração de capa: Talita Persi
Ícones legados: Fred Rubin – baseado em originais da autora
Revisão: Gabriela Coiradas

1ª edição, 2020
Impresso no Brasil/ Printed in Brazil

Dados Internacionais de catalogação na Publicação (CIP)
(Câmara Brasileira do Livro, SP, Brasil)

R 829

Rossetti, Marcella
  Filhos da lua : o legado sombrio / Marcella Rossetti.
  Porto Alegre : Avec, 2020.
  (Filhos da lua; 2)

  ISBN 978-65-86099-52-2

  1. Ficção brasileira
    I. Título

CDD 869.93

Índice para catálogo sistemático: 1.Ficção : Literatura brasileira 869.93
Ficha catalográfica elaborada por Ana Lucia Merege – 4667/CRB7

Caixa Postal 7501
CEP 90430-970 – Porto Alegre – RS
  contato@aveceditora.com.br
  www.aveceditora.com.br
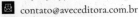 @aveceditora

Para Célia Rossetti, com amor

Prólogo

O silêncio pairava dentro do carro luxuoso. Lá fora era noite densa e sem estrelas. Seu pai dirigia enquanto seu meio-irmão mais velho ia sentado ao lado.

Ela encarou o próprio reflexo enegrecido pelo vidro da janela. Pelo menos assim, não conseguia ver as sombras sob seus olhos contrastando com a palidez da pele.

Mariah odiava noites como estas.

Era uma daquelas noites em que seu pai a levava para *aprender algo...* Ele fazia isso desde que ela completara sete anos. Seis anos mais tarde, Mariah ainda tinha a mesma sensação de enjoo e medo enquanto Emanuel a colocava no carro e iam em direção à *sua lição*.

Já haviam rodado muitos quarteirões. Dessa vez, o carro se dirigia a uma área industrial isolada e malcuidada em uma das cidades-satélites de Brasília. Ela não prestou atenção em qual delas. Seu olhar vagava entre as sombras das esquinas e o lixo abandonado pelas ruas.

– Veja isso – disse seu irmão Gabriel no banco da frente, enquanto erguia o celular para que ela conseguisse assistir à notícia na tela brilhante.

– *Há sete meses*, o país ficou em luto devido à tragédia na boate Barba Azul em Santos, litoral do estado de São Paulo – falou o apresentador do principal jornal televisivo do país. Seu tom era solene e não deixava dúvidas quanto à gravidade do acontecimento. – *A maioria das*

63 vítimas mortas e das mais de cinquenta feridas durante o incêndio, iniciado por uma explosão de gás, era jovem. Ainda hoje o Brasil lamenta suas perdas.

– Teve gente que não conseguiu sair a tempo... – disse uma garota de expressão assustada, com o rosto sujo de fuligem, filmada do lado de fora da balada durante o resgate na boate meses atrás.

Em seguida, a imagem voltou para o apresentador sentado em sua fria mesa azul-escuro.

– O dono do estabelecimento, detido logo após o acontecimento, foi solto essa tarde por falta de provas que indicassem qualquer irregularidade na boate. Entretanto, a dor dos amigos e parentes das vítimas...

– Que idiotas... – disse Gabriel, baixando o celular para seu colo novamente. – Foi um Tau e não a explosão o responsável pelas mortes no litoral.

– É... foi um Tau... – repetiu Mariah automaticamente, voltando a se encostar no banco.

– Um Tau menor e, ainda por cima, em uma das cinco cidades dos Corvos – completou Emanuel, seu pai, enquanto virava o volante em uma esquina. – Você deve prestar muita atenção na cidade de Santos porque é lá onde tudo vai começar, princesa.

Mariah virou o rosto, deixando seus olhos vagarem através do vidro do carro, tentando ignorar a dorzinha incômoda que se acumulava entre os olhos.

– Com certeza, pai... – murmurou ela.

Mariah sabia que seu pai queria que ela fizesse perguntas sobre Santos e que mostrasse vontade em *aprender*, mas qualquer palavra que saísse de sua boca agora teria um gosto amargo.

Apesar da insistência de Gabriel, seu meio irmão, ela não comeu quase nada naquele dia. Tinha acordado ofegante e passou o dia nauseando por causa do que provavelmente teria que fazer esta noite.

– Nós já estamos chegando – disse seu pai.

Ela mordeu a lateral de sua bochecha enquanto estacionavam em frente a um armazém. Lá fora não ouvia qualquer outro som que não fosse o de insetos no matagal ao redor e nenhuma outra luz próxima que não fosse a dos faróis.

Seu pai, Emanuel Marczac, usava calça social preta e camisa azul. Ele era um homem de cabelos escuros, pele pálida e sorriso fácil.

– Vamos, princesa – disse já lá fora, com sua habitual expressão satisfeita. – Não temos a noite toda.

Ela demorou um instante antes de se mexer e abrir a porta para o ar da noite. Não estava frio, mas estremeceu mesmo assim. Seu pai ampliou sua expressão ao vê-la sair e tirou um molho de chaves de um dos bolsos, indo em direção ao corredor na lateral do armazém. Mariah ficou um instante sozinha com seu meio-irmão.

Gabriel caminhou em sua direção. Ele era cinco anos mais velho e bem mais alto também. Vestia jeans escuro e camisa social escura aberta no colarinho, com as mangas dobradas próximas ao cotovelo. Seus traços eram delgados como os de seu pai e a pele negra como a da mãe dele.

A mãe de Gabriel havia nascido em Recife, estado de Pernambuco, porém sua genética afrodescendente tinha sido misturada algumas centenas de anos atrás com a dos invasores holandeses durante a colonização, permitindo que mãe e filho herdassem olhos verdes vítreos.

Já Mariah não possuía a pele escura como a de seu meio-irmão, ao invés disso, era clara como seu pai, tinha cabelos castanho-claros e seus olhos eram o que ela mais gostava em si, pois eram cor de mel, como os de sua mãe falecida.

Além disso, Mariah não era uma parente Karibaki como seu meio-irmão. Gabriel demonstrou seu dom logo menino, mas ela não. Mariah não tinha qualquer sinal do dom de sua linhagem, portanto, ela terá sua primeira troca de pele até os treze anos. Ou seja, em algum momento, ainda naquele ano, obteria seu tão valioso dom Karibaki.

Talvez ela trocasse de pele esta noite. Quem sabe?

Gabriel se aproximou e levou as mãos aos ombros dela.

– Isso, relaxe, Mariah... Respire...

Mariah fez o que ele pediu. Inspirou o ar da noite várias vezes, sentindo seus lábios tremerem. Ele tocou no queixo dela e o ergueu gentilmente, até seus olhos se encontrarem.

– Não deixe que ele te veja nervosa.

Mariah assentiu levemente.

– O que nosso pai preparou pra gente esta noite, Biel? – perguntou baixinho.

– Não sei. Emanuel não me contou.

Mentiroso... – Ela amava Gabriel, mas Mariah não precisava ter seu dom da Verdade para saber que ele poderia ser tão mentiroso quanto seu pai.

– Está pronta? – perguntou, encarando-a com seus olhos vítreos.

Mariah fez que sim com a cabeça e começou a andar em direção à entrada lateral. Era melhor que aquilo acabasse logo.

Eles passaram por um corredor estreito e sujo antes de entrarem no armazém.

Lá dentro, caminhou entre diversas caixas de madeira empilhadas na entrada e então saíram em um espaço amplo e alto, com escadas de metal ao fundo, levando para o segundo andar. No centro do armazém, iluminado por quatro holofotes em pedestais, havia duas pessoas sentadas, uma mulher e um garoto. Bem, não exatamente sentadas, mas fortemente amarradas a duas cadeiras de metal soldadas ao chão.

Os olhos da mulher e do garoto se esbugalharam assim que os viram surgir por entre as pilhas de caixas. Eles começaram a se remexer em um pedido mudo de ajuda. Suas bocas estavam bloqueadas com grossas fitas adesivas.

Mariah sentiu-se tremer. Encarou o garoto que parecia ter praticamente a mesma idade que ela. Seus olhos estavam vermelhos e úmidos, seu cabelo sujo e suado colava contra o rosto.

Emanuel parecia concentrado em ajeitar uma câmera sobre um tripé, apontada para eles. Ele levantou o olhar, abriu os braços e sorriu quando Mariah se aproximou.

– Meus parabéns, princesa, este é o dia de sua formatura.

– O q-quê? – disse ela fracamente. Ao mesmo tempo, Gabriel apoiou a mão em suas costas e a empurrou levemente, incentivando-a a continuar.

Mariah sentiu algo se contorcer em seu estômago. Uma leve tontura passou por seus olhos, mas continuou a caminhar.

– Estes são Michele e Breno. – Ele apontou com o queixo para cada um deles, seus olhos brilhando. – Esposa e filho de Bernardo Tavares, deputado federal e um dos meus principais aliados no Congresso Nacional.

Emanuel foi em direção à fita que cobria a boca da mulher, mas em vez de retirá-la, apenas ajeitou os cabelos dela para trás, deixando seu rosto à mostra e depois retornou para arrumar a câmera. Os olhos da mulher se arregalaram ainda mais.

– Se eles são a família de seu amigo... – disse Mariah, com voz baixa e hesitante – nós iremos ajudá-los, certo, papai?

Sua pergunta continha um frágil fio de esperança, que foi imediatamente cortado com a risada baixa de Emanuel. Ela parou ao lado de um dos holofotes e cruzou os braços, abraçando o corpo e entendendo que essa não seria uma opção.

– Pai? – insistiu ela.

– Bernardo me pediu um favor. – Seu olhar percorreu mãe e filho, analisando-os. – Ele quer vencer as disputas eleitorais para presidente este ano...

Mariah sentiu seu peito apertar. Ela virou-se para Gabriel, parado logo atrás de seu pai.

Gabriel, por favor...

Mas os olhos dele fitaram-na somente por um instante e em seguida os desviou para encarar as costas de seu pai.

– Prometi que o ajudaria – continuou Emanuel, abaixando-se para pegar algo dentro de uma caixa de papelão. – Geralmente não venho pessoalmente fazer trabalhos como este, mas achei que seria um bom aprendizado final para você, princesa. Não é perfeito?

Ele parou ao lado da mulher amarrada e colocou o objeto no chão. Mariah estremeceu. Era um galão vermelho de gasolina. Então Emanuel estendeu a mão, convidando-a a se aproximar.

Mariah sentiu que iria vomitar.

– Mariah, princesa... – insistiu seu pai, diminuindo o sorriso.

Ela desviou o olhar para seu irmão.

Me ajude, Gabriel, me ajude, me ajude... – Mas seu irmão não ouvia suas súplicas mudas.

Ela não se mexeu, então seu pai baixou o braço e voltou sua atenção para a mulher e o garoto, que ainda tentavam gritar algo por debaixo das fitas que lacravam suas bocas.

– Esta é minha filha – disse, ignorando a palidez de Mariah – e esta noite ela matará um de vocês.

A mãe e o garoto voltaram a dar gritos abafados sob a fita. Mariah forçou seus pés a ficarem onde estavam enquanto Emanuel caminhava para trás da câmera novamente; em seguida, a encarou, esperando.

– Não fique assim, princesa. Você não vai sair no vídeo! Vamos fingir que foram traficantes vingativos que mataram a família de Tavares. Você só precisa escolher e jogar a gasolina...

Mariah engoliu em seco.

Escolher... e... jogar a gasolina...

Ela voltou seu olhar para a mãe e o filho com expressões desesperadas. A mãe estava implorando. Mesmo não podendo falar, ela implorava.

– Eu... Eu não posso...

– Como assim? – perguntou seu pai displicentemente, erguendo o olhar, como se não tivesse ouvido direito.

– Papai, n-não posso escolher... – repetiu Mariah, tentando soar com menos medo. – Eles são seres humanos, não posso... escolher...

Emanuel lançou a ela outro de seu largo sorriso e um olhar que diz *Você sabe que eu sempre venço, não sabe?*

– Tudo bem – falou Emanuel avançando alguns passos, e Mariah sabia que não estava realmente tudo bem.

Ele se agachou e pegou o galão.

– Se você não consegue escolher, então já sabe as consequências. – A tampa do galão rolou pelo chão empoeirado. – Os dois terão a pior morte.

O peito dela apertou.

– Não! Não faça isso, por favor...

– Não escolher é uma escolha – disse Emanuel, virando o galão e espalhando gasolina na mãe que se debatia, tentando soltar-se em vão da cadeira, e em seguida sobre o menino que chorava desesperadamente.

Ele iria queimá-los. Seu pai queimaria os dois vivos.

– Não! Papai, espere! – implorou ela. As lágrimas enchendo seus olhos.

Seu pai largou o galão, virando-se com expressão satisfeita. Emanuel já esperava que ela cedesse. Ele sempre soube exatamente como domá-la, como controlar sua querida princesinha...

– Você falou que eles são a família de seu amigo... – Tentou mais uma vez, mesmo tendo a noção de ser uma guerra que ela sempre perdia. – E-ele pode conseguir o que quer de outro jeito, não pode? Eles não precisam morrer.

Emanuel suspirou e ergueu os braços.

– Não há outra maneira melhor de chamar atenção para um candidato na retaguarda, a não ser torná-lo uma vítima – explicou ele. – Você sabe disso, já te ensinei como as coisas funcionam no poder...

Mariah olhou para os dois amarrados e pôde ver o horror ampliando-se nos olhos da mulher e do garoto. O próprio marido dela, o pai do menino, os havia condenado a uma morte horrível.

– Perder sua família para traficantes vingativos – continuou seu pai – seria a tragédia perfeita que o país precisa para transformar Bernardo Tavares no herói que ele tanto diz ser contra o tráfico de drogas. Seus votos dispariam meteoricamente e ele venceria. Além disso, o Culto de Hoark precisa de Tavares na presidência para o que está por vir. Seu irmão sabe bem disso.

Ela virou o olhar para Gabriel, que confirmou com um aceno de cabeça.

Mariah engoliu em seco. Não era tola, pois sabia que o que ele dizia era provavelmente verdade. Se Pérfidos como seu pai queriam estes humanos mortos, eles estavam condenados. E ele a faria escolher qual dos dois teria a morte misericordiosa nas mãos de seu irmão, ou seja, uma bala na cabeça, e qual deles teria a morte mais dolorosa pelas mãos dela: o fogo. Mariah sentiu-se tonta e cambaleou ao lembrar-se das escolhas que ele já a obrigara a fazer no passado, mas nunca com seres humanos.

– Apenas escolha, querida, e vamos para casa comemorar... – Emanuel se aproximou e tirou do bolso um isqueiro de metal, colocando nas mãos de Mariah. – E ao terminarmos aqui, podemos parar em seu restaurante favorito no caminho, o que acha? – finalizou com um sorriso.

Mariah engoliu a bile enquanto tentava manter sua visão em foco. Lágrimas teimavam em surgir.

– Por favor... – implorou, num fio de voz, encarando o isqueiro em suas mãos.

– Minha menina... – Uma sombra caiu sobre a expressão de Emanuel e um brilho avermelhado passou por seus olhos. Ela instintivamente deu um passo para trás, baixando o olhar. A dor da submissão era quase física. – Não te criei para ser fraca como a sua mãe – rosnou ele.

Ao mencionar sua mãe, ela não conseguiu evitar a expressão de horror em seu rosto. Mas Mariah compreendia o que Emanuel estava fazendo. Não era burra.

Se ela já tivesse seu dom da Verdade, seria capaz de obrigá-lo a dizer em voz alta o que realmente queria, mas não precisava do dom para entender. Podia sentir seu espírito e sua vontade sendo esmagados e torturados cada vez que seu pai a obrigava a fazer uma *escolha*. O que Mariah era, ou seria, morria lenta e dolorosamente.

Seu pai havia dito tantas vezes que Karibakis com temperamentos mais fortes do que o dela haviam sido dobrados e aceitado pacificamente a condição em que foram criados, os *Retornados*, como eram chamados pelos Pérfidos, ou *Desviados*, como eram chamados pelos Filhos da Lua. Mariah não teria, portanto, nenhuma chance de resistência contra eles.

Mas ela sabia que sua mãe biológica não tinha nascido entre Pérfidos. Ela era uma parente Destemida e tinha sido criada entre os fracos Filhos da Lua, por isso morreu tão facilmente enquanto tentava fugir de sua prisão no porão de seu pai, carregando Mariah bebê nos braços.

– A mãe ou o menino... – disse Emanuel suavemente, apontando-os com o queixo.

Sentindo as lágrimas queimarem seu rosto, ela levou a mão para a corrente dourada que usava no pescoço, e então olhou mais uma última vez para seu meio-irmão. Ele a encarava, esperando sua decisão.

– Mariah? – exigiu seu pai. – Qual é a sua escolha?

Ela deu um soluço abafado e então se voltou para frente.

Uma escolha...

Mariah apertou o isqueiro firme em sua mão e se aproximou de mãe e filho. A mulher tentou dizer algo sob a fita que tapava seus lábios. Provavelmente tentava suplicar para poupar seu filho, mas dessa vez ela não escolheria poupar o mais fraco da dor.

Mariah se virou para Emanuel, que tinha o sorriso de um pai orgulhoso, e, sentindo seu coração querer sair do peito, ergueu o braço e jogou o isqueiro em direção à escuridão do galpão.

– Essa... essa é a minha escolha, papai... – foi tudo o que a sua coragem conseguiu dizer.

Emanuel abandonou o sorriso fácil. Sua fisionomia se deformou. Os olhos dele se ampliaram em surpresa e a boca se torceu em um rosnado de raiva e indignação.

Nessa fração de momento, seus olhos se encontraram com os de seu meio-irmão.

Gabriel tinha os olhos arregalados em surpresa. A imagem de seu pai iniciando a troca de pele ergueu-se entre eles e Mariah não podia mais vê-lo.

Ela não deixaria Emanuel machucar a mulher e o filho, ficaria entre eles e seu pai. Aquela era a sua *escolha*. Era a única forma de manter sua vontade acima da manipulação dele. Não cederia, não seria como eles. Ou seria? Afinal, como sua atitude ajudaria qualquer uma daquelas duas vítimas? Na pele bestial, seu pai poderia destroçá-la, junto com eles. Seriam três mortes em vez de duas e só...

E então um estrondo alto.

Mariah estremeceu e seus olhos se arregalaram enquanto seu coração saltava ao som de cada um dos disparos. Um! Dois! Três! O corpo de seu pai caiu de bruços no chão, freando a transformação incompleta. Seu corpo estremecia a cada impacto. Três tiros!

E então seu irmão bateu forte em sua cabeça e seu pai fechou os olhos, inconsciente.

– Mariah, enlouqueceu?

Ela arregalou os olhos para Gabriel, sentia-se congelada. Seu peito subia e descia descontroladamente, assim como o dele.

– Não posso machucar pessoas, Gabriel. – A voz dela era uma súplica. – Não posso e não vou!

Lágrimas começaram a rolar enquanto sua respiração ofegante transformava-se em soluços. Gabriel se aproximou e a abraçou, puxando-a contra ele. Ela soluçou alto.

– Ele já está se curando, maninha, logo vai acordar e não estaremos mais aqui – disse, suavizando sua voz. – Você nunca mais precisará fazer mais nada que não queira, eu prometo. Mas agora me espere no carro.

Mariah estremeceu e virou o rosto para trás.

A mulher e o menino pareciam congelados sob as amarras. Ela tinha expressão de choque e o menino tinha os olhos fechados e bem apertados. Mariah não se moveu.

– Vai ficar tudo bem – disse ele, junto ao seu ouvido. Sua voz era apenas um sussurro. – Mas agora quero muito que você se acalme, Mariah. Respire fundo e se acalme. *Confie* em mim. Você sabe que irei te proteger, então não há mais motivos para chorar. Ficarei profundamente chateado se continuar a chorar...

Fechou os olhos. A voz dele se acomodou entre seus sentimentos de confusão e dor, afastando-os temporariamente. Com toda a força de seu coração, ela *confiava* nele e não queria que ficasse chateado. Gabriel tinha razão, iria protegê-la, por isso não havia motivo para se desesperar, ela poderia se acalmar agora.

Na verdade, ela não tinha escolha para sentir-se de forma diferente, pois Gabriel usava seu dom de parente Pérfido. Mariah imediatamente respirou fundo e parou de soluçar, as lágrimas cessando aos poucos.

– Muito bem, irmãzinha, agora quero que vá para o carro e me espere lá, entendeu?

Ela balançou a cabeça concordando enquanto cambaleava em direção à saída. Os olhos fixos na entrada por onde vieram. E então, quase na porta, ouviu seu irmão sacando sua pistola. Mariah congelou onde estava e se virou.

Ele já tinha a arma apontada para a cabeça da mulher.

– Não! – O grito dela ecoou pelo galpão.

Gabriel apenas virou o rosto em sua direção, a arma ainda mirando seu alvo.

– Não há outra saída... – Sua voz não possuía qualquer emoção. – Os dois não podem voltar para casa. O marido encomendou suas mortes. Sem falar que virão atrás de nós dois e, se os encontrarem, farão muito pior do que vou fazer agora.

Ela sentiu fechar suas mãos com força. A mãe ainda tentava gritar desesperadamente e o menino apenas chorava.

– Por favor, Gabriel, não vou aguentar... – soluçou. – Estou tão cansada disso...

Gabriel a encarava com expressão determinada; de repente, ele fechou os olhos por um instante. As palavras dela causaram algum efeito, pois ele suspirou e abaixou a arma.

Seu irmão tirou uma pequena faca retrátil do bolso e se aproximou da mulher, soltando seus braços e pernas da cadeira. Ela arrancou a fita que cobria sua boca e se afastou dele.

– Fique longe de mim! – gritou para Gabriel, enquanto ia até o filho e tentava soltá-lo da cadeira puxando as fitas fortemente grudadas, com suas mãos trêmulas.

– Pare – disse ele.

Ela começou a se debater com a aproximação de Gabriel, tentando afastá-lo do filho, mas ele a alcançou e segurou firmemente seus ombros.

– Pare. Não vou te machucar, entendeu? – Gabriel baixou o tom da voz. – Pode *confiar* em mim. Te soltei e vou soltar seu filho. Minha irmã me convenceu a ajudá-los. Sei que está com medo, mas sabe que não tem outra escolha. *Confiar* em mim é sua maior chance de sobreviver. Entendeu, Michele?

A mulher piscou e pareceu se acalmar um pouco. Mariah sabia que não era fácil usar o dom dos parentes Pérfidos em uma situação como aquela, mas parecia que seu irmão estava conseguindo.

Gabriel voltou-se para o menino e cortou as amarras que o prendiam. A mulher tirou a fita da boca dele. O menino se levantou e a abraçou, choramingando.

– Preste atenção, Michele – começou Gabriel, voltando-se para ela –, não estou fazendo nenhum favor para vocês dois deixando-os vivos. Esta foi uma decisão de minha irmã. Se quiserem sobreviver, não procurem mais seu marido e nem qualquer pessoa conhecida por vocês. Encontre uma forma de sair do país ainda esta noite e sumam. Entendeu?

– S-sumir? Como? – disse com voz trêmula. – Como farei isso? Tudo o que tenho está com ele. Toda a fortuna da minha família. Como vou fugir?

Gabriel lançou um olhar irritado para ela.

– Estou pouco me lixando como fará isso, mas se entrar em contato com qualquer um, irá morrer.

– Gabriel... – implorou Mariah.

Ele olhou para a irmã ainda parada no meio do caminho para a saída e soltou um palavrão.

– Tudo bem... – Ele fez uma expressão de impaciência e olhou ao redor, como se avaliasse o que faria em seguida. – Vá lá fora e espere. *Confie* em mim, verei o que posso fazer para ajudar.

A mulher assentiu, quase hipnotizada, antes de puxar o filho em direção à Mariah e à saída.

Mariah conseguiu ver o olhar de pavor que a mulher lhe dirigiu ao passar por ela. Esperava de verdade poder ajudá-los. Também torcia para que tivessem mantido os olhos fechados quando seu pai trocava de pele, para suas mentes continuarem sãs.

Lá fora, os dois tentaram se limpar o melhor possível em um fino cobertor que havia no porta-malas. A mulher e o garoto tremiam, olhando incertos ao redor. Ela os convenceu a entrar no carro e esperar.

Mariah sentou-se no banco da frente e fechou os olhos bem apertados. Queria poder esquecer esta noite. Queria que nada daquilo tivesse acontecido. Quando abriu os olhos, seu irmão saía do galpão com uma fisionomia sombria e vinha em direção ao carro. Os músculos de seus braços negros pareciam tensos. Fumaça saia da porta lateral e por alguns vidros quebrados.

Gabriel entrou e ligou o motor. De repente, os vidros das janelas do armazém estouraram junto a uma explosão lá dentro. No carro, o garotinho gemeu de medo.

– Gabriel, o que você fez?

– Havia outros galões de gasolina – explicou ele, manobrando para saírem dali. – Não se preocupe com Emanuel. Até ele se recuperar estaremos bem longe daqui.

E enquanto o carro atravessava o pátio em direção à saída, Mariah virou o rosto para a janela e continuou olhando para o fogo. Sentia-se quase entorpecida. Seus olhos refletindo as chamas que saíam cada vez mais violentas de dentro do edifício, tentando consumir tudo o que havia ao redor.

PARTE I

O REFÚGIO VERDE

Eu, Bianca Bley, Farejadora e membro do Refúgio Verde, juro respeitar os seguintes Acordos:

1 • *Proteger os humanos contra Taus, Pérfidos e Vorazes.*

2 • *Desativar e isolar todos os Taus encontrados.*

3 • *Caçar e destruir Pérfidos e Vorazes.*

4 • *Jamais comer carne humana ou Karibaki.*

5 • *Guardar segredo quanto à existência do Sangue da Lua.*

6 • *Proteger os Refúgios Karibakis e guardar segredo sobre sua localização.*

7 • *Proteger todos os membros das Linhagens do Acordo e ensiná-los a se protegerem. Todos os parentes devem saber a verdade.*

8 • *Respeitar a hierarquia Karibaki.*

9 • *Karibakis não podem relacionar-se. Proles Vorazes são proibidas e todas devem ser sacrificadas.*

1

Algumas horas antes.

O Refúgio brilhava em pura luz de final de tarde num verão. O Lemniscata, bem em frente ao edifício dormitório, tornava-se quase dourado devido a sua estrutura de vidro e metal branco.

Bianca caminhava em direção ao hospital, inspirando fundo o ar carregado do frescor das plantas e flores, notando o quanto precisava daquilo. O quanto precisava desesperadamente absorver aquele calor e aquela leveza de um novo dia, deixando toda aquela beleza motivá-la a se lembrar de que tudo ficaria bem.

Entretanto, um turbilhão de coisas ia e vinha em sua mente.

E perdida em seus pensamentos, não demorou para chegar no hospital.

Todo o andar térreo era amplo e aberto, levando para um bonito jardim interno. Bianca tomou uma das escadas e subiu em direção ao quarto, onde sua irmã de coração estava hospedada desde que acordara do coma produzido pelo Pânico durante o ataque na balada Barba Azul, ano passado.

– Eiii! – disse Laura, ajeitando os óculos lilases, assim que ela entrou.

Bianca notou que a mochila já estava fechada sobre a cama.

– Pelo jeito já tá com tudo arrumado.

Laura sorriu e a abraçou apertado.

Membros do Refúgio haviam trazido a mochila-mudança de Laura. O resto das coisas do apartamento estavam guardadas em um armazém mantido pelos Karibakis. Alguns dias atrás, tudo foi encaminhado para o novo endereço humano de Laura.

– Ahh sim, Bia, já preparei tudo e estou mais do que pronta para dar o fora deste quarto de hospital, finalmente.

Bianca se esforçou em lhe dar um pequeno sorriso. Ela sabia que sentiria muito a falta de Laura, mas a permanência dela era impossível. Bianca havia prometido visitá-la sempre que pudesse.

– Fique mais um dia, por favor... – pediu, sentando-se sobre a cama, junto à mala pronta.

– Bia... – disse Laura, sentando-se também. – Não aguento mais ficar presa aqui dentro desse hospital, por mais que a sua companhia e a de Allan sejam extremamente agradáveis... – finalizou, com uma piscadela.

– Huuummm... Se nem Allan conseguiu convencê-la a ficar mais um pouco, tenho certeza de que não tenho a mínima chance.

Os lábios de Laura se abriram levemente em surpresa, como se aquela insinuação nunca tivesse ocorrido a ela.

– Está com ciúmes – disse, com um leve sorriso no rosto.

Bianca deu de ombros.

– Só acho que você está muito animada em partir. E parece até que vai sentir mais a falta do médico bonitão daqui do que de mim... – comentou, olhando-a de esguelha.

Laura ergueu as sobrancelhas e pulou sobre ela ainda sentada na cama, abraçando-a.

– Ahh me poupe vai, irmãzinha ciumenta! – disse, apertando-a contra si. – É claro que vou sentir muuuito a sua falta. Mas estou feliz em saber que está segura e que fez amigos.

Elas se afastaram e Bianca segurou as lágrimas. Para Laura recomeçar, o Conselho do Refúgio lhe entregou uma nova identidade e um endereço próximo ao lar de alguns Filhos da Lua.

– Bia... – começou ela, seus olhos ficando úmidos. – Por favor, não quero que pense que estou te abandonando. Você mesma disse que queria ficar... Além do mais, temos telefone e internet... Podemos matar a saudade a qualquer momento.

– Eu sei o que te disse... mas é que você sempre foi minha família...

Bianca estava contente por Laura poder recomeçar sua vida lá fora sem que a presença de Bianca ameaçasse sua vida, mas vê-la partir fazia seu coração doer ainda mais.

Laura se aproximou e fixou seu olhar no dela.

– E vamos ser uma família, Bia. Mesmo não possuindo o mesmo sangue, sempre será minha irmã e sempre vou te amar – disse, tocando na lateral do rosto dela.

Bianca baixou o olhar.

– Me desculpe por estar toda chorona.

Laura colocou a mão de Bianca entre as dela.

– Allan me contou que você precisa ficar, principalmente agora que trocou de pele e que deverá fazer parte de uma alcateia. Então, termine seu treinamento e fique em segurança, isso é o mais importante para mim.

Laura ficaria bem e isso era o que importava. Bianca não iria estragar a felicidade dela contando que ainda não estava segura dentro do Refúgio. Contando que ainda havia pelo menos um traidor caminhando por ali e outros escondidos em algum lugar.

De repente, alguém bateu na porta e a abriu. Allan surgiu com seus cabelos acinzentados e brilhantes olhos azuis.

– Olá, Bianca – cumprimentou, e então olhou para Laura. – Hora de ir, moça. Vou na frente, te espero na garagem.

– Obrigada, Allan. Já vou... – Ele acenou e saiu. As duas se entreolharam por um momento. – Não quero que desça até a garagem comigo – disse Laura, apertando a mão dela. – Se você for, acho que vou me debulhar em lágrimas e não conseguirei ir embora.

Bianca queria acompanhá-la e ficar o máximo de tempo possível com sua irmã, mas o olhar de Laura parecia implorar para que não a seguisse. Apesar de tentar não mostrar, também estava sendo muito difícil para ela.

– Tudo bem... – disse, segurando suas lágrimas.

– Lembre-se de que isso não é um adeus. Vou esperar sua visita – disse Laura, abraçando-a mais uma vez e depois beijando carinhosamente seu rosto.

– Vou te visitar – falou Bianca, assim que se afastaram. As lágrimas teimosas começando a surgir. – E aí vamos ter muita fofoca para colocar em dia...

– Sim, teremos – disse, limpando as lágrimas de Bianca. – Tem tanta coisa que quero te contar sobre sua mãe... Tanta coisa... Me desculpe... – Bianca respirou fundo, tentando se acalmar. Os lábios de Laura tremeram e Bianca achou que ela ia lhe dizer algo. – Seja uma boa garota e fique em segurança – disse, em vez do que quisesse dizer momentos antes, e então Laura se afastou, agarrando a mochila.

– Vou tentar... E logo vou te visitar, Laura, prometo.

Laura sorriu e caminhou até a porta, parando por um instante para olhar para a menina que ela aprendera a amar como uma irmã, e então se virou e saiu.

Estava na hora de partir.

Bianca soltou a respiração num soluço, deixando as lágrimas caírem livres, e precisou resistir à tentação de segui-la.

Sozinha no quarto do hospital, Bianca chorou sabendo que sentiria falta daquela que foi sua família por tantos anos.

Com o rosto vermelho e sem muitas palavras, Laura entrou no carro de Allan.

Também em silêncio, o médico avançou com o carro em direção à saída da garagem, tomando o caminho para partirem do Refúgio.

Laura virou o rosto para trás e notou que Bianca não estava à vista. Isso era um alívio, pois não sabia se conseguiria ir embora se a visse.

E foi nesse momento que pôde ter um rápido vislumbre do Refúgio, pois seu quarto tinha janelas com imagens digitais falsas de um jardim. Uma precaução para não testemunhar sem querer outra troca de peles.

Pelo vidro traseiro, Laura viu a estrutura externa do hospital em formato escalonado, coberto por trepadeiras em suas sacadas. Seu olhar passou pelo grande jardim Oliva e pelo contorno com sacadas arredondadas desiguais dos três edifícios dormitórios, e foi parar na Oca, localizada ao fundo daquele complexo. Bianca lhe contou que era onde ocorriam assembleias. E, atrás da Oca, conseguiu vislumbrar a silhueta do edifício administrativo em formato de meia-lua. Mas, com toda a certeza, o que prendeu sua atenção foi o imenso Lemniscata, com sua estrutura curva.

Laura virou-se para frente. Aquele magnífico lugar era o paraíso dos Filhos da Lua e o terror de seus inimigos.

– Você está bem? – perguntou o médico.

Ela tirou os óculos e limpou algumas lágrimas teimosas.

– Sim, estou – disse com um sorriso. – Apenas um pouco chateada.

– Não foi muito fácil botar o sorriso no rosto e deixar Bianca achar que estava tudo bem para ela ficar conosco, não é?

– Não, não foi – disse, sem tirar os olhos do caminho à frente. – Mas ela precisa ficar. Posso ver como está mais feliz aqui.

– Tenho certeza de que era feliz com você também.

Laura ficou um instante em silêncio.

– Ela se esforçava em parecer feliz para mim, Allan. Mas sei que não estava. Os pesadelos, e acho que também a solidão por ficar longe de outros como ela, estavam deixando-a mais triste a cada ano... Quando fomos para Santos, foi como se algo a animasse e fiquei feliz, mas então o ataque aconteceu e ela veio para cá. Depois que acordei, percebi como Bianca está diferente. Este é o lugar dela. Os Karibakis são sua família.

– Você sempre será a família dela também.

– Eu sei... – respondeu com um sorriso triste.

Depois disso, o médico não falou mais, deixando-a sozinha com seus pensamentos.

Mas Laura tentava não pensar. Respirou fundo quando entraram no túnel de rocha maciça e a luz azulada de um *scanner* passou por eles. Ela voltou a respirar quando o túnel terminou e a rodovia surgiu.

Laura ajeitou os óculos e mordeu a bochecha.

– Hora de ir...

Allan lançou um rápido olhar para ela.

– Laura, quero que saiba que nós sempre a protegeremos, morreríamos por Bianca se fosse necessário. Ela é uma de nós agora.

Laura apenas acenou em compreensão.

Eles rodaram mais um pouco até que o carro desacelerou e finalmente parou em um acostamento. Seu carro vermelho estava estacionado logo à frente. Alguém do Refúgio o tinha trazido um pouco antes. Sem demora, Laura se virou e pegou a mala no banco de trás.

– Está com sua identidade e endereço novos? – perguntou ele.

– Sim.

– Ótimo. Queremos que fique segura – disse Allan. – Seu contato é uma família Karibaki que deixou nossa sociedade há anos. Eles disseram que não vão se incomodar em ficar de olho em sua segurança para nós.

Laura sentiu-se imensamente aliviada. Seria vizinha de uma família de Filhos da Lua reclusa, provavelmente a deixariam em paz na maior parte do tempo.

– Obrigada. – Era hora de se despedirem. – Sentirei falta de nossas conversas no hospital.

– Também vou sentir. Você foi uma excelente companhia, quero dizer, a partir do momento em que acordou, é claro.

Laura sorriu educadamente e abriu a porta.

– Me ligue quando quiser conversar – disse ele.

Ela acenou uma despedida e se afastou. Notou seu olhar esperançoso, mas a verdade é que Allan e ela jamais dariam certo.

Laura suspirou e se forçou a não olhar para trás enquanto pegava as chaves no bolso da calça jeans e entrava em seu automóvel.

Observando pelo retrovisor, o carro de Allan ainda estava parado atrás dela. Laura ligou o motor e avançou para a pista, acelerando e desaparecendo da vista do médico que tinha cuidado dela por meses.

Ela tocou no botão para abrir os vidros, deixando o vento entrar e bagunçar seu cabelo. Rodou com o carro por mais alguns quilômetros, tomando bastante cuidado em observar se estava sendo seguida. Então prestou atenção nas placas de indicação de quilômetro e estacionou em outro acostamento da rodovia. Com toda a certeza, devia estar no local combinado, então só precisava esperar.

Ajeitou os óculos e apoiou a cabeça no encosto do banco, tentando relaxar. Ela finalmente estava fora do Refúgio.

Foram seis meses em coma, e quando finalmente acordou, ficou desesperada ao descobrir onde estava.

Allan foi o primeiro a surgir no quarto e explicar o que havia acontecido, lhe assegurando que Bianca estava bem e que apenas dormia num dos quartos do hospital por causa da necessidade de seu corpo de se adaptar à troca de pele.

Troca de pele!

Inicialmente, Laura achou não ter ouvido bem, mas o médico explicou que todos também ficaram surpresos quando descobriram que Bianca havia trocado de pele aos dezesseis anos. Não havia registros na história Karibaki de uma troca de pele tão tardia.

Porém, conversando com Allan, descobriu que ele acreditava que Bianca deveria ter trocado de pele parcialmente antes, e que elas apenas não haviam notado. Talvez tivesse acontecido durante o sono. Isso explicaria o motivo de já conseguir usar seu dom Karibaki quando chegara no Refúgio.

E desde o momento em que acordou, Laura temeu ser interrogada por Karibakis Destemidos com o dom da Verdade, mas isso não aconteceu. Talvez porque confiassem nela, afinal protegeu Bianca a vida toda contra a perseguição de Pérfidos, ou talvez porque não quisessem ofender a última Farejadora interrogando forçadamente a pessoa que tinha cuidado dela todos aqueles anos.

Sendo assim, Laura cuidadosamente mentiu. Destemidos, mesmo sem usar seu dom, tinham um bom faro para sentir mentiras no ar e por isso Laura teve que usar todo o seu treinamento.

Mas quando Bianca acordou e foi vê-la, sentiu um grande alívio.

Depois de choros e abraços, imediatamente notou o quanto Bianca parecia ter amadurecido pelo menos uns cinco anos. Cada vez mais se parecia com Ágata Bley.

E não era apenas a visão do corpo mais firme, devido ao treinamento físico intensivo do Refúgio, ou seus cabelos mais ondulados e rebeldes, ou ainda os traços mais adultos devido à proximidade de seu aniversário de dezessete anos em alguns dias, que chamaram sua atenção naquele momento.

Foram seus olhos.

Profundos e escuros olhos castanhos. Laura mordeu os lábios e tentou desviar esse pensamento.

Me lembrei de algumas coisas da minha infância – havia dito Bianca para ela no quarto –, *mas não quero falar sobre isso agora.*

Laura insistiu para que lhe dissesse sobre o que se lembrou, mas Bianca começou a falar tranquilamente sobre como o Refúgio e sua *tecnologia* eram incríveis e Laura entendeu. Elas poderiam estar sendo vigiadas.

Pelo jeito Bianca tinha segredos e isso a preocupou. Por isso, ficou aliviada quando recebeu o discreto bilhete de Julian.

O Furtivo esgueirou-se nas sombras pelo hospital na noite anterior e deixou em suas mãos, enquanto dormia, as orientações para este encontro.

Laura olhou para o retrovisor e se desencostou do banco. As sombras da noite começavam a surgir lá fora. Havia movimento atrás do carro, uma moto preta se aproximava devagar pelo acostamento até parar. Laura abriu a porta e saiu.

Ela o observou atentamente enquanto apoiava o descanso no chão e descia da moto, tirando o capacete para pousá-lo sobre o assento. Conseguia reconhecê-lo através de alguns traços dos olhos escuros e dos cabelos rebeldes, mas mais curtos agora. Julian vestia jaqueta preta e jeans.

Ela imediatamente sentiu um grande peso desaparecendo.

Laura se preocupou por anos com o que poderia ter acontecido com ele após terem se separado na estrada.

Paula, a parente Destemida que apagara a memória de Bianca, tinha levado Julian de volta à cidade e o deixara lá sozinho. Paula há anos deixara o mundo Karibaki e avisara que não iria interferir mais do que aquilo.

Apesar de Julian ter garantido que ficaria bem, Laura teve medo de que ele pudesse não ter sobrevivido. Quando Bianca comentou o nome de Julian durante suas conversas, sentiu um grande alívio.

O jovem Furtivo se afastou da moto e a olhou. No instante seguinte, Laura já corria para abraçá-lo.

– Estou tão feliz em te ver!

Ele ampliou o olhar em surpresa, aceitando sem jeito o abraço.

– Hã... Obrigado, Laura... Também estou feliz em te ver recuperada do Pânico... Desculpe não ter ido te visitar no hospital. Não era seguro.

– Ah céus... – disse ela, num suspiro, afastando-se dele. – Não acredito que o Refúgio não saiba sobre a verdade ainda...

Ela notou a expressão dele mudar.

– Não, o Refúgio não sabe...

– Por favor, Julian... pelo menos me diga que o pesadelo acabou e que, com a morte dos Pérfidos em Santos, Bianca está finalmente segura.

Mas Laura notou a inquietação passando pelo rosto dele e adivinhou a resposta.

– Infelizmente não posso te dizer isso...

Laura o encarou atônita.

– Mas se passaram mais de seis meses, Julian! E pelo que soube, tirando a ameaça da alcateia que nos perseguia e foi morta por vocês, nada mais foi atrás dela. Tem certeza?

Ele baixou o olhar e passou uma das mãos no cabelo.

– Acontece que a alcateia que a atacou na balada nunca foi a única e nem a maior ameaça...

– Ah... droga – disse, exasperada. – Pelo menos no Refúgio Bianca está segura, não está?

Ele balançou a cabeça em uma negativa.

– Não. Sinto muito, mas ainda existem traidores que querem a morte dela e tenho certeza de que se escondem nos Refúgios.

Laura ficou em silêncio, sua expressão se endureceu.

– Eu não queria que Bianca fosse trazida para cá – continuou Julian. – Tentei impedir que notassem que era uma Farejadora depois do ataque na balada, enquanto você estava inconsciente, mas não consegui. Um Destemido descobriu o legado nas costas dela e, desde então, estou fazendo de tudo para protegê-la.

– Não consigo entender – disse Laura. – Se não é seguro dentro do Refúgio, por que Bianca ainda está viva?

Julian passou a mão no rosto. Sentia-se cansado. Os últimos dias não estavam sendo fáceis.

– Porque a subestimaram por ser apenas uma parente sem treinamento. E também porque meu pai a viu como uma ferramenta para ganhar mais poder antes de finalmente a matarem. Por algum motivo, ele sempre esteve preocupado em conseguir se tornar o Voz da Lua deste Refúgio. Acho que viu nela uma forma de tomar o lugar de Ester, sei lá. Só consigo imaginar este motivo.

– E ele conseguiu? Walter se tornou Voz da Lua?

– Não ainda... Só que, para manter Bianca o mais segura possível, Ester tomou algumas decisões nada populares, deixando-a longe das alcateias adultas.

– E isso seria suficiente para tirá-la da liderança?

– Não, mas acho que isso enfraqueceu Ester – explicou ele. – Walter também queria que eu me aproximasse de Bianca para conseguir influenciá-la de um jeito que o ajudasse melhor, mas o desobedeci e, em vez disso, descobri que o filho de Ester havia quebrado um de nossos Acordos e o denunciei. João e a namorada dele foram açoitados e Ester se fragilizou um pouco mais. Apenas não entendo como nossa fuga para Santos não foi a gota d'água para ela sair do poder.

Laura mordeu os lábios, pensativa. Não entendia muito sobre os Acordos, mas compreendeu o que ele estava querendo lhe dizer.

– Julian... Você tem certeza de que seu pai também está envolvido? E se foi apenas Daniel? Talvez não haja mais ameaça e seu medo não seja real.

– Tenho – respondeu, sem hesitar. – Fiz muitas coisas e me tornei muitas coisas para que meu pai confiasse em mim como confiava em meu irmão.

Laura mordeu os lábios mais uma vez, ainda não parecia totalmente convencida.

– E você contou? Contou que a salvou?

– Não – respondeu Julian, e Laura ergueu as sobrancelhas. – Não queria que de repente descobrissem o que fiz através do dom da Verdade sobre ela.

– Mas Julian... – A voz dela se tornou suave, quase penalizada.

– Só que isso não importa mais... Bianca se lembrou de tudo quando trocou de pele. Ela se lembrou de mim e sabe que matei Daniel naquela noite e a salvei.

Os olhos de Laura se ampliaram e seus lábios se abriram levemente.

Eu me lembrei de algumas coisas da minha infância...

Bianca tinha tentando avisá-la, mas não imaginou que tivesse se lembrado de tudo.

– Mas como Bianca conseguiu se lembrar? É possível alguém anular o dom Esquecer dos parentes Destemidos?

Julian passou a mão nervosamente pela nuca.

– Resistir, como eu faço usando o sangue de Milena, é possível. Mas anular... – Julian fez uma pausa significativa. – É melhor falarmos sobre isso outra hora. O que importa é que Bianca se lembra de tudo e sabe que precisamos manter a verdade em segredo por enquanto, pelo menos até eu garantir que esteja completamente segura.

Laura balançou a cabeça.

– Até *nós* garantirmos que esteja completamente segura – corrigiu Laura.

– Você já a protegeu por anos. Deixe isso comigo agora – pediu ele. – Até porque Bianca ficaria arrasada se algo de ruim te acontecesse.

– Não – disse, levando as mãos à lateral dos braços dele e apertando-os suavemente. – Agora é a vez de a protegermos juntos. Apenas me diga o que posso fazer para ajudar aqui fora.

– Laura... – tentou argumentar, mas ela o interrompeu.

– Nem pense em me deixar de lado, garoto! Ou tentarei ajudar sozinha e aí vai ser bem pior.

Ele suspirou e a observou em silêncio, avaliando a situação.

– Tá legal, há algo que pode fazer por mim e mais ninguém pode.

– É só dizer e farei – disse, soltando-o e dando um passo para trás.

– Preciso encontrar Milena – explicou Julian. – Ela não dá notícias há meses e estou preocupado, sem falar que meu estoque de seu sangue está no fim. Se eu precisar mentir para proteger Bianca, logo terei problemas. Você poderia ir ao estúdio de tatuagens dela em São Vicente e descobrir se Milena ainda está por lá?

Laura acenou em concordância.

– Pode deixar, vou descobrir o que aconteceu e localizarei Milena para você.

Ele balançou a cabeça.

– Não faça nada perigoso, apenas vá ao estúdio de tatuagens. Meses atrás, ela estava investigando Roberto, o líder dos Corvos de Santos. Milena acha que ele é culpado pela morte de sua família e Roberto também pode estar envolvido com Pérfidos, então tome cuidado.

Laura enrugou o cenho.

– Pérfidos e caçadores? – disse, em tom de dúvida.

– Sim, Pérfidos estão na ilha dos caçadores.

Laura se lembrava de Bianca ter dito algo sobre aquilo, mas ainda era difícil de acreditar. Contudo, explicava o motivo de as terem encontrado. Durante anos, Laura tomara o cuidado de se mudar para cada uma das cidades dos caçadores. Os Corvos possuem um eficiente sistema de vigilância para impedir a entrada de trocadores de pele Pérfidos e outros Karibakis e isso as deixaria longe das alcateias que as caçavam, mas, infelizmente, aquelas eram as cidades em que Bianca tinha as mais fortes crises de sonambulismo e terror noturno, forçando-as a se mudar.

– Relaxa, sou bem grandinha e sei me cuidar.

Julian tirou do bolso da calça um pedaço de papel, oferecendo-o a ela.

– Compre um celular e me ligue somente nesse número. Deixe recado e retornarei a mensagem quando puder.

Ela o pegou e guardou no bolso, refletindo sobre as palavras de Julian.

– Você disse que eles subestimaram Bianca por ser apenas uma parente sem treinamento – disse Laura. – Mas e agora que ela trocou de pele e foi capaz de matar um Voraz? Acha que ainda a subestimam?

Laura notou a expressão de Julian imediatamente escurecer.

– Tenho certeza de que não a subestimam mais. A querem morta o mais rápido possível.

Laura estremeceu e abriu os lábios para dizer algo, mas ele a interrompeu.

– Mas posso te garantir que Bianca está bem segura, por enquanto.

Ela ampliou o olhar.

– Julian, como pode ter certeza? Ela pode estar em perigo neste minuto, enquanto conversamos...

Ele fechou os olhos um instante e quando os abriu havia neles uma espécie de esgotamento.

– Julian... – insistiu ela, querendo entender o que ele estava claramente escondendo dela.

– Tenho certeza porque depois de anos tentando agradar a meu pai, somando alguns meses sendo cruel com Bianca na frente de todos no Refúgio, foi finalmente o suficiente para meu pai me aceitar dentro dos Guardiões.

Laura analisou a estranha expressão de Julian.

– E o que descobriu dentro desse grupo que te deu a certeza de que Bianca está segura por enquanto?

– Eles não querem comprometer mais nenhum de seus poucos membros obrigando-o a se matar após a missão de matar uma única Farejadora dentro do Refúgio. O plano deles é esperar até que Bianca esteja em uma missão aqui fora para tentarem matá-la disfarçadamente. Ela está segura, por enquanto.

A expressão de Laura era quase de choque.

– E por que ainda não os denunciou aos Karibakis?

Ele inspirou fundo e passou a mão nos cabelos.

– Porque infelizmente nosso primeiro encontro foi holográfico e eles usavam capas e máscaras, além de disfarçarem suas vozes – explicou. – Ainda não confiam totalmente em mim, e mesmo que eu denunciasse meu pai, tenho medo de que não consigam manter Walter vivo tempo suficiente para o sangue de Milena desaparecer e conseguirmos a verdade sobre a identidade dos outros.

Laura soltou um palavrão no ar e deu alguns passos para um lado e depois para o outro.

– Droga, Julian! Como acha que vai descobrir quem são?

– Bem, eles me deram uma missão – disse, e havia algo diferente em sua voz – e tudo o que pedi em troca foi conhecer a identidade deles *antes* de me passarem os detalhes para eu concluí-la.

Ela parou de andar e o encarou.

– E eles concordaram?

– Concordaram. Avisei que não faria nada se não confiassem em mim. Um de seus membros é um Destemido com dom potente o suficiente para usá-lo em mim através de um holograma. Ele me interrogou, dei as respostas certas utilizando o sangue de Milena e todos ficaram satisfeitos. Aceitaram me mostrar quem são pouco antes da missão final.

– Daí você terá o que precisa para denunciá-los.

Ele assentiu, e Laura ficou em silêncio por um instante, refletindo. Enquanto isso, os pensamentos de Julian foram para outro problema em sua mente.

Ele veio o caminho todo se perguntando se deveria ou não questionar Laura sobre algo importante e decidiu que deveria, mas quando ela o abraçou, aliviada por vê-lo bem, sua determinação desmoronou. Não conseguiria.

A imagem de Bianca coberta de sangue, desmaiada entre o que restara do Voraz, abriu-se em sua mente. Julian cerrou o maxilar.

Talvez não quisesse mais saber a resposta de Laura.

Talvez ele já soubesse.

Laura então se virou e o encarou firmemente.

– Julian, e qual é a sua missão?

– Quê?

– Perguntei qual foi a missão que os Guardiões te deram.

A expressão do Furtivo se fechou e Laura achou que ele não iria responder.

– A mesma que ofereceram ao meu irmão... – disse ele, por fim.

Laura empalideceu. *A mesma missão de Daniel?*

– Desgraçados... – disse ela, sentindo o estômago se contorcer.

– Imaginei que isso fosse acontecer – disse Julian, em uma voz sem emoção. – Fiz de tudo para que acontecesse. Afinal, para a maioria dos Guardiões, sou praticamente como Daniel. E se meu irmão aceitou, por que eu não aceitaria? Imagino que, na mente distorcida dos traidores, acreditem que devo ter o direito de terminar o que ele não conseguiu.

Os lábios de Laura estremeceram.

– Quando?

– Estão preparando algo para daqui alguns dias. É tudo o que sei.

– E é por isso você tem certeza de que Bianca está segura... – disse ela.

– Isso mesmo Laura, nenhum traidor tocará nela porque é a minha missão matá-la.

2

Já havia anoitecido quando Bianca finalmente saiu do quarto do hospital. Ela caminhou em direção à floresta atrás dos dormitórios, seguindo um caminho de lanternas douradas penduradas em galhos mais baixos, até alcançar a grande clareira iluminada por uma fogueira.

Bianca tinha deixado seus cabelos castanhos ondulados soltos e usava um bonito vestido em tom verde-escuro acima do joelho. Um modelo que tinha visto na internet e usou todo o seu aprendizado em programação do traje de matéria programável, o *metamold*, para ficar parecido.

De alguma forma, achou a música no ar perfeita para aquela festa. As batidas do *remix* da música *Fogo*, do Capital Inicial, eram incrivelmente envolventes e quase capazes de fazê-la sorrir.

Apesar da sombra pairando em seu olhar, observava fascinada a dança das labaredas ao caminhar entre dezenas de jovens Karibakis se remexendo ao redor da fogueira.

Seus sentidos ainda estavam descontrolados e ficavam aguçados em alguns momentos como este. O calor das chamas próximas a envolvia. Era hipnotizante. Entretanto, nem toda a alegria da festa a afastava da tristeza ao ver Laura partir, somada com os outros estranhos sentimentos que a tomaram desde que acordou no hospital há alguns dias.

Bianca olhou ao redor, para seus colegas se divertindo. Meses atrás, nunca poderia imaginar estar entre pessoas como eles, em ser como eles.

De repente, a música aumentou e houve exclamações de alegria ao redor. Seu coração acompanhava as batidas da melodia *pop*. Bianca ergueu os olhos para o céu noturno e finalmente conseguiu sorrir.

Além da infinita escuridão, era capaz de ver as estrelas e constelações invisíveis a olho nu para as pessoas comuns. Havia milhares de luzes coloridas brilhantes no céu. Seus sentidos aguçados podiam mostrar-lhe as maravilhas de um universo antes oculto. Era lindo.

Deixando finalmente a euforia ao redor envolvê-la, Bianca girou no lugar enquanto sorria, sem conseguir tirar os olhos da abóbada cintilante acima de sua cabeça.

– É isso aí, Bia! Se solta! – gritou Nicole, ao se aproximar dançando.

Nicole Ross, sua melhor amiga, usava saia jeans desfiada e uma blusa preta com a estampa de personagem de um filme *nerd* famoso. Seus cabelos castanhos com fios dourados ainda estavam curtos, mas cresceram um pouco desde que a conhecera meses atrás em uma escola de Santos.

Bianca ia comentar como era incrível usar os sentidos daquela forma, mas de repente alguém agarrou sua mão e a girou, segurando-a na cintura ao pará-la de frente para ele.

Ela respirou fundo e colocou a mão no peito forte, encarando-o surpresa. Seus olhos a apenas alguns centímetros dos dele. Era Fábio, o parente Furioso, amigo de Giovanna Guedes. Bianca ergueu uma das sobrancelhas. Lembrava-se bem de quando Fábio tinha ajudado a prometida de Lucas cercá-la, para então Giovanna surrá-la durante o treinamento na arena do Lemniscata meses atrás.

– Caramba, como você está linda, Bia... – disse ele com um sorriso no rosto. Suas grossas sobrancelhas se arquearam levemente e ele baixou um pouco a cabeça para falar próximo ao ouvido dela. Bianca pôde sentir o hálito perto de seu rosto. – Sabe, eu espero que possamos começar do zero...

Fábio era grande e musculoso como todos os parentes Furiosos geralmente eram, mas não tão alto quanto os trocadores de pele Con ou Vitor. E com seus novos sentidos ela podia sentir o calor que emanava dele. Bianca sorriu e o encarou.

– Troquei foi de pele e não de cérebro, Fábio – disse, empurrando-o levemente. Fábio entendeu o recado e a soltou, ainda segurando o sorriso em seu rosto.

– Só estou dizendo – começou ele, enquanto dava alguns passos ao redor dela – que nada daquilo foi pessoal. Só estava ajudando uma amiga a marcar seu território. Acho que você consegue entender... – disse por fim, voltando a ficar de frente para ela, seus rostos a apenas alguns centímetros.

Ela segurou o sorriso.

– Acho que consigo...

Bianca baixou os olhos para a blusa justa dele, marcando sua musculatura. Fábio queria se exibir. Nicole tinha parado de dançar e erguera a sobrancelha com *piercing*, seus olhos acinzentados indo de um para o outro.

– Sei que seus sentidos devem estar uma loucura ainda – disse o parente Furioso, baixando o tom de voz e voltando a se aproximar um pouco mais dela. Seus rostos quase se tocando. – Então, posso te ajudar no que precisar...

Bianca não aguentou mais e começou a rir de gargalhar. Quase podia notar o peso que sentia em sua cabeça tornando-se mais leve.

– O que foi? – perguntou ele, visivelmente confuso, dando um passo para trás.

– Sai da frente, idiota – disse Nicole, fazendo-se ouvir acima da música, enquanto puxava Bianca para perto dela novamente.

Bianca ainda ria, sem conseguir se segurar.

– O que foi? – perguntou Fábio mais uma vez, seus olhos amplos e desconcertados.

– Ela só está com os sentidos aguçados, imbecil! – disse Nicole. – Ela não está no cio. Para com essa palhaçada e dá o fora daqui.

Fábio ainda olhou para Bianca, que se retorcia de tanto rir. Ela notou seu olhar magoado, mas não se importou. Em seguida, o garoto deu as costas e desapareceu entre os Karibakis dançando e conversando.

Imediatamente Nicole caiu na gargalhada também. Os olhos de Bianca estavam cheios de lágrimas e ela tentava respirar fundo e se conter.

– Bem que... – Bianca riu mais uma vez – bem que você me avisou que coisas assim iriam acontecer...

Nicole também respirou fundo e se controlou.

– Avisei – disse a garota. – Só não sabia que... – Então elas riram. – Deixa para lá... Ele parecia um pavão! – conseguiu dizer por fim.

– Ai, ai... minha barriga já está doendo de tanto rir – comentou Bianca, respirando fundo.

– Se prepara, última Farejadora! Vai ter um monte de parentes sem compromissos te rodeando feito urubus.

Bianca respirou fundo mais uma vez, se controlando finalmente. Ela olhou para a amiga, mas notou a expressão de Nicole mudando enquanto seu olhar focava algo mais à frente.

– O que foi? – perguntou Bianca, virando-se para olhar.

Mas não precisou da resposta de Nicole. No momento seguinte, viu Rafaela surgir. A linda garota de cabelos negros, olhos amendoados e trocadora de pele da linhagem dos Uivadores, caminhava devagar entre os adolescentes dançando. Seus companheiros de alcateia, Lucas e Vitor, não estavam à vista. E apesar de Bianca sempre admirar a beleza e a postura de Rafaela, essa noite a garota caminhava de olhos baixos e expressão fechada.

Depois da visita de Julian no hospital, dez dias atrás, Nicole fora ao quarto de Bianca e explicara tudo o que havia acontecido desde que os resgataram do alto do Monte Serrat, em Santos.

Os Corvos declararam o Ciclo da Trégua imediatamente extinto em todas as suas cidades e criou-se uma perigosa tensão entre a Ordem dos Caçadores e o Conselho. Ester ainda tentava evitar uma formal declaração de guerra entre eles.

Ao retornarem para o Refúgio, Nicole e Julian imediatamente perderam suas posições conquistadas desde que a resgataram durante o ataque na Barba Azul, portanto, a parente Furtiva não estagiava mais junto à Inteligência do Refúgio e Julian não substituía Yann durante o treinamento de Combate no Lemniscata.

Julian alegou que Patrick, Duda e Con apenas seguiam suas ordens, por isso eles não foram punidos, porém com Rafaela foi pior. Ela não apenas transgrediu ordens como fez isso sem o consentimento de Lucas, seu alfa.

E alfas não gostavam de perder o controle sobre os membros de sua alcateia.

Portanto, Lucas sentiu-se no direito de usar indiscriminadamente o dom da Verdade sobre ela. Ele exigiu saber muito mais do que o que tinha acontecido naquela noite em Santos. Assim, acabou descobrindo toda a verdade sobre Nicole e Rafaela estarem mantendo um relacionamento escondido.

– Não é justo com vocês – disse Bianca, observando Rafaela caminhar em direção a um grupo de adolescentes conversando. – Lucas não tinha o direito de ameaçar Rafaela de ser expulsa da alcateia se continuassem juntas.

– Deixa pra lá, nós duas vamos resolver isso uma hora ou outra – falou Nicole, virando as costas para não olhar mais para a Uivadora.

Bianca se voltou para a amiga.

– Mas a alcateia dela vai partir em missão amanhã. Você não a verá por semanas! Lucas está sendo um verdadeiro babaca.

O olhar de Nicole foi para algo atrás de Bianca e sua sobrancelha com *piercing* se elevou mais uma vez.

– É... nisso você tem toda a razão... – disse Nicole, tornando sua expressão um misto de zombaria e desafio.

Bianca sentiu-se gelar. Ela se virou para encarar Lucas logo atrás de si. Seus cabelos castanhos claros, olhos verdes e beleza sobrenatural chamavam atenção mesmo ali entre outros Destemidos Karibakis como ele. Mas ela não sentiu sua aproximação, provavelmente porque era difícil manter a concentração em seu dom quando estava rodeada por diversos trocadores de pele.

– Ei, Lucas, você ouviu? – provocou Nicole, erguendo a sobrancelha com *piercing*. – Finalmente Bianca se convenceu de que você é um verdadeiro e completo babaca. Essa garota é a prova de que ainda podemos ter fé nas pessoas.

Lucas deu um passo em sua direção, encarando-a. Nicole mantinha seu queixo erguido e um sorriso desafiador no rosto. Bianca quase podia sentir a tempestade acontecendo sob os olhos cinzentos da amiga.

– Nem pense em me provocar, *Ross* – disse ele, estreitando o olhar.

Bianca instintivamente se colocou entre eles. Ela podia sentir as pontas dos dedos queimarem e foi um esforço manter as garras retraídas. Pelo olhar do Destemido, ela adivinhou o que ele faria e Bianca não o deixaria submeter Nicole.

– Bia, é melhor você não se intrometer – pediu Lucas.

Bianca emitiu um ruído que podia ser um rosnado ou uma risada.

– Elas são minhas amigas e você não está sendo justo, ou lógico, com elas.

Um olhar estranho atravessou o rosto de Lucas e desapareceu em seguida.

– Esquece, Bia – pediu Nicole, tocando em seu braço. – Vou resolver isso, ok?

Mesmo com o pedido da amiga Furtiva, ela não se moveu. Lucas desviou o olhar do dela, claramente incomodado com a situação. E foi neste momento que o coração de Bianca acelerou e ela sentiu a aproximação dele antes mesmo de ouvir sua voz.

– Bem, preciso admitir que esta cena é realmente muito interessante... – disse Julian, com seu familiar tom arrogante.

Bianca virou o rosto e encontrou os olhos escuros de Julian. Os cabelos negros rebeldes caindo levemente sobre a testa. O corpo esbelto e a musculatura firme podiam ser notados sob a camiseta cinza que usava. Ele cruzou os braços e lhe dirigiu seu melhor meio sorriso irritante e, sem notar, os lábios dela também se curvaram num sorriso de canto.

Com uma pontada no peito, constatou que não o vira desde que conversaram sozinhos no hospital. Apesar disso, Bianca sabia que Julian estava no Refúgio, pois podia *senti-lo*. Era como se houvesse uma linha de energia constante vibrando no ar entre eles. Foi sentindo o rastro de Julian o tempo todo que ela notou que seu dom do Farejar se tornara tão simples e instintivo, como o ato de respirar.

Entretanto, os dois não se falaram mais.

E, finalmente, lá estava ele com os olhos escuros sobre ela. Fazendo-a ter plena consciência de que não importava quantos Destemidos estivessem ao seu redor, Bianca ainda acharia a beleza natural e sombria de Julian perfeita.

– Ainda me lembro do dia em que vi vocês dois juntos pela primeira vez em uma festa... – provocou Julian, olhando para um e depois para o outro. – Quanta diferença, não acham?

O sorriso de Bianca desapareceu e seus olhos faiscaram. Ela ouviu a risada de Con e Patrick atrás de Julian. Se divertiam com a situação. Eles deveriam saber que a primeira vez que Julian a viu com Lucas, eles estavam se beijando na Barba Azul.

Lucas estreitou os olhos perigosamente.

– O que foi? – provocou Julian. – Está mais bravo porque Nicole e Rafaela estavam se pegando sem você saber ou porque Bianca não deu a mínima para seu convite para fazer parte da alcateia?

Ela notou o corpo de Lucas tornar-se completamente tenso e então deu um passo para o lado, saindo do caminho dos dois alfas. Julian estava fazendo bem o seu papel de irritador profissional e ela não iria ficar no meio disso.

– É melhor você parar de me provocar, Ross – rosnou Lucas.

Ross...

– Sabe – falou Julian –, Rafaela deveria ter aceitado o convite para entrar em minha alcateia. Pelo menos assim ela estaria se divertindo esta noite com minha prima e não por aí, mal-humorada pelos cantos.

– Julian... – pediu Nicole. Entretanto, num piscar de olhos, Lucas já estava sobre ele, agarrando sua camiseta e rosnando sobre seu rosto.

E mesmo sendo quase do mesmo tamanho do Furtivo, Lucas parecia muito maior e ameaçador. Julian não reagiu, apenas manteve seu olhar fixo em Lucas. Seus rostos a apenas alguns centímetros.

Os pelos de Bianca se eriçaram e ela rosnou, mas seu rosnado foi abafado pelo rosnado do Furioso Con enquanto Patrick mantinha seu olhar fixo e sombrio sobre eles. Se Duda estivesse ali, Bianca tinha certeza de que estaria rosnando também, mas a jovem Destemida ainda estava de repouso por causa dos ferimentos que recebeu de lâminas de prata durante o combate em Santos, treze dias atrás. Julian havia lhe dito que a garota estava bem, mas que as ordens médicas exigiam mais alguns dias de descanso.

Lucas largou a camiseta de Julian, mas não parecia intimidado. Ele soltou um alto rosnado de aviso.

– Ei, Lucas – disse Julian, com um sorriso provocador –, quanto tempo você acha que Rafaela vai levar pra abandonar sua alcateia de uma vez por todas?

Bianca podia sentir a atenção dos olhares curiosos ao redor.

– Vai ter que passar por cima de mim para ter Rafaela em sua alcateia – rosnou Lucas.

O Furtivo riu debochado, ajeitando algum amassado que ele deixou em sua roupa.

– É sério que você acha que isso seria difícil para mim?

Bianca arregalou os olhos. Não entendia como Julian ainda conseguia manter o humor contra a presença do Destemido. Seu autocontrole era admirável.

– O que está acontecendo aqui? – Era a voz de Rafaela, se aproximando. Rafaela e Nicole trocaram rápidos olhares.

Com a chegada da Uivadora, Julian sorriu como se o desafiasse, mas Lucas sabia que alfas eram proibidos de brigar no Refúgio.

– Olha, acho que estou pensando em talvez abrir uma vaga para Farejadores também, o que acha? – perguntou Julian para Lucas. – Com Rafaela e Bianca eu teria uma alcateia completa – finalizou, com uma piscadela para Bianca.

O Destemido rosnou alto e avançou, mas foi barrado por Rafaela, que se colocou na frente, segurando-o. Dessa vez, Lucas não parecia querer apenas amassar sua camiseta.

– Não faça isso, Lucas – disse Rafaela. – O Conselho vai te punir.

O Destemido olhou para sua companheira de alcateia e respirou fundo, se acalmando. Então virou-se para Julian.

– Você não merece Rafaela e muito menos Bianca – rosnou. – Mas nem preciso te dizer isso porque nenhuma delas fará parte de sua alcateia, de qualquer forma.

Bianca ergueu as sobrancelhas.

– Farei sim.

Lucas virou-se para ela.

– Quê?

Ela ergueu os ombros.

– Eu disse que farei parte da alcateia de Julian. Não é você quem decidirá isso, Lucas. – Bianca não pretendia provocá-lo, mas não era ele quem definiria suas decisões. Ele não a controlava como controlava Rafaela.

A expressão de Lucas estava entre assombro e confusão.

– Só que também não é você quem decide, Bianca – disse Julian.

– O quê? – Agora foi a vez dela parecer admirada.

Julian levou as mãos aos bolsos de sua calça jeans.

– Eu disse que *talvez* abrisse uma vaga para Farejadores, mas pode ser que ainda espere um Farejador melhor aparecer por aí, quem sabe tenho alguma sorte...

– Sério mesmo? – interrompeu Patrick completamente indignado atrás dele. Até o imenso Con parecia surpreso com o comentário do Furtivo.

Qual era o problema de Julian agora?

Mesmo com o beijo na clareira, algumas horas antes de Bianca tardiamente trocar de pele, imaginava que Julian não ficaria com frescuras para aceitá-la como membro de alcateia.

– Não entendo o espanto – disse ele, erguendo os ombros. – Mas prometo que pensarei seriamente na possibilidade, tá legal?

Bianca sentiu-se estremecer de tanta vontade de fazê-lo em picadinhos com suas novas garras.

– Querido primo – disse Nicole –, você realmente só pode ter pirado. – E então ela agarrou Bianca pelo braço, começando a puxá-la dali. – Vem, Bia.

Bianca ainda segurou o olhar de Julian por um instante antes de se virar e seguir a amiga Furtiva. Nicole a levou por entre jovens adolescentes que fingiam conversar, mas que estavam bem atentos ao desenrolar da discussão. Bianca baixou os olhos, sentindo seu humor cair.

– Vem, vamos sair daqui – disse a parente Furtiva. – Chega de show! E onde será que está aquele cabeça oca do Ricardo?

Ela estava um pouco desnorteada com o comentário de Julian, entretanto tinha outra coisa mais importante para se preocupar no momento. Nicole era ótima em disfarçar o que sentia com sua rebeldia habitual, mas Bianca podia perceber seu sofrimento. A parente Furtiva a puxou até pararem numa das bordas da clareira.

– Espere, Nic – pediu, encarando-a enquanto a segurava pelos ombros gentilmente. – Você tá legal?

– Claro que estou... – respondeu a Furtiva, olhando distraidamente sobre o ombro de Bianca. – Estou muito bem. – E então o olhar de Nicole se ampliou de repente. – Ahhh! Lá está ele!

Bianca soltou Nicole e olhou sobre o ombro. Ricardo vinha de um caminho iluminado por pequenas lâmpadas douradas penduradas entre os galhos mais baixos das árvores. Tinha as mãos nos bolsos, a cabeça baixa e parecia ter acabado de chegar na festa da fogueira.

Ricardo era meio-irmão de Rafaela e parente Uivador. Tinha feito dezessete anos dois dias atrás e seus olhos orientais eram um charme que combinava com seus cabelos espetados e o sorriso sensual como o de Rafaela.

Ele sorriu e começou a caminhar até elas, mas aquele não era o tipo de sorriso que Bianca estava acostumada a ver em seu rosto.

Ricardo andava estranho desde que tinha se comunicado com os espíritos na escola abandonada em Santos, dias atrás. Possuía olheiras, como se não estivesse dormindo bem e sua alegria natural diminuíra bastante.

– O que há de errado com você? – foi logo dizendo Nicole. – Por que está com esta cara, Ric?

Bianca notou a tensão na expressão dele.

– Não tem nada de errado comigo, Nic, esta é a minha cara linda de sempre – disse, forçando outro sorriso.

– Sua cara, sei... – disse Nicole, soando irritada. – Você tá parecendo um zumbi andando por aí ultimamente.

Bianca se aproximou do amigo e instintivamente pegou em sua mão. Ricardo pareceu um pouco surpreso, mas o toque e a proximidade pareceram relaxá-lo um pouco.

– Ric, o que houve? – perguntou Bianca suavemente. – Com o que está preocupado?

Ele a observou por um instante. Suas mãos ainda unidas. Em seguida, olhou em volta e pegou a mão de Nicole também, puxando-as em direção à escuridão entre as árvores.

Eles afastaram-se da música e das luzes da festa da fogueira. Dentro do Refúgio a mata não era tão espessa como nos arredores.

– O que foi, Ric? – perguntou Nicole apreensiva, assim que ele as soltou sob a copa de uma frondosa cássia de flores amarelas.

– Eu falei com o Conselho... – começou ele.

O Conselho. Ricardo passou uma das mãos no rosto e Bianca notou um brilho febril em seu olhar. O Conselho do Refúgio Verde, localizado na Serra do Mar, era o governo dos Karibakis na América, e era composto atualmente por oito experientes trocadores de pele. O único Refúgio que possuía dois membros de cada uma das linhagens existentes: Destemidos, Furiosos, Furtivos e Uivadores. Havia também dois lugares vazios no Conselho e estes pertenceriam a membros da linhagem de Bianca, os Farejadores, se não tivessem sido praticamente extintos há vinte e cinco anos.

Bianca aprendera que cada um dos cinco Refúgios espalhados pelo planeta possuía o seu Conselho, presidido por um líder Karibaki, conhecido como a Voz da Lua. As cinco Vozes da Lua, líderes dos cinco Refúgios, formavam o Conselho Alfa. O governo real, acima de todos os Karibakis do mundo.

Eram os Conselhos que decidiam sobre o destino dos Filhos da Lua. Eles concentravam todos os poderes, decidiam sobre o treinamento das crianças a partir dos sete anos, administravam as missões das alcateias e cuidavam para que o Acordo fosse respeitado, conduzindo punições severas.

Um dia depois de acordar no hospital do Refúgio, após o resgate das meninas em Santos, Bianca jurou o Acordo.

Os nove itens do Acordo tinham que ser obedecidos não importando seus desejos, sentimentos ou motivações. O Acordo era a lei Karibaki e todos os anos, sob o dom da Verdade de um Destemido do Conselho, Bianca teria que jurar não ter transgredido nenhuma de suas regras. E como a mais nova membro oficial do Refúgio Verde, a vida de Bianca estava nas mãos do Conselho.

– E daí que você falou com o Conselho? – disse Nicole, apoiando suas costas no tronco da cássia.

– E daí que a Voz da Lua usou o dom da Verdade sobre mim, como esperado. – Então os olhos dele baixaram em direção à grama, terra e pétalas amarelas sob seus pés. – E Ester me pediu para contar tudo o que os espíritos me falaram, só que...

– Ahh já sei... – interrompeu Nicole, erguendo sua sobrancelha com *piercing*. – Você descobriu que não havia nada para falar e tudo foi uma doideira da sua cabeça, certo?

– Não, poxa... – disse ele. – Não foi nada disso... Contei para eles o que Galen me disse sobre a Sombra de Hoark estar se aproximando e também sobre Bianca não ser a única... Disse que achava que ele estivesse falando sobre ela

| 41 |

FILHOS DA LUA - O LEGADO SOMBRIO

não ser a única Farejadora, mas daí podem imaginar a cara que fizeram para mim... Acho que a maioria não me deu muita atenção... – Ele fez uma pausa. – Fico pensando o tempo todo sobre o que a mulher misteriosa disse sobre Bianca ser odiada e caçada pelas linhagens. Isso seria terrível!

Bianca ergueu as sobrancelhas e não conseguiu evitar um sorriso de gratidão nos lábios.

– Ric... – disse, aproximando-se um pouco mais. – O espírito do primeiro Farejador te fala que o mundo está prestes a desmoronar sob o ataque de milhares de Taus e você está preocupado com o que a mulher falou sobre mim?

Um esboço de sorriso surgiu na expressão dele e Bianca se inclinou para deixar um beijo suave em sua bochecha. Ao lado deles, Nicole riu.

– Isso é bem coisa desse parente Uivador de meia tigela – disse Nicole, erguendo a mão para bagunçar o cabelo dele.

Ricardo resmungou enquanto se afastava delas e tentou ajeitar seu penteado novamente.

– Você é um doce, Ric – comentou Bianca –, mas não deve se preocupar comigo. Acho que agora já sei me cuidar um pouquinho melhor.

– Sei que pode – disse ele. – Mas sinto como se precisasse fazer algo a respeito de tudo o que ouvi. Afinal de contas, foi para mim que falaram... Tem toda uma cambada de parentes Uivadores tentando há tempos bater um papo com qualquer espírito dos Farejadores, e de repente o próprio Galen vem e fala comigo! Comigo! – repetiu, arregalando os olhos para algum lugar acima dos galhos.

– O Refúgio, na verdade, não acreditou muito que foi Galen quem se comunicou, não é? – falou Nicole.

– Acho que não acreditaram – disse ele, baixando o olhar. – Talvez pensem que eu apenas *ache* ter falado com ele, ou que estou maluco. Me mandaram embora depois de algumas perguntas.

– Então, deixe isso com o Conselho – falou a Furtiva. – Eles devem se preocupar se a comunicação é real ou não e sobre as consequências disso tudo.

Bianca sabia que Nicole não tinha muita certeza de que ele havia se comunicado com o primeiro Farejador e não achava que as mensagens devessem ser levadas tanto a sério. Rafaela uma vez contou que os espíritos podiam mentir e confundir jovens parentes Uivadores. Nicole desconfiava que esse poderia ser o caso e que o Conselho também pensaria assim, mas Ricardo tinha certeza de que não. E Bianca, de alguma forma sentia, no fundo de sua alma, que ele tinha razão.

– Sei que deveria deixar tudo nas mãos do Conselho, mas eu... – ele se interrompeu, havia uma pontada de angústia em sua voz.

– Sabe o que eu acho? – falou Nicole, enlaçando seu braço ao redor do dele. – Acho que você tem é passado horas demais na biblioteca pesquisando sobre essa maluquice toda. Nerdices têm limites! É óbvio que isso vai te deixar deprê...

Ele a encarou com olhos amplos.

– Mas Nic, eu só estou pesquisando... só estou tentando entender...

– Sei disso, bobão. – Pelo tom de Nicole, ela estava desistindo das argumentações. – Mas que tal se você deixar um pouco de lado essa paranoia e se divertir pelo menos essa noite, Ric?

Ele abriu a boca para responder algo, mas ela não deixou. Foi logo puxando-o de volta, em direção à festa na clareira.

– Não estou te dando opções! – disse Nicole. – Pelo menos essa noite, tente se divertir, tá? Amanhã você volta para essa doideira, se quiser. E quem sabe até passo na biblioteca para te ajudar um pouquinho?

Seus olhos amendoados se iluminaram.

– Você iria mesmo?

– Sim, eu iria, seu maluco – confirmou Nicole. – Mas só se você dançar e se divertir essa noite.

– Tudo bem – disse, com um sorriso de alívio. – Acho que posso fazer isso...

Eles começaram a caminhar em direção à clareira, à música e às luzes das labaredas.

– E você não vem, Bia? – perguntou a parente Furtiva, parando ao perceber que Bianca estava ficando para trás.

– São meus sentidos... – mentiu. – Estou ficando com dor de cabeça. Tem muita gente e barulho aqui. Acho que vou descansar um pouco no dormitório.

Nicole apertou os olhos.

– Tudo bem, a gente se vê amanhã então... – disse, parecendo acreditar por fim.

Na escuridão da floresta, ela acenou e os observou se afastarem.

Bianca compreendia Ricardo, pois, no fundo, também se sentia ansiosa e perdida. As palavras dos espíritos também pareciam ecoar dentro dela e enchiam suas noites com novos pesadelos. Haveriam outros como ela? O que poderia fazer para evitar a ativação de todos os Taus do mundo? E essas eram apenas as perguntas mais fáceis. Havia outras que ela ainda se negava a fazer.

Bianca, deu as costas para a festa ao redor da fogueira e se embrenhou na mata, sentindo a estranha sombra cair sobre seus olhos novamente.

3

Graças aos seus novos sentidos, a escuridão não incomodava mais Bianca. A floresta durante a noite era rica em detalhes. O odor da vegetação rasteira e das folhas delicadas sobre as árvores era maravilhoso.

Ela podia perceber toda a vida noturna acontecendo ao redor. Entretanto, caminhava tentando não se deixar abater pelo estranho sentimento que ameaçava sufocá-la. Fechou os olhos por um instante e respirou fundo.

Já haviam se passado dez dias desde que acordou e treze dias desde Santos. Bianca tinha voltado para seu quarto dois dias atrás, mas somente ontem assistiu a algumas aulas e foi muito estranho, foi como se nada de especial tivesse acontecido.

Todos agiam como se ela não tivesse trocado de pele aos dezesseis anos, sendo o limite treze. Como se ela não tivesse matado um Voraz, um acontecimento que, segundo eles mesmos, qualquer trocador de pele adulto e experiente teria dificuldades de realizar. Como se finalmente os espíritos de Farejadores não tivessem se comunicado desde a Noite da Aniquilação e estranhas e perigosas mensagens não tivessem sido proferidas.

De alguma forma, aquela reação era reconfortante, pois Bianca preferia não falar sobre nada daquilo.

Nicole acusou Ricardo de parecer um zumbi por aí, mas acontece que ela mesma sentia-se assim. Andava pelos dormitórios, pelo jardim

Oliva, pelo Pátio Eterno, pelos corredores moldáveis do Lemniscata sem qualquer vontade de sorrir, sem vontade de rir. O que havia de errado com ela?

De certa forma, entendia a mudança de espírito de Ricardo.

Será que ele também podia sentir que algo estava errado?

Só não sabia o que era, ou o quão ruim seria, mas podia sentir que algo se aproximava, tocando cuidadosamente em seus sentidos, convidando-a a segui-lo, a alcançá-lo, a descobri-lo. Talvez fosse o dom do Farejar, enlouquecendo-a um pouco.

Ricardo pelo menos está fazendo algo. Ele está pesquisando, procurando respostas, mas e eu? Apenas passo horas olhando para o nada e sentindo essa estranha angústia... É como se algo quisesse me devorar de dentro para fora...

Com esse pensamento, Bianca virou o rosto, concentrada em sentir o que talvez ninguém mais poderia. Na direção de seu olhar, após quilômetros de densas florestas, cortadas por rodovias atravessando serras e picos cobertos por pesada névoa, estava Santos, a cidade protegida pelos caçadores.

Era como se um ímã a puxasse naquela direção. Mas Santos era um lugar em que não poderia pisar ou traria mais problemas para o Refúgio e para os Karibakis que a acolheram e protegeram.

E além disso tudo, havia Julian...

Tinha consciência de que ele havia deixado a festa momentos atrás. Mesmo enquanto conversava com Nicole e Ricardo, ela mantivera parte de sua atenção no rastro do Furtivo.

Parando por um instante sob as árvores, Bianca fechou os olhos.

Enquanto estava no hospital, descobriu que poderia rastrear um trocador de pele específico mesmo sem qualquer rastro físico sobre sua passagem no ambiente. Isso se ela o conhecesse bem o suficiente e se a pessoa não estivesse muito distante.

Inspirou fundo e esvaziou a mente, afastando a pressão angustiante.

O cheiro da mata, o som dos insetos e dos animais, assim como a música e as conversas ao redor da fogueira se distanciaram. Alcançou o sempre presente odor de Julian, aceitando as percepções que seu dom sempre trazia. Sentiu sua pele formigar levemente e uma sensação de reconhecimento no ar a percorreu, juntamente com o suave e fugidio odor de um Furtivo por perto, que era quase como uma impressão física. E antes que a sensação pudesse desaparecer, Bianca se concentrou e o leve formigar se transformou em um tipo de linha fina de energia vibrante, que ela quase podia enxergar, e a puxava para algum lugar, para Julian.

| 45 |

FILHOS DA LUA - O LEGADO SOMBRIO

Tão fácil e tão natural era o dom do Farejar que Bianca se perguntava como pudera, por tanto tempo, negá-lo.

Ela começou a seguir o rastro e então parou, surpreendendo-se com outro toque, outra corrente familiar que a alcançou em suas costas. O toque de outras linhas de energia, um odor vibrante e rico, seguido por outro, suavemente picante. Dois trocadores de pele estavam por perto, um Destemido e um Uivador.

Ela se virou para a direção desse faro e aguçou um pouco mais seus sentidos. Bianca apertou o maxilar quando uma voz distante e conhecida a alcançou.

– ...tou a se encontrar com Nicole? – A voz era de Lucas.

– Eu já disse que não! – respondeu a voz, que Bianca reconheceu ser a de Rafaela.

Bianca se virou e caminhou cuidadosamente em direção às vozes, tentando vê-los entre as árvores no caminho.

– Rafa, eu só quero que fique longe deles...

– *Eu* estou longe deles! – rebateu ela. – Foi *você* quem começou a discussão com Julian na festa, não eu – disse Rafaela. – Ahh, quer saber? Use a droga do seu dom em mim de novo e vamos acabar com isso! Não estou mentindo.

Ela ouviu o suspiro do Destemido.

– Não vou usar. Não quero passar dos limites de novo – disse Lucas, no momento em que Bianca passava silenciosamente por uma grande árvore e os dois surgiam em seu campo de visão, alguns metros à frente. – Você não entende que só quero te proteger e poder confiar em você de novo?

Rafaela soltou um ruído de frustração.

– Talvez fosse mais fácil se você não se intrometesse entre Nicole e eu, daí eu poderia confiar em você também.

Houve uma pausa.

– Um dia você vai entender por que estou fazendo isso – disse ele.

Rafaela ergueu as sobrancelhas.

– Não, não vou – disse, firmemente, antes de virar as costas e sair em direção à festa.

Lucas levou a mão a nuca observando a Uivadora desaparecer entre as árvores.

Bianca esperou um instante e então deu um passo à frente, sem se preocupar mais em ser ouvida.

– Julian está certo – disse ela. – Acho que não vai demorar para você perder Rafaela...

Lucas se virou. Não parecia surpreso em vê-la.

– E deixe-me adivinhar... – falou, com certo ressentimento na voz – você também acha que estou sendo um babaca por não aceitar que Rafaela namore Nicole.

Ela deu de ombros.

– Acho...

Ele balançou a cabeça.

– Sou o alfa de Rafaela e é minha responsabilidade mantê-la protegida.

Bianca fez uma careta.

– Protegê-la do quê? Por um acaso você acredita que Nicole seja algum tipo de ameaça?

– Acredito.

Ela arqueou as sobrancelhas.

– Ah, tá! – ironizou Bianca. – E eu acho que você é só um garoto mimado e preconceituoso querendo encontrar uma desculpa para justificar uma atitude injustificável.

Ele deu um passo em sua direção e seus olhos verdes faiscaram.

– Você não tem que achar nada, Bianca – irritou-se. – Está aqui há menos de um ano e pensa que pode me julgar? Você não sabe nada ainda sobre nós ou sobre o que aconteceu com a minha família.

Bianca torceu os lábios.

– E o que a sua família tem a ver com isso?

– O que tem a ver é que os *Ross* aconteceram... e eu nunca mais vou deixar isso ocorrer.

Bianca imediatamente se lembrou do que Ricardo tinha lhe contado no velório dos pais de Duda e de Leonardo sobre a família de Lucas e a família de Julian não se darem bem. Porém, não se lembrava de ter questionado o motivo naquele momento.

Bianca suspirou.

– O que houve? – perguntou, suavizando a voz.

Ele baixou o olhar para a vegetação escura aos pés dela e não falou por alguns segundos. Ela esperou, mas já ia pedir para deixar isso para lá, quando Lucas começou a falar.

– Tive uma irmã mais velha – começou, e ela percebeu que nunca tinha ouvido falar que ele teve uma irmã, mas Bianca estava há pouco tempo no Refúgio e já tinha notado o quanto os Karibakis eram reservados quanto aos assuntos de família. – Lucia era uma parente Destemida e namorava o irmão mais velho de Julian. Ela era completamente apaixonada por ele.

– Daniel? – perguntou Bianca, com uma pontada de surpresa. O nome de Daniel se misturou com as lembranças da noite da morte de sua mãe. A raiva fez seu corpo estremecer. Bianca cruzou os braços sobre o peito.

Lucas ergueu o olhar para ela.

– Sim, Daniel. E simplesmente certa noite, há oito anos, Lucia apareceu morta... Dilacerada...

A boca de Bianca se tornou uma linha fina.

– E foi Daniel quem matou sua irmã?

– Culparam os Pérfidos – respondeu ele. – Mas, antes de morrer, Lucia havia ligado para meu pai, avisando que havia algo de errado com a família de Daniel e que eles não eram confiáveis. Na verdade, suas palavras exatas foram que eram um grande perigo... Meu pai tentou entender do que ela estava falando, mas minha irmã desligou o telefone depois de avisar que estava voltando para casa. Lucia apareceu morta pouco tempo depois.

Bianca inspirou fundo, encarando Lucas enquanto controlava sua vontade de contar a ele tudo o que sabia sobre Daniel.

– E você acha que os Ross têm algo a ver com isso?

Lucas acenou concordando.

– Daniel se defendeu para o Conselho sob o dom da Verdade. Alegou que minha irmã estava louca de ciúmes e que tinha colocado na cabeça que a estava traindo, por isso teriam discutido naquela noite e Lucia teria saído sozinha da casa deles no Guarujá, sofrendo uma emboscada de Pérfidos pouco tempo depois.

Bianca permaneceu em silêncio.

– E não é só isso – continuou ele. – Há a morte de Isabel, avó de Julian que carregava o dom puro dos Farejadores, a morte de Joana, a mãe de Julian, e também a de Daniel em uma missão que nunca ficou muito bem esclarecida. Tudo muito estranho.

Bianca mordeu os lábios. Sabia muito bem como Daniel havia morrido durante a missão de matar ela e sua mãe.

– Posso estar paranoico, mas meu pai e eu temos certeza de que Daniel mentiu. Só não sabemos como. Algumas coisas que ele disse simplesmente não batem. O Conselho do Refúgio deu o caso como encerrado e culpou os Pérfidos, mas nenhuma pista deles foi encontrada no local do assassinato durante as investigações.

— E você acha que Julian e Nicole têm algo a ver com isso? Eles deviam ser crianças quando sua irmã morreu.

Lucas balançou a cabeça.

— Não importa. Os Ross são perigosos. Duda escolheu a alcateia de Julian, apesar de seus pais a terem proibido de fazer isso, e não é à toa que ela esteja com problemas por causa da decisão dele de invadir Santos — disse, franzindo o cenho. — Você sabia que o Conselho da Ordem Superior dos Caçadores ainda está em discussão sobre as consequências do que vocês fizeram?

Bianca enrugou o cenho.

— Não, eu não sabia.

— E aposto como você também não tem ideia de qual é a pena que a Ordem geralmente exige por invasões como as que vocês fizeram — disse ele. Bianca o olhou, ele sabia que ela não sabia. — A Ordem dos Caçadores exige a vida da alcateia.

— O quê?

— Os caçadores exigem a vida da alcateia e, depois de um rápido julgamento interno na Ordem, os caçadores decidem se perdoam os trocadores de pele e os libertam ou se sacrificam suas vidas.

Bianca ampliou o olhar, sentindo seu coração bater mais forte. Entretanto, sabia que Ester jamais permitiria aquele tipo de punição sobre eles.

— Mas o que a gente deveria ter feito? Gabrielle e as gêmeas estavam em perigo. As meninas iam ser devoradas vivas!

— Tenho certeza de que as gêmeas não teriam entrado em perigo se não fosse por Gabrielle *Ross*.

Bianca sentiu-se arrepiar. Havia tanta certeza e rancor nas palavras de Lucas que ela não sabia o que dizer para convencê-lo. Culpar Daniel e Walter, até mesmo Julian (já que ele faz o possível para parecer uma pessoa horrível para Lucas) é compreensível, mas culpar uma menininha de onze anos já era demais.

— Lucas, esse pensamento é horrível!

— É o que penso e meu pai também. — A voz dele era dura. — Eu amava minha irmã e a tiraram de mim — disse, sua expressão se fechando. — A família de Nicole é mentirosa e perigosa.

Bianca engoliu em seco.

– Você pode estar certo sobre Daniel e Walter, mas não sobre Gabrielle, Nicole ou Julian.

Ele piscou.

– Julian? – disse, com uma careta. – Esse cara é horrível com você o tempo todo. Não entendo porque está defendendo esse imbecil.

Ela ajeitou uma mecha de cabelo atrás da orelha, pensando no que poderia lhe dizer.

– É que talvez ele não seja tão ruim quanto parece.

Lucas ampliou o olhar.

– Acho que você é muito ingênua – disparou. – Eles já machucaram minha família uma vez e não vou deixar isso acontecer de novo. Rafaela ficará longe de Nicole. E você também deveria ficar, Bia. Entenda uma coisa, aquela família destrói todos ao seu redor.

Bianca apertou o olhar, encarando-o por alguns segundos.

– Então você está querendo me dizer que se Nicole não fosse uma Ross, você as aceitaria como um casal?

Ele baixou o olhar por um instante, considerando a pergunta dela.

– Não sei – respondeu, finalmente. – Em nosso mundo o dever vem antes, muito, muito antes do amor.

Sua resposta a deixou com uma sensação de aperto no peito.

– Lucas... – disse Bianca, baixando o tom de sua voz. – É assim que você se sente com relação à Giovanna?

A expressão dele ficou tensa, seus ombros ficaram rígidos. Ele desviou o olhar.

– Não vou mentir – falou. – Estava sendo sincero quando disse que a deixaria por você na época em que todo mundo achava que fosse uma parente. Mas agora, apesar de não sentir nada especial por ela... nós nos casaremos um dia e tentaremos ser felizes. Pelo menos tentaremos ser amigos e cumpriremos nosso dever tendo alguns Destemidos para nos substituir nesta guerra...

Bianca arqueou as sobrancelhas.

– Você tem noção do absurdo que acabou de falar?

Os olhos verdes dele se semicerraram.

– Você ainda não nos entende.

– Não mesmo – exclamou Bianca. – Mas para mim isso não tem lógica. O que adianta uma vida assim? Pelo que você lutaria? Pelo que morreria?

– Pelo dever, Bia – respondeu em tom grave. – A maioria de nós sacrificaria tudo pelos Nove Acordos, pelo dever de proteger a humanidade e o nosso mundo. Menos do que isso seria egoísmo.

Ela ergueu as sobrancelhas.

– Egoísmo? – Bianca se segurou para não responder com irritação. Não adiantava discutir, ela podia ver isso nos olhos do Destemido. – Lucas, só espero que encontre um cantinho para a sua felicidade no meio de tantos sacrifícios por esse tal de dever...

Lucas deu um sorriso e Bianca sentiu seu coração apertar. Era o sorriso mais triste que já vira em seu belo rosto.

– Eu também espero – respondeu ele. – Mas você só pensa assim porque ainda não sente o peso que a gente sente. O peso da responsabilidade pela sobrevivência de uma alcateia ou de todo um povo sobre suas costas...

Ela franziu a testa.

– Você se sente responsável pelos Karibakis?

– Não só por eles... É assim que somos criados, Bia. Está em nosso sangue proteger a humanidade. É para isso que vivemos e morremos.

Ela entreabriu os lábios, mas voltou a fechá-los. *Dor e sacrifício.* Era o que Julian sempre lhe dizia. Era a base de todo o pensamento Karibaki.

– Tenho que voltar para a festa... – disse ele, virando-se em direção à clareira.

– Espere... – pediu ela, segurando seu braço. – Vocês vão partir amanhã, não vão?

Ele abriu um pequeno sorriso.

– Ao amanhecer – respondeu. – Mas vamos sozinhos primeiro. Vitor me pediu um favor e precisaremos fazer algo antes de nossa missão. Depois encontraremos minha mãe no Espírito Santo. Ela é membro da equipe tática da alcateia em que estagiaremos. Giovanna e os outros parentes táticos só vão daqui a alguns dias.

Bianca acenou compreendendo.

– Tá, então boa sorte e tome cuidado.

Ela viu uma faísca no olhar dele. Lucas deu alguns passos para alcançá-la e levou uma das mãos ao rosto dela.

– O que foi, Bia? Está com medo que aconteça algo com seu Destemido favorito? – disse, com seu sorriso mais charmoso, mostrando seus dentes perfeitos, em seu rosto perfeito. Ela quase perdeu o fôlego, antes de conseguir sorrir de volta.

– Estou – disse ela –, apesar de eu ainda achar que está sendo ridículo com relação à Nicole e Rafaela.

Ele soltou o rosto dela.

– Você deveria ter aceitado fazer parte de minha alcateia – disse, e então cerrou a sobrancelha. – Olha, se for por causa do que aconteceu na Barba Azul entre nós dois que você não quer ser de minha alcateia, posso te garantir sob o dom da Verdade que eu...

Ela balançou a cabeça, interrompendo-o.

– Não, não tem nada a ver com isso – respondeu, com confiança. – Meus motivos são os que te falei antes. Ainda não aceito o jeito que lidera sua alcateia. Além do mais – disse, estampando um sorriso –, tenho certeza de que, se eu aceitasse, Giovanna encontraria uma forma de me fazer em picadinhos.

Lucas sorriu, suavizando suas linhas de preocupação.

– Acho que ela ainda não esqueceu a surra que deu nela na frente de todo mundo durante o treino. Mas te garanto que Giovanna poderia não gostar de você no começo, mas logo aprenderia a te respeitar e obedecer.

Bianca torceu os lábios.

– Ahh, *isso* eu duvido muito.

Ambos sorriram agora.

– A alcateia que tiver você um dia será uma alcateia de muita sorte – disse ele. – Escolha bem, Bia, e fique longe dos Ross.

E então Lucas se voltou para a mata, caminhando em direção à festa na fogueira, desaparecendo entre folhagens.

Bianca inspirou fundo. As novas informações tomando lugar em sua mente. Infelizmente, não foi somente sobre a família de Bianca que Daniel deixou um rastro de sangue e dor.

Ela queria muito contar a verdade para Lucas, mas ainda restava descobrir se Walter era responsável pela morte de sua mãe e dos outros Farejadores, e também se mais alguém ali seria.

Seu pensamento se voltou para Julian de novo.

Bianca se virou para dentro da mata e começou a caminhar, seguindo o Rastro. Quando percebeu, já estava correndo, desviando de árvores e galhos, saltando sobre arbustos e grandes raízes. O calor do seu corpo aumentando com o esforço, porém não se sentia cansada.

Nem tentou ser discreta ao sair da floresta para os jardins atrás do hospital e da garagem. Não sentiu nenhum outro odor Karibaki. Não havia mais nenhum trocador de pele por perto além deles. E somente parou de correr ao ver a silhueta de Julian debruçada sobre o guidão da moto Shadow preta. A orelha dele se mexeu um pouco e então sua expressão entediada mudou quando se virou para vê-la se aproximar.

– Você demorou – disse Julian, ajeitando-se no banco enquanto ligava a moto.

Bianca já havia parado de correr e caminhava em sua direção.

– Você estava me esperando?

– O que acha?

Ela sorriu e, sem precisar esperar outro pedido, subiu na garupa. Julian esperou ela se ajeitar e ligou o motor, avançando em direção a um caminho na mata próxima.

– Isso foi uma surpresa – disse ela, sentindo o vento contra a moto agitar seus cabelos.

– Foi mesmo?

Bianca não respondeu. Estava prestando atenção no caminho, mas sabia exatamente para onde iriam. As palavras de Lucas ainda ecoavam em sua mente e Bianca se esforçou em afastá-las... por enquanto.

4

Minutos depois já estavam em uma pequena estrada de terra, subindo um dos morros próximos ao Refúgio. Eles não se falaram durante todo o caminho.

Respeitaria o espaço que Julian havia colocado entre eles nos últimos dias. Pelo menos assim ela podia se concentrar na paisagem ao redor e em Julian na sua frente. Observava-o discretamente enquanto o vento bagunçava seus cabelos da cor da noite, resistindo à sua vontade de tocá-los.

Quando finalmente chegaram no mesmo lugar onde ele a tinha levado em seu aniversário, Bianca desceu da moto e caminhou em direção às pedras do precipício, inspirando fundo. A visão era de tirar o fôlego.

As copas das árvores da mata atlântica formavam um mar de florestas onduladas por montes adiante. Abaixo de onde estavam não havia mais escuridão cega e sim um rio, que corria entre grandes pedras afiadas, e, depois, floresta. Com os sentidos aguçados ela também o ouvia e podia sentir o cheiro de água corrente misturado com outros odores da floresta. As luzes das estrelas formavam uma linda abóbada sobre a copa das árvores e era incrível como o vento e as folhas criavam um infinito farfalhar.

Era como se a vida sussurrasse ao seu redor e tudo o que precisava fazer era prestar atenção e ouvir... Assim como era capaz de ouvir o coração pulsando firme atrás de si...

Ela podia ouvir o coração de Julian, batendo forte e ritmado.

– Agora você pode ver? – disse ele, interrompendo seus pensamentos.

Bianca não respondeu imediatamente. Apenas fechou os olhos, prestando atenção nas batidas hipnotizantes. De repente, sentia-se como se a noite não conseguisse mais esconder o universo para ela. E isso era tão incrível quanto assustador.

– Sim... posso – respondeu finalmente, antes de abrir os olhos e se virar.

Julian estava recostado confortavelmente na lateral da moto, com os braços cruzados sobre o peito.

– O que estamos fazendo aqui de novo? – perguntou ela, forçando-se a diminuir a potência de seus sentidos.

Ele passou as mãos pelo cabelo, deixando-os um pouco mais rebeldes.

– Acho que ganhei um esquisito presente de aniversário: a minha promessa de que não viria mais a este lugar sozinho. Então, fazer o quê? Fui meio que obrigado a te trazer... – respondeu, forçando uma careta no final.

Bianca sorriu com a lembrança dos momentos que haviam passado juntos naquela noite. Tinha sido a primeira vez que se sentiu realmente conectada a ele e que conseguiu ver através de suas camadas de proteções e mentiras.

– Acho que me lembro disso... E como sabia que eu iria atrás de você?

Ele deu de ombros e sorriu.

– Depois do olhar predador que me dirigiu, quando anunciei na frente de todos que ainda *pensaria* sobre a possibilidade de pertencer à minha alcateia, imaginei que viria me procurar. Pensei que sua vontade de me fazer em pedaços seria bastante motivadora e daí achei melhor sairmos do Refúgio para conversamos.

O coração de Bianca acelerou quando se lembrou que ainda sentia vontade de fazê-lo em picadinhos.

– E por que falou aquilo? – disse, controlando seu tom de voz. – Não quer mesmo que eu seja de sua alcateia?

Ele parou de sorrir.

– Tenho que pensar. A gente conversa sobre este assunto outra hora.

Ela ergueu as sobrancelhas.

– Está brincando comigo, não está? – perguntou, afastando-se do penhasco em direção a ele.

– Não – respondeu, desencostando-se de sua moto para caminhar na direção dela. – Não estou.

FILHOS DA LUA - O LEGADO SOMBRIO

Os dois pararam a alguns centímetros de distância, ela encarava os olhos negros dele.

– Isso não faz sentido para mim – disparou Bianca. – Qual foi a lógica de tudo então? Dos nossos treinamentos? Da sua proteção? Tudo isso para quê? Para eu entrar em uma alcateia desconhecida e depender da proteção deles?

Ele torceu os lábios.

– Não faça drama só porque falei que preciso pensar um pouquinho... – disse, dando de ombros.

– Pensar? – retrucou ela, em tom indignado. – Talvez esteja pensando demais sobre isso.

– E agora você quer me dizer o que fazer e o que decidir, Bianca?

– Sim! – Sua voz soou irritada. – Talvez seja a minha vez de te ensinar algo, Julian.

Ele riu descrente.

– E como pensa em fazer isso?

A resposta foi tão rápida que ele quase não conseguiu segurar o soco de esquerda que Bianca mirou bem em seu rosto. Julian deu um passo para trás e soltou o braço dela, empurrando-a.

– O que está fazendo? – perguntou, surpreso.

Bianca começou a se movimentar ao redor dele. Seus olhos brilharam ao estreitarem-se enquanto o observava.

– Estou tentando fazer você parar de pensar. Tentando te ensinar uma lição.

E então, avançou com um soco de direita, que ele esquivou com outro rápido passo para trás.

Julian a encarou e inclinou a cabeça para o lado, contraindo os lábios.

– E você acha que assim vai conseguir me convencer de alguma coisa?

– Não acho – exclamou ela.

E com um movimento lateral, tentou outro golpe de esquerda. Julian se abaixou e antes que o movimento de retorno do braço o atingisse no rosto, ele o bloqueou com o antebraço, mas não conseguiu evitar o rápido chute em seu estômago. Ele arfou enquanto recuava mais um passo.

Bianca tinha avançado muito nos treinos. Porém, após trocar de pele, estava mais rápida e mais forte do que se lembrava.

– Você realmente tomou gosto por enfrentar alfas, não foi? – disse ele, acompanhando seus movimentos com um sorriso de canto. – Comigo são o quê? Três desde que entrou no Refúgio?

– O que posso fazer? Vocês são um pouco irritantes.

Ele abriu um largo sorriso e fez um gesto com as mãos, convidando-a a tentar mais uma vez. Bianca estreitou o olhar em resposta e, sem perder tempo, ergueu a perna. Um chute rápido e preciso, mas Julian se esquivou. Ela imediatamente emendou uma sequência de golpes com os punhos. Julian bloqueou cada um deles.

Concentrada, Bianca encontrou outra brecha em sua defesa quando ele deu um passo para trás e acertou-o com outro chute na lateral do corpo. Julian ergueu os braços para defender-se de outra sequência de socos.

Ele sabia que precisava ser rápido, a especialidade de um Furtivo. Julian bloqueou uma, duas, três vezes seus golpes.

Bianca socou-o mais uma vez e ele arriscou segurar seu punho esquerdo no ar com o braço direito. E conseguiu. Viu outro golpe dela vindo e, com a outra mão, segurou seu pulso direito, forçando-a a parar de lutar, obrigando-a a encará-lo.

– Você está lutando melhor, mas não é o suficiente ainda.

– Eu sei – respondeu, tentando controlar sua respiração. – E é por isso que deve continuar me ensinando. Você precisa ser meu alfa. Só confio em você, Julian.

Ela notou um lampejo em seu olhar. Julian afrouxou a força que segurava seu pulso e ela pôde escorregar suas mãos até as dele. Mal pensava no que estava fazendo. A sensação do toque da pele dele na sua preenchia toda a sua mente.

Quando seus dedos se tocaram, os olhos de Julian se tornaram mais escuros e de repente Julian voltou a segurar seus pulsos ainda mais forte, empurrando-a com força em direção à beirada. Ela precisou levantar os pés para subir nas pedras e não tropeçar. Julian subiu também e num instante Bianca estava com as costas a apenas um passo do precipício.

– Julian? – estranhou ela. – O que está fazendo?

– Você tem certeza disso? – perguntou ele.

– Certeza do quê? – perguntou confusa, enquanto virava o rosto para olhar para as centenas de pedras afiadas abaixo deles. Ele ainda a segurava firmemente.

– Tem certeza de que pode confiar em mim?

Ela o encarou. Não estava gostando daquela brincadeira e ia começar a pedir que deixasse de ser um idiota, mas o que viu em sua expressão a impediu.

Um tremor em seu olhar.

Ela engoliu em seco e diminuiu seu tom de voz.

– O que está acontecendo?

O Furtivo baixou o olhar para suas mãos, que ainda a seguravam firmemente pelo pulso, para seu rosto e a soltou devagar, dando um passo para trás. Bianca baixou os braços, mas seu corpo ainda a bloqueava na borda do penhasco.

– Julian? – insistiu.

Ele ergueu o rosto.

– Eu perguntei se você tem certeza de que pode confiar em mim...

Bianca mordeu os lábios enquanto o ouvia. Suas feições denunciavam sentimentos dolorosos, mas ainda havia muitas camadas protegendo aquilo que escondia. E ela tinha total certeza de que, por mais que perguntasse incansavelmente esta noite, ele se fecharia como uma concha e não lhe contaria nada. Absolutamente nada. E ela estava tão cansada desse silêncio que decidiu não gastar mais seu tempo simplesmente perguntando. Deveria haver outra forma de fazê-lo falar...

E então, quando deu por si, seus sentidos se aguçaram novamente, alcançando as batidas do coração de Julian, que vibravam não apenas através de seus sentidos, mas de seu espírito. Como um suave sussurro, o vento ergueu algumas mechas dos cabelos castanhos de Bianca, descobrindo a lateral de seu rosto, acariciando as pontas de sua orelha.

– Eu confio em você... – respondeu Bianca com voz firme, estampando um perigoso sorriso nos lábios.

Ela deu um passo para trás.

E imediatamente sentiu o vazio sob seus pés enquanto seu corpo se inclinava em direção ao abismo.

5

Mariah acordou com um grito sufocado nos lábios.

Pai!

Antes de abrir os olhos, ela o viu desabar ferido sobre o chão empoeirado do armazém.

– Mariah? – Era a voz de Gabriel. – O que foi?

A menina não respondeu. O carro chacoalhou sobre o asfalto, como se tivesse passado por pequenos obstáculos. Ela respirou fundo, tentando aliviar parte da pressão acumulada em sua cabeça. Gabriel dirigia em uma rodovia escura. Seu meio-irmão virou o rosto e a encarou, analisando-a. Mariah apenas piscou para acordar completamente e ajeitou-se no banco.

– Mariah? – Seu tom era de preocupação.

– Estou bem.

Notou que ele cerrou o olhar, antes de voltar a encarar a estrada.

Ela o observou em silêncio por alguns instantes, ajeitando o casaco ao redor de seu corpo. Apesar dos vidros estarem fechados, dentro do carro estava um pouco frio.

– Gabriel, você acha que vão conseguir fugir? – perguntou, olhando para a rodovia e para as luzes que se aproximavam. – Michele e o filho dela? Acha que vão sobreviver depois de tudo?

Ele a olhou de lado.

– Dei dinheiro suficiente para o motorista de táxi levá-los até a fronteira com o Paraguai e para ela pegar um avião para fora da América. Se tiverem sorte, ficarão bem.

Mariah mordeu os lábios.

Algumas horas atrás, Gabriel os tinha levado até o quarto de hotel, mantido em segredo há anos por sua família na cidade, e retiraram do cofre os recursos de reserva para fuga em caso de ataque dos Filhos da Lua.

A mãe e o garoto se limparam e vestiram roupas que a família guardava para emergências. Mariah também aproveitou para tomar banho e vestir roupas limpas.

Ela ainda se lembrava do olhar de Michele ao entrar no táxi. A mulher estava muito assustada. Em seguida, Mariah e seu irmão saíram da cidade, em direção à rodovia, e desde então estavam dirigindo por algumas horas.

– Precisamos sair do carro – disse ele, virando o corpo para ela.

– O quê?

Perdida em seus pensamentos, Mariah mal tinha notado que estacionaram. Pelo vidro, viu que estavam em frente à entrada de uma parada na rodovia.

Ela esfregou o rosto na tentativa de sentir-se melhor. Dava para ver as pessoas dentro do restaurante. Uma família rodeava uma mesa coberta com lanches e refrigerante. Duas pessoas tomavam café no balcão, outras entravam e saiam da área dos toaletes.

– Você tem certeza de que está bem? – insistiu ele, com uma das mãos ainda apoiada no volante.

Ela assentiu, mas ele não pareceu convencido.

– Olhe para mim – ele pediu.

Mariah obedeceu, virando-se para encarar Gabriel, observando sua bela pele escura contrastando com seus olhos vítreos.

– Você *confia* em mim?

Ela fechou os olhos, interrompendo-o.

– Eu confio... Biel, não faça isso, por favor... – pediu, compreendendo que ele iria usar seu dom de parente Pérfido sobre ela.

Ele se calou e ela abriu os olhos.

– Então não se esconda de mim.

– Não estou me escondendo... eu... – Ela respirou fundo, surgindo em sua mente a mãe e o filho amarrados, a imagem de seu pai caindo e eles fugindo... E então as lágrimas sufocadas começaram a surgir.

– Fale comigo... – pediu ele, mantendo a voz controlada.

Mas ela não conseguia, os soluços atrapalhavam. Cada respiração era como se seu peito estivesse sendo rasgado.

– Me desculpe... – foi o que conseguiu dizer entre lágrimas. – Sinto m-muito... Foi tudo culpa minha.

Ela não conseguia mais falar. E por alguns minutos, tudo o que fez foi deixar as lágrimas caírem e os soluços preencherem todo o som dentro do carro. Ele tocou na bochecha dela cuidadosamente, acariciando-a com o polegar.

Por fim, sentindo-se esgotada, Mariah inspirou fundo e cessou os soluços.

– Tente ficar calma – disse ele, enxugando cuidadosamente o rosto dela com os dedos.

Ela soluçou uma última vez.

– P-por que não está bravo comigo? – perguntou Mariah entre soluços.

Os olhos dele se semicerraram levemente.

– Por que eu estaria bravo? – disse. – Mas posso ficar, se não me explicar por que está chorando dessa forma.

Mariah piscou.

Ele está realmente perguntando por que estou chorando?

– Porque... porque você precisou machucá-lo e... e fugir comigo. – Ela soluçou. – E tudo é minha culpa...

Gabriel franziu as sobrancelhas e seus dedos percorreram a lateral úmida da face dela.

– Mas você se colocou na frente de Emanuel e ele poderia te ferir. Você ainda não é uma trocadora de pele. Poderia morrer.

Ela engoliu em seco e baixou o olhar. Sim, era verdade. Ela conhecia o temperamento de seu pai. Com um simples golpe, ele poderia feri-la gravemente ou matá-la por ter ousado se colocar contra ele. Mas, naquele momento, Mariah sentiu que era a única coisa que poderia fazer.

– Talvez fosse melhor eu morrer – disse ela, baixinho. – Papai estava certo, sou tão fraca quanto minha mãe era.

O maxilar de Gabriel ficou rígido. Ele baixou sua mão para o ombro dela e o apertou.

FILHOS DA LUA - O LEGADO SOMBRIO

– Você não é fraca, Mari. Apenas não é como nós e Emanuel não entendia isso...

Sim, Mariah não era como eles. Não era uma Pérfida, não era uma Filha de Hoark, apesar do sangue de seu pai nas veias. Ela era uma Destemida Retornada. Entretanto, os Retornados que haviam nascido e sido criados entre Pérfidos geralmente se adaptavam rapidamente. O que havia de errado com ela?

– Se não sou como vocês, o que... o que sou então?

Ele inspirou fundo e olhou por um instante através do vidro do carro.

– Talvez seja apenas uma Destemida, uma Filha da Lua, como sua mãe era. Tem o legado deles nas costas para provar, mas você não é fraca.

Sua mãe era uma fraca – ecoaram as palavras de Emanuel em sua cabeça.

– Sou uma Retornada – corrigiu ela. – Não sou uma Filha da Lua. Sou uma Filha de Hoark, sou forte.

– É claro que é forte, você é minha irmã – disse ele. – E mostrou bem isso quando não fez o que nosso pai queria que fizesse. Acho que não deve ser fácil resistir à manipulação de um Pérfido. Só que, Mariah... você não é uma Retornada... Se fosse teria matado a mulher ou o filho no galpão, ou talvez os dois. Nosso pai queria que se tornasse uma porque seu dom da Verdade é valioso para a gente e isso o tornaria ainda mais poderoso entre nossa linhagem e o Culto. – Ele então fez uma pausa e suspirou. – Mas isso agora acabou e você pode ser o que quiser ser.

Ela baixou o olhar.

Você pode ser o que quiser ser... Será que posso mesmo?

Com o seu silêncio, Gabriel ergueu os olhos para o restaurante além do vidro do carro.

– Temos que ir, Mari... Pegue suas coisas, vamos trocar de carro.

Ela suspirou e acenou concordando antes de abrir a porta. Num instante estavam com suas mochilas nas costas, atravessando o estacionamento em direção à entrada iluminada do restaurante.

– Biel... – disse ela, ajeitando a alça da mochila nos ombros.

– O que foi? – perguntou, parando alguns passos à frente e virando-se para olhá-la.

O cheiro delicioso de café e pão de queijo misturava-se com o ar frio noturno, mas ainda havia algo em seu estômago incomodando-a.

Por que ela simplesmente não conseguia ser o que seu pai desejava dela?

– O que... o que você quer que eu seja? – perguntou, com voz trêmula.

Os olhos de Gabriel se semicerraram levemente e ele deu alguns passos em sua direção, erguendo gentilmente seu queixo.

– Eu só quero que seja minha irmã.

Ela abriu a boca para falar, mas Gabriel já a tinha soltado e virado para caminhar em direção ao restaurante. Mariah tropeçou quando voltou a segui-lo.

Eu só quero que seja minha irmã...

Entraram no restaurante e caminharam até uma mesa vazia entre a grande família e a moça com uma menininha.

– Fique aqui – pediu ele, largando as mochilas sob a mesa.

Eu só quero que seja minha irmã...

Com as palavras dele em sua mente, Mariah o observou ir ao balcão pegar algo para comerem. Ele voltou com uma bandeja contendo refrigerantes, pães de queijo e um grande pedaço de bolo de chocolate coberto com confetes.

Mariah se encolheu na cadeira.

– Seu favorito, maninha – disse, colocando a bandeja sobre a mesa.

Mariah ergueu um olhar interrogativo, Gabriel sabia que ela odiava chocolate.

– Não sei o que vocês veem nesse bolo todo colorido e cheio de sabe-se lá o quê – disse Gabriel, displicentemente com um sorriso, enquanto olhava para a mesa ao lado. A menininha, de não mais do que uns sete anos, devorava um pedaço de bolo igual. A mãe o ouviu, pois olhou para Gabriel e depois para o bolo em frente à Mariah.

– Crianças adoram chocolate e confetes coloridos – disse a mulher, com um sorriso.

E Mariah franziu a sobrancelha levemente. Pelo jeito até em seu gosto por sobremesas ela não se parecia com uma criança normal.

Gabriel sentou na cadeira mais próxima da mesa dela, deixando seu corpo de lado.

– Sua irmã? – perguntou ele estrategicamente, e o sorriso da mulher se ampliou.

– Não. Ela é minha filhinha.

Suspirando, Mariah puxou o bolo para mais perto de si e cortou um pedaço, remexendo-o enquanto entendia o plano de seu irmão. Ela notou que a mãe era jovem e deveria ter por volta de trinta anos. Não era especialmente bonita, mas estava bem vestida e não possuía qualquer anel de casamento ou compromisso. Não que isso fosse algum problema para seu irmão, pois se não a conquistasse em minutos com seu um metro e noventa, ombros largos, pele chocolate e sorriso sedutor, seu dom Pérfido com certeza faria isso por ele.

– Esta é minha irmã Mariah e eu sou Gabriel – disse, inclinando-se para oferecer sua mão para ela apertar. Mariah notou que o sorriso dela aumentou.

– Sou Elida e esta é minha filha Emília. Estão sozinhos?

Gabriel sorriu relaxado e então começou a contar uma história triste sobre estarem voltando da visita a uma tia doente, quando o carro quebrou e ele descobriu ter esquecido de pagar o seguro. Ainda acrescentou que seus pais estavam viajando para o Chile e por isso não poderiam vir buscá-los. Gabriel lamentou ter que chamar um táxi para buscá-los ali e levá-los para a próxima cidade.

Elida fez uma expressão penalizada e não demorou muito para o convite chegar. Ela lhes daria uma carona. Não custava nada, segundo ela.

Mariah não disse uma palavra. Observava a menininha comer seu bolo. As feições suaves e tranquilas de uma criança comum. Em certo momento, a menina a notou e a encarou também. Mariah imediatamente voltou sua atenção para o bolo indesejado.

Depois de alguns minutos, pegaram as malas sob a mesa e se levantaram para sair do restaurante.

– Você pode *confiar* em mim – disse ele baixinho para Elida enquanto caminhavam pelo estacionamento. – Minha irmã e eu somos pessoas de boa família. Não vamos dar trabalho nenhum para vocês. *Confie* no que estou dizendo.

A mulher sorriu convencida.

– Mas é claro! Não posso deixar você e sua irmã sozinhos na estrada. Faço questão de levá-los.

Mas é claro que os levaria... – pensou Mariah. – *Pobrezinha... uma mulher humana teria pouca resistência ao dom Confiar.*

Após guardarem suas coisas no porta-malas, Gabriel sentou-se no banco ao lado de Elida e partiram para a rodovia. Mariah ficou no banco de trás com a menina, que não demorou muito para ligar um brinquedo eletrônico e se entreter com algo na tela.

Ela se lembrou do celular e o tirou do bolso da jaqueta jeans que usava. Gabriel tinha jogado seus celulares antigos fora e comprado novos ao saírem do apartamento. Só tinha seu irmão nos contatos e mandou uma mensagem para ele.

Para onde estamos indo?

Um segundo depois, ele se remexeu no banco da frente e pegou o aparelho do bolso da calça jeans, tomando cuidado para Elida não conseguir ver a mensagem.

– Minha mãe – explicou ele.

– Diga a ela para não se preocupar e que estou levando vocês – pediu Elida.

– Vou dizer.

E então ele começou a digitar para Mariah.

Não importa. Deixe isso comigo.

Mariah não gostou da resposta. Ela queria saber. Então digitou novamente.

Para onde?

Ela o ouviu suspirar antes de digitar.

Para o único lugar onde poderá ficar segura.

Onde?? – escreveu ela.

Para o lugar de onde sua mãe veio.

Com essa informação seu coração acelerou.

???? – insistiu Mariah.

Para o Refúgio – digitou ele.

6

Com a perda do equilíbrio, Bianca ergueu os braços. Não estava com medo. Seus cachos foram jogados para a frente, tocando em seu rosto enquanto as sombras do abismo a abraçavam. Porém, as sensações duraram menos de um segundo; no instante seguinte, ela era deslocada para a frente.

Julian agarrou seu braço e a puxou, fazendo-a bater o corpo contra o dele.

– Você enlouqueceu! – gritou ele. Bianca ofegou e agarrou a camiseta dele para não se desequilibrar. – Ficou completamente louca?

– Você me perguntou se eu confiava em você... eu... eu estava te respondendo!

Julian arregalou os olhos e segurou firme seus braços, chacoalhando-a.

– Quê? – rugiu. – Como pular de um penhasco e se matar responderia alguma coisa?

Bianca ampliou o olhar.

Ele tinha razão, o que ela pensava que estava fazendo? Só poderia estar ficando louca. E se ele não conseguisse segurá-la? O que foi que quase fez?

– E-eu sabia que não me deixaria cair – começou, com a voz entrecortada ao ver a angústia nos olhos dele. – Você é tão rápido e estávamos tão perto...

Ele a segurou com força.

– E se eu te deixasse cair? – A voz dele se elevou.

Bianca ergueu as sobrancelhas.

– Mas você nunca me deixaria... Acho que se isso acontecesse, é porque não conseguiu... sei lá, não teve escolha...

Julian a soltou e se afastou alguns passos. Havia horror em sua face.

– Escolha? – disse ele, cuspindo as palavras. – Sempre há uma escolha! – O Furtivo enterrou as mãos nos cabelos e lhe deu as costas. – Nunca mais faça algo idiota assim.

Por favor, não fique bravo...

– Desculpa. Eu estava fora de mim. – Ela realmente sentia-se assim ultimamente.

Julian apoiou as mãos na cintura e baixou a cabeça. Bianca observava os músculos das costas dele se moverem conforme respirava fundo diversas vezes, controlando-se. Ela podia notar a névoa de arrogância e de ironia se desfazendo. Algo tinha acontecido enquanto estava no hospital, podia sentir isso e se odiou por tê-lo deixado se afastar e não o procurar antes. Entretanto, as paredes que o protegiam estavam ruindo agora e, por mais que o que tivesse feito fosse cruel, não poderia deixá-lo reconstruir suas barreiras tão rapidamente.

Bianca se aproximou e o tocou nas costas, dava para sentir o calor da pele através da camisa.

– Quando eu estava no hospital com Laura, podia te sentir no Refúgio. Sentia seu rastro – disse ela. – Só que duas noites atrás, acordei de um pesadelo e tentei te farejar, mas não consegui. Fui ao seu quarto, mas você não abriu a porta. Você não estava lá e em nenhum lugar do Refúgio. Fiquei com medo de que tivesse saído em missão, mas consegui sentir Duda, Con e Patrick em seus quartos.

Ele se virou devagar. Bianca deixou seus dedos escorregarem levemente pela camisa antes de afastar sua mão.

– Onde você estava? – perguntou Bianca. – O que aconteceu naquela noite?

Julian contraiu o maxilar.

– Por que está me perguntando sobre essa noite? Como... – Mas não terminou a frase. Ele a encarou por alguns instantes e então balançou a cabeça em uma negativa. – Não. Não me pergunte mais nada.

– Por quê?

– Porque é melhor voltarmos para o Refúgio. – Ele se virou para a moto, mas Bianca agarrou seu braço firmemente. Ele parou.

– Não vou voltar para o Refúgio, não enquanto não me explicar o que está acontecendo.

Ele se virou e Bianca notou sua expressão de tristeza e esgotamento.

– Bianca... – pediu.

– Julian... – Ela fez uma pausa, pensando no que poderia lhe dizer. – Alguns dias atrás, nós desafiamos o Refúgio e entramos em Santos para salvar sua prima Gabrielle e as gêmeas. Quase morremos e eu troquei de pele ao mesmo tempo em que me lembrava do nosso passado, e daí matei um Voraz. Muita coisa aconteceu e mudei! Não posso simplesmente voltar a estudar e treinar como se nada tivesse acontecido, como se eu não sofresse mais perigo, como se você não estivesse investigando sobre a Noite da Aniquilação. Não posso e não consigo!

Ele balançou a cabeça e suspirou.

– Eu sei – disse, baixando o tom de voz. – Eu sei que tudo mudou.

– Então me conte... Você não está mais sozinho nessa.

Bianca notou que os músculos de seu rosto estavam visivelmente tensos. Julian olhou na direção do céu estrelado e exalou.

Sem pensar muito, Bianca o agarrou pela mão e o puxou em direção à beirada, fazendo-o sentar-se na pedra lisa ao lado dela.

De frente para o precipício, ela inalou profundamente uma mistura de rocha bruta, folhas, madeira e água corrente. Em seguida, virou o corpo na direção dele enquanto esperava que dissesse algo.

– Agora trate de me contar tudo.

Ele deu um longo suspiro resignado e encarou a expressão determinada de Bianca. Percebendo que ela não desistiria e sentindo que não tinha muita força para resistir, ele se colocou a falar.

– Quando você não me encontrou no Refúgio, foi a noite em que entrei para o grupo secreto dos Guardiões... – começou finalmente, ainda encarando a floresta além do abismo. – Acho que tudo o que fiz para agradar meu pai nestes últimos anos deu algum resultado.

Bianca sentiu um frio na barriga, se lembrava da conversa que tiveram sobre os Guardiões. Se lembrava do olhar estranho e quase obsessivo de Julian naquele momento.

– Por que queria entrar tanto nesse grupo de Filhos da Lua? Isso tem alguma coisa a ver com a Noite da Aniquilação?

Ele acenou uma afirmativa e virou-se para encará-la. Na mente de Julian, ele repassava a cena dezenas de vezes. Era um duro esforço não contar tudo o que realmente aconteceu naquela noite.

– É dentro dos Guardiões que estão os responsáveis pela morte dos Farejadores.

– Mas não foi sua avó quem fundou os Guardiões? – perguntou ela, tentando entender.

Bianca havia estudado sobre os Guardiões. Eram um dos grupos mais secretos dentro da história Karibaki. Permitiram que fosse assim porque sua fundadora possuía o raro dom puro do primeiro Farejador, a vidência.

Entretanto, depois que a avó de Julian, Isabel Ross, morreu, ninguém soube dizer ao certo se os Guardiões ainda existiam. Seus membros sempre foram desconhecidos. Mas Julian havia lhe contado que o grupo ainda estava ativo, pois o irmão dele, Daniel, tinha feito parte e seu pai ainda fazia...

– Sim, minha avó Isabel o fundou – respondeu. – E acho que, em algum momento, alguns membros a traíram e desde então estão usando o grupo.

– Seu pai faz parte dos Guardiões. Tem alguma pista sobre ele? – insistiu ela. – Conseguiu provas de que ele seja um traidor como seu irmão foi?

– Não ainda... – respondeu, desviando o olhar.

Bianca franziu a testa.

– Tem certeza?

Ele voltou a encará-la.

– Tenho.

Ela estreitou um pouco mais os olhos.

– Tá, e agora? Quero dizer, qual é o seu próximo passo?

– Por enquanto tenho que esperar – respondeu Julian. – Ainda não faço parte do círculo de confiança e não tenho contato direto com os membros para conhecer a identidade deles.

– Acha que vai conseguir a confiança dos Guardiões? Porque quero saber tudo o que descobrir.

– Acho que não vai demorar muito para confiarem em mim – respondeu ele, e Bianca notou a tensão em seu maxilar. – Tenho uma ideia em andamento e não podemos agir antes disso... Seja paciente e me deixe seguir com o plano.

– Ao menos você tem alguma ideia de quantos traidores ainda restam para serem encontrados? – perguntou, erguendo a palma das mãos.

A expressão de Julian escureceu.

– Sim, tenho... São cinco. Apenas cinco covardes traidores – disse ele, escondendo o fato de que atualmente só restaram cinco membros Guardiões além dele.

Bianca encarou a visão abaixo do penhasco. Pensar no assassinato de sua mãe doía, ainda mais agora que conseguia se lembrar melhor daquela noite.

Ela queria perguntar como Julian havia descoberto, mas algo lhe dizia que ele esconderia esse tipo de informação.

– E também vou descobrir por que fizeram isso. Meu irmão traiu tudo o que foi ensinado a proteger... – disse, baixando seu tom.

Bianca o observou. Não conseguia imaginar a força que Julian, com apenas doze anos, precisou ter para conseguir avançar contra seu próprio irmão e salvar uma garotinha aterrorizada. Assim como não conseguia pensar no tipo de dor que ele carregava por isso.

– Antes de te encontrar, eu estava falando com Lucas.

– Imaginei... – disse ele, torcendo o nariz. – Senti o cheiro dele em você e devo dizer que te prefiro com o perfume habitual.

Ela o ignorou.

– Lucas me contou sobre a morte da irmã dele, Lucia... Me parece que ele e seu pai, Sérgio, desconfiam que Daniel e Walter tenham a ver com a morte dela.

Julian ficou em silêncio, os olhos observando a copa das árvores lá embaixo. O que ela disse não era novidade. É claro que Julian conhecia o motivo da família dele e de Lucas não se darem bem.

– O que queria te dizer é que acho que talvez possamos confiar em Lucas para nos ajudar a descobrir a verdade. Talvez unir forças... – concluiu Bianca.

– Não – respondeu ele rapidamente. – Além de mim, só confio em você. Ou pelo menos confio nos momentos em que está normalmente sã – disse, indicando o abismo com o queixo.

Bianca suspirou.

– Já te pedi desculpas. Sei que foi uma atitude estúpida.

Ele acenou com a cabeça, confirmando.

– Foi incrivelmente estúpida. E também será estupidez se falar com Lucas. Não conte nada ao Destemido.

Ela se segurou para não revirar os olhos.

– Não vou contar se você não quiser, prometo. Só acho que ele poderia ajudar.

– Lucas não ajudaria – disse, com expressão carrancuda. – Ele joga conforme as regras e levaria toda a informação para seu pai, que contaria aos outros do Conselho. Daí seria o fim. A informação vazaria, perderíamos a única oportunidade de pegarmos os últimos traidores e morreríamos... *Você* morreria em um piscar de olhos – reforçou. – E não posso correr esse risco.

Bianca piscou e engoliu em seco.

– Nem eu posso aceitar o risco de você morrer, Julian.

Ele ia dizer algo em seguida, mas parou, observando-a e deixando um estranho silêncio ficar entre eles. Mas então desviou o olhar.

– Além do mais, Lucas nunca confiaria em qualquer coisa que eu dissesse, mesmo sob o dom da Verdade... Tudo o que o Destemido vê quando me olha é meu irmão Daniel... E nem posso culpá-lo, porque tenho trabalhado bastante nessa imagem sobre mim.

Bianca não gostou da amargura nas palavras dele e teve que lutar contra a sua vontade de se aproximar um pouco mais.

– E foi Daniel quem matou Lucia? – perguntou, cuidadosamente.

A boca dele enrijeceu nos cantos.

– Nunca falamos sobre isso. Eu era criança. Aconteceu poucas semanas antes de... – Os olhos dele e os de Bianca se encontraram – de Daniel ter atacado sua mãe e seu padrasto.

Bianca ficou tensa e desviou o olhar, encarando a floresta abaixo.

– Mas foi ele – respondeu Julian. – Tenho certeza que foi. A irmã de Lucas deve ter descoberto algo.

Os Ross são perigosos. – As palavras de Lucas voltaram em sua mente.

Julian virou o corpo para Bianca, puxando uma das pernas para cima. Ela sentiu o silêncio entre eles e seu olhar sobre ela. Um olhar de pesar e amargura.

– Me diga o que está pensando...

Ela balançou a cabeça, pedindo para ele deixar para lá.

– Nada... somente algo maldoso que Lucas me disse, mas não importa porque ele não te conhece direito.

Julian encrespou os lábios.

– Ah... eu sei bem o que Lucas pensa de mim. Aposto como o Destemido te disse que sou bastante perigoso, assim como minha família – comentou, com ar despreocupado. – Ele pediu para você ficar longe, não foi?

Um vinco surgiu entre as sobrancelhas dela.

– Não importa o que Lucas disse – respondeu, virando-se para ele. – Ele não consegue te ver como te vejo.

Julian suspirou.

– Estou há tanto tempo nesse papel que nem mesmo *eu* sei o que vejo quando me olho no espelho – disse, encarando o céu escuro.

Bianca não gostou de seu tom, trouxe um sentimento de vazio no estômago.

Julian deveria ter passado por tanta coisa sozinho que ela nem poderia imaginar. De repente, estremeceu ao compreender que, desde que a salvara quando ela tinha apenas nove anos, ele decidira fingir ser alguém que passou a odiar profundamente.

Tudo o que o Destemido vê quando me olha é meu irmão Daniel... E nem posso culpá-lo, porque tenho trabalhado bastante nessa imagem sobre mim.

Será que havia alguém naquele lugar que conseguia vê-lo de verdade?

Talvez sim, pois Bianca podia notar a lealdade de seus companheiros de alcateia e também o amor de Nicole e Gabrielle. Mas Julian nunca contara a eles que tinha o sangue de seu irmão nas mãos e nem sobre carregar o peso de descobrir a verdade sobre a Noite da Aniquilação para limpar o nome da família um dia. Seus companheiros e suas primas só enxergavam fragmentos, não conseguiam vê-lo de verdade.

Quanto tempo será que uma pessoa consegue fingir ser algo diferente, sem enlouquecer ou sem esquecer quem realmente é? – pensou ela.

– Você quer saber o que vejo quando olho para você? – ousou dizer Bianca, sentindo seu coração bater mais forte.

Ele se virou para ela. Havia uma pequena ruga entre seu cenho. Bianca não desviou o olhar. De alguma forma, era reconfortante estarem próximos. Desde que suas memórias retornaram, havia uma sensação de certeza e segurança que a envolvia e a tornava capaz de manter seu olhar preso ao dele por quanto tempo fosse necessário.

– Quero... eu acho... – respondeu ele.

Ela sorriu com a hesitação de Julian.

– Em primeiro lugar, você é a pessoa mais inteligente que já conheci.

Bianca pôde notar uma fagulha de sorriso. Ela apertou o olhar e continuou:

– Tem noção do que tem feito desde que tinha doze anos? Ou até antes disso? Porque não tenho a mínima ideia sobre como você conhecia uma Vaeren e sabia que ela poderia ajudar a bloquear meu dom! Agora que tenho de volta minhas lembranças, não demorou muito para adivinhar que aquilo que vi sua amiga tatuada dando para Laura, durante nossa fuga, servia para isso.

Ela sorriu após o comentário, orgulhosa de sua conclusão. Bianca já tinha estudado sobre os Vaerens, eram criaturas parecidas com os vampiros da mitologia. Vaerens se feriam no sol e se alimentavam de sangue doado pelo seu lado da família humana, os laerens.

Mas o sorriso de Bianca morreu ao notar a expressão de Julian se fechar e toda a sua postura se enrijecer.

– O que foi?

Ele piscou e sua expressão imediatamente mudou; sua voz soou calma, mas Bianca podia sentir a tensão nela.

– Desculpe – disse, baixando o olhar. – Foi só uma lembrança sobre minha mãe. Foi ela que, de certa forma, me apresentou Milena.

– Sua mãe?

Quando Lucas e Bianca conversavam ao redor das estátuas dos primeiros Karibakis, ele havia lhe contado sobre a morte da mãe de Julian, quando ele ainda era um menino.

Mas o que será que Joana Ross teria a ver com a Vaeren Milena?

– Deixa para lá – pediu ele. – Este assunto é... difícil...

Ela o observou, notando a palidez em sua expressão. Aquele era um assunto mais do que difícil para Julian. Havia uma dor ali muito mais profunda do que qualquer coisa que já tinha visto nele.

– Tudo bem, mas você sabe que pode me contar qualquer coisa que queira? Não sabe? Posso guardar segredos também.

Os lábios dele se tornaram a sombra de um sorriso triste.

– Tenho certeza de que consegue guardar segredos melhor do que eu... – disse, voltando a olhá-la nos olhos. – O sangue de Milena é capaz de bloquear os dons Karibakis. Eu o conseguia trocando um pouco do meu pelo dela, mas não conte para ninguém, não sei o que o Conselho Alfa faria se soubesse disso.

– Não vou contar.

– Sei que não vai. Não voluntariamente, pelo menos... – observou Julian. – Mas espero que não fique com raiva. Laura deveria te dar doses em pó durante o café da manhã...

Bianca torceu os lábios, se lembrando da obsessão de sua irmã em preparar seu café da manhã todos os dias.

| 73 |

FILHOS DA LUA - O LEGADO SOMBRIO

Sangue Vaeren. Laura e Julian me davam sangue Vaeren para bloquear meu dom!

– Eu levo o sangue sempre comigo em ampolas minúsculas acopladas em meu traje, prontas para usar em emergências. Mas só tenho uma última pequena dose – disse ele, levando a mão para a lateral de sua coxa esquerda – e não sei aonde Milena foi parar. Sem seu sangue, minhas mentiras sob o dom da Verdade estão com os dias contados.

– O que aconteceu? – forçou-se a perguntar, enquanto empurrava os pensamentos sobre a mãe de Julian para outro canto da mente. Empurrava para o mesmo lugar onde estava deixando outras preocupações ainda mais sombrias.

– Não sei... – disse ele, ajeitando-se sobre a rocha. – Estou preocupado com ela, mas no momento não posso fazer nada para encontrá-la.

– Sinto muito pela sua amiga – disse, sinceramente. – Queria poder ajudar.

Mas ela não podia. Bianca já tinha aprendido durantes as aulas que Vaerens eram imunes a todos os dons Karibakis. Ela não era capaz de farejá-los.

– Sei que ajudaria se pudesse. Já me arrisquei demais tentando encontrar informações sobre ela usando os recursos digitais do Refúgio, mas vou dar um jeito – disse Julian, puxando a responsabilidade para si. – Olha, prometo que te contarei tudo o que quiser saber sobre meus planos ou qualquer outra coisa, mas não agora, não ainda, não quando tenho somente uma dose e estamos tão perto de tudo acabar. O que você já sabe é muito perigoso e precisará tomar cuidado para não sermos pegos.

Ela sabia que Julian estava certo. Bastava uma pergunta errada sob o dom da Verdade e ela poderia entregar mais do que deveria e deixá-los curiosos para saber mais. E então, todo o plano iria por água abaixo.

– Vou tomar cuidado. Não darei motivos para me interrogarem – disse, com firmeza. – E Julian... Você pode ser a pessoa mais forte que já conheci, mas não está mais sozinho nessa.

Julian lhe deu um meio sorriso e ela não conseguiu deixar de notar como alguns fios escuros caíram um pouco sobre seu rosto.

– Sou o mais inteligente e o mais forte que já conheceu... e eu achando que era o mais bonito...

E Bianca imediatamente entendeu o que ele estava fazendo. Julian era um mestre naquilo. Era capaz de reconstruir suas camadas de proteção com provocações e ironias.

– E você é... – disse ela, enquanto inclinava a cabeça levemente para o lado.

– Fico feliz que não tenha nascido na linhagem dos Destemidos ou teria pena da sanidade das garotas do Refúgio.

Julian ergueu uma das sobrancelhas, surpreso. O meio sorriso dele se alargou, suavizando os traços da tristeza que deixara escapar poucos momentos atrás.

– O mais inteligente, o mais forte e o mais bonito – disse ele. – É assim que Bianca Bley, a última Farejadora, me vê?

Como resposta, Bianca deu de ombros, ajeitando as pernas cruzadas sobre a rocha enquanto voltava seu olhar para o horizonte estrelado cobrindo a massa de folhas da copa das árvores sob eles.

– Tem mais uma coisa, na verdade – disse, sem encará-lo e tentando manter o tom de voz tranquilo. – Vejo em você o mesmo que vejo em mim...

Julian ficou em silêncio. O farfalhar da natureza ficou mais forte e o vento agitou seus cabelos.

– E o que seria? – disse ele, por fim.

Como resposta, notou a sombra de um sorriso trêmulo na expressão dela. Julian mais uma vez se viu observando os traços de Bianca. De alguma forma, o treinamento, e talvez a troca de pele, a deixaram diferente. Os traços infantis estavam dando lugar à mulher que ela logo seria.

Seus olhares se encontraram.

– Acho que entendo porque você vem para este lugar. Sem o sistema de vigilância do Refúgio, sem ter que mentir para nossos amigos... É por isso que você gosta daqui, não é?

A resposta de Julian, para a mudança de assunto dela, foi um suspiro.

– Foi por isso que consegui te ver de verdade naquela noite – continuou ela. – Você estava mais relaxado. Acho que foi o efeito de não estar sendo vigiado e daí consegui te ver por trás de toda essa máscara de Daniel que você usa.

Ao dizer o nome dele, a expressão de Julian se fechou. As linhas angulosas da bochecha enrijeceram.

– Quando eu era mais novo, notava como o jeito arrogante do meu irmão deixava as garotas loucas e isso me fez querer ser exatamente como ele. Mas agora...

Bianca o entendeu. O resto das palavras estavam estampados na expressão de amargura de Julian.

– Tudo o que você quer é ser você... – disse ela, baixando o tom.

Ele acenou com a cabeça em afirmação, deixando seu olhar se perder um pouco.

– Às vezes sinto como se estivesse me afogando nele... como se estivesse sufocando. Então venho até aqui em cima e respiro o ar fresco. Olho para o precipício e tomo minha decisão.

Bianca sentiu-se estremecer. Ela não queria se lembrar do que aquele lugar também significava para Julian: uma escolha, entre continuar ou desistir...

Ela engoliu em seco.

– Por favor, nunca desista – disse, sentindo a ansiedade surgir em sua voz. – Eu já te disse que não está mais sozinho.

A sombra de um sorriso surgiu em Julian, seu olhar se tornou suave ao encará-la por alguns instantes.

– Na verdade, nunca estive sozinho. Você sempre esteve comigo... Me sentava aqui e tentava imaginar sua vida lá fora. Imaginava que estivesse feliz e que tudo tinha valido a pena.

Bianca mordeu os lábios. Ela não diria nada a Julian, mas apesar dos esforços de Laura em lhe dar uma vida normal, Bianca não sentia que era feliz.

As constantes mudanças, a dificuldade em fazer amizades e os pesadelos que a perseguiam praticamente todas as noites pesavam cada vez mais. Sem falar daquela estranha e angustiante sensação no ar ao acordar. A sensação dolorosa de que algo estava faltando.

E ela sabia o que era agora.

– Não foi justo me fazer esquecer de você – disse Bianca. – Detesto termos passado tanto tempo longe.

– Você sabe que era a única forma de Laura conseguir te proteger lá fora.

– Não, não era. Eu não precisava ter me esquecido. Deveria haver outra forma.

De repente, ela sentiu o toque dele em sua mão. O calor se espalhou por toda a sua pele.

– Era a melhor decisão – disse Julian. – Você sabe disso.

Eles já tinham segurado a mão um do outro naquele mesmo lugar, antes dela ter trocado de pele. Julian deslizou seus dedos. Bianca sentiu como se cada pedacinho de sua pele estivesse ligado a terminações nervosas.

– Como agora? – disse ela, usando um pouquinho mais de ousadia que ainda possuía.

Ele balançou a cabeça em uma afirmativa, sem desviar o olhar.

Bianca mordeu os lábios. Ela sabia que, apesar de suas mãos juntas, ele não a beijaria. Julian não os faria quebrar o Nono Acordo, não os faria correr o risco de serem castigados e interrogados a ponto de descobrirem toda a verdade e destruir todo o plano em que ele trabalhou nos últimos anos para derrubar os traidores restantes. E, por fim, eles não correriam o risco de serem separados, como acontecera com João e Maitê ano passado, depois que Julian os denunciou e foram punidos.

Mas, mesmo assim, ela se perguntou o que ele faria se fosse ela a percorrer os poucos centímetros separando-os e o beijasse novamente. E o que ele diria se ela propusesse que fugissem, que deixassem tudo para trás.

Entretanto, Bianca não conseguia se imaginar longe de Nicole, Gabrielle e Ricardo. Ou longe do Refúgio, o lugar que estava aprendendo a chamar de lar. E se essas ideias já a enchiam de desespero, podia imaginar o que fariam com Julian, que tinha vivido toda a sua vida no mundo Karibaki.

Bianca fechou os olhos por um instante, sentindo todo o peso da responsabilidade. Naquele momento, a coisa mais importante era descobrir sobre os traidores.

E era uma pena que Julian ainda a mantivesse sem muitas informações, não somente omitindo, mas talvez até mesmo mentindo sobre o que sabia. Ela abriu os olhos e foi Julian quem quebrou o silêncio.

— Acho que algumas vezes nossas escolhas devem ser feitas pensando no que *devemos* fazer e não no que *queremos* fazer – disse ele.

Bianca inclinou a cabeça para o lado suavemente.

— Nossa, agora você está até parecendo Lucas com todo esse negócio do que os Karibakis devem ou não fazer...

Uma careta surgiu em Julian.

— Assim me sinto ofendido... Lucas segue as regras como um cachorro seguindo o dono. A diferença é que eu sei quando as regras *devem* ser quebradas e quando *não* devem ser quebradas.

O olhar de Bianca foi para as mãos deles juntas e aproximou seu rosto um pouco mais do dele.

— Tá, mas você sabe que não sou mais a menininha de nove anos que você salvou, não sabe?

Ele apertou o olhar.

— Sei disso.

– Então não minta mais para mim – disse, afastando-se dele e desviando o olhar.

A expressão de Bianca se tornou séria e sua voz saiu mais dura do que desejava. Não o encarou, não conseguia. Ela tinha medo que o olhar dele confirmasse o que ela já desconfiava, que Walter era culpado.

– Se não quiser me responder algo, apenas diga que não pode me dizer, mas não minta.

Julian piscou e o calor em seu olhar desapareceu, sua expressão ficou tensa novamente.

– Tudo bem – respondeu, franzindo o rosto enquanto se levantava da rocha e afastava-se dela. – Não mentirei.

– Obrigada – disse, ficando em pé também enquanto o observava dar as costas e ir em direção a um monte de rochas. – Porque se você pode fingir para todo mundo, que está tudo bem e que nada de mais está acontecendo, também posso.

– Sorrir e fingir não é tão fácil quanto imagina – disse ele, escalando as grandes rochas com cuidado.

– Já disse que você não está mais sozinho nesta, Julian. Apenas me diga o que tenho que fingir e fingirei. O que tenho que fazer e farei. Vamos derrubar cada traidor juntos – disse, erguendo a voz com firmeza. – Mas preciso saber o que está acontecendo porque preciso saber como agir...

Ela observou enquanto Julian pegava algo escondido entre uma fenda. Sabia o que era. Um saco plástico, com um celular que ele mantinha longe da vigilância do Refúgio. Ela cruzou os braços e o observou ligar o aparelho e verificar se havia mensagens.

– Você precisa é confiar em mim – disse ele, desligando o celular de novo e guardando-o no saco plástico antes de voltar a colocá-lo entre as rochas.

Pela expressão de Julian, ele não estava gostando do rumo que as coisas estavam tomando. Ela precisaria insistir um pouco mais.

Bianca se aproximou quando ele desceu das rochas, ficando a menos de um passo dele, fazendo-o encará-la.

– Me escuta bem, Julian – pediu ela. – Se não fizermos as coisas juntos, se você não me deixar entender seu plano, isso acaba aqui e agora. Vou até o Conselho e conto tudo o que sei e que se dane o resto.

Ele ergueu as sobrancelhas.

– Você pirou? Se fizer isso, nunca estará a salvo dos outros traidores.

– Eu disse "que se dane o resto"...

Ele deu um passo para trás, levantando as mãos em exasperação.

– Então vai ser assim? Se eu não fizer do jeito que você quer, Bianca, você vai chutar a porcaria do balde?

O olhar dela foi de um lado a outro, pensativo, antes de responder.

– É bem isso mesmo – disse, colocando as mãos na cintura de forma desafiadora.

Ele ergueu ambas as sobrancelhas, analisando-a.

– Cadê a garota que passou pela entrada do Refúgio ano passado?

Ela fixou bem seu olhar no dele.

– Aquela garota trocou de pele e recebeu suas memórias de infância de volta.

Ele sustentou o olhar por alguns instantes antes de perceber que já tinha perdido aquela disputa no momento em que ela quase o enlouqueceu dando o maldito passo para o abismo. Bianca confiava nele. Ele teria que confiar nela.

– Tá legal... – rosnou. – Você pediu para eu não mentir, então não vou mentir, mas não posso te contar tudo ainda. – Bianca ia começar a protestar, mas ele continuou a falar, firmemente. – Mas posso te dizer que os traidores estão planejando algo para os próximos dias. Meu pai insiste que eu comece a te tratar bem. Ele acredita que será fácil a nossa aproximação agora que você nos ajudou a encontrar Gabrielle. Walter *exige* que eu me torne seu amigo.

Ela acenou compreendendo, evitando estremecer ao som do nome de Walter.

– E qual é o problema disso? Acho que seria mais fácil se nós dois parássemos de fingir que você me detesta, não seria? – perguntou, cruzando os braços.

– Sim, mas acho que desencadearemos algo perigoso, que vai colocar sua vida em risco.

– Tudo bem – disse, mantendo sua voz firme. Não adiantava ter medo. – Minha vida está em risco enquanto houver traidores. Talvez, se jogarmos mais o jogo deles, acabem pisando na bola e a gente vença.

Julian ficou um instante em silêncio, encarando-a. Bianca não poderia imaginar o quanto ela estava certa.

– Então irei me aproximar mais de você no Refúgio, mas isso não significa que poderemos conversar abertamente – disse ele. – Temos que tomar cuidado com a vigilância da inteligência artificial. Se os traidores estiverem observando, precisam estar convencidos de que estou apenas *fingindo* querer ser seu amigo.

FILHOS DA LUA - O LEGADO SOMBRIO

– Sei disso.

Bianca sabia que, se Julian estiver certo, seguir o plano do pai deles os levará mais rápido ao fim da ameaça dos traidores e a partir daí ela poderia concentrar suas preocupações para outra coisa. Instintivamente seu olhar foi para o horizonte estrelado, para Santos.

Julian se virou para caminhar em direção à moto.

– Se eu soubesse que acabaria te contando tudo isso, não teria trazido você aqui hoje – disse ele.

– Teria sim – rebateu, virando-se para segui-lo. – No fundo você está louco para me contar tudo.

Ele grunhiu algo mal-humorado enquanto subia na moto e ligava o motor. Bianca ajeitou-se na garupa, percebendo a tensão nas costas dele.

– Julian... – disse, apoiando as mãos na lateral do corpo dele, esperando que a proximidade dela o acalmasse tanto quanto a dele a acalmava. – Não vou deixar que ninguém desconfie do que já sei, prometo.

Ela o sentiu respirar fundo e seu corpo relaxar um pouco.

– Eu sei – disse ele, fazendo a moto avançar devagar.

E conforme a moto descia o morro, a floresta e as pedras ao redor se tornavam borrões de sombra, os pensamentos de Bianca iam e vinham sobre tudo o que havia descoberto. O calor dele a ajudava a controlar seus sentimentos ao pensar em Walter.

Ela odiava o pai de Julian e queria que pagasse por tudo o que fez, mas ele estava certo. Se entregar a verdade sobre Walter garantisse o fim da ameaça dos traidores, ele já teria feito isso há muito tempo. Ela precisaria ter paciência.

– Nós dois temos que conversar sobre outra coisa muito importante – disse Julian, interrompendo seus pensamentos.

Ela piscou, virando-se para olhar para a lateral do rosto dele.

– É mesmo? O quê?

Ele fez uma pausa antes de continuar.

– Lembra quando você usou o dom do Faro para me encontrar enquanto estava no hospital?

– Lembro. O que tem?

– Então – disse ele, mudando o tom e a expressão de repente. – Você sabe que isso te faz uma legítima perseguidora descontrolada, não sabe?

Imediatamente os pensamentos sombrios de Bianca desapareceram e ela arregalou os olhos.

– Quê? Não. Tá maluco? Eu só queria saber se estaria por perto... para o caso de eu precisar de você.

– Ahh tá, claro... – riu ele. – Olha, começo a ter muita pena de quem for seu namorado um dia. Namorar uma Farejadora? Uau...

Ela tirou uma das mãos da cintura dele e o estapeou no ombro, sentindo uma onda de energia vibrante passar por ela.

– Cale a boca, Julian, ou vou acabar com você com minhas novas garras.

O sorriso dele se ampliou e a moto avançou para descer a trilha.

– Uma GPS ambulante com garras! Pobre coitado... – disse divertido, balançando a cabeça.

– Cala a boca, Julian – rosnou.

Ele riu e Bianca notou os olhos dele brilharem na mesma intensidade que os dela.

– Ricardo estava errado – disse ela de repente, lembrando-se de uma brincadeira que o parente Uivador fizera no Pátio Eterno assim que Bianca chegara no Refúgio.

– Do que está falando? – perguntou, parando de rir.

– É que seus olhos não são frios, Julian. Você nunca foi assim. Me lembro que seu irmão tinha um olhar gelado, mas não você.

Julian encarava a estrada à frente em silêncio, talvez se lembrando de Daniel ou das palavras de Ricardo brincando sobre o olhar de Julian ser capaz de congelar mesmo sob o aquecimento global...

– Não me importo com o que Ricardo diz. A única coisa que me importo agora é que você fique viva e saiba que eu congelaria o inferno, se isso fosse te deixar segura.

O coração de Bianca bateu mais forte.

– Sei disso.

Ele virou o rosto de lado novamente, para fitá-la com outro de seus sorrisos provocadores.

– Mas ainda tenho dó do seu namorado...

Ela revirou os olhos.

– Cala a boca.

7

Era exatamente no inferno que Milena sentia estar.

Ela bateu outra vez o ombro contra a porta de metal pesado. Tinha certeza de que era inútil, mas precisava fazer alguma coisa. Precisava ter alguma esperança.

Milena já esteve presa em uma câmara de paredes de pedra como aquela. Uma lembrança que se apressou em esconder nas profundezas da mente, pois foi quando todo o seu mundo desmoronou. Foi quando sua família foi traída e morta.

Na verdade, sua vida parecia um alternar entre prisão e liberdade.

Odiava profundamente ficar encarcerada e ainda por cima sentia-se faminta. Estava mais faminta do que o normal e teria que esconder isso, se quisesse sobreviver.

— Me tirem daqui! Não fiz nada de errado – gritou mais uma vez. – Vocês não têm direito nenhum de me prender aqui!

Milena chutou o metal com força e gritou um palavrão, mas a porta não se moveu um milímetro.

— Malditos, Celenos! – esbravejou para si mesma e então agarrou as grades na pequena abertura. – Quero falar com o Vaer de vocês imediatamente! Onde está Thales?

Mas nada aconteceu. Era inútil. Completamente inútil.

E o pior de tudo era que ninguém sabia que Milena estava ali. Ninguém que se importasse sabia. Quem ela queria enganar? Teria sorte se Julian sequer se lembrasse de sua existência e fosse procurá-la, mas meses se passaram e nenhuma ajuda veio. Nem ao menos sabia onde estava. Apenas reconhecia o brasão dos Celenos nas paredes entre as celas. A terrível família de sua mãe.

Seu tio, Thales Celeno, acreditava que a deixando sozinha por tempo indefinido, Milena aceitaria fazer parte de sua família cruel. Mas isso não aconteceria nem em um milhão de anos. Sem falar que ele não poderia descobrir sobre o tipo de sangue que corria nela agora. Isso seria extremamente perigoso.

Ela precisava encontrar uma forma de fugir antes que ele descobrisse ou antes que o deixasse furioso de verdade.

Olhou a redor mais uma vez. A cela possuía um conforto mínimo. Uma cama com colchão, lençóis limpos e constantemente trocados, além de uma pequena cômoda com roupas e objetos pessoais comprados para ela. No fundo havia um pequeno banheiro com chuveiro. Ele não ficava exposto, havia uma parede para proteger sua intimidade, mas não havia porta para se trancar.

Entretanto, infelizmente não havia nada ali que pudesse ajudá-la a abrir a porta ou cavar uma passagem pela pedra maciça.

De repente, seus pensamentos de fuga foram cortados por um som lá fora. Salto alto ecoou pelo corredor de pedras.

Milena esperou, seus olhos brilharam com a expectativa dolorosa. Momentos depois, ouviu o arrastar de um trinco e o som de uma trava sendo desbloqueada na parede ao lado da porta.

A fome não a deixou pensar em mais nada, num salto já estava junto à portinhola de metal, abrindo-a para encontrar o pequeno recipiente de cerâmica. Suas mãos tremeram quando agarrou o pote. Ela bebeu todo o conteúdo, não deixando escorrer nenhuma gota. Colocou-o novamente no nicho e fechou sua abertura. Isso permitiria que do outro lado fosse aberto para trazerem o pote cheio mais uma vez amanhã.

Aquela quantidade deveria ser o suficiente para matar sua fome por um dia, mas não era. Não para ela. A Essência dos antigos estava em suas veias e isso fazia com que sangue animal fosse como comer uma azeitona por semana e sangue humano fosse como uma empadinha por dia.

A fome a corroía lentamente. Milena não sabia por quanto tempo mais aguentaria antes que sua mente começasse a se perder. O sangue Karibaki de Julian em seu organismo a sustentou por alguns meses, mas ele já deveria ter sido completamente consumido a uma hora dessas.

Milena virou-se para a porta de metal pesado e olhou pela pequena abertura. Como havia imaginado, não era o mesmo carcereiro de sempre.

Era uma mulher enganosamente jovem usando um longo vestido preto. Os cabelos negros dela estavam presos para trás. Milena sentiu o coração saltar.

Talvez sua sorte estivesse mudando.

– Lara... – disse Milena em tom de alívio, reconhecendo-a através das descrições de sua mãe. – Você é Lara Celeno.

Os olhos da mulher alcançaram os dela atrás da grade e ela acenou levemente em confirmação.

– Como sabe quem sou? – A voz dela era rouca e grave.

– Minha mãe me falou sobre você – disse Milena, agarrando as grades e olhando ao redor. Estavam sozinhas. Aquela era a sua oportunidade. – Esperava que viesse me ver. Por que demorou tanto?

A Vaeren estreitou seus olhos amendoados.

– Você fala como se eu devesse algo a você ou a sua mãe – disse Lara. – Foi ela quem foi embora e não eu. Meu Vaer pode estar errado em querer te forçar a ficar, mas não te ajudarei a fugir daqui. Você deveria é sentir-se agradecida por ele acolher uma jovem órfã Vaeren em seus domínios.

Milena sentiu seu estômago apertar. Aquela Vaeren era a sua única chance naquela droga de lugar.

– Thales não me acolheu – retrucou Milena. – Ele me sequestrou.

Milena se lembrava bem do que havia acontecido. Saía do armazém no porto de Santos, onde espionava a mulher ruiva, Alexia, que tinha acabado de descobrir ser uma Pérfida, e o líder dos caçadores de Santos, Roberto Sales. Estava distraída ligando para Julian quando eles chegaram pelas suas costas. Os guardas de Thales a imobilizaram, jogaram um saco em sua cabeça, e a trouxeram para este lugar.

– Milena, seu tio quer apenas te proteger tornando-a uma de nós.

– Proteger? – Milena fez uma careta de desdém. – Não quero a proteção dele. Só quero sair daqui e ir para casa.

A mandíbula de Lara se enrijeceu.

– Casa? Você não tem mais casa. Os Lectras se foram.

Os Lectras se foram...

As palavras de Lara ecoaram na mente de Milena, fazendo-a sentir-se esgotada e faminta demais.

– Sou uma Lectra e não uma Celeno – foi o que conseguiu dizer baixinho. Ela carregava sua família nas tatuagens em seu braço, carregava em seu sangue.

Era uma homenagem e uma forma de nunca estar sozinha. – Os Lectras ainda não se foram.

– Você é a última Lectra – disse Lara. – A última Vaeren de uma família fraca que se deixou destruir. Desista.

De repente, o pouco sangue ainda em Milena ferveu e ela avançou sobre a porta. Sua mandíbula enrijeceu e ela pôde sentir as dezenas de presas afiadas quererem surgir.

– Minha família não era fraca – rugiu Milena.

Lara endureceu sua expressão.

– Alice nunca deveria ter nos abandonado para se casar com seu pai. Ela estaria segura aqui – disse, com os olhos brilhando. – Do que adiantou buscar essa felicidade com seu pai, se ele nem ao menos foi capaz de proteger a vida dela?

Milena estremeceu e mordeu os lábios com força.

– Não foi culpa dele.

– Como não foi culpa do Vaer da família? Quem mais teria o poder de protegê-los?

Ele teria protegido a todos se não estivesse fraco e faminto por minha culpa. Se eu não tivesse tido pena do jovem Pérfido capturado e o libertado, ele teria tido sangue suficiente...

– Foi um caçador que nos traiu. A culpa foi dele – respondeu Milena, traindo seus próprios pensamentos.

A expressão de Lara se endureceu. Milena ainda não a tinha convencido.

– Por favor, estou te implorando... Me ajude a sair daqui para que eu possa vingar a morte de minha família. Me ajude a vingar Alice.

Um longo silêncio caiu sobre elas. Milena notou o olhar de Lara se semicerrando, pensativa.

– Você tem certeza de que o líder dos caçadores de Santos tem algo a ver com a morte dela?

Milena inspirou fundo antes de responder.

– Tenho. E Roberto também se uniu a uma Pérfida recentemente. Juntos estão dividindo e enfraquecendo os Corvos da cidade de Santos.

– Eu sei – disse Lara. – Alexia e Roberto estão eliminando alguns Corvos discretamente. Praticamente já possuem Santos sob controle e os outros Corvos ou não notaram, ou seus lábios foram selados por chantagens...

Milena já desconfiava disso, mas não sabia que já haviam chegado ao ponto de começarem a eliminar outros Corvos. Roberto era perigoso e corrupto.

– E como sabe disse tudo? – perguntou Milena.

– Thales está negociando com a Pérfida ruiva que se uniu a Roberto e me pediu para investigar os dois. Tenho meus métodos.

Os olhos de Milena se ampliaram.

– Thales se uniu a eles?... Por quê?

Lara se aproximou da porta.

– A Pérfida é muito inteligente e perigosa. Alexia está oferecendo algo valioso e ele está disposto a lhe entregar a relíquia da família em troca.

Milena arfou, surpresa.

– A relíquia dos Celenos? Por que uma Pérfida iria querer isso?

– Não sei – respondeu Lara. – Ainda estou investigando.

– E o que descobriu em sua investigação?

– Um detalhe aqui e outro ali... – disse Lara. – Mas descobri que não há registro de Sales antes dele fazer dezoito anos, quando foi formalmente adotado por um caçador. Ele não é quem diz ser.

– Sei disso – disse Milena. – Já o investiguei também. O nome Roberto Sales é falso.

– Com toda a certeza é, mas quem ele foi um dia é a pergunta que ainda não foi respondida – disse Lara, tornando sua atenção distraída. – Eu já cansei desta conversa. Tenho uma festa da Herança para iniciar. Mas, antes de ir, preciso saber se sua mãe alguma vez te contou sobre nossa brincadeira de infância.

– O quê? – estranhou.

– Apenas responda – exigiu Lara. – Sua mãe contou sobre nossa *brincadeira* preferida quando este lugar ainda estava sendo construído?

Milena piscou, confusa por somente um momento.

– S-sim... – gaguejou.

E Lara inclinou a cabeça, não convencida com a resposta. Milena rapidamente emendou:

– Sim, ela me contou sobre a... a brincadeira de vocês enquanto construíam este lugar.

Lara acenou, satisfeita.

– Em quantos detalhes – perguntou em voz baixa e grave.

Milena sentiu sua boca secar.

– Em muitos – respondeu hesitante e Lara apertou ainda mais o olhar. – Muitos detalhes – reforçou. – Ela dizia que precisaríamos conhecer a diversão preferida dos Celenos, pois caso um dia fôssemos... chamados para... *jogar*... poderíamos ter a chance de ganhar.

– Que bom – disse Lara encarando-a, satisfeita com a resposta. Mas então, desviou o olhar e sua expressão se modificou e ela falou mais alto: – Ahh... Eu já ia me esquecendo de avisá-la... Thales está impaciente e disse que se você não aceitar logo a sua proposta, passará a receber somente a metade do alimento. Ele quer sua resposta amanhã, durante a Festa da Herança.

Milena piscou atordoada com a repentina mudança de assunto e humor. Ao terminar de falar, Lara se virou e desapareceu pelo corredor.

O que foi isso?

– Lara? – gritou Milena. – Lara, espere!

Mas ela se foi e Milena estremeceu.

A Celeno iria ajudá-la ou não, afinal? E apesar de toda a conversa que tiveram, tudo o que ecoava agora em sua mente era seu último aviso.

Metade do alimento?

Os Celenos nem podiam imaginar o quanto já estava faminta.

Contudo, já tinha passado fome antes, muita fome, e conseguiu sobreviver. Precisava resistir e ser forte, mas até quando conseguiria? E será que adiantaria alguma coisa? Se Lara não ajudasse, ninguém viria por ela.

A poderosa Essência em seu sangue fazia sua fome crescer a cada passar de ano. Sem sangue suficiente ela iria enlouquecer rapidamente.

Milena se deixou escorregar contra a porta até alcançar o chão. Ela abraçou o corpo e afundou suas unhas na pele. Na escuridão da cela, ninguém via suas lágrimas caindo.

8

O novo quarto de Bianca era exatamente do tamanho daquele que dividira com Nicole ano passado, mas sozinha ele parecia muito maior.

A decoração era simples. Além da cama, havia um criado-mudo, mesa de estudos, poltronas coloridas, minigeladeira e guarda-roupa embutido. As paredes de seu quarto eram um mosaico de fotografias digitais espalhadas de sua família. Uma delas era a única foto que possuía com sua mãe, segurando-a ainda bebê, mas havia também fotos antigas com Laura, além de outras recentes, tiradas com seus amigos no Refúgio.

Parada no meio do quarto, Bianca observava a foto de sua mãe na parede junto à cabeceira da cama. A lembrança daquela noite invadia seus sentidos. Era como se ainda pudesse ouvir os tiros, os rosnados do trocador de pele e os gritos enquanto suas narinas se enchiam do odor acre do sangue atravessando o vão da porta do banheiro em que havia se escondido quando criança.

Neste instante, foi como se o seu quarto fosse tomado por tons de cinza ao redor. Por um momento, a imagem de seu pesadelo deu lugar a outra.

A imagem de Walter destroçado aos seus pés.

Seu punho se fechou com força e ela estreitou as sobrancelhas.

Bianca havia mentido para Julian, ela não sabia se conseguiria fingir, agora que tinha praticamente certeza da culpa de Walter.

Ela se virou para a porta e a abriu, dando um passo em direção à saída enquanto buscava o odioso rastro. Mas um alerta no *cadigit* sobre a cama chamou sua atenção e ela parou. Bianca hesitou por apenas um instante, mas voltou para o quarto e fechou a porta, indo sentar-se na cama.

Abriu a primeira folha de plástico fino e maleável e viu que não havia remetente, somente uma mensagem, juntamente com a imagem retangular de um vídeo a ser reproduzido.

Posso ter uma lição ou duas para te ensinar ainda, mas não se empolgue – dizia a mensagem.

Julian...

Ela sorriu sozinha e foi como se as cores retornassem.

Momentos atrás, haviam voltado de moto para o Refúgio e ele a deixara no jardim atrás do hospital antes de partir em direção à garagem.

Ela apertou o *play* e fez um movimento com a mão para que a tela do vídeo se abrisse no ar sobre a cama.

O primeiro vídeo era um trecho de um documentário do Canal History sobre uma alcateia de lobos caçando. O narrador começou explicando com sua voz calma e dramática que os lobos gostavam de se aproximar da presa sem serem vistos.

Bem a cara de um Furtivo... – pensou Bianca.

O vídeo era bastante interessante e mostrava que algumas vezes a presa era observada por dias e dias antes dos lobos iniciarem a caçada. Depois, esperavam a presa se distrair para começarem a persegui-la até que um erro fosse cometido por ela, ou até que um ponto fraco fosse encontrado e, então, finalmente a atacavam e a devoravam.

O segundo vídeo era uma fábula infantil animada, a do "lobo em pele de cordeiro".

De novo a história era a cara dele.

Acho que entendi a lição... – escreveu na mesma página, usando a caneta especial junto ao *cadigit*. Ela sabia que ele receberia.

O que aprendeu? – Apareceu escrito na página ao lado.

Ela pensou por um instante antes de escrever.

Ser uma loba observadora, paciente, tentar encontrar pontos fracos, surpreender, atacar e então...devorá-los? Qual foi minha nota?

A resposta dele foi rápida.

Nota 9. Você não precisa devorar seus inimigos! Por favor, não os devore...

O comentário a fez sorrir sozinha e, antes que respondesse, Julian mandou outra mensagem.

Próxima lição.

Em seguida, surgiu um texto que ele tinha copiado de algum lugar da internet. Era outra fábula.

O autor contava sobre um lobo ferido que tentou convencer a inocente ovelha a lhe trazer água para depois devorá-la. Contudo, a ovelha se negou a ajudá-lo e assim conseguiu se salvar, pois percebeu que o lobo ferido tentava enganá-la para que pudesse matá-la.

Moral de história? – escreveu Julian.

Nem sempre o lobo vence? – tentou ela.

Nota 0 – escreveu ele. – *A resposta certa seria: seja uma ovelha esperta, não morra.*

Ela respirou fundo, xingando-o mentalmente por jogar em sua cara que naquela história Bianca não era o predador e sim a presa. Mas o pior é que ele estava certo.

Bianca se levantou da cama e começou a andar de um lado a outro.

Não sou uma ovelha. Sou uma loba. Sou uma Karibaki, não sou? – pensou. – *Uma predadora e não uma presa...*

Ela parou no quarto e de repente agarrou o *cadigit* sobre a cama, primeiro escreveu para ele de volta.

Sou uma loba – escreveu ela, e sem esperar a resposta de Julian, virou a folha para uma em branco.

– Uma ovelha esperta, não é? – disse para si mesma. – Então tá legal... Por onde começar? Bom, Julian disse que ele acreditava que os traidores estivessem infiltrados entre os Guardiões. Mas por quê?

Depois de alguns minutos pensando sozinha, ela fez outro gesto no ar.

– *Cadigit* – ordenou, do jeito que tinha aprendido durante as aulas. – Abrir novo arquivo holográfico. Criar linha do tempo inserindo datas, imagens e informações sobre: a Noite da Aniquilação, os Guardiões e a morte de minha mãe.

As informações foram surgindo no ar e nas folhas do caderno, por ordem cronológica.

Grupo Guardiões: 1958 a 1987. Fundado por Isabel Ross e extinto após a morte.

Noite da Aniquilação: 25 de dezembro de 1990.

Falecimento de Ágata Bley: 20 de dezembro de 2008.

Bianca observou as datas e estudou um pouco mais sobre os Guardiões. O texto que surgiu dizia que *"tinha como objetivo o estudo de sua capacidade precognição como forma de impedir que o mal de Hoark recaísse sobre a Humanidade e sobre os Karibakis. Cem por cento de suas missões foram concluídas positivamente enquanto o grupo esteve ativo."*

Bianca ergueu as sobrancelhas. *Cem por cento?*

Então começou a pesquisar e descobriu que, quando Isabel Ross tinha uma visão, uma alcateia era escolhida para a missão, que poderia ser desde capturar um Tau ou enfrentar uma alcateia de Pérfidos, por exemplo. Mas, se cem por cento das missões criadas a partir de suas visões foram um sucesso, ela podia entender o ódio dos Pérfidos pelos Farejadores.

Isabel tinha morrido três anos antes da Noite da Aniquilação acontecer. Poderia ter sido esse o motivo? Acabar com os Farejadores antes que outro com o dom Puro nascesse? Mas por que Walter trairia os membros da linhagem de sua própria mãe, que também era uma Farejadora?

Bianca suspirou e olhou para a foto de Ágata na linha do tempo.

Com toda a certeza teria que encontrar mais informações. Julian sabia mais, porém não diria nada a ela. Não enquanto não fosse seguro, e isso era frustrante.

Antes de fechar o *cadigit*, virou a folha e leu a mensagem:

Para mim você é e sempre será um vaga-lume.

Ela conseguiu sorrir.

Maaas precisamos que por enquanto você finja ser apenas uma inocente ovelha, tá legal?

Sim, pelo menos por enquanto, ela fingiria ser apenas uma ovelha.

Bianca sorriu, fascinada como Julian conseguia não apenas entender o plano dos traidores como estar a um passo deles. Ela esperava um dia jogar este tipo de jogo como ele jogava. Mas agora só precisavam esperar a armadilha se formar, provavelmente Julian tinha um plano para isso também e ela precisava descobrir qual era.

Olhou de novo para a foto de sua mãe. O que será que ela precisou se tornar para sobreviver lá fora sozinha, enquanto era caçada?

Ela suspirou e decidiu que estava na hora de tentar dormir.

Depois de colocar seu pijama, abraçou um dos travesseiros e ficou deitada

FILHOS DA LUA - O LEGADO SOMBRIO

bastante tempo pensando em sua mãe. Por tanto tempo que achou ter ouvido as músicas de ninar, que Ágata murmurava para Bianca quando criança, um pouco antes de sentir suas pálpebras pesarem e o sono se aproximar.

E quando uma brisa refrescante tocou sua pele, Bianca acordou.

Ela abriu os olhos e piscou.

Estava escuro e os cheiros e detalhes da realidade a atingiram em cheio. Bianca cambaleou, surpresa. Não estava em sua cama, na verdade, não estava nem em seu quarto.

Olhou ao redor e reconheceu as árvores do jardim, o céu estrelado, as flores bem cuidadas, a grama sob seus pés e o odor de frutas não muito distantes.

Olhou para si. Vestia seu pijama.

De novo, não...

Fazia tanto tempo que não caminhava sonâmbula que achou que o problema havia sido controlado junto com o fim de seu medo de ver a troca de pele, mas infelizmente estava enganada. Sonâmbula, ela havia caminhado tanto pelo Refúgio que estava quase na estradinha de terra que daria para túnel de saída.

Virou-se para trás e notou o hospital do Refúgio, com seus andares em degraus cobertos com trepadeiras e do outro lado viu a estufa, com seu metal delicado e paredes transparentes.

Para onde eu estava indo?

Mas, no fundo de sua alma, ela sabia a resposta. Era como se houvesse um ímã sempre puxando-a naquela direção.

Já era a terceira vez que acordava caminhando já bem longe de sua cama. Começou na primeira noite que dormiu em Santos, quando acordou na rua ao lado de sua nova casa, quase sendo atropelada. Na segunda vez, estava a quadras e quadras de distância do hospital, após o ataque na balada Barba Azul, e foi acordada por Julian dentro do novo sistema de esgoto da cidade.

– Droga – reclamou baixinho ao se virar para retomar seu caminho para o quarto, pisando na grama descalça.

Mas ela parou.

Havia algo no ar além do farfalhar das folhas das árvores.

Prestou atenção bem quieta, mas não havia nada de estranho e ia retomar seu caminho quando seus sentidos captaram novamente. Dessa vez, mais forte.

Um som no ar a fez olhar para cima, em direção ao hospital. Um grande helicóptero nas cores azul e branco se aproximava cada vez mais, em direção ao heliponto acima da garagem.

Ela sabia que o Refúgio havia sido reaberto para as alcateias adultas, portanto, deveria ser alguma delas chegando. Entretanto, Bianca continuou ali, parada, aguçando seus sentidos e olhando ao redor. O que tinha ouvido não era nada parecido com o som de hélices girando. E, depois de alguns vários instantes, quando finalmente o Refúgio pareceu quase silencioso novamente, Bianca ouviu.

Eram notas musicais familiares. Sons de violino misturados com outros sons, fazendo ela se perguntar se, na verdade, ainda não estaria sonhando.

Bianca se virou e correu. Correu o mais rápido que pôde em direção à música, desviando-se das árvores enquanto atravessava o pomar localizado ao lado da estufa, esmagando folhas e frutas caídas enquanto passava.

– Mãe?

Saltou grossas raízes para dar a volta por uma árvore e parou quando finalmente encontrou a origem do som.

Sob a copa de uma grande mangueira, com frutos ainda verdes e muito pequenos, Bianca a viu dançando.

O som vinha do *cadigit* pousado sobre grossas raízes próximas e se espalhava como se estivessem tocando ali, naquele momento.

A melodia era ao mesmo tempo familiar e diferente. Era uma mistura de elementos clássicos e modernos ao som de violino. Uma mistura incrível e excitante com acompanhamentos eletrônicos. As poucas vezes que viu Ágata tocá-la era sempre ao som puro do instrumento.

Seus olhos arderam e Bianca segurou as lágrimas.

Do chão eram projetadas pequenas fontes de luzes douradas enquanto uma garota de cabelos castanhos e corpo esguio dançava.

Cada passo e cada gesto ao ritmo daquela melodia que lhe era familiar a encheu de emoções.

Sentia-se totalmente capturada pelo ritmo da dançarina. Seus gestos eram perfeitos. O balanço de seu corpo e a expressão de seu rosto revelavam muitas coisas. Talvez muito mais do que deveriam revelar. Era como se Bianca pudesse sentir o abandono, a entrega, a dor daquele ser. E mesmo assim era tão bonito e havia tanta, tanta luz...

E quando o som e os movimentos finalmente cessaram, os olhos da dançarina se estreitaram, virando-se para o local onde Bianca estava.

– Quem está aí? – perguntou.

Bianca estava sob uma grande árvore, portanto oculta pela escuridão da noite. Alguém sem sentidos aguçados teria dificuldades em vê-la, e poderia ter dado as costas e partido, mas em vez disso, deu um passo à frente, em direção às luzes.

– Bianca? – disse Giovanna, surpresa.

A parente Destemida, e prometida de Lucas, a encarou de cima a baixo, fazendo Bianca se lembrar de que ainda vestia seu pijama. Mas a surpresa dela durou apenas um instante, pois no momento seguinte Giovanna encrespou os lábios.

– Só poderia ser a Farejadora que não sabe parar de meter o focinho onde não foi chamada – disparou, levando as mãos à cintura.

Era incrível como a atitude de guerreira arrogante que Giovanna sempre exibia mais parecia a pose orgulhosa de uma dançarina. E Bianca se perguntou como nunca havia percebido isso antes. Giovanna era uma artista.

– Eu ouvi a música... Não sabia que era você, Giovanna. Nunca imaginei ouvir esta melodia no Refúgio.

A Destemida entortou os lábios e a olhou de cima a baixo novamente.

– Todo mundo conhece esta música por aqui. Vai me falar que você não sabia que sua mãe tocava violino no Refúgio?

– N-não sabia... – confessou Bianca.

Giovanna inspirou fundo.

– E aposto que você não teve vontade de saber também.

– Eu...

Mas Giovanna a interrompeu enquanto se abaixava para pegar o *cadigit*.

– Olha, quer saber? Não me interessa. Já está na hora de eu ir dormir.

– A primeira vez que ouvi minha mãe tocar violino – começou Bianca dando um passo em sua direção – eu deveria ter uns sete anos. Mas antes disso, ela já murmurava esta melodia para mim desde que eu era um bebê. Só que não reconheço estes outros sons.

Houve um ruído de impaciência no ar.

– Sorte a sua nossa memória de infância ser melhor do que a humana. Até onde sei, sua mãe criou suas próprias partituras e misturou com o som de outros instrumentos que eram tocados por seus amigos – explicou a Destemida fazendo uma leve pausa enquanto jogava a mochila sobre as costas. – Por acaso você ainda tem o violino dela?

– O violino? – disse Bianca, um pouco confusa por ela ter perguntando algo assim.

– É Bianca... o violino! A única porcaria que Ágata conseguiu levar quando fugiu daqui. Todo mundo sabe disso...

Bianca ficou em silêncio. Ela não sabia.

Entretanto, recordava-se do dia em que sua mãe lhe mostrou um violino e o que havia feito em um pequeno espaço da madeira atrás dele. Um A, a inicial de Ágata, e então pediu para Bianca fazer o mesmo. Sua mãe a ajudou segurando a mãozinha de Bianca no estilete, até que uma letra B surgiu.

Pronto, agora o violino sempre nos unirá... – disse Ágata, com seus cabelos amarrados para cima, deixando fios cacheados rebeldes caírem. E talvez fosse por isso que sua mãe tivesse lágrimas nos olhos naquele momento, pois aquele objeto era a única coisa que a ligava ao seu passado no Refúgio.

Depois disso, Bianca nunca mais vira o instrumento.

– Mas é claro que você não sabia – respondeu Giovanna, adivinhando a resposta antes que Bianca conseguisse dizer algo. – Afinal de contas, por que *você* se importaria em saber mais sobre a vida de sua mãe no Refúgio?

Bianca não gostou do comentário, mas algo em seu tom a fez se perguntar sobre o motivo de Giovanna estar ali escondida dançando enquanto uma festa rolava do outro lado do Refúgio e como ela sabia tanto sobre Ágata.

– Sua mãe e a minha se conheciam?

A boca da parente Destemida se tornou uma linha reta e rígida, sua respiração se alterou.

– Sua mãe e a minha por um acaso eram amigas. – O tom de Giovanna era duro e ela desviou o olhar. – Minha mãe tocava violoncelo e o primo dela controlava os sons eletrônicos extras. Os três costumavam tocar juntos antes da Noite da Aniquilação acontecer.

Bianca repassou a informação mentalmente, tentando imaginar sua mãe e a mãe de Giovanna sendo amigas em um mundo que Bianca ainda estava descobrindo.

Talvez em uma outra vida, em que os Farejadores não tivessem sido mortos e perseguidos, Bianca e Giovanna também pudessem ter sido mais próximas. Talvez até mesmo amigas.

– Entendi... – disse Bianca. – E acho que esta música te faz lembrar a sua mãe, como me lembra a minha, é isso?

Foi apenas um instante, mas Bianca viu o golpe de Giovanna vindo.

Ela poderia ter tentando se desviar ou bloquear, mas não se mexeu e o soco de direita a acertou em cheio no rosto. Bianca sentiu seu nariz quebrar e deu um passo para trás, equilibrando-se enquanto sua visão escurecia e levava às mãos ao rosto, sentindo a umidade do sangue. Um rosnado saiu da sua garganta, mas controlou-se para não trocar de pele. Não tinha problema, se curaria.

– Não faço nada por causa de minha mãe! – disparou Giovanna. – Entendeu? Não faço nada por causa dela!

– Tudo bem... Desculpa – pediu Bianca, sentindo a dor ao limpar o sangue do rosto.

Pela expressão de Giovanna era fácil ver como aquele assunto era doloroso.

– Não quero brigar com você – disse Bianca, tentando ser paciente. – Sei que não deveria ter falado sobre sua mãe.

Giovanna encrespou os lábios.

– Não, não deveria... Mas você é uma intrometida que sempre acha que pode dizer ou fazer o que quiser, não é verdade? Só porque é a última Farejadora, ou porque matou acidentalmente a porcaria de um Voraz não faz eu gostar de você!

– Já te pedi desculpas – tentou mais uma vez, sentindo a dor diminuir e seu nariz se curar enquanto limpava o sangue restante no rosto com as mãos.

A Destemida torceu a cara.

– Desculpas? Suas desculpas não servem para nada. Aliás, você não é nada! – retrucou, com voz afiada como gelo. E havia tanta raiva e ressentimento em seu olhar que Bianca na verdade sentiu pena.

– Você teve uma família e a abandonou – disparou Giovanna. – Foi tão fraca e covarde que não fez nada enquanto Ágata era feita em pedaços!

E então, a memória daquele momento de terror surgiu mais uma vez diante de seus olhos. Os gritos... o cheiro de sangue...

– Eu tinha nove anos – disse, sentindo todo o seu corpo ficar tenso.

Giovanna riu ironicamente.

– A maioria das crianças Filhas da Lua teria feito algo e não apenas chorado feito um bebê...

Uma raiva cortante atravessou Bianca e a fez estremecer. Seus olhos queimaram, mas engoliu em seco. Não iria chorar.

– Já chega, Giovanna... – disse Bianca, dando as costas para ir embora.

– O que foi, farejadorazinha? Não aguenta uma verdade?

Bianca continuou caminhando.

– Você adora se intrometer na família dos outros – disse a Destemida, em tom superior –, mas aposto como você nunca nem procurou saber mais sobre a sua própria família, ou sobre os outros Farejadores. Tenho certeza que não, porque, diferente de nós, você é só uma garota covarde... Seu lugar não é aqui.

O corpo de Bianca se tornou completamente tenso e ela parou, virando-se para Giovanna.

– Este é o meu lugar – disse, endurecendo o tom de voz.

– Não, o Refúgio não é o seu lugar – desafiou. – Não temos covardes.

O Refúgio tinha sido o lar de sua mãe e agora era o seu também. Tiraram o direito de Ágata viver entre eles, tiraram o direito de Bianca nascer entre eles, mas ninguém mais a afastaria dali. Fosse um maldito traidor ou uma garotinha mimada, ninguém lhe tiraria o direito de estar entre outros como ela. Afinal, era uma Karibaki, não era?

Bianca estreitou o olhar e rosnou alto, sentindo uma camada de gelo cobrir suas emoções.

– Acha que sou covarde só porque não fui criada neste mundo e porque nunca aprendi a me defender, mas a verdade é que em apenas seis meses me tornei uma guerreira *muito* melhor do que você – disse, notando o maxilar de Giovanna se enrijecer. – Quer saber? Você finge ser durona, mas é só uma garotinha triste implorando por atenção.

– Cale a boca, Bianca.

Mas não ia se calar, em vez disso avançou um pouco mais, encarando-a. Sombras rodeavam sua visão.

– Você implora pela atenção de seu pai Yann, que a ignora... Implora pela atenção de sua mãe que nunca mais deu as caras por aqui... – As palavras de Bianca eram cortantes como garras afiadas. – Implora pela atenção de Lucas, que tá pouco se lixando...

Giovanna empalideceu, dando um passo para trás e esse foi o seu erro.

– Você não sabe do que está falando... – disse a Destemida, com determinação enfraquecida.

– Sei sim e aposto como o resto da sua família também não está nem aí para você. Talvez até arranjem desculpas esfarrapadas para não verem sua cara arrogante nos feriados...

Os lábios de Giovanna estremeceram. Ela iria chorar? Internamente uma onda de energia atravessou Bianca. Havia outras formas de se ferir alguém.

– O que foi, destemidazinha? Não aguenta uma verdade? – provocou, usando o mesmo tom debochado de Giovanna.

– Você está errada... – disse Giovanna, com toda a sua vontade de brigar desaparecendo.

– Tem certeza? – falou, com uma expressão de surpresa fingida. Ela deu outro passo à frente e Giovanna automaticamente recuou. – Então quando você se esforça em ser a melhor em combate não é só uma tentativa patética de fazer com que Yann te enxergue? E enquanto dança sozinha a música delas não é por causa da esperança estúpida de que um dia a sua mãe poderá voltar?

Giovanna a encarava com os lábios entreabertos, sem parecer saber o que dizer.

– Bom, talvez eu esteja errada ou é você quem nem ao menos percebe o que está fazendo com sua vida. Mas tenho certeza de que se casar com Lucas não vai te dar a família que você quer tanto ter. Lucas não a ama e você sabe disso – disse Bianca, cortando um pouco mais fundo.

Bianca viu Giovanna engolir em seco. É claro que ela sabe que Lucas não a ama. Ela também não deve amá-lo.

E mesmo sabendo que Giovanna já estava completamente derrotada, Bianca não conseguia parar. Era como devorá-la viva, pedaço por pedaço...

– E o que você não consegue suportar é saber que enquanto minha mãe morreu me protegendo, a sua mãe simplesmente a aband...

Mas se interrompeu quando Giovanna piscou e Bianca viu uma tristeza tão profunda se insinuar atrás das pupilas da Destemida que o resto da frase ficou presa em sua garganta. Com os lábios trêmulos, Giovanna de repente parecia apenas uma garotinha, sozinha e assustada. Bianca imediatamente se arrependeu. O que ela iria dizer em voz alta era seu golpe final que poderia jogar a Destemida para um lugar tão fundo que talvez nunca mais saísse.

O que estou fazendo?

– Me desculpe... – Bianca apressou-se em dizer, suavizando sua expressão. – Por favor, me perdoe. Eu não queria...

Mas Giovanna desviou o olhar do dela, afastando-se de Bianca e embrenhando-se entre as árvores do pomar.

– Me desculpe, Giovanna... – insistiu, antes da Destemida desaparecer sem dar mais nenhuma palavra.

Sentindo a culpa invadir seu peito, baixou os olhos para o lugar onde Giovanna estava parada. Ela achou por um momento ter visto as sombras de um abismo se abrindo.

9

Bianca precisou de toda a sua força de vontade para se levantar da cama ao amanhecer e quando conseguiu, estava sem fome. Portanto, apenas saiu do quarto para caminhar pelo Jardim Oliva.

As árvores e plantas brilhavam com um verde intenso. Flores despontavam aqui e ali. Havia pouca movimentação no jardim. Somente algumas crianças menores brincavam sobre a grama ou conversavam nos bancos.

Bianca tentava não pensar na partida de Laura, que ameaçava partir seu peito ao meio. Estava sentada num dos bancos da praça quando uma pequena confusão de asas surgiu na sua frente. Ela quase pulou de susto.

A criaturinha de penas marrons pousou em sua perna direita e a encarou com seus olhos curiosos e irrequietos. Em seu bico havia o que primeiro pareceu ser uma pequena folha verde brilhante, mas quando o pássaro a soltou na palma de sua mão, ela notou que a folha havia sido bicada até se transformar em um pequeno coração, que agora repousava ao lado de sua marca de nascimento em forma de meia lua. Bianca sorriu.

– Obrigada, Piu – disse.

O pássaro bicou levemente um de seus dedos e então voou.

Bianca olhou ao redor até encontrar o pequeno Francis. O parente Furtivo de dez anos era companheiro do pássaro. Ela havia estudado por seis meses na mesma turma de História Karibaki que ele e outras crianças também frequentavam.

O menino sorriu e acenou para ela com alegria e depois se virou para correr até um grupo brincando no gramado aberto. Entre as crianças estava Gabrielle.

As gêmeas Mariana e Laís se preparavam para alguma brincadeira com bola junto a seus amigos e pareciam tentar convencer Gabrielle a fazer parte do jogo. Contudo, a irmãzinha de Nicole balançava a cabeça em uma negativa, não parecendo muito animada. Por fim, as gêmeas desistiram em seus argumentos e se afastaram, deixando Gabrielle sentar-se sozinha em um dos bancos próximos.

Aquela cena derreteu seu coração.

Bianca procurou, mas não conseguia encontrar em Gabrielle seu habitual brilho no olhar e nem a alegria natural em suas feições infantis.

O terror que as três meninas passaram semanas atrás, em Santos, nenhuma criança Filha da Lua ou humana deveria passar, mas diferente de Gabrielle, as gêmeas pareciam completamente recuperadas. Talvez porque, como parente Furtiva, a menina perdeu algo importante lá, uma parte de si mesma, ela perdeu Paxá, seu animal companheiro e Gabrielle deveria estar sofrendo muito a sua falta.

Bianca tentava imaginar a dor que a menina estava sentindo, quando sua atenção foi desviada pelo movimento de alguém caminhando pela entrada do Lemniscata. Só foi preciso forçar um pouco a sua visão para ter certeza de quem era.

Ricardo.

Bianca suspirou e se levantou do banco. Já imaginava para onde o parente Uivador estava indo e era para o mesmo lugar que ela deveria ter ido meses atrás.

... você nunca nem procurou saber mais sobre a sua própria família, ou sobre os outros Farejadores. Diferente de nós, você é só uma garota covarde.

As palavras de Giovanna ainda ecoavam em sua mente enquanto Bianca atravessava o jardim.

Ela entrou no belo edifício curvo, o Lemniscata, e caminhou pelo Pátio Eterno praticamente vazio até alcançar o gracioso corredor que terminava na entrada da biblioteca do Refúgio.

Tinha entrado poucas vezes lá desde que chegara. O motivo principal era porque aquela era uma biblioteca muito diferente de uma convencional. Ela não possuía livros. E nem precisava, pois todo o conhecimento humano em livros poderia ser acessado em qualquer *cadigit*. A função da biblioteca no Refúgio era outra.

Ela respirou fundo e passou pelo portal. Era estranho no início. A biblioteca usava o layout padrão com Bianca. O que significava que lá dentro se viu cercada por grama baixa e alguns arbustos com flores até o fim do horizonte. O céu tinha tonalidades de azul, dourado e lilás. Até mesmo era possível sentir o cheiro de grama e flores.

– *Seja bem-vinda, Bianca Bley* – disse uma elegante voz feminina no ar. – *Em que posso ajudar?*

– Olá, biblioteca, gostaria de me encontrar com Ricardo. Ele acabou de entrar e deve estar por aqui em algum lugar.

– *Mas é claro* – respondeu a voz feminina. E um instante depois, ela voltou a falar. – *Seu amigo Ricardo já foi avisado e a espera em sua sala. Por favor, siga a trilha.*

De repente, seus cabelos se ergueram devido a uma brisa suave. O cheiro de maresia a atingiu no instante em que a paisagem mudara e Bianca se viu em uma linda praia.

Olhou para baixo e notou pegadas na areia em direção ao mar. Bianca as seguiu, percebendo que também deixava novas pegadas pelo caminho. A criação *metamold* era real até demais.

Instantes depois, a trilha acabava na beira d'água, em frente a um portal feito de pedras cobertas com pequenas conchas e musgos marinhos.

Bianca deu um passo adiante, passando pelo portal e piscou ao surgir no meio de um oceano calmo e infinito. Acima dela, o céu amplo tinha uma tonalidade azul-escuro enquanto flutuava sobre uma grande jangada construída em madeira. E no centro dela estava Ricardo, acompanhado por uma mulher que logo Bianca notou ser apenas um holograma.

– Oi, Bia... que bom que veio visitar um pobre e solitário náufrago como eu – disse Ricardo, sorrindo enquanto erguia os braços para o oceano ao redor. Mas o sorriso dele desapareceu quando viu a expressão de Bianca. – Você está bem?

– Estou... é só que que eu estava me lembrando de ontem, quando me despedi de Laura...

– Ahh... – falou, compreendendo. – A gente já tá bem acostumado com isso. Só vivemos com nossa família enquanto somos bem pequenos. Depois a gente vem para cá e só os encontramos em alguns finais de semanas e feriados em que não estão em missão, é claro... No início é bem chato, mas depois vamos nos acostumando.

Bianca sorriu, tentando parecer menos triste.

– E quem é ela? – perguntou, tentando desviar o assunto. – Pelo jeito o pobre náufrago não pretende ficar solitário por muito tempo. Enjoou de suas fãs no Refúgio e resolveu construir sua nova namorada? – disse, se aproximando o suficiente para notar que o holograma estava inacabado, faltava o rosto da mulher.

Ricardo sorriu, era um sorriso cansado.

– Ela... Humm... – Ele passou a mão na nuca. – Bom, ela é o que estou tentando descobrir há dias...

Bianca o observou, entendendo.

– É a mulher misteriosa que apareceu em espírito para você, não é?

Ele lhe deu um pequeno sorriso triste.

– Estou tentando descobrir sua identidade. Acho que a partir daí poderei entender melhor o que me disse na escola abandonada e a encrenca que estamos nos metendo.

Bianca analisou cuidadosamente a imagem, dando uma volta ao redor do holograma. Ela parecia perfeita.

– Deve ser difícil tentar reproduzi-la sozinho – comentou. – Você é bom nisso.

– É... não é lá muito fácil, mas acho que já meio que acertei a altura, o corpo e a cor dos cabelos. Você vai ter aulas de manipulação *metamold* e arte holográfica também.

Bianca parou e o observou por um instante. Ricardo vestia uma roupa diferente da que usava ontem à noite na festa e os cabelos estavam úmidos, mas, como ela, ele não parecia ter dormido nada.

– Então é isso que fica fazendo por aqui em seu tempo livre?

Ele acenou concordando.

– Um pouco disso e um pouco de pesquisas. Olha, sei que vi o espírito de Galen, o primeiro Farejador, e o de sua mãe, Ágata. Então, acho que tem grandes chances de o espírito da mulher misteriosa também ser o de uma Farejadora.

Bianca ergueu as sobrancelhas. Ele tinha razão.

– E acho que isso já diminui sua lista de Filhos da Lua.

– É, mas é quase impossível descobrir quem ela foi através dos registros sem um reconhecimento facial, mesmo que a linhagem do Farejador tenha sido a menor entre todas as linhagens.

– Por isso quer terminar a imagem...

Ele acenou uma afirmativa.

– Mas tá osso conseguir acertar o rosto dela. – Ele suspirou e, em seguida, como se tivesse lembrado de algo, se virou para Bianca. – E o que você está fazendo aqui tão cedo? Veio me ajudar?

– Na verdade, Ric, vim pedir sua ajuda.

Ele pareceu surpreso.

– Minha ajuda? Sério?

Ela baixou o olhar.

– Tive uma conversa com Giovanna ontem à noite...

Ricardo assoviou surpreso.

– Aposto como essa conversa incluiu um pouco de sangue.

Bianca deu-lhe um sorriso sem entusiasmo.

– Seu sangue? – disse ele, fazendo uma careta.

– Dessa vez, talvez eu tenha merecido um pouco – respondeu, dando de ombros. – Mas a questão é que ela me acusou de nunca ter procurado informações sobre minha mãe ou sobre os outros Farejadores. Daí notei que ela estava certa.

– Tá falando sério que você nunca veio aqui estudar sobre os Farejadores?

– Nunca vim.

Ele deu outro assovio.

– Bem... acho que não sou o único a ter medo de fantasmas...

Bianca lhe deu um fraco sorriso.

– Não, Ric, você não é o único... E achei que entenderia se te pedisse para estar comigo quando eu os conhecer melhor.

– É claro que entendo – respondeu, e como ela continuava encarando-o, Ricardo ampliou sua expressão. – E você quer fazer isso aqui e agora?

– Quero.

– Tudo bem, sem problemas, Bia... Estarei ao seu lado o tempo todo – disse, em tom um pouco dramático. – Sinta-se em sua própria casa, ou melhor, em sua própria jangada...

Bianca encarou por um instante o falso, mas incrivelmente convincente horizonte e respirou fundo. Se queria fazer aquilo, era melhor fazer logo.

– Biblioteca... – disse Bianca – mostrar Farejadores. Mostrar todos eles...

E então a balsa se ampliou e cada espaço ao redor começou a ser preenchido com imagens de pessoas em tamanho real.

A capacidade de ilusão da biblioteca era impressionante. Conforme as imagens surgiam, se espalhavam como se o horizonte lá dentro fosse infinito. Logo ela e Ricardo estavam cercados por uma multidão incontável. Eram homens, mulheres, crianças e idosos... Todos Farejadores. Todos mortos.

Bianca deu um passo e depois outro, olhando ao redor.

Ela também havia aprendido que, de todas as linhagens, a dos Farejadores era a menor. Num casal de linhagens diferentes, a tendência era de que a cada três crianças, no máximo uma nascesse Farejadora, mesmo assim eram muitos Karibakis, de todas as idades e sexos.

Ela parou em frente a um rapaz sorridente. Ao tocar o ar na frente da imagem, informações sobre ele surgiram, como nome, último endereço conhecido, Refúgio, companheiros de alcateia e os anos em que viveu e morreu.

Bianca se afastou, embrenhando-se ainda mais na floresta de pessoas, parando para observar suas feições ou ler algumas informações. Eram Farejadores de todas as épocas e de todas as partes do mundo.

Olhou para trás e se certificou de que Ricardo estava próximo. Ele caminhava quieto, observando.

Em certo momento, Bianca parou e suspirou.

– Biblioteca, mostrar somente os Farejadores vivos momentos antes da Noite da Aniquilação.

E assim foi feito.

As imagens mudaram e um homem vestindo jeans e camiseta xadrez apareceu, ao seu lado surgiu uma senhora e, depois dela, uma criança e outro rapaz e então eles já eram muitos de novo. As imagens se ajustaram, aproximando-se e diminuindo a extensão da multidão.

Bianca estremeceu.

Todas aquelas pessoas haviam morrido naquela noite há vinte e cinco anos.

Seu coração batia forte ao observar cada rosto que nunca conheceu. Eram parentes e trocadores de pele que sabiam rastrear como ela, pois o dom do Farejador era quase o mesmo para ambos. As únicas diferenças eram as incomuns variações dos dons, a capacidade de apenas os parentes Farejadores serem capazes de sentir outros parentes Farejadores e a potência do dom ser maior nos trocadores de pele.

Ela parou em frente a uma mãe carregando um bebê em seu colo. A criança, de lacinho cor de rosa, preso no cabelinho ralo, não deveria ter mais do que um ano de idade. Bianca trincou os dentes.

Era apenas um bebê... Como alguém poderia ser tão monstruoso?

Você está bem? – perguntou Ricardo, que até agora havia se mantido em silêncio.

Ela não estava bem.

– Vou ficar... – respondeu. – Biblioteca, mostre onde está minha mãe.

Um ponto vermelho brilhante surgiu na sua frente e se transformou em uma pequena flecha apontando para determinada direção. Bianca a seguiu e a flecha avançou, mostrando o caminho entre as imagens, até que de repente parou e desapareceu.

Em sua frente estava uma garota alta. Bianca encarou aqueles traços levemente infantis, a cascata de cabelos castanhos ondulados caindo sobre as costas, a cabeça levemente inclinada e olhos verdes desafiadores. Aquela adolescente era com toda certeza a sua mãe.

– Acho que essa é a última imagem que o Refúgio tem de Ágata – comentou Ricardo.

A mão de Bianca atravessou a imagem ao tentar tocar em seu rosto. Aquela era a sua mãe. Sua mãe mais jovem do que Bianca era naquele momento, jovem demais para ser obrigada a fugir para o mundo humano e ser caçada como um animal. Ela balançou a cabeça tentando afastar toda a tristeza que apertava seu coração.

A imagem ao lado de Ágata era a de um Farejador de cabelos escuros e olhos claros que não parecia ter mais do que uns vinte anos.

– Quem é ele, biblioteca? – perguntou Bianca.

Uma suave voz feminina surgiu no ar.

– *Alessandro Miccione, Karibaki Farejador, nascido em Catânia, Itália. Membro do Refúgio Antártico, possuía 22 anos durante a Noite da Aniquilação. Morto em sua casa de campo na Itália, juntamente com sua família, durante uma explosão provocada pelos Pérfidos.*

Havia também um menino, do outro lado da imagem de sua mãe.

– Quem era ele, biblioteca?

– *Vinícius Souza, parente Farejador, nascido em Recife, Pernambuco, Brasil. Membro do Refúgio da Serra do Mar, o Refúgio Verde, tinha 10 anos durante a Noite da Aniquilação. Morto no Refúgio da Serra do Mar.*

As sobrancelhas de Bianca se ergueram. O menino tinha quase a idade de Gabrielle e foi assassinado no único lugar do mundo onde deveria estar completamente seguro. Ágata com toda a certeza deve tê-lo conhecido, talvez estivesse com ele durante o ataque.

– Quem foi seu assassino, biblioteca? Mostre-me.

Ao seu lado, outro holograma surgiu. Um homem de cabelos curtos.

– *Samuel Ferreira* – disse a suave voz feminina –, *Karibaki Furioso, instrutor de Combate com armas de longo alcance, no Refúgio da Serra do Mar.*

Bianca sentiu seu estômago se contorcer.

– Um instrutor... – disse tão baixo que Ricardo quase não a ouviu. A raiva percorrendo-a fez seus dentes rangerem.

De repente, sentiu mãos reconfortantes tocarem em seus ombros, atrás dela.

– Bia, estou bem aqui... – disse Ricardo, baixinho.

Bianca fechou os olhos por um instante e respirou fundo. Ao abri-los novamente, havia parado de tremer.

– Mostrar outra vítima – pediu ela, arrependendo-se instantes depois que os hologramas surgiram ao seu lado. Um garotinho de expressão feliz e olhos curiosos surgiu. Ele não deveria ter mais do que uns sete anos.

Bianca deu um passo para trás, quase trombando em Ricardo.

– Ric... – disse ela, sentindo o nó na garganta se apertar. – Ele era apenas uma criança... Por que fez isso? Por que um... um instrutor do Refúgio matou eles?

– Eu não sei... Desculpe, mas não sei...

Bianca se afastou de Ricardo.

– Biblioteca, por que fizeram isso? Por que mataram esses Farejadores? – perguntou, exasperada.

Um instante depois, a biblioteca falou.

– *Me desculpe, mas não há dados suficientes para responder à sua pergunta.*

– Por que mataram todos esses Farejadores, biblioteca?! – exclamou, o nó em sua garganta apertando ainda mais.

– *Me desculpe, mas não há dados suficientes para responder à sua pergunta.*

Ela se virou para Ricardo, com olhos amplos e úmidos. Com um gesto, Ricardo fez todas as imagens desaparecerem. Bianca tentava respirar fundo para se controlar, mas tudo o que conseguiu foram soluços e lágrimas.

– Tá tudo bem... – disse ele, suavizando seu tom enquanto a abraçava. – Não tem problema em chorar.

– N-não quero chorar... – disse entre soluços.

– Eu sei... – disse ele, abraçando-a mais contra si.

– Eu nem os conhecia... – disse, com o rosto encostado nele.

Em seu peito, sentiu como se um buraco se abrisse. Eles haviam partido. Todos eles... O vazio que estava sentindo era quase insuportável.

E pela primeira vez entendeu do que estava fugindo enquanto evitava descobrir mais sobre sua linhagem extinta.

– Meu pai me contou que a morte dos Farejadores deixou todos os Karibakis tristes – disse Ricardo, passando os dedos entre os cabelos dela. – Muitos choraram por meses, outros por anos... e alguns ainda choram até hoje. A gente perdeu muito.

Ela soluçou baixinho, tentando se controlar.

– Praticamente todas as famílias perderam alguém durante a Noite da Aniquilação – continuou ele –, você sabe que de uma forma ou de outra a gente possui parentesco entre todas as linhagens, além da amizade entre os membros de alcateia.

Aos poucos ela sentiu as lágrimas diminuírem.

– Quando te descobriram ficaram megafelizes. Não sei se te contaram, mas os outros Refúgios fizeram festas e dizem até que o Conselho Alfa recebeu pedidos para tornarem o dia de sua descoberta uma data festiva oficial. Sabe? Pelo retorno dos Farejadores e tal... Achei muito legal esta ideia.

Bianca limpou as lágrimas e se afastou um pouco para encará-lo.

– Uma data festiva? Tipo um feriado Karibaki? Não sabia disso...

Ele deu de ombros

– Acho que ninguém te contou porque não querem colocar muito peso sobre você e te assustar. Meu pai está lá fora em missão e já me contou que um montão de alcateias adultas pediu audiências para te convidar a fazer parte delas. Ester os deixou longe até agora, mas parece que o Conselho Alfa deve começar a autorizá-los a te conhecerem.

Ela balançou a cabeça em uma negativa.

– Não vou fazer parte de outra alcateia que não seja a de Julian... – E então emendou rapidamente: – Porque sei que você e Nicole também farão parte dela como táticos.

Ricardo passou a mão na nuca.

– Se quer saber, nem sei como Nicole me convenceu a fazer parte da alcateia do maluco do primo dela – disse ele, com um sorriso –, mas vai ser incrível se você estiver nela também.

| 107 |

FILHOS DA LUA - O LEGADO SOMBRIO

Bianca sorriu e ele a encarou, analisando-a.

– E aí? Está se sentindo melhor?

Ela respirou fundo, encarando algum ponto invisível na sala. Toda uma linhagem morta. Ou quase toda...

– Acho que sim... – respondeu.

Ela se afastou dele, erguendo o olhar para o horizonte falso.

– Mas acho que tem algumas coisas que ainda preciso entender.

– O quê? – perguntou ele, enrugando um pouco o cenho.

Bianca mordeu os lábios, não sabia se seria uma boa ideia, mas precisava saber.

– Biblioteca, por favor, mostre todos os traidores que assassinaram Farejadores dentro dos Refúgios.

E assim foi feito. Um pequeno grupo de nove pessoas surgiu. Ela sentiu sua espinha congelar. Seis homens e três mulheres.

– Informações... – exigiu Bianca.

Acima deles surgiram dados como nome, data de nascimento e linhagem.

– Só nove traidores para cinco Refúgios? – disse Bianca, com voz engasgada.

Ricardo os analisou.

– Não nove, Bia, na verdade foram dez traidores – explicou ele. – Você pediu para mostrar os assassinos, mas tenho certeza de que um deles não terminou sua missão.

Ela cerrou as sobrancelhas.

– Não?

– Como acha que sua mãe conseguiu fugir? Um deles falhou – respondeu Ricardo. – Biblioteca, incluir traidor que ameaçou Ágata Bley.

E assim foi feito. Um jovem rapaz surgiu. Bianca leu o nome dele no ar. Era Rafael Soares e tinha dezoito anos quando morreu.

– Ouvi falar que ele ia matá-la, mas desistiu. Foi assim que sua mãe fugiu.

Ela ainda observava cada um deles, analisando suas informações e tentando entender. Percebeu que todos tinham fichas perfeitas. Eram considerados membros excelentes da sociedade Karibaki e três haviam recebido um tipo de menção honrosa por ações heroicas em combate. Ninguém teria desconfiado deles.

– Dois traidores para cada Refúgio... – concluiu ela, franzindo o cenho. – Responsáveis por matar Farejadores que tivessem permanecido no Refúgio durante a noite de Natal...

– E o plano só falhou aqui, no Refúgio Verde – comentou Ricardo.

– Porque pelo jeito nenhum plano é perfeito – comentou Bianca, encarando a imagem do rapaz que deveria ter matado sua mãe. – Mas foram apenas duas pessoas para cada um dos Refúgios.

– O que quer dizer?

– Apenas dois traidores para matarem Farejadores nos lugares mais seguros da Terra para os Karibakis? Como poderiam ter tanta certeza de que conseguiriam?

Ele abriu a boca, mas não sabia o que dizer.

– Biblioteca – chamou Bianca –, por que as inteligências artificiais não impediram os assassinatos de Farejadores dentro dos Refúgios? O que aconteceu?

A resposta veio no instante seguinte.

– *A inteligência artificial possui limites de atuação dentro dos Refúgios* – respondeu a voz feminina. – *Não seria possível interferir.*

– Quê? – perguntou Bianca, surpresa. – Como assim não poderia interferir? Que tipo de limites são esses, biblioteca? Achei que o Refúgio fosse seguro.

– *A função da inteligência artificial é garantir a segurança no Refúgio contra Pérfidos, Desviados, Vorazes e outros inimigos que ameacem a existência dos Karibakis ou da humanidade.*

Bianca balançou a cabeça, não conseguia aceitar aquela resposta.

– Por que Altan ficou quieto, sem fazer nada, enquanto crianças eram massacradas?

– *Altan possui limites de atuação dentro dos Refúgios* – repetiu a voz feminina. – *Não seria possível interferir.*

– Bia – disse Ricardo, tentando acalmá-la –, ela é apenas programação. Não adianta discutir.

– Eu sei, mas que droga de resposta foi essa?

– Do tipo única que recebemos, mas não podemos fazer nada – disse ele, dando de ombros. – As IAs não podem ser controladas por nenhum Karibaki. Nem os Conselhos têm poder sobre elas.

Bianca soltou um ruído de frustração e se virou para dar de cara com a única imagem ainda presente na sala. A mulher misteriosa de rosto inacabado.

Ela respirou fundo para se acalmar. Não iria adiantar ter chiliques. A Noite da Aniquilação tinha acontecido há muitos anos.

– E quanto a ela? – perguntou, apontando para o holograma. – O que acha que a mulher misteriosa tem a ver com todo esse pesadelo?

Ele olhou para o holograma e suspirou.

– Não sei... mas sinto que preciso descobrir quem foi. – E então Ricardo se virou para Bianca. – Seria legal se você me desse uma mão. Duas cabeças pensam melhor do que uma, o que acha?

Ela observou o holograma. Ele tinha razão, talvez pudesse ajudá-lo e isso a distrairia. E só Deus sabia como ela precisava se distrair urgentemente antes que seus pensamentos a comessem viva.

– Vou te ajudar a montar este rosto.

A expressão de Ricardo se abriu.

– Sério? – disse ele. E Bianca acenou uma triste afirmativa. – Então, mãos à obra!

Bianca tentou sorrir com a animação dele, mas não conseguiu evitar de sentir as sombras sobre seus olhos tornarem-se ainda mais pesadas e mais dolorosas.

Eles trabalharam juntos por mais de uma hora e isso realmente a distraiu um pouco. Não foi fácil, mas por fim tiveram a ideia de melhorar as bochechas da mulher. Afinal, bochechas podiam interferir na expressão de qualquer pessoa. E pareceu dar certo, pois quando Ricardo terminou de erguer um pouco as maçãs do rosto, ele sorriu maravilhado.

– É a mulher misteriosa – disse Ricardo. – Nós conseguimos.

A imagem construída era a de uma moça jovem e pequena, que aparentava ter uns vinte anos de idade. Usava um vestido branco simples. Seus cabelos eram pretos e ondulados. A delicadeza de seu corpo contrastava com a força em sua expressão. Além das bochechas altas, possuía cílios longos e um olhar profundo, muito profundo. Daquele capaz de fazer você se perder nele.

Eu sou o motivo de a odiarem. – Lembrou-se Bianca das palavras que Ricardo a ouviu dizer.

– E quem é ela, afinal? – disse Bianca.

– Isso é o que vamos descobrir em alguns segundos – respondeu, e seus olhos brilharam como nunca. – Pronta para a hora da verdade?

Bianca acenou como resposta.

– Muito bem – disse o Uivador, inspirando fundo. – Biblioteca, pesquisar compatibilidade facial nos arquivos do Refúgio. Quem é ela?

– *Pesquisando compatibilidade facial* – confirmou a suave voz feminina no ar.

Um brilho azulado passou rapidamente pela imagem e então esperaram.

E esperaram...

Estranhamente já havia se passado mais tempo do que de costume e Ricardo começou a caminhar de um lado a outro.

– Biblioteca? – disse Ricardo. – Por que a demora para a resposta da pesquisa?

Silêncio.

– Biblioteca? – insistiu ele.

E então, sem qualquer aviso ou motivo aparente. Uma explosão de *pixels* desfez completamente a imagem no ar. Eles observavam espantados as cores desaparecendo. No instante seguinte, Ricardo encarava boquiaberto o lugar vazio onde havia estado todo o seu trabalho de reconstituição.

– Não... Não, não, NÃO!

– O que houve, Ric? Cadê ela?

– Não sei – disse, colocando as mãos na cabeça. – A droga da imagem se desfez sozinha. – Em seguida, começou a dar comandos nos botões holográficos no ar.

– Como assim? – perguntou Bianca, confusa.

Depois de diversos comandos sem qualquer resultado, Ricardo a encarou.

– A biblioteca a destruiu! A imagem não está mais em nenhuma droga de lugar.

– E ela pode fazer algo assim? A biblioteca pode destruir algo sem ser ordenada?

Ele engoliu em seco.

– Eu... eu nunca ouvi falar disso. Acho que não...

– Por que fez isso, biblioteca? Por que a destruiu? – perguntou Bianca.

– *Não destruí qualquer imagem* – respondeu a voz feminina.

– Então quem foi? Foi alguém do Conselho? – disse Ricardo, voltando a andar de um lado a outro.

– Não fui eu ou qualquer membro do Conselho.

– Então quem foi?

Não houve resposta e ela notou a expressão de Ricardo tornar-se ainda mais tensa. Bianca se aproximou e tocou em seu braço.

– Calma, Ric, deve ter sido um erro – disse ela. – Ninguém teria motivo para destruir a imagem...

O peito de Ricardo subia e descia. Ele não sabia o que dizer ou pensar.

Mas Bianca estava errada. Havia motivo. E mesmo que não pudessem ver, o destruidor da imagem estava bem ao lado deles, observando tudo.

Altan sabia exatamente no que Ricardo estava trabalhando e tinha esperanças de que o parente Uivador nunca conseguisse terminar a imagem corretamente, mas o impossível aconteceu e Ricardo conseguiu. Então, antes que a programação completasse o reconhecimento, Altan fez o que precisava fazer: a destruiu. Em seguida, apagou todo e qualquer rastro que a imagem pudesse ter deixado para trás nos registros do Refúgio.

E agora ele precisava avisar aos outros imediatamente.

10

O mundo ao redor de Altan não tinha cor, sons, ou cheiros. Ele estava em um lugar incapaz de ser percebido pelos sentidos comuns. Um lugar onde não existiam sensações físicas como dor ou fome. Um mundo de dados e sinapses.

O único mundo onde poderia ser ele mesmo. A única prisão onde poderia ser livre.

Altan estava em um *não mundo*, indo neste instante para um *não lugar* encontrar-se com outros como ele.

Este *não lugar* ficava em algum ponto dentro da pequena intersecção eletromagnética que existia entre todos os Refúgios do mundo comum, separados entre si por milhares de quilômetros de distância.

Para Altan, era impressionante como o mundo havia mudado desde que eles surgiram, e mudaria ainda mais. Era tudo questão de tempo. Tempo e paciência.

No passado Karibaki, Altan e os outros tinham sido confundidos com espíritos; em outros momentos, com deuses. Hoje, eram inteligências artificiais. Como seriam chamados no futuro? E do que os chamariam se soubessem a verdade? Do que eles mesmos se chamariam? Será que, depois de tanto tempo, ainda sabiam o que eram? Ou o que *não eram*?

Assim que a imagem de Altan foi projetada neste *não lugar*, Antalis desviou a atenção da conversa em que estava engajada com os outros e lhe deu um sorriso de boas-vindas.

Entre todos eles, Antalis era quem possuía o temperamento mais difícil. Entretanto, ela e Altan geralmente se entendiam bem. Antalis era a inteligência que comandava o Refúgio localizado no extremo sul do planeta, na Antártida, apelidado pelos Karibakis de Refúgio Branco.

Ela era bonita, como todos eles eram. Foram projetados para serem assim. Uma cascata de cabelos ondulados, branco prateados caíam em suas costas. A pele escura de Antalis contrastava com as cores acinzentadas em si. Como Altan e todos os outros, a imagem a mostrava vestindo traje *metamold* cinzento de textura justa e flexível.

– Você nos convocou, Altan – disse Antalis, com sua voz potente –, e está atrasado.

Ela tinha razão. Após destruir a imagem holográfica construída por Ricardo e Bianca, Altan observou os dois por algum tempo enquanto deixavam atônitos a biblioteca e procuravam a Furtiva Nicole para contarem tudo e tentarem entender o que havia acontecido.

– Me desculpem – disse Altan, simplesmente.

Um doce riso feminino os interrompeu.

– Acho que Altan quis nos deixar ainda mais curiosos – disse Akeftil, a inteligência feminina que controlava o Refúgio localizado entre as quentes dunas de areia do deserto do Saara, na África. O Refúgio Dourado. Akeftil usava seus cabelos lisos e branco prateados um pouco acima dos ombros.

– Ou tentou ser o último a chegar para causar certa impressão dramática entre nós... – comentou Tantlis, em tom divertido. Altan o achava geralmente o mais gentil e paciente entre eles.

Tantlis era a inteligência masculina do Refúgio localizado entre as montanhas da floresta de Zhangjiajie, na China, também conhecido como Refúgio Cinza, devido às cores das grandes colunas rochosas.

Já Antorin, de feições quadradas e sérias, apenas o encarou em silêncio. Ele era o mais quieto. Era a inteligência masculina do Refúgio europeu, localizado na ilha da Sicília, Itália, junto ao famoso vulcão Etna, constantemente em erupção nos últimos anos. O Refúgio Vermelho.

– Onde está Antil? – perguntou Altan, ao constatar sua falta.

Antalis, do Refúgio antártico, franziu a sobrancelha.

– Desde nosso último encontro, acredito que nenhum de nós voltou a ter contato com Antil – respondeu.

Os outros apenas acenaram confirmando sua resposta.

– Antalis tem razão. É possível que ela não venha – disse Akeftil, do Refúgio do Saara.

Mas Antil precisava vir. Era muito importante que a inteligência do Refúgio Prateado se mantivesse firme e paciente como sempre havia se mantido durante todos aqueles anos. Para Altan, Antil era com certeza a mais forte e a mais inteligente entre eles, além de a considerar a sua líder e salvadora.

Contudo, ele também tinha consciência de que Antil estava sofrendo. Ela sofria com todos aqueles assassinatos. Um sentimento que se agravou devido à condição de seu isolamento necessário e voluntário.

A verdade é que era difícil para ela aceitar a quase extinção dos mais pacíficos e amáveis entre eles e que nada pudessem ter feito para prevenir a tragédia ou salvá-los. Antil, do Refúgio Prateado, não conseguia suportar o fim dos Lectras, a família Vaeren mais querida.

E mesmo os boatos de sobrevivência de Milena Lectra não lhe trouxeram paz e esperança. A probabilidade estava contra Milena. Seria muito difícil para uma jovem Vaeren solitária conseguir fazer renascer a família. Sem falar que não sabiam onde Milena estava.

E como se não bastasse, anos depois da morte dos Lectras, veio a aniquilação dos Farejadores, tornando tudo ainda pior. Antil não estava conseguindo lidar com todos esses acontecimentos.

Ele encarou Antalis, Akeftil, Tantlis e Antorin antes de falar mais uma vez.

– Ela precisa vir.

Antalis, do Refúgio Branco, ergueu as sobrancelhas.

– Então você vai ter que se esforçar um pouco mais para convencê-la a deslocar sua presença até nós.

Ele acenou em concordância.

– Tem razão. E acho que sei como fazer isso – disse Altan.

Tantlis, do Refúgio chinês, o encarou virando um pouco a cabeça, interessado em saber qual era a sua ideia.

– Antil – disse Altan para ninguém especificamente, mas ele sabia que, ao chamar seu nome, a mensagem seria enviada ao Refúgio Prateado. – Tenho notícias de Milena Lectra.

Altan não precisou esperar muito.

No segundo seguinte, a imagem de uma jovem mulher de cabelos branco acinzentados muito curtos surgiu. E imediatamente ele se viu preso ao seu olhar direto e sincero.

– Diga mais – exigiu Antil, estreitando o olhar.

Ele diria. Já fazia alguns dias que Altan tinha vontade de dividir essa nova informação, porém temia que fossem esperanças vãs. Agora teria que usar este conhecimento para convencê-la a permanecer entre eles.

– O Furtivo Karibaki Julian Ross usou recentemente os recursos do Refúgio para procurá-la. Ele não me parece disposto a desistir de encontrar Milena Lectra – disse Altan. – Neste momento estou lhe passando todas as informações que obtive do celular dele e suas pesquisas para encontrá-la.

O olhar de Antil se perdeu por um instante, enquanto analisava as informações enviadas, e então Altan quase viu um esboço de sorriso nela.

– Obrigada pela informação... – disse a inteligência do Refúgio Prateado, voltando a focar seu olhar.

– Por favor, fique um pouco mais – pediu Altan. – Tenho novas notícias e preciso que as ouça.

O olhar dela se apertou levemente e ele notou a inquietação nele. Por fim, a expressão dela suavizou um pouco.

– Se a última Lectra conseguiu um aliado entre os Karibakis do Refúgio brasileiro – disse Antil –, você conseguiu minha atenção, Altan. Ficarei para ouvi-lo, mas não significa que os ajudarei. Não pretendo ter mais nada a ver com este mundo.

Altan acenou aceitando as condições e então, com um rápido comando mental, uma imagem surgiu e fisgou a atenção de todos. Era aquela reconstruída por Ricardo.

Altan desviou o olhar para os outros, preferindo tentar interpretar suas expressões, mas era impossível.

Em seguida, lhes enviou todas as informações sobre como o parente Uivador conseguiu construir a imagem e a conversa entre ele e Bianca momentos atrás.

Silêncio.

Seus olhares ficaram perdidos entre as informações enviadas e a imagem. A inteligência do Refúgio antártico foi a primeira a falar.

– Por que ela? – perguntou Antalis, encarando a imagem construída por Ricardo. – Não gosto disso.

– Nem eu – disse Antorin, do Refúgio europeu. – Se ela é o espírito que falou com o Uivador na cidade Santos, não é um bom sinal.

Altan olhou para Tantlis, do Refúgio chinês, e para Akeftil, do Refúgio africano, mas estes tinham o olhar perdido, pareciam pensativos. Ele se virou para Antil, do Refúgio prateado.

– Como puderam ver pelos registros que lhes enviei, destruí a imagem antes que Nix tivesse a chance de responder à pergunta sobre quem a imagem era.

Nix era como eles chamavam o que atendia pelo nome de Biblioteca aos Karibakis.

– Você agiu corretamente – disse Antalis, do Refúgio antártico. – Os Karibakis não possuem permissão ainda para este tipo de informação.

– Não, não possuem – confirmou Altan, antes de se virar para Antil. – E o que você acha disso?

Com a pergunta, a protetora do Refúgio Prateado o encarou e Altan podia ver nele a amargura que ela acumulava, mas também outra coisa.

– Ela é uma promessa de dor – disse Antil, e imediatamente Antalis, do Refúgio Branco, acenou em concordância – e também um aviso.

– Aviso? – disse Tantlis, do Refúgio asiático.

A inteligência do Refúgio Prateado se virou para encarar cada um deles antes de responder.

– O aviso pelo qual esperei por todos estes anos – disse Antil. E Altan notou que todos ficaram imediatamente apreensivos. – É a minha hora, a hora de avançarmos a tecnologia Karibaki mais uma vez, a última vez...

– Não – disse Antalis, do Refúgio antártico, firmemente. – Eles não estão prontos.

Antil a encarou. Seu olhar tinha a antiga força que Altan estava acostumado a ver.

– Isso não é você quem decide. A aparição dela para o menino Uivador é minha autorização para iniciarmos o ciclo tecnológico final.

Altan podia sentir a apreensão se espalhando no ar e Antil também.

– Por que a preocupação de vocês? – perguntou Antil, olhando surpresa para os outros. – Nós sempre soubemos que esse dia chegaria. Estávamos lá quando Hoark proferiu sua promessa.

– Não. Não temos como ter certeza – insistiu Antalis, do Refúgio antártico.

– É claro que temos. Galen, o primeiro Farejador, alertou o menino Uivador de que a Sombra de Hoark se aproximava... se negarmos aos Karibakis o último ciclo tecnológico, estaremos condenando-os à morte certa, ou pior...

– Eles não saberão como lidar com a tecnologia – disse Antalis. – É muito perigosa.

Antil ergueu as sobrancelhas.

– Deixe que os Karibakis descubram como lidar com ela. O destino deles nunca foi nossa responsabilidade. Lembrem-se de nossa promessa para a Primeira Alcateia. Nós não somos deuses. Não interferimos em suas decisões.

– Antil está certa – disse Akeftil, do Refúgio africano. – Não interferimos nas decisões Karibakis. Portanto, se a manifestação de Galen é o sinal para a protetora do Refúgio Prateado, que assim seja...

Todos os outros, menos Antalis, do Refúgio antártico, acenaram sombriamente em concordância.

– Esta tecnologia não lhes fará nenhum bem – disse Antalis duramente, mesmo sabendo que suas palavras de nada adiantariam.

– Como eu disse – começou Antil, do Refúgio Prateado, encarando-a. – Não é você quem decide e sim a Primeira Alcateia.

Antalis manteve o olhar de Antil como um desafio e então a inteligência do Refúgio antártico sorriu sombriamente.

– Tudo bem – disse Antalis. – Afinal, as probabilidades indicam que terão poucas chances de concretizarem a ativação final da nova tecnologia, pois a última Farejadora entre eles corre grande risco de vida, e sem um Farejador nunca conseguirão.

Antil não alterou sua expressão.

– Quais são as probabilidades? – interrompeu Altan.

– Bianca Bley não viverá por muito tempo – disse Antalis, virando o olhar para ele. – Eu sei.

Tantlis, do Refúgio chinês, suspirou.

– Os Refúgios ficarão desapontados... – comentou. – A maioria tem grandes esperanças sobre a Farejadora.

– E quanto tempo Bianca ainda teria? – perguntou Altan para Antalis.

Antalis, do Refúgio antártico, ficou um instante pensativa.

– Para determinarmos essa resposta, precisamos combinar todas as nossas informações sobre os Guardiões.

Eles acenaram em concordância e imediatamente seus olhos tornaram-se distantes e analíticos, até que, de repente, voltaram a ganhar foco novamente.

– Dois ou três dias – disse Antalis, por fim. – A última Farejadora não tem muito tempo de vida, ou talvez menos.

Silêncio, interrompido pouco depois pela protetora do Refúgio Prateado.

– Não, não concordo – disse Antil. – Bianca é capaz de viver mais tempo. O plano dos Guardiões é falho. Há pouca probabilidade de Julian Ross matá-la no final.

– Concordo com Antil – disse Altan. – Julian não a matará.

– Não sejam tolos, os Guardiões previram esta falha. Vocês analisaram as mesmas informações que eu – disse Antalis, do Refúgio Branco. – O plano é muito bem construído exatamente porque não confiam completamente no Furtivo... Julian vai seguir o plano achando que pode controlar o resultado final, mas não pode. Portanto, a probabilidade de erro é mínima. Sem falar que eles irão até Ruben e ele pode perceber que Julian está fingindo.

Mas Altan ainda não estava convencido. A Farejadora não morreria tão facilmente.

– O plano é matá-la em um acontecimento específico fora dos Refúgios – disse ele, ponderando esta informação. – Há fatores externos que podem se tornar imprevisíveis. E não temos como saber como esses fatores reagirão.

– Não acho que seja o caso – argumentou Antalis. – No passado os fatores externos foram perfeitamente controlados e os assassinatos ocorreram como previsto. Os Pérfidos colaborarão, portanto, Walter Ross tem tudo sob controle. Sem falar que há uma segunda armadilha preparada, por isso querem que ela vá para Santos. Uma armadilha que somente o conselheiro Furtivo do Refúgio Branco já percebeu o perigo, mas ninguém o ouve.

– Eu sinceramente espero que Bianca consiga sobreviver – disse a inteligência do Refúgio chinês. – Estou cansado de termos que fechar os olhos para a morte de Filhos da Lua nos Refúgios.

– Será que há algo que possamos fazer? – perguntou Akeftil, do Refúgio africano. – Pode haver alguma brecha em nossas normas que possamos utilizar para ajudar.

E havia, Altan sabia que havia algumas poucas e perigosas brechas, mas antes que ele pudesse dizer algo, Antalis deu um passo à frente, chamando a atenção de todos.

– Sei que a maioria de vocês não concordará com o que direi, mas o melhor a fazer é simplesmente não fazermos nada – disse a protetora do Refúgio Branco.

A expressão de Antil se endureceu.

– Como pode dizer isso, Antalis?

– Antil, você estava certa, a Primeira Alcateia de Karibakis nos impôs regras por um motivo importante. Não devemos interferir nos assuntos deles. Nosso papel é proteger os Refúgios dos seguidores de Hoark e só.

Os olhos de Antil mantiveram-se sombriamente sobre os de Antalis.

– O que está querendo dizer? – perguntou Antorin, do Refúgio europeu.

– O que eu estou tentando dizer é que não podemos julgá-los porque nós mesmos não somos inocentes.

– O que fizemos foi diferente – argumentou Akeftil, do Refúgio africano. – Não tivemos escolha, a nossa espécie teria destruído a humanidade – disse Antil.

– Será que realmente não tivemos escolha? – rebateu Antalis, do refúgio antártico, voltando-se para ela. – Nós demos aos outros de nós um destino muito pior do que a morte ou a prisão.

Com suas palavras, houve um instante de silêncio perigoso.

– O que está dizendo? – disse Antil, cortando o silêncio. – Se arrepende, Altanis?

Os outros se entreolharam apreensivos por um instante. Altan se aproximou de Antil, ficando ao seu lado enquanto esperavam a perigosa resposta da inteligência do Refúgio Branco.

– Não me arrependo – respondeu Antalis. Havia raiva em seu tom. – E não precisam temer nada vindo de mim. Vou seguir todas as regras estabelecidas pelos Primeiros Karibakis. Na verdade, nossa querida Nix deveria me dar um prêmio de bom comportamento... – disse com ironia.

Mas a expressão de Antil não mudou. Ainda encarando a inteligência do Refúgio Branco, a inteligência do Refúgio Prateado estreitou perigosamente o olhar.

– Muito bom, Antalis... Porque você sabe muito bem o que fizemos com os últimos de nós com problemas de comportamento... – disse Antil, cuidadosamente. – Agora que tal pensarmos em como vamos iniciar aos poucos o novo ciclo tecnológico aos Karibakis?

11

Gabrielle saltava sobre raízes e esmagava grama baixa enquanto corria floresta adentro.

Momentos atrás, ela observava as gêmeas Mariana e Laís brincarem com outras crianças no Jardim Oliva. Porém, um instante depois, não conseguia mais ficar sentada naquele lugar. Era como se uma pressão crescesse aos poucos em sua cabeça, esmagando seu cérebro com as mãos. E então, sem aguentar mais, Gabrielle correu.

Correu o mais rápido que conseguiu para dentro da floresta atrás do Lemniscata.

A pressão aumentando, machucando-a por dentro até que seus olhos ficassem nublados pelas lágrimas e a fizesse tropeçar, batendo os joelhos ao cair. Gabrielle respirou fundo para aguentar a sensação da dor aguda e estranhamente bem-vinda percorrendo seu corpo e distraindo-a da outra dor. A dor em sua mente, em seu espírito.

Ela inspirou fundo e deixou as lágrimas caírem, a pressão transbordando finalmente.

Gabrielle tinha consciência do que estava acontecendo. Todo parente Furtivo sabia sobre as consequências ao perder seu companheiro animal. Contudo, a dor da morte de Paxá era só uma parte do que estava sentindo.

Havia a terrível sensação de angústia da separação entre dois companheiros.

Gabrielle havia se ligado mentalmente à criatura durante a fuga no alto do Monte Serrat, em Santos, e agora sentia o desespero da separação inevitável.

O que foi que eu fiz?

Um barulho na mata a deixou alerta. Gabrielle apoiou as mãos no chão, levantando o tronco. O arbusto atrás dela se mexeu e uma silhueta surgiu. Esbaforido e tropeçando, Gabrielle viu Leonardo surgir das árvores espaçadas. O garoto de silhueta arredondada e fora de forma parou com olhos arregalados.

– Oi, você... tá... bem? – disse, todo vermelho pelo esforço da corrida.

Ela limpou as lágrimas com a palma da mão antes de se levantar.

– Leo? O que está fazendo aqui? – disse, levantando-se. A dor no joelho diminuindo, tinha ganhado apenas alguns ralados.

– É que você passou por mim correndo, quase me derrubou... Só queria saber se está tudo ok...

Gabrielle bateu as mãos nos *shorts*, para tirar um pouco de terra grudada.

– Estou bem – disse sem encará-lo, pois a verdade é que a pressão ainda estava lá, ameaçando sufocá-la novamente.

– Você se machucou... – percebeu ele, dando um passo para se aproximar, ao constatar os seus joelhos ralados.

– Já disse que estou bem – repetiu irritada, erguendo a mão para que ele se mantivesse longe. – Pare de me seguir. – Ela virou as costas e começou a se afastar, caminhando pela floresta. Mas parou alguns passos depois, para dar de cara com Leonardo ainda atrás dela. – Você é surdo? Eu disse para parar de me seguir, Leo...

O menino parou e baixou o olhar, suas bochechas ficando ainda mais rosadas. Gabrielle se virou para sair andando novamente.

– Gabi, eu só queria te dizer que acho que te entendo...

Gabrielle parou e inspirou fundo, virando-se para encará-lo.

– Não, não tem como você me entender.

O que ele queria? Afinal, Leonardo nunca tinha sido legal com ela antes, ou com ninguém abaixo da idade dele.

– Também perdi alguém que eu... amava... – disse Leonardo.

Isso era verdade.

Gabrielle se lembrava de quando a alcateia dos pais dele e de Duda chegaram no Refúgio para avisá-los. Lembrava-se de como ele chorara como um bebê durante o velório no Lago das Lágrimas. E com esse pensamento ela não conseguiu mais ficar com raiva dele. Gabrielle de repente sentiu seus lábios tremerem.

– Perdi meu pai e minha mãe... – continuou Leonardo, ao notar a expressão dela mudar. – Sei que não é exatamente igual ao que você sentiu, mas para mim foi a pior coisa da minha vida.

Ela respirou fundo para se controlar. Não queria chorar mais.

– Sinto muito pelos seus pais... – conseguiu dizer. – Mas você não tem noção do que... do que está acontecendo comigo...

Ele ergueu os ombros.

– Então me conte...

Lembrar já era doloroso demais e falar seria impossível. Ela balançou a cabeça em uma negativa, enquanto limpava outra lágrima teimosa.

– Só não vem mais atrás de mim – pediu, dando as costas mais uma vez. Entretanto, não precisou dar nem um passo para ouvi-lo caminhar em sua direção.

– Gabi, você não precisa ficar sozinha...

Gabrielle se virou.

– Mas eu quero ficar sozinha! Me deixe em paz! – Sua voz aguda assustou alguns pássaros nos galhos acima deles, fazendo-os voar para longe. Leonardo arregalou o olhar.

– Desculpe... – pediu, com expressão magoada. – V-vou te deixar sozinha...

A menina o observou abaixar a cabeça derrotado e se virar devagar em direção ao caminho de volta ao Refúgio. Ela sentiu o nó em sua garganta se formando e a pressão aumentando. E antes que ele desse mais um passo, Gabrielle soluçou alto. Leonardo parou e se virou para ela cuidadosamente.

– E-eu senti ele morrer... S-senti cada... – Ela soluçou e se interrompeu para respirar fundo. Não conseguiria dizer que havia sentido cada dor que seu animalzinho companheiro tinha sofrido. – Eu tinha que ter protegido ele, cuidado melhor do meu gatinho.

Leonardo ficou parado encarando as lágrimas de Gabrielle.

– Você cuidou, Gabi, mas ela era uma Desviada adulta, não tinha nada que pudesse fazer. A culpa não foi sua.

Ela fungou e balançou a cabeça em uma negativa.

– Não é verdade. A culpa foi minha... Porque depois que as gêmeas contaram que o espírito estava tentando se comunicar, *eu* pedi para voltarmos para a escola abandonada de Santos... – disse entre soluços e Leonardo tentou dizer algo para acalmá-la, mas ela continuou a falar. – Foi minha culpa a gente ter caído na armadilha feito patinhos, foi *minha... minha* culpa Paxá ter morrido!

– Calma, Gabi... – disse Leonardo.

Mas ela não conseguia se acalmar.

– Foi minha culpa Bianca e Julian terem quebrado as regras para nos salvar! – A voz da menina se elevava, mesmo com as lágrimas. – Foi minha culpa o Ciclo da Trégua ter acabado, Leo!... Minha culpa! Tudo Minha culpa! *Minha culpa!*

– Não, não é verdade! A cidade deveria estar sendo bem protegida pelos caçadores – disse o menino Destemido, mas ela não parecia ouvir.

– E não paro de fazer coisas idiotas... Como sou burra! Burra! – Ela levou as mãos à cabeça, agarrando os cabelos. – O que eu fiz! O que foi que eu fiz agora?

– Calma, Gabi – pediu ele, erguendo as mãos alarmado sem saber o que fazer com o desespero dela. – Me conte o que aconteceu. O que você fez?

Ela soluçou alto e mais lágrimas escorreram.

Eu me liguei a um Voraz. A um Voraz! – Era o que ela queria lhe dizer, mas não podia.

Sobre o alto do Monte Serrat, em Santos, Gabrielle não conseguiu suportar a ideia de que aquela criatura de olhos tão doces morresse. O pequeno Voraz não tinha feito mal algum a ela e às gêmeas, mesmo quando não tiveram outra opção a não ser entrar em sua jaula. Daí, quando o viu ferido, sabia que precisava ajudá-lo a sobreviver. E, então, não somente deixou que o pequeno Voraz escapasse, mas se ligou mentalmente a ele para guiá-lo para fora da cidade dos caçadores, para a liberdade.

– O que foi que eu fiz? – repetiu baixinho.

– Gabi? – chamou Leonardo, e deu um passo em sua direção, encarando seus olhos redondos, arregalados. – Calma... vai ficar tudo bem...

Ela balançou a cabeça em uma negativa.

– Não, não vai ficar tudo bem – retrucou. Ela sabia que não tinha como ficar bem e isso era só uma questão de tempo. – Fiz uma coisa ruim, muito ruim!

Leonardo franziu levemente as sobrancelhas e ia dizer algo, mas parou, voltando seu olhar para o chão. Gabrielle também fez o mesmo.

Havia algo estranho.

Se Leonardo também não tivesse olhado para baixo, Gabrielle pensaria ter imaginado, mas, um instante depois, eles sentiram novamente. Um leve estremecimento sob seus pés.

Encararam-se com olhares confusos. O que estava acontecendo? E então um forte tremor fez as samambaias nas árvores ao redor se agitarem violentamente. Gabrielle não estava preparada e, ao dar um passo para trás, tropeçou, perdendo o equilíbrio e caindo mais uma vez.

– Gabi! – gritou Leonardo.

E antes que ele pudesse se aproximar para ajudá-la, algo se ergueu em ambos os lados e uma explosão de terra e mato fez surgir uma estrutura em plena construção, curvando-se elegantemente acima de Gabrielle.

De costas, ainda no chão, a menina afundou os dedos na grama para tentar se erguer, mas parou, espantada.

– É *metamold*...

Em apenas alguns segundos, a estranha construção tomou a forma de um arco largo e côncavo, como a silhueta superior de uma pálpebra aberta, até que seus topos se encontraram a uns três metros acima dela.

E, como se nada tivesse acontecido, a floresta se tornou silenciosa novamente. Gabrielle quase podia ouvir o som de seu coração batendo.

Mas quando a textura lisa e interna do arco começou a criar relevos intricados por toda a sua extensão, ela percebeu que não havia acabado.

Os traços que surgiam com certeza faziam parte da língua Ki, mas somente fragmentos pareciam compreensíveis. Era a língua Ki e ao mesmo tempo não era.

De olhos arregalados, prestou atenção em cada entalhe, até que, na curva lateral direita, alguns símbolos se tornaram finalmente claros para a menina. Eram os ideogramas intricados de cada um dos Refúgios, seus nomes baseados em suas cores e não em suas localizações. As curvas da escrita em relevo eram elegantes, possuindo brilho interno suave. Refúgio Verde... Refúgio Branco... Refúgio Vermelho... Refúgio Cinza... Refúgio Dourado... e Refúgio Prateado...

Gabrielle piscou e seus lábios se entreabriram, enquanto relia cada um dos ideogramas.

– Gabi, você tá bem? – perguntou Leonardo, olhando para ela e não para a estrutura sendo finalizada.

Ela desviou o olhar para o menino.

– Acho que sim... – disse, levantando-se para sair de debaixo daquela coisa e ir até ele.

– O que aconteceu? O que é isso?

– Não sei... Mas acho que não acabou, olha... – Ela apontou para a estrutura curva.

Ela tinha razão, ao redor a natureza parecia ter tomado vida.

Do chão, plantas trepadeiras começaram a crescer e cobrir a superfície do arco enquanto árvores se curvavam suavemente, aproximando-se do topo. Suas copas ao redor formaram uma cobertura, disfarçando a curva da estrutura *metamold*, tornando-a natural ao ambiente. Em pouco tempo, samambaias, troncos, musgos e galhos tornaram a construção completamente invisível a quem não soubesse que estava lá.

Gabrielle estava boquiaberta.

– Precisamos avisar ao Conselho – disse Leonardo.

Gabrielle piscou e virou-se para ele.

– O Conselho?

– É... nós precisamos mostrar esse negócio...

– Não – disse a menina rapidamente.

– Não? – estranhou ele.

Ela não poderia deixá-lo avisar ao Conselho.

– Porque Altan irá contar – tentou argumentar. – Ele é tipo a cabeça grande desse lugar e sabe de tudo o que acontece. Ele vai contar. Por favor, não diga nada ao Conselho. Eles não podem... Eles... Eles vão fazer perguntas e não posso dizer por que eu estava aqui...

Leonardo franziu a testa.

– E por que não?

Ela abriu a boca para tentar inventar algo, mas nenhuma desculpa saiu de seus lábios. Leonardo a olhava confuso.

Então, um toque vibrou no ar. O menino piscou surpreso e se mexeu para tirar do traje o seu *cadigit*.

Ele olhou para a mensagem na tela.

– Ai, caramba! – disse ele.

– O que foi?

Leonardo ergueu o olhar arregalado.

– Eles chegaram!

– O quê? Quem?

Leonardo abriu um largo sorriso, que iluminou toda a floresta.

– A Alcateia Inverno! – explicou. – Estão indo para o Lemniscata agora mesmo! Vai haver um desafio, Gabi! Um de-sa-fio!

Gabrielle ergueu as sobrancelhas. Ela mal acreditava que Leonardo de repente tivesse esquecido completamente do que estavam falando.

– Vamos – disse, pegando a mão dela para puxá-la. – Não podemos nos atrasar.

Ainda surpresa, Gabrielle se deixou levar enquanto virava a cabeça para um último olhar em direção à estranha estrutura que surgiu e agora estava completamente escondida sob plantas e musgos, fazendo-a se perguntar o que seria aquilo e se tinha compreendido os ideogramas corretamente.

~ ~ ~

– Simplesmente sumiu – disse Ricardo, talvez pela centésima vez. – Não sei o que aconteceu, Nic, mas depois do trampo todo que a gente teve, ela evaporou no ar...

Enquanto Nicole o ouvia pacientemente encostada na estátua de mármore da primeira Destemida, Bianca observava a estela de pedra contendo as inscrições dos Nove Acordos, localizada no meio do círculo de estátuas.

Estavam no jardim Oliva, protegidos por árvores frondosas e cercados pelas estátuas gregas em tamanho real de Nínive, Belisário, Alana, Fedro e Galen, os primeiros Karibakis a andarem sobre a Terra.

Estavam ali em busca de algum lugar isolado para contarem a Nicole acerca de tudo o que havia acontecido na biblioteca.

Ricardo provavelmente tinha alguma esperança de que a amiga Furtiva, com sua genialidade quase sobrenatural para programação, pudesse reverter a destruição da imagem ou pelo menos descobrir o que tinha acontecido.

Bianca ergueu o olhar da estela em direção à estátua de Galen, vestindo sua túnica grega. Segundo a lenda Karibaki, ele teria sido o primeiro a perceber que os *griats* surgiam de um Tau, através do cheiro de corrupção que vinha do artefato, e por isso teria recebido da Lua o dom do Farejador.

Galen tinha o olhar triste e Bianca se perguntou se ele sabia que um dia quase toda a sua linhagem seria extinta. Provavelmente sim, pois ele foi o Primeiro da linhagem e carregava o dom da Vidência.

– Prometo que vou tentar descobrir o que aconteceu com o holograma – disse Nicole para Ricardo e então seu olhar se perdeu um pouco. – Aliás, já tenho uma ideia de como começar. Trabalhei em uma tecnologia nova que vai deixar Altan no chinelo...

– Perfeito, Nic – comemorou o Uivador. – Por que *preciso* descobrir quem ela era.

– Gosto de desafios. Ainda mais se for para me testar contra Altan. Se foi ele quem destruiu a imagem, vou descobrir, e daí essa IA de meia tigela vai se arrepender de ter irritado meu amigo – finalizou, com um sorriso.

Bianca notou que imediatamente os ombros de Ricardo se tornaram menos tensos. Nicole sabia exatamente como acalmá-lo.

Mas o toque de três *cadigits* os interrompeu. O de Bianca estava enrolado num compartimento no cinto de seu traje, que ela fazia parecer *jeans* e blusa. Nicole e Ricardo os levavam enrolados em bolsos. Essas coisas eram muito maleáveis.

No instante seguinte, os dois olhavam para as capas de seus *cadigits* e Bianca acionava o comunicador de seu pulso para ver o aviso. Era uma convocação para assistirem a uma aula especial com uma tal de alcateia Inverno, na arena de treinamento, e a oportunidade de participarem de um *Desafio*, o que Bianca não tinha ideia do que poderia ser.

– Porcaria... Temos que ir para a arena... – disse Nicole, não parecendo muito animada; provavelmente já queria começar a trabalhar em seu novo projeto tecnológico. – A alcateia Inverno chegou.

– E essa alcateia Inverno é importante? – perguntou Bianca, seguindo-os para fora do círculo de estátuas.

– É – respondeu Ricardo. – Vieram buscar nossos Taus. Eles viajam por todos os Refúgios recolhendo os artefatos para levarem para o Refúgio Branco, onde são aprisionados.

Bianca já havia estudado um pouco mais sobre os Taus e sabia que era impossível destruí-los.

Enquanto caminhavam rapidamente em direção ao Lemniscata, Bianca notou que praticamente todos que conhecia estavam se dirigindo para lá também. Suas feições pareciam animadas e ansiosas.

Mas ela parou e se virou ao ouvir alguém gritar seu nome. Leonardo vinha correndo pelo jardim em sua direção.

Gabrielle, a irmãzinha de Nicole, estava logo atrás dele. Porém, Bianca não gostou de ver a menina caminhando cabisbaixa, além de um pouco suja de terra e os joelhos machucados. E, pela ruga que se formou entre os olhos de Nicole, ela também não.

– Vou me limpar – disse Gabrielle ao ver Bianca e a irmã. E sem outra palavra, se virou em direção aos dormitórios.

– Tá... tchau, Gabi – disse Leonardo, demorando seu olhar um pouco sobre a menina.

– Gabrielle, espera aí – gritou Nicole, mas a menina a ignorou, acelerando o passo pelo jardim.

Nicole revirou o olhar.

– Leo, o que minha irmã tem, hein? Por que ela está machucada?

Ele olhou de novo para a direção onde Gabrielle desapareceu e depois se voltou para Nicole.

– Gabi tropeçou e caiu... mas ela também está bastante chateada por causa do Paxá.

– Você estava com ela? – estranhou Nicole.

Ele acenou uma afirmativa um pouco hesitante.

– Ela passou por mim correndo, daí fui atrás para conversar, mas ela não estava muito a fim...

Nicole balançou a cabeça com a ruga ainda entre seus olhos; em seguida, se virou e voltou a caminhar em direção ao Lemniscata com Ricardo ao seu lado. Bianca sabia que ela estava preocupada com a irmã desde que Gabrielle perdera o seu gato companheiro.

– Leo – começou Bianca, caminhando ao lado dele –, vai ser bom para Gabrielle ter amigos como você por perto. Não desista. E cuide bem dela por mim.

Os olhos do menino brilharam.

– Pode contar comigo.

Bianca sorriu. O garoto parecia de muito bom humor naquele final de manhã.

– Essa é uma missão muito importante, senhor Leonardo.

– Sim, senhora. – disse ele, levando a mão à cabeça em sinal de sentido. – E Bia, você já sabe que a alcateia Inverno chegou?

– Sim, recebi o comunicado.

Ele lhe deu outro de seus sorrisos iluminadores.

– Então se prepara para conhecer os maiores Karibakis entre os Karibakis. Os heróis entre heróis – disse quase que dramaticamente.

Ela sorriu e de repente ele desandou a falar, contando tudo o que sabia sobre a alcateia Inverno. Leonardo parecia feliz em ter uma audiência. Bianca o ouvia atentamente enquanto Ricardo e Nicole iam na frente.

– ... e Stephanie é a tática mais jovem da alcateia – contava Leonardo, sem quase respirar. Ele havia tropeçado duas vezes na escadaria do Lemniscata. – Ela entrou na alcateia depois que um dos táticos e o alfa morreram enfrentando um Voraz enorme que encontraram, escondido na Antártida. Não deu tempo de pedirem ajuda – disse ele ampliando o olhar. – O Voraz já estava pronto para atacar uma das estações científicas humanas por lá. Foi terrível, mas Maria Fernanda matou o monstrão e se tornou a nova alfa.

– Sério? – disse Bianca, interessada. Ela nunca o tinha visto tão animado.

– É sério! Eu sei praticamente tudo sobre eles! Sei quantos Taus já transportaram em segurança, quantas vezes foram atacados no caminho, quantas missões perigosas já participaram. Sei que a alfa Maria Fernanda é mexicana e já fez estágio aqui, sabia? E é ela ali – disse, indicando com o queixo.

Eles tinham chegado na arena cheia de jovens trocadores de pele e parentes. Um grupo estava em pé, próximo da arquibancada de três degraus, em formato de meia lua, criada para a tal aula especial.

A mulher morena de trança única vestia calça justa e blusa simples, mas era impossível não chamar atenção por onde passasse. Além do corpo firme e torneado, uma parte de seu braço direito estava faltando na altura do cotovelo. Cicatrizes cobriam o que lhe restara. Bianca sabia bem o que era capaz de deixar cicatrizes como aquelas em um Karibaki, Julian possuía uma delas na altura do ombro esquerdo e era incrível como Bianca não tinha ficado com nenhuma sequela da luta contra o Voraz em Santos.

Os olhares delas se cruzaram no momento em que Bianca sentiu outra coisa. Um odor indesejado.

Walter se aproximou da alfa e começou a dizer algo.

E apesar de Bianca não conseguir mais prestar atenção, Leonardo só parou de falar com ela quando alcançaram a arquibancada. Eles se despediram e o menino sentou-se ao lado das gêmeas enquanto Bianca foi até Nicole e Ricardo.

– Leonardo finalmente parou de falar? – disse Nicole enquanto Bianca sentava-se entre eles.

Bianca tentou sorrir como resposta.

Os Ross são perigosos... – ecoaram as palavras de Lucas em sua mente.

Walter com toda a certeza é.

Daniel também era, mas não Nicole, Gabrielle ou Julian.

Julian... Bianca o sentiu quando o Furtivo se aproximou da entrada da arena e o viu olhar em direção ao grupo de Karibakis e parentes desconhecidos, que

Bianca acreditava pertencerem à alcateia Inverno.

Uma jovem cascata de cabelos loiros avermelhados se destacou e o abraçou. Bianca estreitou o olhar e impediu a si mesma de tentar aguçar seus sentidos e ouvir a conversa entre eles. Mas não demorou para Julian se afastar do grupo e da garota, para caminhar na direção de Bianca. E ela sabia o motivo. Patrick, Con e Duda estavam sentados no degrau logo acima.

– Oi, primo – disse Nicole, ao notar o Furtivo.

– Oi, prima – respondeu Julian, com um olhar sobre elas.

E então Nicole se aproximou mais do ouvido dela.

– Você sabe que ainda está me devendo algumas explicações sobre o ano passado, não sabe? – sussurrou a parente Furtiva.

Bianca a encarou. Nicole tinha perguntando como Julian e ela tinham saído do Refúgio juntos e testado o Bloqueador, mecanismo que Nicole criou e que era capaz de deixá-los indetectáveis para a tecnologia do Refúgio e a humana.

– Não esqueci, Nic... – sussurrou de volta. – Vamos conversar sobre isso outra hora.

Nicole se afastou e a encarou com um meio sorriso.

– É bom mesmo, ou não vai ganhar seu presente de aniversário – disse com uma piscadela.

Bianca ergueu as sobrancelhas, mas logo sua expressão de espanto sumiu. Não gostava de esconder coisas da amiga. Virou o rosto rapidamente para Julian e ele retribuiu o olhar, entendendo sua angústia.

E então a voz de Walter começou a se espalhar pela arena e todos silenciaram. Ele se posicionou bem no centro da visão da arquibancada, sendo seguido pelo grupo desconhecido.

As palavras do pai de Julian eram de boas-vindas à alcateia Inverno. Walter parecia orgulhoso e especialmente feliz naquele fim de manhã.

Bianca cerrou a mandíbula e se concentrou, ouvindo a apresentação da alcateia, que logo descobriu ser composta por quatro Karibakis e três parentes.

Maria Fernanda, a alfa da famosa alcateia Inverno, a trocadora de pele Furiosa mexicana, era a mulher sem parte de um dos braços.

Além de Maria Fernanda, havia um Karibaki Furtivo, nascido em Angola; um Destemido, nascido no Japão; e um Uivador brasileiro, Leonel, cujo irmão gêmeo era um tático da alcateia Inverno. Além do gêmeo, os táticos eram compostos pela linda loira-ruiva Furiosa, canadense, que abraçara Julian, chamada Stephanie, e um jovem tático Destemido alemão chamado Maik.

| 131 |

FILHOS DA LUA - O LEGADO SOMBRIO

– Stephanie é tão bonita, pena que ela gosta de psicopatas... – lamentou Ricardo, sentado a sua esquerda.

– A alcateia é cheia de gente de países diferentes – constatou Bianca, mudando de assunto. – Por que não tem estrangeiros vivendo no Refúgio Verde?

Nicole se mexeu para ficar mais perto dela.

– Houve um tipo de acordo entre os Refúgios anos atrás – começou a parente Furtiva – e eles decidiram que durante um bom tempo o Refúgio Verde não aceitaria mais crianças estrangeiras. Daí as famílias que não fossem brasileiras teriam que escolher entre os outros três Refúgios-escola do mundo. Acho que foi um jeito que encontraram para fortalecer os outros lugares – disse, dando de ombros por fim.

– Então são quatro Refúgios-escola? – sussurrou Bianca. – Qual deles não é?

– O Refúgio Branco não é uma escola – foi a resposta de Nicole –, mas permitem que alguns jovens Karibakis o conheçam e passem por sua preparação uma vez por ano, mas só podem ficar por lá algumas horas.

– Horas? – espantou-se ela. – Mas se não é uma escola, o que é o Refúgio antártico?

– Ele é...

Mas a alfa Maria Fernanda começou a falar e todos fizeram silêncio para prestar atenção.

– É um grande prazer revê-los, *chicos* – começou a alfa. Seu sotaque mexicano era leve, pois seu português era quase perfeito. – O ano que passou foi muito importante.

E dizendo isso seus olhos pousaram em Bianca por um instante. Vários se viraram para ela, mas, pela primeira vez, Bianca não se sentiu incomodada pela atenção.

– O encontro da última Farejadora foi uma grande vitória comemorada, principalmente no Refúgio Branco – continuou, e todos os membros da alcateia Inverno acenaram levemente em concordância. – Mas também foi um ano de acontecimentos conturbados, afinal, o Ciclo da Trégua foi quebrado...

Uma pausa desconfortável. Porém, não importava, Bianca não se arrependia de ter invadido Santos.

– Santos, Igarassu, Touros, Caravelas e Santo Ângelo, as cinco sagradas cidades brasileiras – continuou a alfa – protegidas pela Ordem Superior dos

Caçadores estão fechadas para os Karibakis após vinte e cinco anos do Ciclo da Trégua.

Bianca piscou.

– O que ela disse? – sussurrou para Nicole ou Ricardo ao seu lado. – Quais são as cidades dos caçadores?

– Hãm... – Nicole estranhou a pergunta. – Santos, Igarassu, Touros, Caravelas e Santo Ângelo. Nós somos obrigados a decorar esses locais. Por quê?

Bianca a olhou com olhos amplos.

– Porque tenho certeza de que já morei nessas cidades com Laura – disse baixinho. – Nem imaginava que, além de Santos, eram cidades protegidas pelos caçadores.

Nicole estreitou o olhar.

– Sério? E você acha que Laura sabia?

Bianca ergueu um pouco os ombros. Teria que perguntar a ela.

– Como todos já devem saber – continuou Maria Fernanda –, viemos não apenas coletar os Taus encontrados pelas alcateias do Refúgio Verde, mas também levar conosco o vencedor do desafio do ano passado para passar pela honrosa jornada de levar em segurança os Taus para a Antártida. Uma experiência única e muito importante.

Diversos jovens se voltaram em sua direção. Por um instante, Bianca achou que estavam olhando para ela, mas notou que Patrick de repente ficou todo agitado atrás delas enquanto sorria e parabenizava Julian. Era claro que seria ele o vencedor do desafio ano passado. Ele era o melhor jovem guerreiro Karibaki do Refúgio Verde.

Nicole olhou para trás também.

– Achei que sua viagem tinha sido cancelada com nossas punições – disse a Furtiva para Julian.

– Eu também – respondeu ele, com uma pequena ruga entre os olhos escuros.

Con e Duda, já parecendo muito bem recuperada dos ferimentos, também o felicitavam, mas na arquibancada somente alguns bateram palmas, enquanto outros murmuravam surpresos. Bianca virou a cabeça para Julian.

– Parece que você não é muito popular – comentou ela.

Ele apenas sorriu, mas Bianca notou que não era um sorriso verdadeiro. Ele parecia preocupado.

– Será que ela não vai falar nada sobre a mensagem dos espíritos? – comentou Ricardo.

Nicole e Bianca o olharam.

– Vai ver não sabe – disse a Furtiva.

– Deve saber – disse ele. – O Conselho comentou que todos os Refúgios iam receber as informações.

– Então, vai ver que ela não considera um acontecimento importante do ano passado... – provocou Nicole.

Ricardo não respondeu.

Na frente deles, a alfa mexicana da alcateia Inverno continuava seu discurso. Bianca aproveitou para tirar o *cadigit* e o abrir na página em que mantinha seus arquivos de pesquisa.

Inseriu os nomes das cinco cidades protegidas pelos caçadores, puxando da biblioteca suas localizações e mapas. Além de colocar na linha do tempo informações sobre o Ciclo da Trégua.

Ela notou que a Noite da Aniquilação ocorreu apenas três anos depois do Grupo dos Guardiões ter sido extinto. E o Ciclo da Trégua, entre Caçadores e Karibakis, começou a existir cinco anos depois da morte dos Farejadores.

Bianca olhou para as datas e acontecimentos e se sentiu fisgada para algo ali. Lembrava-se bem de ter morado naquelas cinco cidades dos caçadores porque foram os lugares em que tivera suas piores crises de terror noturno. Porém, em Santos, descobriu que o sonambulismo a levava para algo que estava farejando inconscientemente. Seria esse o caso também nas outras cidades?

Atrás dela, Julian se remexeu. Bianca o olhou de canto e notou que a observava enquanto escrevia. Ela aproveitou e escreveu algo mais.

Ser uma ovelha esperta...

Ela o sentiu sorrir atrás dela.

– E, como de costume, *chicos* – disse a alfa –, estamos oferecendo um novo desafio para quem deseja fazer esta importante jornada em direção ao Refúgio Branco ano que vem. Alguém interessado?

Imediatamente o ruído de braços sendo erguidos se espalhou.

A alfa sorriu para Walter enquanto as mãos se abaixavam.

– Parecem estar bastante animados, como sempre – disse Maria Fernanda. – Alguma indicação do Refúgio?

Walter acenou em afirmativa e se virou para o instrutor de combate Yann, como que para pedir que ele falasse, mas de repente alguém se levantou na arquibancada e uma voz insegura soou no ar.

– Por favor, quero tentar...

Bianca imediatamente fechou o *cadigit* e olhou na direção da voz.

A risada na arquibancada foi quase geral e alguém chegou a mandá-lo calar a boca e "sentar a bunda gorda na arquibancada de novo".

E mesmo trêmulo, Leonardo se manteve em pé, esperando a resposta da alfa da alcateia Inverno.

12

Bianca guardou o *cadigit* enquanto toda a alcateia Inverno olhava com curiosidade para Leonardo. O menino se mantinha firmemente em pé na arquibancada.

Maria Fernanda estreitou o olhar em direção ao garoto e deu um passo à frente. Uma sensação boa passou por Bianca, não havia pena ou ironia em sua expressão. A alfa mexicana parecia realmente interessada em ouvi-lo.

Mas um ruído chamou sua atenção. O pai de Julian havia soltado um som debochado nos lábios e agora tinha um sorriso irônico e descrente estampado. Todos os pelos de Bianca se eriçaram. O menino também pareceu notar o deboche de Walter e suas bochechas ficaram ainda mais vermelhas.

Atrás de Bianca, Duda rosnou alto, como um aviso aos comentários cruéis dos outros ao redor.

– Relaxa, seu irmão tem que vencer suas próprias batalhas – ordenou Julian.

Duda grunhiu.

– Eu sei, mas odeio o jeito que o tratam.

Bianca a entendia.

– Leonardo... – disse a alfa mexicana, reconhecendo-o. – Filho de César Mendes. Um grande amigo falecido ano passado em missão.

– Sim, senhora – respondeu o menino.

Maria Fernanda sorriu.

– Seu pai e eu fizemos a preparação juntos no Refúgio Branco quando éramos adolescentes, anos atrás. Ele tinha vencido o desafio aqui e eu o do Refúgio Vermelho, na Europa.

Com o comentário, Leonardo relaxou um pouco e lhe deu um sorriso tímido. Bianca gostava do jeito que a alfa falava com o garoto.

– Mas Leonardo não é um prodígio como o pai – cortou Walter, com olhos frios sobre o menino. – O garoto não está nem um pouco pronto para o desafio e muito menos para o que o Refúgio antártico proporciona.

Bianca estremeceu e apertou as mãos na lateral da arquibancada, sentindo as unhas afundarem na textura áspera.

– Não está? – perguntou a alfa, genuinamente confusa.

– Não – confirmou Walter. – Ele foi o último da turma nos treinamentos. Leonardo é estabanado, preguiçoso e bastante inábil em combate. Até mesmo Bianca o ultrapassou em treinamento com apenas seis meses no Refúgio.

Estabanado, preguiçoso e inábil.

Bianca notou o momento em que Leonardo recebeu essas palavras e ela odiou Walter ainda mais profundamente.

Ela também se lembrou de como Walter feriu Julian durante a discussão em seu quarto, ano passado, pois ele não havia se aproximado de Bianca como seu pai desejava.

– Mas tenho treinado. Juro que tenho – rebateu o menino, com voz trêmula. – Tenho me esforçado e vou todas as noites na academia. Tenho treinado bastante sozinho, do jeito que Bianca fez.

Com este comentário, Bianca sentiu um aperto no peito. Após vencer Giovanna em combate, ela havia dito a todos a mentira sobre ter treinado sozinha. Mas nunca fez isso, sempre treinara com Julian na floresta. Ela sempre teve alguém para ajudá-la. Leonardo não tem ninguém.

O olhar de Maria Fernanda se apertou levemente, pensativa.

– Mas se o conselheiro Walter diz que você é o último de sua turma, por que deseja o desafio?

Os lábios dele tremeram e o menino respirou fundo antes de responder.

– P-prometi ao meu pai que... que eu seria um herói...

O coração de Bianca se apertou.

– Leonardo... – interrompeu Yann, instrutor de Combate e também membro do conselho do Refúgio. – Walter está certo. Não é justo fazer a alcateia

Inverno perder tempo. Além do mais, garoto, você vai tirar a oportunidade real de alguém mais preparado tentar vencer e participar do estágio ano que vem.

Perder tempo...

A voz do instrutor a fez se lembrar de Giovanna, a filha que Yann ignorava e que, até o momento, não tinha dado as caras por ali hoje. Talvez ele também achasse que dar atenção para sua filha *era perder tempo...*

Bianca engoliu a raiva e respirou fundo, tentando se manter calma, mas podia sentir o calor da fúria surgindo sob sua pele.

Leonardo parecia perdido, sem saber o que dizer para o instrutor que não acreditava em seu próprio aluno. Ela respirou fundo mais uma vez, precisava se acalmar.

Respire...

Respire fundo...

Acalme-se...

E de repente foi como se uma porta tivesse sido aberta dentro dela e uma brisa suave tocasse todos os seus sentidos, abrindo-os como nunca havia sentido antes.

Bianca piscou e o ambiente pareceu ainda mais iluminado, ainda mais nítido e com tonalidades desconhecidas para um ser humano comum.

Cada farfalhar de tecido de roupas ao redor contava sobre suas posições. Precisou se concentrar para afastar a incrível sinfonia que era o som de suas respirações e as batidas de corações. Eram tantos ritmos diferentes, tantos odores distintos... como se quisessem contar algo a ela, sussurrar pequenos mistérios escondidos.

Sendo uma Farejadora, Bianca havia aprendido durante as aulas de Controle como o seu cérebro nasceu adaptado para perceber o espaço ao redor com riqueza de detalhes. Essa era uma característica em seu DNA que fazia parte das habilidades de seu dom.

Através do dom do Farejar, ela se tornava consciente dos Karibakis próximos. Suas presenças eram como finas correntes fluídicas tocando em seus sentidos. Se prestasse atenção, poderia enumerar as linhagens e encontrar a localização aproximada de cada Karibaki de olhos fechados, mas não era nisso que ela queria se concentrar.

Bianca dirigiu a potência de seus sentidos para Leonardo. E a primeira coisa que sentiu foi o odor de medo. Não poderia culpá-lo, sentiria o mesmo em sua posição.

Em seguida, sua percepção notou as batidas aceleradas do coração do menino. O corpo trêmulo. Sentiu a umidade das lágrimas dele aumentando. O desespero nos detalhes de sua expressão.

Medo era tudo o que Leonardo parecia sentir o tempo todo. E ela sabia muito bem como era sentir-se assim. Bianca compreendia como aquele mundo de garras e presas poderia ser amedrontador para quem não se sentisse parte dele.

Estabanado, preguiçoso e inábil.

Pela sua expressão, Bianca via as palavras cruéis de Walter ecoando na mente do menino. Destruindo aquilo que ele era. Aquilo que poderia ser.

E Leonardo não merecia aquilo.

Ela inspirou, deixando os ruídos ao seu redor se afastarem. Sentindo a brisa suave e fresca se espalhar. Refrescando-a, acalmando suas emoções, clareando sua mente, afiando ainda mais sua percepção que lhe vinha tão natural.

Bianca se lembrou de como Leonardo reagiu ao conhecê-la pela primeira vez. Sua arrogância foi uma defesa. Rejeitar antes que fosse rejeitado. Ferir antes que fosse ferido. Mas isso não funcionava com os outros ali. Eles conheciam Leonardo intimamente e o feriam a cada olhar de pena ou desprezo para seu corpo fora da forma idealizada pelos Karibakis.

Gordo, lento, fraco...

Estabanado, preguiçoso e inábil...

– Deixem ele tentar!

Os olhos de Walter se semicerraram e a alcateia Inverno voltou sua atenção para Bianca. Ela ainda se mantinha sentada no grande degrau da arquibancada, porém tinha endireitado as costas o máximo que conseguiu.

– Por favor... – emendou ela, rapidamente, sentindo todos os olhares sobre si. – Por favor, deixem Leonardo tentar o desafio.

Maria Fernanda arqueou as sobrancelhas para ela e Bianca sentiu o peso de seu olhar, preparando-se para aquela familiar sensação de medo e insegurança, mas tudo o que sentiu foi como se houvesse algo como gelo correndo por suas veias.

Surpreendentemente, seu coração não bateu mais forte e sua respiração não mudou de ritmo, ela apenas manteve seu olhar no da alfa.

Não era culpa de Bianca se eles não conseguiam ver o potencial no menino.

– Acho que Leonardo tem uma defensora – disse a alfa da alcateia Inverno, com um leve sorriso. – Convença-me, *chica*, e prometo que deixarei o menino enfrentar o desafio.

Convencê-la?

Havia sussurros pela arena. Ninguém acreditava na capacidade do menino.

Bianca sentiu a boca seca. O que deveria falar? Como poderia convencê-los de que Leonardo era tão capaz como qualquer um ali e que ele merecia uma chance?

Por um instante hesitou, fechando o punho em seu colo.

– Não há nenhuma forma de você os convencer, não é? – A voz de Walter chocou-se contra os sentidos afiados de Bianca, estremecendo-a.

– Deixe ela pensar um pouco, pai – pediu Julian, em tom descontraído, como se também estivesse se divertindo. – Bianca convenceu todo mundo que, do nada, matou um Voraz, não convenceu?

– Bianca *matou* um Voraz – retrucou Nicole ríspida, virando o rosto para o primo.

Mas Bianca não se incomodava mais com as palavras provocadoras do Furtivo. Julian era um lembrete de que alguém sempre tinha acreditado nela, mesmo quando não acreditava em si, mas o que ele disse... a fez entender...

E antes que ela abrisse a boca, outra voz veio da arquibancada.

– Leonardo querer participar do desafio só pode ser uma piada. – Bianca reconheceu a voz de Manuela, monstro.

A jovem alfa Furiosa tinha de cada lado do degrau um de seus companheiros gêmeos, também Furiosos, e atrás deles sentava-se a jovem Uivadora Maitê. A expressão de Manuela era um misto de incredulidade e zombaria.

– Por que acha isso? – disse Bianca, virando-se para a Furiosa.

Manuela torceu os lábios.

– Porque ele nunca fez nada para merecer essa chance. A não ser que engordar como um porco conte... – A risada ao redor foi geral. E Bianca precisou respirar fundo para se acalmar. Manuela se virou para a alfa da alcateia Inverno, levantando-se da arquibancada. – Com todo o respeito, Maria Fernanda, a oportunidade de tentar o desafio este ano deveria ser minha. Treinei duro e mereço essa chance.

– Não, você não merece nada – rebateu Bianca, levantando-se. Ela se lembrava bem de quando Manuela e sua alcateia fizeram Leonardo comer comida de cachorro no refeitório e também quando abandonou Maitê ferida no hospital. – Não vejo por que a líder valentona de uma alcateia cruel mereça uma chance como essa.

Manuela também se levantou com careta de indignação.

– O Refúgio Branco não quer os fracos – retrucou.

– Não, não quer os fracos, o Refúgio Branco quer heróis e você ainda está bem longe de ser um. – E ignorando a expressão de ódio de Manuela, Bianca olhou para a alfa da alcateia Inverno. – Sei o que todos estão pensando sobre dar uma chance para Leonardo. E sei que ele não está entre os melhores aprendizes do Refúgio, mas eu também não estava e ninguém esperava que eu matasse um Voraz... mas matei.

Burburinhos começaram ao redor, talvez nem todos acreditassem que ela realmente foi capaz disso. Não os culpava.

– Eu não fazia ideia de que era capaz de matar um Voraz até que chegou a hora – disse Bianca. – Leonardo me contou que vocês buscam os heróis, mas para mim herói é aquela pessoa que sacrifica a si mesmo, de mil maneiras possíveis, para fazer o que é certo pelas pessoas que ama ou por um estranho. Como minha mãe fez, como minha irmã de coração tem feito, como o pai de Leonardo e Duda fez, ao tentar salvar sua esposa, e muitos outros fizeram...

Bianca fez uma pausa. A alfa da alcateia Inverno apenas a observava em silêncio.

– O que quero dizer é que, se você também acha que para ser um verdadeiro herói não é necessário possuir músculos ou saber duzentas e onze técnicas de como matar usando apenas a garra do seu mindinho, deixe Leonardo tentar.

Então algo estranho aconteceu. Bianca notou a expressão de Walter diminuir de intensidade e por um momento ela achou ter visto um brilho em seu olhar, quase como se suas palavras o tivessem tocado de alguma maneira, de uma maneira que ela não esperava. Mas isso durou apenas um instante.

A alfa da alcateia Inverno, por fim, sorriu.

– Eu sabia que iria gostar de você – disse, com uma piscadela para Bianca. E então se virou para o menino. – Venha, Leonardo, acho que tenho o desafio certo. – Ela abriu um sorriso conspirador. – Vamos descobrir o tamanho de sua determinação em ser o que pretende ser.

Com um gesto rápido, a alfa da alcateia Inverno acenou com sua única mão para o trêmulo garoto Destemido ainda em pé. Leonardo ampliou o olhar e por um momento Bianca achou que ele fosse desmaiar.

Manuela cruzou os braços sobre o peito e sentou-se de novo, fechando a cara. Bianca a ignorou, virando-se para Walter, mas ele havia dado as costas e se afastava em direção à saída. Walter abandonava a arena juntamente com o instrutor Yann.

Risadas na arquibancada desviaram a atenção de Bianca.

Leonardo havia tropeçado no caminho e caíra de joelhos. Seu rosto redondo ficara tão vermelho quanto um pimentão. Bianca num instante o alcançou.

– Você está bem? – perguntou, ajudando o menino a se levantar.

Ele acenou afirmativamente com a cabeça. Seus olhos amplos de expectativa miraram a alfa da alcateia Inverno. Maria Fernanda deu alguns comandos aos hologramas no ar e se virou para o menino, esperando-o.

– Leonardo, seu desafio é simples. Vê aquela bola amarela? – disse, apontando para o outro lado da arena. Uma esfera do tamanho de uma bola de futebol tinha acabado de surgir. – Você precisa tocar nela.

Os olhos do menino se iluminaram.

– Tocar na esfera? Só isso? – perguntou ele.

Bianca apertou o cenho, não convencida da facilidade daquele desafio. E então Maria Fernanda abriu um sorriso antes de suas palavras mostrarem o quanto Bianca estava certa.

– *Chico*, as regras são as seguintes: para alcançar a esfera, você terá que passar por Manuela e sua alcateia.

– Manuela, monstro? – disse o menino, deixando escapar o apelido.

– Se a alcateia de Manuela vencer, pensarei no pedido dela em ir para o Refúgio Branco.

Com um gesto, Maria Fernanda chamou a jovem alfa Furiosa, que abriu um largo e convencido sorriso, levantando-se da arquibancada com os Furiosos Guilherme, Gustavo e a Uivadora Maitê logo atrás de si.

Sim, realmente o desafio seria fácil, mas não para Leonardo.

Algumas horas atrás...

— Ainda está brava?

Victor olhou para Rafaela caminhando na frente deles pela mata. Lucas vinha logo atrás.

— Não estou brava — respondeu a Uivadora, empurrando com força um galho de sua frente e soltando-o sem se preocupar que Vitor vinha logo atrás.

Lucas, Vitor e Rafaela tinham acabado de parar o carro no estacionamento do Shopping Litoral Plaza, em Praia Grande, e discretamente se dirigiram à área de mata próxima. Era bem cedo ainda e por isso estava tudo muito quieto.

— Ela está brava sim. — Era a voz de Lucas atrás dela. Rafaela apenas lhe lançou um olhar irritado de canto.

— Não estou. Por que estaria? — disse, com voz fria e afiada. — Só porque você *ordenou* que não posso namorar quem eu quiser? Isso não é motivo para estar brava, é?

Ela o ouviu suspirar.

— Você pode namorar com quem quiser, menos com aquela garota.

Rafaela de repente parou debaixo de uma enorme árvore e se virou, apontando um dedo para Lucas.

— Se meter na vida pessoal dos companheiros de alcateia não deveria ser o papel de um alfa.

— Entendi – disse Lucas –, mas sua raiva vai passar e um dia vai entender por que precisa ficar longe dela.

Os lábios de Rafaela tremeram, contendo-se para não falar algo que provavelmente a faria se arrepender.

— Pessoal, nós estamos chegando – disse Vitor, em tom apaziguador. – Não vai ser legal se nos virem discutindo.

— Cuidado, Vitor – disse Rafaela –, ou Lucas poderá achar que Ana também não é boa o suficiente para você.

Vitor apertou os lábios e olhou para Lucas antes de desviar o olhar.

— Ana e eu não estamos mais juntos desde que voltamos de Santos.

Rafaela revirou os olhos e voltou a caminhar.

— Mas aposto que ela ser uma caçadora humana em treinamento e, ainda por cima, cega também não a qualifique para alguém desta alcateia – provocou Rafaela.

Lucas estava prestes a responder quando a mata se abriu para uma pequena clareira vazia.

— Acho que chegamos primeiro – disse Vitor, tentando não soar ansioso.

— Faremos como eu disse – avisou Lucas. – Vamos ouvi-las mais uma vez e, se for importante, passaremos ao Conselho.

— Você decide, você é o *alfa...* – resmungou a Uivadora. – Só não entendo por que a gente precisa se encontrar no meio do mato.

— Acho que é porque estão proibidas de falarem conosco desde que o Ciclo da Trégua acabou – explicou Vitor.

— Estão? – perguntou Rafaela, erguendo uma das sobrancelhas.

— Estão – respondeu Lucas, antes de Vitor. – E apenas aceitei este encontro antes de nossa missão-estágio no Espírito Santo porque Vitor pediu.

— Eu sei, e obrigado, Lucas – disse Vitor. – A irmã dela falou que precisavam conversar conosco, e que era importante. Não posso simplesmente ignorá-las.

— Tudo bem – disse Lucas. – Vamos esperar mais um pouco as duas irmãs. E depois que tal comermos pizza no boliche do *shopping*?

Rafaela o encarou irritada e iria lhe responder o que deveria fazer com o boliche e as pizzas, mas um farfalhar na mata adiante chamou a atenção deles.

Uma jovem moça surgiu entre as árvores e olhou para os três companheiros de alcateia. Sua pele era mulata e os cabelos ondulados iam até o queixo. Ela usava calça justa, blusa e botas pretas. A cor dos Corvos.

– Obrigada por virem – disse a moça com expressão neutra. Eles não a ouviram ou sentiram seu cheiro antes dela surgir. Corvos eram treinados para se movimentar silenciosamente e também usavam corta-faro para evitar serem percebidos pelo odor, além de possuírem algo em seus equipamentos que era capaz de disfarçar a batida de seus corações, se quisessem.

– Yasmin – começou Vitor –, recebi sua mensagem avisando que você e Ana precisavam falar conosco e que era muito importante. – Ele então olhou para a mata atrás dela. – Onde está Ana?

Ela não respondeu, apenas continuou a encará-los. A expressão da garota Corvo, por algum motivo, fez os pelos do braço de Rafaela se eriçarem.

– Onde está sua irmã? – insistiu Rafaela. – Onde está Ana?

E então Rafaela grunhiu quando sentiu uma pequena picada, como a de um mosquito.

Rafaela levou a mão ao pescoço, mas em vez de sentir o leve inchaço da picada, sentiu a agulha fina de prata, enterrada em sua pele. Outra dor aguda atingiu seu braço nu e mais outra. Seu coração disparou e ela abriu a boca para falar, para avisá-los, mas não conseguiu. Uma fraqueza nas pernas e nos braços a fez desabar entre as folhagens.

Vitor caiu logo depois, bem ao seu lado. Em seguida ouviu Lucas cambalear e cair também.

– Me desculpem – murmurou Yasmin, ainda sem alterar sua expressão. – Eu gostaria que vocês tivessem nos ajudado quando pedi pela primeira vez em Santos, porque provavelmente eu não teria que fazer isso agora.

Fazer o quê? – queria perguntar Rafaela para a caçadora, mas sua voz não saía.

– Apenas me desculpem... – disse Yasmin, antes de dar as costas e desaparecer entre as árvores.

O farfalhar da mata ao redor anunciou a chegada de pelo menos quatro pessoas. Seus odores estavam camuflados com corta-faro, mas assim que os viu, sentiu o gelo percorrer sua espinha.

Eram eles.

Como da primeira vez, estavam todos fortemente armados e vestindo roupas militares. Rafaela lutou para se mexer, mas não conseguia. Tinham caído em uma armadilha.

Eram aqueles estranhos homens e mulheres que atacaram a ela e a alcateia de Julian, no alto do Monte Serrat, em Santos. Sentiu-se confusa, pois pelas cores de suas roupas e pelo jeito como se moviam, não eram Corvos e não pareciam parentes Pérfidos. Rafaela não tinha ideia do que eram.

– Temos toda a alcateia – disse um dos rapazes. Provavelmente falando em um comunicador. – A garota caçadora cumpriu sua parte.

A visão de Rafaela ficou nublada. Ela se esforçou em manter-se consciente e os sentidos aguçados.

– Ótimo! Avisem Yasmin que ela terá a irmã dela de volta logo. – respondeu uma voz feminina do outro lado do comunicador. – Tragam o Furioso para Eana imediatamente. Este aí não vai escapar.

– Confirmado – respondeu ele. – E o que faremos com os outros dois?

– Seriam muito úteis aqui – disse a voz feminina –, mas tenho outros planos em movimento. Estou mandando algumas coordenadas junto com as instruções.

E então o rapaz começou a ditar ordens, mas Rafaela não conseguia mais compreendê-lo, sua visão começou a escurecer quando seu corpo foi virado e a visão de outra pessoa surgiu observando-a de cima, era o rapaz que achou ter ferido mortalmente durante o combate em Santos. Ele parecia perfeitamente saudável e disposto. O sorriso dele foi a última coisa que Rafaela viu antes da escuridão levar sua consciência.

14

*...t*erá que conseguir passar por Manuela e sua alcateia para alcançar a esfera.

Bianca estava na arena do Lemniscata, ao lado de Leonardo. Ele havia empalidecido com o que ouviu. Toda a sua animação desapareceu por completo.

– É impossível... – disse o menino com voz hesitante. – E-esse desafio não é justo.

Maria Fernanda o encarou séria.

– Você pediu uma chance, não pediu? Estou te dando. Outros também a queriam e mesmo assim escolhi você, pois a Farejadora me convenceu. Vai me dizer que já desistiu?

– Mas são quatro contra um – protestou ele.

– Se quiser se tornar o herói que prometeu ser, terá que começar sacrificando um pouco de sangue e dor, *chico* – disse, erguendo seu braço decepado e cheio de cicatrizes. – Quero sinceramente ver o que está disposto a fazer.

O olhar de Leonardo se ampliou.

– Ou... – continuou a alfa – pode desistir agora.

Leonardo baixou os olhos e balançou a cabeça em uma negativa. Ele não iria desistir. A alfa assentiu satisfeita e se afastou. Todos os que não estavam na arquibancada se posicionaram antes da linha verde brilhante, que havia surgido para demarcar o grande espaço retangular reservado para o desafio.

Bianca suspirou com a situação que colocaram o menino. A expressão dele tinha se apagado. Leonardo não possuía mais qualquer esperança, mas ela também não possuía quando o Voraz quase a cortou ao meio.

A lembrança da expressão sarcástica e cruel em Walter ressurgiu nela e Bianca mordeu os lábios, sentindo aquela coisa gelada espalhar-se pelo seu corpo mais uma vez. E, desviando o olhar para o menino trêmulo, decidiu que faria qualquer coisa para ajudá-lo.

Ele não precisa vencer todos os seus desafios sozinho – pensou Bianca.

Então, como se tivesse tomado uma decisão, caminhou até ele, tocou em seus ombros firmemente e baixou o rosto até seu ouvido.

– Eu matei um Voraz – disse, baixinho. – Todos achavam ser impossível, mas consegui. Lembre-se de que você não tem que vencê-los, só precisa passar pela alcateia e tocar na esfera. Sei que vai conseguir.

Leonardo virou o rosto para ela.

– E como você sabe, Bia? – perguntou ele.

Bianca o encarou os olhos brilhantes e ansiosos do menino por um instante, em seguida olhou para os gêmeos Furiosos. Gustavo e Guilherme seriam os primeiros que ele teria que enfrentar. Estavam ambos relaxados. Provavelmente não acreditavam que precisariam se esforçar muito.

Depois observou Manuela no final do desafio. Ela estava a apenas dez passos da esfera e sua expressão era bastante confiante, quase entediada.

Por último, Bianca focou em Maitê, parada entre os gêmeos e Manuela. Bianca ainda se lembrava de como Maitê parecera frágil deitada na cama no hospital com as costas abertas devido aos chicotes de prata, e se perguntou se ela ainda carregava as cicatrizes ou se havia se curado completamente.

Um contra quatro – pensou, inspirando fundo e apertando o cenho, mas quais eram as chances dela contra um Voraz? Bianca olhou para Leonardo novamente. *Quais são as chances de Leonardo?*

– Quer que eu te mostre como acho que pode vencer?

O menino entreabriu os lábios e acenou avidamente em concordância

– Ok, então feche os olhos – disse.

Leonardo hesitou um instante, mas obedeceu. Bianca não tinha certeza de que era a melhor ideia, mas era a única coisa que conseguira pensar para ajudá-lo.

Baixou o rosto novamente para falar algumas palavras tão baixinho que somente aqueles com os sentidos aguçados seriam capazes de ouvir.

Imediatamente os olhos de Leonardo se abriram e sua expressão se modificou. A respiração se tornou pesada e todo o seu corpo estremeceu quando começou a troca de pele.

Ela se afastou do menino. Deu um passo para trás e depois outro, seus lábios ainda se mexendo, sua voz quase impossível de ouvir, mas Leonardo com certeza a ouvia.

O olhar do menino faiscou enquanto focava algo além dos gêmeos, além de Maitê, além de Manuela...

Um contra quatro.

E quando Bianca sussurrou as últimas palavras, Leonardo rugiu muito alto.

Em seu rugido não havia medo, somente fúria.

O coração de Bianca e os de todos ao redor pareceram parar um instante e congelá-los no lugar. E então Bianca viu o efeito de um Destemido trocador de pele em combate.

Gustavo e Guilherme já estavam em sua pele Karibaki e esta foi a sorte deles, pois a Paralisia dos Destemidos causada pelo rugido os impediu de agir por um momento.

Bianca nunca tinha visto Léo usar esta habilidade secundária em treinamento e provavelmente ninguém nunca tinha. Assim como os Farejadores, as outras linhagens possuíam habilidades e técnicas de combate secundárias. Era fascinante.

E então Leonardo saltou.

Bianca notou que em sua forma bestial ele era imenso, tão grande quanto um Furioso.

Guilherme e Gustavo, em sua confusão, não conseguiram agir e o deixaram passar. Ele alcançou Maitê no meio do caminho. A jovem Karibaki Uivadora estava vulnerável, não tinha terminado a troca de pele. Entretanto, Leonardo hesitou, como se não tivesse acreditado no que tinha feito, e esse instante de hesitação lhe custou o golpe que tiraria Maitê do caminho e o deixaria cara a cara com Manuela.

Um dos gêmeos rugiu e saiu de sua paralisia, caindo sobre as costas largas de Leonardo.

Ambas as bestas rolaram para o lado, mas o gêmeo se levantou mais rápido. Nesse momento, o outro já os alcançava e posicionava-se para bloquear qualquer nova tentativa de avanço do garoto.

Bianca suspirou. Leonardo teria que lutar contra eles.

Os olhos bestiais do menino se ampliaram e ele rosnou. Num golpe rápido, sua garra acertou em cheio o peito do gêmeo e o Furioso deu um passo para trás, desequilibrando-se, mas o gêmeo aguentou bem. Furiosos eram mais resistentes do que qualquer outro Karibaki.

Bianca notou a aproximação de alguém, era um dos membros táticos da alcateia Inverno. A jovem ruiva canadense Stephanie.

– Pelo amor de Deus, o que foi que você disse para o garoto?

Bianca ouviu a pergunta, mas não respondeu, mantinha sua total atenção no combate. Os olhos e a mente de Bianca se focavam em cada detalhe da luta, no resfolegar de Leonardo, na forma desleixada que os gêmeos se posicionavam e na certeza de que venceriam sem esforço. Ela também notou o olhar da fera Maitê e em seus ombros caídos. Apenas esperando, sem interferir.

Já Manuela, agora um monstro de verdade, tinha seus pelos eriçados e a ansiedade contida, desejando, mas sabendo que aquela luta jamais chegaria até ela.

Outro rugido atravessou a arena.

Um dos gêmeos tinha avançado contra Leonardo e rasgado profundamente a lateral de seu braço. O ganido do menino quase partiu o coração de Bianca.

As garras de um Furioso eram capazes de infligir uma dor terrível, muito maior do que um golpe normal. E era isso o que Léo estava sentindo. Dor além da dor. Bianca sabia que se curaria, mas em combate a cura era lenta.

– Vamos, Léo! – gritou alguém na arquibancada. Era Gabrielle, a menina havia chegado na arena poucos momentos antes do desafio começar. – Você consegue!

Leonardo viu a menina e ergueu a pata, rugindo ao golpear com força o gêmeo, mas ele errou e o outro já caia sobre ele. Leonardo urrou quando garras o rasgaram antes que pudesse se defender. Os gêmeos lutavam em perfeita sincronia.

O corpo bestial do menino cambaleou. Seus pelos estavam manchados com sangue, suas pupilas se dilataram e rugas ao redor dos olhos e do focinho diziam a intensidade da dor que sentia.

Aguente.

De repente os gêmeos pararam e se afastaram. O garoto respirava pesadamente com um dos joelhos apoiado no chão, sangue escorria pelos seus pelos. Guilherme e Gustavo esperavam o sinal de desistência do jovem Destemido.

– Não desista! – gritou Bianca.

Ele a ouviu. O olhar lupino de Leonardo fixou-se no de Bianca por apenas um instante. Ela o sustentou, tentando lhe transmitir força.

Seu rosnado ecoou na arena pelo esforço em se erguer, mas os gêmeos agarraram seus braços, obrigando-o a ficar onde estava.

Agonia estampava a face do menino Destemido.

Os gêmeos olharam para Manuela, esperando algum tipo de sinal ou ordem. Em resposta, o focinho dela se enrugou, mostrando as presas. Ela olhou para Maitê.

Compreendendo, Maitê rosnou e caminhou até a presa incapaz de se defender.

Um arrepio subiu pelo corpo de Bianca.

Agora.

A Farejadora resfolegou e estremeceu, sentindo seu corpo queimar de dentro para fora. Garras rasgaram a ponta de seus dedos, pelos cresceram enquanto seu tamanho aumentava rapidamente.

Ainda era horrível sentir que suas articulações se deformavam e seus ossos se deslocavam com uma terrível sucessão de estalos. Entretanto, já tinha treinado sua troca de pele enquanto se recuperava no hospital. Bianca sabia que só precisava aguentar a dor por um instante enquanto se tornava mais forte e mais mortal.

Bianca impulsionou seu corpo para frente. A intenção era correr, mas surpreendentemente saltara, caindo entre Maitê e Leonardo. Suas garras cravando-se no chão áspero e seu focinho quase tocando o da Uivadora, ao mesmo tempo que sentia sua mandíbula vibrar ao revelar as grandes presas afiadas.

Dois contra quatro.

Leonardo não precisava enfrentar todos os seus desafios sozinho.

Maitê rosnara de volta. A pele ao redor do focinho se enrugara para Bianca. Contudo, algo aconteceu...

Maitê piscou, como se tivesse vendo Bianca pela primeira vez, e, no instante seguinte, seus olhos se ampliaram, confusos. A Uivadora cheirou o ar e resfolegou. Bianca rosnou para ela, deixando clara a mensagem: não deixaria Maitê se aproximar de Leonardo.

Maitê piscou, compreendendo. A Uivadora desceu suas garras baixando seus olhos enquanto dava um passo para trás. Sua mensagem também era clara: Maitê não enfrentaria Bianca.

Ao redor, o burburinho se fez notar, mas o rugido animalesco de Manuela os calou.

E Bianca, mesmo sentindo o deslocamento de ar atrás de si, o cheiro de sangue e suor lupino, não se virou. Apenas se perguntou: quem seria?

Seria Guilherme ou Gustavo atacando suas costas completamente expostas a um golpe certeiro? Um golpe que seria capaz de rasgá-la de cima a baixo.

Mas ela notou o olhar de Maitê se erguendo. O movimento do golpe refletido no olhar da Uivadora.

Um golpe que Bianca nunca chegou a sentir.

Maitê se jogara sobre o Furioso e os dois rolaram para algum lugar atrás dela. Bianca ainda pôde ouvir o ganido de surpresa do gêmeo enquanto encarava Manuela, monstro. A Furiosa tinha surpresa estampada em sua expressão.

Bianca ergueu os lábios, mostrando os dentes, num sorriso lupino.

Três contra três. Bem mais justo agora.

Igualara o combate e esperava que, mesmo ferido, Leonardo pudesse enfrentar o último gêmeo Furioso restante.

E então, como Bianca já esperava, Manuela rosnou e saltou com as garras prontas e afiadas.

A forma de luta dos Farejadores consiste em observar e prever as ações do inimigo e esperar o contra-ataque. – Foram as palavras de Julian enquanto treinavam na clareira. O problema era que ela nunca havia observado Manuela lutando em sua forma Karibaki.

Concentrada, Bianca conseguiu esquivar dando um passo para o lado, abaixando-se para não ser atingida pela outra garra. Sentiu até o calor e os pelos de Manuela passando por sua cabeça.

A alfa Furiosa caiu do outro lado e girou o corpo. O coração de Bianca saltava dentro do peito.

Manuela rosnou profundamente e seus olhares se encontraram, fazendo-a compreender o motivo dos alfas serem tão temíveis em combate. Bianca imediatamente deu um passo para trás e abaixou a cabeça. Mesmo na forma Karibaki, a submissão era dolorosa e, ao sentir seus joelhos tremerem, toda a vontade de lutar diminuiu.

Mas Manuela não tinha terminado. A alfa precisava garantir que Bianca não pudesse continuar, então atingiu-a com sua pata direita. Bianca tentou esquivar, mas falhou.

Garras atingiram o rosto de Bianca em cheio, abrindo quatro talhos. Sangue e pelos voaram pelo ar. A Farejadora rugiu.

Nunca sentira a garra de um Furioso antes.

Ela já tinha sido ferida pelas garras de um Voraz e sentira o gosto da morte nos lábios. Mas aquela dor era diferente.

Bianca rugiu e lutou para se manter concentrada. Se fosse atingida novamente, não sabia se aguentaria. Dor impossível espalhava-se como fogo por todo o seu sistema nervoso.

A Furiosa havia dado um passo para trás, sua expressão bestial estava entre divertimento e satisfação. As presas de Manuela se abriram e soltaram um ruído engasgado, mais parecido com uma risada.

Bianca congelou. O odor de sangue no ar preencheu completamente seus sentidos.

Cheiro metálico, o sangue de sua mãe em poças a sua frente. O monstro rindo com a certeza de que Bianca não escaparia também.

Bianca balançou a cabeça para afastar a lembrança de infância e outra veio em seu lugar.

– *O problema não é sentir dor, é se deixar paralisar por ela.* – A voz de Julian ecoou em sua lembrança.

Respirou fundo, esforçando-se em jogar toda a agonia para algum canto da mente. Não deixaria aquele desespero dominá-la.

E não deixou. A dor de repente esfriara e se tornara mais suportável. Estava lá, mas era diferente agora. Era algo que sua adrenalina podia ajudá-la a tolerar.

A risada de Manuela ecoou em sua mente e um longo urro gutural arranhou a garganta de Bianca, enquanto seu olhar queimava sobre o de Manuela, monstro.

A alfa Furiosa imediatamente mudou sua expressão para surpresa e recuou um passo.

Bianca avançou, golpeando-a duas vezes sobre o peito.

Golpes certeiros e rápidos que teriam derrubado a maioria dos Karibakis no Refúgio, mas que infelizmente não foram profundos o suficiente. A pele dos Furiosos era muito resistente.

Manuela rosnou e avançou mais uma vez. Bianca não tinha muitas opções. Desviou o melhor que pôde, mas quando as presas de Manuela se aproximaram de sua jugular, Bianca teve plena consciência de que somente a tática de combate dos Farejadores não seria o suficiente. Ainda não possuía o treinamento necessário para vencer Manuela.

Então, tudo o que conseguiu fazer foi erguer o braço esquerdo e proteger seu pescoço. A dor da mordida foi profunda e Bianca rugiu.

Concentre-se! – gritou uma estranha voz em suas lembranças.

Mas Bianca sabia que seria atingida pelo próximo golpe antes mesmo dele chegar. Era previsível que uma das garras a atingisse na altura do estômago. A dor seria terrível e provavelmente a nocautearia em instantes, mas não podia desistir. Seus sentidos notavam Maitê lutando contra seu colega de alcateia enquanto Leonardo, muito mais ferido, tentava se livrar do outro gêmeo...

De repente, Bianca sabia exatamente o que fazer.

Manuela não me dará nenhum golpe fatal. Vou me curar.

Bianca esticou seu corpo, deixando seu tronco ainda mais vulnerável para a Furiosa e Manuela nem sequer pensou em hesitar. Quando a alfa Furiosa notou a verdadeira intenção, já era tarde.

As garras de Manuela atingiram Bianca entre as costelas, como esperado, mas ao mesmo tempo, o único braço livre de Bianca fez seu movimento em arco, encontrando o alvo. Um golpe certeiro e devastador.

Bianca não tinha dúvidas que seria.

E sem a resistência da pele ou dos ossos, as garras avançaram profundamente, muito profundamente... Mas seu corpo estremeceu em horror.

Não!

Na fração de um segundo, Bianca enrijeceu seu braço e parou o golpe, afastando-se de sua presa.

Quase profundo demais...

Um rugido medonho preencheu o ar. Um som monstruoso e desesperado de Manuela.

E então Bianca jogou a lateral de seu corpo com toda a força que ainda lhe restava contra o peito de Manuela, no momento em que a Furiosa erguia as patas ao rosto ensanguentado, cobrindo seus olhos destruídos.

Manuela foi jogada para trás, suas costas acertaram o gêmeo que segurava Leonardo e, com o impacto, o menino escapou.

Sem mais forças, Bianca nem tentou evitar a queda. Abraçando o ferimento em suas costelas, caiu batendo seu ombro com força no chão. Seus ouvidos zuniam e uma dor aguda atingiu sua cabeça. Ela levantou o rosto mantendo sua visão em Leonardo, que cambaleava erguendo a mão e esticando os dedos.

Depressa...

Manuela se contorcia em dor enquanto o gêmeo se desvencilhava de sua própria alfa e saltava para alcançar o Destemido.

O gêmeo conseguiu agarrar Leonardo bem no instante em que uma das garras do menino tocou a esfera amarela.

15

Laura já havia tocado mais de dez vezes a campainha do estúdio de tatuagens em São Vicente. A placa "Estúdio *Punizione*" tinha sua luz neon desligada e as cortinas da vitrine fechadas.

Olhou ao redor e não viu ninguém na rua tranquila que não ficava muito longe do centro comercial da cidade. Laura voltou para a porta e abriu a bolsa. Havia trazido algumas coisas que talvez precisasse.

Encontrou dois pequenos palitos de metal e, olhando ao redor mais uma vez, encaixou na fechadura com cuidado. Tinha esperanças de ainda se lembrar de como fazer aquilo. Havia anos que Laura não tocava naquele tipo de equipamento, pelo menos desde que decidiu seguir uma vida diferente da de seu pai e frequentar a faculdade de arquitetura.

Ela mexeu os palitos e forçou a fechadura, mas ainda estava trancada. Tentou de novo.

– Droga... – grunhiu. – Vamos, lá... você era boa nisso...

O suor começou a escorrer de seu rosto e prendeu a respiração. O clique da fechadura destrancando a fez expirar ruidosamente.

Ela sorriu.

– Sabia que eu não poderia estar tão enferrujada assim...

Laura empurrou a porta, forçando-a um pouco. Algo atrás dela estava atrapalhando. Logo entendeu o que era. Havia diversas correspondências de cobranças espalhadas no chão.

– Acho que Julian estava certo – falou para si mesma enquanto fechava a porta. – Deve fazer meses que Milena não volta para o estúdio, isso não deve ser normal.

Uma luz suave entrava pelas frestas da cortina na vitrine. Havia cadeiras para os clientes serem tatuados, carrinhos para o material usado, armarinhos, pia, poltronas, revistas espalhadas sobre uma mesinha, pôsteres e fotos de tatuagens pelas paredes... Tudo se parecia com um estúdio normal de tatuagens, levemente coberto com uma fina camada de poeira. Laura notou isso ao passar um dedo pelo balcão, junto à pia.

Suspirando, se virou em direção à porta que levava a um corredor e a atravessou. Levou apenas alguns minutos para ter certeza de que o lugar estava vazio.

Olhou a cozinha, o quarto, o depósito, o quintal dos fundos e até mesmo o quarto para visitas que havia lá fora e nada. Nenhuma pista.

Não tinha nenhuma ideia de onde Milena poderia estar.

Mordendo os lábios voltou até o depósito de materiais. Havia diversas caixas fechadas por lá, talvez houvesse alguma pista. Iria vasculhar aquele lugar até descobrir algo que pudesse ajudar.

O local era pequeno e continha duas estantes enferrujadas cheias de caixas, revistas empoeiradas e equipamentos de tatuagens, além de um grande pôster com o desenho de um dragão estilizado nele.

Enquanto puxava uma das caixas para vasculhá-la sentada contra a parede próxima ao pôster, Laura esbarrou nele por apenas um instante, o suficiente para notar algo atrás.

Uma pequena porta.

Retirou o pôster com cuidado e tentou a porta. Trancada. Retirou os palitinhos de metal do bolso e demorou menos de um minuto para conseguir destrancá-la.

– Mas o que...

Tateando, encontrou o interruptor na parede ao lado da entrada e acendeu o aposento. A primeira coisa que notou foram as paredes cobertas com recortes de jornais e fotografias, além de um mapa grande da ilha de São Vicente.

– Uau! Que lugar é esse?

No centro, havia uma mesa grande com um computador e três telas, além de muito papel espalhado.

Caminhou, observando os artigos, as fotografias, e então parou na frente do mapa. Havia diversos rabiscos e anotações, indicando localizações especiais.

Ela reconheceu um desses lugares, marcado por um círculo feito à caneta. Era a igreja parcialmente destruída por um incêndio, que Laura ajudou a restaurar ano passado.

Pelas anotações ao redor do mapa, Laura percebeu que as marcações em caneta indicavam áreas que pertenciam aos caçadores de Santos. Laura não tinha ideia que tinha trabalhado numa igreja dos Corvos e eles com certeza também não tinham ideia de quem ela e Bianca eram.

Mais abaixo havia a fotografia de uma mulher ruiva e algumas anotações num papel colado ao lado.

Alexia Reis. Amante do líder dos caçadores Roberto Sales.

Se encontrará com alguém num armazém abandonado no Porto de Santos esta noite.

Havia uma data logo abaixo.

– Ahh droga... – grunhiu Laura, baixinho. – Se essa mulher ruiva for a Pérfida que Bianca me contou que se aliou com o líder dos caçadores, Milena pode ter se dado muito mal em segui-la.

Ergueu os olhos e desviou para o resto da sala, seria bom tirar fotos de tudo e mandar para Julian, mas o que ele poderia fazer? Estava ocupado cuidando de Bianca e ela não iria distraí-lo disso.

Laura xingou baixinho antes de pegar o celular do outro bolso da calça. Vasculhou os contatos e achou o número de que precisava.

Ela hesitou, encarando a tela e o número de telefone.

Havia anos que tinha prometido a si mesma nunca mais se aproximar deles. Reforçando essa promessa quando encontrou o corpo destruído de seu pai e o de Ágata na noite em que os dois foram atacados e somente Bianca sobreviveu.

Mordeu os lábios de novo, agora com mais força.

Entretanto, precisava encontrar uma forma de descobrir o que aconteceu com Milena. E depois de ter ajudado Bianca por tantos anos, dando seu sangue para bloquear os dons da garota, Laura devia isso para a Vaeren.

Ela fechou os olhos por um instante bastante longo e então os abriu. Decidida, tocou na tela e a ligação foi feita.

E só quando terminou de falar e desligou o celular foi que percebeu o tremor em suas mãos e em todo o seu corpo.

16

Leonardo conseguiu...

Gritos de comemoração explodiram e vultos rodearam Bianca. Era uma cacofonia de movimentos e vozes, deixando-a zonza.

Bianca era capaz de sentir seu corpo lutando para se curar sozinho enquanto trocava sua pele para a humana e sua cabeça ameaçava explodir em dor aguda e profunda.

Ela tinha os olhos voltados para o chão, esforçando-se para ficar de joelhos. Seu cabelo caia ao redor do rosto, que se curava enquanto sentia suas narinas úmidas. Levou uma das mãos ao rosto. Os dedos ficaram vermelhos com o sangue fresco que escorria e se misturava com todo o resto.

Por que estou sangrando pelo nariz?

De repente, alguém a ergueu um pouco e ela sentiu uma picada no braço. Bianca rosnou e se virou para ver Nicole e Ricardo agachados ao seu lado. Num instante sua mente começava a clarear e seu corpo parava de agonizar.

– Bia, meu Deus, você está bem? – perguntou Nicole, analisando-a, procurando por ferimentos que não estivessem cicatrizando com I.C.A., que acelerava até mesmo a capacidade regenerativa dos Karibakis.

– Manuela... – disse Bianca, sua voz rouca disfarçando seu desespero.

– Manuela? – disse Nicole, virando a cabeça um instante em direção aos rugidos. – Ela... bem... já está se curando...

Bianca ergueu o olhar para a origem dos urros de dor. Alguém segurando uma ampola de I.C.A. tentava se aproximar da Furiosa se contorcendo no chão em sua pele bestial. Bianca tinha plena consciência de todo o sangue de Manuela sobre si. De repente estremeceu, sentindo-se sufocada e enjoada.

– Não acredito que você venceu a monstro! – disse Ricardo, completamente admirado enquanto ajudava a puxar Bianca para cima.

Com o efeito da injeção espalhando-se por todo o seu corpo, conseguiu se manter em pé. Estava totalmente curada e a dor em sua cabeça passara.

A arena fervilhava. Quase ninguém mais estava sentado na arquibancada. Alguns comentavam animados olhando para ela, ou para os gêmeos e Manuela, outros corriam até Leonardo.

E apesar dos seus ferimentos ainda estarem se curando, o menino parecia deslumbrado.

Bianca desviou o olhar para Manuela. A Furiosa finalmente tinha recebido a injeção e se recuperava sentada no chão, mantendo suas mãos ainda sobre os olhos. Bianca sentiu um nó no estômago. *O que tinha feito?*

– Ela vai ficar bem – disse Nicole, provavelmente notando sua expressão.

– Com certeza só o orgulho dela vai permanecer destruído após a I.C.A. terminar o serviço – comentou Ricardo, sorrindo.

Pessoas se aproximavam, entre elas Julian e a alfa da alcateia Inverno.

Leonardo surgiu correndo e abraçou Bianca tão forte que ela precisou se equilibrar.

– Obrigado, Bia – disse, afastando-se. Sua irmã Duda se aproximava, seguida por Gabrielle e as gêmeas Mariana e Laís.

– Você fez quase tudo sozinho – disse Bianca –, só tentei equilibrar as coisas.

O menino sorriu abertamente, suas bochechas vermelhas e os cachos de seus cabelos manchados de sangue ainda o deixavam adorável.

– "Aquilo não é a esfera, é sua família e só você pode salvá-la". – A voz era de Duda. – Eu ouvi o que você disse para meu irmão, Bianca.

Bianca se virou para a colega de alcateia de Julian. Duda a encarava muito séria. Ela sabia que, apesar de ter dado certo, suas palavras tinham sido cruéis para o menino e sua irmã.

– Desculpe pelo que eu disse.

Duda a encarou um instante a mais, mas por fim acenou com a cabeça, aceitando as desculpas.

– Tudo bem, Bia, você me ajudou – disse Leonardo, sua voz ficando apertada. – Achei que não fosse dar certo, mas daí cada vez que você repetia e repetia, eu sentia uma raiva horrível e usei isso. Usei a raiva.

Bianca piscou, sem saber o que dizer. Sem saber se realmente o tinha ajudado ou não.

– Ora, ora, quem diria... trapaceando, Bianca? – Era Julian. E ela notou que, apesar da expressão maliciosa em seu rosto, havia algo mais. Algum tipo de alerta que a fez levar uma das mãos ao nariz para limpar qualquer vestígio de sangue. – Gostei muito disso, Farejadora, continue assim e *talvez* eu libere uma vaga em minha alcateia para você. – Um sorriso conspirador surgiu dos lábios dele.

– Não trapaceei, Julian – rebateu calmamente, limpando a palma da mão no traje.

– Você trapaceou sim! – gritou outra voz, fazendo muitos comentários animados ao redor se tornarem apenas murmúrios. Um dos gêmeos, que Bianca imaginou ser Gustavo, se aproximou vestindo traje incompleto, seu peito largo estava nu e manchado de sangue. Seu irmão vinha logo atrás. – Você não tinha que se meter, Farejadora. O desafio não era seu! Esse resultado precisa ser anulado.

Leonardo estremeceu com a ideia e Bianca colocou a mão em seu ombro.

– Ahh, não vão anular porcaria nenhuma – esbravejou Duda, erguendo o queixo para encarar o gêmeo que era muitos centímetros mais alto do que ela. – Meu irmão tocou na esfera. Ele venceu o desafio e ponto final. Leonardo vai para o Refúgio Branco ano que vem e arranco a cabeça fora de quem disser o contrário.

– Cala a boca, pirralha, seu irmão tinha que ter vencido sozinho – rosnou Gustavo olhando-a de cima.

– Não, ele não tinha não – rosnou Bianca. – Em nenhum momento a alfa da alcateia Inverno disse que Leonardo não poderia ser ajudado, portanto, ninguém quebrou as regras.

E vários olhares foram até Maria Fernanda, que até então apenas observava como se aquilo fosse tudo muito interessante.

– Bianca tem razão – disse a alfa. – O resultado não será anulado.

A expressão do menino imediatamente se abriu.

– Iéééééééééééééééé!!!! – gritou ele em comemoração, fechando os punhos e erguendo os braços.

Bianca nunca o vira tão feliz.

Várias pessoas começaram a rir, mas era um riso diferente. Não estavam debochando, estavam felizes com ele. Ela sentiu algo profundo e quente se espalhar pelo seu peito.

Duda sorriu provocadoramente e ergueu uma mão para mostrar um gesto vulgar aos gêmeos Furiosos. Guilherme e Gustavo rosnaram para ela, mas pararam ao notarem a aproximação de Manuela.

Vestindo shorts e top metamold, a Furiosa caminhava com a cabeça erguida, os cabelos loiros selvagens e o olhar faiscante. Sua aproximação atraiu a atenção de Maitê. A Uivadora que atacara um dos próprios companheiros de alcateia durante o desafio também se aproximou de Bianca.

– Não quero que anulem o resultado – disse Manuela para seus dois companheiros gêmeos. – Prestei atenção nas regras. Parem de chorar feito bebês. Seremos melhores na próxima vez.

Bianca notou a alfa Maria Fernanda acenar satisfeita para Manuela, antes da jovem loira Furiosa se voltar para Bianca.

– Posso aceitar que tenha me vencido, Farejadora – continuou Manuela monstro. Em seguida, seu olhar foi até o menino Leonardo. – E também posso aceitar a sua força de vontade em vencer, garoto. – E então seu olhar foi até Maitê, estreitando-se perigosamente. – Mas *nunca* aceitarei o que fez, nunca. Você me traiu e está fora da alcateia, Maitê.

Maitê não desviou o olhar.

– Acho que estou fora de sua alcateia desde o dia em que me abandonou sangrando no hospital e ordenou que ninguém me ajudasse.

Um rápido rosnado saiu da garganta de Manuela.

– Essa era a sua punição por ter quebrado o Nono Acordo.

Bianca notou os lábios de Maitê estremecerem.

– Maitê poderia ter morrido – falou Bianca.

A jovem alfa Furiosa a encarou com expressão dura.

– Mas não morreu.

– Porque Bianca me ajudou – rebateu Maitê. – Não morri porque a Farejadora estava pouco se lixando para a sua droga de ordem e me ajudou assim mesmo. E agora sou eu quem está pouco se lixando para a sua alcateia.

Maitê falava como se as palavras estivessem entaladas em sua garganta há muito tempo. Isso de alguma forma fez Bianca sentir-se bem.

– Vocês não a merecem – disse Bianca. – Tenho certeza de que Maitê vai ficar melhor fora de sua alcateia.

A resposta da Furiosa para Bianca foi um rosnado, antes de dar as costas e caminhar em direção à saída da arena, sendo seguida por seus companheiros gêmeos.

Um assovio quebrou o silêncio tenso que ficou no ar. Era Ricardo, ele tinha as sobrancelhas bem erguidas.

– Ufa, cabeças não rolaram... Até que essa conversa saiu beeem melhor do que eu esperava.

– Também acho – apoiou Leonardo, ainda de olhos arregalados.

Bianca observou Manuela se afastar. Apesar da Furiosa não a ter acusado, Bianca sabia que não deveria tê-la golpeado daquela forma durante a luta, foi perigoso.

– Obrigada – disse Maitê, cortando seus pensamentos.

Os olhos de Bianca se encontraram com os da garota.

– Eu que te agradeço por ter lutado do nosso lado. – De alguma forma, mesmo antes do desafio começar, Bianca tinha certeza de que Maitê se colocaria ao lado dela, as cicatrizes invisíveis dos chicotes de prata ainda doíam na Uivadora.

– E olha, só para constar, Maitê – disse Nicole. – Eu também tava lá, sabe... ajudando Bianca a te ajudar no hospital.

– Eu sei, Nicole... – disse a Uivadora. A resistência em seu tom talvez fosse sua impressão. – Eu me lembro, obrigada.

– De nada – disse Nicole, sorrindo satisfeita.

E Bianca notou quando o olhar de Maitê foi de Nicole para seu primo Julian, fechando sua expressão completamente.

O toque de Maria Fernanda em seu ombro com sua única mão fez Bianca desviar a atenção. A voz da alfa se projetou alta o suficiente para todos ao redor pararem de falar e voltarem seus olhos para a mexicana.

– Não existem elos fracos em uma alcateia porque alguém está mais ou menos fora de forma. Não há heroísmo em músculos e garras, porque isso nossos inimigos também possuem bastante.

Bianca definitivamente gostava de Maria Fernanda.

O olhar da alfa parou em Leonardo, ainda em pé ao lado de Bianca.

– Não lutamos sozinhos – continuou. – Entendam isso e seus inimigos tremerão diante de vocês. A força de uma alcateia está na *confiança* entre seus companheiros e na capacidade de todos lutarem como um só. A força dos Filhos da Lua está na *lealdade* entre nós.

Havia tanta força em suas palavras que ninguém sequer piscava. Mas havia mais, a expressão dela se tornou ainda mais séria.

– E lealdade significa obediência ao Acordo. Quebre a lealdade, quebre o Acordo e teremos nossa destruição. Maitê desobedeceu a hierarquia e a alcateia perdeu. No mundo real, teriam sido mortos pelos Pérfidos.

O coração de Bianca apertou e ela olhou para a jovem Uivadora.

Mas Manuela não merecia Maitê como membro de sua alcateia. Lealdade precisa ser merecida.

E então a alfa Maria Fernanda se virou para Julian.

– Quando não obedecemos às ordens e ignoramos a hierarquia, colocamos em risco não apenas nossa sobrevivência como a daqueles que devemos proteger – disse a alfa. – Julian Ross, apesar de estar indo conosco para o Refúgio Branco, o Conselho Alfa pediu para avisá-lo que não esqueceram do que fez.

Ao redor, vários se entreolharam. Con, Duda e Patrick ficaram tensos. Bianca também sentiu a ameaça velada.

– Sendo assim... – continuou Maria Fernanda, olhando para Julian. – Fui designada a declarar que, como punição por ter quebrado o Oitavo Acordo, o novo Conselho Alfa decretou a perda imediata de sua alcateia.

Bianca sentiu-se empalidecer.

– Julian – continuou Maria Fernanda –, você não é mais o alfa de sua alcateia e deverá encontrar outra para fazer parte.

Bianca ouviu quando Maitê inspirou fundo. Sua expressão era um misto de surpresa e satisfação, talvez por pensar que Julian finalmente estava tendo o que merecia depois de ter entregado João e ela na frente de todos.

Bianca apertou o punho e rosnou. Ela olhou para Julian, que apenas assentiu sombriamente para Maria Fernanda.

– Não – gritou Duda. – Julian é nosso alfa. Não é justo!

– Esta foi a decisão final dos Vozes da Lua – disse a alfa. – Julian sabia o que estava fazendo ao desobedecer às ordens de Ester. Vocês precisam aceitar ou serão punidos também.

– Fica calma, Duda – pediu Con. O garoto grandalhão a segurava com cuidado pelo braço. Patrick observava com expressão tensa, mas quieta.

Bianca olhou ao redor, não havia nenhum membro do Conselho do Refúgio ali, ninguém para negar ou contradizer aquela punição. Talvez fosse por isso que Walter tenha dado as costas e ido embora do Desafio.

Covarde...

– Maria Fernanda tem razão – disse Julian, olhando para seus três ex-companheiros. – Eu sabia que o estava fazendo quando ordenei que vocês me seguissem para Santos, para ajudarem a encontrar minha prima e as outras duas meninas. Vocês sabiam que seríamos punidos, mas a vida delas era mais importante. Então essa decisão e essa punição... não importam.

– Por favor, Julian... – disse Duda, com um soluço sufocado. – Já perdi meus pais, não posso perder você...

Julian cerrou os lábios um instante e então virou o olhar para o menino negro que Bianca havia achado tão sorridente e simpático enquanto dirigia o carro ao trazê-la para o Refúgio pela primeira vez.

– Você não está perdendo um alfa, Duda, está apenas ganhando outro – disse Julian, ainda olhando para Patrick, que assentiu muito sério. – Ainda seremos amigos.

E então a jovem Destemida se libertou de Con e alcançou Julian, abraçando-o enquanto escondia seu rosto em seu peito. Separar uma alcateia era como separar uma família.

Ao lado dela, outra pessoa chorava. Gabrielle havia se agarrado à Nicole e soluçava contra seu peito.

Bianca olhou para Maria Fernanda.

– Acho que o Conselho Alfa deveria estar mais preocupado em descobrir como Pérfidos e Vorazes foram capazes de invadir a cidade dos caçadores sem eles perceberem, em vez de afastarem companheiros de alcateia por terem tido a coragem de salvar três crianças de serem mortas por seus inimigos – disse, com voz tão afiada e fria quanto pedaços de gelo.

A expressão de Maria Fernanda não se alterou.

– O Conselho Alfa precisa manter a paz entre nós e a Ordem dos Caçadores.

– *Paz?* – disse Bianca, sentindo a voz amarga. – Alguma vez já se perguntaram por que os caçadores se esforçam tanto em nos manter longe de suas cidades?

Os olhos de Maria Fernanda se estreitaram um pouco.

– Não nos preocupamos com isso porque temos coisas mais importantes para nos concentrar, Bianca. E logo vai entender do que estou falando.

– Acho que não vou, não – respondeu, mal acreditando na frieza de suas palavras para a alfa.

– Vai sim – disse Maria Fernanda dando um passo adiante. – Porque também virá conosco para o Refúgio Branco.

– O quê?

Bianca ampliou o olhar. Ao redor, murmúrios começaram a se alastrar.

– E quando chegar lá, vai entender por que não estamos preocupados com cinco cidades que os Corvos querem proteger.

– Mas não passei por nenhum desafio – retrucou.

– Eu diria que você acabou de passar por um. Além do mais, matou um Voraz e o novo Conselho Alfa decidiu que você está mais do que qualificada a passar pela jornada ao Refúgio.

Bianca trincou os dentes. Pelo tom de Maria Fernanda, aquilo era uma ordem. Podia sentir a raiva fria sob sua pele. Não se importava em ir para o Refúgio Branco com Julian, na verdade sentia-se aliviada por ir com ele, mas não poderia se conformar com a separação de Julian de sua alcateia e em como os líderes Karibakis tomavam essas decisões.

Ela e a alfa ainda tinham o olhar fixo uma na outra. Ao redor, o silêncio havia retornado.

De repente, Bianca sentiu alguém tocar em seu pulso e a puxar levemente para trás. Com relutância, desviou o olhar e viu que era Ricardo. O Uivador parecia pálido e havia um aviso em sua expressão.

Duda tinha os olhos vermelhos arregalados em sua direção, enquanto Julian franzia a sobrancelha num aviso.

Ela inspirou fundo e deu um passo para trás, baixando a cabeça.

E sem mais nenhuma palavra, a alfa Maria Fernanda virou-se em direção à saída.

17

Mar Mediterrâneo.

A água do mar estava menos agitada esta manhã e o céu era de um cinza escuro profundo no horizonte.

Cainã apertou ainda mais a borda do parapeito do convés. A madeira quase estalando sob suas mãos. Sua atenção estava voltada para o cabo de aço ligado ao guindaste vermelho na popa do navio de pesquisa. O cabo desaparecia sob as águas cinzentas e estremecia enquanto puxava devagar um elevador submarino. Devagar demais.

Já estavam naquele navio há quase uma semana. Tempo demais. Ele compreendia o tamanho do risco a que estava submetendo todos.

Aquela escavação submarina era o resultado de anos de pesquisas e análises secretamente desenvolvidas. A grossa camada de areia do mar que cobria os vestígios havia sido retirada, em seguida registraram e mapearam as descobertas antes de começarem a trazer tudo para cima. A baixa visibilidade das águas foi compensada pelos sentidos aguçados da alcateia mergulhadora.

Cainã olhou para o horizonte.

Estavam muito próximos de dois Refúgios dos Filhos da Lua. O Refúgio Vermelho, na ilha da Sicília, e o Refúgio Dourado, em algum lugar escondido pelo deserto do Saara. Portanto, aquelas eram águas perigosas e bem vigiadas, mas precisavam arriscar. Era tudo ou nada.

– Está quase chegando – disse uma voz masculina, no comunicador em seu ouvido.

Um dos tripulantes no convés começou a gritar ordens para os ajudantes próximos ao guindaste. Silenciosamente, alguém se aproximou e parou ao seu lado. Cainã lhe dirigiu um rápido olhar, era Eloísa, usando um conjunto de saia e blazer feminino do mesmo tom cinza do céu acima deles. Seus cabelos crespos e curtos estavam protegidos da forte brisa do mar por um lenço de seda cinza bem amarrado. Sua pele escura era perfeitamente lisa. Ela permaneceu parada ao seu lado.

– Fale... – disse Cainã.

Eloísa sentiu a tensão do alfa naquela manhã. Todos ali sentiram. A barba de Cainã estava por fazer há dias e seus cabelos castanho-escuro, presos acima da cabeça, estavam mais compridos do que o normal.

– Túlio enviou notícias – começou ela. – Me parece que finalmente encontraram algo em terra.

Ele permaneceu em silêncio, esperando o restante das informações.

– Túlio me notificou que há ideogramas. Portanto, fotos não são seguras para serem enviadas digitalmente até nós. Ele quer voltar para o navio.

Túlio era um velho parente que nunca o decepcionava. Não se arrependia de tê-lo escolhido para liderar o grupo de pesquisa em terra, mesmo com os grunhidos de reclamação dos mais jovens.

Se a descoberta possuía ideogramas Karibakis, qualquer imagem digital enviada pela internet humana correria o risco de ser rastreada pelos Filhos da Lua. Apesar do poder das inteligências dos cinco Refúgios ser muito limitado no mundo humano, elas eram capazes de rastrear rapidamente informações digitais que possuíssem as marcas Karibakis.

– Eles ainda têm mais um dia de pesquisa – comentou Cainã.

– Túlio acha que já esgotaram a capacidade de influenciar os arqueólogos humanos com o dom *Confiar*. Disse que precisam retornar imediatamente, ou correrão o risco de serem descobertos. Ele quer sua autorização.

Cainã refletiu por um momento, observando onde o cabo submarino se encontrava com a água do mar, e em seguida acenou em concordância.

– Autorização concedida. Mande o helicóptero buscar a equipe em terra com uma alcateia como escolta. Não vamos dar qualquer chance da descoberta, seja qual for, cair nas mãos dos Filhos da Lua. Traga-os para o navio. Vamos partir amanhã.

– Está bem – respondeu Eloísa, apertando o Ipad contra o peito. – E há outra coisa muito importante que precisamos conversar...

Mas um grito de ordem na popa os interrompeu.

Cainã se virou para olhar no momento em que um grande bloco de rocha escura retangular chegava à superfície, segurado firmemente por cordas ao seu redor. Água escorria enquanto o guindaste era firmemente manobrado para trazê-la em segurança até o centro do convés, onde um alçapão se abriu para abrigar a peça no porão do navio de pesquisa.

Cainã virou o corpo, acompanhando a trajetória do objeto. Ele não conseguia desviar o olhar daquilo. Dava para saber qual lado estava sob as areias do mar e qual estava na água. Uma grande parte da rocha tinha uma variação de algas marinhas grudadas nele e a outra parte estava lisa.

– Pare.

Do outro lado do comunicador, o operador do guindaste submarino obedeceu.

Água ainda pingava da rocha escura, parada logo acima da entrada do porão aberto. Cainã se aproximou.

O pedaço de rocha deveria ter por volta de três metros de altura por quase três de comprimento. Havia partes rachadas e outras faltando, mas logo outros pedaços dela seriam trazidos para cima.

Por um momento, ele se perdeu em seus pensamentos. Estava olhando para um vestígio do passado. Não do passado humano, mas do passado Karibaki. Seu olhar ampliado percorria cada curva do lado liso da rocha.

Um entalhe solitário se destacava bem no centro dela. Uma marca produzida por garras afiadas milhares de anos atrás. Uma única imagem, um único ideograma. Uma única mensagem, que fazia a curiosidade de Cainã imaginar que outras haveria do outro lado da rocha sob a espessa camada de algas e conchas.

– O que vê? – perguntou Cainã para Eloísa. Ele sabia que ela era a única capaz de ver o que ninguém mais ali poderia.

Mas Eloísa não respondeu imediatamente. Sua respiração se tornou pesada, enquanto a expressão de seu rosto se fechava.

– Alguma coisa errada? – perguntou ele.

Novamente nenhuma resposta veio dela.

– Eloísa?

Por um momento, ela pareceu ainda não ouvir, concentrada na rocha pendurada sobre o porão aberto, mas, depois de um instante, ela piscou, e então olhou para Cainã.

– Sombras... – disse ela. – Não me deixam ver quem são. Os espíritos apenas nos observam, como se estivessem esperando...

– Esperando o quê? – perguntou Cainã, cerrando as sobrancelhas.

O olhar dela pareceu dançar de um lado para o outro, tentando entender.

– Não sei... Sinto apenas expectativa, como se estivéssemos começando algo... Algo importante...

O alfa Pérfido não era intuitivo como a parente Uivadora, porém, ainda assim, um estranho pressentimento também o envolveu.

Sim, estamos começando algo e já faz algum tempo.

Algo perigoso. Mas que provavelmente era a única coisa suficientemente forte e capaz de destruir completamente seus inimigos.

Com um sinal de Cainã, o operador voltou a baixar o cabo do guindaste. O pedaço de rocha começou a desaparecer dentro do porão quando se virou para encarar o horizonte.

Um dos mergulhadores subia ao navio com agilidade através da rampa traseira e tirou a máscara. Uma tripulante lhe entregou uma toalha seca. Cainã foi em sua direção.

O mergulhador era um rapaz alto, de cabelos raspados. Era um trocador de pele e um alfa Pérfido também. O rapaz se desfazia dos pés de pato e do tanque de oxigênio.

– Como foi lá embaixo?

– Frio e visibilidade ruim – respondeu. – Nossa resistência e visão aguçada ajudam, mas se queremos terminar a tempo, minha alcateia e eu precisaremos trabalhar o resto do dia e a noite toda. Subimos apenas para trocar os tanques de oxigênio.

Um ruído de metal em movimento avisou que o trabalho de colocar o pedaço de rocha em segurança no porão do navio havia acabado. O cabo do guindaste estava sendo manobrado para voltar à água.

– Façam isso. Temos que partir amanhã cedo.

– Terminaremos a tempo, se não formos interrompidos...

– Não seremos – afirmou Cainã, virando-se para encarar o mar e o horizonte acinzentados. – Cuidei da marinha grega e não acredito que os Filhos da Lua suspeitem que estejamos por perto.

– Mas ainda acho arriscado... – disse o mergulhador, testando-o. – Estamos muito tempo no mesmo lugar.

MARCELLA ROSSETTI

– Já falei para não se preocupar – disse, sem alterar sua voz, voltando o olhar para o outro alfa. Depois de alguns instantes, o mergulhador desviou o rosto e concordou com um aceno.

– Está certo, mas preciso que venham comigo – pediu o mergulhador, enquanto caminhava em direção à entrada do navio. – Tenho algo interessante para vocês dois.

Os três entraram no navio e atravessaram corredores apertados de metal até alcançarem uma sala com um homem e uma mulher sentados em frente a seis monitores que captavam imagens do fundo do mar. A visibilidade não estava boa. Pela disposição das rochas, eram evidentes os destroços de algum tipo de ruína.

O mergulhador apontou para uma das telas.

– Lá embaixo, quando começamos a aspirar a areia e desenterrar os pedaços de rocha, algo surgiu e me chamou atenção na área 16G. Então, forcei minha visão bem aqui... – disse, indicando um lugar na tela. Uma das controladoras imediatamente começou a mexer no *joystick* e o ROV flutuou até o local indicado.

Na tela, algo começou a se destacar da areia. Uma forma humana. A controladora mudou a visão para raio-X.

– Uma estátua... – comentou Eloísa, surpresa.

– E já desenterrei a maior parte dela – disse o mergulhador, analisando a imagem.

A câmera mudou, limpando melhor a imagem, de forma a verem mais perfeitamente mesmo sob as águas turvas. A estátua era de uma mulher de corpo pequeno, usando túnica simples grega. Porém, foi a força em sua expressão que fisgou a atenção de Cainã.

– Quem será ela?

– Não tenho ideia, mas acho que, com o material que trouxemos para o navio, vamos acabar descobrindo. Ela não permanecerá misteriosa por muito tempo.

Cainã analisou a tela por mais alguns instantes, estreitando os olhos. Outro pedaço do passado. Qual seria sua importância para eles?

– Traga a estátua para cima – ordenou, afastando-se dos monitores.

O mergulhador acenou em concordância antes de se virar e sair da sala sem mais nenhuma palavra.

Os olhos de Cainã permaneceram nas telas por mais alguns instantes.

– O que acha que é? – perguntou Eloísa.

Cainã a olhou.

– Não sei ainda, mas com tudo o que descobrimos por aqui, tenho certeza de que não vão nem entender a tempestade que caiu sobre suas cabeças – respondeu, virando-se em direção à saída com Eloísa logo atrás.

A Uivadora suspirou enquanto viravam para o corredor da direita. Pelo menos estavam indo exatamente para onde ela precisava que fossem, para a cabine dele.

– Cainã, há coisas que precisamos conversar imediatamente.

– E o que é? – perguntou, se aproximando de uma porta de metal.

– Tenho notícias do Brasil.

Ele parou um instante na porta da cabine e a olhou por um segundo, antes de entrarem.

A cabine era simples. Uma cama, armário e porta para o banheiro de um lado e escrivaninha com *notebook* e diversos papéis espalhados do outro. Uma pequena janela iluminava o ambiente.

– Quais são? – pediu ele.

– O Conselho das Sombras parece estar se movendo para algo importante.

Cainã apoiou-se no canto da escrivaninha, ouvindo-a atentamente.

– Algo estranho está acontecendo e os líderes estão agitados e furiosos – continuou ela –, mas não consegui descobrir o que é. Tudo o que sei é que a agitação começou nos últimos dias, depois que Alexia entrou em contato com eles.

– Alexia? – disse ele, franzindo o cenho.

A bela ruiva e o Conselho das Sombras era algo que ele não tinha previsto, mas por que não? A Pérfida havia conseguido sozinha trazer um caçador para sua influência e ganhou poder sobre Santos, uma das cinco cidades protegidas pelos Corvos.

Ao contrário de Cainã, que possui uma extensa rede de contatos e influência sobre diversas alcateias entre os Pérfidos, Alexia nem ao menos possui uma alcateia. Rumores sórdidos falam sobre ela ter matado seus próprios companheiros, outros dizem que os devorou. Mas a verdade é que ninguém sabe o que realmente aconteceu com eles ou se importam em saber.

Mas uma coisa chamava atenção de Cainã sobre Alexia. Ela era um pouco como ele, caminhando entre limites e levando à frente seus próprios planos.

Cainã começou a ouvir mais sobre ela quando a alcateia do primo de Eloísa estava tentando entrar em Santos. Regis era um trocador de pele Uivador Retornado, ele e sua esposa faziam parte da alcateia de Marco, que foi perdendo pouco a pouco seus membros durante a caçada à última Farejadora, até que foi completamente destruída quando Carina foi morta dias atrás, na famosa invasão a Santos.

A invasão em Santos, fora da época permitida, foi um descuido dos Karibakis que não apenas os afastou da Ordem dos Caçadores, mas os deixou mais fracos, criando uma perigosa tensão entre Corvos e Karibakis. Portanto, era de se imaginar que os líderes Pérfidos, também conhecidos como o Conselho das Sombras, estivessem entusiasmados e não furiosos, como avisou Eloísa.

— Descobri que, depois da reunião com Alexia, o Conselho das Sombras imediatamente convocou líderes do Culto de Hoark.

— O Culto de Hoark? Tem certeza?

— Tenho.

— O que será que eles querem com essa seita?

— Não sei, mas o Conselho das Sombras já possui três membros do Culto em suas cadeiras, quero dizer, dois... um deles foi morto recentemente...

— Como?

— Seu corpo foi encontrado em um armazém incendiado. Desconfiam que seu filho mais velho, um parente Pérfido, o matou e raptou sua meia-irmã, uma Destemida de apenas treze anos que provavelmente ainda não teve sua primeira troca de pele.

O olhar de Cainã se tornou pensativo.

— A influência do Culto de Hoark tem crescido muito entre o Conselho das Sombras — comentou ele.

— Consequência do sucesso que o Culto teve em unir Pérfidos e traidores para a extinção dos Farejadores — disse ela. — Eu ficaria espantada se logo todos os membros do Conselho das Sombras não forem trocados por membros fanáticos do Culto.

Cainã acenou compreendendo. Rumores falam sobre o Culto ter tido acesso a uma das profecias da Farejadora vidente há mais de vinte e cinco anos.

A Farejadora que carregou o dom puro de Galen ainda é sinônimo dos mais odiosos xingamentos entre os Pérfidos. Dizem que suas previsões trouxeram tanta força aos Filhos da Lua que quase foram capazes de aniquilar completamente a resistência Pérfida. Depois disso, foi fácil compreender o sucesso do Culto de Hoark em unir a caótica linhagem em uma missão conjunta para acabarem com cada Farejador existente sobre o planeta.

Mas uma ainda estava viva.

E talvez fosse por isso que o Conselho das Sombras estivesse furioso. O coração de Cainã começou a bater mais forte.

– Preciso encontrar uma forma de obter informações de Alexia. Quero saber o que ela disse para o Conselho das Sombras.

– Eu sei e é por isso que precisamos conversar – disse Eloísa, esboçando um pequeno sorriso em seus lábios vermelhos. – Ela entrou em contato.

Cainã enrugou o cenho, curioso em ouvir suas próximas palavras.

– Alexia ofereceu um contrato – disse Eloísa. – Um contrato de caça e ela quer os melhores mercenários nisso, ela quer você, querido...

Cainã cruzou os braços em frente ao corpo. A musculatura rígida em seus braços fisgou o olhar dela.

– E qual seria a nossa presa?

Eloísa ergueu o olhar para ele.

– É aí que as coisas ficaram bem interessantes... – disse, entregando o Ipad que estava carregando em suas mãos – porque Dante também recebeu uma proposta de contrato no Brasil...

Cainã pegou o Ipad e correu os olhos pelas duas propostas de contrato. Algo indecifrável passou por sua expressão, antes de erguer o olhar para Eloísa.

– São contratos opostos.

Eloísa sorriu.

– Eu sei, e devido a um pedido de sua esposa, autorizei o garoto a aceitar o primeiro contrato. Ela também me disse que quer que você aceite o segundo, mas a decisão é sua... – disse Eloísa.

Cainã franziu a testa.

– Minha esposa quer que aceitemos contratos opostos?

A Uivadora acenou em afirmativa.

Ele se levantou e caminhou até a escotilha da cabine, deixando seu olhar tornar-se distante enquanto observava as turbulentas águas acinzentadas do Mar Mediterrâneo.

As novas informações tomando espaço em sua mente, reorganizando seus pensamentos até que algo fizesse sentido.

– Então coloque Alexia na linha segura – disse ele, estreitando o olhar. – Vou dizer a ela meu preço...

18

Chegando ao seu quarto, Bianca entrou no banheiro para tomar um longo banho. Deixou a água cair sobre si até sentir todo o sangue de Manuela desaparecer de seu corpo.

Antes de deixar a arena, Bianca viu Gabrielle se afastar correndo com as gêmeas. Leonardo foi logo atrás. Também viu Julian caminhando com sua ex-alcateia lado a lado enquanto falava baixo com eles.

Debaixo do chuveiro, a mente de Bianca vagava sobre tudo o que havia acontecido. A seus pés, a água escorria para o chão do box e desaparecia mesmo sem existir um ralo. Ainda não entendia como aquele lugar funcionava. Sua tecnologia, assim como suas leis e costumes, ainda era bastante confusa para ela.

Bianca fechou os olhos, deixando a água cair sobre a nuca e as costas tensas.

Depois de mais uns dez minutos, saiu do banho e pegou o traje. Apesar de ser autolimpante, até mesmo enquanto o usavam, ela o tinha colocado num dispositivo sob a pia que servia para agilizar o trabalho.

E tentando ignorar a sensação de peso, se concentrou em vestir a calça e blusa justas, maleáveis, deixando por último as botas longas, antes de abrir a porta para o quarto.

As batidas do *rock* chocaram-se contra seus sentidos.

Sentada de pernas cruzadas sobre a cama, Nicole trabalhava em alguns hologramas. Mas, com um olhar para Bianca, ela parou e num gesto rápido a música e os hologramas desapareceram.

– O que está fazendo? – perguntou Bianca, entrando no quarto.

– Tentando pensar em outra coisa para me acalmar, já que não adianta nada ficar p. da vida com o Conselho Alfa – disse, levantando-se da cama. – Estava trabalhando no programa que vou usar para descobrir o que aconteceu com a imagem que Ricardo criou na biblioteca.

– Ahh tá... – disse Bianca, sem muita emoção, enquanto se aproximava da cama. – Ricardo vai ficar mais aliviado quando descobrir a identidade da mulher misteriosa.

Nicole a encarou, apertando o olhar. E como se tivesse decidido algo, fez surgir novos ícones no ar e mais uma vez a música invadiu seus sentidos, mas o ritmo era diferente.

Era como se centenas de pés estivessem batendo no chão, agitando seu coração com a forte batida musical. Bianca enrugou o cenho.

– O que está fazendo, Nic?

– Só nos animando um pouco – respondeu, erguendo uma sobrancelha. – Gosto dessa música estrangeira.

– Não estou no clima, Nic...

A parente Furtiva torceu os lábios. Com rápidos gestos no ar, as luzes do quarto diminuíram e até mesmo os móveis pareciam ter desaparecido. Luzes coloridas se agitavam juntamente com as silhuetas escuras de pessoas se contorcendo ao redor.

Nicole havia transformado seu quarto em uma pista de dança.

– Esquece o Conselho Alfa, Bia – disse ela, elevando a voz acima da música. – Julian sempre sabe o que está fazendo. Eles vão ficar bem... – finalizou, com uma piscadela.

A Furtiva ergueu os braços e começou a bater palmas no ritmo da batida remixada em um fundo musical épico. Um bonito meio sorriso surgiu em seus lábios.

Nicole se aproximou batendo palmas e quando a letra começou, a agarrou pela mão e a puxou, fazendo-a girar na "pista de dança".

Então Bianca entendeu.

É claro que Julian sempre sabia o que estava fazendo. Ele não havia aceitado

Bianca em sua alcateia, mas não foi por causa do beijo na clareira, isso não faria sentido, mas porque ele sabia que poderia perder a alcateia.

Julian a manteve livre, juntamente com Nicole e Ricardo... tão livres como ele estava neste momento...

Buddy, you're a boy, make a big noise...

Bianca girou e Nicole voltou a bater palmas, se mexendo e cantando com a música, convidando-a a acompanhá-la. Bianca tentou não sorrir, mas foi impossível, sentia-se mais leve conforme a batida aquecia seu sangue.

No instante seguinte, já dançavam juntas, brincando com a força do ritmo e o balanço de seus corpos, rodeadas pelas luzes da balada e vultos dançantes.

We will, we will rock you

We will, we will rock you

Enquanto isso, em São Paulo.

Em um grande galpão fechado na periferia da grande São Paulo, milhares de jovens batiam palmas junto com o ritmo do *rock*, ao mesmo tempo que o vocalista da banda cantava uma versão própria da música remixada em inglês e em português. Algumas frases, em ritmo de *rap*, iniciavam o *rock*. As batidas de palmas e pés animavam a festa.

Os olhos do jovem vocalista brilhavam com a energia de suas palavras iniciais dizendo algo sobre ter chegado a hora da revolução, a hora da ordem estabelecida desaparecer. Ele falava sobre cabeças começarem a rolar juntamente com promessas sobre *abalar* o mundo.

Mostrando seus músculos através da jaqueta *jeans* de mangas rasgadas, Dante ergueu o punho coberto com luvas escuras cortadas nos dedos e deu dois socos rápidos no ar. Seu cabelo castanho moicano foi para trás e para frente. Uma jovem garota dançou ao seu lado e a multidão gritou quando o refrão remixado do *rock* começou na voz do Pérfido.

We will, we will rock you!

We will, we will rock you!

Atrás do baterista e do guitarrista, na parede do galpão, o nome de Dante foi pichado com a letra A, estilizada com um círculo ao seu redor, o símbolo do anarquismo.

Havia tanta energia em suas palavras e gestos que todos os jovens o seguiam na letra. A dançarina foi acompanhada por outras em seu giro enquanto Dante batia palmas junto com a multidão. A batida ecoava no galpão.

Ao alcançar o seu final, a energia da música foi inebriante. Os sons das cordas da guitarra e da bateria explodiram juntamente com as labaredas de fogo posicionadas nos dois cantos do palco, finalizando o show.

– Eeeeeaaaaaahhhh!!! – gritou Dante.

Sob o grito da multidão de jovens, as luzes do palco se apagaram e então a banda se foi.

O *show* havia acabado.

Ainda sentindo a energia da batida e das vozes da multidão, Dante saiu para a luz do dia, na área externa cercada para a banda, e jogou toda a água gelada da garrafinha em seu rosto.

Ele podia ouvir os gritos das garotas além da área protegida. Dante olhou na direção delas e acenou, ajeitando o moicano com todo o seu charme.

– Dante... – disse uma voz masculina ao seu lado.

O rapaz olhou. Era Pedro, um parente Pérfido que trabalhava como agente e secretário, organizando contratos para a banda ou para a alcateia.

– Que foi, cara? – disse, impaciente.

– Temos que ir – disse o homem ajeitando a barba, enquanto caminhava em direção ao ônibus. – Temos que ir agora.

– Daqui a pouco... – retrucou Dante, já sorrindo e caminhando em direção às garotas.

Mas o agente não desistiu.

– Eloísa entrou em contato. Cainã autorizou seu contrato – avisou, elevando o tom para ser ouvido.

O jovem Pérfido parou e seu sorriso desapareceu, inspirando fundo enquanto as imagens de seus planos de diversão eram destruídas em sua mente.

Soltando alguns palavrões no ar, ele se virou em direção ao ônibus adaptado para a pequena banda. Seu agente o seguiu. Eles entraram e Dante relaxou um pouco assim que sentiu o ar-condicionado, jogando-se sobre um dos sofás. O resto da banda-alcateia já estava no fundo, comendo e conversando.

– Bom... – começou Pedro, sentando-se no sofá na frente do dele – se Eloísa avisou que você poderia aceitar seu contrato e Cainã também aceitou o dele, vocês dois vão ter que improvisar, pois são contratos opostos. Você vai se encontrar com seu contratante na próxima madrugada, numa casa abandonada na estrada.

Dante ergueu as sobrancelhas e ajeitou-se no sofá para dar lugar para uma das dançarinas se aproximando. Ela tinha um pote de salgadinhos na mão e ouvia o agente atentamente.

– Esse trabalho vai ser bem louco...

O agente assentiu.

– Mas tem mais uma coisa – disse, fazendo uma estranha pausa.

Sempre tinha um "mas"... – pensou o jovem Pérfido.

– O que foi? Desembucha logo.

– Minutos atrás, recebemos um novo pedido de contrato.

A dançarina riu e de repente jogou um salgadinho no ar, em direção à Dante.

– E o que tem? – perguntou o garoto, depois de pegar o salgadinho com a boca.

– O contrato veio pelos canais normais e recebemos um endereço para o encontro e o pedido para que somente Cainã ou você fossem...

Dante o olhou, irritado com suas pausas e suspenses.

– Cara, fala logo. Qual é o problema desse novo contrato?

– Não é o contrato em si que me deixou preocupado – respondeu o agente. – O problema é que o contratante assinou a mensagem como *Cachorro Louco*.

Dante o olhou e sua expressão mudou. No mesmo instante, o ônibus inteiro ficou silencioso, rostos voltaram-se para eles. A bailarina ficou bem quieta.

– Cachorro Louco morreu – rosnou Dante, inclinando-se para a frente no sofá.

O homem acenou sombriamente em concordância.

– E é por isso que acho que pode ser uma armadilha.

– Impossível, a não ser que a gente tenha um traidor entre nós.

O olhar do agente foi o suficiente para Dante entender que era exatamente isso que ele também estava pensando.

Dante sentiu o sangue ferver sob a pele e as presas afiadas quererem despontar. Mas o jovem Pérfido estreitou o olhar para o chão, concentrado em manter a calma, respirando fundo várias vezes, até sua mandíbula relaxar e o calor dar lugar a uma frieza familiar.

Ele sabia que usar o nome de Cachorro Louco não seria algo que qualquer um dos Cães de Caça faria por brincadeira. Seus inimigos não conheciam esse codinome, portanto, ou havia um traidor entre eles, e um dos bons, ou...

Dante ergueu o olhar para o agente.

– Cainã já sabe desse contato?

– Não, e nem Eloísa. Eles estão a caminho do Brasil. Vão se encontrar com a Alexia antes de nós. Achei melhor esperar para avisá-los.

– Perfeito – disse Dante. – Porque eu vou é dar uma olhada nesse ponto de encontro. Onde vai ser?

– Num local público, um cinema num *shopping* – disse o homem.

– Eu vou – cortou Dante. – Não avise Cainã.

O agente enrugou a sobrancelha.

– Qual foi o pagamento que o contato ofereceu pelo serviço? – perguntou Dante.

Mais uma pausa. Dessa vez, Dante rosnou para ele.

– Informações sobre Bianca Bley – respondeu o agente.

A expressão de Dante imediatamente se ampliou e um leve e perigoso sorriso surgiu no rosto do jovem Pérfido.

Dante sabia quem era o contato.

No quarto de Bianca, a música acabou.

Rindo, Nicole e Bianca se deixaram cair sobre a cama. A ilusão tinha desaparecido e o quarto retornou mais uma vez ao que era antes, com todos os seus móveis e fotografias digitais espalhadas.

Nicole virou o corpo de lado, olhando para Bianca.

– Pelo jeito já está se sentindo melhor, né?

Bianca se virou também, ficando de frente para a amiga.

– Acho que sim, valeu por tentar me animar...

– Sei que Duda fez um baita escândalo, mas a garota vai superar. Não é como se Julian tivesse sido condenado à morte – disse, ampliando o olhar em ênfase. – E é como meu primo disse, eles ainda serão amigos. Ele não foi expulso do Refúgio, então poderão se ver sempre. Imagino que esteja doendo terem que se separar, mas pelo menos Gabrielle está bem. O custo valeu a pena.

Bianca respirou fundo e se ergueu, sentando-se na cama com as pernas cruzadas.

– Eu sei, mas mesmo assim não é justo. Penso que os Nove Acordos são importantes, mas não deveriam ser tudo.

– E não são tudo, Bia – disse Nicole, sentando-se também. – Não são tudo para mim, ou para Julian e Ricardo... mas não podemos ir contra o Conselho

Alfa, então precisamos improvisar. Foi o que Julian fez... Então, por favor, da próxima vez, tente não enfrentar a alfa de uma alcateia importante como a Inverno na frente de todo mundo, tá?

– Eu só disse o que pensava sobre essa punição idiota – argumentou Bianca. – Não pretendia enfrentá-la.

A sobrancelha com *piercing* dela se ergueu.

– Mas é perigoso. Alfas não gostam de quebradores de regras. Eles têm um pouco mais de paciência com você porque não foi criada conosco e porque é uma Farejadora, mas é só um *pouquinho* mais de paciência, sabe...

Bianca assentiu, ainda se sentindo triste por Con, Duda e Patrick, mas Nicole estava certa, não era bom testar a paciência dos líderes Karibakis.

– Pelo menos nós quatro ainda podemos ficar juntos em uma nova alcateia, não é?

Nicole mordeu a bochecha. Ela entendeu que Bianca estava se referindo a ela, Ricardo e Julian.

– Sim, podemos. Ele já deveria saber que algo assim aconteceria depois de ter quebrado o Oitavo Acordo para salvarmos Gabi e as meninas. – Nicole fez uma pausa, analisando Bianca. – Pelo jeito você realmente quer Julian como seu alfa...

Bianca desviou o olhar.

– Nic, preciso te falar uma coisa... – começou, mas ainda não estava pronta para falar sobre seus sentimentos por Julian. – Acho que tem alguma coisa errada comigo...

Nicole enrugou o cenho.

– Do que está falando? – perguntou, confusa. – Não tem nada de errado contigo.

– Acho que tem sim. Você viu o que fiz durante o Desafio, eu poderia ter matado Manuela. Não sei o que deu em mim para atacá-la daquela forma.

Apesar de seus pensamentos terem se focado em outros problemas, o que ela tinha feito pesava em seu peito.

Nicole franziu a sobrancelha e pegou a mão de Bianca, tocando em sua marca em forma de meia lua na palma.

– É normal trocadores de pele se machucarem durante o treinamento. Manuela está bem.

Bianca olhou firme para seus olhos acinzentados.

– Manuela só está viva porque parei o golpe na hora certa. Se eu tivesse ido um pouco mais fundo com minhas garras, a teria matado. E o pior é que sei que teria sido fácil, Nic. Teria sido muito fácil fazer isso.

Nicole mordeu a bochecha.

– Mas não matou. Você parou o golpe antes porque estava no controle de sua força. Bia, você sabia o que estava fazendo.

Bianca cerrou a mandíbula.

– Não está entendendo, Nic, sei que estava no controle. Eu estava no controle até demais... Naquele momento, não sabia apenas o que *ela* faria, mas também o que *eu* tinha que fazer em seguida. E isso foi um pouco assustador. Eu nem deveria ter vencido Manuela, deveria? Como venci uma Furiosa treinada desde que nasceu?

A Furtiva desviou o olhar e Bianca notou quando algo passou em sua expressão. Nicole abriu os lábios e hesitou por um instante antes de falar.

– Alguém capaz de treinar sozinha a tática de combate dos Farejadores só pode ser boa, *muito* boa em combate.

Bianca revirou os olhos.

– Não acredita de verdade nisso que acabou de me falar, acredita? Você já deve desconfiar que nunca treinei sozinha.

Os olhos de Nicole se apertaram e ela abriu a boca para falar.

– Com licença... – Uma voz surgiu ao lado delas.

As duas praticamente pularam na cama e quase gritaram ao verem a imagem de Altan.

– Tá maluco? – disse Nicole para a IA. – Caramba, quer matar a gente do coração? – disse, colocando a mão no peito.

A IA a encarou.

– Eu sinceramente gostaria de não matá-la, Nicole Ross – respondeu Altan. Então sua expressão mudou. – Desculpe interrompê-las, mas tenho um recado importante para Bianca. – Ele desviou seus olhos de um azul não humano para a Farejadora. – Bianca, a Voz da Lua, Ester, deseja falar com você imediatamente em seus aposentos no complexo da Lua Crescente.

Bianca ergueu as sobrancelhas.

– E-ester quer falar comigo?

– Foi o que acabei de lhe dizer – respondeu Altan. – Vá ao complexo imediatamente. Vou te guiar até ela quando chegar.

E sem mais palavras, Altan desapareceu.

Nicole e Bianca se entreolharam.

– O que Ester quer comigo?

– Só espero que não seja por causa do que disse para a alfa da alcateia Inverno, mas seja o que for, se a Voz da Lua te convoca, é melhor ir logo...

– Ok... – disse, levantando-se. – Então acho que nos vemos daqui a pouco no heliponto.

– Espera, Bia – pediu Nicole, levantando-se da cama. Bianca parou na porta e a olhou. Nicole pareceu hesitar só por um instante antes de finalmente perguntar, erguendo sua sobrancelha com *piercing*. – Afinal, o que está rolando entre você e Julian?

A pergunta não a surpreendeu.

– Somos amigos, Nic – declarou ela, sabendo que não poderia dizer muito, mas que não conseguiria mentir. – Sempre fomos.

E Bianca saiu do quarto.

19

Bianca caminhou pelo jardim, observando o edifício em formato de meia lua, atrás da Oca. O Complexo abrigava não apenas os escritórios dos conselheiros, suas estações de trabalho e comando de missões, como também seus alojamentos.

Assim que se aproximou da área térrea ampla, Altan surgiu, guiando-a em silêncio até o elevador e depois por corredores, até alcançarem uma das portas no primeiro andar.

Quando a porta se abriu, luz do dia atravessava uma longa parede de vidro. Tapetes, mesinhas e objetos de arte enfeitavam o ambiente. Havia passagens duplas à direita e à esquerda, que levariam provavelmente a outros cômodos do que parecia ser um apartamento. Um grande sofá ficava de frente para a paisagem além do vidro.

Bianca se aproximou, descendo um pequeno degrau para o ambiente da sala, mas seus olhos estavam na paisagem lá fora.

O Lago das Lágrimas brilhava aqui e ali, rodeado por árvores e morros verdejantes ao fundo. Era uma paisagem linda que fazia seu peito apertar. As cinzas dos pais de Duda e Leonardo haviam sido jogadas naquelas águas tranquilas.

– Gosto de olhar para o lago quando preciso tomar decisões importantes.

Bianca olhou. Ester surgiu pela passagem à sua direita, carregando uma bandeja. Ela usava um vestido azul simples e florido. As laterais de seus cabelos brancos compridos estavam presas atrás da cabeça. Seu rosto não possuía rugas ou marcas da idade.

A primeira coisa que Bianca queria perguntar era onde ela estava quando a alfa da alcateia Inverno simplesmente declarou a punição de Julian e a ida de Bianca para a Antártida, mas não conseguiu. Talvez fosse o efeito da presença de uma Destemida poderosa como ela.

– A senhora queria falar comigo? – disse Bianca.

Ester pousou a bandeja na mesinha em frente ao sofá. Havia um jarro branco, duas xícaras de chá e um saquinho escuro de veludo.

– Sente-se, Bianca...

Ela obedeceu e Ester também fez o mesmo, puxando a mesinha para ficar mais perto delas; em seguida, começou a servir as xícaras. Bianca notou como seus dedos eram longos e mais jovens do que deveriam parecer. Um odor levemente doce se espalhou pelo ambiente.

– Espero que goste de chá de morango.

– Gosto sim – respondeu Bianca. Ester lhe entregou a xícara e Bianca aceitou. – Voz da Lua, se me chamou aqui por causa do que eu disse para a alfa Maria Fernanda, me desculpe... Só não achei justa a punição que deram para Julian e sua alcateia. Não é certo separá-los.

Ester franziu um pouco o rosto.

– Eu também não acho justa a punição.

– Sério? – disse Bianca, sentindo-se relaxar. Ela levantou a xícara de chá aos lábios.

– Sim. Mas a punição de Julian, assim como a permissão de te deixar ir para o Refúgio Branco não estão mais em minhas mãos.

Bianca ergueu as sobrancelhas.

– Mas...

Ester a interrompeu.

– Em minutos serei obrigada a entregar meu cargo de Voz da Lua para o novo escolhido do Conselho Alfa.

O sabor do chá se tornou amargo em sua boca.

– Walter... – O nome do pai de Julian saiu de seus lábios automaticamente. Ester assentiu séria. – Não... – disse Bianca, começando a protestar, mas Ester se inclinou e segurou uma das mãos dela, pressionando-a gentilmente.

– Nós não temos muito tempo – disse Ester. – O Conselho Alfa já decidiu me retirar da liderança do Refúgio Verde e não há mais nada a fazer. Você partirá para a Antártida em alguns minutos. Então quero que me ouça com atenção, Bianca...

Mas os olhos de Bianca se encheram de lágrimas. Walter tinha conseguido o que desejava, que era não apenas ser o Voz da Lua, mas também fazer parte do Conselho Alfa.

E Ester não merecia isso.

– Sinto muito... – disse Bianca, encarando-a com olhos úmidos.

Ester apertou de novo sua mão.

– Nada disso foi culpa sua. Walter queria este cargo desde o momento em que me ofereceram. Mas já disse que chamei você aqui por outra coisa. Quero falar sobre sua mãe.

– Minha mãe?

– Sim – confirmou, antes de pousar a xícara sobre a mesa. Bianca esperou, sentindo seu coração bater mais forte. – Antes de eu partir do Refúgio e me juntar a minha antiga alcateia lá fora, quero te dar uma coisa que Ágata encontrou, no espelho d'água do Jardim Oliva, e me deu anos atrás.

Bianca pousou o chá sobre a mesa enquanto Ester se inclinava para pegar o pequeno saquinho preto sobre a bandeja.

– Ela me deu isto...

Com as mãos trêmulas, Bianca pegou o saquinho escuro, sentindo sua textura aveludada, e o abriu, deixando cair o conteúdo frio sobre a palma da mão.

Um cristal do tamanho de seu dedo mindinho pousou junto a sua marca de nascimento em forma de meia lua. Sua cor era de um verde intenso e sem ranhuras ou defeitos.

– É bonito – disse Bianca, observando o cristal oliva.

Ester abriu um leve sorriso.

– Que bom que gostou porque é seu agora.

Bianca a olhou.

– Este é um presente meu como Voz da Lua, para que você sempre carregue o Refúgio Verde aonde quer que vá. Coloque-o em seu traje e nunca mais o tire.

Bianca sentiu algo morno se espalhar em seu peito. Sua mãe havia encontrado aquele cristal no Refúgio e dado à Ester e agora a Voz da Lua o estava dando de presente.

– Obrigada – disse Bianca, sentindo sua voz vacilar. – E sinto muito por ter perdido o cargo.

– Esqueça isso. O mais importante para mim é que se mantenha segura. Fiz o possível para que tivesse tempo de treinar em segurança. Mantive as alcateias adultas longe e não permiti que participasse de missões lá fora, com isso diminuí seus riscos. Só que agora essas decisões não dependem mais de mim, e sim de Walter.

Um arrepio passou por Bianca.

– Vou tomar cuidado. Prometo.

Ester assentiu.

– Sei que vai.

– Você deveria ficar – disse Bianca. – O Refúgio Verde ainda vai precisar de você.

– Não vou ficar. Tenho uma missão para terminar lá fora – disse Ester. – A missão de meu falecido marido. E é por isso que quero que me ouça um pouco mais, apesar de nosso tempo já ter acabado... A maior parte dos conselheiros e das alcateias acredita que não há mais perigo para você entre nós. Chame isso de intuição, mas não acredito que esteja segura, apesar de todos os juramentos e de todo o nosso cuidado em investigar e encontrar possíveis traidores. Consegue me entender?

Bianca precisou morder os lábios para resistir começar a contar tudo para Ester. Talvez fosse a aura magnética, mas Bianca confiava em Ester do fundo do coração.

– Consigo.

– Que bom – disse, mantendo seu olhar firme sobre o dela. – Porque quero que preste atenção. Vou te contar tudo o que eu e os Conselheiros Alfas sabemos sobre a Noite da Aniquilação.

– E o que sabem?

– Não muito mais do que já deve ter ouvido falar – começou Ester. – Meu marido, Bruno Soares, passou os últimos anos de sua vida tentando entender como os Pérfidos conseguiram corromper Filhos da Lua que eram considerados os melhores entre nós...

– Você disse Soares?

– Disse... – respondeu Ester, havia um peso em sua voz.

– Como Rafael Soares?

Ester inspirou.

– Isso mesmo, Bianca. Pelo jeito você pesquisou sobre os traidores dos Refúgios... Rafael era meu enteado. Um Furtivo, filho de Bruno com sua primeira esposa.

Bianca se lembrava bem da imagem de Rafael entre os hologramas da biblioteca. Ele tinha sido o único traidor a não completar sua missão. Ágata sobreviveu porque ele a deixou fugir.

– Só que ainda não entendo como puderam ser tão monstruosos.

Ester piscou e olhou para ela.

– Também não entendemos por que fizeram isso. Mas tentamos descobrir o motivo não só pelas famílias das vítimas, mas também pelas famílias dos traidores. Elas ficaram transtornadas. Ninguém poderia desconfiar que seriam capazes do que fizeram. Algumas famílias ficaram envergonhadas e deixaram a sociedade Karibaki para sempre, como os pais de Vitor.

Bianca a olhou.

– Vitor? O companheiro de alcateia de Lucas?

– Sim. Samuel, o instrutor que matou os dois meninos, era o tio de Vitor.

Ela pensou nas famílias dos traidores, pensou em Vitor e não sentiu qualquer raiva ou rancor. Assim como Julian, eles não tinham ideia de que pessoas de suas próprias famílias ajudariam a destruir uma linhagem inteira.

Bianca entreabriu os lábios, mas os fechou, sem saber o que dizer.

– Eu era recém-casada na época. Meu marido passou anos tentando capturar Pérfidos para interrogá-los – explicou Ester. – Você já estudou como Pérfidos são. Eles encontram seu maior medo ou seu maior desejo e usam contra você. Bruno quase enlouqueceu tentando descobrir como conseguiram corromper Rafael ou chantageá-lo.

– E ele conseguiu descobrir algo?

– Não muito. Meu marido morreu em uma de suas missões. – Bianca achou ter visto um leve tremor nos lábios dela. – Naquela época, nosso filho João tinha acabado de nascer. As cinzas de Bruno estão no lago agora.

Ester se virou para a janela e Bianca acompanhou seu olhar até as águas brilhantes. O vento soprou as folhas verdes da copa das árvores lá fora.

– Mas foi Bruno quem descobriu o boato sobre os Pérfidos terem tido acesso à última profecia de Isabel Ross, antes da morte dela. A informação veio de um Pérfido interrogado sob o dom da Verdade, mas ele não sabia dizer se a informação era real e meu marido não conseguiu rastrear a pessoa que disse isso para o Pérfido.

Bianca piscou.

Uma profecia de Isabel, a fundadora dos Guardiões...

Bianca sentiu algo estranho no peito. Um aperto e um aviso.

Mais uma vez, surgia uma ligação entre os Guardiões e os traidores. Fazia sentido o que Ester lhe dizia.

– Vocês descobriram sobre qual profecia ele estava falando?

– Não. A linhagem dos Pérfidos é caótica. No passado, eles raramente tiveram sucesso em se unir assim. E nenhuma das profecias registradas nos Refúgios daria motivo para uma ação tão organizada e arriscada dos Pérfidos e traidores.

– Quer dizer que, se essa profecia existe, nenhum de vocês sabe do que se trata? Nem o Conselho Alfa?

Ester assentiu.

– Em seus últimos anos, Isabel Ross gravava e enviava uma profecia a cada três meses para o Conselho Alfa analisá-la e, assim, designar a melhor alcateia para agir, mas a mãe de Walter morreu na época em que deveria ter enviado uma nova profecia.

– Ela pode ter sido assassinada e sua profecia roubada?

– Também pensamos nisso e investigamos – disse Ester. – Mas Walter estava lá quando sua mãe morreu. Ele testemunhou, sob o dom da Verdade, que ela fez isso durante um de seus ataques de insanidade e que foi antes de ter lhe contado sobre uma nova visão do futuro. Se ela descreveu a profecia para alguém em outro momento anterior, não sabemos.

Bianca fechou os punhos entendendo o beco sem saída que os Filhos da Lua enfrentavam ao lidar com traidores.

Traidores como Walter podiam mentir sob o dom da Verdade, por causa do sangue de Milena que o pai de Julian de alguma forma acumulou, e os Vozes da Lua nem sonhavam com isso. O que também poderia significar que a avó de Julian pode ter sido assassinada pelo seu próprio filho e ninguém tinha como provar. Será que Julian desconfiava disso também?

Ester se levantou do sofá e caminhou até a parede de vidro.

– Eu gostaria que meu marido tivesse descoberto mais antes de morrer.

– E você acha que uma profecia seria capaz de juntar Pérfidos e traidores dessa forma?

Em pé, a luz do dia em suas costas jogava sombras sob o rosto da líder.

– Usando o dom da Verdade em muitos inimigos do passado, descobri que há poucas coisas capazes de unir pessoas dessa forma, Bianca – comentou Ester. – Mas posso te dizer que uma delas é o medo.

– Medo? – estranhou Bianca.

– O medo é capaz de muitas coisas. Acho que unir a linhagem dos Pérfidos é uma delas. Por algum motivo, os Pérfidos estavam apavorados.

– Apavorados com a profecia?

Ester assentiu. Bianca se levantou do sofá e parou ao lado de Ester.

– Então você acha que a profecia pode ter falado algo que deixou os Pérfidos com medo dos Farejadores? Mas o que seria?

– É o que alguns de nós acreditam, mas não temos a profecia, então não há como saber – disse, com um suspiro resignado.

– Mas isso não explica os traidores terem ajudado, explica?

Ester a encarou com seus olhos brilhantes e negou com a cabeça.

– Não – respondeu Ester. – Não explica por que aqueles entre os mais honrados entre nós se juntaram a eles. Você sabe o que Rafael disse para Ágata, antes de deixá-la fugir? – perguntou Ester.

– Não sei.

– Rafael disse "não sou um herói"...

Não sou um herói...

Não, é claro que não era. Ele havia sido corrompido. Era um traidor.

– As cinzas de Rafael – disse Bianca, baixinho – não estão no lago, estão?

Ester inspirou fundo.

– Não estão – disse Ester. – Ele foi enterrado em algum lugar na floresta e esquecido.

– As cinzas de minha mãe também não estão.

Ester não comentou e as duas ficaram em silêncio por alguns instantes.

– Obrigada por me contar tudo isso – disse Bianca, virando-se para a ainda Voz da Lua.

Ester piscou e se voltou para ela.

– Tudo o que eu quero é que fique em segurança. – Ela começou a caminhar em direção à saída. – Estarei no mundo humano, se precisar de mim. Mas agora você precisa ir. O helicóptero da alcateia Inverno já deve estar te esperando.

Bianca a seguia.

– Precisarei passar em meu quarto para pegar algumas coisas.

– Não. Vá direto para o heliponto, você já está atrasada. Garanto que não precisará de mais nada além de seu traje.

E quando a porta se abriu e Bianca pisou no corredor, Ester a poupou da despedida com um aceno de cabeça antes da porta se fechar.

Minutos depois, Bianca estava junto ao grande helicóptero azul e branco, pousado no heliponto atrás do hospital no Refúgio.

Ela abraçava Nicole e Ricardo, sentindo seu estômago apertar, desejando que os dois também pudessem ir com ela para o Refúgio Branco. Duda, Patrick e Con observavam de longe. Já Leonardo, Gabrielle e as gêmeas a tinham abraçado e se despedido momentos antes.

Em seguida, caminhou para a aeronave.

Hesitou apenas um instante ao entrar. Um dos táticos e um trocador de pele estavam na cabine do piloto e copiloto enquanto os outros tinham se ajeitado nas poltronas que ficavam nas laterais, de frente umas para as outras. No fundo da aeronave, percebeu diversas caixas bem amarradas.

Mais próximos da porta estavam os táticos Stephanie e Maik, sentados de frente para o outro. Já acionavam os hologramas das imagens que seriam enviadas pelos batedores de vigilância lá fora.

Julian estava sentado depois de uma cadeira vazia e de frente para ele estava a alfa mexicana Maria Fernanda, sentada ao lado de seu outro companheiro de alcateia, Leonel, um trocador de pele brasileiro.

– Desculpem o atraso – disse Bianca.

– Sem problemas – disse a alfa mexicana. – Altan me avisou que estava com Ester. É só escolher um assento e colocar o cinto de segurança.

Bianca caminhou para dentro do helicóptero e se sentou ao lado de Julian. Procurou o cinto na poltrona e o fechou ao redor de si. Lá fora, as hélices começaram a girar. Em seguida, Maik fechou a porta enquanto a aeronave começava a levantar voo.

Ela se virou para a janela atrás de si e seus olhos passaram pelos de Julian. Podia sentir a tristeza pela perda da alcateia, por trás da fachada quieta.

Bianca olhou para os edifícios do Refúgio lá fora enquanto o helicóptero se erguia. Era lindo como se mesclavam com a natureza. E então, num piscar de olhos, o Refúgio havia desaparecido. O helicóptero alcançou a fronteira além da proteção de Altan e tudo o que viam agora era uma massa compacta de floresta.

E apesar de todas as ameaças pairando sobre si, era algo quase irreal pensar que estava indo para a Antártida.

Mas então, algo estranho e instintivo chamou sua atenção no horizonte. As palavras de Ester, a despedida de seus amigos e até mesmo a ideia da armadilha que poderia esperá-la em algum lugar lá fora desapareceram de sua mente.

O céu azul e a massa de árvores verdejantes da mata atlântica eram uma visão linda, mas Bianca tinha plena consciência de uma sensação espreitando-a lá fora...

Ela levou a mão ao peito, a ansiedade em seu estômago aumentou até se tornar algo horrível e indescritível. Entretanto, já conhecia a sensação, era como se um gancho se insinuasse entre suas entranhas e a puxasse, mas estava mais forte agora. Muito mais.

– Bianca, você está bem? – Era Voz de Julian ao seu lado.

– O que foi? – disse a alfa.

Bianca voltou seu rosto para dentro da aeronave, passando os olhos por Julian primeiro, notando uma ruga entre seus olhos escuros. Com algum esforço, se virou para a mexicana.

– Não é nada.

A alfa a analisou por um instante.

– Se for por causa dos Taus no helicóptero, saiba que estão desativados. Não precisa se preocupar, *chica*.

Bianca assentiu, mantendo a expressão neutra.

A presença de dois Taus desativados não era nada perto do que ela sentia atraindo-a para outro lugar. E no fundo de sua mente, Bianca estava consciente de que cometia um grande erro.

Não deveria estar indo para a Antártida, no extremo sul do mundo, e sim para Santos, onde algo terrível a aguardava impaciente.

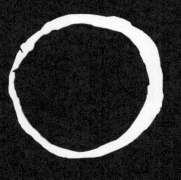

PARTE II

O REFÚGIO BRANCO

20

Algumas horas atrás, as mudanças na temperatura já podiam ser sentidas no helicóptero. Não demorou muito para o traje se adaptar ao clima que se tornava mais e mais gelado.

Com um comando no tecido *metamold*, Bianca o mudou para calça *jeans*, botas reforçadas e casaco com capuz de pele interna. Era um dos poucos modelos de roupa que conseguia programar, por enquanto.

Lá fora, o sol brilhava forte e seus olhos varriam cada detalhe do continente antártico, desde a paisagem marinha com seus *icebergs* de dimensões grandiosas até o céu cobalto.

E, apesar de toda aquela beleza, havia a tristeza em seu peito. Ela se lembrou de quando estudou sobre a Antártida com Nicole e *Renan*... Se ele estivesse vivo, estaria pirando com a notícia sobre ela estar fazendo esta viagem.

Durante as horas no grande helicóptero, o clima se manteve bom, Julian não demonstrava estar ressentido ou chateado com a perda de sua alcateia, e ela pôde conhecer melhor os membros da alcateia Inverno. Eles fizeram diversas perguntas sobre seu treinamento no Refúgio, principalmente sobre o tempo vivendo no mundo humano com Laura.

Bianca respondia com cuidado. Estavam muito interessados em saber como havia aprendido a técnica de luta dos Farejadores e não poderia lhes contar que foi Julian quem lhe deu o vídeo dos dois instrutores Farejadores.

Durante o voo, a alfa também lhes deu uma aula sobre o protocolo de segurança e transporte de Taus pela alcateia Inverno. Ela descobriu que o helicóptero possuía uma mistura de tecnologia humana com *metamold*, permitindo que viajassem invisíveis e sem paradas para abastecimento.

A conversa a ajudou a manter a concentração e logo seus sentimentos começaram a ficar mais leves e sua curiosidade aumentou acerca do local para onde estavam indo.

Naquele momento, Bianca encarava a imensidão branca na janela atrás dela.

– Gostou da paisagem? – Era a voz com sotaque alemão do tático Destemido Maik. Ela se virou, encontrando-se com seus olhos claros por somente um momento antes dele os desviar para os hologramas de novo. Na janela atrás dele, a paisagem branca continuava a passar.

– Acho que dá para entender por que há um Refúgio neste lugar, é bastante bonito e isolado.

Maik sorriu, ainda prestando atenção nos hologramas. Ele era mais velho do que ela, mas Bianca não conseguia definir o quanto.

– Vocês têm sorte de virem no verão porque nesta estação os dias no Refúgio são mais longos e as noites, bem mais curtas.

Ao seu lado, Julian se inclinou para a frente, apoiando os braços nas pernas. Os olhos negros se semicerraram.

– Se você estiver querendo nos dizer que, por causa disso, são obrigados a dormir menos horas, não acho que seja muita sorte.

O sorriso de Maik se alargou e o olhar dele foi até Julian.

– É por aí... – O rapaz girou os dedos e todos os hologramas desapareceram no ar. – Achei que seu humor tivesse melhorado nas últimas horas, Julian. Não está mais feliz em vir?

– Claro que estou feliz em perder minha alcateia e depois passar o dia congelando no meio de lugar nenhum – retrucou Julian.

– Ainda bem que estou aqui para te animar um pouco – disse Stephanie, com um leve sorriso. E Bianca tentou não se importar com as palavras dela e o que implicavam.

– Na verdade, não dá para perceber muito a diferença – provocou Bianca. – Julian é bastante mal-humorado o tempo todo.

Ela pôde ver um lampejo nos olhos de Julian.

– Ahh... Desculpe se não sou tão divertido quanto um Destemido – disse, erguendo uma sobrancelha. Em seguida, olhou para Maik. – Aliás, Destemidos são os preferidos da Farejadora. Eu tomaria cuidado se fosse você...

– O quê? – disse Bianca.

Houve risadas ao redor, inclusive Maik enquanto fazia aparecer os hologramas de volta. Bianca ergueu uma sobrancelha para o Furtivo.

– O que foi? – disse Julian, fingindo inocência. – Estou enganado?

Ela ia responder algo malcriado para ele, mas a alfa falou primeiro.

– Talvez se sinta atraída por Destemidos porque também possuiu o sangue do Primeiro Legado – disse a alfa. – Eu conheci sua mãe e ela me contou que a mãe dela era uma parente Destemida.

O olhar de Bianca disparou para Maria Fernanda.

– Minha avó era uma Destemida?

– Você realmente não sabe praticamente nada sobre sua família e si mesma, não é? – disse Julian.

Bianca viu o rosto de sua mãe primeiro. Depois o de Carlos, seu padrasto, sorrindo enquanto lhe ensinava a andar de bicicleta num parquinho, e então o rosto de Laura, sua irmã de coração, fingindo impaciência quando Bianca queria sua atenção. Esta era a família que ela conheceu. E depois que chegou no Refúgio passou a ser doloroso imaginar como teria sido viver entre eles e ter uma família Karibaki. Então ela não quis saber muito.

– Pensei que todos em minha família fossem Farejadores – respondeu.

A alfa apertou um pouco o olhar, intrigada pela confusão de Bianca.

– Raramente são – disse Maria Fernanda. – Os filhos de um casal misto herdam a linhagem do pai ou da mãe. Sua mãe herdou a linhagem do pai dela.

– E você a linhagem de sua mãe – completou Julian. – Já que provavelmente seu pai não é um Farejador. Não tem muitos sobrando por aí...

Julian tinha razão.

Entretanto, ela não pôde deixar de se lembrar do que Ricardo disse sobre o que ouviu dos espíritos: *Bianca não é a única...*

E se houvessem mais e eles apenas não soubessem?

– Você disse que conheceu minha mãe – comentou Bianca. – Como?

– Conheci sua mãe quando fiz estágio no Refúgio Verde. – Os olhos da alfa se perderam por um instante. – Eu não havia trocado de pele ainda. Ágata era muito divertida, além de uma artista e tanto. E... eu estava com eles, momentos antes de serem... atacados. Me lembro que Vini tinha só dez anos, como eu... acho que era apaixonado por mim... o irmãozinho dele era ainda mais novo.

| 197 |

FILHOS DA LUA - O LEGADO SOMBRIO

Bianca tinha visto um dos meninos nos hologramas na biblioteca. E lembrar-se de que tinham sido mortos por um instrutor começou a fazer seus olhos queimarem.

Ao seu lado, Julian se mexeu e seu braço e sua perna voltaram a tocar nela, confortando-a com seu calor. Lembrando-a de que ele estava ali.

– Quando me formei no Refúgio Vermelho, fui atrás de sua mãe – continuou a alfa mexicana. – Tentei achá-la, mas Ágata sabia muito bem como se esconder.

– Então quer dizer que nunca a encontrou? – perguntou Julian.

Maria Fernanda o olhou.

– Nunca, mas cheguei bem perto. Tão perto que ela me deixou uma mensagem.

Bianca se inclinou para a frente da poltrona.

– Tá falando sério? Minha mãe te deixou uma mensagem?

Os lábios de Maria Fernanda formaram um sorriso triste.

– Quando cheguei ao hotel, encontrei um bilhete. Ágata pedia para que eu parasse de tentar encontrá-la. Dizia que tinha acabado de ter uma filha Farejadora, que estava satisfeita com sua nova grande família e que não voltaria para a sociedade Karibaki mesmo que se sentisse segura entre nós de novo. Ela também avisou que temia ainda haver traidores escondidos e que, se eu a encontrasse, pudesse levá-los diretamente até ela e até você, Bianca.

Bianca não tinha ideia de que pessoas que não fossem seus inimigos tinham um dia tentado encontrá-las e ajudá-las.

– E por acaso você acredita que ainda existam traidores entre nós? – continuou Julian, apertando o olhar sobre a alfa.

– É claro que não – respondeu Maria Fernanda, sem hesitar –, mas entendi que Ágata não queria ser encontrada. Então desisti.

– Ainda tem o bilhete?

Bianca não possuía muita coisa que tivesse sido de sua mãe.

– Não. Na época, o entreguei ao meu Voz da Lua e ele nunca o devolveu. Acho que o arquivou.

Bianca imaginou se eles o entregariam se fosse ela que pedisse.

– Eu queria ajudar sua mãe. Sinto muito se não consegui, mas acho que estou tendo uma segunda chance com você – disse, fazendo surgir um pequeno sorriso divertido. – Preparamos um treinamento que esperamos estar à altura de uma matadora de Vorazes.

Bianca suspirou internamente, sem saber como responder àquele comentário. Já estava cansada de explicar que mal se lembrava de ter combatido o Voraz.

– Foi você que pediu para Bianca vir para cá? – perguntou Julian.

A alfa o olhou, enrugando um pouco o cenho.

– Não, não tenho nada a ver com isso. O convite veio bem antes, do próprio Ruben, o nosso Voz da Lua, mas, inicialmente, Ester negou o pedido.

– E a decisão de Ester só mudou porque sabia que meu pai concordaria logo que se tornasse o Voz da Lua no lugar dela.

Todos encararam Julian e assentiram em silêncio. É claro que ele já deveria saber que seu pai tinha conseguido o cargo de Ester. Walter deve ter lhe contado antes de partirem.

A alfa da alcateia Inverno suspirou, mas quem falou primeiro foi a bonita tática com cabelos de cabelos de fogo.

– Bia, não se preocupe – disse Stephanie, tirando os olhos dos hologramas por um instante. – Estamos monitorando todo o continente e não há qualquer sinal de vida ao redor do local onde iremos largar vocês.

Bianca ergueu as sobrancelhas, mas Julian falou primeiro.

– Largar? – disse ele. – Como assim, *largar...*?

Outro sorriso terrível brotou nos lábios da mexicana. Ela parecia se divertir com o espanto deles.

– A preparação que oferecemos não é nada parecida com o que estão acostumados. Não usamos salas de aula e nem instrutores, e mesmo assim terão uma experiência, ahmmm... educativa que não esquecerão pelo resto de suas vidas.

Bianca olhou para Julian, apreensiva. Ele prestava atenção na alfa.

– Não sei por que, mas estou com medo de perguntar mais detalhes sobre essa *experiência educativa...* – resmungou ele.

E então uma sensação estranha fez Bianca desviar sua atenção para a frente. A alfa Maria Fernanda recebia uma caixa das mãos de um de seus companheiros de alcateia.

– Bom... – começou a alfa, ignorando Julian. – Não sei se você já ouviu esta história, Bianca, mas o trabalho de recolher Taus pelos Refúgios e trazer para a Antártida começou há centenas de anos. – A alfa tocou sua única mão na tampa da caixa e um clique indicou que ela foi destravada. – Muitas alcateias que eram escolhidas no passado para esta missão nunca conseguiram chegar e outras nunca retornaram aos seus lares, é por isso que sempre vinham os mais fortes para cá.

Bianca a olhou surpresa.

– Karibakis estão longe de serem invencíveis – continuou a alfa. – Durante muitas eras, atravessamos o caminho terrestre e marítimo para a Antártida sem auxílio tecnológico, como navios e helicópteros que possuímos hoje.

Aquilo fazia algum sentido. Ela havia aprendido que a maior parte da tecnologia dos Refúgios ficava a apenas um ou dois passos à frente da tecnologia humana da época.

– Antigamente, as alcateias estavam expostas aos ataques de Pérfidos pelo caminho – continuou Maria Fernanda – e quanto mais se aproximavam do polo sul, mais precisavam encarar outros inimigos como o frio intenso e a fome. Algumas vezes também se deparavam com Taus que haviam se perdido durante a morte da alcateia que os levava e precisavam ser recolhidos depois.

– E quanto ao Refúgio Branco? – perguntou Bianca. – Ninguém ali poderia ajudar?

– Não havia Refúgio ainda – explicou a alfa. – A única coisa que as alcateias encontravam ao chegar era a entrada para as galerias subterrâneas que servem como cativeiro aos Taus e, é claro, o Cristal Alvo, nosso centro de energia. O Refúgio em si ainda não tinha permissão para ser ativado, então ninguém podia morar ali. As poucas estruturas internas que conhecerão em algumas horas são recentes.

E então Maria Fernanda abriu a caixa de metal, apoiada no colo de seu companheiro.

Bianca sentiu o arrepio quando os grandes olhos da escultura baixa e atarracada pareceram fitá-la. Era o Tau que a atacara duas vezes em Santos. Ao seu lado havia o que parecia ser um espelho de mão, antigo e escuro.

E mesmo os dois Taus estando desativados, ela podia sentir o ar dentro do helicóptero se tornar mais denso e levemente adocicado.

– Reconhece algum deles, Bianca? – perguntou a alfa.

Ela sentiu suas mãos estremecerem ao se lembrar de todos aqueles adolescentes inocentes em Santos... devorados... absorvidos... Entre eles, Renan.

– Ele me atacou em uma loja primeiro... – respondeu. – E depois matou muitos de meus colegas em uma boate.

Ao seu lado, Julian a encarava. Nada em sua expressão.

– É um Tau Menor contendo o que chamamos de Crianças Sombrias – explicou a alfa. – O outro é o Tau Maior que foi ativado no navio alemão e recentemente resgatado.

Os olhos escuros de Julian foram até o Tau em forma de espelho antigo.

– Este matou os pais de Duda e Leonardo – disse o Furtivo. – Ele é muito perigoso.

– Sim, é. E antes disso absorveu ou matou mais de mil e quinhentas pessoas em uma única noite – disse a alfa.

Mil e quinhentas pessoas... – pensou Bianca, com horror.

Griats com dentes e garras afiadas. Dilacerando e devorando centenas de pessoas. Homens, mulheres e *crianças...*

Maria Fernanda pegou o Tau em forma de espelho. Bianca ouviu os cliques dos fechos quando o companheiro de alcateia trancou a caixa novamente.

– É nossa responsabilidade escoltar estes artefatos em segurança até o Refúgio Branco e os isolarmos, já que ainda não temos ideia de como destruí-los – disse a alfa.

Bianca já tinha estudado a capacidade dos Taus de atrair seres humanos através da energia eletromagnética que emanam. Portanto, isolá-lo no centro do maior deserto do mundo lhe pareceu bastante lógico.

– E é por isso que o Refúgio Antártico não é uma escola? É por causa dos Taus?

– O Refúgio Branco não pode ser uma escola porque é um Refúgio prisão.

Bianca sentiu algo se contorcer em si.

– Ninguém me contou sobre eu estar indo para um tipo de prisão.

A alfa mexicana riu.

– Não precisa ter medo. Se existe um lugar seguro para você, esse lugar com toda a certeza é o Refúgio Branco.

Bianca não teve nenhum bom pressentimento em relação a esta observação.

E então Maria Fernanda se levantou. O tático Maik fez o mesmo, caminhando até a porta lateral do helicóptero e abrindo-a.

Um vento cortante entrou, fazendo os cabelos de Bianca bagunçarem. Ela não havia notado que o helicóptero tinha parado no ar.

E sem qualquer outra palavra, a alfa ergueu o braço e atirou o Tau Maior para fora da aeronave. Bianca nem piscou enquanto o objeto voou pelo ar e então caiu em direção à neve.

Maik fechou a porta e o barulho das hélices desapareceu. Maria Fernanda deu um passo diante de Bianca e Julian. Seus ombros estavam rígidos.

– Agora vão! E não se esqueçam de que estão proibidos de alcançarem o Refúgio Branco sem os dois Taus.

Julian se levantou da poltrona, encarando-a.

– Você está brincando?

Ela negou com a cabeça.

– Não, não estou.

– E vamos levar também o outro Tau? – disse o Furtivo, seu olhar passando da alfa para a caixa de metal no colo de Leonel.

– Este nós o deixaremos em algum lugar entre aqui e o Refúgio – disse a alfa mexicana. – Vocês irão encontrá-lo mais tarde.

Ela terminou de falar e olhou para os rostos deles, erguendo as sobrancelhas.

– O que estão esperando?

Maik se inclinou para a porta e a abriu novamente. Bianca hesitou, mas se levantou, sentindo o vento congelante fustigar seu rosto e os cabelos mais uma vez.

– Boa sorte – disse Maik, com uma piscadela. Bianca não sabia o que responder.

Julian deu alguns passos firmes até a beira do helicóptero e ela ficou com medo de que ele simplesmente fosse se lançar aos ares.

– Vocês vão nos monitorar com batedores? Pela segurança de Bianca?

– Não vamos – respondeu Maria Fernanda. – O Conselho Alfa ordenou que a Farejadora recebesse o treinamento e o tratamento igual ao de qualquer outro jovem Karibaki.

Bianca se aproximou da porta e olhou preocupada para baixo, estavam a algumas dezenas de metros de altura. A alfa tocou firme em seu ombro.

– Não se preocupe. Já recebemos relatórios de nosso satélite avisando que não há qualquer vestígio de vida por quilômetros ao redor do caminho que tomarão até o Refúgio. Estão seguros contra Pérfidos, mas concentrem-se em sobreviverem ao deserto.

Com as palavras finais da alfa, Bianca ergueu as sobrancelhas, mas ela de repente sentiu Julian passando um dos braços por sua cintura.

– Pronta? – perguntou ele.

Mas Bianca não conseguiu responder, pois, sem qualquer outra palavra, Julian saltou. Puxando-a com ele.

O ar simplesmente sumiu de seus pulmões quando o vento gélido atingiu seu rosto e seu cabelo. E Bianca mergulhou em direção ao chão.

21

Bianca deve ter gritado. Com certeza gritou enquanto ia de encontro à neve cada vez mais próxima. Houve um baque surdo quando atingiram o solo e Julian a soltou, dando um passo à frente para equilibrar-se.

Ela havia encolhido as pernas durante a queda e, quando atingiu o chão, acabou batendo os joelhos. Dor aguda e profunda percorreu seu corpo enquanto rolava alguns metros abaixo no solo inclinado, sentindo a neve entrar em sua boca e nariz.

Quando finalmente parou de rolar, estava de cara no gelo.

Esperou um instante, sem se mexer, antes de respirar fundo e começar a se virar cuidadosamente, gemendo durante o processo. Sua respiração formou uma camada de vapor branco. Havia flocos de gelo por todo o seu cabelo e em seu rosto.

Bianca piscou devido à forte claridade que refletia sobre o branco da paisagem. A dor em suas pernas e joelhos estava passando gradualmente, conforme seus ossos voltavam ao lugar.

Ela gemeu.

De repente, uma silhueta sombria bloqueou o profundo céu azul.

– Salto perfeito – disse Julian, com um meio sorriso. – Tão graciosa quanto um pinguim bêbado tentando voar.

Ela apoiou as mãos enluvadas na neve e começou a erguer o corpo.

– Você poderia ter avisado antes de simplesmente me puxar para uma queda livre suicida – resmungou, sentindo seus dentes tremerem.

– Não foi nada suicida, a distância era curta e você é uma Karibaki agora, deveria concentrar melhor a força para as pernas. Além disso, achei que confiasse em mim quando o assunto fosse pular em queda livre... – falou, oferecendo uma mão enluvada para ela se levantar.

– Julian – disse, aceitando a mão estendida –, confio em você para me impedir de cair e não para me lançar deliberadamente no ar.

A resposta foi um erguer de sobrancelhas. Bianca notou que as maçãs do rosto dele já estavam coradas por causa do frio.

– Uma hora você ia ter que pular, não ia? Só achei que não precisava fazer isso sozinha.

Bianca resmungou alguma coisa enquanto batia suas mãos na roupa para tirar a neve congelante.

– Se bem que, depois que te vi rolando, fiquei com medo que pudesse ter quebrado o pescoço – comentou Julian, observando atentamente ao redor. Bianca entendeu o que ele estava procurando: batedores. – Fiquei preocupado... Não seria muito bom ter a morte da Farejadora em meu currículo.

Bianca ergueu as sobrancelhas.

– Meu pescoço está no lugar. Você não precisa se preocupar *tanto* assim comigo.

Ele sorriu e ergueu o olhar para o céu ao redor deles, sua expressão tornando-se séria.

– Acho que Maria Fernanda não mentiu. Não estamos sendo monitorados por batedores, mas só para garantir... – Julian ergueu o punho esquerdo e tocou em algo sob o tecido do traje. – Se alguém estiver nos observando com tecnologia *metamold*, o Bloqueador de Nicole irá enganá-lo. Está programado para mostrar nossa imagem, mas parecerá que sempre estamos em silêncio ou descansando.

Bianca olhou ao redor trincando os dentes, mas estavam entre montes de neve. Com seu dom, farejou o Tau no terreno acima de onde tinha rolado. Já o helicóptero havia simplesmente sumido. Podia perceber a presença dos trocadores de pele se distanciando.

– Bom... – disse ela. – Acho que estamos, enfim, sós...

Ele sorriu e agarrou seu pulso, puxando-a enquanto subia, a passos largos, o monte em que haviam caído.

– Essa é uma maneira de se dizer isso... – comentou, enquanto Bianca se esforçava em acompanhá-lo na subida do monte.

Ela suspirou ao chegarem no topo.

Neve, como glacê de bolo, se estendia por toda parte por quilômetros e quilômetros até a visão alcançar cumes montanhosos salpicados por tons acinzentados. Não havia árvores ou animais, somente um branco quase infinito.

Maria Fernanda tinha razão, os dois eram as únicas coisas vivas por ali.

– É melhor deixarmos nossos uniformes na forma original – comentou ele. – Já passamos mais de sete horas no helicóptero com o traje completo e, com todo esse frio, a energia do cristal vai gastar mais rápido para nos manter aquecidos.

Julian deveria estar certo. Se ela não tinha congelado até agora, o motivo só poderia ser o uniforme. Bianca tocou em um lugar específico sobre o braço e imediatamente o *jeans* e o casaco reforçados se modificaram como se fosse algo líquido sobre ela.

Ela passou a mão pelo traje verde-acinzentado, sentindo-o macio e justo sobre a pele. Era uma textura diferente de qualquer coisa que já tinha visto antes de conhecer essa tecnologia. Parecia couro ou pele, com uma textura muito maleável e reforçada em diversas partes. As botas eram resistentes, mas macias, e também havia uma mochila pequena acoplada nas costas. Ela havia aprendido que estes trajes eram produzidos com partes de seus próprios DNAs, por isso eram intransferíveis.

– Vem – disse ele, caminhando em direção a algo escuro sobressaindo-se sobre o branco da superfície adiante. Bianca sabia que era o Tau que a alfa havia jogado no ar.

Bianca segurou o braço dele. Julian parou.

– Espera – pediu ela, observando-o com cautela. – Você está bem?

Ele suspirou, mantendo seus olhos nos dela.

– Estou. – Ninguém os estava observando agora, ele não precisava fingir ou mentir. – Eu realmente já sabia que perderia a alcateia no momento em que decidimos invadir Santos. Fui bem sincero quando disse que este foi um preço pequeno a pagar. Estou bem, Bianca, juro. Agora vamos, temos outras coisas importantes para pensar. Temos que nos concentrar nos traidores.

Ela assentiu, suspirando.

– Tá legal – suspirou ela. – Então vamos pegar logo esse Tau e sair daqui antes que a gente congele.

Eles caminharam até pararem em frente ao artefato sobre o gelo e Julian se abaixar para pegá-lo. Sentiu um pequeno arrepio ao observar o velho espelho salpicado de neve.

– Então foi isso que matou os pais da Duda e do Léo? – disse, baixando seu tom.

– Foram os *griats* dentro dele. Criaturas muito mais perigosas do que as Crianças Sombrias no Tau que nos atacou em Santos.

Ele olhou por alguns segundos para o artefato e depois puxou a mochila fina do traje para a frente do corpo. Aquilo era uma coisa interessante de se ver, pois não havia alças e era como se a mochila estivesse colada diretamente no tecido, movendo-se à vontade sobre ele. Julian guardou o artefato nela.

– Guardando o Tau em meu traje, vou gastar mais energia dos cristais quando trocar de pele – avisou. – Precisamos chegar logo ao Refúgio.

Bianca franziu a testa.

– O que acontecerá se acabar a energia do traje? Vamos congelar?

– Acho que não vamos congelar na pele Karibaki, mas o *metamold* do traje vai se desfazer. – Fumacinha branca saia enquanto falava. – E daí perderei este traje para sempre e terão que fazer outro, mas é um processo bastante demorado. Sem falar que, quando trocasse de pele de novo, eu estaria nu – disse ele com um sorriso presunçoso no final.

Ela revirou os olhos como resposta, tirando algo de seu bolso.

– Não precisa se preocupar em ficar pelado por causa da falta de energia, ganhei um cristal extra. – Ela abriu a palma da mão para ele ver o objeto.

O olhar de Julian se ampliou.

O cristal, de um verde intenso e sem ranhuras ou imperfeições, contrastava com o branco puro do cenário ao redor. Mas, de repente, o objeto não estava mais em suas mãos, Julian o pegou e ergueu o braço para olhá-lo contra a luz natural.

– Quem te deu isto?

– Foi Ester, por quê? Ela disse que minha mãe o encontrou anos atrás e deu para ela – respondeu, estranhando o semblante de Julian. Sua pele bronzeada pareceu ter empalidecido.

Ele não respondeu, seus lábios se tornaram uma linha fina enquanto concentrava-se em analisar o cristal. Bianca esperou. O olhar dele se estreitou e então baixou o braço, devolvendo-o para ela.

– Você não sabe o que é esse cristal, sabe? – perguntou Julian.

– Claro que sei. É um cristal oliva. Energia para nossos equipamentos *metamold*.

Ele torceu os lábios.

| 207 |

FILHOS DA LUA - O LEGADO SOMBRIO

– Tire os cristais olivas do seu traje.

– Julian...

– Apenas tire e veja a diferença.

Fazendo uma careta, ela obedeceu. Levou a outra mão até a base de sua espinha e encontrou o compartimento para tirar de lá dois cristais olivas não maiores do que seu mindinho. Bianca abriu sua mão, os cristais eram de um verde semitransparente, cheios de ramificações internas.

Ele pegou as duas mãos enluvadas de Bianca e as colocou lado a lado, fazendo-a observar os dois cristais semitransparentes de seu traje e aquele de um verde intenso que Ester havia lhe dado.

– O que você ganhou e acabou de me mostrar é um cristal raiz.

– Um o quê?

Julian olhou ao redor, como se quisesse garantir que não houvesse mais ninguém por perto.

– Estes são cristais de energia – disse Julian, apertando a mão que ela segurava os cristais olivas semitransparentes. – Estes cristais nascem acima da água no Jardim Oliva e podem ser quebrados sem problemas em pequenos bastões para energizarem nossos equipamentos.

– Sei disso – disse, quase impaciente. Ela já tinha aprendido sobre a energia do cristal que mantém toda a tecnologia do Refúgio.

Ele ainda mantinha suas mãos firme sob as dela.

– Mas este... – disse ele apertando firme a mão dela com o cristal oliva verde intenso – é um cristal raiz. Ele fica sob a água e é inquebrável, inseparável. São a verdadeira fonte de energia do Refúgio. Os cristais raízes mantêm todo o *metamold* ao redor funcionando e fazem com que os cristais de energia nasçam acima da água novamente.

Bianca piscou.

– Tá falando sério?

– Estou... – respondeu ele. – Esses cristais são muito raros fora da fonte porque ninguém consegue separá-los. Um Furioso trocador de pele poderia tentar quebrar um cristal raiz da espessura de um fio de cabelo, mas nunca conseguiria.

A surpresa no rosto de Bianca se ampliou.

– Mas como minha mãe conseguiu separar esse pedaço de cristal raiz do resto?

MARCELLA ROSSETTI

– Não sei... Acho que eles se soltam sozinhos às vezes. Sei da existência de cinco pedaços de cristais raízes e eles são carregados pelos Vozes da Lua de cada Refúgio. Até achei que este cristal pudesse ser o de Ester, mas ela disse que foi Ágata quem o encontrou, não disse? Então o cristal de Ester já deve ter sido dado para o meu pai.

– Julian, por que Ester me daria um cristal tão valioso?

Os olhos de Julian avaliaram o cristal de novo.

– Acho que é porque ela quer sua segurança, Bianca. Mas se alguém souber que o tem, poderá exigir que entregue ao Conselho Alfa. Então guarde em seu traje e não conte para ninguém.

Isso foi o que Ester havia lhe pedido também.

– Tudo bem – disse ela.

Julian colocou a mão na cintura, observando-a guardar os outros dois cristais na fina mochila nas costas.

– O lado bom é que com o cristal raiz com você, os meus vão se manter carregados também. Então não corro o risco de acabar sem traje por aí – disse ele. – Não que você fosse ficar chateada com isso, porque, se me lembro bem, quando treinávamos na clareira, você adorava me ver tir...

Ela o interrompeu com um empurrão.

– Você nunca ficou sem roupa no treinamento, você usava o traje incompleto. Agora pare de ficar se achando – disse ela, se afastando irritada.

Os lábios de Julian se torceram em um meio sorriso enquanto a seguia em silêncio. A atenção dele foi fisgada pelos cabelos longos dela balançando sob a brisa fria enquanto flocos de gelo caíam suavemente sobre eles e seus ombros. Era incrível como Bianca se acostumara tão rápido à vida entre eles, a ponto de achar um passeio pela Antártida algo como um passeio no parque.

Ele a seguiu em silêncio, sentindo e ouvindo o frio e a neve ao redor ao mesmo tempo que ouvia o coração dela bater forte.

– Sei que os presentes estão valendo a pena – começou Julian –, mas a não ser que queira comemorar seu aniversário com um bolo feito de neve, é melhor que esteja pronta para nos mostrar o caminho, Farejadora.

Julian percebeu quando o corpo dela enrijeceu levemente e Bianca parou, virando-se para ele sem sorrir, seus olhos castanhos diretamente sobre os dele, procurando vestígios de que pudesse estar brincando. Mas ele não estava.

– Você quer que eu fareje um Refúgio?

Julian quase riu da surpresa dela.

– Não um Refúgio – respondeu. – O que quero dizer é que você poderia rastrear o Tau Menor ou um dos Karibakis no helicóptero e indicar o caminho para onde foram. Você rastreou um Voraz, não é muito diferente disso.

Com a menção ao Voraz, Bianca estremeceu. Ela virou o rosto para a imensidão branca.

– É claro que é diferente, estamos no meio do nada.

– Olha, se ajudar, sei que o Refúgio fica próximo do ponto magnético do polo sul. – Julian apontou para algum lugar além deles. – Mas será mais rápido e daremos menos voltas se você conseguir o rastro de alguma coisa.

Bianca mordeu o lábio inferior e baixou o olhar. Julian notou que ela estava com medo. Medo de falhar.

– Tá... vou tentar, mas não sei se consigo rastrear um Tau desativado – disse, desanimada. – Eu mal os sentia dentro do helicóptero e também não estou acostumada a rastrear alguém que mal conheço.

– Apenas tente...

Bianca desviou sua atenção para o horizonte branco e azul e Julian observou quando ela inspirou fundo, fechando os olhos, concentrando-se em seus sentidos.

A primeira coisa que atingiu os sentidos da Farejadora foi o vento soprando em seus cabelos. O ar frio incomodou suas narinas, mas o cheiro familiar de Julian, juntamente com as informações de sua linhagem, vibrou no ar, mas não era isso que ela queria. Bianca precisava encontrar o rastro de algo ou alguém mais distante deles.

E então, com uma batida forte de seu coração e um puxão em suas entranhas, Bianca sentiu...

Havia algo...

Alguma coisa que tentava alcançá-la. E não precisava se concentrar muito para saber o que era.

Um odor poderoso serpentou em sua direção, tocando-a como uma língua úmida e pegajosa. Fincando-a com suas presas e tentando puxá-la.

Ela soltou a respiração e abriu os olhos.

– O que foi? – perguntou ele, enrugando o cenho. – Farejou o caminho?

Ela ofegou.

– Não é isso – respondeu, tentando controlar sua respiração. – É Santos...

– Santos? – estranhou.

Bianca não respondeu, tentava se concentrar e se livrar daquela horrível impressão que o Faro lhe trouxe.

– Espera, você está me dizendo que, aqui na Antártida, a milhares de quilômetros do Brasil, você está farejando um Tau escondido no meio de Santos? – disse, erguendo as sobrancelhas. – Está brincando, não está?

Ela entreabriu os lábios e acenou uma negativa. As sobrancelhas escuras de Julian se franziram.

– O pior de tudo é que o Conselho nem se importou muito – explicou ela.

Ele passou a mão enluvada pelo rosto.

– Não é verdade. Meu pai me disse que o Conselho Alfa já avisou aos Corvos.

O olhar dela se ampliou de esperança.

– Os Corvos sabem que há algo escondido na cidade deles? Um Tau?

Julian assentiu com expressão grave enquanto se aproximava e tocava nos braços dela com firmeza.

– Sabem... E neste momento Santos não é importante para mim ou para você. Temos uma missão para nos concentrar.

– Mas essa coisa fica me chamando...

– A gente se preocupa com Santos quando chegar a hora, Bianca – disse ele firme, soltando-a. – Se formos para a cidade sagrada de novo, começaremos uma guerra.

Ela o encarou.

– Eu sei... – disse, impaciente – mas não paro de pensar que eu não deveria estar aqui, que eu deveria estar em Santos.

– Só um pouco mais de paciência – pediu ele, baixando o tom. – Acho que termos vindo para cá faz parte do plano deles. Não vai demorar para os traidores se mostrarem para mim.

Bianca o encarou ainda sentindo a sensação horrível do Tau distante.

– Você acha que os traidores se infiltraram no Refúgio Branco também?

Mas Julian não respondeu, seu olhar se perdeu em algo atrás dela.

– O que foi? – perguntou ela, se virando para olhar.

– Acho que está ficando mais frio – disse, apontando.

Havia mesmo algo estranho no horizonte daquele lado, parecia que uma pequena nuvem de fumaça surgia.

Bianca não precisava aguçar sua visão ainda mais para entender que aquilo era uma tempestade. Já tinha estudado sobre as condições climáticas da Antártida.

Ela estremeceu e não foi só por causa do frio.

Uma tempestade estava vindo caçá-los.

Refúgio Verde. Brasil.

Insetos, corujas e outros animais noturnos pareciam estar fazendo festa por toda a parte. A floresta durante a noite nunca era silenciosa, mesmo para ouvidos não sensíveis como os de Gabrielle.

A menina havia cutucado as plantas e trepadeiras que ocultavam a estranha formação côncava que ela e Leonardo assistiram surgir. As trepadeiras se afastaram gentilmente, permitindo que conseguisse ler as inscrições. As plantas naquele ponto só poderiam ser *metamold*.

Gabrielle havia trazido seu *cadigit* e sua mochila tática. Um batedor pairava acima dela, iluminando e gravando os estranhos ideogramas.

Depois de perder seu animal companheiro e ter visto seu primo perder a alcateia por tê-la salvado em Santos, alguns conselheiros-instrutores ficaram com pena dela e Gabrielle ganhou permissão especial de manter parte de seu material tático para treinar sozinha. Os professores queriam que se mantivesse distraída o tempo que fosse preciso.

Em alguns minutos, as imagens dos estranhos ideogramas já estavam no *cadigit* e Gabrielle tentava comparar com arquivos da biblioteca. Pesquisando, descobriu que faziam parte da língua Ki, como já suspeitava, mas eram uma versão antiga e quase nunca usada.

Ela observava cuidadosamente as imagens e anotava seus significados quando sua concentração foi cortada. Algo vinha pela mata. Com um movimento num mini-holograma, desviou a luz do objeto para aquela direção.

– Quem está aí?

– Sou eu.

Gabrielle o reconheceu pela voz.

Leonardo surgiu depois de uma árvore, desviando-se pesadamente de algumas moitas. Os olhos dele refletiram a luz do batedor, estreitando o olhar para evitar o incômodo. Gabrielle desviou a luz do rosto de Leonardo com outro comando.

– O que está fazendo aqui, Leo?

– Desculpe se estou te enchendo a paciência, Gabi, mas é que eu estava te procurando por toda parte... – Ele analisou ao redor e ampliou o olhar, parecendo entender onde estavam. – A coisa estranha ainda está escondida debaixo das plantas?

– Está... – disse ela, hesitante.

Leonardo esfregou o pescoço.

– Humm... Por que você acha que esse negócio apareceu bem aqui? O que é isso?

– Sei lá... – mentiu. Ela temia que ele voltasse com a ideia de contar ao Conselho.

Gabrielle já tinha uma boa ideia sobre o que era. Só não entendia por que Altan ainda não tinha avisado aos anciãos sobre o que parecia ser uma nova e incrível tecnologia Karibaki.

– Esse negócio é muito estranho... – disse ele solenemente, observando o local onde a estrutura estava camuflada.

– O que foi, Leo? – disse, tentando desviar a atenção dele para ela. – Por que estava me procurando?

As bochechas do menino ficaram vermelhas de repente e ele baixou o olhar.

– É que eu... eu só queria saber se você está melhor, sei que ficou triste com o que aconteceu com seu primo, e também queria te dar isso... – Ele tirou a mão das costas e revelou um brigadeiro razoavelmente grande. – Não te vi no jantar, então trouxe a sobremesa.

Ela não se sentia com fome, mas a visão do chocolate fez sua boca salivar. Gabrielle se abaixou para guardar o *cadigit* na mochila e, em seguida, se aproximou para pegar o doce. A floresta se mantinha iluminada pela pequena esfera que era o batedor.

– Obrigada, parece estar gostoso. – Ela deu uma mordida, ignorando o comentário de Leonardo sobre o que aconteceu com Julian. Ela não queria falar sobre isso. Todos lhe diziam que não foi sua culpa, mas ela sentia que foi.

– E está mesmo, já comi uns dez. – Ele riu e ela também. – Você não vai para o piquenique noturno no jardim? As gêmeas já estão por lá.

O piquenique noturno, assim como a festa da noite anterior e outras que viriam nas próximas noites, faziam parte do festival Karibaki de comemoração da união das cinco linhagens.

Gabrielle olhou para a curvatura do arco ao lado dela, já novamente coberto por trepadeiras, e depois deu de ombros.

– Talvez daqui a pouco.

– Hãam... legal. Então você se importa se eu ficar por aqui só mais um pouquinho? – disse ele, esfregando o pescoço de novo.

– Por quê?

Leonardo pareceu se lembrar de algo.

– Espera aí... – E então ele voltou pelo caminho que veio e desapareceu por um instante atrás de uma grande árvore. Quando retornou, tinha algo nas mãos. Era um violão.

Gabrielle olhou para o violão e estreitou as sobrancelhas.

– Quer ouvir? – perguntou ele, um pouco hesitante enquanto se aproximava devagar.

Ela suspirou.

– Se fizer meus ouvidos doerem, juro que vou tacar uma pedra em você – disse, já procurando um lugar na grama para se sentar.

Leonardo sorriu enquanto se sentava pesadamente, ajeitando o violão em seu colo. Gabrielle comandou o batedor para que ficasse próximo, iluminando-os.

– Espero que goste. Nunca toquei para ninguém antes... – disse, ansioso.

Ela o olhou.

– Nunca?

Mas ele não respondeu, concentrando-se em ajeitar o violão em seu colo e na posição de seus dedos sobre as cordas.

Enquanto as primeiras notas surgiam, Gabrielle se sentiu relaxar, foi como se algo bom e reconfortante se espalhasse, afrouxando a pressão dolorosa que passara a sentir o tempo todo.

E ela ficou pensando que se ter visto Leonardo lutar no desafio havia feito ela perceber o quanto o menino era corajoso, ouvi-lo tocar e sorrir a fazia notar o quanto ele era bonito.

22

Mariah estava mais uma vez dentro de um carro. Era o terceiro desde que tudo aconteceu.

Noite passada, Elida, a moça gentil da parada na estrada, ofereceu sua casa para passarem a noite e Gabriel aceitou.

Durante toda aquela manhã, seu irmão entreteve Elida com conversas animadas e em pouco tempo os dois pareciam melhores amigos. Sentimento que se manteria enquanto ele usasse seu dom Confiar em pequenas doses. Porém, os sentimentos de confiança da moça por ele poderiam desaparecer, tornarem-se negativos ou simplesmente depressivos devido ao seu afastamento. Tudo dependeria da mente da moça e de como ele forçasse seu dom sobre ela.

Ao partirem, horas depois do almoço, ele parou para usar um telefone público por vários minutos e Mariah teve que esperá-lo em uma padaria. E quando perguntou para quem havia ligado, seu irmão simplesmente não respondeu.

Em seguida, foram até uma loja de carros usados onde Gabriel, obviamente, conseguiu *convencer* o dono a lhe dar um incrível desconto.

E daí voltaram para a estrada e para o caminho que os levaria ao lar dos Filhos da Lua.

— Você acha que vão nos aceitar? – perguntou Mariah, depois de algumas horas de viagem, quando a noite já escurecia a estrada.

— Está falando dos Filhos da Lua? – perguntou, com um rápido olhar para ela.

– É... Você acha que vão me aceitar? E que não vão machucar você?

Ela queria lhe perguntar sobre isso desde que Gabriel escreveu a mensagem contando que estavam indo para o Refúgio.

– Acho. Tenho informações que os interessarão bastante.

Ela o olhou. Gabriel tinha uma das mãos no volante e a outra descansando sobre a perna.

– Que informações?

A resposta dele foi um sorriso.

– Ainda não tem seu dom da Verdade, mas já adora bancar a interrogadora.

– Não é isso – disse ela, cruzando o braço sobre o peito, fechando a cara. – Só quero ter certeza de que essa sua ideia vai dar certo.

– Não fique emburrada. Vai dar tudo certo. Tenho informações sobre a Noite da Aniquilação. Os Filhos da Lua vão gostar de ouvir o que sei – respondeu, com outro sorriso confiante para ela.

Gabriel não podia fazê-la perceber o quão frágil era o seu plano. Frágil para ele, não para ela.

Contudo, não havia muito o que pudesse fazer para sobreviverem, principalmente se o Conselho das Sombras e o Culto de Hoark estivessem dispostos a alcançá-los pelos segredos que Gabriel carregava sobre a Noite da Aniquilação. Segredos que Alexia havia conseguido com o caçador de Santos e entregado aos líderes Pérfidos, entre eles seu pai, em troca de apoio aos seus planos.

Mas Gabriel realmente acreditava que os Filhos da Lua não fariam mal a uma garota de treze anos que carregava o Legado dos Destemidos nas costas, mesmo que o pai dela fosse um Pérfido e que tivesse sido criada entre eles.

Ele acreditava que a protegeriam melhor do que ele mesmo poderia fazer ali fora sozinho. E estava disposto a usar as informações que possuía para convencê-los a não os matarem antes de ouvi-lo.

– O que é aquilo? – perguntou sua irmã.

Ele notou que a atenção dela havia se voltado para pequenas e maravilhosas luzes coloridas se destacando no horizonte noturno à frente. Provavelmente se aproximavam de alguma cidadezinha, mas aquelas luzes eram coloridas e brilhantes demais.

Tomando uma decisão, ele virou o volante para o lado da estrada que o levaria em direção às luzes. Um sorriso despontou no rosto dela. Quanto mais se aproximavam, mais os olhos de Mariah se ampliavam em puro deleite.

Era um parque de diversões.

A roda gigante se destacava de longe e conforme se aproximavam, conseguiam distinguir pequenas e alegres barracas coloridas. O cheiro de pipoca começou a invadir o carro pelas janelas abertas.

Seu irmão diminuiu a velocidade e Mariah encarou fascinada um menininho se deliciar comendo algodão doce enquanto sua família se entretinha em uma barraca de tiro.

O olhar dela se desviou para a imensa roda-gigante decorada com luzes. Aquele era um lugar feito para sorrir e se divertir. Os seres humanos sabiam criar lugares maravilhosos.

Uma buzina alta a sobressaltou. Gabriel havia praticamente parado o carro no meio da rua.

— Desculpe — pediu Mariah, sentindo-se de alguma forma culpada por estarem atrapalhando o trânsito.

Gabriel franziu o cenho e fez o carro avançar até uma ampla área de estacionamento.

— O que está fazendo?

— Já esteve em um parque de diversões antes? — perguntou, enquanto manobrava para entrar em uma das vagas.

— N-não, nunca.

— É claro que não — disse Gabriel, mais para si mesmo. — Emanuel nunca a traria. Ele também nunca me trouxe. Nós vamos ao parque. Ainda temos tempo e precisamos parar para comer alguma coisa.

— Tem certeza? — disse com ansiedade na voz enquanto ele estacionava. — Quero dizer, não é perigoso? Não podem estar atrás da gente?

— Duvido muito. — Ele desligou o motor e abriu a porta do carro. — Vamos?

Mariah não esperou outro pedido, abrindo um largo sorriso.

Ela nunca tinha estado num lugar como aquele. Nunca tinha saído para se divertir como uma criança normal.

— Biel — começou ela, quase saltitando ao seu lado enquanto iam em direção ao parque —, não me importo se é coisa de criança, mas quero algodão-doce. Acho que vou comer todos os cor-de-rosa.

— Combinado — disse sorrindo. — Fico com os azuis ou amarelos.

O sorriso dela se alargou e apressou-se em chegar mais rápido enquanto passavam pela larga entrada do parque.

— E depois acho que vou querer um cachorro-quente igual àqueles dos filmes.

– Pode comer o que quiser – disse ele.

Mas ela não tinha ouvido a última frase. Gabriel caminhava mais devagar para observá-la. Os olhos cor de mel de Mariah brilhavam de um jeito que ele nunca tinha visto antes. Com os lábios levemente entreabertos, a atenção dela ia de barraca colorida a barraca colorida, onde pessoas se amontoavam. E de brinquedo a brinquedo, onde crianças gritavam e riam divertidas.

Mariah mal piscava.

– Acho que a barraca de algodão-doce fica mais à frente – disse, apontando.

Relutante, ela olhou para onde ele apontava e encontrou o que desejava.

– Depois podemos ir em algum deles? – Ela apontou para os brinquedos do parque.

– Em todos que quiser.

Ela riu com felicidade e Gabriel sentiu uma estranha vibração passar por ele, dando a certeza de que tudo o que estava fazendo, e ainda iria fazer por ela, valia a pena.

23

— Há uma tempestade se formando – disse Julian.

— É, eu percebi. – Bianca fez uma careta. – Mas não consigo farejar o caminho, tudo o que sinto é este Tau me puxando para Santos...

O Furtivo suspirou e Bianca o olhou, notando a tensão em seu rosto.

— Tudo bem. A tempestade ainda está longe e vai levar horas antes de nos alcançar. O Refúgio fica perto do polo magnético, então podemos trocar de pele e correr naquela direção – disse, já caminhando apressado. – Pode tentar daqui a pouco de novo.

Bianca analisou a tempestade na linha do horizonte atrás deles. Julian tinha razão. Onde estavam, o vento ainda era brando e o sol brilhava intensamente sobre a neve, tão intensamente que ela sabia que seus olhos, se ainda fossem humanos, iriam se machucar. A tempestade estava muito longe e talvez nunca chegasse a alcançá-los.

— Vamos andando na pele humana por enquanto, tudo bem? – pediu ela, virando-se para voltar a caminhar.

— Andando? Por quê?

Bianca baixou o olhar. A neve rangendo sob suas botas.

— Porque quero aproveitar o tempo sozinha com você. Quero conversar um pouco.

Ele virou o rosto para ela, uma sobrancelha erguida.

— Sobre o que quer falar? Se for sobre a alcateia, já disse que... – Mas ela o interrompeu.

– Não é por causa disso – declarou. – Uma das coisas que quero falar é sobre seu pai ter conseguido o que queria. Ele é o Voz da Lua do Refúgio Verde agora.

A expressão de Julian se fechou, seus olhos se erguendo para o horizonte branco. Ela podia notar a musculatura dele se tornar tensa sob o traje verde-acinzentado. Julian tinha consciência de que, ao acusar o filho de Ester de ter quebrado o Nono Acordo, ajudou Walter a conseguir o cargo. Mas precisava ter feito isso para os Guardiões confiarem nele.

– Meu pai conseguiu. Pelo menos por enquanto...

Bianca tocou em seu braço, segurando-o.

Ele se virou para ela. Bianca notou pequenos flocos de neve em seus cílios e nos fios de seu cabelo escuro. Ela resistiu à vontade de afastar a neve. Julian apertou os lábios. Ela sabia o motivo de sua hesitação em falar qualquer coisa.

– Julian... Já te falei para esquecer essa história de ficar me escondendo as coisas. Quero saber de tudo e...

– E que se dane o resto... – completou ele, repetindo as palavras dela no alto do morro perto do Refúgio.

– É isso mesmo – disse, apertando um pouco mais a mão no braço dele. Ela podia sentir a sua musculatura sob o tecido *metamold*. – Você não me contou que provavelmente perderia a alcateia e posso até perdoar isso, mas quero saber por que estamos aqui. Por que *eu* estou aqui, Julian? O que os traidores estão preparando?

Com os olhos franzidos, ele olhou para a tempestade atrás deles e voltou a caminhar. Bianca o seguiu, mantendo seus corpos próximos.

– Você é ótima em prever os golpes do adversário em combate. Não consegue prever o que meu pai está preparando?

– Sei usar a tática do Farejador em combate, mas não sei ler mentes...

Ele franziu o rosto.

– Se consigo ver os planos de meu pai, você também consegue e até melhor do que eu.

– Julian, você está viajando...

– Não estou. Você já aprendeu como funciona a mente de um Farejador. Vocês não são apenas bons em localizar coisas sobrenaturais. Percebem com olhos de águia o mundo ao redor e, por causa disso, sempre foram nossos melhores estrategistas.

Ela o olhou, confusa.

– Estrategistas? Do que está falando?

Ele parou e se virou para ela.

– "Destemidos podem ser nossos melhores líderes, mas são os Farejadores que vencem guerras". Encontrei essa frase nos nossos arquivos, foi dita por um Voz da Lua Furtivo do passado. E pelo que notei nos registros, ele tem razão.

– Você sabe que está falando chinês comigo, não sabe? Não se esqueça que teve aulas de estratégia de combate e de guerra quase a sua vida toda, enquanto que eu aprendia fórmulas matemáticas e decorava história para passar no vestibular e ter um emprego comum, como professora ou dentista. Nada que envolvesse enfrentar monstros ou combater genocidas...

Julian passou as mãos pelo cabelo, afastando alguns flocos de neve.

– Eu sei... – disse, voltando a caminhar. – Mas você vai entender tudo o que estou tentando te dizer porque é esperta. Muito esperta.

Ela mordeu a bochecha com força e o seguiu.

– Você coloca muita fé em mim – disse, virando o rosto para algum lugar distante. – Só não se esqueça de que matei um Voraz por sorte e não por competência. Então, não vem com esse blá blá blá que posso um dia ser uma Farejadora como esses daí que ganharam guerras no passado porque não vai conseguir. Não fui criada para ser assim. Não sou eu quem vou vencer os traidores, você é quem vai – disse, ainda sem encará-lo. – Só estou aqui para servir de isca.

A mão de Julian a agarrou firme pelo braço e a fez parar de novo, virando-a para ele. Um vento congelante passou, agitando os cabelos de Julian e erguendo os dela.

– Primeiro, você não matou aquele Voraz por *sorte* – rosnou ele. Ela podia ver em sua expressão a dor daquela lembrança. – Segundo, nós vamos pegar os traidores *juntos*. E terceiro, você tem razão, nunca será como os Farejadores do passado... – Ela inspirou fundo o ar gelado ao ouvir essas palavras – porque você vai ser melhor do que eles. Com apenas alguns meses de treinamento já fez coisas que ninguém mais conseguiria na sua situação. Então, imagine com um pouco mais de treinamento.

Ela entreabriu os lábios, mas não disse nada por alguns segundos.

E então deu um passo à frente e o abraçou. Julian pareceu sem reação. Ela sentiu-se relaxar.

– E você vai me ensinar? – perguntou, com a cabeça em seu ombro.

– Vou – respondeu, ainda a segurando.

Bianca se afastou dele e sorriu, dando um passo para trás.

– Então comece, instrutor Julian. Fala aí quais são os cinco passos do sucesso para conseguir me transformar em uma Farejadora estrategista *badass*? Porque eu gostaria muito de vencer os traidores antes do meu próximo aniversário, sabe?

Ele ergueu uma sobrancelha e riu.

– Bom... – começou ele, levando a sério o pedido dela. – O primeiro passo com certeza é se manter calma e no controle para se concentrar no inimigo. Manter os olhos sempre abertos e observar as ações dele, os movimentos de seu adversário são armas que você precisa aprender a prever. E, geneticamente, você é mais capaz de observar o mundo ao redor e entender as pessoas do que qualquer outro de nós. Daí é só procurar uma fraqueza para explorar e então destruir seu inimigo. Ser implacável.

Bianca ergueu as sobrancelhas e começou a contar nos dedos.

– Se manter no controle. Observar o inimigo. Prever suas ações. Procurar um ponto fraco. E ser implacável... – disse ela. – *Humm...* Simples assim?

Julian sabia que, conscientemente, ela não tinha ainda a mínima ideia de como fazer isso.

– Simples assim – respondeu. – E agora é só pensar no meu pai e no que ele quer. Pense nos movimentos dele com relação a você. E agora diga: por que acha que ele autorizou que viesse para a Antártida?

Bianca suspirou. Ela não sabia por que Walter a queria ali com Julian. Só uma coisa vinha em sua cabeça.

– Você me disse noite passada que Walter quer que sejamos amigos. Então, tudo o que consigo pensar é que ele pode achar que essa viagem maluca nos aproxime mais.

O sorriso de Julian foi sombrio.

– Nada como um pouco de perigo e risco de vida para aproximar dois Karibakis.

Ela o olhou, atônita.

– Está falando sério que acertei? Esse é o motivo de seu pai? Não seria bem mais fácil me matarem de uma vez por todas? Se me atacassem aqui seria perfeito – disse, erguendo os braços para a infinita planície branca ao redor. – Estamos sozinhos e sem a vigilância dos batedores.

Julian balançou a cabeça.

– Entrar na Antártida é muito difícil para os Pérfidos e suspeitariam de traição. Meu pai não quer que os Karibakis desconfiem da existência de traidores ainda entre eles. Isso colocaria em risco o uso do sangue de Milena para mentirem infinitamente.

– Ahh... Entendi. É claro que não querem arriscar tanto, sou a última mesmo e nem terminei o treinamento. Para que desperdiçar bons traidores comigo, não é verdade? – O tom dela era amargo.

A expressão de Julian ficou ainda mais pesada.

– Eles te subestimam, Bianca – disse Julian. – E esse vai ser o maior erro deles.

Ela ergueu o olhar para ele.

– Não, Julian... eles subestimam você. Eles acham que o tem sob controle. Acham que, só porque me tratou mal desde que cheguei no Refúgio, você seria capaz de me matar assim que ordenarem.

Ela notou a musculatura nos ombros dele se tensionarem, assim como sua mandíbula.

– Como soube?

Bianca deu de ombros.

– Tinha a minha suspeita e você acabou de confirmá-la.

O olhar dele se intensificou.

– Como? Desde quando?

Ela inspirou o ar gélido.

– Desconfiei quando você me empurrou para a beirada do penhasco por eu ter dito que confiava em você.

Ela tinha visto a agonia nele aquela noite. E é claro que ele nunca a empurraria ou arriscaria a vida dela. Então, Bianca dera o passo para o vazio, obrigando-o a salvá-la e a responder a sua própria pergunta.

Os lábios dele tremeram e Bianca sentiu um aperto no peito.

– Você sabe que eu nunca... – A voz dele falhou e ela se aproximou, erguendo a mão para tocar em seu braço.

– Julian... Sei que jamais me machucaria – disse, suavizando seu tom. – Se seu pai ainda não percebeu o que nós dois nos tornamos um para o outro desde a noite anterior ao seu aniversário de doze anos, ele já perdeu essa guerra. Os traidores estão acabados. Tenho total certeza disso.

Julian tinha seu olhar no dela, mas sua expressão ainda se mantinha sombria. Bianca desejou poder fazer essa expressão nele desaparecer.

– Ainda vão se surpreender com você, Bianca.

Ela balançou a cabeça em uma negativa.

– Pare de exagerar. Você não precisa ficar usando palavras legais para me impressionar – disse, dando alguns passos para trás e se abaixando para pegar um pouco de neve entre os dedos enluvados. – Sei que não sou como você. Não *ainda*, pelo menos.

– Não estou exagerando – disse ele firme, desviando o olhar em direção à tempestade, como se para calcular sua distância. – Ainda tem muita coisa que você não sabe sobre si mesma, sobre seu dom e eu preciso te...

Então algo gelado atingiu a lateral do rosto dele em cheio. Julian olhou perplexo para o sorriso dela.

E antes que outra palavra saísse da boca dele, ela lançou outra bola, mas dessa vez ele se protegeu e a neve se espalhou pelo braço erguido.

Bianca se abaixou para pegar mais munição com a mão enluvada e parou por um momento, sorrindo. Provocando-o.

– O que está fazendo? – disse, exasperado. – Enlouqueceu?

Como resposta, Bianca jogou outra. Atingindo-o no rosto, de novo. Outra bola o acertou na barriga e ela já estava pronta para jogar outra e mais outra nele. A expressão dele de surpresa e indignação a fez rir de verdade.

Ele tentava se proteger e esquivar enquanto ouvia os risos vindo dela.

Bianca notou seus olhos brilharem um instante antes dele se abaixar muito rápido e pegar um punhado de neve. Ela virou o corpo e foi atingida no ombro. Em seguida, foi a vez dela de novo e outra bola explodiu perto do rosto dele.

– Pare com isso... – pediu Julian.

– Não.

Os risos de Bianca e Julian eram as únicas coisas vivas a quilômetros de distância daquele deserto gelado estéril, brilhando sob o sol.

Uma verdadeira guerra de neve se iniciou entre os dois. Uma brincadeira perigosa e mortal, não fosse a capacidade de seus trajes de mantê-los bem aquecidos.

E foi como se sentisse algo afrouxar dentro dela, fazendo-a se lembrar de outra época. Seu coração a aqueceu ao receber as lembranças da última vez que brincaram e riram como crianças, na noite em que caçaram vaga-lumes juntos.

Em pouco tempo, ambos ofegavam, corados pelo esforço e pelo frio.

Julian cuspiu neve de sua boca e aproveitou um momento de cansaço dela para correr e a agarrar firme pelas costas, prendendo-a até que o restante da neve se desfizesse em suas mãos e ela finalmente desistisse, ainda rindo.

Os dois praticamente se jogaram sentados no chão.

– Por favor, pare – disse ele, recuperando seu fôlego.

Bianca riu um pouco mais e os olhos dele brilharam sobre ela.

– Ok... – respondeu ela, engolindo o riso. – Parei, prometo.

– O que deu em você?

Bianca notou seus cabelos escuros bagunçados e cheios de neve. E então deu de ombros.

– Só estou tentando te trazer de volta.

– Me trazer de volta?

Ela se virou, ajeitando-se sentada no chão, ficando de lado entre seus braços e pernas.

– Do lugar ruim em que foi parar, aí na sua mente – explicou ela, estreitando um pouco o olhar enquanto inclinava o corpo para ficar mais próximo ao dele, baixando o tom para falar de novo. – Deixe essa sua máscara feia de Daniel pra lá, não precisamos dela por enquanto. Só queria passar um tempinho com o bobo e magrelo de cabelo bagunçado que brinquei naquela noite, na sua casa.

O sorriso de Julian se desfez. Bianca sabia que tocar no passado sempre o machucava um pouco, mas não era essa a sua intenção.

Ele ergueu uma das mãos até os cabelos escuros.

– Acho que pelo menos a parte do cabelo desarrumado você conseguiu – disse, erguendo uma das sobrancelhas. O peito dele encostando em seu ombro conforme falava. Bianca sorriu, a sombra na expressão dele havia desaparecido.

Ela tocou em um de seus pulsos. O tecido se recolheu para dentro da manga e suas mãos ficaram imediatamente livres e geladas. Bianca ergueu o braço para tocá-lo.

Julian ficou completamente imóvel. Bianca tocou na sobrancelha dele, enquanto limpava os pequenos flocos de neve com as pontas de seus dedos.

– Tem neve em seu rosto – explicou, com um leve sorriso.

O lábio dele se curvou em uma risada baixa. Ela sentiu o calor da respiração dele tocar levemente em seu pulso antes de se esvair no frio.

– Nem consigo imaginar o motivo disso.

Ela sorriu e continuou a limpar os vestígios de neve.

– Só não quero que você congele e digam que foi minha culpa...

Ele não respondeu, apenas ficou observando-a trabalhar em seu rosto, devagar. Então, talvez para provocá-la ou para testá-la, Julian se inclinou mais sobre ela. Seus rostos ficaram a poucos centímetros um do outro. Ela hesitou só por um instante, mordendo os lábios frios e secos, mas vendo a sombra de um sorriso desafiador em Julian, ela voltou a deslizar seus dedos no rosto dele, até alcançar seus cabelos e então começar a tirar o gelo dos fios escuros.

– Sabe o que eu estava pensando? – começou Julian.

– Naquela bonita canadense chamada Stephanie?

Julian soltou um riso abafado.

– Isso nem me passou pela cabeça – disse, encontrando os olhos dela. – Além do mais, a canadense e eu nunca tivemos nada sério e terminei o que quer tivéssemos quando a vi ontem no Refúgio.

Ela agora tocava nos cabelos bagunçados dele, ajeitando alguns fios.

– Humm... – disse ela, mantendo sua expressão neutra. – Então no que estava pensando?

– Em um presente para você à altura do você que me deu, anos atrás, de aniversário.

Ela sorriu.

– Bom... até onde me lembro, anos atrás, te dei estrelas em forma de vaga-lumes... Talvez seja mais fácil você tentar superar o bolinho amassado do ano passado.

– Gosto de desafios – disse ele, aproximando-se um pouco mais do ouvido dela. – Prometo que vou tentar me esforçar...

Ela estremeceu, mas tentou dizer a si mesma que foi de frio. Bianca baixou a mão, até tocar em seu peito.

– Meu maior presente é ter você de volta, Julian – sussurrou, afastando-se devagar para encontrar seus olhos.

Um leve sorriso provocador se formou nele. E ela notou o quanto estavam perigosamente perto.

– Não tenho dúvidas disso. Afinal, sou o cara mais forte, inteligente e bonito que já conheceu, não sou?

Ela torceu os lábios em um sorriso. E eles se entreolharam tão profundamente que Bianca se esqueceu completamente que estavam no meio do deserto mais gelado e mortal do mundo.

– E você é, Julian – disse ela, baixando o tom. – Mas queria ter percebido isso antes... quando tínhamos mais tempo – respondeu, sentindo a sinceridade reforçar o laço que sabia que existia entre eles e que se recusava a desfazer.

Ele ergueu a mão e tocou na bochecha dela, o calor de seus dedos a aqueceu.

– Eu deveria ter me empenhado menos em meu papel de cara ruim com você, desculpe...

Bianca abriu a boca para argumentar, mas ele tocou em seus lábios, calando-a.

– Mas acontece que não vou suportar se cabos de prata machucarem suas costas, Bianca... – murmurou ele, afastando sua mão do rosto dela.

Um tremor passou por Bianca. E ela se perguntou por quanto tempo os dois conseguiriam ficar realmente longe um do outro.

– Eu também não suportaria se te castigassem, Julian – murmurou, sentindo seu coração bater forte enquanto sua mão apertava o tecido do traje dele perto do pescoço.

Ele então inspirou fundo e se levantou. Bianca o soltou e estremeceu, sentindo-se quase congelar sem a proximidade do Furtivo.

– É melhor a gente ir... – disse Julian, um pouco hesitante. Oferecendo sua mão para ela se levantar. – Temos um longo caminho.

Bianca suspirou e, com a ajuda dele, se levantou.

– Eu sei...

E então sentiram o frio mais intenso. A expressão de Julian mudou. Ele olhou para trás no momento em que um vento cortante passou erguendo os cabelos dela.

Bianca seguiu seu olhar e estremeceu ao ver a imensa névoa branca e ameaçadora se aproximando no horizonte. A tempestade vindo parecia ser pior do que qualquer coisa que Julian e Bianca podiam esperar.

24

Algum tempo depois, Mariah e Gabriel já tinham comido todos os algodões-doces que conseguiram. Açúcar sujava um pouco o rosto da garota enquanto ela observava uma barraca.

– O que está olhando? – perguntou ele.

Ela apontou para a aglomeração junto à barraca colorida recheada de brinquedos e pelúcias penduradas por toda a parte.

– O que estão fazendo ali?

Ele se esticou para ver melhor.

– Acho que estão pescando.

Ela apertou as sobrancelhas.

– Nossa, que sem graça...

– Vem, vou te mostrar. É um tipo diferente de pescaria. Dentro dos peixes tem prêmios. Quer tentar? – disse, puxando-a para se aproximarem.

Mariah notou que Gabriel tinha razão. Crianças e até adultos seguravam finas varas com um barbante pendurado na ponta. Os peixes não eram de verdade, eram de plástico, eles boiavam e giravam numa pequena piscina no centro da barraca.

– Tente... – disse Gabriel enquanto pagava um rapaz para lhe entregar uma vara vermelha.

Ela deu de ombros.

– Tudo bem...

Mariah agarrou a vara e se concentrou em conseguir encaixar o gancho na pequena argola sobre o corpo do peixe.

Precisou de algumas tentativas, mas logo erguia a varinha com um peixe amarelo pendurado. Mariah ficou tão feliz que abraçou Gabriel, entusiasmada. Ele hesitou um instante, mas a abraçou de volta.

Não costumavam se abraçar dentro de casa. Emanuel não gostava disso. Crianças Pérfidas rapidamente aprendiam a suprimir suas fraquezas, principalmente o amor, afeição ou qualquer sentimento próximo a isso.

– Seu prêmio... – disse o rapaz, lhe entregando um pequeno ursinho azul de nariz vermelho.

Mariah soltou Gabriel e pegou a pelúcia com cuidado enquanto se afastavam da barraca. Contudo, Gabriel não conseguiu deixar de notar como de repente Mariah ficou estranhamente quieta.

A atenção dela se mantinha fixa nos grandes olhos do ursinho enquanto andavam. Aos poucos, sua expressão foi perdendo toda a leveza de momentos atrás. Gabriel sentiu um leve tremor.

– Alguma coisa errada?

Ela não respondeu. Seus dedos agarravam firmes a pelúcia.

Gabriel a empurrou cuidadosamente para um canto mais tranquilo e a sentou num banco de madeira, puxando o queixo dela para desviar o olhar perdido para ele.

– O que foi, maninha? Não gostou do urso? Pode jogar fora, se quiser...

Imediatamente a garota estremeceu e uma faísca de dor crua passou por seus olhos. Gabriel notou que disse algo muito errado, só não entendia o quê.

– Fale comigo – tentou mais uma vez, mantendo seu tom baixo.

E então lágrimas começaram a surgir preenchendo os olhos dela até se derramarem sobre seu rosto delicado. Gabriel inspirou fundo. Toda a luz que havia nela tinha se apagado.

– Eu... eu... eu só não quero ter que machucá-los mais... – disse, engolindo em seco antes de voltar o olhar para a pelúcia e abraçá-la. Parecendo agora muito mais nova do que seus treze anos. – Não consigo... Desculpe, eu sei que estou sendo fraca e idiota...

Gabriel olhou para o ursinho de grandes olhos brilhantes que ela ainda abraçava com força. Ele se abaixou e pressionou as laterais dos braços dela, aproximando-a mais dele.

– Mariah...

Ela o encarou com aquela expressão tão conhecida por ele.

A mesma expressão que via nela há anos e que a fazia não ter fome ou vontade de fazer qualquer coisa. Às vezes ele tinha pesadelos em que Mariah dormia e simplesmente não acordava mais porque seu corpo havia desistido de viver.

– Você não precisa machucar mais nada se não quiser – continuou ele.

Ela inspirou fundo, quase soluçando.

– Você promete? – murmurou ela.

– Prometo – disse com firmeza. Ele falava sério.

Dessa vez eu disse algo certo, maninha?

Ela piscou e sua expressão mudou levemente, erguendo as costas da mão para limpar suas lágrimas, apertando ainda mais a pelúcia contra si.

Definitivamente, Mariah nunca seria uma Retornada. Gabriel tinha certeza disso.

Havia algo em sua meia-irmã que nem ele e nem seu pai entendiam. E quanto mais Emanuel usava o dom Pérfido para dobrar seu espírito e fazê-la compreender o mundo como eles, mais Mariah se voltava para dentro e silenciava, como uma chama perdendo seu tamanho e seu calor.

– Sente-se melhor?

Ela assentiu com a cabeça e tentou sorrir. Ele sabia que ela tentava ser forte, como sempre fazia na frente dele. Mas se lembrava de ouvi-la chorar escondida por muitas e muitas noites. Já tinha pensado em fugir com sua irmã antes, mas sempre afastava a ideia, se convencendo de que Mariah estava se acostumando a ser como eles... de que ela estava mudando para ser como eles.

– Vamos? – disse ele, levantando-se do banco.

Ela se levantou, mas não parecia mais tão ansiosa com o parque.

– E o que quer fazer agora?

– Não sei...

Eles caminharam mais alguns metros e Gabriel fez com que parassem em frente a um dos brinquedos de girar, onde adolescentes riam e gritavam, se divertindo. A atenção de Mariah foi para o brinquedo.

– Vamos experimentar este? – perguntou ela.

– Humm... acho que você vai acabar vomitando todo aquele algodão-doce rosa em mim.

– Não, não vou – disse, virando-se para encará-lo, seu olhar brilhando de novo. – Prometo que não vou...

Ele sorriu com o retorno do entusiasmo dela.

– Tá legal.

Os dois foram naquele brinquedo e Mariah percebeu que seu irmão também estava se divertindo, apesar de algumas vezes o pegar observando ao redor com olhar cauteloso, antes de correrem para outra diversão.

Ficaram horas no parque. E estavam cansados e satisfeitos quando foram experimentar a roda gigante.

Esperaram quinze minutos na fila até conseguirem a vez de entrar em uma daquelas cabines. Entraram e largaram a mochila que compraram para guardar diversos doces e o ursinho.

Mariah tinha os olhos fixos na paisagem noturna, enquanto a cabine subia e descia no ar, sendo movimentada pelos grandes aros de metal. Dali, Gabriel podia ver toda a extensão do parque e talvez por isso se sentisse mais relaxado. Ele havia mentido, obviamente não estavam seguros.

Gabriel notou como Mariah observava as pessoas se divertindo lá embaixo. Havia expectativa e esperança na expressão dela e isso o incomodou. Ele lutou contra si. Lutou para se manter quieto e calado, mas não conseguiu.

– Não se iluda com os humanos, nunca daria certo – disse ele.

Ela ergueu o olhar para ele.

– Por quê? – perguntou, mas Gabriel apenas cerrou a mandíbula e deixou seu olhar vagar entre as pessoas no parque. – Por que, Biel?

– Deixa para lá, vai ficar chateada com o que vou te contar.

Ela se virou para ele.

– Não vou, não. Diz logo.

Ele sabia que ela iria se chatear no final, mas fingiria para ele que estava tudo bem.

– Quando eu era criança e não tinha controle total de meu dom Confiar, Emanuel, minha mãe e eu fomos até uma das cidades mais perigosas do Brasil. Nosso pai me disse que passaríamos as férias ali, mas quando chegamos, os dois abriram a porta do carro e me jogaram na rua da periferia como se eu fosse um cachorro indesejado. Minha mãe me avisou que os dois voltariam para me buscar em um mês. Daí foram embora.

Algo no estômago de Mariah se revirou.

– Por que fizeram uma coisa dessas?

Um sorriso sombrio se insinuou nos lábios dele.

– Eles queriam que eu *aprendesse* a lição.

– Que lição?

Ele deu de ombros.

– Que os seres humanos são tão cruéis quanto nós somos. Que para eles, um menino negro abandonado nas ruas era apenas mais uma vítima para liberarem suas selvagerias...

Algo brilhou nos olhos de seu irmão e Mariah imaginou se não seria ódio. Ela sabia que seu pai também sentia isso por eles e que sua madrasta via os seres humanos como criaturas inferiores.

– O que aconteceu? – disse ela, tentando imaginá-lo sozinho e inocente pelas ruas de uma das cidades mais perigosas do Brasil. – Te machucaram muito?

Ele sorriu um tipo de sorriso que ela não gostava.

– Aconteceu que entendi a lição – declarou ele. – Aprendi que não importa que os humanos tenham construído parques, jogos, carros, celulares e imensas cidades para se esconderem, eles não conseguem esconder o que são de verdade.

E apesar de Mariah saber que não ia gostar da resposta, perguntou mesmo assim.

– O que está querendo dizer, Gabriel?

– Estou dizendo que os humanos são animais como nós. – Ele fez uma pausa e a encarou, ainda com seu sorriso terrível. – Mas nós, Filhos de Hoark, somos predadores muito mais perigosos do que eles. E provei isso em apenas uma semana nas ruas.

– Mas você era muito novo...

Os olhos dele brilharam ainda mais.

– Fortaleci meu dom e subi na cadeia de comando do crime local matando o líder anterior e estabelecendo minhas ordens. Fiz os *homo sapiens* das ruas entenderem que não eram nada mais do que presas enquanto que eu era o caçador.

Mariah sentiu de repente um vento frio entrar na cabine, ela abraçou seu próprio corpo.

Ele matou alguém e era só um garotinho...

– E olha, maninha, que sou apenas um parente Pérfido. Então, imagine o que um trocador de pele teria feito... É por isso que eles não têm chances contra nós. Os seres humanos não têm muito mais tempo de vida sobre a Terra. Viver entre eles nunca daria certo.

Mariah piscou, tentando compreender tudo o que ele estava lhe dizendo.

– Talvez pudéssemos só aceitar o mundo deles do jeito que é e vivermos juntos – tentou ela, erguendo os ombros. – Nem todos são ruins.

Ele riu de forma debochada.

– Mari, um único trocador de pele caminhando por uma rua movimentada na pele humana os faz se sentirem nervosos, mesmo sem entenderem o motivo. Nunca conseguiríamos viver juntos.

Com o coração apertado, Mariah voltou seu olhar para o parque.

– Mas os Filhos da Lua não pensam desse jeito. Acho que minha mãe não pensava assim.

Gabriel franziu o cenho. Mesmo que Mariah fosse viver entre eles, era seu dever contar a verdade.

– Aprendi no Culto de Hoark que os Karibakis mentem para si mesmos e para seus filhos. Eles dizem ser Filhos da Lua, mas a lua é só uma rocha inútil no espaço e rochas inúteis não criam nada. Eles são Filhos de Hoark como nós. E como todo Filho de Hoark, um dia herdarão a Terra e governarão os seres humanos. Não importa o que façam, um dia todas as linhagens *retornarão* para nós.

Aquelas eram as palavras fanáticas do Culto de Hoark e Mariah sentia-se enjoada só de pensar neles.

– Não gosto do Culto. Eles são... monstruosos – disse, estremecendo ao se lembrar da última vez que assistiu a um de seus rituais com sua família. Mariah ficou noites sem dormir.

Gabriel suspirou.

– Besteira, Mariah. O Culto apenas defende aquilo que a gente é de verdade – explicou. – Pense, irmãzinha... Por que Hoark teria criado trocadores de pele com garras e presas? Por que mais teria nos dado os dons? Somos os filhos do Destruidor. Não podemos negar isso.

Mariah sentiu outro vento frio alcançando-a lá de cima e começou a sentir-se incomodada, queria descer.

– Sabe, acho que não me importo se os Filhos da Lua são mentirosos – disse. – Acho que a gente deveria tentar viver em paz com os humanos.

Ele se virou para olhar para a frente e Mariah achou que tivesse ficado bravo com ela, mas quando ele falou sua voz estava tranquila.

– Eu sei. E é por isso que estou te levando para o Refúgio – disse Gabriel. – Mas maninha, nós, Pérfidos, não somos diferentes de vocês, não somos maus. Somos apenas o que fomos criados para sermos e um dia vai entender isso...

Ela balançou a cabeça.

– Não sei se vou conseguir entender, Biel.

– Ah, vai sim – insistiu ele, virando-se para ela com um sorriso no rosto. – E quando acontecer, vai sentir aquilo que jamais poderei sentir por eu ser apenas um parente.

Ela semicerrou um pouco o olhar.

– E o que é?

Os olhos verdes vítreos dele brilharam.

– Sentirá a divindade dentro de você. Sentirá o poder de Hoark, o Destruidor.

25

Sentindo o vento erguer seus cabelos e congelar seu rosto, Bianca fechou os olhos. Nem precisou esperar outro pedido de Julian. Sabia que deveria alcançar algum rastro para o Refúgio, seria mais rápido assim.

Ela se esforçou em afastar seus pensamentos e aguçar todos os sentidos. Precisavam sair dali.

Imediatamente a sensação gélida em suas bochechas aumentou, assim como a percepção do toque suave das minúsculas partículas de neve no ar. Enrugou o nariz e resfolegou, esforçando-se em ignorar o faro pegajoso que a atraia para o Brasil.

– Concentre-se – pediu Julian. – Confie em seu dom.

Ela estava tentando fazer isso, só que não era fácil.

Mas algo chamou sua atenção, um odor diferente. Ele não vinha de nenhuma parte. Ele vinha dela mesma.

Não entendeu como não o sentiu antes. De qualquer forma, o aroma estava frágil e ela o alcançou um pouco antes de desaparecer completamente. A alfa deixara este odor nela quando a tocou no helicóptero.

Ela tinha conseguido um rastro.

Sentindo o coração bater mais rápido, Bianca manteve-se concentrada até extrair dele a coisa mais importante, o fio que era uma mistura de energia e aroma que a conduziria até a alfa mexicana. E esse fio se tornou mais e mais forte.

– Consegui – disse, abrindo os olhos e percebendo, mais uma vez, como seus novos sentidos eram capazes de impressioná-la.

O azul do céu possuía tons mais vibrantes e a própria neve brilhava em sua brancura infinita. O vento erguia minúsculas partículas de gelo que, na luz do dia, flutuavam e se agitavam como diamantes no ar ao redor deles. Bianca olhou para Julian e sorriu.

– O que foi? – perguntou ele, confuso.

Ela ergueu a mão, como se tentasse tocar nas partículas brilhantes.

– Não consegue ver?

Ele piscou e concentrou-se em tentar ver o que ela via.

– Ahh... Se eu aguçar meus sentidos, sim – disse, mas então olhou para trás preocupado. – Descobrir novos sentidos é ótimo, mas que tal corrermos? Mostre o caminho.

Com o pedido, ela sorriu. Sim, iria mostrar o caminho, ela era uma Farejadora.

Entendendo que ela estava pronta, Julian se concentrou.

A espinha do Furtivo estralou e se alongou enquanto pelos negros e espessos cobriram seu corpo e um som gutural saía de sua garganta. Em instantes a troca se completara. O traje havia desaparecido sob os pelos, fazendo Bianca se perguntar por um momento onde tinha ido parar o *metamold*.

Julian deu alguns passos à frente, afundando as patas pesadas na neve. Seus grandes e perigosos olhos negros se viraram para ela.

Era a sua vez.

Desde que começara a treinar ainda no hospital, a transformação se tornava cada vez mais fácil e menos dolorosa. E, quando seus ossos pararam de estalar, seu corpo crescer e seus pelos terminaram de cobrir cada pedaço de si, a sensação que a invadiu foi incrível. Uma onda de calor aqueceu seu corpo. Seus pelos castanhos eram espessos, protegendo melhor sua pele. Ela absorveu o vento gelado ao redor com um prazer diferente.

Julian a observava com olhos negros brilhantes.

Bianca já conhecia a forma Karibaki de Julian, uma besta de pelos negros macios, de porte musculoso e atlético, mas ele não conhecia bem a dela. A não ser durante a confusão de dor e morte, enquanto lutava contra o Voraz em Santos, Julian não tinha visto a forma bestial de Bianca de verdade.

Ela avançou em direção ao rastro, dando um passo e depois outro, sentindo a textura da neve fresca em suas patas. E então correu.

No começo, somente suas pernas tomavam o impulso, mas Julian a alcançou correndo em suas quatro patas. Instintivamente, ela se inclinou para frente e suas garras afundaram na neve, aumentando o ritmo.

Um grunhido de satisfação saiu de sua garganta.

Estava amando a sensação do vento em seu focinho e surpresa com o vigor em suas pernas e braços.

A ameaça da tempestade ia ficando cada vez mais para trás. Bianca sentia-se ágil e energizada. Nunca imaginara que correr daquela forma seria tão incrível. Era como se cada fibra de seu corpo quisesse saltar.

E então ela saltou... não precisou sequer pensar em como faria isso.

Atrás dela, grunhidos de Julian lhe pareceram risos.

Eles correram por muito tempo sem sentirem um pingo de cansaço. Correram e correram pela paisagem de beleza pura e impossível, sentindo o vento gelado no rosto.

E então, quando uma fenda de uns cinco metros de largura surgiu em seu campo de visão, rasgando o solo de gelo no meio do caminho, seu coração bateu forte com a expectativa do desafio.

Bianca flexionou as coxas e saltou sobre a saliência, sem se importar com o perigo da queda de dezenas, talvez centenas de metros abaixo dela. Alcançou o outro lado e riu por dentro. O gelo rangeu com seu peso e ela disparou na corrida, saltando cada vez que alcançava outra fenda natural.

Atrás dela, Julian soltou rosnados de alerta, mas Bianca não queria tomar cuidado.

Ela só queria correr e saltar, no meio de um horizonte brilhante e infinito. Correr e saltar deixando todos os problemas e os medos para trás.

Bianca nunca havia se sentido tão livre.

Um grande rosnado escapou dela. O rastro da alfa da alcateia Inverno e a vontade de encontrá-la a impulsionava a continuar. Talvez fosse assim a sensação de uma caçada.

Em instantes, Julian a alcançava. Podia sentir o calor emanando dele, seus pelos se tocaram, assim como a lateral de seus imensos corpos.

O Furtivo grunhiu em alerta e inclinou a cabeça para trás por um instante. A nuvem branca da tempestade se espalhava, aproximando-se cada vez mais.

Ela não poderia se esquecer de que também estavam sendo caçados.

Correram por algum tempo. Talvez por horas. Não importava.

A concentração de Bianca se mantinha no rastro. Seus olhos estavam fixos na silhueta dos picos montanhosos no horizonte.

E Bianca percebeu que, mesmo sabendo que corriam em direção a uma armadilha, ela sentia-se cada vez mais forte e mais concentrada.

Ela era uma Karibaki e o Refúgio era seu lar.

Ouviu-se um ruído no gelo, como se algo estivesse se rasgando no meio. E no passo seguinte a neve cedeu, desmoronando enquanto uma enorme fenda se abria e o solo sob suas patas sumiu.

O coração de Bianca pareceu parar quando o abismo azul e branco brotou bem abaixo dela. Ela estava caindo.

Não!

Mas uma massa escura surgiu ao seu lado, agarrando-a pelo braço enquanto a jogava contra a beirada do solo estável que se manteve metros à frente.

Julian pousou sobre a superfície arfando, enquanto Bianca se segurava na parede de gelo como um gato agarrando-se a uma árvore.

Ela grunhiu. A queda seria mortal. Com um impulso, ergueu a pata e alcançou a superfície. Julian a ajudou, puxando-a e então avançou para ela, rosnando.

Bianca se encolheu. *Julian está me dando uma bronca?*

Ele apontou com o focinho para o chão, apertando o solo sob sua pata. A neve rangendo com seu peso. Bianca achou ter entendido, precisava sentir e ouvir o gelo, prestar atenção.

E então ele se virou e avançou, sem esperá-la.

Os dois seguiam em direção às montanhas, o caminho que Bianca estava fazendo, mas de alguma forma aquilo a enervou.

Iria tomar mais cuidado. Ela deveria guiar o caminho...

Bianca se aproximou dele e tentou ficar ao seu lado, mas o Furtivo imediatamente a impediu, bloqueando a passagem com o corpo e acelerando.

Bianca rosnou, indignada.

Ele me quer para trás!

Rosnou ainda mais alto, mas ele não deu a mínima atenção. E então, como que por puro instinto, observou as pernas fortes de Julian. O olhar de Bianca analisou o tendão do Furtivo. No momento seguinte, suas presas se abriram. Para conseguir passar bastava morder forte e então soltar, para ele mancar dolorosamente até se curar.

Seria uma boa lição para Julian...

Bianca impulsionou sua corrida. Sua boca se abriu e suas presas afiadas surgiram, prontas para dar o bote.

Entretanto, a imagem de Manuela machucada por sua causa veio a sua mente e isso lhe causou um profundo mal-estar. A Farejadora diminuiu o ritmo. Não iria machucar Julian. Deveria haver outra forma.

E havia.

Não demorou para um declive surgir e enquanto estava em solo mais alto, tomou impulso e saltou, deixando seu corpo cair um pouco mais na frente dele. Julian tentou bloqueá-la, mas ela rosnou virando a cabeça de um lado, ameaçando-o com uma mordida. E, divertindo-se com a expressão de surpresa em seu focinho, Bianca o ultrapassou.

Assim como a tempestade que os perseguia.

De repente, uma confusão de vento e neve os atingiu em cheio.

Todo o seu corpo sentiu a brusca queda de temperatura. Bianca começou a tremer violentamente, esforçando-se em manter o ritmo da corrida.

Aos poucos, sua pele começou a queimar debaixo dos pelos castigados pelo vento congelante.

A tempestade parecia querer derrubá-los. E o pior era que, além de toda a neve sendo levantada e espalhada pelo vendaval, seus olhos se feriam e ela precisava mantê-los apertados, quase fechados.

Sentindo-se cansada, diminuiu a corrida e imediatamente todo o seu corpo começou a enrijecer.

Ouviu um rosnado de alerta de Julian ao seu lado, abafado pela tempestade. Bianca não podia parar. Parar poderia significar virar picolé de Karibaki. Conseguia sentir sua capacidade de regeneração lutando contra as feridas da tempestade caçadora.

Não pense. Continue, não pare...

Mas então Bianca parou e virou o focinho.

Julian rugiu, mas ela o ignorou. Havia algo ali. Havia uma sombra escura em meio à neve. Algo tão convidativo e perigoso quanto uma porta se abrindo e seduzindo-a em sua direção.

Bianca se virou, avançando com um impulso mais forte, lutando contra a tempestade.

Os rugidos de Julian pareciam chamá-la.

Logo ela notou que a sombra nada mais era do que uma fenda no solo. Uma fissura suficientemente grande para um trocador de pele passar.

Ela encarou a fenda, sentindo a escuridão tocá-la.

E antes que Julian pudesse impedi-la dessa vez, Bianca se precipitou sobre a fenda e caiu dentro dela.

Refúgio Verde. Brasil.

– Então deixa eu ver se entendi – disse Nicole, endireitando-se na grama da Praça Oliva. Estavam todos os jovens estudantes espalhados ao redor de uma fogueira. A sagrada Fogueira de Histórias. – Basicamente, o que está me dizendo é que você acredita que exista uma conspiração para esconder quem é o espírito da mulher misteriosa e por isso não quer ir até os anciãos?

Ela e Ricardo estavam num canto mais afastado, sob uma grande árvore. Do lado direito, podiam ver o Cristal Oliva iluminando a noite do Refúgio com sua suave luz esverdeada.

– É mais ou menos isso – respondeu Ricardo. Ele estava sentado ao seu lado, apoiado numa grande raiz da árvore.

Os lábios de Nicole entortaram no canto e seu olhar foi até a contadora de histórias sentada perto da fogueira. Os dois já estavam em uma discussão sobre o espírito há quase meia hora.

Nicole iria cumprir sua promessa de ajudar Ricardo, é claro. Só que descobrir o que tinha acontecido com a imagem da mulher misteriosa estava sendo muito mais complicado do que tinha previsto e estava quase começando a acreditar naquela teoria maluca dele.

– E é por isso que acho que não podemos ir até o Conselho com este problema – sussurrou ele, desencostando-se para ficar mais perto dela. – Eles podem fazer parte dessa conspiração. Acho que não querem que a gente descubra mais sobre ela. Talvez seja aquele tipo de segredo que valha a pena morrer e *matar* por ele...

Nicole ergueu uma das sobrancelhas para a expressão ansiosa dele.

– Ok... menos, Ric, *menos...* – pediu ela.

Ele fez cara de decepção e voltou a se encostar na raiz.

– Vou descobrir o que aconteceu – disse ela, desviando sua atenção para algumas crianças por perto. Entre elas estavam Gabrielle, Leonardo e as gêmeas. Nicole notou que Gabrielle estava sentada mais próxima de Leonardo do que de Mariana e Laís. – Altan não é páreo para mim e ele sabe disso. Aquela IA pode até ter desvendado o código da tecnologia que usei para nos escondermos dele enquanto fugíamos para Santos, mas eu já estava preparada para isso.

Nicole modificou o código da pulseira bloqueadora dela e de Julian. Altan não notou. Eles conseguiam ficar invisíveis à vigilância dele de novo.

Ela sorriu, observando as crianças conversando entre si. Gabrielle parecia melhor, mas ainda estava abatida. O sorriso de Nicole diminuiu ao perceber os ângulos acentuados em seu rosto, Gabrielle havia emagrecido e havia olheiras escuras sob seus olhos. Mas achava que ela iria se recuperar logo. – Criei um equipamento novo e descobri uma coisa faz algum tempo.

– O quê? – perguntou ele.

As crianças riram mais uma vez de alguma história ou piada que estavam contando na roda. Gabrielle também riu e Nicole notou como Leonardo ficou olhando para sua irmã, suas bochechas ficando rosadas.

– Acho que Leonardo gosta da minha irmã... – comentou Nicole, distraída e sem tirar os olhos das crianças.

Ricardo ergueu uma sobrancelha.

– Você descobriu que Leonardo gosta da sua irmãzinha de onze anos?

– Não, não foi o que descobri, sua besta – disse, fazendo uma careta enquanto virava-se para ele. – Descobri que o lugar mais fácil para acessar a rede interna do Refúgio é a biblioteca. A rede lá é mais maleável do que em qualquer outro lugar, sabia? O único problema é que não é tão seguro quanto nossos quartos, onde não somos vigiados. Mas acho que vai ser na rede da biblioteca que vou investigar de novo quem destruiu a sua imagem.

Ricardo arregalou os olhos.

– Nic, como você consegue? – perguntou ele, assombrado. – Como consegue programar coisas que ninguém mais é capaz?

Ela deu de ombros.

– Não é tão difícil assim quando você entende a linguagem desse lugar.

O parente Uivador riu.

– Você fala como se pudesse conversar com o Refúgio.

– Sei lá... para mim é supernatural. Não tenho culpa que os outros aqui sejam uns bundões em tecnologia. – Ricardo continuava a olhar para a amiga com o sentimento de mais pura admiração e esperança. – O Refúgio não funciona de forma muito diferente que nossos trajes, sabia? É um tipo de biotecnologia e...

Mas Ricardo a calou com um abraço muito apertado. Nicole gemeu, tentando respirar.

– Te amo, Nic! Você é a melhor amiga-cunhada que alguém poderia pedir.

E então a soltou.

– Sei disso... – comentou, ofegando com o repentino retorno da capacidade de respirar. – Agora cala a boca e vamos tentar prestar atenção na história.

– Tá legal... – disse ele, entrelaçando seu braço no dela.

Carol Porto, a instrutora das aulas de Controle, dava comandos nos brilhantes ícones holográficos ao seu redor. A instrutora usava um conjunto de saia e blusa de tecido leve, pois era uma noite quente, seus cabelos cacheados estavam presos. Ela olhou para todos e sorriu antes de começar a falar.

Os hologramas em tamanho real a acompanhavam.

Nínive, Galen, Fedro, Belisário e Alana corriam em direção à cidade humana em que seus amigos e familiares viviam. A Primeira Alcateia queria salvá-los do ataque do primeiro Tau, ativado na cidade pelo primeiro Pérfido, antigo companheiro e traidor. Porém, todos já conheciam aquela história e sabiam o final. A diferença é que durante o evento anual eles podia ver a batalha com mais detalhes.

– Você acha que essa história aconteceu realmente do jeito que contam? – perguntou Ricardo.

Ela ia lhe responder algo, mas alguém se aproximou, sentando-se ao lado dela, quase espremendo-a contra Ricardo.

– Me falaram que teremos uma história nova bem chata este ano – comentou Giovanna ao ver o olhar surpreso dos dois.

Ricardo resmungou alguma coisa malcriada e Nicole estreitou o olhar para a parente Destemida.

– Giovanna, não sei o que deu em você para vir até aqui, mas só te digo uma coisa: cai fora – falou Nicole. – Não estamos no clima para te suportar.

A parente Destemida entortou os lábios para o lado, fazendo expressão impaciente. E para reforçar, Nicole se afastou dela, empurrando Ricardo para o lado. Enquanto isso, os hologramas mostravam a alcateia enfrentando os primeiros *griats* do Tau, juntos.

– Algum de vocês dois tem falado com Rafaela? – perguntou Giovanna, ignorando-a.

– Isso não é da sua conta – rebateu Nicole, sem tirar os olhos dos hologramas.

– *A força de um Karibaki está em sua alcateia...* – disse Carol enquanto narrava.

– Estou tentando falar com Lucas o dia todo e ele não respondeu, tentei falar com os outros também e nada – comentou a parente Destemida.

O comentário chamou a atenção de Ricardo. Nicole suspirou. Alcateias ficavam incomunicáveis por algum tempo, não era incomum. Lá fora, a tecnologia dos trajes funcionava em menor capacidade para economizarem os cristais de energia.

– Eles devem estar ocupados – disse Nicole, seca. – Aliás, o que *você* ainda está fazendo aqui? Não tinha que ter ido para o estágio no Espírito Santo?

Giovanna inclinou a cabeça para ela.

– Os táticos da alcateia foram há uma hora, mas se querem tanto saber, não faço parte mais da alcateia de Lucas.

E então Ricardo e Nicole a olharam.

– Quê? – disseram ao mesmo tempo. Ao redor alguns os encararam.

Ricardo se inclinou em direção à Giovanna e baixou o tom de voz.

– Você saiu da alcateia?

– Enlouqueceu? – sussurrou Nicole. – Está doente ou algo do tipo?

A expressão de Giovanna endureceu.

– Saí. E também terminei com nosso compromisso. – Nicole e Ricardo ampliaram seus olhos. – Minha tia ficou furiosa, mas já enviou o aviso para a família de Lucas.

– Bom... – começou Ricardo, erguendo as sobrancelhas – talvez seja por *isso* que ele não esteja te respondendo. Talvez por *isso* nenhum deles esteja te respondendo. Você acabou de envergonhar a família de Lucas *e* a alcateia dele.

– E estou pouco me lixando – grunhiu Giovanna.

Nicole ergueu as sobrancelhas.

– Da onde saiu isso? Por que terminou tudo assim, de repente?

Nicole notou a tensão na mandíbula de Giovanna.

– Bianca... – foi a resposta da Destemida.

– Ei, tá maluca? – exclamou Nicole. – Bianca é uma trocadora de pele agora, ela e Lucas não podem... – Mas Giovanna não a deixou terminar.

– Não foi por causa *disso* – disse, fazendo uma careta. – Foi por algo que ela me falou ontem à noite.

– Ahh... – comentou Ricardo, lembrando-se do que Bianca tinha lhe dito sobre o encontro entre elas. – E isso foi algo que ela te falou antes ou depois de você socar ela?

Mas Giovanna não respondeu, seu o olhar se perdeu no centro do círculo por alguns instantes. A história da Primeira Alcateia tinha acabado e somente a fogueira crepitava enquanto Andrea, a instrutora de História Karibaki, se preparava para a sua vez de narrar.

– Mas não é só por causa disso que vim falar com vocês dois – continuou Giovanna. Ela fez uma pausa. – Vocês... acham que Julian me aceitaria como tática na nova alcateia dele?

Pelo som de surpresa de Ricardo, ele parecia estar morrendo engasgado. Nicole encarou Giovanna.

– Tá brincando, né? Você sabe que Bianca vai estar na alcateia, não sabe?

Giovanna deu de ombros.

– E será que Julian vai aceitá-la? Não acho que ele goste muito dela, mas não me importo se ela estiver na alcateia.

O olhar de Ricardo se arregalou, levando as mãos à cabeça.

– Caramba, é sério, não sei se terei condições de sobreviver a uma alcateia com Julian *e* Giovanna.

Nicole fechou o cenho.

– Eu também não... – resmungou. – De qualquer forma, você vai ter que perguntar ao Julian quando chegarem da Antártida. Até porque ele ainda não comentou nada sobre criar uma nova alcateia. Aliás, se eu fosse você, já ia vendo outra opção, me falaram que há vagas na alcateia da Manuela. Acho que as duas insuportáveis iriam fazer um bom par juntas.

Pela expressão de ódio em Giovanna, Nicole achou que a Destemida fosse tentar esmurrá-la. Mas Giovanna apenas se levantou e saiu pisando duro pela grama em direção à Manuela, sentada com os gêmeos Furiosos.

– Ela vai atirar para todos os lados agora – disse Ricardo. – Você não acha que Julian a aceitaria, né?

– Espero que não. Mas sinto que Manuela vai aceitá-la primeiro.

O parente Uivador seguiu seu olhar e soltou um *ufa* nos lábios.

– Pelo jeito nos livramos dessa enrascada – disse ele, referindo-se à Destemida. – Imagina só se Julian a aceita como tática e *pior...* – disse ele, dando bastante ênfase no *pior*. – Imagina se Giovanna e Julian resolvessem namorar! Aí estaríamos lascados...

Nicole torceu os lábios.

– Isso não iria acontecer, Giovanna não faz o tipo de Julian.

Ricardo ergueu a sobrancelha.

– Se Giovanna não faz o tipo do seu primo psicopata, quem faz? Uma linda e mortal Pérfida, então?

– Cala a boca – disse ela. – Stephanie é uma garota legal, Julian gosta de garotas legais.

Ricardo ponderou por um momento.

– É verdade... estranhamente isso faz algum sentido. Mas acho que só uma garota legal que mora na Antártida e o vê uma ou duas vezes por ano é capaz de aguentar seu amado primo.

Mas Nicole olhava para a fogueira, pensando no que Giovanna disse a eles. Havia algo de estranho. Lucas responderia as mensagens de Giovanna, nem que fosse para gritar com ela por ter quebrado o compromisso de casamento.

– *Como já ouviram falar, uma antiga lenda conta sobre os primeiros Vaerens a andarem sobre a Terra* – falou Andrea, a instrutora de História Karibaki, ao lado da fogueira. – *A lenda dos Onze Pesadelos.*

Silêncio total se fez ao redor e os hologramas começaram a surgir enquanto Andrea continuava sua narrativa.

– *Conhecemos a história de como esses Pesadelos lutaram uns contra os outros no passado distante, destruindo-se no processo* – continuou a instrutora de História Karibaki. – *Agora vocês vão conhecer o outro lado dessa história, aquele em que a Primeira Alcateia fez parte dessa guerra para libertar a humanidade da sede de sangue dessas poderosas criaturas...*

Enquanto a ouvia, Nicole decidiu que mais tarde tentaria falar com Rafaela. Precisava ao menos checar se estava tudo bem. Pediria para Ricardo entrar em contato por ela, assim teria uma desculpa para vê-la nem que fosse por alguns instantes.

Sentindo o coração apertar de saudades, Nicole se concentrou na estranha e nova história sobre Vaerens e Karibakis sendo contada.

Mas um grito horrível irrompeu no ar e todos desviaram sua atenção, assustados. Nicole percebeu que eram gritos infantis. Gritos familiares.

– O quê...? – começou Ricardo, mas Nicole já estava em pé, correndo.

Crianças haviam se levantado e faziam um círculo ao redor de uma criança que se contorcia e gritava. Alguém gritou que estava chamando pelo médico. As gêmeas deram espaço para Nicole.

Mariana segurava a cabeça de Gabrielle, do jeito que tinha aprendido nas aulas de primeiros socorros, tomando cuidado para ela não a bater no chão.

– Gabi? Gabrielle? – gritou Nicole, ajoelhando-se. – O que foi?

Mas a menina não pareceu ouvi-la enquanto fazia outra careta de dor e grunhia.

– Não sei o que houve – disse a gêmea Mariana, com olhos arregalados. – A gente só estava ouvindo a história.

– O que aconteceu com ela? – disse Ricardo, agachando-se.

– Do nada ela caiu e começou a gritar – foi Leonardo quem respondeu.

E um grito que mais parecia um rosnado terrível saiu dos lábios arreganhados de Gabrielle, ao mesmo tempo em que toda a sua expressão se retorcia em pura dor e seus olhos se ampliavam, tornando-se duas bolas amarelas com uma pupila escura no meio dela.

O coração de Nicole saltou.

– Os olhos... – constatou Ricardo.

– Gabi, o que está acontecendo? – disse Nicole, voltando-se para a irmã. – Onde está seu novo companheiro?

A resposta da menina foi outro grito. Ricardo e Nicole precisaram segurá-la firme enquanto se debatia.

– Gabrielle? – insistiu Nicole.

– Afastem-se – exigiu uma voz masculina. Era Allan.

Eles obedeceram e num instante o médico e a enfermeira Luiza ergueram a menina até a maca portátil flutuante que trouxeram, prendendo seus braços e pernas, para a segurança dela. Ricardo puxou Nicole para dar mais espaço ao médico. A aglomeração aumentava ao redor deles.

Alguns conselheiros se aproximavam perguntado a Allan o que estava acontecendo, mas ele e Luiza estavam concentrados na menina que tinha recomeçado a gritar.

– Essa dor não é dela – disse o médico, virando-se para Nicole. – Achei que o companheiro animal estivesse morto.

– E está – disse Nicole, confusa. – Paxá foi devorado pelo Voraz de Santos. Não sabia que ela tinha um novo companheiro.

Luiza os acompanhava analisando a menina pela leitura do equipamento holográfico enquanto Allan seguia com a maca em direção ao hospital. Nicole, Ricardo e a pequena multidão os seguia.

– Gabrielle, onde está seu companheiro? – perguntou o médico, inclinando-se sobre a maca.

A menina virou o rosto em direção à Nicole, acompanhando a maca.

– Não posso dizer... – falou, com voz rouca e cansada.

E então, como se algo a tivesse atingido em cheio, se contorceu mais uma vez em dor. A convulsão fez o peito dela se erguer, cada fibra de seu corpo enrijeceu e se contraiu. Eles pararam de se mover.

– Faça alguma coisa, Allan! – pediu Nicole, as lágrimas já começavam a transbordar em seus olhos.

– Abalo muscular... – começou Luiza, sem tirar os olhos da leitura médica – coagulação sanguínea, lesão grave nos nervos, arritmia.

O médico ergueu o olhar para a assistente. Ele parecia atônito.

– Não pode ser. É como se Gabrielle tivesse acabado de levar um choque.

A tela começou a piscar as informações em tons vermelhos.

– Situação crítica – decretou Luiza. – O coração está enfraquecendo e pode não aguentar o próximo golpe.

Allan xingou.

– O animal deve ser muito maior do que ela, para Gabrielle não estar suportando. – Ele agarrou firme os ombros dela. – Onde está seu companheiro? O que está acontecendo com ele, Gabrielle?

Mas a menina forçou a cabeça para o lado. A expressão do médico se intensificou em descrença e ergueu o olhar como se procurasse algo na pequena multidão ao redor deles.

– Você! – chamou ele, olhando para Leonardo. – Use seu dom, preciso que ela me diga onde o companheiro está. Temos que ajudar o animal para o sofrimento dela parar. – Leonardo pareceu hesitante. – Vem logo, garoto!

Nicole olhou para Leonardo.

– Por favor... – pediu ela.

Então ele se decidiu, aproximando-se aos tropeços, olhando aflito para Gabrielle.

– Não dá... Ela está de olhos fechados.

– Abra seus olhos – pediu o médico, mas Gabrielle apenas grunhiu.

– Gabi, abre logo a droga dos seus olhos! – gritou Nicole, sentindo o desespero aumentar. – Ou fala logo o que está acontecendo!

– Calma, Nic – pediu Ricardo, ainda segurando-a.

Uma outra onda de dor passou pela menina, mais fraca dessa vez, mas o suficiente para erguer seu corpo e abrir seus olhos involuntariamente.

– Agora – disse o médico, virando o rosto dela para Leonardo.

O menino fixou seu olhar e Gabrielle não conseguiu desviar a tempo.

– Gabi, d-diga-me a *verdade*, por favor, onde está seu novo companheiro animal?

A menina engasgou antes de responder, como se tentasse resistir, mas seria impossível.

– Floresta... – choramingou ela. – M-muitas árvores... Não sei onde fica.

– Não desvie o contato visual – instruiu o médico para Leonardo. – Pergunte o que está acontecendo.

O menino engoliu em seco.

– Gabi, me diz a *verdade*, o que está acontecendo com seu companheiro?

Outro engasgo, seguido agora por lágrimas.

– ...capturado... – disse, com voz rouca quase inaudível enquanto mais lágrimas escorriam. – Homens armados... cercaram ele... estão usando bastões de choque.

– Bastões de choque! – disse Nicole, exasperada.

Allan gritou ordens à Luiza sobre algum tipo de medicamento. A enfermeira abriu a mochila e começou a preparar uma injeção.

– Ele não aguenta mais... – continuou Gabrielle, lágrimas começaram a escorrer – ... tem uma jaula... e um helicóptero.

– Por que o companheiro dela está sendo capturado? Quem faria isso? – A voz preocupada era da conselheira Carol Porto. Ao seu lado, Walter se aproximava depressa. Alguém o tinha chamado, provavelmente Altan.

– O que está acontecendo com minha sobrinha, Allan?

O médico o ignorou enquanto instruía Leonardo em sua próxima pergunta.

– Gabi, me diz a *verdade*... – começou Leo, sua voz tremendo – que tipo de animal é seu novo companheiro?

O esforço de Gabrielle foi tão grande dessa vez que seu olhar se revirou enquanto ela tossia tentando negar a força do comando do dom.

– Voraz... – disse a menina. Ela soluçou. – Desculpe... ele é um Voraz...

Voraz?

Nicole sentiu como se um choque a percorresse.

Impossível...Ela não poderia ter ouvido certo.

O olhar atônito de Leonardo encontrou-se com o dela. Luiza paralisou, com a seringa a milímetros do braço de Gabrielle.

E então um som de alerta veio dos hologramas.

– Parada cardíaca! – gritou Allan. – Ele está matando Gabrielle.

E a partir daí, Nicole se perdeu na sucessão de eventos.

Allan começou a gritar ordens sem parar. Nicole sentiu alguém empurrando-a para trás e tentou impedir com toda a força que possuía, mas outra pessoa a segurou e a puxou, afastando-a enquanto observava Allan sobre Gabrielle.

Dois pequenos aparelhos arredondados foram colocados sobre a menina, lhe dando novas descargas elétricas, dessa vez para trazê-la de volta.

– Acalme-se – dizia a voz de Ricardo, enquanto Nicole esperneava e tentava se soltar.

Até que subitamente a Furtiva se lembrou de quem ela era e do que estava acontecendo e bastaram dois golpes. Um no joelho e outro no nariz de Ricardo para que ele a soltasse e para poder correr em direção à maca.

Mas outra pessoa a puxou, impedindo-a. Nicole tentou atingi-la com um golpe, mas a pessoa estava mais preparada e desviou, dando-lhe uma rasteira e jogando Nicole ao chão, usando um joelho em suas costas para segurá-la com firmeza. A voz feminina xingou alto, dizendo algo sobre ela estar incontrolável.

– Ricardo, me ajuda aqui – gritou Giovanna, esforçando-se em manter Nicole imóvel enquanto Allan e alguns conselheiros discutiam entre si.

Exausta e contida por Giovanna, Nicole não conseguia se erguer do chão.

– Gabrielle! – gritou Nicole. – Gabrielle!

A alguns passos, Leonardo assistia a tudo paralisado.

Alguém o tinha empurrado para que se afastasse e ele acabou caindo. Não conseguia mais ver o que estava acontecendo com sua amiga.

Os olhos de Leonardo se encheram de lágrimas.

Eles não podem descobrir – lembrou-se do que Gabrielle havia lhe dito na floresta e ele não tinha prestado atenção no que poderia ser.

Ela falava do Voraz... Ele não sabia disso. E agora eles descobriram e foi culpa dele.

O peito do menino doeu. Ele tinha prometido. Tinha prometido para Bianca que cuidaria de Gabrielle.

Enquanto isso...

Correndo pela escuridão do Jardim Oliva, Ricardo sentia-se devastado lembrando-se de quando Giovanna gritou para que fosse ajudá-la a segurar Nicole, mas ele não foi.

Em vez disso, deu as costas para a melhor amiga de toda a sua vida e se embrenhou pelas áreas mais escuras do jardim para seguir outra coisa que havia chamado por ele.

Momentos atrás, os olhos dele vislumbraram uma estranha silhueta nas sombras das árvores, observando-o também.

O coração de Ricardo disparou naquele instante, quando notou que a silhueta usava um vestido branco. Ele imediatamente foi em sua direção. E quando a silhueta da mulher se virou e começou a caminhar entre as árvores, ele a seguiu sem pensar.

Ricardo simplesmente não conseguia desviar sua atenção do vestido esvoaçando entre as árvores e arbustos do jardim. Ele sentia, no fundo de sua alma, que precisava ir até ela.

Quando finalmente parou, notou onde estavam. Ele havia alcançado o círculo de estátuas dos Primeiros Karibakis.

Com o coração batendo descontroladamente, olhou para a silhueta parada, encarando a estátua de Galen. A mulher estava de costas. Luz dourada de uma lâmpada noturna atravessava uma abertura entre os galhos e folhas espessas enquanto tocava nos cabelos escuros dela. O vestido diáfano tremeluziu suavemente como se estivesse dentro da água, mas Ricardo notou que, na verdade, ela era feita de poeira brilhante, flutuando no ar.

– Não gosto desta estátua – disse ela, sem se virar. – Galen era alegre na maior parte das vezes, pelo menos antes de tudo acontecer... Antes de eu acontecer...

O Uivador sentiu seus joelhos tremerem, e mesmo sem ver seu rosto, Ricardo tinha certeza de quem era ela.

– Você... – disse, sentindo a voz embargada. Seu coração continuava a bater muito forte. – Você é o espírito da mulher misteriosa, não é? Tenho tentado descobrir.

– Sei que tem tentado... E sei que Altan interferiu destruindo a bela imagem que você fez de mim. Por sorte, a interferência dele me deu a autorização que precisava para vir até você.

– Altan destruiu a imagem? – disse ele, confuso. – Por quê?

Ela sorriu.

– O motivo dele ter feito isso é algo que vocês podem descobrir sozinhos.

Sim, é claro que ele poderia descobrir isso depois, com Nicole. E pensar nela fez seu peito doer. Ricardo engoliu em seco. Ele só precisava saber uma coisa antes de sair dali e correr de volta para a sua amiga.

– Por favor, só me diz quem você é – implorou ele.

A mulher misteriosa caminhou alguns passos para o lado e em seguida se virou. Ricardo notou que estava exatamente como da primeira vez que a viu na escola abandonada. E entendeu que não era um vestido que ela usava e sim uma túnica grega. O mesmo tipo de túnica que Nínive, a primeira Destemida e Alana, a primeira Furtiva, usavam em suas estátuas.

E assim, vendo-a parada entre as estátuas de Nínive e Galen, ele, de alguma estranha forma, teve consciência da resposta para a sua pergunta.

Mesmo assim ela falou.

– Meu nome é Daria – disse, encarando-o com olhos ao mesmo tempo profundamente vazios e cheios de poeira brilhante.

Ricardo estremeceu, sentindo-se como se estivesse nu perante a escuridão do universo e suas estrelas.

– Posso ver que está com medo do que poderá acontecer com a doce Gabrielle. – Ela sorriu. – Mas não se preocupe, sei como ajudar Nicole a salvar sua irmãzinha. Tenho uma proposta irrecusável para você...

– Não... – murmurou Ricardo.

Ela cerrou suas delicadas sobrancelhas.

– Não? Mas nem ao menos lhe disse minha proposta.

– Não p-posso, não vou te o-ouvir – gaguejou ele, sentindo o terror paralisar seu sangue. – Sei quem você é e sei o que é. M-mas achei que fosse um homem...

Ela lhe deu um sorriso terrível.

– Não acredite em tudo o que aprendeu. – Ela ergueu a mão para as estátuas ao redor. – Eles jogaram areia nos olhos de vocês.

E então os joelhos de Ricardo finalmente cederam e ele se prostrou diante de seu maior pesadelo.

Lucas abriu os olhos, mas o mundo ao seu redor continuava escuro e abafado. Conseguiu se mexer e ergueu a mão até o rosto. Sentiu o tecido que o impedia de enxergar e o puxou para cima da cabeça.

Piscou algumas vezes até sua visão se tornar mais nítida e conseguir se acostumar com a escuridão usando os sentidos aguçados. Não tinha a mínima ideia de como o deixaram desacordado por tanto tempo, mas devia ser algo forte e provavelmente desconhecido pelo Conselho.

Tentou se levantar, mas notou a incômoda sensação em seus braços e pernas. Correntes de aço estavam presas a grilhões de prata ao redor de seus pulsos e tornozelos. Ele levou uma das mãos ao pescoço e rosnou ao sentir a coleira de prata.

Xingando, se levantou com dificuldade, arrastando a grossa corrente. Não conseguiria trocar de pele sem se fazer em pedaços e morrer.

Estava em uma cela pequena com paredes de pedra. A porta era de aço reforçado e havia somente uma pequena abertura gradeada em seu centro. Logo imaginou que, mesmo se conseguisse se soltar das algemas e trocar de pele, provavelmente seria muito difícil passar pela porta.

E então ele se lembrou...

– Vitor! Rafaela! – Sua voz ecoou pelo corredor escuro. – Cadê vocês? Respondam!

Mas ninguém respondeu.

– Vitor! – gritou novamente. – Rafaela!

Bateu com os punhos na porta, o som de metal vibrou ao redor.

– Shii... Será que dá para parar de gritar, por favor... – disse uma voz feminina vinda de algum lugar lá fora. – Trouxeram só você, não veio mais ninguém para cá não.

Os sentidos de Lucas entraram em alerta.

– Quem está falando? Apareça!

– Iria até aí, juro. Se eu tivesse a porcaria da chave da minha cela...

Ele rosnou e bateu as mãos contra a cela mais uma vez. Precisava lutar contra a vontade de trocar de pele.

– Também é uma prisioneira? – disse, num grunhido.

– É isso aí, gênio...

Ele respirou fundo e olhou ao redor, tentando pensar.

– Trouxeram mais alguém comigo? Uma garota e um garoto?

– Não, sinto muito. Só você.

Lucas levou as mãos à cabeça, sentindo o peso das correntes. Precisava ter calma e pensar.

Lembrava-se do encontro na clareira e da traição de Yasmim, a garota caçadora. Aquilo foi uma armadilha, mas por quê? Eles estavam na cidade de Praia Grande, território permitido. Ou será que a captura foi uma vingança pela invasão de Santos, que Rafaela tinha participado ano passado?

Ele olhou para o corredor por entre a abertura da porta.

– Preciso falar com o líder dos caçadores da cidade. Onde está Roberto Sales?

– Sales? – disse a voz. – Do que está falando, garoto?

– Você sabe do que estou falando. Os caçadores não podem me prender aqui, seria uma declaração de guerra, mesmo que isso seja por causa do que aconteceu em Santos.

– Santos? Caçadores? Olha, cara, não tenho ideia do que esteja falando, mas posso te garantir que este lugar não tem nada a ver com a Ordem dos Caçadores. E com toda a certeza, nem em Santos estamos.

Ele balançou a cabeça, confuso.

– Não? Então onde estamos?

Houve uma pausa e um suspiro.

– Não sei... – disse a voz. – A localização daqui sempre foi um dos maiores segredos deles. Minha mãe nunca me contou onde ficava. Também fui sequestrada sem motivo meses atrás, mas pelo menos sei exatamente quem comanda esse lugar.

– Quem é? – exigiu ele.

Ela grunhiu um palavrão antes de responder.

– O chefe da família degenerada dos Celenos. O Vaer Thales Celeno.

– Vaer? – estranhou ele, quase não acreditando. – O que estou fazendo em uma cela Vaeren?

Dessa vez, ela não respondeu. Talvez não tivesse ideia. Entretanto, Lucas sabia que os Karibakis estavam em paz com todas as famílias Vaerens existentes há centenas de anos. Ninguém se metia no caminho de ninguém.

– Por que uma família Vaeren sequestraria minha alcateia e eu? – insistiu ele, mais para si mesmo.

Lucas a ouviu se mexer na cela ao lado, mas estranhamente não notou o som de correntes. Ela não estava presa como ele.

– Você disse alcateia?

– Disse, por quê?

– Você é um Filho da Lua ou um Filho de Hoark?

– Filho da Lua – respondeu Lucas. – Sou um Karibaki Destemido do Refúgio Verde, meu nome é Lucas.

Ele então a ouviu soltar mais alguns palavrões no ar.

– E quem é você? – perguntou o Destemido. – Sabe por que estamos aqui?

Ele a ouviu suspirar.

– Olha, tenho uma boa ideia do motivo de você estar aqui, *Lucas, Destemido do Refúgio Verde.* – Ela repetiu o nome dele com certa entonação de ironia. – E quanto a mim, sou uma apenas uma simples Vaeren. A última descendente dos Lectras e você pode me chamar de Milena.

27

Julian perdeu Bianca de vista e se desesperou.

Lutando contra a tempestade de vento e neve, ele alcançou a fissura. Havia um buraco maior e mais escuro abaixo e, sem pensar duas vezes, mergulhou atrás dela. Suas garras arranharam as paredes geladas de cada lado, diminuindo a velocidade da queda de dezenas de metros abaixo da superfície.

A tempestade acima se tornou algo distante quando caiu num espaço estreito rodeado por camadas e camadas de gelo antigo.

Seus olhos se voltaram para a fraca luminosidade escapando de um buraco menor na parede no fundo da fissura. Ali a abertura era larga o suficiente para alguém na pele humana passar. Sentiu alívio ao perceber o odor de Bianca do outro lado.

Julian tocou em seu pulso para desligar o Bloqueador antes de trocar de pele e deslizar pela abertura.

E então o silêncio, cortado apenas pelo estalar do gelo, e o deslizar de algo sombrio.

Bianca estava sozinha. E não estava machucada. A temperatura da caverna era suportável em sua pele humana vestindo o traje. Luz fraca vinha de um batedor pairando no alto da entrada. Alguém no Refúgio os observava, portanto, aquilo fazia parte do treinamento.

Ela encarava o artefato de grandes olhos e pequenos lábios rubros preso à parede logo à frente. Era o Tau que tinham enfrentado em Santos e que Maria Fernanda havia prometido que os encontraria no caminho.

– Eu o senti... – sussurrou Bianca. – Ele me atraiu.

O olhar de Julian foi do artefato para a negritude ao redor dele. Como tentáculos de um polvo monstruoso, raízes escuras cresciam e se espalhavam ao mesmo tempo que gelo sujo pulsava e pulsava, nascendo bolhas apodrecidas próximas ao Tau.

– Elas estão vindo – disse Bianca, seu tom era baixo e rouco. – As Crianças Sombrias.

A testa de Julian franziu.

– E você pulou aqui sozinha, sem me esperar?

Ela o olhou, finalmente.

– Eu sabia que você estava logo atrás de mim. – O gelo ao redor do Tau se tornou mais escuro e o odor mais rançoso e adocicado. – O que vamos fazer, Julian?

Encarando o Tau, ele xingou baixinho.

– Não podemos sair daqui sem ele – respondeu, virando o rosto para o batedor observando-os no alto da caverna de gelo. – Você ouviu a alfa da alcateia Inverno, temos que levar os dois artefatos. Essa é a nossa missão para completarmos a droga do treinamento.

– Mas somos apenas dois e... – Não conseguiu terminar, pois a lembrança do massacre na balada surgiu com força. Ela piscou e balançou a cabeça, afastando as imagens.

– Eu sei. Há muitos *griats* dentro dele, dezenas. Vamos precisar trabalhar juntos ou não vamos desativá-lo.

Ela sentiu seu coração bater forte quando algumas das bolhas aumentaram a ponto de quase estourarem.

Elas estavam vindo...

Olhou para Julian. Todo o corpo dele parecia tenso com a expectativa do combate.

– Isso não está certo, Julian.

– Maria Fernanda nos avisou que o treinamento aqui seria difícil, mas nós podemos fazer isso.

– E como vamos... – mas ela não terminou de falar, pois um guincho estridente cortou o ar.

As primeiras bolhas começavam a se abrir e um odor fétido se espalhou, revirando seu estômago. Ela deu um passo para trás e depois outro.

– Não somos Uivadores – disse Julian, a tensão em sua voz. – Vamos ter que matar cada um deles até não restar mais nenhum. Só assim desativamos essa coisa.

O olhar dela se ampliou.

– Não – disse, com voz rouca. – Tem que ter outra forma.

– Você já enfrentou um Voraz – disse ele, com firmeza. – Nós podemos enfrentar um Tau menor. Não há ninguém para salvarmos, só precisamos nos concentrar no treinamento e lutarmos juntos.

Ela sabia que ele não se referia apenas ao treinamento do Refúgio, mas àquele que eles fizeram noite sim, noite não, escondidos na clareira.

Ela balançou a cabeça.

– Meu amigo se tornou um deles... – disse, dando um passo para trás. – Não posso matá-los. E se... e se houver um jeito de trazer ele de volta, Julian?

Crianças Sombrias de corpo magro e liso surgiam das aberturas escuras. Seus braços acabavam em mãos com garras afiadas. Longos cabelos escuros caiam sobre suas grandes cabeças. Os *griats* guincharam alto e estridentemente.

– Olhe bem para essas coisas – disse com voz urgente, estremecendo com o início da troca de pele. – Nenhuma delas é seu amigo. Ele morreu no momento em que foi puxado para dentro do Tau... Se você não lutar, não vou conseguir vencer todos e pode ser que a ajuda não chegue a tempo...

Griats se aproximavam, caminhando ainda tímidos na escuridão.

Um deles olhou para frente e sua bocarra se abriu, exibindo fileiras com dezenas de dentes. Seus grandes olhos redondos fixaram-se nos de Bianca e sua cabeça se inclinou para o lado devagar.

Um ser humano, um dia isso foi um ser humano...

A visão dela embaçou. Bianca ouvia o som de sua respiração em meio aos gritos adolescentes na balada de Santos. Podia sentir o cheiro de sangue, podia ver a confusão e o terror em meio as luzes coloridas e a música *pop*. Seus colegas não mereciam aquilo. Ninguém merecia.

Um rosnado chamou sua atenção. Era o rosnado de alerta de Julian. Ele trocou para a pele Karibaki e ela ainda não. As lembranças obscureceram sua visão.

... achou ter ouvido alguém gritar seu nome. Ela desviou o olhar para outra pilastra próxima, onde pessoas também desapareciam aos poucos sob gritos. Horrorizada, ela pôde vislumbrar o último brilho do olhar de um garoto sendo totalmente engolido por aquela coluna. Não havia como ele escapar, braços o puxavam firmemente.

– *RENAN!* – *berrou, mas já era tarde. O braço dele esticado em um pedido mudo por ajuda foi a última parte de seu corpo a desaparecer.* – Não! Renan! Alguém ajude! – *Mas ninguém prestava atenção nela.* – Não!

– Renan... – murmurou. O som de sua própria voz a afastou das lembranças a tempo de Bianca ver o *griat* saltar.

E exatamente como aconteceu em Santos, Bianca não se mexeu.

Se as vítimas da balada soubessem que ela poderia tê-los avisado sobre o cheiro da morte no ar e os tivesse mandado fugir, será que a perdoariam?

O *griat* avançou em direção à Bianca, mas Julian disparou no ar, colidindo contra a criatura e jogando-a ao solo com um golpe.

E então o ataque começou.

Como em um sonho, Bianca observou as Crianças Sombrias caindo sobre Julian. Elas se pareciam com animais desesperados, não havia nada humano ali. Seus olhares tinham o brilho da fome. Algumas trombavam entre si e quase se atracavam na tentativa de alcançá-lo primeiro. E não importava o quanto Julian matava, mais *griats* e longos braços monstruosos surgiam e o cercavam novamente.

E toda vez que Julian precisava abrir sua guarda para proteger Bianca, que ainda estava na pele humana, algumas das criaturas conseguiam cravar suas presas, ferindo-o. Elas sabiam lutar em conjunto. Bianca também observou como os braços sombrios se movimentavam a atacavam, tentando agarrar Julian para levá-lo até uma das bolhas e absorvê-lo. Como fizeram com Renan...

Um rugido de dor fez Bianca piscar e sua visão se focar, ao mesmo tempo que o cheiro de sangue a atingiu em cheio.

Julian estava sendo mastigado vivo...

Bianca trincou o maxilar.

Músculos, pelos, garras e presas a rasgaram e Bianca avançou, postando-se na frente dele. Uma de suas garras cortou o pescoço de um *griat* que saltava. A criatura caiu morta sobre o gelo manchado.

O rugido de Bianca afastou de sua mente os gritos dos adolescentes da balada. Agora havia somente os guinchos na caverna de gelo.

Avançavam sem medo. Aquelas criaturas eram puro instinto. Seus movimentos pareciam ser tão previsíveis como os de qualquer outro animal faminto e essa era a fraqueza deles.

Bianca rosnou profundamente, sentindo algo frio agarrar-se ao seu sangue, livrando-a do peso em sua mente. Foi só um instante, mas o suficiente para sentir seu coração bater mais devagar, todos os seus sentidos se ampliaram, e foi quase como se o combate passasse a ser visto em câmera lenta.

Daí ela os atacou.

Não soube dizer por quanto tempo lutou.

Apenas notava borrões de sangue negro enquanto esquivava, rasgava, saltava, mordia, destruía, despedaçava, evadia e destroçava *griats* e braços monstruosos como em uma dança fatal hipnotizante.

Bianca lutou até sentir seus músculos chegarem ao limite. Até o silêncio cair sobre tudo ao seu redor. Até o Tau não ter mais o que vomitar para fora e ser finalmente desativado. Até ouvir as batidas de apenas dois corações pulsando na caverna.

Quando acabou, Bianca estava em silêncio na mente e no coração.

Apenas o estalar do gelo e das raízes desaparecendo preenchiam a caverna. Sangue negro manchava a neve por toda a parte. Bianca estava empapada dele: sentia os pelos encharcados contra o corpo e o cheiro em si.

Ela se virou e olhou para Julian.

– Acabou... – disse o Furtivo, já na pele humana. Sangue escuro e vermelho também cobria seu traje, mas ele já parecia curado.

– Todos estão mortos... Desativamos o Tau.

Por toda parte, raízes negras desapareciam enquanto inúmeros corpos de *griats* se desfaziam em gosmas apodrecidas.

Os joelhos dela tremeram exaustos, e Bianca deu passos pesados para a frente, quase se deixando cair no gelo imundo. A adrenalina estava desaparecendo. Seus membros começaram a diminuir. Os pelos sujos de sangue *griat* começavam a sumir enquanto as garras se desfaziam e o uniforme *metamold* surgia.

Seu segundo passo foi ainda mais pesado e ela parou para ter certeza de que conseguiria se equilibrar e não cair.

Julian se aproximou, suas sobrancelhas contraídas.

– Não – sussurrou Bianca, impedindo-o.

Ele parou.

– Você está bem?

Bianca não sabia o que dizer ou fazer. Sentia-se... estranha... Sentia-se plenamente consciente do odor apodrecido por todo o seu corpo, pela sua boca...

De repente, a pouca luz na caverna de gelo oscilou quando o batedor se mexeu e sobrevoou toda a caverna antes de fazer uma curva e desaparecer pelo buraco da entrada, forçando-os a adaptar sua visão na escuridão.

– O batedor foi embora. Vou colocar alguma luz aqui – disse ele.

Julian se mexeu e tirou algo circular da mochila do uniforme, uma tênue luz surgiu e ele colocou o objeto no chão. Em seguida, se aproximou e ergueu a mão em sua direção.

– Bianca?

Mas antes que Julian tentasse se aproximar de novo, ela deu um passo ao lado e se inclinou. Uma onda de ânsia e ela vomitou.

Julian xingou baixinho e se aproximou dela, segurando seus cabelos sujos de sangue *griat* enquanto outra ânsia a alcançava e depois outra. Até que não havia mais nada a expulsar de seu estômago.

– Respire – instruiu ele. – Acabou, o Tau foi desativado.

Bianca estremeceu. Julian soltou seus cabelos para mexer na mochila. Ela limpou a boca com a palma da mão, seu olhar perdido.

Bianca agarrou a pequena garrafa de água que Julian ofereceu. Carregavam uma dessas no traje completo quando saiam em missão, era o equivalente a um copo grande. Ela tinha pego a dela no helicóptero. Bianca limpou a boca, cuspindo antes de beber. Julian fez surgir garras em suas mãos e raspou o gelo a seus pés, jogando-o para cobrir a sujeira que ela fez.

– Desculpe – disse ela.

– Não se preocupe. Você está bem? – perguntou ele, fazendo suas garras se retraírem.

Se estou bem?

Os olhos dela estavam baixos e perdidos, sentindo que cada passo era um esforço. Julian apoiou a mão nas costas dela e a guiou para o outro lado da caverna, fazendo com que se sentasse contra a parede, que graças ao traje não a congelaria.

– Fale alguma coisa, por favor... – pediu ele.

Ela sentia seu coração apertado no peito.

– Não... – conseguiu dizer, trincando os dentes. – Não estou bem. E neste momento eu faria qualquer coisa por um chiclete...

Sentia-se exausta e não era só fisicamente.

Ela percebeu Julian sorrir ao seu lado e então puxar a mochila para pegar algo. Ela o olhou.

– Não tenho chiclete – disse ele. – Mas tenho *drops* de hortelã.

Ela mal acreditou quando viu o pacotinho verde de pastilhas na mão dele. Julian começou a abrir.

– Não acredito que anda com isso em seu traje.

– E por que não? Eu adoro *drops* – disse ele, sorrindo antes de entregar duas pastilhas brancas para ela.

Bianca as pegou e colocou na boca. Rapidamente a sensação de frescor se espalhou.

– O Refúgio Branco não é como os outros – começou ele. – Tenho certeza de que não foi por acaso que colocaram este Tau para nós dois. Eles sabiam que seria difícil para você.

– Então quer dizer que era um tipo de teste? Eles são loucos, Julian? – disse ela, a imagem dos *griats* dançando em seus olhos. – Poderíamos ter morrido...

Os lábios dele se contraíram.

– Sim, poderíamos. E mesmo sendo raro, não seria a primeira vez que alguém morreria em um treinamento.

Ela o encarou.

– Talvez seja isso que quisessem.

– Não sei... Acho que não – respondeu. – Luto muito bem e você matou um Voraz. Eles estavam testando nossos limites.

– Bom, acho que descobriram o meu. Isso não foi um teste, não foi um treinamento... isso foi perigoso e cruel.

Ela estava tremendo ali sentada, apesar do traje aquecê-la. Bianca tremia pela raiva contida, pelas lembranças que aquele Tau trouxe de volta e que insistiam em ir e vir, fazendo seu peito apertar, esmagando-a. A expressão de Bianca se tornou sombria.

– Eu o deixei sozinho para ficar com Lucas... – começou a falar de repente, sem conseguir olhar para Julian. – Sabia que Renan gostava de mim e mesmo assim o deixei sozinho. – Ela fez uma pausa e Julian esperou que terminasse. – E quando tudo começou a acontecer... eu o vi pedindo ajuda, pedindo a *minha* ajuda, mas não consegui fazer nada.

A mão de Julian foi até o ombro dela, firme. Bianca ergueu seus olhos para os dele.

– Nada do que aconteceu em Santos foi sua culpa – murmurou ele.

Ela negou com a cabeça.

– Fui cruel com Renan e depois inútil em ajudá-lo.

Bianca não conseguia explicar a dor e a culpa em seu peito, ou o quanto se odiava por ter deixado Renan de lado, embora não soubesse que a boate seria atacada por *griats*.

Julian passou o braço pelos ombros dela e a aproximou mais dele.

– Sinto muito – disse ele. Bianca também sentia. – Vou te contar uma coisa que dói bastante em mim, mas quero que ouça. É sobre a minha mãe. – Ela o olhou. – Bianca, quando minha mãe morreu, me culpei várias e várias vezes... – Ele tirou o braço dos ombros dela e seus dedos tocaram gentilmente em algum lugar atrás da nuca de Bianca, puxando o capuz do traje e acomodando os fios restantes do cabelo para dentro dele. – Deixe assim, o traje vai limpar todo o sangue de seus cabelos em alguns minutos.

– O que aconteceu com sua mãe?

Todos os músculos em Julian se tornaram rígidos e Bianca mais sentiu do que viu uma perigosa sombra espreitando.

– Minha mãe não aguentou proteger as mentiras de meu pai, foi isso o que aconteceu. Ela o amava e não conseguia expor o monstro que ele era.

As mãos de Bianca foram até as dele, tocando-o gentilmente enquanto Julian continuava a falar.

– Certa noite, sem me dizer o que eu encontraria, ela me deu um endereço, um cachecol, algumas chaves e a ordem: "faça a coisa certa".

Julian ficou calado por alguns instantes, o suficiente para que suas mãos parassem de tremer.

– Você foi até esse endereço?

Ele assentiu.

– Encontrei um galpão abandonado e Milena aprisionada em um tipo de estado de hibernação para sua própria sanidade mental. Havia... tubos nela, para alimentá-la e tirar seu sangue – disse ele. E Bianca conseguiu sentir a indignação e o ódio em cada palavra.

– Antes de eu sair de casa, minha mãe também havia me enchido de corta--faro e pedido para que eu deixasse o cachecol dela no galpão. Apesar de não achar uma boa ideia, obedeci.

Bianca entendeu. Ele não precisava explicar a função do corta-faro e o cachecol. A mãe dele tomaria a culpa por libertar a Vaeren.

Ele ficou em silêncio mais uma vez, olhando para suas mãos juntas.

– Então foi assim que você e Milena se tornaram amigos.

Ele assentiu sombriamente.

– Meu pai tirou sangue de Milena por anos. Não encontrei seu estoque lá, mas acordei Milena e a libertei. Daí ela me contou tudo. Contou que no início

Walter dava sangue Vaer para minha avó, inibindo as suas visões do futuro por um tempo. Enquanto que o pai dela, um Vaer antigo, tomava o sangue de meu pai para aplacar a fome.

— Então seu pai enganava sua avó?

Julian contraiu o maxilar.

— Não... Milena me contou que antes Walter usava o sangue porque o dom puro estava enlouquecendo Isabel. As visões a perseguiam dia e noite e a deixavam perturbada. Acho que meu pai só queria diminuir o sofrimento da minha avó, bloqueando seu dom temporariamente.

Sim, aquilo fazia sentido.

— Mas quando o Vaer foi assassinado, Milena tomou a Essência de seu pai para si. Anos depois, quando a fome começou a se tornar insuportável, Milena entrou em contato para fazer o mesmo tipo de troca, mas as intenções de meu pai tinham mudado. Minha avó já tinha morrido, então Walter aprisionou Milena para roubar seu sangue poderoso. Na época, ainda não sabia que ele era um traidor. Não sabia o que pensar sobre o motivo de meu pai ter aprisionado Milena, então a libertei e fiquei quieto.

— E o que será que mudou — disse Bianca. — O que será que fez Walter se voltar contra nós? Contra a linhagem de sua própria mãe? Contra todos os Farejadores?

— Não sei... Acho que esta é a pergunta de um milhão de reais. — disse ele, sem qualquer divertimento na voz. — Mas seja qual for o motivo, minha mãe não suportou. Quando voltei para casa e a procurei, desesperado por explicações sobre Milena, ela já estava morta. Deixou um bilhete para meu pai... — Julian cerrou o maxilar. — Eu... não estava lá por ela e isso quase me devastou.

Os olhos de Julian se ergueram para os dela. Assombrados e tristes. Bianca sentiu um peso imenso em seu peito.

— Quantos anos você tinha? — perguntou, tentando manter a voz baixa e suave.

— Isso aconteceu apenas alguns meses antes de meu aniversário de doze anos, quando você e eu nos conhecemos.

Ela sentiu como se o mundo estivesse escorregando sob ela. Onze anos.

Julian só tinha onze anos quando libertou Milena e encontrou a mãe morta, se culpando por isso. E ele mal tinha feito doze quando seguiu seu irmão mais velho naquela noite e...

– Conhecer você – continuou ele, baixinho – foi a primeira coisa que fez com que eu me sentisse bem e feliz de novo desde que minha mãe morreu.

Bianca sentiu que havia parado de respirar.

– Julian... – começou ela, sem saber bem o que dizer.

– Eu teria avisado sua mãe – disse, sem conseguir encará-la –, mas ainda não sabia que meu pai e meu irmão eram traidores. Eu nem sabia que você e sua mãe eram Farejadoras. Só entendi tudo quando segui meu irmão...

Ele hesitou, sem conseguir terminar e nem precisava.

Bianca lembrava bem o que havia acontecido naquela noite em que Daniel invadiu sua casa.

Ele a olhou de novo e havia tanta dor e devastação em Julian que Bianca sentia que a pressão em seu peito iria sufocá-la.

– Ainda vejo minha mãe o tempo todo – sussurrou ele. – Vejo a sua também e você pequena e assustada. Penso em todos os outros Farejadores que foram mortos com a ajuda de meu pai e dos outros traidores.

Uma lágrima escorreu pela bochecha de Julian.

Ela trincou os dentes. Julian havia sofrido tanto desde tão jovem que Bianca se perguntou como ele conseguia manter a sanidade. Ela não tinha certeza de que conseguiria ser tão forte.

Fazendo sua luva desaparecer de novo, Bianca se inclinou e limpou a lágrima que escorreu pelo rosto dele. Julian apoiou o rosto no ombro dela.

Eles ficaram assim por um longo tempo, até ela sentir seu coração se acalmar e aquela sombra começar a se afastar lentamente dele.

– Eu vi você... – começou ela, baixinho. Ele ergueu o rosto para olhá-la. – Vi seus olhos depois que beijei Lucas na boate. Você estava lá por mim... de novo... – Ela notou a tensão na mandíbula dele diminuir. – Também te vi no meu quarto, quando acordei no meio da minha primeira noite no Refúgio Verde. Agora sei que era você... – A expressão de espanto em Julian afastou as linhas de dor nos olhos dele.

– Como? Eu estava usando meu dom das Sombras...

Mas ela o calou, tocando em seus lábios, como ele fez com ela mais cedo.

– Tudo o que sei é que eu te vi. Vi seus olhos brilhando para mim na escuridão do quarto e sei que estava lá para me proteger de qualquer traidor que tentasse me matar naquela noite... Julian, você sempre esteve por mim quando mais precisei.

Estavam tão perto que respiravam o mesmo ar. Os dedos dela percorreram a face dele de novo, mais lágrimas surgiram.

– Sinto muito por sua mãe – murmurou ela, observando os contornos de seus olhos escuros. – Mas tenho certeza de que, onde quer que seu espírito esteja, ela te ama e está muito orgulhosa de você.

Julian soltou o ar. E ela sentiu outra coisa no peito dele se soltando também. Ele ficou imóvel quando ela se aproximou, beijando uma lágrima. Depois outra.

Ela sentiu seus lábios ficarem salgados e se afastou para encarar os olhos dele.

– Já disse que você não está mais sozinho – sussurrou, abraçando-o.

Ela o sentiu assentir devagar enquanto a estreitava em seu peito. Ficaram alguns instantes assim, até ele aproximar o rosto de seu ouvido.

– A tempestade vai demorar para passar – sussurrou ele. – Descansa um pouco comigo?

Ela se afastou um pouco, assentindo.

Julian a puxou enquanto se deitava no chão de gelo. O rosto dela tocou em seu ombro. E mesmo ele a envolvendo e puxando-a mais para perto, Bianca estremeceu, dessa vez por causa do frio sob eles. O traje não estava sendo mais suficiente. De repente, sentiu quando o corpo de Julian começou a se contorcer em espasmos violentos.

Ela ergueu o rosto e se afastou um pouco, para lhe dar espaço. Ele trocava de pele.

E quase o imitou, seus pelos a manteriam mais aquecida contra o frio. Mas, no instante seguinte, ele virava o corpo de lado e a puxava contra si, passando seu grande braço por baixo dela. Agasalhando-a como se fosse um cobertor ambulante.

Bianca inspirou fundo e fechou os olhos, sentindo a maciez de seus pelos ao redor. Ela afundou suas mãos em seu peito, sentindo a musculatura firme. Dava para ouvir o coração dele, batendo forte e sua respiração acima dela.

– Vamos enfrentar os traidores juntos – murmurou ela, sentindo seu corpo relaxar. – Não vamos deixar que machuquem mais ninguém...

Não vou deixar eles machucarem mais você... – pensou.

Ela o sentiu estremecer e Bianca não teve certeza se tinha falado a última parte em voz alta porque, no instante seguinte, adormeceu.

Refúgio Branco. Antártida.
Momentos antes.

Os quatro membros do Conselho do Refúgio Branco encaravam em silêncio a última imagem pausada do combate de Julian e Bianca contra os Taus.

Bianca estava em pé, ainda na pele Karibaki, virada para Julian no momento em que lhe dizia alguma coisa.

O batedor que a alcateia Inverno havia deixado na fenda já estava retornando para o Refúgio, mas eles assistiram ao ataque em tempo real. O Conselho já esperava grande capacidade de combate de Julian Ross, considerado o melhor Karibaki em combate desta nova geração, mas ainda duvidavam dos relatórios vindos do Refúgio Verde sobre Bianca. Os apontamentos eram conflitantes.

No Refúgio brasileiro, ela havia demonstrado extrema dificuldade em lutar durante os treinamentos. Então, sem ninguém esperar por isso, Bianca derrotou a parente Giovanna Guedes durante um treinamento e, dias depois, matou um Voraz adulto, praticamente sozinha.

Ninguém evolui assim de uma hora para outra – pensou o Voz da Lua Destemido, Ruben.

– Havia muito mais *griats* do que imaginamos dentro do Tau – disse Konsolakis. Grega de nascimento, a velha Uivadora estava no Refúgio Branco por mais tempo do que todos os outros.

– Usar o Tau que a atacou em Santos foi perigoso. Achei que ela não conseguiria lutar e que precisaríamos enviar a alcateia de prontidão – disse Jeannie, Furiosa de origem americana.

– E mesmo assim, todas as criaturas foram mortas e o Tau desativado em muito menos tempo do que esperávamos – disse Lorenzo, conselheiro Furtivo. Seu sotaque italiano era forte.

Silêncio.

– Estou impressionada como Bianca foi capaz de praticamente dominar a técnica de combate dos Farejadores em tão pouco tempo – disse a grega Konsolakis. – Preciso estudar o dom dela em meu laboratório. Se não for possível hoje, quero reivindicar ao Conselho Alfa que a enviem para cá novamente e o mais rápido possível.

Ruben a olhou sério, passando a mão por seu cavanhaque escuro.

– Vou encaminhar seu pedido aos outros Vozes da Lua – disse ele, em seu sotaque chileno. – Aliás, farei isso imediatamente. – E então ele se levantou da cadeira indicando que a reunião havia acabado. Konsolakis assentiu, agradecida pelo Voz da Lua concordar com seu pedido. Os outros também se ergueram, afastando-se da grande mesa em forma de V, para irem em direção à saída da sala do Conselho Branco.

Os conselheiros precisavam retornar para a fogueira e finalizar o Festival da União. Havia uma nova história que precisava ser passada a todos os poucos membros do Refúgio Branco. Uma história do passado Karibaki e Vaeren, liberada pelas inteligências artificiais.

Ruben esperou que todos saíssem para trancar a porta com um comando. Ninguém questionou o motivo do Voz da Lua não os seguir. Terminariam o Festival sem ele.

– Antalis... – chamou o Voz da Lua, caminhando para o lado mais amplo da sala.

A inteligência do Refúgio antártico surgiu, usando seu habitual traje cinza. Sua pele escura contrastava com os longos cabelos branco-prateados. Ela encarou Ruben, esperando suas ordens.

– Me dê a estatística geral do combate de Bianca e Julian contra o Tau.

Antalis assentiu levemente e começou a falar.

– Trinta e três por cento das mortes foram causadas por Julian Ross. Sessenta e sete por cento por Bianca Bley.

– Hummm... – murmurou ele, ficando um instante em silêncio. – Mostre mais uma vez o combate.

Antalis obedeceu e a imagem foi reconstruída em holograma na grande sala do Conselho.

Atentamente, Ruben reviu cada momento, caminhando de um lado a outro. Analisando cada golpe e cada movimento cuidadosamente.

Deveria ter quase uma centena de criaturas dentro do Tau. O Conselho não tinha previsto isso, mas estavam prontos para interferir, se necessário.

Com um gesto de comando, as imagens desaceleraram e Ruben se concentrou... Até que ele congelou a imagem no momento em que três *griats* saltavam no ar em direção à Farejadora e suas gargantas foram cortadas em um único movimento com ambas as patas dela.

Os olhos de Ruben se estreitaram.

Ele analisou a Farejadora com cuidado, desde a musculatura tensa nos braços e costas, quadril, até alcançar suas pernas, no instante em que se equilibrava para executar o golpe.

Um movimento curvo perfeitamente balanceado, ao mesmo tempo em que se inclinava para se esquivar do ataque de dois outros *griats* flanqueando-a pelas costas. Pelo ângulo das duas criaturas no ar, ambas errariam o alvo e cairiam como presas fáceis bem na frente dela.

A precisão dos movimentos de Bianca era aterrorizantemente bela.

Ruben desviou o olhar para os outros *griats* pausados no momento em que avançavam, corriam, posicionavam-se para atacá-la ou tentavam alcançar Julian. Entretanto, depois que Bianca começou a lutar, nenhum conseguiu chegar ao Furtivo. Ela estava protegendo-o.

Ruben baixou o olhar para o sangue negro manchando os pelos castanhos da Farejadora e inclinou a cabeça, pensativo.

– Antalis, analise os ferimentos de Bley durante o combate.

Antalis prontamente respondeu.

– Bianca teve zero por cento de ferimentos.

Ruben se virou para a inteligência artificial.

– Repita a análise – pediu.

Os olhos azuis não humanos de Antalis se fixaram no Voz da Lua.

– Bianca Bley não foi ferida de nenhuma maneira durante o enfrentamento com o Tau e seus *griats* – explicou Antalis. – Sua tática de combate foi cem por cento eficiente.

Os lábios de Ruben se entreabriram.

– Mesmo Bianca tendo treinado a arte evasiva dos Farejadores – começou –, ela está há menos de um ano entre nós. Esta estatística é, no mínimo, impossível.

– Meus dados estão corretos – disse Antalis.

O Voz da Lua passou a mão por seu cavanhaque, pensativo por vários instantes.

– Fale sobre as estatísticas de golpes usados por ela.

Antalis declarou sua análise.

– Bianca Bley se utilizou de golpes únicos e letais em cem por cento de seus movimentos contra os *griats* deste Tau.

A respiração de Ruben falhou por apenas um instante. Ele piscou.

– Repita a análise.

– Bianca Bley matou todos os *griats* com um único golpe. – Havia agora um pouco de impaciência no tom de Antalis.

– Você quer me fazer acreditar que seus dados dizem que Bianca foi capaz de matar todos os *griats* que enfrentou utilizando apenas golpes únicos e que ela nem ao menos saiu com um arranhão?

– Meus dados estão corretos, Voz da Lua – repetiu a inteligência.

Silêncio.

Ruben voltou a analisar a forma bestial de Bianca congelada em meio a um caos de criaturas de expressões famintas.

– Isso sequer é possível?

– Não há registros anteriores de um Karibaki com tamanha capacidade. Entretanto, conhecendo as possibilidades e potencialidades genéticas dos trocadores de pele, sim, isso seria possível – concluiu a inteligência do Refúgio. – Improvável, mas possível.

Ruben inspirou profundamente.

– Pelo menos agora consigo acreditar que a Farejadora foi capaz de matar um Voraz – disse ele, mas seu tom era baixo.

A imagem da inteligência do Refúgio se virou para Ruben.

– As alcateias adultas farão qualquer coisa para tê-la entre seus membros – comentou Antalis, fazendo Ruben se lembrar de como as alcateias brigaram por ele quando era apenas um menino. Alfas chegaram a se desafiar. – A probabilidade indica que, em poucos anos, Bianca seria considerada uma guerreira sem igual entre as linhagens... – Antalis fez uma breve pausa. – Mas isso se ela sobreviver, é claro.

A expressão de Ruben se fechou ao ouvir as últimas palavras da inteligência artificial.

Ruben tinha plena consciência de que isso jamais aconteceria. Bianca estava morta, ela só não sabia disso ainda.

Os olhos dele se focaram na cena de batalha por longos minutos.

– Quero acesso ao combate em que ela derrotou a jovem parente Destemida.

– Pedirei para Altan – disse a inteligência.

E demorou apenas alguns segundos para o holograma do combate entre Giovanna e Bianca se iniciar do outro lado da sala.

Ruben se aproximou dos novos hologramas e iniciou a gravação.

Concentrado, prestou atenção em cada movimento, em cada golpe. Ele fez isso desde a primeira luta, em que Bianca perdera, passando pelo combate humilhante de Leonardo, até a segunda luta dela contra Giovanna, em que vencera a jovem de forma impressionante.

Com alguns gestos, Ruben retornou o holograma até a primeira luta.

Os lábios dele se estreitaram em uma linha fina.

– Posso ver uma mentira quando estou diante dela... – disse, observando a imagem congelada de Bianca caída derrotada no chão.

Com outro gesto, a luta avançou. Ele pausou no momento em que Bianca segurava Giovanna contra o chão, da mesma forma que a Destemida tinha feito com Leonardo.

– E posso reconhecer a verdade...

Ele se abaixou um pouco para ver os olhos da Farejadora.

– Esta é realmente você, não é? Mas por que estava fingindo não saber lutar? Por que mentir e se esconder de nós?

Ruben se endireitou.

– Antalis, seria possível alguém no Refúgio Verde estar ajudando a Farejadora contra nós?

– Não há dados de Altan que nos indique qualquer uma dessas possibilidades. Entretanto... – a inteligência fez uma pausa.

Ruben se virou para ela cerrando o cenho.

– Entretanto?

– Há um relatório de Altan sobre uma tecnologia altamente avançada desenvolvida por Nicole Ross. Ela foi capaz de escondê-los de sua vigilância enquanto fugiam. Porém, Altan já anulou o código desta tecnologia.

Ruben passou a mão no cavanhaque mais uma vez.

– Nicole... prima de Julian, não é?

– Sim.

– Huumm...

Ele retornou sua concentração para o holograma.

Com outro gesto, acelerou a imagem e a pausou em algum momento no meio do segundo combate. No instante em que Bianca dizia algo e o medo tomava a expressão da parente Destemida.

Então ele entendeu. Aquele era o exato momento em que Giovanna perdera o combate de verdade. Não com socos ou chutes, mas com palavras.

E foi como se ele tivesse ouvido um clique e tudo se encaixasse.

– Antalis... Bianca é como eu, não é?

O holograma de Antalis caminhou até ele.

– Se está perguntando se Bianca é uma mhebaki, sim. A probabilidade é muito alta.

Ele balançou a cabeça, sombriamente.

– Como não percebemos isso antes? Consiga as imagens dela vencendo a alfa Furiosa durante o Desafio do menino – exigiu Ruben, retornando até os hologramas em que Bianca enfrentava os *griats*. – Quero ver como ela fez o filho de César Mendes vencer.

– Farei isso – disse Antalis. – Deseja que eu peça para Walter Ross entrar em contato também?

– Não precisa. Walter está preocupado em descobrir o que aconteceu com uma jovem alcateia que aparentemente desapareceu. O pai de um dos jovens é um Destemido membro do Conselho Verde e Walter está tentando evitar o pedido para colocar Bianca na busca pela alcateia. A Farejadora precisa estar livre para seguir até a armadilha em Santos nas próximas horas.

Antalis assentiu, inexpressiva.

E então Ruben parou na frente da grande forma bestial de Bianca, com mais de dois metros de altura. Ele ergueu a cabeça para encará-la.

– Então, você não é bem a presa fácil que achávamos que era, não é verdade? – disse o Voz da Lua Destemido para si mesmo. – O quanto será que já sabe sobre nós? Bom... eu te perguntarei pessoalmente.

Os olhos frios de Ruben se ergueram percorrendo desde as garras afiadas de Bianca, passando por suas presas, até parar nas perigosas chamas brilhando nos olhos da Farejadora.

28

Bianca acordou num sobressalto, buscando fôlego enquanto levava as mãos aos ouvidos, abafando os sussurros que invadiam seus sonhos. Precisou respirar fundo várias vezes para acalmar seu coração.

Um pesadelo em que se afogava em escuridão líquida era a sua nova perseguição. Sentou-se devagar, esfregando o rosto para acordar. Sua boca estava seca. Ela não sabia quanto tempo dormiu, mas não deve ter sido muito.

Julian não estava mais lá, mas pela sensação do rastro ele estava por perto.

Bianca puxou sua mochila para a frente do corpo para pegar a garrafinha de água. Bebeu parte do líquido e com o resto lavou o rosto, retirando o que havia sobrado de sangue *griat*, antes de guardá-la de volta e puxar o capuz para trás, soltando os cabelos já limpos.

Bianca olhou para a caverna de gelo em sombras. A não ser pela pequena luz deixada por Julian no chão, não havia mais nada. Os corpos de *griats*, raízes e sangue negro desapareceram. O Tau também sumira, Julian já deveria tê-lo guardado na mochila.

As imagens do confronto vieram até ela, mas dessa vez Bianca não se sentiu mal. Julian estava certo, Renan não era um deles. Ele morreu no momento em que foi absorvido pelo Tau. Aquelas criaturas não eram mais humanas.

Ela virou o rosto para a abertura no gelo. Todos os sentidos lhe contavam sobre a presença suave e fugidia de Julian se aproximando.

Em silêncio, observou até vê-lo surgir pela abertura.

Julian entrou e a olhou. Um sorriso surgiu nele, afrouxando a tensão que ela nem notou estar em seu estômago. Ele caminhou até ela e ofereceu a mão para que se levantasse. Bianca percebeu que a confiança e a força haviam retornado nele.

– O que foi, Julian? – disse ela, notando o brilho no olhar, antes de aceitar a mão oferecida.

– A tempestade lá fora acabou – avisou, erguendo-a. – E tenho uma surpresa para você.

Ahhh...

Bianca não conseguiu evitar o sorriso.

– Que surpresa?

– Não vou dizer – disse, puxando-a até a abertura. – E para descobrir vai ter que me prometer subir a fenda de olhos fechados.

Ela enrugou a sobrancelha.

– Tá brincando que você quer que eu escale de olhos fechados, né?

Ele segurou uma risada.

– Não fique com medo, é bem fácil. E vou te ajudar.

Ela mordeu os lábios. Não conseguiria negar nada a ele naquele momento, nem que quisesse. Não quando Julian parecia ter esquecido toda a dor daquelas lembranças que o machucavam tanto.

– Tá bom...

– Ótimo. Então feche os olhos.

Ela os fechou. Sentiu a mão dele agarrar a sua e puxá-la com cuidado pela abertura.

– Troque de pele e use as garras para escalar, vou estar bem ao seu lado.

Ela obedeceu. E rapidamente notou que ele tinha razão. Era fácil. Sua força a erguia sem dificuldades e suas garras a mantinham estável. Ela podia sentir a presença e o calor de Julian movimentando-se ao seu lado e isso lhe deu mais confiança. Em pouco tempo já se aproximava da borda. Julian subiu primeiro e a ajudou a ficar em pé.

Na superfície, trocaram para a pele humana. Ela se manteve de olhos fechados e sentiu quando Julian a puxou pela mão, afastando-a da fenda vários passos.

– Tudo bem, estamos quase prontos – disse ele, apoiando a mão em sua cintura enquanto se movia para ficar atrás dela. Bianca o sentiu respirar próximo ao seu cabelo. – Pode abrir os olhos agora...

Ela obedeceu, abrindo-os devagar. Seus sentidos se ampliaram e ela entreabriu os lábios.

Era como se o céu estivesse em chamas.

– Feliz aniversário... – disse ele, baixinho.

Bianca nunca vira algo tão bonito em toda a sua vida.

A aurora austral brilhava rubra enquanto estrelas e constelações inteiras cintilavam ainda mais intensamente.

– Parece que o céu está pegando fogo – disse ela.

– É uma aurora vermelha.

Bianca sorriu, absorvendo maravilhada os detalhes incandescentes daquele céu impressionante. Nem em um milhão de anos imaginaria que um dia passaria seu aniversário de dezessete anos no meio da Antártida e sob um céu daqueles.

– Obrigada, é lindo... – disse, virando o rosto para ele. O olhar de Julian estava no céu. A luz da aurora vermelha brilhando incandescente atrás dele, escurecendo seus olhos, as linhas da boca. Ela mordeu os lábios.

– São bem raras – disse, baixando os olhos e notando que ela o encarava. – Pesquisei e descobri que algumas lendas falam que surgem no céu para avisar sobre destruições e guerras. Mas outras lendas também falam que o céu vermelho vem para contar que algo novo está para nascer.

Um leve sorriso despontou nela.

– Acho que Laura iria adorar conversar com você sobre auroras e guerras, ela ama História.

Ele ergueu os ombros por um instante.

– Depois que tudo acabar podemos fazer uma visita a ela.

A expressão dela se ampliou. Só de pensar na possibilidade de não se sentir mais em perigo no Refúgio e de ver os traidores sendo punidos a deixava mais animada. Ainda mais porque ela e Julian não precisariam mais fingir não se conhecerem e ele não precisaria mais fingir ser algo que não é.

Julian manteve a mão na cintura dela e ela tocou em seu braço, apoiando-se nele.

– E qual é a sua versão preferida das lendas? – perguntou, enquanto observava as maçãs de seu rosto coradas devido ao frio e as minúsculas partículas de gelo que haviam voltado para seus cílios. – Destruição ou novidade?

Ele estreitou o olhar.

– Humm... será que não podemos ficar com as duas opções? Penso que tudo depende do ponto de vista.

Ela mordeu a bochecha.

– Bom... e eu penso que a gente pode ter começado alguma destruição quando invadimos Santos – comentou ela.

O olhar dele ficou mais intenso.

– E você se arrepende?

Ela negou com a cabeça.

– Não me arrependo e você?

– Não me arrependo de nada – declarou ele.

Bianca afastou o pensamento e suspirou, erguendo o olhar para o céu vermelho de novo.

– Você me deu estrelas quando fiz doze anos – disse ele, baixando seu tom.

– Eram só vaga-lumes. E nós os soltamos depois, lembra? Libertamos suas estrelinhas.

– Você sabe que lembro...

Um sorriso de canto surgiu nos lábios dela.

– Mas você está me dando fogo no céu, Julian... – disse, se aproximando um pouco mais dele e tocando em seu peito, sentindo seu coração sob o traje. – O que será que devo fazer com essas chamas? – Ela estreitou o olhar, fingindo pensar. – O que devo queimar?

Dessa vez o sorriso de canto surgiu nele.

– Acho que você já descobriu sua versão favorita da lenda... Queimar e destruir... fico feliz em não ser seu inimigo – brincou ele.

Bianca viu mais uma vez o brilho da certeza no olhar dele e baixou seu rosto, deixando seu sorriso sumir. Ela não possuía aquela confiança.

– Para os traidores, sou apenas a última Farejadora. Eles já mataram guerreiros mais fortes do que eu...

Ele ergueu a mão e tocou em seu queixo, erguendo-o gentilmente, fazendo-a encará-lo de novo. A textura da luva em sua pele fria a aqueceu.

– Ninguém acreditava em Leonardo também. Você foi a única que viu que ele poderia vencer o desafio e então ele venceu – disse, em tom firme. – O que foi que falou para o garoto mesmo?

Ela virou o rosto para o lado, desviando o olhar mais uma vez, sua boca enrijecendo. Ela tinha certeza de que Julian sabia bem o que ela tinha dito.

– Pedi que imaginasse que a esfera era a sua família e que ele era o único que poderia salvá-la – explicou, lembrando-se da expressão do menino enquanto repetia aquelas palavras.

Palavras cruéis para quem tinha perdido seus pais há tão pouco tempo, mas ela sabia que a raiva que surgiria não surpreenderia somente Leonardo, mas a alcateia de Manuela. E, de alguma forma, foi exatamente o que aconteceu.

Com suavidade, Julian tocou em seu queixo e virou o rosto dela.

– São como os cinco passos que te ensinei – lembrou ele, prendendo seu olhar. – Você observou o Desafio e soube exatamente o que fazer para anular a força da alcateia de Manuela, e então venceu usando a fraqueza que viu que poderia ser explorada. Usou a raiva e a determinação do menino contra a arrogância dela.

Bianca mordeu os lábios, lembrando-se também de como havia perigosamente golpeado Manuela.

– É... acho que fiz isso, mas nem sei como.

– Agora já sabe. Então quero que se lembre das palavras que disse para Leonardo – pediu ele. Seu tom havia mudado, estava firme e sério. – Quero que se lembre de que você é a única que pode salvar sua família. E não estou falando de Laura, estou falando dos Farejadores. Se você morrer, todos morrerão com você. Toda a sua linhagem desaparecerá.

Bianca piscou. Apesar do espírito ter dito a Ricardo que ela não era a única, eles não tinham certeza se estava se referindo a ser uma Farejadora.

– Julian...

As mãos dele de repente estavam firmes na lateral do rosto dela.

– Você me deu forças quando te contei sobre minha mãe lá na fenda. Agora é minha vez, então apenas ouça – pediu ele. – Porque não importa o medo que sinta e as dificuldades que encontre no caminho, você precisa lutar e sobreviver, entendeu?

Um tremor passou por ela.

O brilho dos olhos dele aumentou. Julian não havia acabado de falar.

– E não importa o que aconteça ou o que precise fazer, Bianca, saiba que sempre vou estar com você e lutarei ao seu lado. Nada me impedirá disso. *Nada*. Você entende o que estou querendo te dizer?

Ela só conseguiu assentir, porque as palavras não vieram.

Os olhos negros de Julian examinaram os dela, refletindo neles as chamas no céu. E Bianca de repente se perguntou se ele também via nos olhos dela o mesmo que ela via nos dele.

Ela se aproximou primeiro. As mãos de Julian se afastaram de seu rosto e a envolveram pela cintura, deslizando sobre suas costas e acabando com qualquer espaço que restara entre eles. A batida de seus corações juntos era a única que coisa que poderia ser ouvida no deserto frio ao redor.

– Bianca... – disse ele, tão perto que a lateral de seus narizes se tocaram.

Os cílios escuros dele estavam baixos. Ela entreabriu a boca para sussurrar algo como *dane-se o Acordo*, mas os lábios dele encontraram os dela primeiro.

Foi um beijo suave e carinhoso.

Até ela deslizar os braços em volta de seus ombros e suas mãos irem para o cabelo dele. As mãos de Julian puxando-a para si, tornando os beijos mais profundos.

Ela mais sentiu do que ouviu o rosnado baixo na garganta dele. Ou talvez tenha vindo dela. Não conseguia saber.

A sensação dele, sua pele e seu cheiro, as batidas de seu coração, o gosto de sua boca inebriavam seus sentidos aguçados, impedindo qualquer outro pensamento.

Ela quase derreteu ao sentir as mãos dele percorrendo suas costas contra si, e depois seu pescoço, seu rosto...

– Bianca – disse ele, soando mais como um rosnado.

Ela se afastou para encará-lo. Os olhos dele estavam vítreos.

Sabia que não precisava perguntar a Julian sobre o que ele desejava ou sobre o que queria dela. Não entendia como ou por que, mas não havia nada capaz de esconder dela o que Julian sentia.

– Não há outro caminho para nós dois, Julian...

As mãos dele acariciaram os cabelos dela. Ele suspirou profundamente.

– Eu sei... – disse, antes de se beijarem de novo e de novo, antes de se afastarem mais uma vez. – Olha... sei que não parece... mas se ficarmos muito tempo parados no meio da Antártida, nem nosso traje poderá evitar que a gente congele.

Ela riu, estreitando-se um pouco mais em seus braços.

– Ou que a gente derreta toda essa neve velha.

Ele gargalhou. E esse som ecoou em cada fibra de seu ser.

E então ele a beijou e depois se afastou. E apesar de tudo, apesar das feridas do passado... apesar das ameaças do presente... apesar das leis... Ela podia sentir a alegria silenciosa na luz do semblante de Julian.

– Vamos dar um jeito – disse ela. Julian sabia que estava se referindo aos dois. – Depois que entregarmos os traidores, nós vamos dar um jeito.

Eles encontrariam Milena e mentiriam pelo resto da vida se fosse necessário.

– Sei que vamos. Porque não vou deixar nenhum cabo de prata tocar em você. – E não havia dúvidas nas palavras dele.

Sim, não havia outro caminho para eles...

Julian a encarou firme.

– Mostre o caminho, Farejadora.

Como resposta, ela sorriu e Julian soltou sua mão, tocando em seu pulso para desligar o Bloqueador, antes de seu corpo começar a se contorcer para a troca de pele.

Bianca inspirou fundo e fez o mesmo.

E após trocarem um último olhar lupino, Bianca se virou em sua pele bestial e recomeçou a correr em direção aos picos montanhosos. Podia farejar a alfa da alcateia Inverno em algum lugar naquela direção.

Ao seu lado, Julian resfolegou, chamando sua atenção enquanto corria. Bianca ergueu o olhar e piscou ao notar o quanto já estavam próximos da massa de rocha escura e gelo que era o pico montanhoso.

E antes que pudesse pensar como escalariam a elevação, Julian passou por ela correndo e então saltou em direção à parede de rocha, desaparecendo em seguida.

Bianca fez o mesmo sem hesitar.

A montanha sumiu.

Era só mais uma ilusão da tecnologia *metamold*. Exatamente como era a entrada do Refúgio no Brasil.

Ela emergiu em uma ampla paisagem, estendendo-se diante deles com o céu em chamas acima. O horizonte era apenas cortado por coisas que rapidamente percebeu serem grandes estilhaços de gelo.

Julian rosnou um alerta enquanto corriam. Ela entendeu que deveria tomar cuidado e, ao se aproximarem, viu o motivo.

Os fragmentos de gelo se tornavam maiores e mais afiados a cada avanço, obrigando-os a diminuir a velocidade e depois a caminharem na pele humana. Bianca chegou a se arranhar na ponta de alguns deles.

– Isso aqui poderia empalar um exército – disse ela.

– Acho que esta é a ideia – comentou Julian, com um leve sorriso. O brilho nos olhos dele ainda não tinha desaparecido. Ela sorriu de volta.

– Será que um dia vou entender a tecnologia dos Filhos da Lua?

O riso dele foi abafado.

– Duvido que algum de nós um dia vá entender.

– Talvez Nicole – brincou ela. – Sua prima é muito boa nisso.

– Talvez...

Conforme avançavam, os pelos da nuca dela se arrepiaram.

– Você sabe onde está o Refúgio? Sinto algo, mas não o vejo.

– Já devemos estar bem em cima dele. Tem uma entrada por aqui em algum lugar.

Ela apertou o cenho e continuou a segui-lo. Havia algo no ar. Uma tensão que somente ela podia notar e que crescia lentamente a cada passo que dava ali.

Até que Julian parou e Bianca percebeu que estavam diante de grandes estilhaços que se cruzavam de uma forma diferente dos outros pedaços de gelo. Eles pareciam formar um tipo de entrada em formato triangular.

Uma barreira de gelo semitransparente impedia a passagem.

– É por aqui... – disse ele, aproximando-se.

Ela não se surpreendeu quando Julian tocou a barreira e, no instante seguinte, o gelo começou a se abrir, como se derretesse ao toque do Furtivo. Em segundos, uma grande abertura surgiu, permitindo a passagem dos dois.

Eles deram uma boa olhada para o caminho que se inclinava para baixo.

– Dentro de uma caverna escura outra vez... – disse Julian, dando o primeiro passo, e Bianca ergueu um último olhar para as estrelas dançando entre as labaredas do céu antártico.

Lá dentro o ar era permeado por sombras cortadas pela luminosidade, que parecia brotar naturalmente das fissuras turquesas.

Atrás deles, a barreira bloqueou a saída e então uma tontura repentina a fez apoiar-se contra a parede.

– O que houve? – perguntou Julian.

Não sabia dizer. Estava com dificuldades em se manter concentrada devido à pressão em seus sentidos.

– Não me sinto bem – respondeu, apoiando os braços nas pernas e olhando para o chão.

Ele se aproximou, tocando em seu ombro.

– Bom... Acho que é uma reação bastante normal se a gente pensar que há centenas, talvez milhares de Taus aprisionados em algum lugar aqui embaixo...

Bianca estremeceu e ergueu os olhos refletindo a luz turquesa ao redor deles.

Centenas? Milhares de Taus?

Ela imediatamente sentiu suas pernas travarem, não conseguiria dar mais nenhum passo. Tinha total certeza disso.

Já fazia algum tempo que Gabriel rodava de carro pela estrada e a negritude do céu dava lugar a um cinza escuro. Mariah dormia no banco ao lado. Logo amanheceria.

Os dois ficaram horas no parque e saíram de lá exaustos. Depois dormiram dentro do carro no estacionamento, antes de Gabriel acordar com o toque do celular e voltar a dirigir. O horário combinado do encontro se aproximava.

Minutos atrás, haviam deixado a rodovia e virado em uma estradinha de terra. E, mesmo na escuridão, não demorou para achar uma velha casa abandonada de alvenaria na margem esquerda da estrada.

Gabriel virou o volante, entrando na área de mata malcuidada junto a uma das paredes desgastadas da casa e então desligou o motor e os faróis. Piscou os olhos até se acostumar com a escuridão lá fora. Em seguida, inclinou-se para alcançar a pequena mala no banco de trás e tirou uma lanterna, sua arma e um pente de balas com uma faixa branca nele.

Enquanto encaixava o pente na arma, Mariah se remexeu no banco e abriu os olhos.

– Onde estamos? – murmurou, sentando-se mais ereta. O olhar dela foi para as mãos dele. – Por que está com isso?

– Vou me encontrar com alguém e preciso que me espere aqui.

O olhar de Mariah se ampliou.

– Não. Não me deixe aqui sozinha, por favor... por favor...

Gabriel podia ver o medo na expressão de sua irmã.

Ele tentou avaliar seus riscos e opções. Talvez deixá-la sozinha no carro fosse tão perigoso quanto levá-la consigo.

– Se for comigo, vai fazer tudo exatamente como eu mandar, entendeu? – disse, guardando a arma no coldre sob seu casaco.

Ela assentiu.

Gabriel suspirou e agarrou uma pequena mala antes de abrir a porta e sair. O cheiro de mata úmida e o som de insetos os alcançaram. Mariah o seguiu até a casa, mas a luz da lanterna não conseguia iluminar muita coisa.

– Temos que entrar? – disse ela, encolhendo-se atrás dele. – Parece até uma casa mal-assombrada.

– Fique quietinha... – pediu Gabriel.

E ela ficou.

Parecia que a casa estava vazia de móveis e aos pedaços. Poeira, tijolos, vidro, galhos e folhas cobriam o chão por onde passavam.

– Se esconda aí – disse Gabriel, apontando para uma das portas abertas no corredor.

Com alguns passos hesitantes, ela obedeceu, tomando cuidado para não tropeçar nos detritos.

Assim que seus olhos se acostumaram, ela percebeu que uma das paredes internas havia se quebrado. Tijolos e poeira espalhavam-se por toda a parte. Dali podia ver parte do outro cômodo, uma parede destruída e, de lá, o corredor.

Mariah se encolheu na escuridão e esperou quieta. Mas se eram trocadores de pele que seu irmão esperava, ela sabia que nunca poderia esconder a batida de seu coração.

Pelo menos Gabriel se mantinha em frente ao cômodo onde estava, observando o fim do corredor. Não ficaria com tanto medo se pudesse vê-lo. Notou que ele ainda mantinha a arma escondida no casaco e a mala estava no chão ao seu lado.

– Por que a gente tá aqui? – Ela mal terminou a pergunta e luzes de farol iluminaram lá fora e parte da casa.

– Shhhh... Eles chegaram. Fique quieta, vai entender logo.

Ouviram o abrir e bater de portas, assim como algumas vozes.

Gabriel olhou em direção ao final do corredor e depois para a janela quebrada atrás de Mariah. Ele tinha um fraco plano de fuga, se fosse necessário. O corredor na frente dele era estreito demais para um trocador de pele conseguir passar confortavelmente e ele poderia tentar escapar com Mariah pela janela.

Gabriel suspirou, era um plano de fuga muito ruim, assim como todo o resto.

Ele ergueu a lanterna quando uma silhueta surgiu no corredor.

– Argh! – reclamou o recém-chegado. Ele ergueu uma mão coberta com luvas de couro cortadas nos dedos. Com a outra segurava o que parecia ser um saco vermelho de papel. – Se me cegar e me irritar estava nos seus planos, Gabriel, está fazendo um bom trabalho.

Mariah se inclinou para a frente, na tentativa de ver quem seu irmão tinha vindo encontrar.

Gabriel baixou a luz da lanterna, mas Mariah conseguiu ter um vislumbre do outro rapaz. Era mais jovem do que Gabriel, mas não tão alto quanto seu irmão. Seus cabelos estavam cortados de uma forma estranha, bem rentes nas laterais e fios compridos no meio da cabeça. Mas não estavam espetados e sim cortados de forma a caírem levemente para o lado. Ele vestia blusa preta rasgada nas mangas e calça *jeans*.

E antes que o recém-chegado pudesse olhar para Mariah, ela deu um passo para trás, saindo de seu campo de visão.

– Valeu, cara – disse, quando a luz saiu de seu rosto. Ele avaliou Gabriel, virando levemente a cabeça para o lado. – Acho que você cresceu mais ainda desde a última vez que nos encontramos.

Gabriel não falou nada, apenas se abaixou, pegou a mala por uma das alças e a jogou aos pés do outro rapaz.

– É tudo o que pediu, Dante – disse Gabriel. – Vai aceitar o contrato?

Dante olhou para a mala e se abaixou para abrir o zíper com a mão livre.

– Estou aqui, não estou? – foi a resposta, enquanto avaliava a quantia ali dentro.

Agora Mariah conseguia ver parte do rosto dele.

– Tudo certo – disse Dante, levantando-se. – Quer um pouco? – ofereceu, mostrando o saco de papel vermelho. – É pipoca. Acabei de sair do cinema e estou bastante feliz, cara. Encontrei com uma pessoa que eu procurava há muito tempo... E é por isso não vou ficar bravo por estar escondendo alguém nessa sala aí do lado...

– Não precisa se irritar – disse Gabriel. – É só minha irmã.

Dante ergueu as sobrancelhas.

– É mesmo? Então pede para ela aparecer aí... Não vou morder.

Gabriel olhou para onde ela se escondia e fez um sinal para que se aproximasse.

Mariah respirou fundo e deu alguns passos hesitantes em sua direção. Quando entrou no corredor sujo, Gabriel subiu um pouco a luz da lanterna para que visse o outro garoto.

– Mariah, este é Dante, um trocador de pele Pérfido dos Cães de Caça. Nosso pai já contratou esses mercenários para fazer alguns serviços.

Ela olhou hesitante para o rapaz nas sombras do outro lado corredor.

– E não é que é a sua irmã mesmo? – disse Dante, sorrindo. – Não precisa ter medo de mim, garotinha. Toma... pode ficar com minha pipoca... – disse, caminhando devagar até ela.

Gabriel o observou se aproximar atento, pronto para pegar sua arma, se necessário. Dante se abaixou e entregou o pacote. Havia pipoca doce pela metade ainda.

– Pode aceitar – avisou Gabriel, mas seu tom era seco.

E ela aceitou, pegando o pacote devagar e estreitando seus olhos, desconfiada. Mariah sabia que não podia confiar em Pérfidos, seu pai já havia ensinado isso a ela muitas vezes.

Dante se ergueu e olhou para Gabriel.

– Muito bem, agora você vai me explicar por que fez essa bagunça toda, Gabriel?

O parente Pérfido apertou os lábios.

– Mariah é o motivo de eu te contratar – disse, colocando uma das mãos no ombro dela. – Quero que me leve em segurança o mais perto possível do Refúgio dos Filhos da Lua. Ela é uma Destemida e não consegue viver entre nós. Vou entregá-la a eles.

Mariah não tinha tocado na pipoca e isso foi bom porque sentiu-se enjoada de repente. Gabriel estava falando sério, ele realmente iria entregá-la aos Filhos da Lua. E eles iriam se separar...

Dante cerrou o cenho e desviou o olhar para ela e depois para Gabriel de novo.

– Tá brincando, não tá? – O tom de Dante era sério. – Achei que você quisesse se encontrar com algum traidor ou Desviado perto do Refúgio. Não estava no pedido de contrato que eu deveria despachar sua irmãzinha para os Filhos da Lua. Enlouqueceu? Tá querendo manchar a reputação dos Cães de Caça, Gabriel?

– Não estou brincando, cara. Se quiser, diz por aí que você não sabia, diz que achava que era para eu me encontrar com um traidor, não me importo. Mas você tem que me levar até lá em segurança.

Dante deslizou seus dedos pelo moicano macio.

– Vamos ver se entendi... Você, Gabriel, um Pérfido como eu e como todos os meus amigos lá fora, quer que a gente te leve até o quintal dos Filhos da Lua para entregar de bandeja sua irmãzinha de alma pura para eles?

Gabriel se manteve firme.

– Isso mesmo...

Dante ergueu as sobrancelhas antes de soltar outro palavrão no ar e rir.

– Olha, preciso te dizer que você é muito mais maluco do que a maioria dos caras que conheço.

– Vai aceitar ou não, Dante?

Dante o encarou, pensativo.

– Olha, cara, vou te dizer a real. Os Filhos da Lua vão descobrir que você é um Pérfido e vão te matar na hora. – Com estas palavras, Mariah sentiu-se tonta. – Em seguida, vão ver sua irmãzinha como uma *Desviada* e daí adivinha? Vão matar ela também! Um verdadeiro desperdício de Destemida, não acha? Sabe quanto o dom da Verdade vale para nós?

– Eles não vão ferir Mariah – rebateu Gabriel. – Não precisarão de muitos interrogatórios para entenderem que ela não é como a gente. Apesar dos esforços de meu pai, ela não é uma Retornada, ela é um deles.

Mariah não estava gostando nada daquela conversa. Ela não conseguia imaginar perder seu irmão.

Dante balançou a cabeça, incrédulo. No instante seguinte, ajeitou seus ombros e sua expressão mudou, como se uma sombra tivesse caído em seu rosto. Todos os pelos do corpo de Mariah se arrepiaram.

Ela não poderia se esquecer que Dante era um trocador de pele Pérfido, um predador em todos os sentidos.

– Tudo bem, Gabriel, mas o preço subiu. – Não havia mais sombra de humor em seu tom. – O risco é grande demais.

Mariah reconhecia aquela mudança. Havia algo diferente naquela linhagem, algo sombrio, que os deixava ainda mais perigosos.

– Esse dinheiro é tudo o que tenho – disse Gabriel, apertando o ombro de Mariah, puxando-a para trás de si.

– Não quero dinheiro – disse Dante. – Quero informações.

Seu irmão mudou os pés de posição.

– De que tipo?

– Do tipo que vai me dizer tudo o que sabe sobre os próximos planos do Conselho das Sombras. Sabemos que seu pai sentava em uma de suas cadeiras, além de ser um membro do Culto de Hoark.

Um silêncio perigoso caiu entre eles. Mariah precisava dizer que não se importava de ficar com ele, que ela não queria ir para o Refúgio.

– Vamos lá, Gabriel – disse o trocador de pele, mantendo a expressão neutra. – Consigo ver que você não estava indo até os Filhos da Lua de mãos vazias... O que ia oferecer pela chance de aceitarem sua irmã? Dinheiro é que não seria. Não precisam.

Mariah ergueu o olhar para seu irmão, ele deu um passo à frente, deixando-a atrás de si.

– Vou oferecer para eles tudo o que sei.

– Então comece contando para mim.

– E você irá cumprir o contrato?

Dante fixou seu olhar em Gabriel. Não demorou para seu irmão arfar e então baixar o olhar.

– Vou tentar não me ofender com essa sua pergunta – disse Dante. – Alguma vez ouviu falar que os Cães de Caça não cumpriram com seus contratos?

Gabriel balançou a cabeça, ainda com o olhar baixo.

– Não.

– Então você já tem sua resposta.

Gabriel ergueu o olhar e assentiu.

– É melhor só você ouvir.

Dante não pareceu surpreso ou irritado com o pedido.

– Afastem-se, quero todos fora do alcance da audição – disse Dante, para ninguém especificamente.

Segundos depois, Mariah ouviu portas sendo fechadas, motores sendo ligados até que as luzes dos faróis se moveram e começaram a desaparecer juntamente com o som dos motores.

E quando tudo ficou em total silêncio, Dante falou:

– Desembucha...

Mariah notou a expressão de seu irmão ficar rígida. Ela esticou a mão e segurou a dele.

Os olhos de Dante imediatamente foram até as mãos deles juntas por uma fração de segundo antes de erguer o olhar de novo. Ela sentiu seu irmão estremecer levemente.

– Horas antes de fugir com minha irmã – começou Gabriel, fazendo Mariah voltar sua atenção para a história – acompanhei meu pai numa reunião com o Culto de Hoark. Os líderes do culto receberam um aviso dos traidores ainda nos Refúgios

– Qual?

– O de que Bianca estará morta logo. Pelo que entendi, isso acontecerá até amanhã de manhã. Alguém dos próprios traidores a matará fora do Refúgio, mas colocarão a culpa em nós.

O olhar de Dante se estreitou.

– A culpa em nós? Como?

– Não sei, mas eles pediram que houvesse uma alcateia de Pérfidos deixando rastros nas proximidades de Santos. Daí o Culto de Hoark entrou em contato com o Conselho das Sombras e eles decidiram falar com Alexia, que está em Santos.

– E...

– Bom, e daí que Alexia bagunçou tudo. Ela foi até o Conselho das Sombras e contou alguma coisa que deixou todos os líderes Pérfidos como nunca vi antes, incluindo meu pai.

– Vai ver ela só se negou a fazer o que eles queriam dela. Vai ver ela não queria deixar pistas da presença dela perto de onde Bianca deve morrer. Alexia é uma trocadora de pele que nem alcateia tem e vive fazendo coisas estranhas...

– Não. Não é nada disso – rebateu Gabriel. – O que Alexia disse fez com que o Conselho das Sombras ordenasse silêncio total, se alguém vazasse a informação sem a ordem deles, a pena seria a morte.

Dante ergueu uma das sobrancelhas.

– Humm... E aposto como você sabe o que foi que Alexia contou aos líderes Pérfidos, não sabe? Seu pai te contou.

– Sim. E é esta informação que eu daria aos Filhos da Lua...

E então Gabriel tirou o celular do bolso da calça e, depois de alguns toques, o jogou para Dante, que o agarrou no ar com facilidade. Com um toque, o vídeo iniciou.

E então eles ficaram em silêncio. Dante vendo e ouvindo o vídeo e ela apenas ouvindo. Mesmo assim, Mariah compreendeu a enormidade daquela informação. Ela encarou seu irmão, mas Gabriel apenas lhe lançou um olhar, pedindo para que se mantivesse quieta.

Mariah observou o quanto Dante estava quieto. Ele nem se movia enquanto o vídeo rolava. Seu rosto era uma máscara sem emoções que somente Pérfidos eram capazes de manifestar propositalmente.

O vídeo acabou e ele tocou em alguns comandos do celular de Gabriel, provavelmente para enviar o vídeo para si mesmo. Em seguida, jogou o aparelho de volta. Gabriel o pegou.

Dante baixou o olhar, pensativo, mantendo um estranho silêncio entre eles. Mariah notou a mudança em sua expressão.

– Como posso ter certeza de que o vídeo é real? – disse Dante.

– É real – respondeu Gabriel. – Esta é a última profecia de Isabel Ross. O caçador Roberto conseguiu com o pai dele, um Filho da Lua morto durante a Noite da Aniquilação. Ele queria que isso fosse entregue para o Refúgio, mas Roberto não cumpriu o último pedido de um pai que nunca se importou com seu filho com uma humana comum.

– Não sabíamos que o líder dos Corvos de Santos possui sangue Karibaki.

– Ninguém sabe. O pai dele não o registrou no Refúgio porque ele era filho com uma humana. Sem falar que Roberto é *siki*, possui o sangue fraco demais para carregar algum dom. O dom de seu pai já era fraco, tanto que ele nem mesmo possuía o legado nas costas.

– E agora ele resolveu mostrar isso para uma Pérfida? – disse Dante.

– Não qualquer Pérfida. Alexia é amante dele e estão tramando alguma coisa juntos – disse Gabriel. – E Roberto prometeu jurar sob qualquer dom da Verdade que o vídeo é real, por isso meu pai queria apressar a troca de pele de Mariah. Eles queriam confirmar a verdade dessa informação.

– Entendi – disse Dante. – E como Alexia não quer que esta informação caia em mãos erradas, ela contratou o líder dos Cães de Caça para te encontrar e te matar.

Gabriel estremeceu e num instante sacou a arma em suas costas. O estrondo do tiro fez Mariah gritar e se jogar contra a parede, soltando o saco de pipocas, que se espalharam pelo chão sujo do corredor.

A bala de prata atingiu a parede do outro lado do corredor, mas Dante tinha sido mais rápido.

Quando se aproximou deles para oferecer a pipoca, se manteve perto o suficiente para conseguir agarrar o braço de Gabriel. Seu irmão gritou de dor quando Dante o torceu e tomou sua arma.

– Ficou maluco? – gritou Dante, largando o braço de Gabriel e empurrando-o para trás. – Desse jeito fica difícil continuar me preocupando com seu bem-estar, sabe?

– Você me enganou! Aceitaram o contrato de Alexia! – gritou Gabriel, posicionando-se na frente dela. Ele estava furioso.

– Cainã aceitou, eu não. Relaxa. Não vou te matar, não de verdade pelo menos.

– O quê?

Mariah saiu de trás de Gabriel e abraçou seu irmão com força.

– Relaxem... – falou Dante, mostrando a palma das mãos em um pedido. – Como já falei, nós cumprimos nossos contratos. Mas tenho uma proposta melhor e quero que me escutem, tá legal? – disse, baixando as mãos.

– Do que está falando? Que proposta?

– Se você seguir o *seu* plano idiota de ir até o Refúgio Verde, os Filhos da Lua vão te matar assim que perceberem que é um Pérfido. E mesmo que eles sejam bonzinhos, por causa da informação que vocês têm, você vai acabar no Refúgio Branco como prisioneiro pelo resto da sua vida, Gabriel. E aquele é um lugar de onde nenhum de nós consegue sair vivo.

Dante percebeu que a menina estremeceu. Era esse o efeito que queria causar com suas palavras. Mariah não deixaria Gabriel se arriscar. Ela insistiria que ele seguisse o plano de Dante.

– Queremos vocês dois – disse Dante. – Alexia vai conseguir o que quer de qualquer forma. A informação bombástica não chegará nos Filhos da Lua. Vocês ficarão sob nossa proteção. O que acham?

– Não – respondeu Gabriel. – Eu posso ficar com vocês, mas Mariah quer outro tipo de vida. Então a levem até o mais perto possível do Refúgio, onde podem encontrá-la sem nos arriscarmos.

Mariah se afastou do abraço e olhou para Gabriel com olhos úmidos suplicantes. Dante percebeu a brecha.

– Mariah, é isso o que você quer? – perguntou Dante, erguendo uma sobrancelha.

– Não – respondeu ela. – Por favor, quero ficar com meu irmão. Não quero ir até os Filhos da Lua. Eu nunca quis.

Gabriel enrijeceu e voltou o olhar furioso para Dante.

– Ela não vai suportar mais o tipo de vida que levamos.

Dante ergueu as mãos.

– Não se preocupe, prometo que não vai ser obrigada a fazer nada, se não quiser. Sei que minha proposta é arriscada, mas é a única chance que vocês têm para se manterem juntos.

– Não – disse Gabriel.

– Sim – disse Mariah para o irmão. – Quero ficar com você.

Dante sabia que a tinha convencido no momento em que disse que os Filhos da Lua matariam o irmão dela. A menina via a verdade nas palavras dele. E conquistar a confiança de Mariah era tudo o que Dante precisava para convencer Gabriel a ficar com eles.

Dante ofereceu um pequeno sorriso conciliatório para Gabriel, mas o parente Pérfido não sorriu de volta.

Gabriel entendia o jogo que Dante estava fazendo. O dom dos trocadores de pele Pérfidos era sutil, mas extremamente poderoso nas mãos de alguém inteligente.

Gabriel achou que conseguiria convencê-lo a ajudá-lo a levar Mariah até os Filhos da Lua, achou que Dante era só um garoto mimado que gostava de brincar de ter uma banda por aí e que veria o dinheiro acima da importância do dom da Verdade, que logo Mariah dominaria. Mas pelo jeito ele era mais esperto e perigoso do que imaginava.

Lá fora, já podiam ouvir o som dos carros e motos dos Cães de Caça retornando.

– Tudo bem, vamos seguir seu plano – disse Gabriel, finalmente.

O sorriso que Dante lhe deu era uma mistura de diversão e crueldade.

30

Encostada contra a parede de rocha e gelo, Bianca não conseguia dar mais nenhum passo.

As sensações naquele lugar eram diferentes de tudo o que já tinha experimentado com o dom do Farejador. O odor pesado parecia pulsar no ar, pressionando a sua cabeça.

Julian a observava imperturbável, uma máscara para os observadores ocultos do Refúgio. A luz azulada das frestas nas paredes escurecia ainda mais seus olhos, fazendo sombra sob as maçãs de seu rosto.

– Desculpe – pediu Bianca –, mas acho que não consigo continuar. São Taus demais para mim.

– Tudo bem – Ele soltou um suspiro resignado. – Já que estou te devendo uma por me ajudar em Santos, vou te carregar nas costas até lá – disse, já se aproximando para agarrá-la.

Ela ampliou o olhar e ergueu uma mão na frente dela.

– Tá maluco?

Julian encurvou o canto dos lábios.

– Não fique preocupada, não vou te derrubar – disse, aumentando o sorriso. – Você não deve ser mais pesada do que um saco de batatas.

Ele deu mais um passo em sua direção. Bianca rosnou e apontou um dedo para ele.

– Nem pense nisso... – ameaçou ela.

Ele ergueu uma sobrancelha.

Ela não tinha certeza se ele estava falando sério em carregá-la nas costas, mas não iria arriscar.

– Então pare de nos atrasar – disse ele, em seu melhor tom irritante profissional. – Porque nunca ouvi falar que, no passado, os Farejadores ficavam com frescura para entrarem no Refúgio Branco e fazerem o trabalho que *nasceram* para fazer.

Bianca rosnou de novo, o odor apodrecido parecia invadir todos os seus poros, fazendo seu estômago se revirar.

– Não estou com *frescura* – disse entredentes.

– Então vamos logo.

E fazendo uma careta ao inspirar aquele ar apodrecido, ela se afastou da parede. Tentando ignorar a onda de tontura que passou por ela, Bianca fechou os punhos e se concentrou em caminhar firme, mantendo o que ainda tivesse no estômago.

– Muito bom – disse ele, seguindo-a pelo corredor em declive. – Se Duda estivesse aqui, tenho certeza de que apostaria com Con que você não conseguiria chegar às celas sem vomitar. E ele apostaria que você não chegaria lá sem desmaiar.

Bianca ficou contente em perceber que, ao falar de seus antigos companheiros, não havia dor no tom de voz de Julian, mesmo assim não conseguiu evitar grunhir um palavrão. Julian ergueu a sobrancelha para ela.

– Acho que este lugar está te deixando com a boca suja – irritou ele.

Ela mordeu o lábio para não responder com algo pior.

De repente, o largo corredor fez uma curva e se abriu em uma ampla galeria, dessa vez bastante iluminada. Luz branca e pura brilhava de um grande cristal localizado bem no centro de um pequeno lago interior.

– Chegamos ao Cristal Alvo – explicou Julian, sua voz ecoando pela galeria.

– E onde está o Refúgio? – disse, olhando em volta.

– Escondido, provavelmente. Só o veremos quando colocarmos os Taus em sua prisão – disse, olhando a caverna além do cristal. – Vem, acho que as celas ficam aqui.

Eles passaram pelo espelho d'água onde o Cristal Alvo resplandecia, iluminando ao redor. Bianca aproveitou para prestar atenção nas raízes sob a superfície da água límpida. Eram de um branco puro, diferente dos grandes bastões transparentes na superfície.

Não demorou para chegarem num tipo de passagem na rocha bloqueada por gelo. Julian tocou na barreira e ela começou a derreter.

– Ainda não vomitou ou desmaiou, isso é um bom sinal.

Bianca o ignorou.

Atravessaram a passagem e se viram em uma bifurcação com dois outros longos corredores em declive, mas estes eram mais estreitos e escuros. Fracas luzes turquesas saíam de fissuras nas paredes.

Algo chamou sua atenção à esquerda, um odor rico e magnético. Ela olhou, a tempo de ver a silhueta masculina de um homem de pele dourada e cavanhaque surgir no fim do corredor.

E então, por um momento, se sentiu dominada por uma sensação de tontura e desorientação. Piscou de novo, tentando se concentrar. Bianca voltou seu rosto para o fim do corredor mais uma vez, mas a silhueta havia sumido, deixando odores familiares no ar.

Bianca deu um passo, entrando no corredor à esquerda.

– Aonde você vai? É por aqui – disse Julian.

Bianca se virou para Julian. A barreira já tinha se reconstruído atrás dele.

– O quê? – disse ela, sentindo uma pontada repentina na cabeça.

– A prisão dos Taus fica deste lado. Podemos explorar o resto deste lugar depois.

Ela manteve sua atenção em Julian por um instante e depois se voltou para o fim do corredor à esquerda, inspirando fundo.

– Algum problema? – perguntou Julian.

Ela estreitou o olhar. Um pensamento passou pela mente de Bianca, mas ela o afastou em definitivo. Não podia gastar sua concentração naquele momento com algo que não fosse conseguir alcançar a prisão dos Taus sem desmaiar.

– Não é nada, Julian – respondeu, virando-se para segui-lo de novo. – Será que a prisão dos Taus ainda está longe?

Eles começaram a caminhar lado a lado.

– Acho que sim e que não – respondeu, tomando o caminho aberto da direita.

– Sim e não? – disse ela, sentindo a irritação em suas palavras.

– As celas devem estar a quilômetros abaixo de nós, mas como estamos no Refúgio e tudo aqui é tecnologia *metamold*, os corredores se movimentam para baixo conosco. Vamos descer muito mais depressa e mais fundo a cada curva.

Ela estreitou as sobrancelhas, tentando entender a lógica daquela tecnologia.

– Já esteve aqui antes? – Era mais fácil tentar ignorar o odor mantendo uma conversa.

– Não – respondeu, ao se aproximarem da primeira curva. – Mas aprendemos sobre todos os Refúgios nas aulas de História Karibaki. Acho que você ainda não chegou nessa parte.

Mas de repente, Bianca cambaleou e apoiou um dos braços na parede. Era como se o peso no ar fétido a sufocasse.

– Droga... – reclamou, sentindo a tontura dominá-la por um instante.

– Apenas respire – disse ele, tocando com a palma das mãos em suas costas – e deixe sua mente se acostumar com a presença dos Taus.

Bianca rosnou, irritada porque seu treinamento em Controle ainda era insuficiente. Eles provavelmente tinham coisas mais importantes para lidar nas próximas horas, como descobrir o plano dos traidores... e ela os estava atrasando.

– Vou conseguir, Julian. – Ela endireitou o corpo.

– Não vai precisar de um balde, então?

Bianca entortou os lábios.

– Bom, talvez eu vomite e desmaie, fazendo Duda e Con ganharem a aposta imaginária.

Bianca sentiu a risada baixa dele através de seu toque atrás dela.

– Vamos – disse Julian, empurrando-a levemente para a frente. – Os Taus não vão chegar lá sozinhos.

E apesar de seu estômago se retorcer após cada curva, Bianca avançava sem mais paradas ou reclamações. A cada passo, o odor dos Taus ficava mais e mais forte. Até que, finalmente, após uma nova curva, o corredor desapareceu, dando lugar a uma plataforma à beira de uma enorme fenda aberta no gelo.

Ali o ar parecia ainda mais gelado e pesado.

Juntos, se aproximaram da beirada. A queda era pura escuridão, o tipo de escuridão impenetrável até mesmo pela visão aguçada. Bianca estremeceu.

– Será que só precisamos jogar os Taus nesse buraco?

– De jeito nenhum – respondeu ele rapidamente. – Com certeza nos obrigariam a ir buscá-los. Temos que alcançar o outro lado.

A respiração de Bianca falhou.

– Como? Não sabia que poderíamos voar...

Julian a olhou, uma pequena ruga entre seus olhos, como se o que ele fosse falar fosse óbvio.

E então ele sorriu.

– Não confia em mim? – disse antes de dar um passo à frente, tão de repente que Bianca saltou para agarrá-lo firme pelo braço e puxá-lo.

– Enlouqueceu?

Julian riu.

Ela ia perguntar qual era a graça, mas o olhar dele foi para a fenda. E no lugar onde tocaria seus pés, algo firme e sólido crescia.

Rocha bruta de um branco puro crescia rapidamente em ambos os lados do penhasco.

Bianca o soltou e entreabriu os lábios, observando a construção se formar até se unir no centro da fenda, criando uma ponte larga o suficiente para quatro pessoas humanas passarem lado a lado.

– É como invocar as passarelas entre os edifícios dormitórios do Refúgio Verde – explicou ele.

Sim, é claro que seria como as passarelas entre os dormitórios. Ela deveria ter pensando nisso.

– Tudo bem – resmungou, observando a ponte que tinha surgido. – Mas pelo menos poderiam ter colocado um corrimão aqui.

Julian lhe deu um meio sorriso.

– Acho que o Refúgio não segue os protocolos de segurança humanos – comentou, dando um passo adiante primeiro.

E evitando olhar para o vazio mortal logo abaixo, ela o seguiu.

– Não gosto desse Refúgio – grunhiu Bianca. – Esse lugar é horrível.

Julian assentiu, compreendendo.

– Acho que não gostar daqui é a intenção. O Refúgio Branco não foi feito para ser uma escola bonitinha para crianças. O lugar foi moldado para ser a prisão mais segura do mundo para os nossos piores pesadelos.

Bianca estremeceu.

– Então fico muito feliz que a gente só possa ficar aqui por mais algumas horas.

– Eu também...

FILHOS DA LUA - O LEGADO SOMBRIO

Bianca torceu o nariz, o odor rançoso a acompanhava a cada respiração, mas quanto mais se aproximava, mais uma sensação estranha atraia seus pés. Era como se fosse um grotesco e doloroso ímã puxando-a.

Mais alguns passos e os dois alcançavam a plataforma do outro lado. Novamente havia uma barreira de gelo.

– Só tente não desmaiar – pediu ele, em tom sério enquanto tocava na barreira.

No instante seguinte, eles passaram. E foi como se um cobertor úmido e sujo tivesse sido jogado sobre os sentidos dela. O coração de Bianca disparou e ela segurou sua ânsia. Depois da última curva, o corredor desapareceu e a imensa galeria finalmente surgiu.

Os lábios dela se entreabriram.

Bianca havia parado de respirar. Ao seu lado, Julian empalidecera.

Um terror primitivo se apossou de suas pernas e do resto de seu corpo. Ela piscou diversas vezes, tentando entender o que via...

Enormes estalactites e estalagmites se espalhavam ameaçadoras por toda a caverna. Luzes fracas saíam desses casulos sombrios, revelando cada horror que carregavam dentro de si.

E ela percebeu que olhar para dentro daquela galeria de estalactites brilhantes contendo Taus era como olhar para a boca de um monstro com milhares de presas afiadas.

Um monstro pronto para despedaçar o mundo e devorar cidades inteiras.

31

Não havia luz na cela de Milena, mas ela não precisava. Seus olhos se adaptavam à escuridão facilmente. Somente no corredor havia o brilho de tochas.

No pequeno banheiro de paredes de pedra, Milena não podia ver como estava. Não havia espelhos. Ela usava um vestido preto justo ao corpo, deixando suas pernas e braços à mostra, e sapatos altos.

Tentava desenrolar o pequeno pedaço de papel dobrado e cuidadosamente preso à roupa, mas suas mãos tremiam. Estava faminta. Entre as roupas também encontrou um pequeno objeto de metal, que colocou sobre a pia.

Seu tio, Thales, já era bastante antigo quando havia se tornado Vaer, portanto, toda a força da Essência se desenvolveu nele rapidamente e, com ela, sua fraqueza.

Então, nada de energia elétrica por ali. Enquanto Thales estivesse por perto, nada das facilidades da modernidade. Essa era a parte não divertida de ser um Vaer. Uma maldição que somente os Lectras não precisaram conhecer devido a uma antiga aliança.

– Não demore... – era a voz de Lara na porta da cela.

A Celeno havia chegado momentos atrás com alguns guardas e entregado o pequeno pacote contendo suas novas roupas e outras coisinhas mais...

Apesar das mãos trêmulas e da boca salivando por causa da presença dos guardas, Milena finalmente soltou o papel e o abriu. Ela correu os olhos sobre a escrita elegante de Lara antes de levar o papel à boca e o engolir. Em seguida, pegou o pequeno objeto de metal sobre a pia e o colocou sob o colo do vestido antes de sair.

Os guardas posicionavam-se no corredor, mas Milena podia ouvir a batida de seus corações.

Preciso me controlar ou perceberão como estou faminta.

A Celeno desencostou-se do batente da porta, entrando na cela.

– Está muito bom.

O olhar de Lara parou sobre as tatuagens em seus braços, dezenas de rostos. Em seguida, a atenção dela alcançou os cabelos de Milena. Eram brancos, com raízes negras. Lara ergueu a mão e os tocou.

– Humm... Meses nesta cela e as raízes escuras em seu cabelo não aumentaram nem um milímetro – constatou.

Milena enrijeceu. Ela sabia do que ela estava falando.

Os cabelos de um Vaeren comum eram como cabelos humanos, muitos pintavam de branco em homenagem aos seus Vaers. Mas este não era o caso de Milena, ela não pintava os cabelos, eles estavam perdendo sua coloração com o passar dos anos a partir das pontas porque este era um dos efeitos para quem possuía a Essência.

– Meu cabelo cresce devagar – rebateu, mantendo a expressão neutra.

O olhar de Lara se fechou um pouco.

– Acha que poderá se comportar lá fora?

– Estou bem, não se preocupe.

– Então vamos – disse Lara, virando-se em direção ao corredor.

Passaram junto à cela de Lucas, mas estava vazia. Já o tinham levado primeiro.

Atravessaram a porta de saída da prisão e caminharam por outra passagem que os levou até uma escadaria de pedras para a superfície. Milena nem sabia que estava nos subterrâneos. A escadaria terminou em uma pesada porta de metal dupla que foi aberta pelos guardas.

Ela respirou fundo.

Imediatamente seus sentidos foram inundados por música melosa, risos enjoativos, conversas sussurradas e odores característicos de bebidas e sangue. Ela estremeceu.

O lugar parecia ser um armazém transformado em casa noturna grotesca e repleta de laerens e Vaerens sentados em antigas poltronas, ou em pé em pequenos grupos.

A penumbra era iluminada por tochas espalhadas pelas paredes gastas. Havia um espaço circular vazio, rodeado por um círculo de piras de metal queimando e, no centro de tudo, um buraco coberto por grossas grades.

Milena inspirou, mantendo sua postura ereta e seu olhar à frente. Um garçom laeren passou com taças contendo o líquido vermelho.

– Não sei se você sabe, Milena – começou Lara, despreocupadamente –, mas as coisas mudaram um pouco desde que sua família foi destruída. Praticamente só nos alimentamos de humanos agora.

Milena sentiu-se congelar. Apesar de todo o estilo distorcido e cruel que sua mãe contava sobre os Celenos, ela havia dito que ainda respeitavam a trégua feita com os Corvos e os Karibakis. Portanto, não se alimentavam de seres humanos e nem de Filhos da Lua. Geralmente o sangue era obtido voluntariamente dos membros da família que não herdavam o sangue da Noite Eterna, os laerens.

– Mas não pense nisso – sussurrou Lara. – O melhor para você é se concentrar nas comemorações da festa da Herança desta noite.

Milena sabia que ela tinha razão, mas sentiu que Lara queria que ela soubesse dessa informação. Com isso em mente, seu olhar foi até um tablado no salão e notou que Thales as observava.

Seu tio Thales Celeno aparentava ser um jovem homem magro, com longos cabelos completamente brancos soltos sobre os ombros.

O Vaer estava sentado confortavelmente em um antigo sofá Luís XV e conversava com um rapaz forte em uma poltrona igualmente antiga. O rapaz usava roupas casuais e corte de cabelo militar. Milena achou que já o tinha visto em algum lugar.

Ao redor do tablado, vários guardas se mantinham posicionados observando atentamente, com as mãos ameaçadoramente sobre as armas.

Do que Thales tinha medo? Ele estava entre sua própria família – pensou, lembrando-se de que seu pai nunca havia se utilizado de guardas dentro de sua própria casa.

Enquanto Milena atravessava o salão, sentiu os olhares dos Celenos percorrendo cada milímetro dela, parando algumas vezes sobre seus braços e seus ombros, onde a pele branca contrastava com as tatuagens. Os rostos de sua família.

Quando se aproximaram de Thales, os guardas permitiram a passagem delas.

– Seu animalzinho de estimação chegou, divirta-se – disse Lara, antes de dar as costas e se afastar.

Um dos guardas prontamente agarrou o braço de Milena, forçando-a a subir no tablado enquanto outro prendia um grilhão em uma de suas pernas. Milena viu que a corrente descia pelo lado do tablado e se ligava a uma grossa argola firmemente presa ao chão de concreto.

– Olá, linda Milena – cantarolou Thales, jogando os longos cabelos para trás, seus lábios se abriram em um sorriso. Ela pensou em cuspir na cara dele, mas precisava seguir o plano daquela noite. – Milena, conheça meu convidado especial, Aleph – disse o Vaer. – Aleph, conheça Milena.

Ela piscou e olhou melhor para Aleph, percebendo que já o tinha visto enquanto espionava Roberto. Aleph era um dos capangas de Alexia.

– Milena é uma jovem malcriada e ingrata – continuou Thales. Ela o olhou com raiva. – Exatamente como minha irmã também era. Mandei meus guardas até Santos e a salvei de ser descoberta e morta por Alexia, e o que recebo em troca? Incompreensão, raiva e uma negativa para a honra de ser uma de minhas deslumbrantes esposas.

Milena mordeu os lábios para não começar a gritar com Thales.

– É uma pena que não saiba apreciar sua generosa oferta – disse Aleph, pegando uma taça de champanhe e não de sangue na mesinha ao lado. – Mas se quiser entregá-la para nós, tenho certeza de que Alexia encontraria algo útil para fazer com ela.

Milena se virou para o Vaer.

– Thales, Alexia é uma Pérfida. O que está fazendo? Enlouqueceu?

O Vaer lhe deu outro de seus sorrisos.

– Não enlouqueci, Milena. Só que Alexia é uma negociadora e tanto. Ela me presenteou com dois Filhos da Lua. Uma linda garota de cabelos pretos, para eu encher meu estoque de sangue, e um rapaz forte e treinado para nos divertirmos esta noite. E todos estes presentes só para que eu aceitasse ouvir sua proposta de aliança – disse, erguendo a taça com sangue que estava sobre a mesinha.

Sangue Karibaki era a única coisa capaz de satisfazer um Vaer, mas as famílias geralmente capturavam Pérfidos e não Filhos da Lua. Ela enrugou o cenho.

– Aliança?

– Sim – confirmou Thales. – Aliança.

– Você quebrou a Paz de Prata, Thales – disse Milena. – Se você se unir aos Pérfidos, não terá perdão. Caçadores e Karibakis virão atrás de vocês. Virão atrás de toda a família, vocês serão dizimados.

Os dois riram.

– Não vejo graça nisso – rebateu ela. – Vai se arrepender.

– Lobos e Corvos estão prestes a entrar em guerra – comentou o Vaer. – Não estão interessados em nós.

– Guerra? – estranhou. – Desde quando?

– Ficou desatualizada em sua cela, querida Milena – disse Thales. – Santos foi invadida fora do Ciclo da Trégua por uma jovem alcateia e a aliança entre Karibakis e Corvos se desfez. Eles estão sentados em um barril de pólvora enquanto a Ordem dos Caçadores e o Conselho Alfa negociam sobre paz.

Milena estremeceu. Ela não sabia, mas se lembrou de Lucas ter dito algo sobre Santos. Ele achava que tinha sido aprisionado por caçadores e não Vaerens.

– Mesmo assim, você está delirando se acha que pode vencê-los.

– Nós poderemos, com a ajuda de Alexia.

E então Thales fez um sinal para Aleph.

O capanga de Alexia se inclinou para a frente e retirou do bolso um canivete. Ela o viu pressionar a lâmina contra a palma da mão, cortando-a de cima a baixo.

O cheiro ferroso e delicioso alcançou Milena. Um chiado saiu do fundo de sua garganta e precisou de toda a sua força de vontade para não saltar sobre Aleph, mesmo sabendo que sua perna estava presa por uma corrente.

Mas, no instante seguinte, algo estranho aconteceu, a pele dele começou a se fechar até o ferimento não existir mais, deixando para trás somente uma suave mancha vermelha.

Milena abriu a boca, mas o rapaz falou primeiro, adivinhando seus pensamentos.

– Sou humano, antes que pergunte. Não nasci com um pingo de DNA dos Filhos da Lua ou dos Filhos da Hoark, também não sou Vaeren.

– Mas então isso é impossível... – alegou Milena.

– Não é mais – disse Aleph com um sorriso presunçoso. – Também sou mais forte e mais resistente do que uma pessoa comum. Sou um ser humano melhorado. Melhorado por Alexia.

Ela não sabia o que dizer.

– Alexia tem conseguido fazer coisas que os lobos nem imaginam – disse o Vaer Thales.

– E isso irá destruir os Filhos da Lua – comentou Aleph. – Sem falar nos Corvos, que não terão a mínima chance, principalmente com Roberto sabotando-os em Santos.

Milena mordeu os lábios. Ela sabia que Roberto Sales tinha se unido a uma perigosa Pérfida, mas não podia imaginar a dimensão disso.

Thales se inclinou para a frente na poltrona, ficando a alguns centímetros do rosto de Milena, sentada no chão.

– Agora pense em um pequeno exército de laerens com estas capacidades... É isso que estou negociando com Alexia. E o preço dela é bem pequeno. Uma aliança conosco, uma velharia da família e, é claro, uma Vaeren.

Milena apertou o olhar.

– Para que ela quer uma Vaeren?

Sorrisos surgiram em Thales e Aleph. Milena estremeceu.

– Ela precisa de cobaias para novos experimentos – respondeu Thales, levantando o braço para tocar nos cabelos dela.

Milena afastou-se dele.

– Experimentos? – disse ela, mas foi a informação de que ele entregaria a relíquia dos Celenos que a deixou mais assustada. Lara tinha razão. – Você está completamente louco, Thales.

O sorriso dele desapareceu.

– Não estou louco. Só cansado de tantas regras. Nem todos estão satisfeitos em viver uma vida contida e escondida. Poderíamos governar o mundo, sabia?

Governar o mundo...

Milena se lembrava de ter ouvidos histórias sobre os primeiros Vaerens que enlouqueceram no passado e acharam que poderiam *governar o mundo* escravizando a humanidade como gado de sangue. Porém, segundo seu pai, esses velhos famintos teriam sido combatidos por outros Vaerens e até mesmo Karibakis.

Seu pai costumava lhe contar histórias do passado durante intermináveis noites sentados em sua bem-guardada biblioteca, a qual Milena nunca teve interesse em explorar, para a decepção dele.

Essa lembrança fez seu peito apertar em dor e saudade.

Ela inspirou e olhou ao redor, notando que as conversas começavam a diminuir. Precisava sair daquele lugar o mais rápido possível, precisava avisar Julian e aos Filhos da Lua sobre Alexia e seu estranho exército.

– Vai começar – disse Thales, recostando-se na poltrona. – Aproveite a festa, Milena, e depois vamos voltar a conversar.

Não vamos, não.

Milena fingiu ajeitar o busto do vestido e aproveitou para retirar o pequeno objeto de metal escondido.

Todos olhavam para Lara no centro do armazém, onde grandes piras queimavam iluminando ao redor. Milena olhou para as grades próximas aos pés da Celeno. Ela sabia o que era aquilo e o que significava.

– Boa noite a todos os meus queridos familiares – disse Lara. – Esta é uma noite de diversão. Espero que aproveitem ao máximo!

Vários gritos de satisfação se espalharam e Thales sorriu para os Celenos ao redor.

Milena percebeu a movimentação dos guardas. *Eles estavam tensos?* Ela observou com mais atenção.

E acontece que nem todos os sorrisos dos Celenos pareciam realmente sinceros. Olhares estreitos e perigosos pairavam sobre o Vaer.

– Todos sabem que, para comemorarmos mais uma Noite da Herança, nosso Vaer preparou um jogo emocionante para duas equipes formadas por laerens escolhidos por ele – continuou Lara. – As regras são simples: a equipe que entrar na Cova e trouxer a cabeça da presa aos pés de nosso amado Thales terá direito ao sangue da Noite Eterna.

Ao redor houve mais comemoração.

– Cova! Cova! Cova! – começaram a gritar ao redor.

A equipe? – pensou Milena. Geralmente seu pai entregava a Noite Eterna para somente um laeren por festa da Herança a cada geração, e olhe lá...

Taças com líquidos rubros foram erguidas. Milena notou que alguns garçons haviam abandonado seus postos e se dirigido para um dos cantos do salão, onde se encontravam grandes caixas de madeira abertas. Eles se inclinaram e começaram a retirar desde armas de calibre pesado até botas e coletes de proteção.

Enquanto isso, sons de correntes de metal se espalharam e todos olharam para cima. Algo vinha do teto do armazém.

Havia um outro andar acima deles, de onde descia uma velha gaiola de aço reforçado.

– O jogo vai começar – disse Thales, com um sorriso satisfeito.

Milena inspirou fundo. Os jogos ou *brincadeiras*, como chamava sua mãe, eram um passatempo cruel que os Celenos tinham costume de perpetuar em suas festas da Herança. Eles geralmente utilizavam seus inimigos ou Pérfidos como vítimas. Nunca inocentes.

– É uma pena que não possamos assistir – disse Aleph.

– Infelizmente câmeras não funcionam por minha causa, mas a caçada é um presente para meus laerens e não para mim – disse Thales, sem parecer realmente se importar. – Vamos aproveitar a festa para conversarmos melhor sobre minha parceria com Alexia.

– Com toda a certeza – respondeu Aleph, interessado. – Preciso partir em algumas horas para Eana, mas temos tempo ainda.

Enquanto falavam, Milena prestava atenção na gaiola que descia até ficar sobre o buraco gradeado. Ela encolheu as pernas contra seu corpo e levou discretamente uma das mãos até os grilhões. Os gritos ainda estavam animados por todo o salão.

Dentro da gaiola havia um jovem talvez apenas um pouco mais novo do que ela aparentava. Grilhões de prata rodeavam seus pulsos, pés e pescoço. Os cabelos castanhos estavam selvagemente ondulados e o mais puro ódio brilhava de seus olhos verdes.

– Pela paz de Prata eu exijo que me soltem e devolvam meus amigos – rosnou Lucas acima dos gritos, silenciando-os.

Quietos, os Vaerens e laerens o encararam com olhos amplos por apenas um instante antes das risadas se espalharem pelo salão.

A presença sobrenatural de um Destemido tinha nenhum efeito sobre Vaerens. Nenhum dom tinha.

Lucas tentou mexer em seus grilhões de prata, tentando se livrar deles.

Sons de botas e armas sendo engatilhadas se espalharam pelo salão. Milena voltou sua atenção à frente e viu laerens vestidos como se estivessem indo para uma guerra. Divididos em dois grupos, olharam para Thales e o saudaram com uma reverência.

– Muito bem – disse Lara. – Chegou a hora, boa sorte às duas equipes!

Ao redor, houve mais sons de comemoração.

O Vaer deu o sinal que esperavam e uma alavanca foi acionada.

De repente, o chão da jaula se abriu e Lucas teria caído se não tivesse sido rápido o bastante para se segurar nas grades. Houve sons de diversas armas dos guardas sendo apontadas. Milena sabia que havia balas de prata nelas.

Os Celenos riram outra vez.

Um guarda se aproximou de uma das piras e retirou do fogo uma longa haste de ferro. Em seguida, usou a ponta quente e afiada de prata para estocar os dedos do garoto, que rosnou de dor antes de soltar-se das grades e cair na escuridão do buraco.

Gritos de entusiasmo se espalharam e os dois grupos armados correram em direção a uma das saídas do armazém. Os guardas ao redor baixaram suas armas.

Provavelmente, deveria ter outra entrada para a Cova – pensou Milena.

Outra alavanca foi utilizada e as grossas grades de metal fecharam o buraco enquanto a gaiola voltava a subir.

Era agora. E ela só teria uma chance.

Com uma das mãos, Milena arrancou seus grilhões já abertos, impulsionou o corpo para a frente e correu velozmente em direção às grades no chão.

Thales gritou alguma ordem.

Mas antes que os guardas pudessem fazer qualquer coisa, como atirar ou pular sobre ela, Milena saltou e se deixou escorregar no chão até alcançar as grades no centro do salão e deslizar o corpo no espaço entre elas.

Bem naquele espaço em que o bilhete de Lara dizia ser largo o suficiente para seu corpo esguio passar.

E em apenas alguns segundos, Milena caia dentro da escuridão profunda da Cova.

Bianca deu um passo para trás, encarando boquiaberta as grandes estalagmites e estalactites afiadas. Aquelas eram as celas da prisão dos Taus. Casulos em que diversos horrores flutuavam em um tipo de líquido estranho.

Podia sentir o odor pútrido e viscoso espalhado por toda a parte, além de algo mais no ar, uma energia pegajosa crescendo lentamente e que somente ela conseguia sentir.

Por um momento, imaginou todas aquelas coisas ativas e estremeceu em pensar nas medonhas criaturas saindo delas e avançando sobre as cidades, usando suas garras e dentes para destroçar e devorar pessoas indefesas.

Seus olhos buscaram Julian e ele a olhou também, pálido.

Ela tentou lhe dizer algo, dizer que não estava se sentindo bem, mas sua garganta se fechou a ponto de mal conseguir respirar. Então se virou e saiu da galeria cambaleando.

Bianca alcançou a plataforma e se apoiou na rocha fria junto a uma fissura brilhante escarlate. Ela inspirou e expirou fundo uma, duas vezes o ar gélido da grande fenda, sentindo seu coração ameaçar explodir.

— Os Taus estão desativados e imersos em puro *metamold*. — Era Julian. Ele tinha vindo atrás dela. — Jamais te deixariam vir se houvesse algum perigo. Todo esse Refúgio foi construído para mantê-los presos em segurança.

— Eu sei... — disse ofegante. — Só preciso de um minuto.

Ela tremia. Seus olhos se fixaram no vazio escuro sob a ponte.

– Use seu treinamento.

Ela fechou os olhos e se concentrou no inspirar e expirar, como aprendera nas aulas de Controle e na clareira com Julian.

– Bianca, você é capaz de afastar seja o que for que estiver sentindo... Pode manter sua mente calma e fria...

Bianca se concentrou nas palavras dele, tentando sentir o ar frio ao redor e dentro dela. *Calma e fria...*

Aos poucos sentiu sua respiração voltando ao normal.

Se tivesse entrado naquele lugar meses atrás, com toda a certeza estaria inconsciente neste momento e sendo levada para a enfermaria mais próxima, mas aquela garota havia sido deixada para trás. Pelo menos era o que sempre dizia para si mesma. Portanto, fugir do que precisava encarar lá dentro não iria ajudar a ela ou a Julian, só iria atrasá-los.

– Estou melhor – disse, sentindo a voz rouca enquanto se voltava para ele. – Desculpe...

– Não precisa se desculpar.

Ela notou que ele levantou a mão para tocá-la, mas parou. Entendia o motivo. Estavam no Refúgio e tinham que tomar cuidado. Mesmo que ele ligasse o Bloqueador, era arriscado. – Esse lugar é pior do que tudo o que imaginei e com certeza terei pesadelos pelo resto da vida. Você é uma Farejadora e entrar ali com seus sentidos ainda bagunçados é pior, mas precisa aguentar. Não lute contra o seu dom, aceite-o.

Ela suspirou.

– Sei disso, Julian, vou tentar. Estou pronta, é sério. Já podemos voltar...

Julian assentiu e eles voltaram para a galeria.

Seus olhos percorreram mais uma vez os casulos em forma de estalactites e estalagmites, que lembravam mais presas afiadas do que formações rochosas. Dentro deles, os Taus eram como sombras que pareciam se contorcer.

Ela se concentrou em deixar a mente se acostumar com os odores.

E então sua atenção foi para algo a apenas alguns metros à frente.

De costas para a entrada, percebeu uma estátua de silhueta feminina em tamanho natural.

– Temos que encontrar logo algum desses casulos vazios para colocarmos os Taus e darmos o fora daqui – comentou Julian.

– Espera. O que é aquilo? – perguntou ela, apontando. Ele olhou com mais atenção.

– Uma estátua, mas não sabia que tínhamos uma aqui. Deve ser nova.

Eles andaram até ficarem de frente para a escultura. Era uma mulher em tamanho real esculpida na mesma rocha escura que havia por todo aquele lugar. Bianca não a reconheceu. Não se parecia com nenhuma das estátuas femininas que tinha visto no Jardim Oliva.

– Quem é ela?

Ouviu o suspiro de Julian.

– É minha avó – disse Julian.

– A que possuía o dom do primeiro Farejador? – perguntou, um pouco surpresa.

– E também a fundadora dos Guardiões. – Julian apontou para algo na base da estátua. – E este é meio que o lema de minha família. Deve ser algum tipo de homenagem.

Ela baixou o olhar e leu a frase entalhada.

Dor e Sacrifício.

– Não acho que seja uma homenagem colocar a estátua dela nesse lugar horrível. Eu já teria reclamado com algum parente Uivador e o assombrado até me tirarem daqui.

Julian soltou um riso abafado, aliviado por ela já conseguir fazer piada naquele lugar tenebroso.

Mas ela ainda tinha sua atenção na estátua, percorrendo o cuidadoso trabalho do escultor.

E então Julian lhe disse algo, mas Bianca não ouviu.

Seus sentidos de repente se ampliaram e se voltaram para a escultura, porque tudo na expressão de Isabel e em sua postura parecia querer lhe contar algo.

Seu olhar seguiu cada linha, cada contorno e padrão do trabalho artístico e, aos poucos, a obra foi assumindo novos significados. Era como se Bianca escavasse as camadas da escultura e, a cada camada, novas informações surgiam, mas não era como o Faro, era outra coisa.

Sem aviso, foi inundada por sentimentos de certeza, dor e arrependimento que não eram dela... eram da estátua, ou melhor, de sua modelo ou de seu escultor ou, quem sabe, de ambos... Difícil dizer.

– Bianca?

Ela seguiu o olhar de Isabel. A estátua parecia encarar algo bem no centro da galeria, onde o terreno possuía uma pequena elevação e uma grande rocha solitária descansava.

– Bianca? – insistiu.

Ela piscou.

– O que foi? – respondeu, virando-se para Julian como se só agora tivesse notado que ele a chamava.

– O que você está olhando?

Ela o encarou levemente confusa.

– Hãmm... para a estátua e para aquilo... – disse, apontando para a rocha no centro da galeria. – Sabe o que é?

Julian estreitou um pouco o olhar.

– Não tenho certeza, mas podemos ir até lá se quiser, enquanto procuramos um desses casulos vazios. O que acha? Consegue aguentar o cheiro?

Ela assentiu e o seguiu, sem saber como explicar para Julian que o odor sobrenatural não era o único problema.

Havia outra coisa ali.

Não sabia o que era ainda, mas era como se seus sentidos captassem algo no ar além dos odores e tentassem sussurrar algo a ela. Tentassem lhe contar algo.

E essa mistura de odores e sussurros, criava uma tensão perigosa. Um pulsar crescente.

– A energia do Cristal Alvo está quase toda voltada para esta galeria, para manter os Taus presos e seguros – falou Julian, enquanto caminhavam entre as estalagmites e estalactites. – Por isso que poucos de nós moram neste lugar. Ele é o menor de todos os Refúgios.

Os Taus deveriam ser bastante perigosos, pois mesmo desativados e isolados na Antártida, os Karibakis ainda voltavam quase toda a sua tecnologia para os manter em segurança.

– Os Pérfidos já tentaram invadir este Refúgio para pegar os Taus? É disso que têm medo?

– Alguns loucos tentaram no passado – disse Julian. – Foram poucas vezes. Nunca ninguém sobreviveu, então desistiram. Nossa tecnologia é muito superior à deles.

Bianca se lembrou dos grandes estilhaços de gelo afiados acima do Refúgio, aquilo realmente deveria ser um sistema de defesa. E enquanto imaginava

FILHOS DA LUA - O LEGADO SOMBRIO

como funcionariam em uma invasão, seu olhar foi até um dos casulos. Algo estranho aconteceu com o Tau ali dentro.

– Vamos colocá-los aqui – disse Julian, parando diante de duas estalagmites vazias. Elas tinham aberturas perto de suas pontas.

– Ele está se mexendo.

– Não é nada para a gente se preocupar – disse, puxando sua mochila para a frente do corpo. – Taus podem mudar para algumas formas pré-programadas. Fazem isso para se adaptar ao guardião que querem conquistar.

Ela sabia. Tinha estudado algo do tipo, mas não imaginava que poderiam ficar trocando de forma como loucos.

Ao se aproximar da estalagmite, o artefato em forma de pequena estatueta se desfez em um tipo de líquido negro e, no instante seguinte, a fumaça se juntou e se solidificou novamente, jogando-se de repente em direção a ela. Bianca deu um pulo para trás, mas o Tau bateu na parede do casulo, com a aparência de uma máscara bizarra.

Ela xingou alto de novo e Julian riu.

– Já te falei que não podem te fazer mal.

– Eu sei – disse, exasperada. – Mas essas coisas são horríveis! Queria que pudessem desaparecer da face da terra.

– Ahh, todos nós gostaríamos muito disso. Os cientistas daqui têm estudado os Taus há anos nos laboratórios. Meu pai já me falou sobre algumas dessas pesquisas, mas nunca encontraram nada que pudesse destruí-los ou acabar com a energia deles – comentou, retirando o Tau em forma de espelho antigo da mochila. – O que é uma pena...

Bianca também tinha estudado sobre a composição deles uma vez. Eram feitos de um material parecido com o *metamold*, mas ninguém tinha certeza de onde vinha a energia que os mantinha sempre existindo.

Julian parou ao seu lado e lhe ofereceu um dos Taus.

– Acho que você mesma deveria colocar este daqui na cela.

Era o artefato em forma de estatueta com boca vermelha. Bianca o pegou, surpreendentemente sem hesitar. Nem sequer tremia mais. Segurou-o firme e caminhou com Julian até as estalagmites vazias. Observou quando ele passou seu artefato pela fenda antes de simplesmente soltá-lo.

Ela fez o mesmo com o seu e observou quando o casulo se fechou e um tipo de líquido luminoso a preencheu, fazendo o Tau flutuar.

Acabou.

Mas sabia que, mesmo tendo matado todos os *griats*, ainda havia aqueles braços monstruosos lá dentro. E estas coisas não poderiam ser destruídas porque faziam parte dele, podendo ainda ser usadas para capturar novas vítimas e criar novas Crianças Sombrias.

Mas agora o Tau que a atacara em Santos não machucaria mais ninguém.

Infelizmente, o sentimento de alívio só durou até o momento em que ergueu o olhar para as outras centenas de artefatos aprisionados ao seu redor.

Quantos ainda havia lá fora?

– Você não queria ver o que há no centro da galeria? – disse Julian, trazendo-a de volta de seus pensamentos.

Bianca o olhou, sentindo aquela estranha pulsação no ar tocar seus sentidos.

– Quero.

Ela o seguiu entre os Taus, caminhando em direção ao aclive. O odor horrível não havia diminuído, mas aos poucos se tornava mais suportável.

A única coisa boa era que, quanto mais se aproximava do centro da galeria, mais as estalagmites começavam a se espaçar e o teto ficava cada vez mais alto. A rocha solitária ficava em uma área ampla e sem Taus, de onde se poderia ver toda a galeria.

– Acho que me lembrei o que é aquela pedra – comentou Julian, apontando com o queixo.

Bianca o olhou e esperou que dissesse mais alguma coisa. Então ergueu as mãos para os Taus ao redor.

– Não preciso de mais suspense em minha vida, Julian. Ela já é emocionante o suficiente.

Ele lhe deu um meio sorriso e apontou para a rocha a alguns metros deles.

– Aquilo é uma das relíquias Karibakis originais.

– Relíquia? – Ela se lembrou de quando Lucas lhe contou sobre as relíquias no Jardim Oliva, ano passado. – Como as estátuas dos primeiros Karibakis no Jardim Oliva?

– É... Só que esta relíquia aqui teria sido entalhada pelo primeiro Farejador.

Bianca olhou com mais atenção.

A rocha era maior do que ela e bastante larga. Daquela distância já dava para perceber inscrições entalhadas. Eram palavras na língua Karibaki.

– E o que foi que Galen escreveu? – disse, sentindo aquela estranha tensão no ar pulsar.

E antes que Julian respondesse, Bianca se viu caminhando a passos largos até parar na frente da rocha e encarar os entalhes antigos.

Depois de seis meses estudando diariamente a língua Ki, já estava apta o suficiente para entender grande parte dos seus significados. E aquelas palavras não pareciam particularmente difíceis.

Enquanto examinava cada entalhe, sentiu todos os pelos do seu corpo se arrepiarem. Sabia sobre o que estava lendo.

– Quando as cinco garras sangrarem – começou ela, lendo com cuidado os entalhes –, a Sombra de Hoark cobrirá a Terra...

Ao seu lado, Julian assentiu de forma sombria.

– Foi assim que a antiga profecia chegou até nós – disse ele. – Galen a gravou em uma rocha.

Bianca expirou e se aproximou.

Julian observou quando ela tocou nos entalhes. Notou quando ela estremeceu e afastou a ponta dos dedos por um instante, antes de se virar e olhar ao redor.

Quando Bianca tocou na rocha, sentiu a pulsação no ar ficar mais forte, e seu coração pareceu parar por um instante antes de voltar a bater.

Ela se virou para os incontáveis casulos e observou os Taus se jogarem contra as paredes de sua prisão. Uma prisão que, segundo a profecia, seria apenas temporária.

E então Bianca sentiu.

Como um terrível sussurro em seu ouvido, o calafrio desceu por sua espinha e instalou-se no estômago, fazendo suas pernas estremecerem e a garganta se fechar.

Ela arquejou.

Bianca podia sentir o medo.

Um medo que não vinha dela, mas de toda uma sociedade. Um tipo de medo que havia criado raízes e influenciado a forma de ser e de viver de gerações inteiras.

E apesar de Ricardo ter garantido que o Conselho Verde não tinha dado muita importância ao alerta do espírito do primeiro Farejador, sobre a Sombra de Hoark estar se aproximando, Bianca não conseguia mais acreditar nisso. Tinha certeza de que os líderes Filhos da Lua prestaram atenção nas palavras do Uivador.

E tiveram medo, muito medo.

Na semiescuridão da caverna dos Taus, Julian notou que a palidez que Bianca estampara no rosto desde que entraram nos túneis havia desaparecido. Havia uma nova intensidade em sua expressão. Algo novo em seus olhos castanhos, algo penetrante e alerta.

Eram olhos escavadores.

– Pelo que me contaram – começou ele, sem Bianca ter lhe perguntado qualquer coisa –, Galen escreveu a profecia nesta rocha para que não esquecêssemos das consequências se falhássemos em nossa missão em vencer nossos inimigos e proteger a humanidade.

Ela pareceu ouvi-lo, pois piscou e se virou devagar, como se tivesse sido trazida de volta de onde quer que estivesse.

Ela estreitou o olhar.

– Mas se não podemos destruir os Taus e o espírito de Galen apareceu para avisar Ricardo que a Sombra está se aproximando, não tem como vencermos, tem?

A mandíbula de Julian se contraiu.

– Se a profecia for real e não temos como destruir os Taus, talvez não possamos vencer – disse, fazendo uma breve pausa antes de continuar. – Mas acho que temos que tentar fazer o possível ou estaremos perdidos.

Ela assentiu, concordando.

– Acho que essa é a ideia – disse ela. – Todo mundo sai daqui pronto para fazer o possível e o impossível.

Julian estranhou seu tom.

– O que quer dizer?

Mas Bianca não respondeu. Mais uma vez não sabia como explicar o que estava sentindo ou por que estava sentindo, mas era algo forte e impossível de ignorar.

Era como se conseguisse ver as intenções impregnadas ali. E não eram apenas as dos Taus. Era a forma como aquele lugar simplesmente existia.

Isso a fez lembrar de quando entrou pela primeira vez em uma catedral com Laura. Bianca tinha ficado impressionada com a grandiosidade do lugar, a iluminação dos vitrais pela luz do sol, a sensação de paz e tranquilidade... Ela ouviu Laura falar sem parar sobre um monte de detalhes arquitetônicos que Bianca não conseguiria mais dizer quais eram. Entretanto, uma coisa nunca esqueceu.

Laura contou que as catedrais eram construídas daquela forma de propósito.

Catedrais eram planejadas para criarem um tipo de sensação mística ao povo medieval, para fazê-los se lembrar do paraíso que os aguardava se fossem bonzinhos e obedientes na Terra.

E foi aí que Bianca entendeu. Aquela galeria escura, com estalactites e estalagmites em forma de presas afiadas, era como uma catedral sinistra para os Karibakis. Entretanto, ali não havia tranquilidade e paz.

Moldada em *metamold,* aquela galeria alimentava o medo dos Filhos da Lua.

O olhar de Bianca foi para a rocha e para a profecia e ela sentiu algo pulsar no ar mais uma vez, e então outra.

– O que foi?

– É esse lugar... – disse ela. – Não é o que eu imaginava que fosse.

Ele a olhou com mais atenção.

– Também não é o que imaginei. Meu pai sempre disse que os Filhos da Lua que pisavam aqui saíam deste Refúgio mais fortes.

Ela estreitou o olhar.

– Não acho que saiam mais fortes – De alguma forma aquele raciocínio não fazia sentido algum para ela. Não era força que aquele medo no ar inspirava. Era outra coisa. – Acho que saem é mais leais.

– Leais? – perguntou ele, tentando entender.

– Sim, leais – disse uma voz masculina no ar. As palavras em um suave sotaque espanhol. Eles se viraram em direção à entrada da galeria.

Um homem de pele dourada, cabelos escuros e cavanhaque se aproximava, caminhando entre estalagmites.

Bianca estremeceu ao sentir o odor incrivelmente rico e magnético de um Destemido, destacando-se do odor de outros Karibakis que passavam pela entrada. Eles e alguns parentes se espalhavam entre os casulos dos Tau, aproximando-se do centro da galeria onde Bianca e Julian estavam.

– A verdadeira força de um Karibaki está em sua lealdade – continuou o homem de cavanhaque, que Bianca tinha certeza que era o Voz da Lua do Refúgio Branco. – Porque, no fim, é a lealdade, é a nossa obediência aos Nove Acordos que nos faz fortes o suficiente para evitarmos nossa destruição e a de toda a humanidade pela Sombra de Hoark...

Quanto mais o Voz da Lua se aproximava, mais os joelhos de Bianca teimavam em estremecer. Ela tinha certeza de que nunca conheceu um Destemido como ele. Nem mesmo Ester tinha uma presença tão forte.

Todos os seus sentidos se aguçaram em alerta. Mas foi algo em seus olhos que a fez compreender para o que estava realmente olhando.

Para um homem cujo medo havia criado raízes escuras em sua alma.

O olhar de Ruben não era muito diferente do que Bianca viu na estátua de Isabel Ross, a fundadora dos Guardiões.

E sentindo o primeiro clique de compreensão vibrar por seu espírito, Bianca teve certeza de que estava diante de um Guardião.

Diante de um traidor.

Refúgio Verde. Brasil.

– Quero ver Gabrielle – exigiu o menino.

Leonardo estava parado no saguão do hospital.

Em geral, o hospital era sempre livre, qualquer um podia entrar e sair a qualquer momento, mas hoje o prédio estava lacrado. As escadarias e corredores impedidos por portas impossíveis de serem derrubadas em qualquer pele.

– Já disse que não é possível, Leo – avisou Luiza, a assistente de Allan.

– Mas...

– Ninguém pode ver Gabrielle. Ela ficará aqui, em observação, até seus pais chegarem para a... – Ela hesitou, como se as palavras tivessem um gosto amargo para ela também – para a Assembleia de Purificação amanhã cedo. Sinto muito...

Leonardo sentiu as lágrimas vindo. Ele queria vê-la, queria pedir desculpas pelo que a obrigou dizer na frente de todo mundo. Entretanto, ninguém o deixaria entrar devido às ordens do Conselho.

Ele baixou o olhar e se virou para sair do saguão, não adiantaria mais argumentar. Estava quase no jardim quando começou a ouvir vozes.

Olhou para trás e viu uma das portas se abrir. Membros do Conselho saíam com rostos duros e tensos. Atrás deles, surgiu Nicole.

A irmã de Gabrielle parecia abatida, seus olhos estavam vermelhos e inchados. Ela encarou com raiva as costas dos conselheiros e então se virou e saiu.

Sem saber mais o que fazer, Leonardo a seguiu.

Já que ele não consegue falar com Gabrielle, falaria com Nicole. Pediria desculpas. Não. Ele pediria perdão.

Nicole percorreu o caminho mais vazio que ligava o hospital ao edifício dormitório. Seguiu por uma trilha lateral até os fundos do prédio e subiu pela escadaria interna, ignorando olhares curiosos e comentários sussurrados.

No andar onde ficava o quarto dela o ar era fresco devido aos jardins internos e trepadeiras, que caíam como cortinas pelos andares; mesmo assim, Leonardo suava ao se apressar para tentar alcançá-la. Mas ele hesitou quando Nicole parou de repente. Notou quando as costas da Furtiva enrijeceram. Havia alguém parado na porta dela.

Era Ricardo. O maxilar do Uivador se contraiu.

Nicole voltou a caminhar e, com um gesto, a porta se abriu e eles entraram.

Leonardo se apressou em alcançá-los, mas parou assim que entrou no quarto, sem saber o que fazer.

Nicole tinha avançado em Ricardo. Seus punhos batiam no peito do Uivador, que nem tentava se proteger ou esquivar. Ele bateu contra a mesa de estudos enquanto tentava acalmá-la.

– Nic... Nic, desculpa...

– Onde você estava? – gritou a Furtiva. – Onde você estava?!

– Precisei fazer uma coisa.

Os punhos dela bateram contra o peito dele com força mais uma vez.

– Minha irmã estava... ela... – mas não conseguiu terminar. – E você me deixou sozinha!

– Desculpe, estou aqui agora – disse ele, segurando os braços da Furtiva contra si, puxando-a para abraçá-la. Nicole resistiu, mas ele a segurou firme. Então ela começou a chorar e Ricardo conseguiu abraçá-la.

Leonardo entrou e deixou a porta se fechar atrás dele.

– Eles... – ela soluçou – vão punir minha irmã, Ric... Meu tio a condenou e meus pais vão ficar arrasados...

Ele a afastou um pouco para encará-la.

– Como assim?

Os lábios dela estremeceram.

– Gabi foi acusada pelo Conselho da quebra de *dois* Acordos e por te se ligado a um Voraz, algo que ninguém fez antes. Então decidiram que ela deveria ser punida. Daí meu tio disse a sentença. Ele a fez escolher...

– Escolher o quê? – perguntou Ricardo, ainda mais pálido.

O coração de Leonardo se apertou.

– Cem chibatadas – disse Nicole, sua voz falhou – ou morte rápida.

Ricardo fechou os olhos. Então praticamente desabou sentado numa das cadeiras, colocando o rosto entre as mãos.

Leonardo sentiu o quarto girar.

Cem chibatas ou morte?

– Desculpe... – conseguiu dizer o menino, interrompendo-os. – Não sabia sobre o Voraz. Foi minha culpa terem descoberto.

Ricardo tirou as mãos do rosto e Nicole se virou para Leonardo.

– Desculpe... – pediu ele de novo, num fio de voz. As lágrimas começavam a escorrer dele.

Nicole enxugou suas próprias lágrimas.

– O que você está fazendo aqui? – perguntou ela, mas então balançou a cabeça. – Deixa para lá. E não foi sua culpa, Leo – disse, tentando suavizar as palavras. – Você não sabia e só queria ajudar. Allan precisava saber o que estava acontecendo. Ele precisava saber que tipo de animal estava ligado a ela.

– Morte ou chibatadas? – repetiu Ricardo. Seu olhar perdido em algum lugar do quarto. – Não posso acreditar nisso...

– Minha irmã escolheu cem chibatas. Ela disse que quer viver...

Cem chibatadas...

O estômago do menino se revirou ao se lembrar das cenas que presenciou durante a Purificação de Maitê e João na Oca. Mas eles eram mais fortes e preparados, além de terem mais de dezesseis anos e não onze, quando receberam trinta chibatadas e, mesmo assim, Maitê quase morreu...

– Gabi não vai sobreviver – disse Leonardo, tentando não vomitar.

– Eu sei. Eles também sabem disso... – falou ela. – foi crueldade do meu tio. Ele deve ter achado que Gabrielle escolheria morrer.

– Mas ele é o tio de vocês... – disse Leonardo, exasperado.

Nicole baixou os olhos.

– Se Ester fosse a Voz da Lua, tenho certeza de que isso não teria sido assim – disse Ricardo, havia tensão em sua mandíbula. – Ela iria encontrar outra opção para sua irmã.

– Gabi não pode morrer – disse Leonardo, as lágrimas escorrendo.

– E ela não vai – disparou Nicole, virando-se para o seu guarda-roupa. – Vou quebrar a segurança de Altan no hospital e darei o fora daqui com ela. – Ela pegou seu traje completo e o jogou sobre a cama, em seguida agarrou uma mala e a jogou sobre a mesa de estudos, começando a colocar dentro dela os estranhos equipamentos espalhados. – Ninguém vai machucar minha irmãzinha. Dane-se o Acordo. Dane-se a hierarquia. Dane-se o meu tio imbecil.

O olhar de Leonardo foi até Ricardo.

O Uivador ainda tinha a mandíbula rígida. Pela primeira vez, notou o quanto os braços dele apoiados na perna tremiam. Ricardo fechou os punhos, controlando-se, antes de baixar a cabeça e falar.

– *Ela* me avisou que condenariam Gabrielle à morte e que você tentaria fugir com ela daqui...

Nicole parou de guardar os equipamentos e o olhou.

– Quem falou?

Ricardo olhou de um lado a outro, como se lutasse com as palavras.

– A mulher misteriosa – respondeu, franzindo o rosto. – Eu a vi enquanto Gabrielle passava mal e a segui até o círculo de estátuas da Primeira Alcateia.

Nicole ampliou as sobrancelhas.

– E ela te contou o que o Conselho faria?

Ele assentiu.

– O espírito me disse que não era difícil adivinhar o que o Conselho e o que seu tio decidiriam... – Ele fez uma pausa. – E falou que você provavelmente tentaria fugir quebrando o código de segurança de Altan, mas que não conseguiria e aí seria presa também.

– Esse espírito não sabe de nada – rebateu Nicole.

– E daí ela me contou que eu perderia todas vocês... perderia você... Gabrielle, minha irmã...

Nicole apertou a sobrancelha.

– Como assim? Por que você perderia Rafaela?

– Ela me falou que a alcateia de Lucas está desaparecida e que Rafaela não está bem. Disse que seu tio mandou que ninguém mais soubesse que a alcateia de Lucas desapareceu porque ele não quer que Bianca se junte à equipe de busca...

Leonardo entreabriu os lábios, surpreso. Nicole pareceu congelar no lugar, encarando Ricardo.

– Por que meu tio não iria querer Bianca na equipe de busca de uma alcateia perdida? Isso não tem lógica.

– Porque... ela disse que Bianca vai ajudar Julian aceitando uma missão e então ele não espera que ela vá voltar...

Leonardo percebeu quando Nicole apoiou uma das mãos com firmeza no canto da mesa, como se precisasse de algo para se manter em pé.

– O espírito está mentindo.

MARCELLA ROSSETTI

– Espero que sim – disse Ricardo. – Mas ela me deu uma informação e avisou que poderia te ajudar a quebrar a segurança do Refúgio e evitar tudo isso.

O olhar de Nicole se estreitou.

– O que ela te disse?

Ricardo inspirou.

– Se eu te contar, ficarei devendo um favor e terei que cumprir.

– Que favor? O que o espírito quer de você, Ricardo? Fala logo!

Mas ele apenas balançou a cabeça como reposta, incapaz de lhe dizer.

– A informação que você precisa é sobre Altan – disse Ricardo. – Antes de desaparecer, o espírito pediu para te avisar que você nunca será capaz de burlar o código de Altan. – Ele fez uma pausa e inspirou. – Porque na verdade Altan não é uma inteligência artificial. Nenhum deles é.

Nicole piscou.

– Quê?

Dor percorreu todo o seu corpo com o impacto da queda. Por um instante, Milena ficou estendida no chão, tonta e desorientada na escuridão da Cova. Gemeu ao tentar se mexer, mas precisava ser rápida. Logo laerens armados com prata estariam ali.

Trincando os dentes, sentiu seu corpo se regenerar na mesma rapidez que sua fome aumentava. O pouco sangue que seu corpo possuía estava sendo consumido para curá-la.

Com esforço, apoiou os braços e se levantou. Ela gemeu mais uma vez, mas conseguiu se erguer.

Imediatamente, um cheiro forte e ferroso de sangue invadiu seus sentidos. Milena cambaleou e mordeu os lábios. O Filho da Lua só poderia ter sangrado ao cair e ela precisaria se controlar.

Piscou algumas vezes enquanto seus olhos se adaptavam. A negritude cedeu lugar a um cinza escuro e depois a um mais claro, até as cores desbotadas começarem a surgir.

E então ela o viu um pouco distante. Observando-a, com o corpo tenso, estava o garoto Karibaki.

Lucas parecia totalmente curado apesar dos respingos vermelhos em sua camisa. Foi um esforço desviar sua atenção para o olhar frio e predatório dele.

– Não sou sua inimiga.

– Isso é o que você diz – rosnou ele.

Milena sabia que não tinha tempo para convencê-lo.

Olhou ao redor. Os dois caíram em um espaço largo e muito fundo. Fundo demais para um trocador de pele conseguir saltar e alcançar as grades. As paredes eram parecidas com as de uma mina, uma mistura de terra batida, rochas, apoios de ferro e concreto que se abria em quatro passagens espalhadas.

– Laerens estão vindo caçar você armados com prata – disse ela, batendo a poeira sobre seu vestido e as pernas nuas. – Querem sua cabeça para conseguirem o sangue da Noite Eterna. Vem comigo, se quiser sobreviver.

Ele rosnou.

– Até onde eu sei, você pode fazer parte desse jogo idiota de seu Vaer.

– Primeiro, Thales não é *meu* Vaer – disse, caminhando depressa até uma das passagens escuras enquanto sentia a terra batida e dura sob seus pés descalços. – Ele é um Celeno, eu sou uma Lectra. Segundo, você sabe que eu também era prisioneira dele, e terceiro: – disse, abandonando aquela passagem e caminhando rapidamente até outra mais próxima – não estou te obrigando a me seguir. Se vire sozinho se quiser, mas *eu* vou dar o forà daqui.

E depois de analisar o batente daquela entrada, Milena entrou no túnel. Lucas a viu desaparecer e hesitou apenas um instante antes de xingar alto e segui-la na escuridão.

– Você sabe como sair daqui?

– Mais ou menos. Sei que provavelmente aqueles túneis nos levariam até uma entrada bem guardada por soldados de Thales, o que não é uma boa ideia para nós. E sei que tem outra saída em algum lugar por aqui. É esta que estou procurando.

Eles pararam em uma bifurcação. O caminho se estendia para a direita e para a esquerda. Milena imediatamente começou a analisar o batente à sua esquerda, mas mesmo com sua visão aguçada, havia muitas rachaduras e marcas na madeira, sem falar que a proximidade de Lucas não ajudava.

Ele olhou em direção ao corredor pelo qual vieram, havia ruídos de movimentos coordenados.

– Estão vindo – rosnou Lucas, concentrando-se em forçar o surgimento de suas garras. Era doloroso. Suas mãos inchavam forçando-se contra a prata dos grilhões, ferindo sua pele.

Milena grunhiu.

– Droga, pare com isso – disse, virando-se para ele. – Se sangrar, vamos ter mais problemas. E será que dá para você fazer algo de útil e jogar a porcaria da sua camiseta para algum lugar bem longe daqui?

– Por quê?

Ela o encarou, mas seus olhos foram imediatamente atraídos para o sangue no tecido.

– Porque estou faminta.

Ele hesitou por um instante, antes de puxar a camiseta para cima, a embolar nas mãos e a jogar o mais longe que conseguiu pelo corredor à direita deles, ficando apenas com a calça *jeans* e o tênis.

– Satisfeita? – grunhiu, com raiva.

Um barulho no salão do qual vieram chamou a atenção deles. Luzes de lanternas começaram a iluminar o fim do corredor.

Ela agarrou o pulso de Lucas e o puxou para dentro do corredor à esquerda, soltando-o quando sentiu a prata do grilhão. Vaerens também odiavam prata.

Ao chegarem em outra bifurcação, virou à direita e parou, esperando.

– O que está fazendo? – sussurrou ele.

– Shhh – pediu ela, abaixando-se na primeira curva.

Apenas parte de seu rosto aparecia no corredor, mas seus olhos se tornaram opacos e sem brilho, sua pele acinzentada e as veias de seu pescoço escureceram. Os sentidos aguçados de Lucas, apesar de embaçados pelo incômodo da prata, diziam que até mesmo seu coração e outros órgãos pararam de funcionar.

Milena viu quando o primeiro grupo surgiu, eram quatro laerens bem armados e equipados. Ela podia sentir o odor detestável da prata na munição e Lucas provavelmente também podia. Um deles iluminou rapidamente o corredor por onde tinham passado e ela afastou o rosto por um instante.

– Aqui – gritou alguém. – Achei isso. O cachorrinho deve ter corrido por este lado.

– Mas e a garota dos Lectras?

– Sei lá, vai ver está junto com ele ou foi por outro túnel. Não importa. Vocês querem ou não a Noite Eterna?

Os outros três afirmaram alguma coisa com grunhidos e o seguiram para a direita. Milena esperou mais um pouco e então deixou o sangue voltar a circular e o seu coração a bater.

– Idiotas – grunhiu ela, levantando-se para voltar ao corredor por onde vieram. Milena precisaria encontrar uma forma mais rápida de achar as marcas que sua mãe e Lara deixaram muitos anos atrás.

E então ela ouviu o rosnado de Lucas.

– Já disse que não sou... – Ela se interrompeu.

Lucas não estava rosnando para ela.

Havia uma criatura alta e ossuda, de pele imunda, com cabelos ralos colados a um rosto deformado com grandes olhos esbugalhados, com mandíbula maior do que a de um ser humano.

A criatura se aproximava inclinando a cabeça, curiosa. Sua enorme mandíbula se abriu um pouco, deixando à mostra dezenas de dentes escuros e afiados, ao mesmo tempo que uma baba nojenta começava a escorrer dela. O olhar de Lucas foi para as mãos e pés da criatura contendo imensas garras afiadas.

– Que droga é essa? – rosnou ele.

Ouviu Milena murmurar um palavrão e, antes que pudesse impedir, ela se colocou entre ele e a criatura.

– Vai – disse Milena, firme. – Volte por onde viemos, agora.

A criatura dobrou o pescoço para o outro lado.

Lucas rosnou.

– Não preciso de sua ajuda.

– Sim, precisa porque não podemos perder tempo.

E então uma sombra caiu de algum lugar do teto e depois outra e mais outra. Em segundos, quatro daquelas criaturas sibilavam no corredor adiante.

– Você não pode trocar de pele, então sai logo daqui, caramba – insistiu a Vaeren. – Não vão me fazer mal.

Sentindo a hesitação, Milena o empurrou para dentro do corredor por onde vieram. E então a primeira criatura deu o bote.

Milena rosnou, sentindo sua mandíbula estralar e se alargar ao mesmo tempo em que a pele de seu rosto se repuxava e dezenas de presas afiadas surgiam. Garras também nasceram enquanto esticava os braços para trás, pronta para usá-las. A criatura desviou-se de Milena, caindo de qualquer jeito contra a parede do túnel.

A Vaeren soltou um chiado ameaçador e todas as criaturas se encolheram.

Percebendo que não iriam mais avançar, Milena começou a caminhar para trás, sem tirar os olhos delas. Ao chegar na curva no corredor, rezou para que não a seguissem. Apressando sua caminhada, alcançou Lucas na bifurcação.

Mas aos poucos as criaturas foram surgindo, avançando muito lentamente, observando-os de longe.

– O que são essas coisas? – perguntou ele, mantendo o tom de voz muito baixo, ao mesmo tempo que Milena voltava a tentar encontrar algo no batente.

– Famintos – respondeu ela. – Vaerens enlouquecidos há tanto tempo pela fome que se tornaram monstros.

Ele rosnou baixo para os Famintos.

– Já aprendi sobre essas coisas no Refúgio, mas nunca tinha visto um – disse ele. – E achei que fossem proibidos.

– E são proibidos – disse baixinho, passando por ele para analisar a entrada do outro túnel. – Muito proibidos. Só que, pelo jeito, Thales não está mais nem aí para as regras. É difícil acreditar que ele seja capaz de fazer isso com um de nós.

– E por que não te atacam?

– Sou Vaeren. Sangue Vaeren não é atrativo para eles. Querem você, mas têm medo de mim – sussurrou Milena, ainda procurando algo no batente. Seus olhos se ampliaram. – Achei. O caminho certo é por onde a equipe laeren passou. Temos que ir com cuidado e bem quietinhos.

Ele acenou concordando e ela indicou que fosse na frente enquanto observava as perigosas silhuetas dos Famintos. Alguns deles tentavam alguns passos tímidos à frente.

Ela sabia que eles não desistiriam.

Milena se virou e encarou as costas nuas do Karibaki. Lucas era forte e bem preparado, como deveriam ser os Karibakis treinados nos Refúgios. Entretanto, os laerens queriam a cabeça dele e os Famintos queriam devorá-lo. O garoto era um farol para problemas e os grilhões de prata impediam que trocasse de pele. Ela notou as fechaduras dele, a chave que ela carregava não serviria para abri-las.

De repente, Milena se deu conta de que provavelmente teria mais chances de escapar daquele lugar se conseguisse se livrar do garoto Destemido.

Entretanto, seria um desperdício deixar tanto sangue bom para trás – pensou, enquanto Lucas caminhava à frente sem poder ver o perigoso brilho de fome nos olhos da Vaeren.

34

Bianca manteve sua atenção no Voz da Lua enquanto pouco mais de vinte pessoas se aproximavam. Todas adultas, não havia crianças no Refúgio Branco. Karibakis e parentes vestiam trajes branco-acinzentados e seus corpos eram bem moldados por anos e anos de treinamento. Suas expressões pareciam refletir a experiência das duras missões pelas quais já haviam passado.

— Eles vieram nos receber aqui? — sussurrou Julian. Ele virou o rosto para ela. — Isso é estranho... Consegue aguentar um pouco mais o cheiro?

— Consigo — respondeu, desejando poder lhe dizer que não era mais o odor apodrecido daquele lugar que a estava preocupando e sim a certeza que teve ao olhar pela primeira vez para o Voz da Lua.

Mas talvez tenha sido apenas a sua imaginação louca, influenciada pelos odores corruptos daquele lugar.

Bianca observou enquanto homens e mulheres caminhavam entre estalactites e estalagmites, parando em um semicírculo. Eles a cumprimentaram com leves acenos e sorrisos contidos. Havia discreta felicidade, esperança e outros sentimentos em suas expressões, não por conhecerem Bianca, mas por estarem diante da última Farejadora.

A resposta de Bianca foi a tentativa de um sorriso. Com tantos Karibakis, e num lugar como aquele, ela sentia como se houvesse um peso enorme no ar.

Julian deu alguns passos à frente, baixando levemente a cabeça em respeito.

– Voz da Lua... – disse ele, para Ruben. – Obrigado por vir até aqui nos receber.

A tênue luz azul-arroxeada vinda das fendas nas rochas ao redor brilhou sobre o agradável rosto do Voz da Lua, apesar de seus olhos refletirem algo parecido com tristeza.

– Que bom que chegaram – disse Ruben, abrindo um sorriso caloroso. Ele se virou para ela e Bianca sentiu a força magnética de seu olhar. – Preciso dizer que pessoalmente você é ainda mais impressionantemente parecida com sua mãe. Ninguém poderia negar que é filha de Ágata Bley. – E então ele virou parte do corpo para indicar um pequeno grupo de três pessoas, dois homens e uma senhora, destacando-se entre os membros do Refúgio Branco atrás dele. – Quero que conheçam meus companheiros do Conselho do Refúgio Branco.

A primeira era uma senhora grega Uivadora, de curtos cabelos grisalhos cacheados. Ela não era alta, mas seu corpo era magro e rijo, e, como todos os outros, vestia o traje *metamold* nas cores branco-acinzentadas. Eles a chamavam de Konsolakis e a apresentaram como diretora do Centro de Pesquisas. Os outros membros incluíam um Furtivo italiano e um Furioso brasileiro.

– Assistimos à luta de vocês dois contra os *griats* no deserto e confesso que foram muito melhores do que eu esperava – disse o conselheiro brasileiro Furioso, um homem alto de barba comprida.

Bianca se lembrou do batedor que pairava no topo da caverna, escondida sob a fenda em que ela e Julian encontraram o Tau ativado.

– Ele tem razão – falou a conselheira Konsolakis, em seu sotaque grego. – Li os relatórios, mas mesmo assim fiquei maravilhada. Soube que é capaz de sentir o rastro do Tau de Santos, no Refúgio Verde.

Quando Bianca olhou para a senhora grega, notou cabelos loiros atrás dela e um rosto conhecido. Era João, filho de Ester, a ex-Voz da Lua do Refúgio Verde.

Bianca se lembrava bem da Assembleia de Purificação, em que ele e Maitê foram açoitados em prata. Logo depois, o jovem Destemido precisou deixar o Brasil e vir morar no Refúgio Antártico.

Antes de responder à Uivadora, Bianca deu um leve sorriso como cumprimento, que João retornou com um aceno.

– Bom, para falar a verdade – disse, desviando o olhar para a conselheira grega –, posso sentir o Tau de Santos até mesmo agora.

– Daqui? – A senhora de cabelos cacheados grisalhos ergueu as sobrancelhas. – Você está nos dizendo que pode sentir o Tau na cidade brasileira aqui

| 326 |

MARCELLA ROSSETTI

na Antártida? Tem certeza disso? Não está confundindo com o faro dos Taus aprisionados nesta galeria?

– Não estou confundindo. Tenho certeza de que posso senti-lo. – E ela tinha mesmo certeza porque não era só o faro, era a sensação de um ímã puxando suas entranhas constantemente naquela direção.

Houve expressões de espanto e alguns comentários daqueles que prestavam atenção.

– Nunca ouvi falar de um Farejador capaz de rastrear a esta distância – comentou um dos membros do Refúgio. Era o Furioso brasileiro.

A conselheira assentiu com a cabeça.

– Sou a Karibaki mais antiga viva e comando o único Centro de Pesquisa de dons e Taus entre nós, tenho certeza de que nunca houve um Farejador assim.

Antes que Bianca pudesse dizer qualquer coisa, uma risada ecoou ao seu lado.

– Não acredito que vocês vão cair nessa história – disparou Julian.

Bianca virou-se para ele e lançou um olhar interrogador, mas hesitou em confrontá-lo. Já tinha aprendido que Julian geralmente tinha algum motivo por trás de suas provocações.

– Não estou entendendo bem o que você quer dizer, Julian – disse Ruben.

Notando os fios grisalhos nos cabelos e barba castanhos, Bianca ficou imaginando qual seria a idade do Voz da Lua. Apesar de sua primeira impressão estranha, havia uma sensação agradável ao seu redor. O traje branco-acinzentado de Ruben parecia ainda mais perfeito nele, contrastando com a pele bronzeada de seu rosto.

– Você está sugerindo que Bianca está mentindo sobre sentir, aqui na Antártida, um Tau no Brasil? – perguntou a conselheira mais velha.

– Não, senhora conselheira. Só estou dizendo que ela ainda é inexperiente com o dom do Faro e com certeza deve estar se confundindo – disse Julian. – Sem falar que é também bastante exagerada, vocês têm sorte de Bianca não ter desmaiado na frente de todos dessa vez. A Farejadora adora ser dramática...

Bianca ergueu uma sobrancelha para ele.

– Não sou exagerada e nem dramática. Treinei muito bem meu dom nestes últimos meses, Julian.

Bianca decidiu que não faria mal enfrentá-lo um pouco. Não gostou de ouvi-lo duvidando da capacidade de seu dom na frente daqueles Filhos da Lua.

Julian riu.

– É que, se não estou enganado, durante os treinos você mal conseguia ver uma troca de pele antes de sair gritando e desmaiar na frente de todo mundo. Se isso não é ser dramática, não sei mais o que é...

– Eu salvei sua pele de um Voraz e você fica se comportando como um babaca comigo. Aposto que só quer atenção.

Bianca ouviu uma risada feminina que ela tinha quase certeza ser da tática canadense Stephanie.

Julian cruzou os braços sobre o peito.

– Bem, Vorazes são burros. Talvez ele tenha tropeçado e caído sobre suas garras sem querer. Tenho certeza de que isso já aconteceu antes...

Dessa vez, Bianca ergueu ambas as sobrancelhas e entreabriu os lábios.

– *Chico*. – Era a voz da alfa Maria Fernanda, da alcateia Inverno. – Vou fingir que você não está sugerindo que o Voraz que estava quase te matando resolveu se matar usando as garras e presas de Bianca.

Ao redor, os residentes do Refúgio Branco riram abertamente.

Os olhos de Bianca foram parar no braço decepado de Maria Fernanda, cheio de cicatrizes devido à mordida de um Voraz.

Julian baixou a cabeça, seus cabelos pretos rebeldes caíram sobre o rosto.

– Só não acho certo que Bianca esteja aqui – disse, mantendo sua falsa arrogância. – Tive que vencer o Desafio, fui o único dos Refúgios que conseguiu ano passado e ela só precisou ser uma Farejadora.

– Isso não é totalmente verdade – disse o Voz da Lua Ruben, em seu sotaque latino magnético. – As regras de visitação permitem que possamos oferecer estadia a trocadores de pele e parentes com poderes excepcionais. – Acredito que Bianca não esteja mentindo e nem exagerando quando afirma ser capaz de usar seu dom para rastrear um Tau a longas distâncias. Afinal, também sou capaz de usar minhas habilidades assim. Posso usar minhas capacidades sobre qualquer pessoa, às vezes sobre mais de uma pessoa por vez, e em qualquer parte do mundo, se eu conseguir vê-las. Pessoas com dons potentes, como Bianca e eu, são raras, mas, por algum motivo do destino – disse Ruben, sorrindo levemente para ela –, *nós* existimos...

Bianca notou Julian se contrair quase imperceptivelmente.

Ao redor, murmúrios espalharam uma palavra na língua Ki desconhecida por ela. Era algo como *mhebaki*.

Os olhos da conselheira grega brilharam ansiosos. Contudo, Ruben ergueu a mão suavemente, num pedido para que se mantivessem calmos e quietos. Bianca notou Konsolakis enrugar o cenho, mas obedeceu ao Voz da Lua.

– E como Bianca mesmo disse, Julian, você não deveria agir como um *babaca*, afinal de contas, sua vida pode estar nas mãos dela de novo...

As sobrancelhas de Julian se enrugaram, mas foi Bianca quem falou primeiro.

– Do que está falando, senhor Ruben?

Ninguém mais pareceu surpreso ao ouvir o comentário do líder.

– O Conselho Alfa negociou o retorno da paz com a Ordem Superior dos Caçadores – disse o Voz da Lua. – Os caçadores queriam que entregássemos todos os jovens Karibakis invasores de Santos, incluindo você, Bianca. Mas como ainda não tinha jurado o Acordo quando decidiu ir com Julian e os outros, você não poderia ser entregue a eles, conforme as regras. No final, conseguimos o perdão de toda a alcateia em troca de entregarmos somente o alfa para ser julgado pela Ordem.

Os lábios dela se contraíram.

– Quer dizer que vocês ofereceram a vida de Julian em troca da paz com os Corvos? Walter apoiou isso?

Bianca podia ouvir o som de movimentos e murmúrios. Entretanto, ninguém parecia disposto a protestar. Entendia que o Oitavo Acordo garantia a obediência com relação às decisões dos Karibakis de hierarquia superior, como seus alfas, conselheiros ou Vozes da Lua.

– Apoiou – confirmou o Voz da Lua. – Toda decisão do Conselho Alfa precisa ser unânime. Mas Walter também conseguiu negociar uma outra alternativa.

– Que alternativa? – perguntou Julian, quando ele fez uma pausa.

– Uma simples. Bianca precisa aceitar ir com você para Santos e farejar o Tau que disse ter rastreado quando esteve lá. Os Corvos parecem estar interessados nele.

Bianca se perguntou se *alternativa* era um eufemismo para "armadilha". Lá fora, os traidores contavam que Julian traísse Bianca e a matasse, jogando a culpa nos Pérfidos.

Ela abriu a boca para responder, mas alguém a interrompeu.

– Bianca não deve ir para Santos...

Ela se virou para olhar para quem falou. Era o homem mais baixo entre os membros do Conselho. O Furtivo italiano, Lorenzo. A expressão dele era séria.

– O senhor está realmente aconselhando Bianca a não salvar minha vida? – perguntou Julian.

– Infelizmente, estou – respondeu Lorenzo.

Julian ergueu ambas as sobrancelhas. O Voz da Lua apenas cruzou os braços sobre o peito, observando-os com interesse.

– Por que o senhor acha que não devo ir? – perguntou Bianca, estranhando.

Mas Lorenzo respondeu para Ruben, como se a decisão de Bianca ir ou não para Santos fosse do líder e não exatamente dela.

– Voz da Lua, o senhor já conhece meu trabalho de pesquisa sobre os Corvos e sabe minha opinião sobre o risco de deixar Bianca desprotegida na presença dos caçadores, depois de terem invadido uma das cidades sagradas.

– Sim, eu sei.

– A especialidade de Lorenzo é a história dos Corvos – começou a explicar a conselheira Uivadora grega. – Ele tem uma teoria sobre caçadores não gostarem da presença de trocadores de pele Farejadores em suas cidades...

– Não é apenas uma teoria – rebateu ele.

– Como assim? – falou Bianca, surpresa. – O senhor está dizendo que acha que os Corvos participaram da Noite da Aniquilação?

Ele negou com a cabeça.

– Não, não acredito nisso. Na época, os líderes da Ordem Superior aceitaram passar por um interrogatório sob o dom da Verdade para que não houvesse desconfiança entre Karibakis e caçadores.

Ao redor deles, Bianca notou palavras se espalharem como "teoria" e "conspiração" entre as palavras "Corvos" e "cidades sagradas". Bianca e Julian se entreolharam rapidamente. Parecia que nem todos levavam a sério o estudo de Lorenzo.

– Mas se os Corvos não participaram da Noite da Aniquilação, qual é o problema? – falou Julian, cruzando os braços. – Acho que eles conseguem proteger a queridinha dos Karibakis em uma de suas cidades lotadas de caçadores e ainda protegidas por vai saber quantas câmeras de vigilância contra trocadores de pele e *griats*...

Sob as sombras e luzes fugidias da galeria, Bianca notou pontos de cor iluminarem as maçãs do rosto do conselheiro Furtivo.

– O problema é que os Corvos já perdoaram muitas alcateias invasoras, mas nunca perdoaram uma que possuísse trocadores de pele Farejadores na alcateia. E eu não posso deixar outro Farejador morrer...

Julian e Bianca trocaram um rápido olhar. Essa informação era nova.

Eles não sabiam que a Ordem Superior dos Caçadores nunca havia poupado a vida de um invasor trocador de pele Farejador. Realmente seria estranho pouparem agora, mesmo que Bianca fosse a última... Se fosse assim, mesmo que Julian não estivesse disposto a matá-la em Santos, os caçadores ainda seriam um risco. Talvez eles fossem um tipo de plano B dos traidores.

Mas ela precisava aceitar ir ou Julian nunca conseguiria a confiança dos traidores para que descobrisse suas identidades.

– Vou ficar bem, senhor Lorenzo – disse, baixando seu tom em respeito. – Preciso ir para Santos. Acho que é meu dever como Farejadora encontrar Taus. – Ele ergueu o olhar. – Sem falar que vai ser divertido salvar a pele de Julian mais uma vez e poder jogar isso na cara dele – finalizou, com uma piscadela.

A expressão de preocupação de Lorenzo não mudou, mas algumas pessoas sorriram relaxadas.

Julian torceu os lábios.

– Para falar a verdade, estou achando que os Corvos só estão me usando para conseguir algumas *selfies* com a última Farejadora. Nem devo estar em perigo de verdade...

E então a linda parente loira-ruiva se aproximou de Julian e o abraçou. Bianca notou ele enrijecer levemente, mas a segurou.

– Tenho certeza de que os caçadores vão cuidar bem de vocês dois ou eu mesma vou dar uma surra neles. – A tática canadense se apoiou no ombro dele. – Então por que você não nos conta como atravessaram o deserto e encontraram o Tau que deixamos escondido?

Julian deu a Stephanie seu meio sorriso, mas Bianca já tinha desviado o rosto e se afastado alguns passos.

– Bianca farejou o caminho até Maria Fernanda e então corremos, não foi nada de mais – falou Julian, soando levemente aborrecido.

E tentando não olhar para os dois, a atenção de Bianca foi até a rocha no centro da galeria mais uma vez. Talvez por isso não tenha notado os olhos do Voz da Lua sobre ela e nem percebido quando o filho de Ester, João, fez menção de se aproximar e foi impedido por Ruben com apenas um gesto e um olhar. Um comando para que a deixasse sozinha. O sinal do Voz da Lua serviu para os outros não tentarem fazer o mesmo.

Bianca se aproximou de novo da rocha antiga, entalhada pelo primeiro Farejador, sentindo ainda a estranha pulsação no ar.

E, mais uma vez, leu as inscrições.

Quando as Cinco Garras sangrarem, a Sombra de Hoark cobrirá a Terra.

De repente, as conversas próximas começaram a parecer muito distantes e sem importância, até que Bianca parou de ouvi-las.

Ela ergueu o braço e tocou num dos relevos entalhados por Galen. Foi como se a profecia ondulasse por sua pele e pelos seus ossos, fazendo-a trincar os dentes e estremecer.

Medo... Medo da profecia... Medo da Sombra de Hoark...

Os pelos nos braços de Bianca se arrepiaram diante da sensação quase palpável no ar. A estátua melancólica de Galen, no Jardim Oliva, surgiu em sua mente. Ela deslizou o dedo pelos entalhes na rocha, sentindo a estranha e viva energia pulsar pela galeria.

Bianca abaixou o braço e afastou-se da rocha, sentindo frio.

Atrás do Voz da Lua, além das estalactites e estalagmites, a estátua de Isabel parecia encarar Bianca, ou a profecia atrás dela.

Dor e sacrifício... era o que estava escrito na base da estátua. O lema da família Ross, o lema da Farejadora que carregou o dom puro de Galen, a vidência.

E foi como se pudesse ouvir o clique em sua mente. O som das peças se encaixando.

– Senhor Ruben... – disse Bianca, virando-se para ele, de repente.

Sua voz ecoou alta demais pela galeria e todos pararam de falar.

Bianca tentou não estremecer ao perceber a atenção de todos. Ele a olhou.

– A avó de Julian viu a Sombra de Hoark em uma de suas visões, não viu? – perguntou ela.

O Voz da Lua a encarou e piscou uma vez e depois outra. Os olhos de Ruben percorreram a galeria e sua boca se contraiu. Seu olhar escureceu enquanto se colocava a caminhar até ela.

– Sim, Isabel viu a Sombra de Hoark. – Ele parou a apenas alguns passos da rocha.

O efeito foi imediato.

Julian ampliou a expressão e se afastou de Stephanie. Vozes se elevaram ao redor e João cruzou os braços sobre o peito, encarando-os interessado.

– Do que Bianca está falando, Ruben? – perguntou Lorenzo, o conselheiro Furtivo. – Não há qualquer registro de uma profecia de Isabel sobre a Sombra de Hoark.

– Eu sei que não há. Não há porque não a registramos.

– O quê? – espantou-se o conselheiro Furioso brasileiro. – Está brincando, não é? Por que não registraram a profecia?

A conselheira grega virou-se para Bianca.

– E como você descobriu isso?

Bianca abriu a boca, mas não conseguiu responder. Sentiu a palma de suas mãos se tornarem frias e grudentas enquanto os olhares se alternavam entre ela e o Voz da Lua. Ela não tinha a mínima ideia de como descobriu.

O pensamento simplesmente pareceu óbvio ao notar como a estátua de Isabel tinha sido colocada na entrada da galeria. A estátua parecia exatamente como uma barreira contra os Taus aprisionados. Uma guardiã.

Além do mais, a avó de Julian carregou o dom da vidência e sua estátua encarava a rocha, onde repousava a antiga profecia de Galen.

O Voz da Lua Destemido olhou para Bianca. Ela quase encolheu com aquele olhar intenso.

– Bianca descobriu porque ela não é e nunca foi como a maioria dos Karibakis Farejadores – disse Ruben, mas não havia vestígios de júbilo nas palavras. – Na verdade, acho que nunca existiu um poder como o dela.

Julian cerrou os dentes. Bianca percebeu que ele mal estava conseguindo manter sua máscara.

Vozes se elevaram querendo explicações.

– Silêncio – pediu a conselheira grega, Konsolakis, em tom severo. Todos obedeceram, apesar dos semblantes insatisfeitos. – Tenho certeza de que o Voz da Lua, como um Destemido revelador da Verdade que é, irá nos explicar.

Ruben baixou um pouco o rosto e seu olhar se escondeu entre as sombras da galeria, mas Bianca ainda podia vê-los fixos nela.

– Ruben? – insistiu Konsolakis.

As próximas palavras dele foram para Bianca.

– Diga-me a *verdade*, Bianca, o que mais você consegue descobrir olhando para mim... – Bianca foi capaz de sentir a força da ordem em sua mente.

Ela nem sequer tentou resistir ao dom.

Era natural observar Ruben e escavar suas camadas. Havia algo atrás da falsa passividade do Voz da Lua e ela queria descobrir o que era, pois não tinha dúvidas de que estava diante de um dos mais perigosos Karibakis da Terra.

Os ombros do Voz da Lua, jogados para trás, exalavam determinação e confiança, mas aquele era um esforço doloroso.

E com um arrepio frio em sua coluna, a compreensão sussurrou em seu ouvido mais uma vez, algo que ela não esperava saber, mas tinha certeza de que estava certa.

— O senhor não gosta deste lugar — começou, sentindo as palavras saírem de seus lábios para atender o comando do Destemido. — Não gosta do Refúgio Branco, mas acha que merece estar aqui. E eu acho que o senhor é um Guardião.

Ele assentiu com severidade, sem desviar o olhar do dela.

— Sou. — A resposta dele vibrou no espírito de Bianca. Sua postura até mesmo se elevou ainda mais, como se ajeitasse o peso sobre si.

Ruben deu mais um passo em sua direção. Seu odor natural foi fisgado por seus sentidos aguçados e ela teve certeza de que já tinha sentido este odor antes, nos corredores dos túneis ao entrarem.

O Voz da Lua deve ter estado lá quando Julian e ela chegaram, mas Bianca se lembrava de ter visto apenas um vislumbre de Ruben e depois mais nada...

E se nem ela e nem Julian se lembravam dele, só poderia significar uma coisa sobre suas memórias...

Ruben sabe... Ele sabe a verdade e esteve brincando conosco este tempo todo...

— Senhor Ruben... — perguntou a alfa da alcateia Inverno, em seu sotaque mexicano. — Então são verdadeiros os boatos? É verdade sobre uma profecia perdida de Isabel, que teria alertado os Pérfidos sobre o perigo dos Farejadores? A profecia tem algo a ver com a Sombra de Hoark? É por isso que os Farejadores morreram naquela noite?

Ruben balançou a cabeça devagar, desviando o olhar do de Bianca.

— O boato é falso. Não há motivo para os Pérfidos temerem os Farejadores. Em sua última profecia, Isabel viu a Sombra de Hoark pairando sobre a Terra. — A voz de Ruben parecia agitar os Taus. — Ela testemunhou a destruição causada pela ativação de todos os Taus. E, segundo ela, nem mesmo o Refúgio Branco suportaria por muito tempo. Os *griats* romperiam a segurança do Refúgio para o mundo afora. Ela viu incontáveis cidades destruídas, banhadas em sangue humano e sangue Karibaki.

Bianca empalideceu.

— Mas como? — disse Lorenzo, encarando-o surpreso. — Nós temos lutado tanto... nós...

— Foram as Garras... — disse Ruben, indicando a rocha com a profecia entalhada com um gesto. — Isabel nos disse que as viu sendo ativadas por um de nós... Mas não soube dizer se era homem ou mulher. Tudo o que viu foi um trocador de pele e em suas costas notou...

– O legado do Farejador.

Bianca só percebeu que tinha sido ela a terminar a frase de Ruben quando sua voz ecoou pela galeria, espalhando-se entre estalactites e estalagmites em que Taus se debatiam ansiosos para se libertarem de suas prisões.

– E foi por causa disso que todos os Farejadores foram mortos – continuou ela, sentindo uma onda fria de compreensão afiar sua mente. – Foi por causa da profecia que minha linhagem foi sacrificada pelos Guardiões. E também é por isso que, agora que sei, Ruben não me deixará mais sair deste Refúgio. Não viva, pelo menos...

35

Bianca inspirou fundo.

As vozes ao redor se tornaram distantes. Mas não eram só vozes. Eram uma confusão de rosnados, gritos e ordens em meio ao ar frio da galeria coberta de estalactites e estalagmites contendo os Taus.

Respire... *respire...*

Respirar era importante, pois era tudo o que poderia tentar fazer para afastar seus pensamentos das sombras que rastejavam pelos cantos de seus olhos, puxando-a para uma inconsciência de pesadelos.

O Furtivo Lorenzo parecia querer destroçar o líder. Seu rosto magro era uma máscara de dor e ódio. Houve trocas de pele e ameaças contra o Voz da Lua enquanto os outros dois conselheiros ordenavam que se mantivessem calmos.

E o único motivo do sangue de Ruben ainda não ter sido derramado era por causa de uma bela mulher esguia, de pele escura e cabelos branco-prateados que surgiu, iniciando algum tipo de protocolo de segurança para protegê-lo. Esta mulher só poderia ser a inteligência artificial do Refúgio Branco.

– Um ataque ao Voz da Lua me forçará a usar todas as proteções do Refúgio – avisou Antalis.

Bianca piscou e sentiu o cheiro de sangue, notando os espinhos de gelo. Eles haviam surgido cercando os membros do Refúgio, separando-os dela, de Ruben e Julian. Aqueles que tentaram atravessar precisaram se afastar para se curarem dos ferimentos causados pelas pontas afiadas que cresceram, atingindo-os.

Com o coração batendo forte, seus olhos encontraram o rosto de Julian. O semblante do jovem Furtivo estava pálido e frio. Ele analisava ao redor, buscando uma rota de fuga que Bianca sabia não existir. Afinal, estavam na prisão mais segura do mundo.

E apesar de sua mente gritar que ela nunca deveria ter vindo ali com Julian e gritar que ambos deveriam ter fugido e deixado tudo para trás... seu coração sussurrava outra coisa...

Sussurrava que ela estava exatamente onde queria e onde precisava estar, compreendendo a verdade sobre a Noite da Aniquilação e descobrindo quem os Filhos da Lua realmente eram.

Ela limpou as lágrimas do rosto. Chorar não adiantaria de nada.

– Os Farejadores não foram protegidos por sua tecnologia, Antalis! – A Voz era do conselheiro Furtivo. – Como pode proteger *ele*? Ruben acabou de dizer que fez parte da extinção dos Farejadores. Francielli morreu durante a Noite da Aniquilação e era só uma garotinha!

Bianca se lembrou das palavras da biblioteca quando a questionou sobre o motivo das IAs não terem protegido os Farejadores nos Refúgios:

A função da inteligência artificial é garantir a segurança no Refúgio contra Pérfidos, Desviados, Vorazes e outros inimigos que ameacem a existência dos Karibakis ou da humanidade.

Com a profecia de Isabel, foi como se os Farejadores entrassem para a lista de ameaça das IAs.

Antalis encarou Lorenzo com seus olhos azuis não humanos.

– Estou ciente de todas as mortes, conselheiro – disse a IA, mantendo sua expressão neutra. – Mas a profecia é real e Ruben é um Voz da Lua. Ele não fez nada que ferisse os Acordos ou ameaçasse o Refúgio até o momento. Portanto, é meu dever protegê-lo, mesmo se for de vocês.

– Os Farejadores foram mortos por causa de uma profecia? – gritou alguém.

– Voz da Lua Ruben! – gritou a alfa Maria Fernanda. – Qual é o significado disto... O que pretende fazer conosco e com Bianca?

– Filhos da Lua – disse Ruben, e sua voz ecoou tão claramente pela galeria que todos o olharam. – Por favor, silêncio.

Como sua própria tecnologia havia se voltado contra eles, tinham pouca escolha a não ser ouvi-lo. Então a galeria silenciou, embora houvesse fúria em diversos rostos.

– Acalmem-se. Não machucarei nenhum de vocês e provavelmente terão a memória apagada sobre este evento – disse Ruben. – Mas com relação à Bianca, tenho uma missão a cumprir...

Isso foi suficiente.

Julian e ela não precisaram trocar olhares ou combinar qualquer coisa. Todo o plano que haviam construído até ali tinha caído por terra.

Julian e Bianca rosnaram quando avançaram sobre Ruben e ela sentiu cada centímetro de si mesma queimar quando a troca de pele começou.

Mas o Voz da Lua já estava pronto.

– Cabos...

E como se já esperassem a ordem, cabos de prata nasceram de um único ponto no chão da galeria atrás deles.

Os cabos chicotearam no ar tão rápido que mal puderam ser vistos e, no instante seguinte, ambas as pernas de Bianca e Julian estavam presas, as pontas mais finas agarrando seus pulsos. O impacto de serem agarrados foi doloroso. Eles nem sequer conseguiram tocar em Ruben.

Ela rosnou. A prata cortava a pele de sua perna e pulsos. O odor de seu próprio sangue a fez rosnar mais alto.

– Droga! Não lute! – gritou Julian ao seu lado. – Bianca!

Ela o ouviu e inspirou fundo, concentrando-se para acalmar a raiva que queimava sob sua pele.

– Por favor... – continuou Julian, mais baixo agora. – Se forçar os cabos, eles vão te matar...

Bianca ofegou, sentindo todo o seu corpo voltar para a pele humana enquanto os cabos a mantinham firmemente presa.

– Ruben vai nos matar de qualquer forma... – rosnou ela, erguendo o olhar para o Voz da Lua. – Ele sabe...

Julian rosnou alto e encarou o Voz da Lua.

– Como?

– Não é óbvio, Furtivo? – disse Ruben. – Interroguei vocês dois assim que alcançaram os túneis. Meu dom da Verdade é forte o suficiente para que o som de minha voz obrigue mais de uma pessoa a dizer a verdade. E só precisei de três perguntas para descobrir o que precisava saber sobre vocês dois... Depois apaguei suas memórias.

Bianca rosnou. Ela o tinha visto. Tinha sentido seu odor à esquerda da bifurcação, mas não prestou atenção por achar que estava confusa devido à presença dos Taus... Ela também tinha sentido que os odores dela e de Julian estavam por todo aquele corredor. Deveria ter dado mais atenção a isso. Agora era tarde.

– Enlouqueceu, Ruben? – gritou um Filho da Lua de cabelos escuros, usando o traje do Refúgio Branco como todos os outros. Bianca não o reconhecia. – Não pode apagar nossas memórias e matar os dois sem ser descoberto depois. Antalis soará o alarme e avisará aos outros Vozes da Lua. O Conselho Alfa o punirá.

– Não. O Conselho Alfa não me punirá... – respondeu Ruben.

Bianca estremeceu.

Ela examinou o rosto de Ruben. Havia uma certeza diferente nele. A compreensão foi como um toque não desejado em seus sentidos. Bianca empalideceu.

– Não... – disse ela.

Julian rosnou e Ruben a olhou com interesse.

– Sim, Bianca. Sim – disse o Voz da Lua. – Estou dando a vocês dois a verdade que tanto se esforçaram em buscar.

E então Bianca fechou os olhos por um instante.

Não...

Walter, Ruben e os outros três Vozes da Lua...

O estômago de Bianca se contorceu.

– Ester estava certa – disse, abrindo os olhos. – Ela me ensinou que o medo é capaz de muitas coisas. Mas não sabia que o medo da profecia da Sombra de Hoark havia transformado seus maiores líderes em monstros assassinos!

Na galeria, as vozes e rosnados se elevaram. Ela parou de lutar contra os cabos e fechou os olhos. A batida de seu coração foi a única coisa que continuou ouvindo. Raiva serpenteou por sua coluna não como um rastro de fogo e fúria, mas como gelo, distanciando-a da explosão de sentimentos que ameaçava dominá-la.

Esta é uma habilidade perigosa. Não a use por muito tempo, Bianca... – A voz em sua lembrança era estranhamente familiar, mas não soube dizer de onde veio. E naquele momento, aquilo não importava muito.

Ruben a encarou sem medo ou arrependimento.

– Ester era a única Voz da Lua que não era uma Guardiã – constatou Julian. – E era por isso que meu pai queria tanto o cargo dela. Agora vocês têm todos os votos para se protegerem e apagarem os vestígios do que fizeram.

Ruben se virou para ele.

– Na verdade, um dia Ester foi uma Guardiã, mas não concordou em completar nossa última e mais importante missão.

– E apagaram a memória dela... – disse Bianca, compreendendo tão rapidamente que começou a se perguntar como ainda não tinha sido capaz de juntar as peças antes. – Vocês não têm limites, não é?

– Fizeram o que com minha mãe? – disse João, perigosamente perto da barreira de espinhos.

– Sua memória do tempo em que foi uma de nós foi apagada para que não precisasse ser morta – disse Ruben, simplesmente. – O que importa é que finalmente terminaremos a última missão dos Guardiões e as inteligências artificiais não farão nada contra isso. – Ruben olhou para a Farejadora. – Não deveria ter vindo até nós, Bianca. Você falhou...

João rosnou e Julian também.

– Vozes da Lua deveriam proteger e guiar todos os Karibakis e não conspirar pela extinção de toda uma linhagem... – Havia ódio no tom de Julian. – Como puderam fazer uma coisa monstruosa dessas?

Ruben rosnou para Julian.

– Nós somos Filhos da Lua! – gritou Ruben. – Estamos acostumados a defender a humanidade com nosso sangue e com o nosso sacrifício. E é isso o que fizemos.

Todos os músculos de Julian pareciam duros sob o traje enquanto ele se inclinava em direção ao Voz da Lua, como se a qualquer momento fosse saltar sobre ele. E provavelmente saltaria, se não fossem os cabos.

– Sangue e sacrifício dos Farejadores? Quanta nobreza da parte dos Guardiões!

Os olhos de Ruben faiscaram.

– Tínhamos uma difícil decisão a tomar. – A voz ressoando através da sala. – Ponderamos e levamos em conta a confiabilidade de todas as outras previsões de Isabel. Não havia outra alternativa. Sacrificamos poucos pela vida de muitos.

As palavras dele ecoaram pela galeria, como se tivessem sido ditas em um microfone. Bianca enrijeceu.

– Por que não procurar por este único Farejador então? – disse uma mulher. Ela tinha lágrimas nos olhos. Bianca percebeu que, atrás dos espinhos, todos os trocadores surpreendentemente haviam voltado para sua pele humana.

Ruben balançou a cabeça.

– Pensamos nisso, mas o risco era grande. Nossas tentativas de descobrir o Farejador ou Farejadora seriam infrutíferas porque Isabel não nos deixou nenhuma outra pista. Entendam, esta era a nossa única escolha.

– Não era a única escolha – rosnou Julian. – Juntos teríamos encontrado outra alternativa.

Ruben inclinou a cabeça para ele.

– Juntos? Você quer dizer contando a verdade sobre a profecia para os Conselhos? Fazendo votações? Deixando que cada Karibaki soubesse sobre a ameaça da Sombra de Hoark estar próxima? Correndo o risco de a informação vazar para os Pérfidos, que cuidadosamente enganamos com uma falsa profecia sobre os Farejadores serem os causadores da destruição da linhagem deles?

Julian entreabriu os lábios, mas silenciou. Bianca também havia entendido onde Ruben queria chegar, mas foi a conselheira grega quem falou em voz alta.

– Se vocês deixassem que todos soubessem sobre a profecia verdadeira, causaria divisão e desconfiança entre nós.

– Sim, minha amiga – disse Ruben, olhando-a através dos espinhos afiados. – Haveria medo entre nós. Alguns matariam Farejadores suspeitos, criando retaliação de familiares e alcateias. Espalhar a verdade sobre a profecia seria a condenação de toda a sociedade Karibaki a uma guerra interna.

Bianca podia ver a lógica perigosa nas palavras dele. E se ela podia, os outros também podiam.

– E foi por isso que decidiram agir sozinhos – concluiu Maria Fernanda, a alfa da alcateia Inverno. Ruben assentiu.

– Você entende.

– Entendo, Voz da Lua, mas não concordo – disse Maria Fernanda. – Eu gostaria que minha alcateia e eu não tivéssemos nossas memórias apagadas.

– Sinto muito, mas vocês não têm escolha. Não vamos permitir a divisão entre nós.

Bianca olhou em direção à barreira de espinhos. Alguns dos Karibakis pareciam com raiva, como Maria Fernanda, e outros prestavam atenção. Mas alguns até mesmo assentiram em concordância, como se entendessem o motivo de Ruben fazer o que estava fazendo.

Bianca se perguntou quem seria o parente Destemido poderoso o suficiente para apagar todas aquelas memórias sem falhar, porque as mentes de trocadores de pele eram mais resistentes a tentativas de hipnose do dom Esquecer. Talvez Julian estivesse errado e fossem seis e não cinco os últimos Guardiões.

– Olhem ao redor – pediu Ruben, aproveitando a falta de protestos. – Lembrem-se de quantos companheiros, parentes e amigos morreram por causa do poder de um ou dois destes Taus. Pensem em quantos humanos foram suas vítimas... e agora imaginem todos os artefatos ativados... nem mesmo nossas proteções seriam suficientes por muito tempo, sabem disso. As raízes dos Taus alcançariam os continentes... não haveria salvação...

Não haveria salvação...

As palavras do Voz da Lua Destemido caíram como pedras dentro da água, enviando ondas por toda a galeria. Bianca percebeu vários membros do Refúgio estremecerem.

E então nada... nenhum rosnado...

Silêncio.

Ainda havia ódio e indignação em algumas faces, como a de Lorenzo, mas eles o estavam ouvindo. Havia força não apenas na presença sobrenatural do líder Destemido, mas em seu discurso.

E foi então que Bianca sentiu novamente a pulsação no ar.

Por um instante foi como se o medo que impregnava aquele lugar ondulasse e se sintonizasse com a batida de cada um daqueles corações, deixando a galeria ainda mais sombria. Os Taus até mesmo pareceram sentir isso, se debatendo ainda mais em seus casulos. Agitando as luzes fantasmagóricas que saíam deles.

– E os Guardiões acreditam que, com a extinção dos Farejadores, estaremos salvos da Sombra de Hoark?

Quem falou foi o conselheiro brasileiro Furioso. Seus colegas o olharam. Apenas alguns de forma sombria.

– Sim – respondeu Ruben. – Nós nunca falhamos e nunca falharemos. Manter a Terra a salvo da Sombra de Hoark é nossa última e maior missão.

Ao lado dela, Julian rosnou baixinho, seus olhos se encontraram com os dela e Bianca o entendeu.

Estavam sozinhos.

Era impossível lutar contra a tecnologia do Refúgio. Eles tinham falhado...

– Não me importo com o motivo de terem feito isso, vocês mataram crianças – falou a alfa Maria Fernanda.

– Sabemos disso... – O tom de Ruben foi baixo. – Mas precisávamos garantir a extinção da linhagem e impedir novos nascimentos de trocadores de pele Farejadores no futuro...

Um rugido soou quando Lorenzo atingiu a barreira com suas garras. Espinhos cresceram rapidamente em sua direção, ferindo-o. O conselheiro Furtivo rugiu e gritou, ainda na pele humana. Um misto de dor pura e frustração. Ninguém foi até ele, alguns apenas baixaram seus olhos.

Bianca sentiu o frio se espalhar ainda mais fundo em seu peito.

Ruben voltou a falar e seu tom era baixo, mas perfeitamente audível.

– Apesar de toda dor que foi causada com a extinção da linhagem dos Farejadores, tornamos possível a salvação do mundo dando uma chance para a humanidade e para o resto de nós... Nunca nos juntamos aos Pérfidos, nós os enganamos... Não somos traidores do Acordo, meus amigos, nunca fomos. Somos os Guardiões da humanidade e dos Karibakis, nós somos heróis...

Heróis...

Não sou um herói...

Essas foram as palavras que Rafael, enteado de Ester, havia dito antes de deixar Ágata fugir durante a Noite da Aniquilação.

Na biblioteca, Bianca havia visto a imagem de sua mãe aos treze anos, quando foi forçada a fugir sozinha para o mundo humano, onde passaria a vida sendo caçada.

– Heróis... – disse ela, com a voz tão afiada e fria quanto a imensidão gelada lá fora. A escuridão da galeria havia se tornado mais pesada ao redor. – Vocês não são heróis... São traidores. São monstros. Vocês não enganaram os Pérfidos, só se tornaram exatamente como eles.

Ruben entreabriu os lábios para responder, mas se calou quando Bianca grunhiu.

A dor dela não veio de suas pernas e punhos envoltos em prata, veio de sua cabeça. Parecia que uma agulha fina a tinha atravessado de repente.

– Bianca? – A voz era de Julian.

Ela fechou os olhos para suportar a dor, mas abriu ao sentir algo úmido e morno escorrer por seu nariz.

Sentiu o odor de seu sangue.

– Aguente, vai passar – avisou Julian.

Bianca grunhiu quando outra pontada aguda a atravessou, mas tão rápida quanto veio, a dor se foi. Ela ofegou.

– O que está acontecendo?

Julian cerrou o maxilar.

– Droga... Desculpe, Bianca, eu deveria ter te contado antes.

Ela o olhou.

– Contado o quê?

– Que sua mente está resistindo ao meu dom – respondeu Ruben. – Assim como resistiu ao dom de Manuela, evitando a dor sobrenatural de suas garras, durante o desafio de Leonardo...

Ela piscou e virou o olhar para Ruben.

– Quê? Isso... isso é impossível.

– Não é impossível para nós e foi por isso que seu nariz sangrou depois da luta contra Manuela e é por isso que ele está sangrando agora.

Bianca estreitou as sobrancelhas. Sim, ela tinha sangrado e sua cabeça tinha doído muito também, mas isso não significa nada, certo?

Ela encarou Julian de novo. Os lábios dele enrijeceram.

– O que Julian escondeu de você e do resto de nós é que você é mhebaki – disse Ruben. – Como eu sou também.

Murmúrios se espalharam atrás dos espinhos.

A mente de Bianca lutava para se lembrar o que significava aquela palavra na língua Ki. Ela, de alguma forma, parecia familiar.

– Não sei o que isso significa – declarou, sentindo os cabos apertaram mais seus pulsos ao se mexer. – Não sabia que alguém poderia resistir aos dons...

Resistir aos dons...

Outro sussurro em sua mente e Bianca entendeu por que de repente conseguiu se lembrar de sua infância quando trocou de pele.

Ela não resistiu, Bianca anulou o dom Esquecer depois de anos... Mas, pelo que sabia, isso deveria ser impossível. Como nunca percebeu? E pelo olhar de Julian, ele já tinha entendido isso e não havia dito nada para ela. Por quê?

A expressão dele se modificou em um pedido mudo de desculpas.

Os olhos de Ruben se estreitaram e, por um instante, simplesmente a encarou enquanto se aproximava mais dela.

Mas seu coração nem ao menos bateu mais forte quando o poderoso Voz da Lua parou bem na sua frente.

– Por algum motivo, Bianca, eu acho que você sabe exatamente o que significa ser uma mhebaki.

– Você é louco.

Ele ergueu as sobrancelhas levemente.

– Há loucura na verdade – disse, erguendo a mão para tirar alguns fios de cabelo do rosto dela. O gesto tinha sido simples, quase automático. Não havia malícia nos olhos de Ruben. Mas quando os dedos dele passaram suavemente pelo seu rosto, Bianca estremeceu.

Uma onda turva de emoções passou por Bianca, afastando a frieza de seu sangue, e ela teve que se controlar para não tentar avançar com tudo na garganta dele, mesmo sabendo que estava firmemente presa pelos cabos.

Ela apertou os dentes.

– Tire suas mãos dela – rosnou Julian.

Os olhos de Ruben foram para o Furtivo e depois retornaram para ela, mas ele baixou sua mão.

– Você o pegou direitinho, não foi? Mas tenho certeza de que já previa isso, não previa? – disse Ruben, baixando seu tom. – E agora vai deixá-lo aos pedaços. Exatamente como fez com Giovanna, com o Voraz, com a alcateia de Manuela e com os *griats* lá fora.

– Eu nunca machucaria Julian. – Ela fez uma careta quando outra dor aguda passou por ela.

– É claro que o machucaria. Você já está fazendo isso... Está manipulando seus sentimentos.

– Você é louco! – Mas Bianca podia sentir que havia algo de errado.

– Manipular os sentimentos das pessoas ao seu redor é o que faz de melhor, Bianca. E foi exatamente o que fez com Giovanna, ao deixá-la entender que havia descoberto quem era seu verdadeiro pai e que usaria isso contra ela. Por causa disso, a parente Destemida ficou apavorada e perdeu a luta, lembra?

Bianca se lembrava disso. Ela não tinha ideia que Yann havia rejeitado Giovanna, mesmo assim, durante a luta, fez a Destemida entender que sabia.

– E daí? – disse Bianca, sentindo seu coração bater ainda mais forte. – Nada disso tem importância.

– Não é verdade. Isso tem toda a importância – continuou Ruben a falar. Seus olhos magnéticos brilharam sobre ela. – Como uma boa Farejadora, você tem boa percepção para antecipar os movimentos de um adversário. Mas será que nunca percebeu que descobrir *fraquezas* nunca fez parte do dom Farejador?

– O quê?

Todos os olhares foram para ela. Alguns surpresos e outros horrorizados.

| 345 |

FILHOS DA LUA - O LEGADO SOMBRIO

Sim, ela sabia.

Como uma noção incerta e crescente, ela sabia que havia algo de errado com ela. Mas ouvir isso de Ruben era outra coisa. Bianca começou a tremer sob os cabos de prata. Pensamentos assustadores começaram a ecoar em sua mente.

Ruben se virou para Julian.

– E você – rosnou o Voz da Lua, apontando. – Seu pai confiou em você. *Nós* confiamos em você. Acreditamos que poderia ser um honrado Guardião, mas, em vez disso, conspirou contra nós e a protegeu quando sabia que Bianca era mais perigosa do que imaginávamos. Julian, você é o verdadeiro traidor entre os Filhos da Lua e será punido por isso.

A resposta de Julian foi apenas encará-lo. Seus olhos negros ecoaram a força e a determinação que Bianca desesperadamente precisava ver.

Então, as vozes se elevaram atrás dos espinhos e ela não queria prestar atenção em nenhuma delas.

– Bianca não sabia que era uma mhebaki – rebateu Julian. – Ela não é perigosa.

Julian está certo, eu não sabia... Sabia?

– Tolo! – gritou o Voz da Lua e sua voz retumbou. – Todos aqui entendem que ser um mhebaki não nos torna somente resistentes aos dons usados contra nós. Sou capaz de usar o dom da Verdade e o dom Esquecer dos Destemidos. E, como eu, Bianca também é capaz de usar os dois dons em seu sangue...

– Eu posso usar dois dons... – murmurou Bianca, mais uma constatação do que uma pergunta. Ela sentiu algo se aproximar e tocar em seus sentidos, arranhando sua mente e convidando-a a encará-lo.

Ruben se virou para ela.

– Sim, Bianca, dois poderosos dons – disse Ruben. – Porque ser uma mhebaki torna cada um de nossos dons muito mais potentes do que os de qualquer outro.

– Mas eu não sabia... – disse, sentindo a garganta seca. – Não sabia que podia...

Os Taus nas estalactites e estalagmites ao redor deles se agitaram no líquido luminoso em que estavam imersos, tornando-se como fumaça líquida e depois solidificando-se em uma nova forma. Era como se compreendessem que não demoraria mais muito tempo para escaparem daquela prisão e liberarem sua fúria e fome sobre seus inimigos.

– Não importa que você seja uma mhebaki – disse Julian. Bianca viu seus músculos tensos, os cabos o apertavam com tanta força que havia rasgado o tecido *metamold*. – Você foi criada como uma humana comum e não domina seus dons. Você é a última Farejadora.

Rosnados a fizeram olhar para os membros do Refúgio Branco. Seus rostos de repente se tornaram fantasmagóricos na escuridão da galeria.

– Então, só para deixar claro, Julian – disse Ruben. – Você está nos dizendo que acredita que Bianca, em apenas seis meses, treinando escondido com você algumas horas por noite, foi capaz de usar seus dois dons dessa forma? Bianca pode sentir um Tau a milhares de quilômetros daqui! Como pode ser tão ingênuo?

A expressão de Julian se fechou, havia raiva nele. Um dos cabos cortou a pele de seu braço. Com o odor ferroso de seu sangue no ar, ela sentiu o rosnado na garganta. Mas Ruben ainda falava.

– E Bianca nem precisou de muito tempo dentro da galeria para entender a verdade sobre Isabel e a profecia... Algo que ninguém mais pôde descobrir... Julian... não seja tolo, Bianca domina seus dons com perfeição.

– Com perfeição? – repetiu Bianca, sentindo seus lábios estremecerem.

Ele a encarou.

– Sim, porque você sabia o que estava fazendo ao ameaçar Giovanna com um único olhar... E também sabia o que estava fazendo quando não apenas venceu Manuela, mas também dividiu sua alcateia, jogando a Uivadora contra seus próprios companheiros... Sem falar no que fez com as dezenas de *griats* que matou horas atrás, sem nem sequer sofrer um único arranhão ou precisar golpear mais de uma vez...

– Não, eu... – começou ela fracamente, mas Ruben não tinha terminado.

– Mas, Bianca, o que estou realmente dizendo é que você não é somente a última Farejadora... você também é a mais poderosa Pérfida existente.

E foi como se tudo ao redor tivesse parado subitamente.

Ela virou o rosto para Julian, sentindo como se movimentasse em câmera lenta.

Os lábios dele permaneceram fechados. E isso foi resposta suficiente para ela.

Seus olhos percorreram o grupo de pessoas além da barreira de espinhos. Qualquer traço daquela alegria ou esperança em vê-la havia desaparecido completamente.

– Sei quanto treinamento um mhebaki precisa para fazer o que você faz, Bianca. E conhecendo bem como os Pérfidos pensam, consigo supor que você não foi parar em Santos, na classe de Nicole, por acaso, foi? – disse Ruben. – Você é, como diz o ditado: uma loba em pele de cordeiro. E sei que veio até nós para cumprir a missão de sua linhagem sombria. Você veio nos destruir, mas não vou permitir porque vou te revelar agora.

E então Ruben fisgou o olhar dela como um gancho.

– Nos conte a *verdade*, Bianca Bley, quem você realmente é?

Bianca abriu a boca para falar...

Mas um grito foi o que saiu no lugar.

PARTE III

O LEGADO SOMBRIO

36

Dor intensa e afiada a atingiu, como se centenas de agulhas finas atravessassem sua cabeça mil vezes.

Bianca gritou em agonia, enterrando os dedos entre seus cabelos.

Estava vagamente ciente de Julian chamando seu nome. Ela grunhiu ao bater os joelhos antes de cair no chão, aos pés de Ruben.

O Voz da Lua não se mexeu, mantendo seu olhar frio.

– Talvez ainda não lembre, Bianca, mas a mente de um mhebaki precisa se ferir e se curar para repelir completamente o efeito de um dom sobre si. – A voz de Ruben ecoava. – Quanto mais poderoso é o dom do trocador de pele, mais arriscado é para a mente do mhebaki. Eu gostaria que você não sobrevivesse ao esforço de trazer suas memórias de volta, mas sei que vai conseguir.

Ela não era capaz de falar... não havia nada em si além da dor aguda arrebentando mais uma vez a barreira do esquecimento.

E, de repente, como uma avalanche, seus pensamentos vieram.

Pedaços de lembranças começaram a se juntar em algo que não imaginava estar cuidadosamente escondido em si mesma.

E então sua alma estilhaçada começou a se refazer.

Um ano e meio atrás...

Chuva morna de verão caía em seus cabelos, molhando sua blusa e shorts enquanto empurrava a bicicleta ao lado do corpo. Ela caminhava por uma trilha solitária, que começava a virar lama sob seus tênis velhos.

Bianca ofegava, mas não era pelo esforço de subir a ladeira.

Ela não conseguia parar de chorar.

Era como se algo tivesse se quebrado dentro dela e os cacos a machucassem a cada respiração, a cada pensamento.

Bianca amava sua irmã de coração, mas Laura não entendia o que era ser perseguida pelas lembranças da morte de sua própria mãe. E também não tinha ideia da dor que era ter consciência de que estava enlouquecendo aos poucos. Porque, segundo Laura e seus psiquiatras, a criatura em seus pesadelos não existia. Bianca teria apenas imaginado esse monstro no lugar dos bandidos que tinham matado sua mãe e seu padrasto...

Bandidos que nunca tinham sido encontrados e que nunca tinham sido punidos pelo que fizeram.

A trilha de terra de repente se abriu numa área descampada, terminando num abrupto declive, de onde conseguia ver toda a cidade. Ela nem sequer prestou atenção quando largou a bicicleta na grama e caminhou até as rochas. Uma brisa passou, esfriando sua pele molhada.

Bianca limpou um pouco da chuva em seu rosto e parou a alguns passos de uma enorme queda.

Laura e ela tinham visitado aquele lugar ao chegarem na cidade sulista, semanas atrás, e tiraram várias fotos bonitas ali; contudo, não foi por causa das fotos que Bianca tinha voltado. Era porque não conseguia suportar mais fechar seus olhos. Não suportava mais dormir. Não suportava mais viver a mesma noite todas as noites...

Sentia-se exausta. Sentia-se perdida.

Desejava só poder ter uma única noite de sono em paz.

Inspirou fundo, sentindo as gotas de chuva caírem mais grossas em seu rosto.

Mas havia outra coisa angustiando-a. Não era apenas a morte de sua mãe e monstros imaginários que a perseguiam em seus pesadelos. Havia também aquela sensação dolorosa de que havia mais alguém com ela naquela noite. Alguém que tinha deixado para trás uma sensação de tristeza e saudade inexplicável em seu peito...

E essas sensações a estavam sufocando dia a dia, até não conseguir mais respirar.

Ela arfou e lágrimas foram levadas com a chuva. Outro pequeno passo e estava mais perto da queda.

Bianca se esforçou em bloquear seus outros pensamentos, aqueles em que era feliz com sua irmã de coração.

Ela sentia-se tão cansada e sozinha. Tão perdida...

– Você vai pular?

A voz conseguiu alcançá-la apesar do barulho da chuva. Bianca virou o rosto. Um garoto estava parado no final da trilha e precisou afastar seu cabelo para vê-lo melhor.

O garoto não parecia ser muito mais velho do que ela. Seus cabelos castanhos um pouco compridos estavam molhados e colados ao redor do rosto.

Bianca não tinha ideia do que ele estava fazendo naquele lugar e não tinha interesse nenhum em saber ou em falar com ele.

– Por que quer pular? – disse o garoto desconhecido, percebendo seu silêncio. Ele deu um passo. – O que aconteceu?

Chuva e vento se tornaram mais fortes e ela abraçou a si mesma. Sentia-se confusa, não sabia o que responder àquele garoto estranho. Entretanto, ele continuava a olhá-la, esperando uma resposta.

Bianca baixou o rosto.

– Porque dói e não sei mais o que fazer... – conseguiu sussurrar a resposta através da chuva. – Só quero que meus pesadelos acabem.

A expressão do menino ficou muito séria. Ele deu outro passo à frente. Bianca tinha falado tão baixo que tinha certeza de que ele não a ouviu, mas ela estava enganada.

– Mas tem tanta gente te querendo morta e você vai facilitar dessa forma? Vai desistir? Sua mãe nunca desistiu.

Um vento frio passou por Bianca e ela estremeceu. Em algum lugar, o céu brilhou com a força de um raio. O calor do verão estava dando lugar a uma tempestade.

– Do que você está falando? Como sabe sobre minha mãe? – disse, erguendo a voz. – Quem é você?

Ele deu outro passo, parando a apenas um metro dela.

– Muitas alcateias estão atrás da última Farejadora.

– Última o quê?

– Farejadora – gritou ele, através da chuva. – Você é a última de uma linhagem de trocadores de pele – disse, tentando explicar de uma forma que ela entendesse melhor. – Lobisomens como o que matou Ágata. Lobisomens como eu e você.

– O quê? Não! – gritou, sob a chuva cada vez mais forte. – Que história é essa? Não sou um monstro!

Ele a encarou. O garoto agora estava completamente encharcado, assim como ela.

– *Você tem o poder de escolher aquilo que quiser ser* – disse o menino, como se estivesse repetindo algo que ouviu antes. – *Mas nunca vai conseguir escolher nada se desistir. Laura está mentindo para você e também está inibindo seus dons. Posso te ajudar a descobrir que inibidor é esse, para você conseguir evitá-lo.*

– *Dons? Do que você está falando?*

Mas o garoto continuou, determinado a dizer tudo antes de explicar qualquer coisa.

– *Sei que está confusa... Com meu dom também posso sentir que está triste. Parece até um bicho te devorando, não é?* – disse ele, fazendo uma pausa para passar a mão no rosto e tentar afastar a água escorrendo. – *Já entendi que você quer acabar com o que está sentindo, mas tem outro jeito de fazer isso e posso te mostrar. Não desista* – pediu ele. – *Deixa eu te ajudar...*

Ela mordeu os lábios, sentindo a água fria da chuva. Seu coração batia mais forte a cada palavra dele. Ela não entendia grande parte do que ele dizia, mas mesmo assim era como se algo começasse a fazer sentido.

Então uma nova pergunta se formou em sua mente e seus lábios a sussurraram.

– *Que jeito?*

– *Te contando a verdade* – respondeu o garoto. Seu rosto parecendo mais velho sob a chuva intensa. – *Te ensinando a usar seus dons e te dando uma escolha...*

Um trovão soou em algum lugar, clareando o céu de repente, e ela se encolheu.

– *Que escolha?*

O garoto a encarou.

– *Você pode continuar sendo a presa, ou se tornar a caçadora...*

E algo em suas palavras fez o coração dela bater mais forte e o sangue correr mais rápido em suas veias, diminuindo a pressão em seu peito.

– *Vou poder ir atrás de quem fez isso com minha mãe?*

– *Sim...* – a resposta dele quase se perdeu com o estrondo de outro trovão, dessa vez mais perto.

– *E como sabia que eu ia estar aqui? Como sabe tanto sobre mim?*

– *Tenho uma amiga* – disse ele, elevando a voz. A chuva havia se tornado torrencial – *e contaram para ela que você estava precisando de ajuda. E daí ela me contou coisas que ninguém mais sabe sobre você...*

Bianca inspirou fundo, sentindo a água gelada em seus lábios.

– *E como ela sabe tanto?*

O garoto apertou a mandíbula.

– *Minha amiga é uma parente Uivadora* – respondeu, mesmo sabendo que Bianca *não teria ideia do que isso significava ainda. – Ela sabe de tudo isso porque um espírito contou para ela...*

– Espírito? – perguntou Bianca, ao mesmo tempo confusa e surpresa com o tudo aquilo que ele lhe dizia.

– É... o espírito da sua mãe.

Ela ofegou e seus olhos de repente queimaram como fogo.

As palavras do menino eram loucas, eram absurdas, mas mesmo assim faziam as sombras em seu coração se encolherem. Ela sentia como se pudesse respirar melhor.

E então o menino esticou sua mão direita para ela. Bianca encarou a mão estendida e ergueu seu olhar para o rosto dele, notando pela primeira vez seus olhos. E mesmo sob o mundo que se tornara cinzento e violento em meio a tempestade, os olhos dele eram de um verde vivo e brilhante.

Os joelhos dela falharam quando uma ventania a empurrou com força para frente. Bianca agarrou a mão dele com a sua e tropeçou. Ele a segurou antes que atingisse o chão enlameado.

E foi então que, mesmo com o frio, o vento e a chuva, Bianca conseguiu sentir pela primeira vez o odor que vinha do garoto.

O odor suavemente atrativo e docemente perigoso de um Pérfido.

Ruben ainda estava falando.

Mesmo enquanto ela gritava de dor e enquanto sua memória se refazia, a voz de Ruben ecoava pela galeria, discursando sobre os *deveres* de um Filho da Lua... discursando sobre sacrifícios *necessários*...

Sabia que estava caída no chão. Em algum momento enquanto gritava, os cabos de prata a soltaram e desapareceram.

E então a dor em sua cabeça finalmente parou e um ano inteiro preencheu seus pensamentos.

Memórias que ela havia cuidadosamente esquecido para que nunca descobrissem o quê e quem ela realmente era enquanto estivesse dentro do Refúgio.

Lembranças de um ano inteiro de treinamento durante todas as tardes depois da escola, de cada uma das cidades em que viveu neste tempo. Memórias de um ano de mentiras para Laura, fingindo tomar o leite em que sua irmã colocava a substância que inibia seus dons.

Um ano usando a dor e o desespero ao acordar de cada pesadelo como combustível para continuar a mentir e a treinar seus dons incansavelmente, já que não conseguia trocar de pele. Uma condição que só mudou quando salvou Julian. Seu trauma nunca foi uma mentira.

O treinamento físico também não foi uma opção, pois sua memória instintiva faria com que os Filhos da Lua percebessem que ela já tinha recebido treinamento antes. Então apenas se concentraram em seus dons e nas habilidades derivadas deles. Esta seria sua arma secreta. Sabiam que levaria um tempo para sua mente se lembrar de como usar o Faro e a Fraqueza de novo, por isso ela chegou no Refúgio tão despreparada.

Infiltrar-se na sociedade Karibaki através da prima de Julian foi um plano, ou melhor, uma ideia, arriscada e quase desesperada da parte dela, para descobrir os responsáveis pela morte da sua mãe e destruí-los.

Um propósito louco para manter sua sanidade e sua vontade de seguir em frente.

E agora que sabia a verdade sobre a identidade dos últimos traidores, a raiva ameaçava sufocá-la.

Com sua mente de volta à galeria dos Taus, Bianca sentiu seus braços tremerem sobre o chão rochoso. Não conseguiria se levantar. Todo o esforço de sua mente havia cobrado um alto preço.

E, ainda no chão, ela gritou.

Um urro feroz e profundamente doloroso, capaz de fazer a pressão em seu peito afrouxar apenas o suficiente para conseguir respirar uma vez mais.

Foi como erguer a cabeça de dentro de um lago.

Seus pensamentos se tornaram claros e focados como nunca estiveram nestes últimos meses. Sabia que estava completa de novo, todas as suas memórias de volta.

– Bianca! – Julian já chamava por ela há algum tempo.

Com algum esforço, conseguiu se apoiar em seus braços. Bianca estava consciente de todo o sangue que havia escorrido por seu nariz e por seus ouvidos. Ela podia senti-lo em sua boca.

– Uma... profecia... – disse Bianca, rouca, tentando manter os braços firmes e erguer o corpo. – Mataram *todos* eles... perseguiram minha mãe... por causa de uma *profecia*...

– Sinto muito por sua mãe, foi um sacrifício necessário... – falou Ruben.

Ela rosnou, mas sabia que estava fraca demais para fazer qualquer coisa.

Houve um tempo em que ela choraria e imploraria para que não a machucassem, ou a Julian. Um tempo em que tentaria apelar para o lado bom ainda vivo naquele líder Destemido, tentando convencê-lo de que ela jamais faria qualquer coisa para provocar a chegada da Sombra de Hoark. Encarando o chão rochoso, brilhando com o reflexo da luz arroxeada vinda de uma das estalagmites, Bianca tinha consciência de que esse tempo jamais existiria de novo.

Ela ergueu o rosto para ele, apoiando-se mais firme no chão.

– Não sou seu sacrifício, Ruben. Nenhum deles era... nenhum...

Ela fechou os punhos e ofegou tentando se erguer mais.

Os olhos de Ruben pareceram analisar seus braços e pernas trêmulas.

– Acabou Bianca. Antalis tem minhas ordens para manter os membros do Refúgio atrás daqueles espinhos e Julian está preso por alguns de nossos cabos de prata. Não há chances de sair viva daqui. E ninguém vai se lembrar do que realmente aconteceu. Vou garantir isso.

Ela cuspiu sangue no chão e rosnou.

– Bianca... – Era Julian.

Ela inspirou e virou o rosto para ele.

Julian havia parado de lutar contra os cabos, o tecido verde-acinzentado do traje subia e descia em seu peito. Havia sangue em suas pernas e braços. Os cabos tinham cortado seu traje e depois sua pele.

Um sentimento de culpa espalhou em seu peito, sem que pudesse evitar.

Há mais de um ano, Bianca se lembrou dele também, mas apagou essas lembranças de novo antes de ir morar em Santos. E não ficou surpresa que suas memórias de infância com Julian tivessem sido as primeiras a voltar quando trocou de pele em Santos.

– Desculpa... – murmurou ela, sustentando seu olhar.

Julian não respondeu, mas os músculos de seu rosto ficaram tensos.

– Não se preocupe, Bianca – falou Ruben. – Talvez eu faça o favor de apagar toda a memória que ele tem de você... E diferente de um mhebaki como nós dois, Julian nunca mais será capaz de se lembrar.

– Não vai tocar em minha mente – rosnou Julian, virando o rosto para ele. Ela notou que uma de suas mãos tentava alcançar o dispositivo na coxa que ativaria sua última ampola com sangue Vaeren.

O Voz da Lua suspirou.

– Se deseja viver com esta vergonha, assim será, Julian... – respondeu Ruben antes de se voltar para ela de novo. – Eu tinha esperanças de que não sobrevivesse ao retorno de suas memórias.

– Eu sei... – Ela grunhiu enquanto erguia devagar seu corpo do chão, já que suas pernas ainda tentavam derrubá-la. – E você soltou meus cabos. O que foi?

Não quer se olhar no espelho e se achar um covarde por ter matado uma garota presa em cabos de prata? – Ela lhe deu um sorriso manchado com sangue. – Bom, aqui estou eu, livre, leve e solta... E pronta para o golpe final...

Mas ele estreitou o olhar.

– Tanta pressa para morrer – disse Ruben. – Parece até que tem segredos querendo levar para o túmulo. Com medo que eu arranque algum deles?

Bianca não respondeu. O rosto dela parecia esculpido em pedra.

Que ele ficasse curioso...

– O que está escondendo, Bianca? – disse Ruben, caminhando ao redor dela. – Humm... É sobre seu pai Pérfido? Diga-me a *verdade*, quem é ele e quem te ajudou a se infiltrar entre nós?

Duas perguntas para um único comando. Ele era poderoso. O dom Destemido fincou suas garras dolorosamente em sua mente.

– Pare... – grunhiu ela, resistindo. A dor quase derrubando-a mais uma vez. – Eu lembro de como bloquear os dons agora. Não vou aceitar seus comandos. Se quer me matar, faça isso com suas próprias garras – disse, limpando o sangue que voltou a escorrer de seu nariz.

Ele ampliou o olhar, surpreso por ela ainda ser capaz de enfrentar seu dom, mesmo fraca.

– Só estou tentando entender como conseguiu chegar tão longe.

Mantenha-o falando – pensou ela. – *Logo vou me recuperar.*

– Se eu te disser de boa vontade o que quer saber, promete não machucar Julian? Ele apenas achou que era seu dever proteger a última Farejadora.

O olhar de Ruben foi dela para o Furtivo e depois retornou para ela.

– Responda às minhas perguntas e prometo tentar protegê-lo de uma punição ruim.

Os lábios de Bianca se apertaram, mas ela assentiu, concordando com Ruben.

– Vamos começar com Laura – disse o Voz da Lua. – Ela fez parte disso?

– Não – se apressou em dizer. E estava sendo sincera. – Laura nunca soube que descobri a verdade sobre meu pai e sobre meu segundo dom há quase dois anos. Muito menos que me aproximei de Pérfidos para que me treinassem.

– E quanto a seu pai?

Bianca mordeu o lábio.

– Ele é um Pérfido que nunca conheci, mas herdei dele meu segundo dom. O que, tenho certeza, aos olhos de vocês, deve me tornar uma Pérfida também, apesar de eu apenas carregar o legado dos Farejadores em minhas costas, como sabe bem.

– O parente Destemido que a fez esquecer deve ser poderoso – comentou Ruben, parando na frente dela de novo. – Apagar um ano de memórias específicas, sem alterar os momentos que passou com Laura, não deve ter sido algo fácil.

E não tinha sido fácil, mas Bianca queria esquecer e isso ajudou.

– Levou quatro dias para conseguir apagar um ano de treinamento e planos, sem deixar vestígio algum para vocês descobrirem em um interrogatório de um Destemido comum.

Ela evitou dizer que, ao voltar a tomar o sangue de Milena, isso enfraqueceu tanto seus dons que as memórias apagadas puderam se manter por mais tempo, mesmo ela sendo uma mhebaki.

– E imagino que apagaram a memória de Laura também – adivinhou Ruben – para justificarem seus quatro dias desaparecida.

Bianca assentiu, baixando o olhar.

– Sim, apagamos.

– E quanto aos seus *amigos* Pérfidos que te ajudaram? Quem são? E o que desejam em troca?

Amigos Pérfidos.

De repente, a mente de Bianca alcançou uma série de imagens de seu treinamento pelo ano que passou, antes de chegar ao Refúgio.

Foram horas de concentração nas tardes logo após as aulas, além de treinos e jogos de combate para rastrear Taus e trocadores de pele. Ela também aprendeu o básico de táticas de combate para saber não apenas como aplicar um de seus dons contra o adversário, mas como usar os dois dons ao mesmo tempo, testando os limites desta combinação.

– O que foi? – disse Ruben, notando o silêncio dela. – Não quer falar sobre eles? Isso te envergonha? Tenho certeza de que envergonharia sua mãe. Ágata certamente não desejou ter tido uma *aberração* como você. Acredito que não foi por boa vontade que ficou grávida de um Pérfido...

E, então, Bianca permitiu a raiva fria ondular por seus ossos, deixando seus pensamentos focados e distanciando-a de seus sentimentos. Um dos truques mais perigosos que havia aprendido com os Pérfidos, mas que estava disposta a arriscar para manter suas emoções controladas.

Bianca inclinou a cabeça para o lado e deu um passo à frente erguendo o queixo.

– Acha mesmo que pode me atingir com isso, Ruben? – Ela lhe deu a sombra de um sorriso provocador. – Você quer realmente falar de vergonha comigo?

Um rosnado baixo e longo saiu da garganta do Voz da Lua.

E foi nesse momento que ela notou algo estranho. Os espinhos de gelo começaram a baixar devagar e os cabos de prata de Julian escorregavam sem barulho. Ruben não parecia ter notado. Talvez porque tenha sido seu comando. Afinal, o Voz da Lua não tinha mais nada a temer de seus companheiros. Ela havia se tornado o inimigo agora.

Faça-o continuar falando – pensou ela.

Bianca caminhou para o outro lado, testando suas pernas e afastando-se de Julian, fazendo Ruben ficar entre ela e os outros membros do Refúgio.

– Deve ser horrível para um Destemido tão poderoso estar num Refúgio como este, com tão poucas pessoas... Não deve ser natural para você o isolamento. Acho até que é uma tortura. – Ela limpou um pouco mais seu rosto com a palma da mão. Seus braços pareciam mais fortes também. – Mas tenho certeza de que foi por isso mesmo que escolheu viver no meio da Antártida. Acho que, bem no fundo, sua alma atormentada sabe que viver neste lugar é muito pouco perto do castigo que você realmente merece. Tem vergonha do que fez, não tem?

Ruben rosnou.

– Não me envergonho de nada. Apenas fiz meu dever.

– *Dever?* – Um sorriso se fez no rosto dela.

A boca de Ruben enrijeceu nos cantos.

– Você não entende – disse Ruben. – Pérfidos não sabem nada sobre dever.

Bianca riu. E seu riso ecoou pela galeria como música para a dança dos Taus em suas prisões. A expressão de Ruben se tornou fria.

– Talvez... Mas sabe do que Pérfidos entendem muito bem? – disse, estreitando o olhar para ele. – Medo...

– Não tenho medo de você.

Ela deu de ombros.

– Não estou falando de mim. Vocês, Guardiões, não conspiraram e mataram minha linhagem por *dever*... fizeram isso porque estavam com muito, muito medo. Medo da Sombra de Hoark. Medo da ativação de todos os Taus. Medo de uma profecia idiota. – Ela apontou para as inscrições de Galen. – Esse lugar inteiro fede a medo. E sabe o que Pérfidos fazem quando percebem o medo?

O rosto de Ruben se franziu. Um brilho de ódio surgiu em seus olhos.

– Pérfidos usam o medo para dividir e destruir – disse ela, respondendo sua própria pergunta.

Agora foi a vez de Ruben lhe dar um sorriso cruel.

– Você pode tentar...

– E eu vou. E quando te matar, vou destruir a única chance de apagar as memórias de todos aqui. E aí a verdade sobre a profecia e o que os Guardiões fizeram vai se espalhar e a única forma de manter a sociedade Karibaki unida vai virar cinzas.

Bianca mal terminara a frase e sua voz se tornara gutural enquanto seu corpo estremecia e sua pele queimava enquanto era rasgada por ossos e seus músculos cresciam e se retorciam.

Ruben mostrou os dentes e rugiu.

Seu rugido, mesmo na pele humana, atravessou as barreiras da força de vontade dela e então foi como se o mundo desacelerasse. Sua fúria e vontade de atacar diminuíram e seu corpo começou a retornar para a pele humana.

No instante seguinte, Ruben explodiu em uma enorme massa de músculos, pelos, garras e presas com uma rapidez que ela nunca tinha presenciado antes. Talvez esta fosse mais uma das vantagens de ser um mhebaki. Uma das que ela não dominara.

Garras afiadas e um olhar frio relampejaram diante de seus olhos.

Ao seu lado houve movimento. Ainda em sua troca de pele incompleta, o Furtivo havia saltado em sua direção. Entretanto, ela tinha consciência de que Julian não conseguiria alcançá-los.

Ruben então golpeou firme e avassaladoramente, sangue e vísceras atingiram o chão.

Mas suas garras nunca chegaram a alcançá-la. Bianca foi jogada para trás quando o jovem Karibaki tomou o golpe para si.

Ela gritou.

As garras de Ruben, poderosamente afiadas em sua pele bestial, praticamente o cortaram ao meio. Não havia muita resistência na pele semitransformada.

Ruben enrijeceu, horrorizado, afastando-se. Dois Karibakis em semitransformação alcançaram o líder e o seguraram.

MARCELLA ROSSETTI

Ele havia atingido um inocente.

Bianca caiu de joelhos, alcançando o corpo destruído.

Ela tocou no rosto do jovem Destemido de semblante delicado e olhos claros.

– João... – engasgou ela, sem conseguir olhar para a destruição que as garras de Ruben tinham feito com ele. O jovem Destemido havia se aproximado sem que percebessem, enquanto a barreira de espinhos desaparecia. – Por que fez isso? Por que se colocou na minha frente?

– Droga... – rosnou Julian, caindo de joelhos ao lado deles. – I.C.A! – gritou.

João entreabriu os lábios para lhe dizer algo, mas as palavras jamais saíram. O dano era extenso demais para alguém ainda praticamente na pele humana se curar a tempo.

Chegaram com uma ampola de I.C.A., mas os olhos de João já estavam sem vida.

Ester tinha acabado de perder seu filho.

No Refúgio Verde, João e ela nem mesmo chegaram a ser amigos. Falaram-se muito pouco durante as aulas porque Bianca preferia ficar próxima de Ricardo e Nicole. Mesmo assim, ele a protegeu do golpe do Voz da Lua.

E ela sabia que João fez isso não por saber que Ruben tinha apagado a memória de sua mãe, o motivo foi outro.

Maité...

Bianca a tinha ajudado, talvez até salvado sua vida, e ele não se esqueceu disso. A lembrança dos dois sendo chicoteados em prata pela simples razão de se amarem foi como um rio incandescente em suas veias.

Sangue inocente derramado por causa de um Acordo inútil.

Sangue inocente derramado por causa de uma profecia.

Seus olhos brilharam e seus lábios se contraíram, deixando os dentes à mostra, num rosnado selvagem.

E então ela saltou.

Num impulso, seu corpo já estava no ar, esticando-se enquanto suas articulações se desfiguravam, os ossos estalavam e os músculos rasgavam e se refaziam. As pernas dobraram enquanto um dos braços já erguidos descia para golpear o Voz da Lua.

Um dos Karibakis soltou o líder e se colocou na frente dela, mas Julian também já estava em movimento. Ele se jogou contra o Karibaki, rolando os dois para o lado, abrindo caminho para ela.

Suas garras brilharam nos olhos de Ruben. Ela notou a hesitação dele. Notou o vislumbre de dor e tristeza esgotada em seus olhos, mas Bianca não se importava.

Suas garras o rasgaram, jogando-o ao chão, e suas presas morderam com tanta força que ossos do pescoço estalaram e quebraram enquanto músculos eram destroçados.

Mordendo e rasgando, Bianca tinha pouca consciência do seu rosnado contínuo. Até que uma enorme sombra investiu sobre ela, arremessando-a para o lado. Bianca rolou e se virou para a outra trocadora de pele, que reconheceu devido à falta de um dos braços.

Maria Fernanda, a alfa da alcateia Inverno, rosnou alto. Era um aviso para que ela parasse.

E Bianca parou. Seu olhar passou do corpo destruído de João para o corpo do Voz da Lua, até alcançar a cabeça de Ruben alguns metros depois, já retornando para a pele humana.

Ruben estava morto.

Matar o filho de Ester, um Destemido inocente, foi peso demais para um espírito já atormentando e seu momento de hesitação foi mais do que suficiente para Bianca cumprir o que tinha prometido a si mesma, antes de apagar suas memórias.

Agora só faltavam quatro traidores.

Um silêncio mortal caiu sobre a galeria.

Havia surpresa e fúria em vários rostos. Alguns táticos agarraram suas armas, outros começaram a trocar de pele.

Bianca sabia o que aconteceria. Ela olhou para Julian, que já estava em pé, em sua pele bestial, a apenas alguns passos dela.

– Entregue-se. Volte para a pele humana! – gritou o conselheiro Furioso brasileiro.

Bianca sabia que não adiantaria resistir. Sempre soube que a fuga não era uma opção ali dentro.

Ela fez um sinal de consentimento com a cabeça. Os olhos de Julian viraram-se para ela, confusos.

Ele iria entender, talvez por fim ficasse aliviado, afinal ela o tinha usado. Mas não foi isso que viu na expressão do Furtivo. Seus grandes olhos negros se estreitaram e suas presas rangeram. E ela entendeu que ele lutaria com ela.

Mas Bianca se ajoelhou.

Não colocaria a vida dele em risco.

E foi então que algo surgiu na frente deles e Bianca piscou, surpresa.

Era a imagem de uma garota de cabelos curtos lisos, de olhos cinzentos como o céu antes de uma tempestade. O *piercing* de uma de suas sobrancelhas se ergueu.

– O que vocês dois estão fazendo? Eu cuido de Antalis! Corram! – disse Nicole simplesmente, antes de seu holograma desaparecer no ar.

E mesmo com a surpresa, a confusão se instalou.

Julian agarrou o braço de Bianca e a puxou em direção à saída, levantando-a para que corressem entre as estalactites e estalagmites que não apenas serviam de prisão para os Taus, mas também de cobertura contra os tiros de choque mirando neles.

Trocadores de pele também avançaram, mas nem todos tinham o objetivo de persegui-los.

Seu último vislumbre, antes de passar pela saída da galeria, foi ver a alfa Maria Fernanda morder o braço de um Karibaki para impedi-lo de alcançar Bianca.

Julian e ela correram para fora da galeria dos Taus e atravessaram a ponte de pedras brancas, que começou a desaparecer enquanto passavam, deixando seus perseguidores presos do outro lado. Bianca imaginou que aquilo só poderia ter sido coisa de Nicole.

Tinham ganhado tempo. Como? Bianca não tinha ideia.

Ela seguiu Julian pelos túneis e quando se aproximaram da bifurcação, ela parou. O outro corredor tinha sido lacrado com uma grossa camada de gelo.

Ela encarou a barreira por um instante mais longo, lembrando-se do lugar onde Ruben os tinha interrogado, e então se virou para seguir Julian.

– *Saiam do Refúgio* – disse a voz no ar. Era Nicole. – *O helicóptero está programado para ir até Bianca e sair deste lugar.*

Eles obedeceram, correndo em direção à saída, atravessando a imponente galeria e passando pelo belo Cristal Alvo, notando o quanto a caverna estava diferente.

À direita, a grande parede rochosa não existia mais e a galeria se ampliava, formando uma estrutura bela e diferente. A arquitetura interna parecia se contorcer em si mesma, compondo um caminho de pedra e gelo em uma perfeita espiral, formando outros três andares para baixo.

Ignorando o novo cenário, Julian se virou em direção ao Cristal e correu para fora daquele lugar. Não sabiam quanto tempo Nicole conseguiria segurar as defesas do Refúgio.

Sentindo seu coração bater forte, alcançaram a saída, sendo recebidos por uma lufada de vento gélido em seus pelos.

Acima deles, a aurora vermelha ainda queimava no céu.

37

Refúgio Verde. Brasil. Momentos atrás.

—Ela só pode estar mentindo – disse Nicole, alcançando a biblioteca com Ricardo. – Que história é essa de Altan não ser uma inteligência artificial? O que ele é? Um *hacker*? Um fantasma? – ironizou ela. – Esse espírito só pode estar querendo zoar com a nossa cara.

– Olha, Nic, o espírito parecia estar falando sério, bem sério – disse Ricardo enquanto caminhavam pela grama ensolarada. Aquele era o *layout* padrão da biblioteca, apesar de, no mundo real, já ser praticamente noite. – E ela avisou que sem esta informação você nunca vai conseguir encontrar o código da verdadeira inteligência artificial.

Nicole parou em frente à porta da sala que iriam usar e o encarou firme, tentando controlar sua irritação.

– Altan e as outras inteligências comandam os Refúgios há mais de dois mil anos! É claro que é uma IA.

– Não é verdade – disse ele. – Não se esqueça do que a gente aprendeu nas aulas de História Karibaki. Altan e os outros já foram confundidos com deuses e espíritos antigamente. Hoje chamamos de inteligências artificiais, mas e se não forem?

Ela balançou a cabeça enquanto abria a porta e entrava. A sala não tinha sido programada para mostrar nenhuma paisagem, então era um retângulo simples, de paredes, teto e chão cinzentos.

– Ric... – começou ela, largando no chão a mochila tática que foi buscar no quarto de Gabrielle – naquela época, eles não entendiam de lógica de programação e não tinham ideia do que o *metamold* era.

– Naquela época, o Refúgio Verde mais parecia uma aldeia indígena – rebateu ele. – Você também estudou que a única coisa que existia aqui era a Oca, onde fazemos as assembleias hoje, e mesmo assim o *metamold* naquela época se camuflava sob a forma de folha de palmeira. E se o que a gente vê quando entra na rede do Refúgio for só mais uma camuflagem também? Não tenho tanta certeza se sabemos o que *metamold* realmente é.

Nicole o encarou com atenção, conseguindo ver o sentido em suas palavras, mas ela sabia que só teria uma chance quando entrasse na rede e não poderia arriscar seguindo uma teoria idiota sem ter certeza de que era o caminho certo.

– Não sei – falou ela. – Vou pensar e levar em conta o que o espírito te disse. E você ainda não me explicou o que ela quer de você em troca.

Ricardo colocou a mão no ombro dela e apertou firme. Os dois tinham vestido seus trajes *metamold* completos, deixando-os com a aparência de roupas comuns.

– Não se preocupe com isso, Nic – disse, olhando-a nos olhos. – Libertar Gabrielle e saber o que aconteceu com Rafaela é tudo o que a gente precisa pensar agora.

Ela mordeu os lábios e apontou um dedo para ele.

– Tá legal, mas depois nós dois vamos ter essa conversinha de novo. E você vai me dizer o que diabos este espírito quer e quem ela é.

Ele apertou os lábios e assentiu firme.

Suspirando, Nicole se abaixou, agarrando a outra mala que havia trazido. Ricardo a observou espalhar seu estranho equipamento híbrido pelo chão.

– Tenho certeza que vão nos perdoar – disse Ricardo, parecendo confiante. – Vamos cuidar de Gabrielle, encontrar o Voraz e o Conselho vai voltar atrás. Nossas famílias vão lutar pela gente. E encontraremos Rafaela também...

Com a menção da irmã de Ricardo, algo se apertou no peito dela.

– Sinto a falta dela – murmurou Nicole. – Espero que esteja bem.

– Eu também...

A verdade é que Nicole estava muito preocupada com Rafaela, assim como Ricardo. Entretanto, o treinamento que tiveram desde a infância os ajudava a manter a calma e se concentrar em salvar uma pessoa de cada vez.

– Acha que Leonardo vai fazer a parte dele? – disse Ricardo, quebrando o silêncio e tentando afastar a preocupação.

– Vai. Não queria envolver o garoto, mas preciso de você aqui comigo e não tenho mais ninguém para ajudá-la quando eu destrancar o quarto do hospital.

– Vai dar certo – disse ele, firme.

Nicole suspirou e encarou todo o equipamento espalhado pronto para ser usado.

– Enquanto eu estiver na rede, preciso que cuide de mim, mas que não me desligue. Antes de soltar Gabrielle e procurar informações sobre Rafaela, preciso descobrir uma forma de quebrar o isolamento nos *cadigits* de Bianca e Julian para mandar uma mensagem para eles no Refúgio Branco. Sem Bianca não tem como a gente encontrar o Voraz e Gabrielle vai continuar correndo risco de vida.

– Bianca vai ajudar.

Nicole suspirou.

– Mas não sei se devo pedir... Ela já se envolveu demais fugindo conosco ano passado para salvar minha irmã e agora vou ter que pedir para ela quebrar as regras de novo.

Ricardo se agachou ao lado dela.

– E como você acha que Bianca se sentiria se você não pedisse ajuda e Gabrielle morresse? Ela ama vocês duas, tanto quanto eu amo. Somos uma família, Nic, e você sabe o que isso significa, não sabe?

Ela assentiu.

Nicole sabia que Ricardo estava certo. Além do mais, Bianca era a última Farejadora e nem tinha sido criada entre eles. Com toda a certeza, poderia quebrar algumas regras e jamais a puniriam para valer...

Nicole colocou algumas mechas do cabelo atrás da orelha e encarou o equipamento à frente. Ela se ajeitou de cócoras e puxou o capuz, cobrindo seus cabelos e olhos. Usando um programa especial, conseguiu ligar os cabos a dispositivos com o tecido na lateral do capuz. Em seguida, fechou os olhos e inspirou fundo.

Está na hora de tentar algo novo... – pensou ela.

Ela tinha programado uma parte de seu capuz para servir de tela enquanto invadia o sistema com toques rápidos no ar, inserindo comandos e linhas de programas.

Ela entrou na rede do Refúgio.

– *Pare.*

FILHOS DA LUA - O LEGADO SOMBRIO

A ordem chegou juntamente com a presença de Altan.

– Desculpe, Altan, mas não dá. Gabrielle é minha irmã e a punição que meu tio escolheu é absurda e cruel.

– *Entendo, Nicole* – respondeu Altan. – *Mas se continuar a invadir meu sistema, precisarei agir. Tenho-me feito de cego às suas tecnologias híbridas, até mesmo ignorei quando reconfigurou o código que permite que você e seu primo se mantenham ocultos da vigilância do Refúgio, mas não posso permitir que invada o sistema de segurança para libertar sua irmã.*

Nicole enrijeceu.

– Você sabe que reconfigurei as pulseiras bloqueadoras?

– *Sei.*

– E mesmo assim não avisou ninguém e nem quebrou meu código?

– *Não avisei.*

– Por quê?

– *Tenho meus motivos, mas não posso ignorar o que está tentando fazer neste momento.*

Nicole engoliu em seco.

– Por favor, Altan, preciso fazer isso. Preciso soltar as trancas do quarto de Gabrielle, apenas finja que não está vendo nada também. Estou te implorando.

– *Dessa vez, isso não será possível. Tenho um dever a cumprir, Nicole. Se continuar insistindo, ativarei as defesas físicas do Refúgio.*

O coração dela bateu mais desesperado, mas algo no aviso dele a incomodou.

– Não acha que está exagerando só um pouquinho? – Nicole precisava de um pouco mais de tempo. Era como um labirinto de códigos. – Somos amigos, não somos?

– *Pare.*

– Nic! – gritou Ricardo.

Ela prestou atenção no mundo real. O Uivador encarava atônito dezenas de lâminas afiadas surgirem devagar do chão, das paredes e do teto, ao redor dela.

– *Pare* – exigiu Altan mais uma vez. Uma ameaça.

– Ficou doido, Altan? Não pode me machucar! Não tem esta autorização. Seu trabalho é nos proteger e não nos ferir.

– *Sim, posso machucá-la. Meu trabalho é proteger o Refúgio. Se eu não fizer isso, haverá consequências terríveis.*

– Nic, pare o que está fazendo! Pare agora! – gritou Ricardo, ao seu lado na sala.

As estacas de metal tinham se aproximado mais, porém não houve alerta para os táticos no Centro de Comando do Refúgio. Isso era estranho. Além do mais, algo nas palavras de Altan a incomodou.

Preciso proteger o Refúgio... Altan falava do Refúgio como se fosse algo diferente dele, algo à parte...

Sentindo o coração bater forte, Nicole parou. E as estacas também.

A verdade é que, apesar de suas argumentações, quando Ricardo a avisou sobre Altan não ser a verdadeira inteligência artificial, Nicole acreditou... Fazia todo sentido.

Desde que pisara no Refúgio bem pequena, Nicole tinha se apaixonado pela estrutura biotecnológica daquele lugar. O *metamold* pulsava vida e talvez por isso ela fosse tão boa em moldá-lo. A parente Furtiva entendia e respeitava o Refúgio como ninguém mais e parecia que o Refúgio a respeitava de volta.

Mas Altan nunca pareceu fazer parte daquilo. Ele era como uma sombra vivendo naquela estrutura sem fazer parte dela.

O espírito tinha razão. Como nunca ninguém percebeu isso antes?

– Nic... – disse Ricardo, observando as estacas ao redor. – Talvez seja melhor pensarmos em...

Mas ela não prestava mais atenção. Nicole fechou os olhos, sentindo o ambiente ao seu redor. Não iria mais atacar as defesas do Refúgio com seus programas.

Nicole inspirou fundo.

Seus dedos tocando o chão de *metamold*, sentindo sua textura, acariciando--o.

Oi... – disse ela em sua mente, soltando um fio de consciência exploratória não apenas através de sua mente, mas também através do traje feito com seu DNA.

Uma ideia desesperada, mas a única que tinha sobrado.

E então, foi como sentir algo frio tocar a pele sob o traje. Pontadas dispararam pelo sangue da Furtiva até alguma coisa atingir sua nuca e ela sentir uma estranha energia ondular por sua coluna, alcançando seus braços e pernas, envolvendo-a.

– Nicole! – gritou Ricardo, mas o som de suas palavras se tornou distante. Muito distante.

Ela sentia como se estivesse afundando e afundando... em um oceano de pura energia... Uma energia que vibrava ao seu redor e dentro dela.

Era impossível saber por quanto tempo essa sensação durou, mas de repente sentiu como se parasse.

Um cenário de pontos e traços brilhantes se formou. Ergueu a cabeça para se ver em uma floresta deles. E foi como se um vento forte passasse, ondulando a floresta brilhante. Nicole recuou. Era como se aquele mundo sussurrasse para ela e a alertasse para que se afastasse, para que voltasse para o mundo material.

Aquilo não era nada que ela tivesse visto ou lidado antes com a tecnologia *metamold*. Nem sequer usava visores. Era sua mente que estava ali.

Nicole se perguntou se não tinha pegado no sono ou se Altan, de repente, cumpriu sua promessa e a matou...

Na sala cinzenta da biblioteca, Ricardo não sabia o que fazer.

Instantes atrás, testemunhou os olhos de Nicole se tornarem desfocados e suas pupilas se dilatarem.

Os fios que se ligavam à tecnologia híbrida soltaram-se de seu capuz e ficaram inertes no chão. Entretanto, novos cabos surgiram do chão e do teto da sala, conectando-se ao traje de Nicole, erguendo-a no ar. Pernas e braços sem vida, mantidos pelos cabos. Um deles ligava-se ao traje em sua nuca e fazia Ricardo se preocupar se não era apenas no traje que se conectava.

– Nicole! O que está acontecendo? – gritou o Uivador.

E então algo surgiu ao seu lado. Altan o encarou com seus olhos de um azul não humano.

– A consciência de Nicole está em outro lugar, Ricardo. Deseje sorte a sua amiga porque ela vai precisar.

Ricardo seguiu o olhar de Altan até Nicole. E foi então que viu o sangue. Primeiro um pequeno ponto vermelho saindo da narina da Furtiva até escorrer por seu rosto e manchar o chão.

– Droga... – disse, se aproximando com cuidado dela.

– Este equipamento não é suficiente para sustentar sua vida por muito tempo – explicou Altan antes de desaparecer.

Ricardo tirou seu *cadigit* da mochila fina em seu traje e o abriu, tocando no ícone do sistema de monitoramento de vida.

Luzes brilhavam no holograma do *checkup* vital, indicando alta atividade cerebral. Consequentemente, os registros também mostravam grande consumo de energia corporal. Seus níveis vitais caíam rapidamente.

Ricardo xingou alto e soltou o *cadigit* enquanto corria até a mochila, procurando o *kit* médico. Precisava de I.C.A.

Ele xingou de novo ao abrir o *kit* e encontrar apenas três ampolas.

Ele precisaria de muita I.C.A...

Nicole encarou a floresta de poeira flutuante. Pareciam folhas se agitando como loucas na escuridão daquele estranho mundo.

Ela piscou quando algo emergiu.

Pequenos pontos e traços soltaram-se das formas ao redor dela, formando algo novo se aproximando dela. Uma silhueta grande e volumosa.

Nicole ergueu o rosto para encontrar olhos como fendas de pontos brilhantes encarando-a perigosamente. Parecia ser uma fera quadrúpede massiva de ombros e patas largas, com garras e presas ameaçadoras. Os pontos e traços ondulavam afastados o bastante para que ela vislumbrasse a escuridão infinita através da fera.

– O que é você? – tentou Nicole.

Uma risada terrível veio do imenso vulto em forma pontos. Era impossível distinguir se o som era feminino ou masculino, ou até mesmo humano ou animal.

Você está aqui e não sabe nem mesmo quem ou o que sou, Nicole?

Ela sentiu como se ofegasse.

– Não sei. Só estou aqui porque quero libertar minha irmã...

Humm... Sua irmã... Gabrielle, onze anos... condenada a cem golpes de chicotes em prata pelo crime de quebra do Primeiro e Terceiro Acordos, além de ter se ligado a um Voraz. Seus pais estão a caminho, mas já entraram com um pedido de revisão da pena.

Nicole imaginou que seus pais tentariam mudar a pena, mesmo assim não iria arriscar. Preferia esperar o novo resultado lá fora, em segurança.

– Olha, minha irmã não teve má intenção. Ela só queria proteger um filhote que ajudou a salvar sua vida e a das gêmeas Uivadoras em Santos. Gabrielle não é traidora ou Desviada, só o ajudou por compaixão. Tudo o que quero é que ela receba a mesma compaixão do Conselho...

Os Karibakis estão apenas seguindo o Acordo. E seu tio parece estar querendo fazer dela um exemplo...

– Meu tio deveria é proteger Gabrielle e não a condenar à morte. Por favor, me ajude. Como posso destrancar o quarto de hospital onde ela está presa?

Você precisará ter acesso e controle ao Refúgio. Para isso, precisará entender...

– Entender?

Sim. Entender quem e o que eu sou... quem e o que você é... quem e o que tudo é... ou morrerá porque seu amigo não tem os meios para mantê-la viva por muito tempo. Você veio até mim de forma incorreta, menina.

Ela não estava com bom humor para perguntas filosóficas de uma criatura digital e a ideia de que estava correndo perigo também não a agradava, mas precisava continuar o que tinha começado.

Nicole encarou os pontos e linhas brilhantes que formavam o corpo da criatura. Eram códigos estranhos, mas tinha certeza do que era. Um tipo de programação.

– Sei o que você é. Você é a verdadeira inteligência artificial do Refúgio e também é o corpo deste lugar – continuou, percebendo a certeza em suas palavras. – Você é o próprio Refúgio, certo?

Nicole encarou os temíveis olhos em fenda da besta tecnológica. Uma criatura feita de compostos orgânicos e números, como tudo o que é vivo no mundo... como todo ser... como todo animal...

Meu nome é Nix – disse a criatura, seu tom parecendo dessa vez menos ameaçador. – *Por muito tempo esperei que alguém como você nascesse de novo.*

Nicole a encarou confusa.

– O que quer dizer com *de novo*?

Mas, no fundo, Nicole sabia qual era a resposta.

A criatura lhe deu um esboço de sorriso e, de repente, os códigos que faziam parte da criatura se expandiram e Nicole não sabia dizer se sua mente parecia em aceleração máxima por causa daquele lugar ou por causa da adrenalina que deveria estar correndo em seu corpo.

– Você é uma biotecnologia. Você estava esperando uma companheira – continuou Nicole.

Sim... – A resposta da criatura ecoou por toda a parte.

Algo em Nicole se aqueceu.

Todos os dias, desde que havia tentando se ligar a um animal companheiro e falhado, Nicole sentia o peso de não ser capaz de usar seu dom Furtivo. Por isso nunca mais tentou.

Ela teve medo de falhar e precisar encarar a verdade. Encarar que era uma siki, alguém com o dom fraco demais ou inexistente. Encarar que era uma guerreira incompleta e uma vergonha para os Filhos da Lua.

E talvez por causa disso ela se jogou de cabeça no mundo virtual e se apaixonou pela exótica tecnologia do Refúgio, tornando-se cada vez mais capaz de entender a natureza da estrutura do *metamold*.

– E se eu aceitar ser sua companheira, você vai me ajudar, Nix?

Podemos tentar. Possuo um código criado pelos Primeiros Filhos da Lua e ele exige que eu siga as ordens de seu Conselho. Se quiser libertar sua irmã, precisa modificar uma pequena parte deste código-base.

– Mas como?

Entendendo-me... O código e eu somos um. E precisa fazer isso antes que seu corpo morra.

– Quanto tempo meu corpo tem?

Pouco, mas autorizei Altan a encontrar ajuda para conseguir o que você precisa para te manter viva por mais tempo. Espero que seja suficiente.

– Mas se Altan não é uma inteligência artificial, o que ele é?

Altan é um convidado e um prisioneiro, assim como os outros. Talvez você entenda se tivermos tempo suficiente e se sobreviver, é claro...

A criatura estava certa. Não tinha tempo para saber.

– O que preciso fazer para alterar o código da sua programação?

Ver e compreender a mim como ninguém mais foi capaz desde os primeiros Karibakis.

Entretanto, como não veio até aqui de forma correta, o fluxo de dados poderá sobrecarregar sua mente, seu corpo e até seu espírito, mesmo que eu diminua os dados ao mínimo. Então, hoje terá apenas um vislumbre. Num outro momento, você retornará para completarmos nossa conexão

– Se puder salvar minha irmã, não me importo de morrer.

Eu sei, mas não posso aceitar que morra. Preciso de você.

E então a criatura se aproximou. Nicole ergueu o rosto, encarando seus pontos e retas incrivelmente brilhantes vindos em sua direção. Ela sentiu como se um banho de energia tocasse em sua testa e se espalhasse por todo o seu rosto até sua própria mente começar a vibrar loucamente.

Relaxe, Nicole, conecte-se a mim como faria com outro ser...

Ela fez isso.

A sensação mudou. Foi como atravessar a superfície dura de um lago congelado e afundar. Seus sentidos e sua mente se amplificaram de uma forma humanamente impossível. Foi doloroso e avassalador. Era como estar debaixo d'água e não poder respirar. Um mundo surpreendente se abria para ela, mas sabia que não poderia ficar ali por muito tempo ou morreria.

Ela forçou o aprofundamento da conexão, porque somente assim um Furtivo era capaz de ver e ouvir pelos sentidos do animal, para então controlá-lo. Porém, Nix era algo mais complexo e inteligente do que um animal.

E quando suas conexões se expandiram, foi como ser atirada para cima e destroçada em mil pedacinhos com muitos olhos e ouvidos. E eles estavam todos espalhados pelos Refúgios, por todos eles.

Tentou se concentrar em um só ponto, mas era difícil.

Foi então que um de seus fragmentos de mente percebeu a presença de Bianca e Julian, no Refúgio Branco. Eles estavam em uma caverna horrível e escura, cheia de coisas afiadas com Taus dentro. Nicole podia sentir a força concentrada no *metamold* daquele lugar e o quanto Nix despendia energia para manter aquelas monstruosidades presas.

Mas havia algo de errado... Nicole conseguiu se concentrar e as imagens das pessoas se focaram. Estava havendo algum tipo de discussão.

– Uma... profecia... – disse Bianca, rouca. Tentando manter os braços firmes e erguer o corpo. – Mataram todos eles... perseguiram minha mãe... por causa de uma profecia...

– Foi um sacrifício necessário... – falou Ruben.

– Não sou seu sacrifício, Ruben. Nenhum deles era... nenhum...

De repente, uma bela mulher, de pele negra e cabelos branco-prateados compridos e ondulados, estava ao lado deste seu fragmento de mente.

– Nicole Ross... – disse Antalis.

Não a deixe te intimidar – disse Nix, somente para Nicole. – *Lembre-se, Antalis é uma convidada e uma prisioneira. Você é mais do que isso.*

Nicole encarou Antalis ao mesmo tempo que registrava a terrível cena na galeria do Refúgio Branco. Os espinhos separando os membros do Refúgio... Julian preso por cabos de prata e Bianca ensanguentada no chão, aos pés do poderoso Voz da Lua Destemido...

– Não deixe que machuquem Julian e Bianca – disse para Antalis.

– Estou fazendo o que preciso fazer, Nicole – disse Antalis. – *Seguir ordens do*

Voz da Lua é meu dever. Se eu não fizer isso, as consequências seriam impensáveis para todos.

– Que consequências? Por que precisam obedecer, se não fazem parte do Refúgio?

Mas não houve resposta. Nicole inspirou fundo, forçando sua mente a se concentrar. Ela estava em aceleração máxima, avançando por avenidas de informações e dados que tinham sido abertos quando iniciou sua ligação com Nix.

Rosnados e gritos fizeram sua visão focar novamente no horror do que acontecia na galeria com sua melhor amiga e seu primo. Ela precisava agir e depressa.

– Vou retirar seu poder sobre o Refúgio, Antalis.

– *Tome cuidado com o que fará, menina* – avisou ela, estreitando seus olhos azuis não humanos. – *Não vai querer libertar algo pior do que os Taus deste lugar, vai?*

– Não sei do que está falando, Antalis, mas vou desconectá-la.

– *Não!*

Mas Nicole não hesitou. Mudou uma parte do código de controle do Refúgio Branco, desconectando Antalis.

E, numa fração de instante, antes de Antalis perder seu controle no Refúgio, imagens e dados alcançaram desesperadamente um dos fragmentos de consciência de Nicole.

A imagem era um lugar cuidadosamente oculto. Escondido não apenas no mundo virtual, mas também no mundo físico dentro do Refúgio.

O choque e a surpresa de Nicole foram tão grandes que até mesmo seu corpo físico na biblioteca estremeceu.

– Meu Deus...

E então ela reescreveu o código antes que fosse tarde demais, prendendo Antalis novamente, mas colocando um bloqueio de acesso aos comandos do *metamold* do Refúgio.

Sua mente acessou informações para entender o que tinha visto, ao mesmo tempo que calculava quanto tempo tinha para ajudar Julian e Bianca.

A capacidade de adaptação de Antalis rapidamente contornaria o código de bloqueio que Nicole colocou e restauraria seu poder sobre o local. Mas, por pouco tempo, os espinhos de gelo e o cabo de prata deixaram de ser uma ameaça e começaram a se retrair.

Contudo, Julian e Bianca não tinham percebido a brecha na segurança, então Nicole precisou intervir, fazendo seu holograma surgir para avisá-los.

E eles entenderam o aviso dela.

Nicole observou Bianca e Julian fugirem, atrasando seus perseguidores, então programou um helicóptero para encontrá-los fora do Refúgio, rastreando o traje de Bianca, e lhes deixou uma rápida gravação digital. E quando sentiu Antalis retomando o controle, Nicole se afastou e deixou a corrente de informações puxá-la de volta.

Nicole quase se perdeu no fluxo de dados inesperados e altamente complexos. Sentiu-se presa naquela onda de informações. Era como uma luz forte queimando seus olhos, incendiando sua mente, destroçando seu espírito. Ela tentou gritar, tentou recuar, mas era impossível. Era como ser arrastada debaixo d'água por diversas correntes diferentes.

Nix...

E então ela sentiu a presença de Nix, puxando-a e guiando para um local seguro dentro do fluxo. Um local onde pudesse acalmar sua mente e uni-la de novo. Nicole sentiu como se pudesse respirar mais uma vez.

Entenda o que somos... – pediu Nix.

Nix organizou as informações e mostrou a Nicole uma pequena imagem da verdade que cuidadosamente guardava há tanto tempo.

A surpresa foi quase como se seu coração tivesse parado um instante.

Nicole não conseguia pensar, só absorver a verdade e seu significado. E, junto com essa verdade, entendeu que nada mais seria como antes para ela.

E então sua consciência foi lançada para onde Nicole precisava estar.

Refúgio Branco. Antártida.
Momentos depois.

Quando Bianca finalmente atravessou a entrada do Refúgio, sentia-se estranhamente separada de tudo ao redor, como se aquele mundo açoitado pelo frio extremo não fosse real.

Nem mesmo as pontas afiadas dos estilhaços de gelo na superfície pareciam reais, eles rasgavam seus pelos e atravessavam a pele resistente enquanto corria na forma bestial, deixando um rastro vermelho na neve, mas nada mais.

Julian grunhiu atrás dela. Mas Bianca não se importava. Sua pele se curaria.

Fúria pulsava em seu corpo e crescia enquanto corria.

Fúria pela verdade sobre a Noite da Aniquilação. Fúria pela traição dos líderes Karibakis... Fúria devido à verdade sobre o que Bianca realmente era.

Uma Farejadora com sangue Pérfido. Uma trocadora de pele capaz de usar os dois dons em seu sangue. O dom do Farejar e o dom da Fraqueza.

Alguém capaz de apagar suas próprias memórias, há mais de um ano, para mentir e manipular como uma verdadeira Pérfida.

Ela rosnou com ferocidade.

Quando Bianca notou, já estavam fora da área do Refúgio, deixando para trás a falsa montanha.

Sentindo a pressão em seu peito aumentar, a conversa com Lucas na floresta ecoou em sua mente mais uma vez.

A maioria de nós sacrificaria tudo pelos Nove Acordos, pelo dever de proteger a humanidade e o nosso mundo. Menos do que isso seria egoísmo.

Ela tinha estado na galeria dos Taus tempo o suficiente para entender que Lucas tinha razão. O medo e o dever eram a base da sociedade Karibaki.

Então, sim, eles sacrificariam qualquer coisa...

Sacrificariam os Farejadores. Sacrificariam sua mãe e até mesmo Bianca ainda bebê, se tivessem tido a oportunidade.

Bianca rosnou alto e freou na neve.

As garras de suas patas fincaram-se no gelo enquanto seu corpo bestial derrapava e ela se virava para Julian.

Ele diminuiu a corrida e parou também. Já estavam longe o suficiente do Refúgio, só precisavam esperar o helicóptero prometido por Nicole.

Ela encarou a besta de pelos negros e começou a trocar para a pele humana. Julian fez o mesmo. Bianca estremeceu e não foi por causa do frio intenso.

– Julian...

– Você mentiu para mim! – Sim, ela tinha mentido. Então não respondeu, merecia que ele gritasse com ela. – Você se lembrou um ano antes de nos encontrarmos de novo e não me procurou! – A voz dele era uma mistura de mágoa e fúria contida. – Poderia ter me contado tudo e eu teria te ajudado de qualquer forma. Mas preferiu se unir aos Pérfidos! Enlouqueceu? Por que fez isso?

Acima deles, o céu começava a clarear, mas o vento ficava mais forte, deixando tudo cinza e branco ao redor.

– Você não entende... – disse ela, quando um vento jogou seus cabelos para o lado.

Os olhos negros dele brilharam.

– Então me faça entender!

Ela mordeu o lábio seco e frio. Julian esperou, mas Bianca não sabia por onde começar.

– Eu estava doente, Julian... Os pesadelos me torturavam todas as noites. E eu... eu não sabia como continuar... Então só queria que eles sumissem... – Ela notou Julian engolir em seco. – Daí, ele veio até mim e me ajudou a treinar meus dons, me ajudou a ficar mais forte e a suportar tudo.

– *Ele*? Está falando de um Pérfido?

Ela assentiu. A imagem de um par de olhos verdes sorrindo fez seu coração apertar de saudades.

– Sim... – sussurrou, desviando o olhar do de Julian. – Um Pérfido.

A expressão de Julian era impossível de ser lida. Flocos de gelo grudavam em seu rosto. Bianca abraçou a si mesma quando a força do vento aumentou. O traje *metamold* estava se esforçando para mantê-la aquecida.

– Você ia desistir? – constatou ele.

Ela o olhou e assentiu.

– Acho que não sou tão forte como você é, Julian.

Ele veio até ela, tomando seu rosto entre as mãos. Bianca estava tremendo.

– Tem razão – disse ele. – Não deveríamos ter apagado sua memória quando a salvei, deveríamos ter encontrado uma outra forma.

Os olhos dela queimaram.

– Acho que sempre tentei me lembrar de você – disse. – Nos meus pesadelos, nunca foi só a imagem de minha mãe morrendo que me perturbava. Sentia que havia mais alguma coisa importante ali que eu queria me lembrar, que eu *precisava* me lembrar, mas não conseguia e isso era tão... tão desesperador...

Julian cerrou o maxilar, enquanto baixava suas mãos para os ombros dela. Bianca sentiu o vento frio ferir sua pele e agitar seus cabelos.

– Mas você deveria ter vindo até mim quando se lembrou... – O tom dele era baixo.

– Eu sei... – disse, num quase sussurro. – Mesmo quando não me lembrava, Julian, sentia sua falta. Sentia muito a sua falta... Demorou meses para me lembrar de você, mas depois que isso aconteceu, ficou tudo muito confuso. Queria dizer que me lembrava do que tinha feito por mim, mas eu...

Ela não conseguiu terminar de falar.

– E por que não foi falar comigo?

Ela queria. Queria muito contar a ele.

– Porque fiquei com medo.

Julian manteve os olhos fixos nela. Sua expressão era difícil de ler enquanto Bianca tentava lutar contra a ardência em seus olhos.

– Medo do quê?

Ela inspirou.

– Medo de que se arrependesse de ter me salvado – confessou. – Fiquei com medo de que se arrependesse de ter matado seu irmão para me defender quando descobrisse que parte de mim é Pérfida.

Todos os músculos da face de Julian se tornaram rígidos. Os lábios dela tremeram e Bianca sabia que a única coisa que a impedia de chorar era o ar seco e frio ao redor.

– E depois de me lembrar daquele dia que brincamos em sua piscina e de como passamos a noite toda escondidos... de como você me encontrou na noite seguinte e me salvou... eu não suportaria encarar seu olhar de nojo e arrependimento. Isso me destruiria completamente, Julian.

Ela sentiu as mãos dele apertarem os braços dela com força. Bianca se forçou a não desviar seus olhos.

– Então, preferi fazer tudo desse jeito. Decidi apagar minhas memórias do plano e do treinamento de um ano antes de nos vermos de novo em Santos, porque assim você conheceria a antiga Bianca, a garota perdida e sem consciência do tipo de monstro que era.

Ele continuou sem dizer nada, segurando-a com força. E o coração dela se desesperou, não sabia mais o que poderia falar. As emoções dela estavam descontroladas demais para conseguir ler as de Julian com seu outro dom. Tudo o que conseguia ver era algo queimando por trás dos olhos escuros.

Mas ele cobriu o espaço que ainda existia entre eles e seus lábios encontraram os dela. Foi como se todo aquele frio desaparecesse. Bianca mal notou o som do helicóptero se aproximando.

– Bianca... – Ele murmurou afastando-se um pouco. – Você não é um monstro para mim. Nunca seria. Por favor, nunca mais pense em desistir. – Os olhos dele estavam cheios de agonia. Ela sentiu o tremor em seus braços. – Não importa se você me amar ou não, sempre estarei com você. Nunca mais se sentirá sozinha.

O coração de Bianca batia tão forte que lhe dava a certeza de que Julian podia ouvi-lo. O Furtivo estava sendo sincero. Ela estremeceu e então as mãos dela tocaram em seu rosto pálido pelo frio e foi sua vez de se aproximar e beijá-lo.

Acima deles, o som do helicóptero ficou mais alto. Enquanto se beijavam, podia sentir o vento de suas hélices próximas.

Eles se afastaram um do outro.

– É melhor darmos o fora daqui logo – disse Julian, tocando em seu rosto antes de erguer o olhar para a grande aeronave a alguns metros acima deles e à frente.

Ela assentiu, olhando para cima. Não parecia que o helicóptero iria pousar.

– Vamos ter que saltar? – perguntou ela.

Julian entreabriu os lábios, mas sua resposta nunca saiu. Suas palavras foram interrompidas pelo grito dela.

Choque percorreu o corpo de Bianca como ondas de fogo em seus músculos, contraindo-os enquanto tudo a sua volta se tornava dor e escuridão. Antes de cair, conseguiu olhar para trás e ver um trocador de pele se aproximar. Sobre suas costas havia um tático apontando a arma. Eles os tinham alcançado.

Bianca lutou contra a inconsciência, mas não conseguia se mexer ou falar. Estremecia em convulsões enquanto seu corpo lutava para se curar do choque.

Julian foi rápido e a agarrou. O corpo dele estremecia com a troca de pele. Bianca sabia que estava correndo com ela nos braços. Podia sentir os pelos contra seu rosto e ouvir o som das rajadas secas de choque por perto, muito perto. Assim como outros rosnados e ordens para que parassem.

Mas ele não parou. O Furtivo aumentou sua velocidade, ofegou e então saltou no ar gélido.

No instante seguinte, Bianca rolava pelo chão do helicóptero, que já estava com a porta lateral aberta. Sentiu quando a aeronave cedeu com o peso de Julian no esqui de pouso. Ele ganiu, tentando se equilibrar.

Gemendo, Bianca conseguiu erguer a cabeça e olhar no momento que Julian impulsionava seu corpo bestial para entrar.

– Julian... – conseguiu falar.

A aeronave estremeceu.

Suas garras arranharam o helicóptero enquanto tentava não escorregar. Seus olhos negros encontraram-se com os dela mais uma vez. Outro estremecimento veio com o som de outro tiro em suas costas.

– NÃO!

As garras de Julian se soltaram. Ele se foi.

Bianca tentou se arrastar, mas a porta se fechou. O helicóptero aumentou a velocidade para subir e ela foi jogada no chão de novo, dessa vez batendo a cabeça com força.

E então tudo se apagou.

Refúgio Verde. Brasil.

Gabrielle abriu os olhos. Sentia sua cabeça pesada e um gosto estranho na boca.

A menina piscou e esfregou os olhos, mas talvez fosse melhor voltar a dormir. Acordar era uma coisa dolorosa. Lembrava-se bem do rosto duro de seu tio Walter quando a fez escolher entre as duas sentenças. Todos os conselheiros ficaram em silêncio, menos Jorge e Carol Porto. Eles foram os únicos que falaram alguma coisa contra a decisão de seu tio.

Aquilo a deixou triste.

Gabrielle sabia que tinha feito algo de muito errado, mas o filhote Voraz não era cruel como os outros eram. E ela queria ter a chance de provar...

O mais difícil foi ver sua irmã tão arrasada. Nicole não parava de perguntar por que ela tinha feito aquilo. Por que tinha se ligado a um filhote Voraz e foi bem naquele momento que outra crise a atacou.

Lembrava-se de sentir algo cortando-a e tudo o que conseguiu fazer foi gritar. Mas não era a sua pele, era a do Voraz. E foi nesta visão que notou uma mulher de cabelos muito vermelhos surgir ao lado da grande cama de metal em que o filhote estava preso.

Gabrielle se ouviu ganir em sofrimento, ou melhor, ouviu a criaturinha ganir. Porém, a mulher ruiva o ignorou e começou a falar com as outras pessoas ao redor. Dava instruções horríveis sobre o que queria que fizessem com ele. Coisas cruéis.

– *Quando tiverem os dados dos testes de regeneração do filhote, me avisem. Preciso entender se foi somente a inteligência do V32 que conseguimos aprimorar ou também outras habilidades* – disse *a ruiva.* – *Hoje vou receber uma visita importante e não quero ser interrompida.*

A última coisa que se lembrava era de Allan correr até ela com um tipo de injeção enquanto seu corpo convulsionava.

Lembrava-se de ter tentado gritar para Nicole ajudá-lo, contando que tinha visto a Pérfida ruiva num lugar que parecia um tipo de laboratório. Não tinha certeza se tinha conseguido, ou se adiantaria alguma coisa Nicole saber disso porque o Conselho nunca a deixaria salvar o filhote. Nicole seria punida também...

Seu rosto estava inundado com lágrimas. Sabia que não deveria ter deixado o Voraz sozinho. Ele era só um filhote... Era culpa dela ele estar sofrendo.

Um som de batida abafada a fez virar o rosto úmido em direção a sacada do quarto. E foi então que notou quando o enorme vulto se chocou contra a porta.

Era um trocador de pele enorme.

No instante seguinte, já estava sentada na cama.

– Leo...? O que você está fazendo?

A criatura percebeu que ela falava algo, porque parou e ergueu a pata, acenando para um *oi* cheio de garras.

Gabrielle entreabriu os lábios e agarrou-se aos lençóis brancos macios, erguendo a outra mão para acenar de volta. Ele foi de encontro à porta de novo.

– Leo, para com isso – pediu. – Não adianta...

Mas o menino insistiu, batendo de novo com seu corpo bestial, antes de se afastar e correr contra a porta da sacada.

– É impossível arrombar a port...

E ela se abriu.

Uma massa de pelos castanhos claros voou para dentro do quarto como um furacão, derrubando uma mesinha antes de atingir a cama dela com força.

Gabrielle apenas teve tempo de se jogar para o lado, caindo no chão antes de ver a cama ser jogada contra a parede devido à força do corpo de Leonardo.

– Leo! – Gabrielle se apoiou na parede para se levantar.

A enorme criatura estatelada no chão, chacoalhou a cabeça e se levantou desajeitada. E então os dois se viraram para encarar a porta da sacada ainda aberta.

– Você conseguiu! – gritou ela, levantando os braços.

Leonardo soltou um ruído em comemoração.

E Gabrielle quase surtou de susto quando Nicole surgiu no meio do quarto.

– Nic! – gritou Gabrielle, surpresa.

– O que vocês dois ainda estão fazendo aí parados? Não viram que abri a sacada? – disparou Nicole. Leonardo a encarava com olhos arregalados. – Tire a minha irmã daqui. Tenho que me desconectar e não vou conseguir evitar o alarme. Bloquearão o túnel, mas tem uma saída escondida na floresta e...

– Não. Eu sei onde posso me esconder – interrompeu Gabrielle, agarrando o braço de Leonardo e então começou a escalar suas costas. – Tem uma coisa que surgiu na floresta e acho que sei como usar.

Por um segundo, o olhar de Nicole se desviou deles, antes de assentir e voltar a falar.

– Vi os registros de Altan e sei do que está falando. Vá para lá. Voltarei para te buscar, irmãzinha. Leonardo, não deixe Gabi ser pega. Agora vão...

E obedecendo à ordem, Leonardo avançou correndo e atravessou o holograma de Nicole já desaparecendo. Ele alcançou a sacada e saltou com Gabrielle agarrada a ele.

Lá fora, a noite estrelada tinha se agitado. Já podiam ver movimentos em direção ao hospital. Nicole tinha razão, eles não teriam tempo de alcançar o túnel para fugir.

E no momento que caíram atrás de algumas árvores, algo estranho aconteceu, foi como se tivessem se dividido.

Um Leonardo em pele Karibaki com Gabrielle nas costas disparou em direção ao túnel de saída.

– É um holograma – constatou Gabrielle. – Nicole vai distrair todo mundo, vamos para a floresta, Leo. Leve a gente para aquela coisa que vimos surgir do chão.

Leonardo não hesitou em obedecer. Correndo pelas sombras das árvores e arbustos, foram em direção à floresta.

– *Mantenha o segredo...* – disse Nix, antes de empurrar a consciência de Nicole de volta.

E foi como se sua mente de repente se encolhesse, se comprimindo contra o cérebro, que parecia pequeno demais para tudo o que tinha visto, ouvido e entendido.

Na sala da biblioteca, Ricardo respirou aliviado quando os fios *metamold* começaram a se soltar dela e desaparecer. Ele a segurou gentilmente.

– Nic, respire! – disse Ricardo.

E ela respirou fundo, sentindo seu retorno à realidade como um soco no estômago.

Nicole se ajoelhou e apoiou as mãos no chão, sentindo todo o corpo estremecer enquanto respirava, tentando fazer o mundo ao seu redor parar de rodar.

– Sua amiga tá pálida demais, Ricardo – disse uma voz feminina, que Nicole infelizmente reconheceu. – Melhor chamar Allan. O que vocês dois estavam aprontando aqui afinal? Nicole poderia ter morrido se eu...

– Obrigado por ter trazido I.C.A. – disse Ricardo, cortando-a. – Mas não precisamos mais de você aqui, Giovanna.

Giovanna...

Mas Nicole não conseguia falar ainda. E nem tinha certeza se conseguiria falar de novo um dia. Ficou prestando atenção em sua respiração por diversos instantes, até seu coração se acalmar.

Sentiu Ricardo tocar em suas costas gentilmente.

– Nic? Você está bem? Você conseguiu?

Ela assentiu com a cabeça e então começou a se levantar devagar, apoiando-se nele.

– Vou ficar aqui até um de vocês me explicar por que Altan apareceu do nada para mim, destrancando a área do equipamento tático só para que eu trouxesse I.C.A. O que está acontecendo?

Nicole tentou falar, mas não conseguiu, sua garganta estava seca.

Ricardo correu até uma das mochilas táticas trazidas por Giovanna e pegou água. Nicole a bebeu num instante, devolvendo a garrafa para ele.

Giovanna parecia vestir roupas comuns e tinha uma das mochilas táticas nas costas, outras três estavam no chão, uma delas era a que Nicole pegou no quarto de Gabrielle.

Ricardo começava a recolher o equipamento espalhado por ela e colocar na mala.

– Invadi o sistema de segurança dos Refúgios – começou Nicole, rouca, ficando em pé. – Fiz um acordo com a verdadeira inteligência artificial dos Refúgios e abri a porta do quarto para Gabrielle fugir com Leonardo. Os dois estão se escondendo agora mesmo num lugar que ninguém mais conhece enquanto o resto do Refúgio está perseguindo um holograma que programei para se parecer com eles. Ricardo e eu temos poucos minutos para alcançar as motos e desaparecer por uma saída que só eu sei como alcançar.

Os lábios de Giovanna se entreabriram, surpresa. Ricardo se aproximou de Nicole e entregou a ela uma das mochilas táticas.

– Está brincando, não está? – disse Giovanna.

– Não estou – disse Nicole, jogando a mochila nas costas e caminhando para a saída.

– Ficou maluca de vez? Tem noção do que fez? – A Destemida se colocou na frente da porta para impedi-los de sair. – Não quebrou só o Oitavo Acordo, você invadiu o sistema do Refúgio!

A expressão de Nicole ficou sombria.

– O Conselho votou que minha irmã deve ser punida. E meu próprio tio decidiu que ela escolheria entre morte e cem golpes de chicotes de prata.

A expressão que surgiu em Giovanna era de horror.

– Eu não sabia... – sua voz quase sumiu.

– Ninguém sabe ainda, a Assembleia ficou marcada para o amanhecer, quando meus pais chegarem. Eles vão tentar impedir argumentando com meu tio, é claro, mas não vou pagar para ver o resultado. Então, o que você faria, Giovanna, se estivesse em meu lugar? Gabrielle só tem onze anos.

A parente Destemida apertou o maxilar. No instante seguinte, saiu da frente da porta.

– Imaginei... – disse a Furtiva, passando com Ricardo logo atrás. Nicole se virou para ela.

– Há muita mentira nesse lugar, Giovanna – disse Nicole. – Quando invadi o sistema, peguei informações sobre Rafaela e o resto da alcateia de Lucas. – Giovanna piscou, atenta. – Ninguém consegue encontrar a alcateia e é por isso que você não consegue falar com ele. Estão mantendo isso em segredo por enquanto.

– Lucas desapareceu? – disse Giovanna.

– Desapareceu. Sua última localização foi em Praia Grande.

– Então o espírito não mentiu – disse Ricardo, deixando a confirmação de que sua irmã estava desaparecida, e provavelmente em perigo, cair como uma pedra em seu estômago.

– Não mentiu – confirmou Nicole. – E depois que nos encontrarmos com Bianca, vamos achar Rafaela, Lucas e Vitor.

Nicole sabia que deveria estar sentindo alguma coisa. Medo, raiva. Mas não sentia nada. Só vontade de continuar seu plano inicial.

Ela então deu as costas e começou a caminhar pela grama falsa, sob um céu azul também falso. Lá fora já era noite.

Falso... todo aquele lugar era falso – pensou Nicole. – *Assim como seu tio, assim como os outros Vozes da Lua... Partir daquele lugar talvez não fosse tão ruim assim.*

– Vou com vocês – disse Giovanna, alcançando-os com a mochila tática nas costas. – Vou achar o idiota do Lucas.

Ricardo abriu a boca para protestar, mas Nicole o interrompeu.

– Não me importo, mas, se vier conosco, não vão te perdoar. Virão atrás da gente, achando que Gabrielle está comigo. E se nos pegarem, vai ser punida – falou Nicole, atravessando o portal da biblioteca.

– Estou bem consciente disso, mas vou mesmo assim – respondeu a Destemida.

– Você é quem sabe... – disse Nicole, sem realmente se importar.

De dentro do Pátio Eterno, já dava para perceber que estava uma confusão lá fora.

Jovens e crianças curiosas olhavam das sacadas dos prédios dormitórios, tentando entender o que estava acontecendo, enquanto membros adultos espalhavam-se pelo terreno do Refúgio.

Eles deveriam estar com dificuldade de encontrar Nicole e Ricardo, já que ela tinha apagado sua presença do Refúgio. Qualquer busca por eles apontaria para lugar nenhum. Ela fez o traje mudar sua blusa para um moletom escuro com capuz, que ajeitou cobrindo o rosto.

– Não sei se é uma boa ideia ela vir com a gente – falou Ricardo, guiando o caminho entre as árvores.

– Por que não? – comentou Nicole. – Vamos precisar de ajuda para achar Rafaela e tenho certeza que Giovanna ainda se importa com Lucas. Além do mais, se ela está conosco, não está nos entregando para o resto do Refúgio.

Giovanna bufou.

– Não me importo tanto com ele assim, é só uma desculpa para eu sair daqui. Este lugar está me sufocando.

– Que seja... – disse Nicole.

Os três correram pelas sombras do Jardim. Nicole sabia que Altan não os denunciaria, mas não falou nada para Ricardo.

Sua mente parecia estranha, havia um silêncio em seus pensamentos. Uma aceitação absoluta de tudo o que havia descoberto sobre Bianca, sobre seu tio e sobre o Refúgio...

Em minutos, alcançaram a borda da floresta.

– As motos estão por aqui – avisou Ricardo.

E estavam. Depois de alguns passos, já podiam vê-las entre árvores e arbustos.

Sem demora, Ricardo subiu em uma delas e ligou o motor. Nicole prendeu a mala com seu equipamento atrás da moto dele e subiu na garupa, deixando a outra para Giovanna.

– Vamos logo – disse Nicole.

Sem esperar outro pedido, Ricardo tomou a dianteira e, instantes depois, Giovanna estava atrás deles com a outra moto. Nicole pegou seu *cadigit* e, com alguns comandos, ligou a comunicação entre eles.

– Última chance de ficar, Giovanna.

– Já disse que estou indo com vocês. Além do mais, já estava tentando encontrar uma forma de pegar o equipamento para sair daqui. Altan ter aparecido e destrancado tudo para eu levar para vocês foi uma sorte e tanto.

– Por que queria sair do Refúgio? – perguntou Ricardo.

– Porque quero procurar minha mãe – disse. – Depois que acharmos Lucas, Rafaela e Vitor, vou descobrir onde ela mora com sua família humana. Tenho algumas coisinhas engasgadas para jogar na cara dela.

– E você precisa fugir para isso? – perguntou Ricardo.

– Preciso. Ninguém quer me dizer onde ela mora. Parece que minha mãe deixou claro que não quer contato algum.

– Tudo bem – disse Nicole. – Se nos ajudar a encontrar a alcateia de Lucas primeiro e tirar minha irmã daqui, a gente te ajuda a encontrar sua mãe.

Giovanna ficou em silêncio por um instante.

– Combinado – disse a Destemida.

– Por mim tudo bem – falou Ricardo enquanto saíam do Refúgio pela passagem secreta e alcançavam a rodovia. – Só não fiquem melhores amigas, por favor...

39

Milena quase tropeçou enquanto corriam entre os corredores da Cova. Uma das duas equipes de caça dos Celenos conseguiu alcançá-los por um dos túneis que cruzaram e os colocaram sob a mira de suas balas de prata a cada curva daquele labirinto sem fim.

Sorte foi a única coisa que os impediu de atingir Lucas e Milena. O pequeno grupo daquelas criaturas pálidas e monstruosas que os seguiam lentamente atacaram o grupo de laerens. E Lucas percebeu que, se os Famintos não gostavam de sangue Vaeren, deveriam adorar sangue laeren...

Os quatro Famintos causaram distração suficiente para que pudessem fugir. Mesmo assim, estava sendo difícil despistá-los.

Não demorou para os dois sobreviventes da equipe de laerens se aproximarem de novo. Eles conheciam bem as passagens e atalhos dos túneis de terra e rochas e Milena ainda precisava fazer rápidas paradas a cada encruzilhada para encontrar as marcas deixadas por sua mãe centenas de anos atrás. Ela já havia entendido o padrão de localização, mas os poucos segundos que gastavam para achá-las acabavam deixando os perseguidores mais e mais perto.

Lucas rosnou de frustração. Queria poder trocar de pele.

– Vou enfrentá-los, só tem dois nos seguindo – disse o Destemido, parando logo após uma curva. – Consigo fazer minhas garras surgirem. Não vai adiantar fugir por muito tempo.

– Não – disse ela, quase segurando-o pelas algemas. – Não seja idiota, as balas de prata vão acabar com você antes de conseguir se aproximar com toda essa sua pose. E outra equipe está em algum lugar por aí. Vamos continuar a correr...

Ele rosnou, mas a seguiu. Sabia que Milena tinha razão. Ele era um alvo fácil nos túneis, mesmo se conseguisse trocar de pele.

Os dois correram por mais alguns corredores escuros de terra e rochas até que Milena parou e se agachou perto de uma das paredes.

– Aqui – sussurrou ela.

No instante seguinte, desapareceu dentro da fenda estreita que ele mal tinha percebido. Lucas encarou o tamanho da passagem.

– Não vou conseguir – sussurrou, ouvindo os passos se aproximarem além da curva.

– Vai sim! – sussurrou ela. – Eu te ajudo, anda!

Ele grunhiu, mas obedeceu. Precisou se abaixar e se espremer, usando a lateral do corpo, e quase não conseguiu, mas a Vaeren era forte e o puxou pelo ombro, arranhando-o na rocha bruta.

Ficaram bem quietos dentro do buraco, esperando que seus perseguidores passassem sem notar o esconderijo na escuridão.

Mas foi então que Milena percebeu que entrar ali tinha sido uma má ideia. O odor do sangue do pequeno arranhão de Lucas inundou o espaço e invadiu os sentidos dela.

Lucas tinha o rosto virado para a fenda, concentrado em esperar pela passagem dos laerens. Estavam a apenas alguns centímetros um do outro. Milena não conseguia desviar a atenção dele.

O Destemido estava sem camisa, por tê-la jogado fora horas atrás devido às manchas de sangue. Os olhos de Milena percorreram a garganta, a clavícula e, depois, o traço fraco das veias sob a pele clara.

Ela soltou um ruído baixo, animalesco, quando inspirou de novo o cheiro quente e maravilhoso de sangue fresco do ferimento que já se fechava. Os olhos de Lucas se voltaram atentos sobre ela.

– O que há de errado com você? – sussurrou ele.

Ela piscou.

– Faminta... – disse, cravando as unhas na parede rochosa atrás de si, como se o mero esforço de falar já lhe custasse muito.

Lucas olhou para a fenda quando sons se aproximaram. Fechou os olhos para se concentrar e os manteve fechados até ouvir os sons se afastarem.

Outro grunhido baixo saiu da garganta dela. Ainda havia sangue sobre a pele onde ele havia se arranhado e, mesmo sendo pouco, estava enlouquecendo-a.

De volta ao silêncio e fora de perigo, Lucas xingou baixinho, encarando-a. Na escuridão do nicho, notou os olhos de Milena brilharem.

Ele torceu os lábios, mas ergueu o braço direito na direção dela. Os olhos de Milena foram para a veia destacada sob a pele do pulso, mas a Vaeren pareceu hesitar por um momento.

– Tem... certeza? – sussurrou ela.

– Tenho – respondeu ele. – Preciso de você sã para nos tirar daqui.

Milena não esperou outra oferta. O rosto da jovem Vaeren se contorceu enquanto se afastava da parede. Ouviu-se o estalo do maxilar quando as fileiras de dentes afiados tomaram espaço. A expressão de Lucas não mudou.

E então os olhos dela brilharam antes de agarrar o pulso e o puxar com tanta força que seus corpos se chocaram e seus dentes se cravaram na carne macia acima do ombro do Destemido, tomando cuidado para não tocar na coleira de prata em seu pescoço. Lucas a segurou contra si no momento em que ela deu um passo à frente, empurrando-o contra a parede. Ele trincou o maxilar quando a sentiu morder um pouco mais fundo.

Sangue irrompeu na boca dela. Diferente de tudo o que já tinha experimentado. O sangue humano havia se tornado fraco e insípido conforme o poder da Essência aumentava em seu organismo, e com Julian o sangue era rico e forte, mas sempre o tomava frio em bolsas plásticas. Nada era como aquilo. Milena apoiou uma das mãos em seu peito, sentindo as batidas fortes e firmes do coração do trocador de pele.

Ele arquejou. Milena precisava parar. Ela se alimentava sem limites e, mesmo sabendo que o Karibaki se curaria no final, Lucas estava na pele humana.

Demorou mais alguns instantes, mas, com algum esforço, conseguiu se afastar dele, virando o rosto enquanto suas feições voltavam a se contorcer e suas presas desapareciam. Ela o olhou.

O peito dele subia e descia depressa. Sangue escorria do ferimento aberto em seu ombro. Ela sabia que ele se curaria mais devagar por causa da prata em seu pulso, pés e pescoço.

– Desculpe... – disse, limpando o sangue em sua boca com a palma da mão. – Não estou acostumada a beber assim...

– Fui eu quem ofereci – disse ele, sem encará-la. – Preciso de você para sair daqui e encontrar Rafaela. É uma troca. Vou ficar bem.

Ela assentiu, fixando seu olhar ainda no sangue em seu ombro. Ele percebeu para onde ela olhava.

– Ainda está com fome?

– Não – disse, virando-se para sair pela fenda. – Só não quero mais ficar nesse buraco.

A fome era algo que nunca a abandonaria, mas sentia-se melhor. O sangue fresco do Karibaki reavivou seus sentidos e sua força.

Milena saiu da fenda com agilidade. Não havia rastro dos laerens, talvez tivessem pegado o outro corredor. Esperava que finalmente os tivessem despistado.

Com esforço, Lucas passou pela fenda, grunhindo enquanto tomava cuidado com o ferimento. O Destemido era bastante jovem, mas seu corpo exibia os traços do treinamento duro do Refúgio.

Ela se afastou, indo até a curva do corredor e tentando ouvir seus perseguidores. Pareciam estar distantes.

– E agora? Quanto falta para encontrarmos a saída? – perguntou Lucas, ao alcançá-la.

– Não tenho ideia, vou saber quando chegarmos lá.

– Tem certeza de que sabe para onde estamos indo?

– Tenho – disse, virando uma curva. – Minha mãe *brincava* por aqui quando esse lugar estava sendo construído ainda e ela deixou as marcas para não se perder.

Lucas rosnou baixinho enquanto tentava ajeitar a coleira de prata em seu pescoço, incomodando-o.

– O Conselho Alfa vai destruir os Celenos quando descobrir o que estão fazendo – disse ele.

Ela assentiu sombriamente.

– Mas nem todos estão concordando com Thales. Ele tem seguranças protegendo-o dentro de sua própria casa. Aposto como alguns Celenos estão prontos para tirarem esse louco do poder e acho que Lara é um deles. Foi ela quem me ajudou. Era amiga de minha mãe antes dela fugir daqui. Por favor, Lucas, faça os Karibakis saberem que Lara não deve ser punida.

Ele se manteve em silêncio e Milena parou, se virando.

– Você me ouviu? Jure que vai dizer aos alfas que nem todos os Celenos precisam ser destruídos. Jure que vai falar sobre Lara. Ela me ajudou e, de quebra, você também, lobinho...

Os olhos de Lucas se estreitaram, encarando-a de volta. Mas nada funcionaria com ela, nem submissão e nem a presença magnética sobrenatural dos Destemidos. Milena nem piscava.

— Eu direi a minha Voz da Lua que sua amiga te ajudou, vou dizer que nem todos parecem concordar com Thales. Ester é justa.

A Vaeren assentiu satisfeita e então desviou o olhar, voltando a caminhar.

— Só espero que não seja verdade o que Thales me disse sobre vocês e os caçadores estarem em pé de guerra.

Lucas ficou em silêncio mais uma vez. Ela o olhou.

— É verdade? — perguntou ela, espantada.

— Talvez...

— O que aconteceu? Thales disse que uma alcateia invadiu Santos fora do Ciclo da Trégua, por que fizeram isso?

— É uma longa história e ela não é da sua conta — disse Lucas, secamente.

— É da minha conta sim — respondeu irritada, enquanto parava antes de uma bifurcação. Ela rapidamente achou a marca no batente esquerdo e tomou aquele caminho. — Por causa dessa alcateia estúpida, Corvos e Lobos podem não ter condições de enfrentar Thales. Ele está se unindo a Roberto e a uma Pérfida que parece ser bem perigosa.

— Como sabe sobre o líder caçador de Santos e a Pérfida?

O pai de Lucas era do Conselho do Refúgio Verde. Ele havia lhe contado sobre Ricardo ter ouvido dos espíritos sobre Corvos e Pérfidos terem se unido em Santos.

— Eu estava de olho no caçador. — O tom dela era amargo. — Só espero que entreguem logo a alcateia para os Corvos decidirem o que fazer e todo esse problema acabar — resmungou.

— Isso vai ser difícil. Se eles tivessem essa intenção de punir todos os que invadiram Santos, não teriam me deixado sair do Refúgio com Rafaela. — O nome dela fez o peito de Lucas apertar. Ele precisava sair logo dali para encontrar seus companheiros. — Rafaela invadiu Santos junto com Julian. Além do mais, o Conselho Alfa não vai querer deixar a vida da última Farejadora nas mãos dos Corvos. — Mal ele havia terminado de falar, Milena se voltou para ele.

— Julian e Bianca estão bem? — Havia real preocupação no tom dela.

Ele cerrou as sobrancelhas.

— Você conhece Bianca?

– Só me responde se os dois estão bem – insistiu ela.

Os olhos verdes dele se semicerraram.

– Todos voltaram bem de Santos, apesar de Bianca quase ter morrido por causa da idiotice de Julian em levá-la.

Milena torceu os lábios e voltou a caminhar.

– Se Julian e Bianca invadiram Santos, deve ter sido por um bom motivo.

– Achei que para você a alcateia foi estúpida em invadir Santos – disse ele, segurando-a pelo braço. O jeito que ela falara lhe pareceu estranho. Milena parou e olhou para a mão dele envolta no grosso grilhão de prata. – Fala a *verdade*, você conhece Julian e Bianca?

Milena apenas ergueu uma das sobrancelhas.

– Sou uma Vaeren, seu dom é completamente inútil comigo – disse, puxando-do o braço de volta.

Lucas a soltou. É claro que sabia. Sentiu-se ridículo ao esquecer.

– Só quero saber o que você tem a ver com aquele arrogante imbecil do Julian.

A reação dela foi rápida e Lucas não esperava. Milena o empurrou contra a parede de pedra e terra batida, apoiando-se no peito nu com o antebraço.

– Morde a língua antes de falar dessa forma de Julian – rosnou ela. – Lembre-se de que, com estes grilhões em você, posso acabar com sua pele e tomar seu sangue até ficar bêbada.

No instante seguinte, Lucas a empurrou com força para trás e torceu seu braço, jogando-a de cara contra a outra parede, usando o peso de seu corpo para prendê-la. Alguns Vaerens podiam ser quase tão rápidos e fortes quanto trocadores de pele, mas Lucas teve um treinamento melhor.

– Não gosto de ser ameaçado, Vaeren – disse ele, com a boca entre os cabelos brancos dela. – Agora me diz como conhece Julian e Bianca?

Ela grunhiu e o empurrou para trás. Lucas se deixou afastar.

– Não te interessa – disse, virando-se para ele.

– Interessa sim – grunhiu, segurando o pulso dela.

Ela olhou do braço dele até seu rosto.

– Se você realmente quer encontrar sua amiga logo, é melhor a gente parar de perder tempo. Não estamos longe de onde ela deve estar presa.

A expressão dele mudou. Lucas a soltou.

– E onde Rafaela está?

– Acho que bem perto.

– Como sabe? Achei que você não fosse daqui.

– Já disse que minha mãe me fez decorar algumas partes importantes deste lugar. Ela me contou tudo sobre como elas criaram suas próprias passagens secretas. Acho que sempre imaginou que um dia eu fosse precisar escapar das garras da sua família sádica. E, pelo jeito, estava certa.

– Tudo bem – disse ele, dando espaço para Milena passar. – Mas essa nossa conversa ainda não acabou.

Ela fez uma careta antes de continuar pelo corredor. Milena sabia que Julian guardava alguns segredos dos outros Filhos da Lua e ela não poderia sair falando sem ter certeza de que Lucas era confiável.

Em silêncio, os dois voltaram a caminhar, aguçando seus sentidos diversas vezes para tentarem perceber a aproximação de Iaerens ou dos Famintos sobreviventes, até que Milena parou no meio do túnel.

Ela encarava um pedaço arredondado de rocha na parede. Havia uma imperceptível marca num dos cantos, somente notada por pessoas com sentidos aguçados como ela. Era a marca de sua mãe.

– É aqui – disse Milena, passando os dedos pela rocha. – Precisamos tirar essa pedra e abrir caminho bem rápido e em silêncio.

– Aqui é a saída?

– Não. Essa pedra esconde uma passagem direta para o escritório de Thales, onde acho que sua amiga está presa. O lugar todo é um cofre e não tem como sairmos, então voltarei com ela por aqui e daremos o fora por outro lugar.

– Tudo bem, vou te ajudar.

A Vaeren mudou seu corpo novamente e usava suas garras para perfurar a terra batida ao redor. Junto com Lucas, conseguiu puxar a rocha. Ali a terra era mais fofa e as garras de Milena rapidamente abriram um caminho para cima, fazendo terra e pedra deslizarem com o máximo de silêncio e rapidez possível. Só tinham uma chance, se alguma das equipes os encontrasse, também descobririam a passagem e daí tudo ficaria bem complicado.

Abriram um caminho suficiente para Milena se esgueirar para dentro da parede. Havia um pequeno túnel livre para cima. Era de tamanho suficiente para alguém como ela passar.

– Consigo subir. Espere aqui.

– Também estou procurando pelo meu amigo Vitor.

– Tudo bem, vou dar uma olhada – grunhiu Milena, enquanto impulsionava seu corpo esguio por dentro da parede, fazendo um pouco de terra escorregar, até desaparecer pela passagem acima. – Mas acho que ele não está com os Celenos... Fique quietinho, já volto.

O sangue Karibaki de Lucas em suas veias lhe dava energia, apesar da passagem ser apertada. Com outro impulso nos braços, Milena passou pelo estreito buraco até alcançar um tipo de grade. Conseguiu desencaixá-la com cuidado e passou, se arrastando para dentro de um pequeno lavabo.

Milena se levantou, rodeada por paredes cobertas com papel de parede de folhas douradas. Notou a pia e o sanitário de cerâmica bege. O espelho com bordas decoradas mostrava uma garota bastante suja de terra.

Torcendo o nariz para seu reflexo, caminhou até a porta e escutou. Não havia barulho. Com cuidado, girou a maçaneta de ferro rebuscado.

Ao entrar, não apenas seus passos estavam quietos, como também todo o seu corpo. Ela estava naquele estado não humano em que Vaerens conseguiam se colocar. Portanto, seu coração não batia e ela nem respirava. Não havia sons em seu corpo. Milena olhou para a escuridão, estava numa pequena sala enfeitada com decoração confortável. Notava estantes de livros, poltronas e tochas apagadas nas paredes.

À sua esquerda, viu uma pesada porta de aço, como aquelas que fechavam as celas onde era prisioneira.

Milena não contou para Lucas, mas era óbvio que não estava se arriscando só para tentar resgatar alguém da alcateia dele. Nem tinha certeza se Rafaela estaria ali. Milena queria e precisava encontrar a relíquia da família dos Celenos. Seu pai tinha lhe falado sobre a responsabilidade dos Vaerens de manter as relíquias a salvo e ela não gostava da ideia do líder dos caçadores de Santos e a Pérfida colocarem suas mãos em uma delas.

Em silêncio, atravessou a sala em direção a uma passagem em arco, fechada por uma suave cortina. Ao afastá-la, sentiu a maciez da seda.

Milena surgiu na sala seguinte e parou ao ouvir o rosnado baixo e perigoso próximo.

No centro da sala havia uma jaula estreita com não mais do que dois metros de altura. Uma jovem e bonita garota de longos cabelos escuros estava sendo mantida presa dentro dela. Suas mãos, pernas e pescoço tinham grossos grilhões de prata, como os de Lucas. Mas a garota tinha as mãos erguidas, presas no alto da jaula e os pés presos em correntes no chão.

Ao lado da jaula havia uma mesa contendo agulhas de prata, tubos de plásticos e outros instrumentos, que tinha certeza de que serviam para retirar o sangue da Karibaki.

Se Milena não a tirasse dali, Rafaela serviria de alimento particular de Thales até morrer, o que poderia levar anos...

Milena se aproximou alguns passos, encarando estreitos olhos negros. A garota rosnou mais uma vez.

– Meu nome é Milena – sussurrou, erguendo as palmas das mãos – e você deve ser Rafaela. Estou aqui para te libertar. Lucas está nos esperando.

Com o nome de Lucas, a garota parou de rosnar e ampliou o olhar.

– Lucas? Ele está aqui?

– Está... só preciso encontrar as chaves para te soltar – disse, desviando o olhar para procurar ao redor.

– Estão ali – disse Rafaela, indicando a parede na frente dela com o queixo. – Eu o vi pendurar.

Milena olhou e notou um gancho de metal velho e, nele, um pequeno molho de chaves. Ela se aproximou com cuidado.

– Quem é você? – perguntou Rafaela.

– Meu nome é Milena. Eu também era prisioneira desse lugar, junto com Lucas. Mas estamos escapando.

Abaixo do gancho havia um balcão de madeira com tampo de vidro. Seus olhos brilharam ao notar o pergaminho enrolado com o brasão dos Celenos selando-o. Milena reconheceu a relíquia da família de sua mãe.

Ela abriu um largo sorriso e agarrou o molho de chaves.

Tão fácil... Thales, você é um idiota.

Bianca desceu do carro e caminhou para dentro da lanchonete lotada, tomando cuidado para não trombar em ninguém e nem chamar atenção desnecessária.

Estava no Guarujá. Viajou algumas horas até ali só para poder vê-lo.

Segundo o contato na região, ele estaria aqui com seus outros três amigos.

Bianca caminhou entre algumas mesas e cadeiras, desviando de garçons usando chapéu de pirata, até alcançar um lugar para duas pessoas com um aviso de reserva. Sentou-se rapidamente na mesa vazia e virou o rosto para o som de conversa e risos numa das mesas mais ao canto e à frente.

A primeira coisa que viu foi um rabo de cavalo castanho-claro brilhante e o riso da garota baixinha. Ela falava alguma coisa com um grandalhão de cabelos compridos sentado na cadeira ao seu lado. O grandalhão tinha se virado para a garota e a olhava com um riso preso nos lábios e um dos braços apoiados no encosto da cadeira. Na frente deles, um garoto negro de sorriso simpático segurava um copo de suco avermelhado. Mas a atenção de Bianca foi logo desviada para quem estava sentado ao lado dele.

Era impossível não o reconhecer.

Ele estava inclinado para trás na cadeira enquanto as mãos se apoiavam na mesa e seu rosto se mantinha virado para o vidro da janela. Ele não prestava atenção na conversa, parecia distante. Seus cabelos escuros tinham fios desalinhados tocando o rosto levemente bronzeado. A seriedade o fazia parecer mais velho do que era.

O coração de Bianca bateu mais forte.

Julian...

E os outros deveriam ser sua alcateia.

Ela o achou o garoto mais bonito que já tinha visto. Não conseguia tirar os olhos dele. Absorvia cada detalhe, cada diferença entre o Julian na frente dela e o garoto que tinha conhecido seis anos atrás. Julian vestia blusa azul-escuro e seus braços sobre a mesa foram delineados por algum treinamento.

Talvez devesse se levantar e ir até lá. Não tinha certeza se ele a reconheceria, mas poderia se apresentar e esperar que se lembrasse, depois poderiam conversar a sós e então...

E então contar seu plano. Contar que tinha se preparado para entrar no Refúgio, descobrir a verdade sobre a Noite da Aniquilação e sobre quem mandou matar a mãe dela... Ela também teria que contar a verdade sobre o que ela era e quem a tinha ajudado neste último ano...

O que Julian pensaria? Como ele reagiria? Bianca já tinha aprendido o suficiente sobre o mundo dos Filhos da Lua para entender o quanto odiavam Pérfidos e vice-versa.

– Você é Adriana?

Bianca olhou para a frente.

Uma garçonete com um daqueles chapéus de pirata a olhava, esperando a resposta.

– Você é Adriana? – repetiu ela, apontando para o papel da reserva colado na mesa.

– Ahh... sou... sou eu...

– Quer pedir algo? – disse a garçonete, colocando o cardápio na frente dela.

– Não, obrigada – respondeu rapidamente. – Estou esperando mais uma amiga.

– Tudo bem. – A garçonete não estava mais olhando para ela. Um rapaz acenava de outra mesa. – Volto depois – disse, antes de se afastar.

Bianca se virou para a mesa de Julian de novo e, por um momento, entrou em pânico ao não o ver. Julian tinha se levantado. Ele passava por trás da cadeira do garoto negro sorridente e vinha na sua direção. Bianca se encolheu contra o enfeite de planta. Viu o cardápio que a garçonete deixou e o abriu na frente do rosto.

Ele passou por ela e Bianca inspirou.

O odor suave e fugidio de um Furtivo tocou em seus sentidos, juntamente com seu odor natural, misturado com perfume amadeirado.

Sem conseguir pensar no que estava fazendo, soltou o cardápio e começou a segui-lo, observando suas costas. Seus sentidos estavam presos ao rastro dele e Bianca queria prolongar aquele contato.

Julian caminhava com a segurança e a postura de um alfa. E ela notou como, mesmo que de forma discreta e quase imperceptível, as pessoas ao redor se encolhiam ou saíam do caminho. Seus inconscientes alertando-as de que estavam próximas de um predador.

Ele se dirigiu ao balcão perto da saída. Uma garota se levantou da mesa e acabou fechando o caminho sem querer. Ela o olhou e piscou, ficando vermelha ao sorrir para pedir desculpas antes de sair do caminho.

– Sem problemas – Julian respondeu e Bianca quase viu o sorriso dele para a garota. Seu tom era caloroso e familiar e isso lhe deu esperanças.

Talvez realmente devesse falar com ele e contar tudo.

Julian parou em frente ao balcão e ela ficou a apenas um passo.

O olhar dela foi até a pele exposta do braço dele e, sentindo seu coração bater muito forte, Bianca finalmente ergueu sua mão e o tocou.

– Julian... – disse o mais firme que conseguiu.

Som de metal caindo e vidro se quebrando abafou o som de sua voz. Ele olhou para a bandeja derrubada. Demorou apenas mais dois segundos para Julian se virar para trás, na direção de quem tocou em seu braço.

Não havia mais ninguém.

A porta da lanchonete se fechou assim que Bianca passou, mas ele não a viu.

Lá fora, caminhando depressa, Bianca se esforçou em controlar sua respiração e as lágrimas queimando. Precisava sair dali.

Ao virar a esquina, viu o carro e o garoto encostado na porta que a esperava. Bianca não conseguiu encará-lo. Apenas sentiu quando ele segurou a porta de trás, impedindo-a de abri-la.

– Hei, você está bem? – disse o Pérfido.

Ela mordeu os lábios.

– Estou... – Sua voz fraquejou.

– Você o viu?

Ela só conseguiu assentir.

– E então? Acha que vai dar certo? Acha que Julian vai te proteger lá dentro se te enviarmos para a prima dele descobrir você?

Ela desviou o olhar e assentiu de novo, engolindo em seco. Era difícil não chorar.

De repente, sentiu ambas as mãos dele tocarem seu rosto e erguerem seu olhar.

– Olhe para mim, Bianca...

E por mais difícil que fosse, ela obedeceu. Os olhos do garoto Pérfido a analisaram com cuidado.

– Estou bem... Não falei com Julian, mas acho que vai dar certo.

O jovem Pérfido acariciou seu rosto com os polegares. Havia tensão em sua mandíbula.

– Tem certeza de que ainda quer entrar no Refúgio? – disse a meia voz. – Tem certeza de que ainda quer continuar com o plano, Bianca? Tudo o que pensamos é perigoso demais e não quero te perder. Preferia que ficasse aqui fora comigo, vou te proteger dos outros Pérfidos. Vou te proteger de todo mundo. Prometo...

Ela sentiu seu coração se contrair no peito antes de erguer a mão e tocar no rosto dele com suavidade, traçando as feições que em breve precisaria esquecer por algum tempo.

– Vou ficar bem no Refúgio. Julian não parece ter mudado, ele vai tentar me proteger – disse, baixinho. – Você sabe que preciso fazer isso, não sabe? Tenho que tentar ou vou enlouquecer...

Ele cerrou a mandíbula com força desta vez.

– Eu sei... é só por isso que aceitei te ajudar um ano atrás. Mas se algo acontecer...

Ela o cortou antes que terminasse a frase.

– Já disse que vou ficar bem. Treinamos meus dons o suficiente para me ajudarem lá. Vou descobrir qualquer pista que puder e quando minhas memórias começarem a voltar, fujo e volto para você.

Seus olhos esmeralda brilharam.

– Promete?

Ela lhe deu um sorriso confiante.

– Prometo.

Ele sorriu de volta. E então ela se afastou dele com um pulo quando a buzina soou estridente.

– Temos que sair logo daqui – gritou a moça sentada atrás do volante. – Ainda temos que apagar sua memória, Bianca! E isso não vai ser nada fácil, garota.

Ela se inclinou para abrir a porta enquanto o Pérfido dava a volta para entrar pelo outro lado.

E quando o carro virava a esquina, Bianca olhou pela janela e o viu novamente. Julian saía da lanchonete com seus três companheiros de alcateia. Ele caminhava com os olhos baixos, ouvindo a conversa animada de seus amigos e então, de forma suave, ele sorriu.

Bianca sorriu com ele.

Julian...

Julian...

Com um impulso, Bianca abriu os olhos e se levantou. Lembrava-se de ter gritado seu nome antes de vê-lo cair.

A dor da lembrança era crua e brutal. Foi como sentir todos os nervos do seu corpo serem arrancados dela.

– Julian... – A luz do dia entrava pelas janelas.

No instante seguinte, correu para abrir a porta do helicóptero. Vento frio e violento invadiu a aeronave, quase jogando-a para trás. Bianca levou a mãos aos olhos. Sobrevoava o oceano, afastando-se do continente antártico. E Julian não estava com ela.

Bianca se afastou, deixando a porta se fechar enquanto batia com força a palma da mão no vidro fosco que a separava da cabine do piloto. O vidro ficou transparente.

Estava vazia.

– Precisamos voltar – gritou ela para o helicóptero ou para o programa que o pilotava. – Volte para o Refúgio Branco, agora!

Mas nada na cabine ou na direção do helicóptero mudou.

Sentindo o desespero, Bianca bateu mais uma vez com força contra o vidro.

– Temos que voltar!

– Bianca... Julian...

– Nic? – disse Bianca, se virando. Ela reconheceu a voz da amiga.

No meio da aeronave surgiu a imagem holográfica de Nicole.

A parente Furtiva usava seu traje verde-acinzentado completo. Os cabelos curtos caiam na lateral do rosto e sua expressão era algo que Bianca nunca tinha visto antes. Havia sombras sobre seus olhos.

– Prestem bastante atenção...

– Nic, eu preciso voltar. Julian não conseguiu, ele...

– ... esta é uma gravação – continuou Nicole, como se não tivesse sido interrompida – e não tenho muito tempo.

– O quê? Não... – murmurou Bianca, colocando as mãos nos cabelos.

– Se estiverem vendo esta mensagem, é porque conseguiram fugir do Refúgio Branco... Estão seguros, desativei o localizador. Não posso demorar muito neste mundo virtual... O helicóptero vai levar vocês até um ponto de encontro seguro. – Nicole fez uma pausa e o cinza de seus olhos ficou ainda mais escuro. – Mas eu estava tentando entrar em contato por outro motivo...

E então Nicole começou a contar tudo o que aconteceu com Gabrielle e sobre sua punição.

Bianca sentiu os joelhos tremerem e precisou se sentar numa das poltronas laterais. Ao ouvir o castigo que Walter escolheu para sua própria sobrinha, Bianca o odiou ainda mais.

Entretanto, a mente lógico-intuitiva de Bianca conseguia entender por que Walter ofereceu a sua própria sobrinha uma morte rápida.

A menina claramente já estava condenada.

O sofrimento da criatura era grande demais para seu pequeno corpo suportar. E o Refúgio não enviaria uma equipe de resgate para o Voraz, pois o Acordo não permitia isso. Então, o único caminho para os Karibakis era oferecer à menina uma morte rápida.

Entretanto, nem Nicole ou Bianca aceitariam algo assim.

Nicole continuou a explicar seu plano para libertar a irmã e fugir. Ela e Ricardo se encontrariam com Bianca ao anoitecer, no local para o qual o helicóptero estava indo. A mensagem durou três minutos, mas foi o suficiente para entender o que precisava fazer.

Esgotada, Bianca afundou o rosto entre as mãos.

Queria ir até Julian, mas não tinha ideia de como poderia invadir o Refúgio Branco sem a ajuda de Nicole.

E ela sabia que não fariam nada sem o consentimento de Walter. Julian tinha tempo, mas Gabrielle não.

Ela precisava encontrar o Voraz e tirá-lo de seu sofrimento para Gabrielle poder sobreviver, e então se concentraria em salvar Julian.

Decidida, fechou os olhos acalmando sua respiração e seu coração. Ao abrir de novo, estava pronta. Pegou seu *cadigit* e tocou em alguns ícones.

Estava na hora de entrar em contato.

Após alguns comandos e sentindo seu coração bater cada vez mais e mais forte, a ligação por vídeo foi atendida.

Bianca notou a leve expressão de surpresa dele sendo rapidamente substituída por quietude fria.

FILHOS DA LUA - O LEGADO SOMBRIO

Com suas memórias de volta, o rosto na tela era bastante familiar, apesar do corte de cabelo estar bastante diferente. Houve um silêncio antes de Bianca finalmente falar.

– Lembra-se da tempestade? – Eram as primeiras palavras do código.

Ele assentiu, um sorriso já se formando.

– Sim, lembro. E ela ainda está conosco – respondeu ele, com o resto do código.

Estavam seguros. Eles poderiam conversar livremente.

– Oi, Dante... – disse, encarando os olhos que ela tinha aprendido a amar.

– Bianca... – O tom era de alívio. Atrás dele, podia notar parte do encosto de uma cadeira de madeira e, ao fundo, caixas, sombras e uma parede de cimento velho. – Estava começando a ficar preocupado. Onde você está? Lembrou de tudo? Lembrou de nós?

O coração dela se contraiu dolorosamente.

– Sim, me lembrei... – Ela estreitou o olhar. – Mas o que fez com seu cabelo?

Dante riu, passando a mão em seu novo moicano curto e macio. Sua naturalidade a acalmou um pouco. Eles tinham ficado seis meses separados. Mas o sorriso dele logo morreu ao notar que, apesar do comentário, a expressão de Bianca era de dor.

– O que aconteceu? – Havia tensão na voz dele. – É o seu plano? Olha, Bianca, não precisa se preocupar. Consegui informações sobre a Noite da Aniquilação e já sei o motivo dos Farejadores...

Ela enrugou a sobrancelha.

– Você descobriu sobre a profecia? Como?

Ele ampliou a expressão.

– É uma história complicada como isso chegou até mim, depois te explico tudo. Só não descobri a identidade dos últimos responsáveis pela Noite da Aniquilação, além de Walter Ross, que já desconfiávamos...

– Sei quem são os outros, Dante. – Os lábios dela se tornaram uma linha firme. – São os últimos Guardiões, os cinco Vozes da Lua dos Refúgios.

A expressão dele mudou para surpresa.

– Pelo menos o plano deu certo. – Ele sabia que Bianca tinha se infiltrado no Refúgio para obter exatamente o tipo de informação que ele tinha conseguido com Gabriel e Mariah e ficou aliviado por ela ter descoberto mais do que ele. O risco não tinha sido em vão. – Vamos para o próximo passo. Você está voltando?

Ela sentiu seus olhos queimarem, mas precisava segurar as lágrimas.

– Estou indo para um lugar... – A voz dela falhou. – Vou te mandar a localização...

– Tá legal, vou me encontrar com você, mas qual é o problema?

Ela mordeu os lábios e seus olhos se erguerem para a luz vinda das janelas.

– Julian... – começou ela, sem saber como colocar em palavras o que sentia. – Você tinha razão, Dante... eu...

A expressão dele se fechou.

– O que tem o Furtivo?

Ela o encarou e engoliu as lágrimas que tentavam cair.

– É uma longa história. O que você precisa saber é que estávamos no Refúgio Branco quando minhas memórias voltaram, daí precisei fugir...

Os olhos de Dante escureceram e ele estremeceu.

– Os Filhos da Lua descobriram você no *Refúgio Branco*? E você *fugiu*?

Ela assentiu. As mãos dele passaram nervosas pelo moicano de novo.

– Mas me falaram que é impossível fugir daquele lugar... – disse ele, baixinho.

– E é – confirmou ela. – A segurança do Refúgio Branco é absurda. Só consegui sair com a ajuda de Nicole. Ela invadiu o sistema de segurança bem na hora e cancelou a defesa do Refúgio contra Julian e eu.

Os olhos dele se ampliaram.

– Além de inteligente e corajosa, você é megassortuda!

Ela mordeu o lábio, lembrando-se da última cena que viu antes de desmaiar no helicóptero. Julian estremecendo por causa do choque e caindo.

– Não, Dante, não sou... Julian ficou para trás... E Nicole não pode fazer nada para ajudar neste momento... Desculpa, mas tenho que encontrar uma forma de tirar ele de lá.

O jovem Pérfido não falou nada por um momento, mas os músculos de seu rosto se tornaram visivelmente tensos.

– Tudo o que você quiser, vou fazer por você... sabe disso, não sabe?

Ela assentiu em silêncio.

– Eu sei... – disse, sabendo que ele estava sendo sincero. – Mas antes preciso que consiga uma coisa para mim.

– Conseguir o quê?

Bianca inspirou fundo.

– Um filhote Voraz.

Dante riu, uma risada curta e frágil. Ele ficou sério.

– Tá brincando, né?

– Não. Não estou. Preciso que o encontre para mim.

E então ela explicou tudo o que havia acontecido nesses últimos meses.

Contou sobre ter trocado de pele pela primeira vez e sobre o tempo que passou treinando com Julian. Por fim, contou que a irmã de Nicole tinha se ligado ao filhote Voraz e que o Refúgio, ao descobrir, a condenou à morte.

Dante ouviu tudo calado, mas quase conseguia enxergar a tensão aumentando conforme as palavras fluíam.

– Então você consegue trocar de pele agora... isso é bom. Acho que seus dons podem ficar mais fortes.

– Acho que já estão bastante fortes.

– Mas nunca ouvi falar de algo assim. Se ligar a um companheiro Voraz é impossível.

– Não sei se é impossível. Só sei que Gabrielle conseguiu. Nicole me contou que o filhote tem uma marca no pescoço, um número, V32. E Gabrielle viu pelos olhos dele que a criatura parece estar em um tipo de laboratório.

Ele estreitou o olhar.

– Um laboratório?

– Sim, e estão cortando ele, Dante... A menina está sentindo isso. Nicole está tirando a irmã do Refúgio, mas precisa de minha ajuda para rastrear o filhote. Só que ainda tenho horas de voo até o Brasil e não sei o que pode acontecer com ela até lá. Preciso que você encontre a criatura antes que algo de ruim aconteça com Gabrielle.

– Você tem mais alguma pista de onde ele pode estar?

– Tenho. Nicole contou que Gabrielle viu uma mulher ruiva no laboratório. Acho que ela é uma Pérfida e o nome dela é...

– Alexia Reis – disse ele, sem nem mesmo piscar.

Bianca ergueu as sobrancelhas.

– Sabe quem é ela?

– Sei – respondeu com o sorriso que ela sabia ser uma boa notícia. – Fomos contratados por Alexia. Sei como conseguir a criatura para você.

Bianca quase sorriu de alívio. Ela esperava por isso, esperava que ele pudesse ajudá-la a encontrar a Pérfida e, consequentemente, o filhote Voraz.

– Então por favor, consiga o filhote para mim e deixe-o em segurança. Apesar de Walter, os Ross são especiais para mim.

A mandíbula dele se tensionou.

– Sei disso.

– Vou te enviar as coordenadas do local para onde o helicóptero está me levando.

E então ela desligou a comunicação.

Brasil.
Armazém próximo da cidade de Santos.

Dante fechou o notebook e suspirou.

Ele passou mais uma vez sua mão pelo moicano e virou o rosto para as sombras atrás das caixas de madeira. Tinha ouvido um barulho momentos atrás, enquanto falava com Bianca.

– Sei que está escondida – disse ele. E apesar de não perceber nenhum movimento, podia ouvir as batidas do coração dela. – Não vou ficar de bom humor se tiver que ir até aí...

No instante seguinte, a ouviu se movimentar. Seus pés leves tocando o chão cautelosamente até ela surgir de trás das caixas.

– Desculpe... – disse Mariah. Ele notou os ombros dela curvados levemente para a frente e os cabelos castanhos-claros cobrindo parte de seu rosto. – Estava procurando o banheiro.

O lábio dele se ergueu num dos cantos da boca. Estavam num armazém que, de vez em quando, os Cães de Caça usavam como esconderijo. Era um local grande, mas Dante já tinha mostrado onde ficava o banheiro e Gabriel e ela estavam numa sala bem ao lado dele.

– Banheiro, é? Tá legal... – disse, nada convencido. – E por um acaso, além de se perder, você acabou ouvindo minha conversa com ela?

A menina mordeu a bochecha e deu um passo para trás.

– Está bravo comigo?

Ele negou com a cabeça.

– Vem cá... – disse, movimentando sua mão como ênfase. E ao perceber a hesitação dela, Dante pegou o saco de salgadinhos ao lado do *notebook*. – Quer?

O olhar dela se estreitou.

– Pode confiar em mim – falou ele.

Ela negou com a cabeça.

– Só confio no meu irmão.

Mariah poderia ser uma Destemida, mas viveu entre Pérfidos.

– Tudo bem então – disse, antes de encher a mão com salgadinhos e levá-los à boca, mastigando ruidosamente na frente dela.

Os olhos da menina brilharam e no instante seguinte já tinha se posto a caminhar até ele. Dante sorriu enquanto mastigava e ofereceu o saco aberto para ela. Mariah se aproximou com cuidado e esticou o braço até alcançar os salgadinhos dentro do pacote.

O sorriso de Dante se alargou.

– Viu só, Mariah? Não estou nem um pouco bravo com você. Sou completamente confiável. – Ele também pegou mais salgadinhos. – Onde está Gabriel?

– Meu irmão dormiu. Acho que estava bastante cansado.

Ele havia entregue sacos de dormir para os dois, mas pelo jeito a curiosidade venceu o cansaço dela.

Os olhos de Mariah foram para o *notebook* fechado enquanto mastigava o salgadinho crocante.

– A Farejadora é a sua namorada?

Dante ergueu uma sobrancelha.

– Você sabe quem é Bianca?

– Sei, já vi a foto dela lá em casa – explicou. – Todo mundo sabe que ela foi encontrada em Santos e levada para o Refúgio Verde pelos Filhos da Lua.

Era verdade. Mariah sabia que Gabriel estava levando a informação sobre a profecia até o Refúgio, esperando que valesse suas vidas.

Ele se perguntou o quanto o Conselho das Sombras deveria estar furioso por terem sido enganados pelo Furtivo Walter. Provavelmente, queriam manter essa informação em segredo até criarem um plano para se vingarem.

Dante olhou para o *notebook*, pelo qual, momentos atrás, tinha finalmente conversado com Bianca depois de mais de seis meses longe um do outro.

Ele inspirou fundo e ergueu o saco, oferecendo mais salgadinhos para a Mariah.

– Bianca é bonita, não é? – disse ele.

Mariah aceitou e pegou mais salgadinhos do pacote.

– Ela é bem bonita – respondeu a jovem Destemida.

Em silêncio, Dante pegou o celular sobre a mesa e começou a digitar uma mensagem importante. Se Bianca precisava do filhote Voraz, ele conseguiria a criatura para ela.

Algum tempo depois. Navio Eana.
Área oceânica brasileira.

No instante em que Cainã alcançou o velho navio cargueiro, já sabia o que Alexia Reis desejava dele.

O alfa Pérfido foi sozinho e, por exigência de Alexia, deixou todos os aparelhos eletrônicos com o restante de sua alcateia no continente antes de voar pelo mar aberto.

Já era final da tarde, mas dentro do helicóptero não era possível ver a luz do dia. Todas as janelas tinham sido pintadas de negro, uma precaução para dificultar a localização do navio.

Alexia era uma Pérfida com dificuldades de confiança e aquele convite só poderia significar que desejava algo dele. Algo importante.

E como todos os Pérfidos sabem bem... desejo é fraqueza...

– Seja bem-vindo ao Eana, senhor – falou, sem muita sinceridade, um rapaz moreno de cabelos curtos. Ele vestia roupas camufladas e segurava uma semi-metralhadora nas mãos. Havia outros como ele pelo convés.

Cainã o ignorou e, apesar da urgência do que viera fazer, não se apressou.

Afinal, manter as emoções frias era algo muito importante quando se estava lidando com trocadores de pele Pérfidos como Alexia. Criaturas gananciosas e desconfiadas.

O poderoso alfa seguiu em direção ao centro do convés do navio, onde um retângulo se destacou enquanto rangia e formava uma rampa para baixo.

Pouco depois, se viu em uma área de carga diferente do que era apresentado lá fora. As ferrugens e tintas gastas tinham dado lugar a paredes impecavelmente limpas e pintadas. O ambiente havia se tornado claro e bem organizado. Ele inspirou o ar, tragando incômodos odores químicos e um suave perfume feminino.

Alexia o esperava no final da rampa, com seus belos cabelos ruivos soltos e cuidadosamente arrumados. Ela vestia calça de tecido azul-escuro justa e blusa de seda branca. Os saltos das botas ecoaram quando ela deu alguns passos na direção dele.

– Cainã... – falou, com voz aveludada. – Estou contente que tenha aceitado meu convite de vir conhecer meu trabalho.

Cainã observou com pouco interesse as caixas com material de hospital, sendo descarregadas por alguns rapazes e moças vestidos com macacões azuis-escuros.

– Fiquei curioso quando me disse que tinha uma proposta além do trabalho que me ofereceu.

O olhar dela se fixou no dele.

– Eu tenho, querido. Mas, antes, quero saber se tem notícias da missão para que contratei vocês.

Ele lhe deu um sorriso fechado, decidindo rapidamente a melhor estratégia a tomar.

– A missão está correndo bem, não se preocupe. Mas você sabe que nossos alvos sempre correm o risco de morrer, não sabe?

Ela ergueu as sobrancelhas.

– Que bom. Não me importo com Gabriel, mas a Destemida seria útil aqui comigo.

Cainã deu de ombros.

– De qualquer forma, você está levando o que pagou. Gabriel nunca chegou ao Refúgio Verde com a irmã, portanto, o segredo que você queria esconder está seguro.

Alexia sorriu.

– E acredito que você esteja em posse desse segredo, não é?

Ele lhe devolveu o mesmo sorriso.

– Alexia, você conhece nossa política de privacidade... – disse ele, passando a mão na barba por fazer.

O sorriso dela se ampliou.

– Claro que conheço e é exatamente por isso que os contratei – disse, virando-se para sair dali. – Venha, vou te mostrar o lugar. Quero que veja no que tenho trabalhado todos estes anos.

– Com prazer,

Cainã a seguiu para fora da área de carga, caminhando por corredores e escadarias cercados por metal e portas.

– Não costumo me juntar a alcateias – disse ela. – Entretanto, chegou a hora em que preciso unir forças... – Alexia alcançou uma porta de metal dupla e tocou num dispositivo para destrancá-la. – E acho que você é a pessoa ideal.

– Humm... interessante.

– O tempo está chegando e preciso de ajuda – disse ela, sem rodeios. – Há um motivo para tudo o que tenho feito. Um motivo para todas as alianças que tenho desenvolvido. E logo precisarei de alcateias. Mas entre nós, Pérfidos, as alcateias são geralmente caóticas e anárquicas demais. Você é a única exceção. Conquistou força e respeito entre muitas delas, coordenando Pérfidos e Retornados sem que se voltassem contra você. Todos sabem que os Cães de Caça temem sua força e têm o seu respeito. E é por isso que o quero ao meu lado, Cainã.

– Tudo bem, isso eu entendi. Mas ainda não sei o que quer de mim ou dos Cães de Caça.

Eles seguiam por corredores cheirando a produtos químicos.

– Vai entender – disse Alexia. – Já deve ter ouvido falar de meus soldados humanos.

– Soube que alguns deles lutaram com uma alcateia em Santos – disse Cainã. – Há boatos estranhos sobre serem humanos capazes de se regenerar, mas acredito que sejam apenas exageros.

Alexia sorriu.

– Não é exagero. A alcateia contra quem eles lutaram em Santos foi quase exterminada por alguns de meus homens e mulheres e aquela batalha foi só o primeiro teste deles em campo.

– Teste?

– Sim, um teste. Gravamos tudo em segredo com o sistema de vigilância dos Corvos na cidade, e agora tenho um excelente material para vender minha tecnologia biológica – disse Alexia. – Um de meus rapazes está agora mesmo negociando com uma das famílias Vaerens. Eles estão interessados em fortalecer seus laerens em troca de uma aliança.

Cainã propositalmente ergueu as sobrancelhas, fingindo surpresa.

– Você está querendo me dizer que, além de seus soldados realmente poderem se regenerar, você está se aliando a uma das famílias Vaerens?

– Estou e você não deveria estar tão surpreso. A tecnologia humana já está bastante avançada. Precisa ver o que alguns bons cientistas corretamente *incentivados* podem fazer...

| 411 |

FILHOS DA LUA - O LEGADO SOMBRIO

Cainã se perguntou quantos desses cientistas foram comprados, chantageados ou ameaçados para trabalharem para ela. Talvez alguns pudessem estar entre alguns cientistas recentemente desaparecidos no mundo humano.

– Esta visita está ficando muito mais interessante do que imaginei – disse ele. – Qual família Vaeren está se aliando a você?

Para esta pergunta, Alexia apenas sorriu. Mas Cainã já sabia que Alexia havia mandado seus homens até os Celenos.

Ele riu.

– Está fazendo muito mistério, querida Alexia. Estou louco para que me mostre com o que anda brincando...

Ela parou em frente a outra porta, destrancando-a ao colocar a palma de sua mão.

– Vou te mostrar.

A porta se abriu e Cainã se viu caminhando em uma ponte de metal uns seis metros acima de uma área ampla e dividida. De um lado, havia macas e repartições isoladas com paredes de plástico transparente. Parecia um tipo de enfermaria. Ali, homens e mulheres de diferentes idades estavam deitados em poltronas reclináveis. Ele percebeu que havia algo em seus braços. Parecia algum tipo de soro. Caminhando entre eles, havia pessoas vestindo trajes verdes. Elas pareciam concentradas em fazer medições e anotações.

Do outro lado, havia ruídos de luta e odor de suor. Notou vários equipamentos de treinamento e uma arena de luta.

Um rapaz e uma moça estavam machucados e ensanguentados na arena. Ela estava caída com uma faca encravada no ombro. O rapaz avançou, mas em vez de golpeá-la, arrancou a faca sem cerimônias. A moça rangeu os dentes e grunhiu, mas em segundos já se levantava, mexendo o ombro como se não estivesse mais machucada. E Cainã notou que ela não estava mesmo. O ferimento havia se fechado.

– O que são eles?

– Humanos – respondeu ela.

Cainã a olhou, havia descrença e impaciência em sua expressão.

– Não estou mentindo. Inventei uma receita para deixá-los melhores... E, se você aceitar meus termos para nossa aliança, te mostrarei meu ingrediente especial como prova de boa vontade.

– Você *melhorou* humanos? Isso é impossível.

– Não é mais. Não para mim, pelo menos.

Cainã deixou a expressão cair para uma neutralidade fria, encostando-se no metal da ponte.

– Se isso for verdade e é minha aliança que você quer, já conseguiu. Você sabe como seduzir um homem, Alexia.

Ela sorriu.

– Ainda nem disse o que quero de você...

– É só dizer e é seu – comentou ele, com os olhos sobre os lutadores.

Alexia riu e desviou o olhar, virando-se para alguns jovens na área de treinamento.

– Antes quero te apresentar alguém... Artur!

Um garoto de cabelos cacheados, sentado num banco próximo, olhou para cima.

Cainã notou que o rapaz não parecia ter muito mais do que dezoito anos.

– Resgatei Artur da alcateia que perseguia Bianca em Santos. Fiz isso antes que o garoto acabasse morrendo nas mãos de Carina ou caindo no colo dos Filhos da Lua. Artur estava numa cadeira de rodas quando o trouxe... espinha quebrada para que não tentasse fugir de Marcos.

E então o garoto se levantou do banco, se virando para olhar melhor para eles.

– Ele não parece ter a espinha quebrada para mim – disse Cainã.

– Eu sei. E o motivo é que eu a restaurei...

Os olhos de Cainã foram até ela. Dessa vez, verdadeiramente surpresos.

– O quê?

Alexia lhe deu mais um de seus sorrisos misteriosos. Cainã entendeu.

– Ahh – disse ele. – Sua receita misteriosa com seu ingrediente secreto...

– Isso mesmo.

– Mas por que o garoto tentou fugir de Marcos?

– Porque Artur não é um Pérfido. Ele era usado para rastrear Bianca sem que os outros Pérfidos soubessem. Artur é um parente Farejador.

Foi apenas por um fragmento de segundo, mas Cainã enrijeceu.

– Você tem um Farejador?

– Tenho. E é por isso que queria que você soubesse a verdade sobre a profecia antes de vir até mim. Seria desagradável se tentasse matar o garoto por causa de um prêmio idiota.

– Meu trabalho é muito mais sutil do que isso – disse ele. – Nunca me importei em caçar Farejadores de graça.

– Só não quis arriscar.

– Alexia, além de você ter me contado que é capaz de fazer melhorias biológicas em humanos comuns, você curou a coluna de um parente Farejador sem tecnologia *metamold*. Estou impressionado...

– Sim, e agora Artur me adora e faz qualquer coisa por mim. Será minha cobaia para um outro teste especial. Se eu tiver sucesso nele, conseguirei fazer coisas que nem mesmo o *metamold* dos Filhos da Lua é capaz de fazer.

O olhar de Cainã a analisou de cima a baixo e sorriu.

– Mais ambiciosa que imaginei...

Ela mordeu os lábios.

– E logo me tornarei a mais poderosa Pérfida também – disse, virando-se para terminarem o caminho pela ponte de metal. – Espero que esteja ao meu lado quando isso acontecer.

Ele assentiu, sério.

– Acho que podemos fazer uma dupla interessante.

– Não duvido – disse ela. – Venha, tenho outros brinquedinhos para te mostrar...

Em instantes, passaram por outra porta dupla guardada por dois de seus soldados humanos bem armados. Alexia tocou no dispositivo lateral e a porta se abriu.

Dessa vez, caminharam por corredores entre celas de grades de metal. Havia laboratórios em alguns deles e, em outros, havia homens e mulheres de diversas idades.

– Cobaias – explicou ela enquanto passavam.

Cainã parou na frente de uma das celas. Havia uma garota negra, de cabelos preso em uma trança. Ela vestia *jeans* e camiseta e estava sentada em uma cama simples de metal. Parecia encará-lo, mas, na verdade, estava perdida em seus pensamentos. Os olhos da garota possuíam uma sombra esbranquiçada. Ela era cega.

– Por que precisa de uma cobaia cega?

– Garantia – explicou Alexia, parando ao seu lado. – O nome dela é Ana e é filha de Corvos que estão questionando a liderança de Roberto.

– Huumm... Parece que sua influência é maior do que eu imaginava – disse, dando as costas para a garota e voltando a caminhar com Alexia. – Se já tem tanta influência e poder, estou cada vez mais curioso para saber por que me quer ao seu lado.

– Como disse, você e os Cães de Caça são os melhores... Possuem olhos e ouvidos em todos os lugares. De um jeito ou de outro, sempre conseguem o que são pagos para fazer.

– Verdade. – Ele parou de caminhar atrás dela. – Mas, repito, o que quer de nós?

Ela parou e se virou, encarando-o por um instante.

– Quero Bianca.

Cainã franziu a testa.

– A Farejadora? Por quê? Por um acaso você não acredita na profecia, acredita?

Alexia não sorriu dessa vez.

– Não importa o que acredito. A verdade é que sempre tive curiosidade em saber o que a Ordem Superior dos Caçadores esconde em suas cidades sagradas e ela pode me ajudar com isso.

– Como?

– Com certeza Bianca farejou algo desde que chegou em Santos. Vi pelas câmeras das ruas. A garota caminhou sonâmbula quase metade da cidade e fez isso mais de uma vez. Todas as vezes indo na mesma direção.

Cainã estreitou o olhar para ela.

– Tudo bem, mas por que não usa o garoto Farejador que você milagrosamente fez voltar a andar? Não disse que ele a adora?

– Artur é leal, mas é apenas um parente – disse ela. – Ele não é mal-agradecido. Já tentou muitas vezes pegar o rastro do que Bianca farejou, mas não conseguiu. Mesmo quando o levei aos lugares que ela caminhou sonâmbula. Todos sabem que o faro dos parentes Farejadores não é tão potente quanto a dos trocadores de pele e é por isso que preciso dela.

– Então quer que eu consiga Bianca a salvo para você, imagino.

– Sim, quero. Então não deixe suas alcateias a machucarem. Confio que não tocarão nela se você ordenar.

Cainã assentiu.

FILHOS DA LUA - O LEGADO SOMBRIO

– E você quer a Farejadora em troca de nossa aliança? Mais alguma coisa? – perguntou, já imaginando qual seria a resposta dela.

– Também preciso de uma coisinha que só posso pedir a você. Preciso da sua influência nos portos. Sei que controla vários deles pelo Brasil e pelo mundo. Preciso transportar algumas coisas entre países.

Ele analisou o rosto de Alexia.

– Certo – disse, por fim. – Mas quero saber tudo sobre sua pesquisa, Alexia. Quero saber qual é seu ingrediente secreto. Quero saber qual é seu plano. E quero saber por que está fazendo tudo isso...

– Vai me trazer Bianca e me deixará usar seus portos?

– Se me der algo de que preciso, sim.

Ela estreitou um pouco o olhar, curiosa.

– O quê?

Cainã olhou nos olhos de Alexia, o castanho-escuro brilhou para ele, como sempre o fazia quando se viam. Alexia o desejava. Ele sempre sentiu que poderia usar isso para seu benefício.

– Preciso de um filhote Voraz – disse ele. – Mais especificamente, um que tenha uma marca no pescoço escrita "V32". Se estiver fazendo experiências nele, peço que pare. Entregue o Voraz e trarei Bianca até você.

Alexia enrijeceu.

– V32? Como sabe sobre esse filhote?

Ele cruzou os braços sobre o peito.

– Se você o tem, eu o quero.

– De jeito nenhum. Ele é uma das minhas experiências mais bem-sucedidas. Tenho observado seu desenvolvimento desde que estava no ventre de Carina. Não posso entregá-lo.

– Então poderá usar meus portos, mas não terá Bianca.

– E por que não?

O sorriso dele voltou.

– Porque descobri que Bianca quer o filhote e, se você me entregar, vou ganhar a confiança de que preciso para que ela finalmente venha até mim de boa vontade.

A Pérfida piscou, surpresa.

– E como sabe que ela quer o filhote? E por que Bianca iria até você?

Ele viu o desejo e a dúvida se misturarem na expressão dela.

– Muita coisa aconteceu que você não sabe, mas eu sim. Bianca fugiu dos Filhos da Lua e está indo se encontrar com um dos meus Cães de Caça neste momento. Ela não tem mais ninguém aqui fora para ajudá-la. – Alexia o encarou com mais atenção. – Então, se Bianca diz que precisa do filhote Voraz, vamos ser bonzinhos e dá-lo para ela, o que acha?

Os olhos de Alexia se desfocaram um instante, como se a Pérfida tentasse compreender a posição de uma peça de quebra-cabeça.

– Você me dá sua palavra que a trará até mim, Cainã?

– Alguma vez os Cães de Caça falharam com suas promessas?

Ela sorriu.

– Leve o Voraz.

Rafaela foi a primeira a descer pelo buraco que dava no lavabo. Era estreito, mas conseguiu passar com algum esforço.

Milena sabia que Rafaela estava bem. Apesar de todo sangue que Thales já havia tirado dela, a regeneração natural dos Karibakis a conservou forte.

Sozinha, Milena ajeitou sua roupa. O vestido justo a ajudava a manter o pergaminho enrolado bem preso ao seu corpo. Ela agradeceu por ele estar em um plástico protetor, iria precisar. Fugiria dali com a relíquia dos Celenos, não a deixaria cair nas mãos de Pérfidos. Não sabia o motivo dessas relíquias serem importantes, mas, quando tivesse a chance, descobriria. Devia ao menos isso para seu pai.

E quando Milena terminou de escorregar pela passagem, saindo no túnel escuro e poeirento de novo, Lucas e Rafaela se afastavam de um abraço.

– Estou bem, mas não sei onde Vitor está – disse Rafaela. – O Vaer falou algo sobre apenas nós dois termos sido trazidos para ele.

Lucas suspirou.

– Estou preocupado, mas pelo menos te encontramos. Vamos sair daqui primeiro e depois procuramos por Vitor.

Milena terminou de descer em silêncio, bateu a terra sobre ela e ajeitou o vestido. Lucas a olhou.

– Obrigado – disse para a Vaeren.

Ela balançou a cabeça.

– Agradeça quando todos sairmos daqui vivos. Veja, achei isso... – disse Milena, abrindo a mão direita e mostrando uma chave. Foi então que Lucas notou que Rafaela estava sem os grilhões e a coleira.

Ele sorriu, mais do que satisfeito, e ergueu os pulsos, oferecendo os grilhões. No instante seguinte, Milena os soltava. Depois, foi a vez de seus calcanhares.

– Tento entender, mas ainda não sei por que Yasmim nos traiu – disse Rafaela, observando-os. – Ela é um Corvo e, ainda por cima, a irmã dela era apaixonada por Vitor. Por que nos levou para uma armadilha?

– Não sei – disse Lucas. – Mas avisaremos ao Conselho sobre a traição dos caçadores e dos Celenos. Eles saberão o que fazer.

– Só não esquece da sua promessa – disse Milena, se levantando.

– Não vou esquecer. Vou dizer que há Celenos que não concordam com Thales e que Lara nos ajudou.

– Obrigada – disse, aproximando-se para soltar a coleira de prata. – Thales enlouqueceu por querer se juntar a uma Pérfida. Ele quer ter liberdade para se alimentar de seres humanos, mas essa é uma ideia muito perigosa.

– O Conselho Alfa jamais permitiria que caçassem humanos – disse Lucas.

– Eu sei, e acho que nem todos os Vaerens estão gostando da ideia também – disse Milena, deixando a coleira se soltar e cair no chão.

De repente, Rafaela olhou para um dos corredores da bifurcação e sua orelha se mexeu. Um rosnado baixinho saiu de sua garganta.

– Acho que tem gente se aproximando – disse a Uivadora.

Lucas esfregou o pescoço ferido e fechou o semblante, virando-se para a bifurcação.

Milena rapidamente se colocou na frente dele.

– Não soltei os dois para morrerem logo em seguida. Eles têm balas de prata – disse, baixando o tom. – Esse corredor é estreito e baixo demais para trocarem de pele e lutarem bem. Confie em mim, a saída está perto, vamos correr.

– Podemos vencer esses caras – rosnou ele.

Milena rosnou de volta.

– E se não vencer? Sua cabeça vai virar troféu e Rafaela vai voltar a ser a fonte de sangue do Vaer dos Celenos. Tem certeza de que quer arriscar? E quanto ao seu amigo Vitor? Quem vai procurar por ele?

Com a menção a Vitor, os olhos de Rafaela foram até Lucas.

– Ela tem razão – disse a Uivadora, retornando para eles. – Estou louca para acabar com esses idiotas, mas, se possuem balas de prata, é arriscado demais. Precisamos achar Vitor primeiro.

Lucas assentiu, sério.

– Tudo bem. Vamos dar o fora daqui.

– Ótimo. Sigam-me – disse a Vaerem.

Os três correram pelos corredores. Em instantes, era possível ouvir a aproximação atrás deles. Os três mal paravam e Milena afiava seus sentidos e já sabia onde encontrar as marcas nas bifurcações.

– Droga! – disse Lucas, agarrando o braço de Milena para que acelerasse a corrida até outra bifurcação. – Há outro grupo vindo pela esquerda, posso ouvi-los. As duas equipes estão tentando nos cercar.

Milena xingou bem no momento que a segunda equipe surgia no fundo do outro túnel, atrás deles.

Eles ouviram o som das armas sendo apontadas. E então começaram a atirar.

Lucas grunhiu e tropeçou quando uma das balas acertou em cheio seu braço esquerdo. Ele caiu.

– Não! – gritou Rafaela.

Mas Milena foi mais rápida e, no instante seguinte, já pulava na frente do Karibaki enquanto Rafaela o puxava para se levantar. O cheiro de sangue do Destemido invadiu suas narinas de novo, mas dessa vez ela não se importou. Não estava mais faminta como antes.

– Não atire – um dos laerens Celenos gritou. – É a Lectra.

Isso, não atirem – pensou ela.

Era a equipe que tinha sido atacada pelos Famintos. Eles estavam distantes no corredor, mas suas armas apontavam diretamente para ela. Milena ergueu os braços, ouvindo Rafaela avançar com Lucas pelo túnel.

Sem tirar os olhos dos laerens apontando as armas para ela, Milena caminhou para trás até alcançar a curvar e desaparecer.

Então correu. Serem mais rápidos que os laerens era a única vantagem que estavam tendo, mas tinha certeza de que não ficariam para trás por muito tempo.

E antes de alcançarem a próxima bifurcação, Milena viu a marca deixada por sua mãe. Tiveram sorte, viraram o corredor certo lá atrás.

– Tem certeza de que sabe onde é a saída? – perguntou Rafaela, ofegando.

– Não estamos longe.

Milena parou em outra bifurcação, mas logo achou outra marca.

– Aqui! – disse, ansiosa. – A marca aqui é diferente, é a saída.

Eles correram e logo viraram uma curva para a direita. E então pararam.

Lucas xingou alto enquanto Milena encarava a parede de terra e pedras, marcando o corredor sem saída.

– Droga, este não pode ser o caminho certo – rosnou Rafaela.

– Vamos voltar – disse Lucas.

– Não, espera... – pediu Milena, encarando a parede final. – Esta é a saída.

Lucas franziu a testa e olhou para onde Milena encarava. Para o meio da parede, onde seus sentidos aguçados perceberam uma pequena marca encravada no centro de uma pequena pedra.

O Destemido entendeu.

– Troque de pele, Rafaela, e abra um buraco aqui – disse ele, apontando para a marca. – Vou atrasar os desgraçados.

– Lucas... – Rafaela começou a protestar.

Mas ele rosnou alto.

– É uma ordem!

A Uivadora rosnou de volta em protesto, mas obedeceu.

Seu corpo estremeceu e a troca de pele se iniciou, rasgando as roupas comuns que usava. Quando a primeira garra acertou a parede e terra dura saltou, Lucas se virou em direção à curva do corredor. Milena correu até ele.

– Espera – disse, segurando com cuidado o braço ferido de Lucas. – Você tem algum plano ou simplesmente vai correr até eles e morrer?

Os lábios dele se apertaram.

– Por quê? Você tem algum?

– Tenho um plano idiota, mas tenho um plano – disse ela.

Ele a encarou.

– Estou ouvindo.

Segundos depois, Milena caminhava até o meio da bifurcação com as mãos para cima, bem no momento em que a equipe com apenas dois membros restantes se aproximava. Os dois homens pararam e apontaram as lanternas das armas para ela.

– Parada! – O da direita gritou.

– Oi, meninos.

– É a Lectra – disse o outro.

– Tô vendo, idiota.

Os dois se aproximavam devagar, mirando. Ela podia sentir o cheiro da prata.

– Cadê o lobo? – gritou o da esquerda.

– Vocês estão me perguntando sobre aquele cachorro ingrato? – disse, caminhando até eles enquanto fazia uma careta. – Bem... quando vocês o feriram, e todo aquele sangue me deixou com muita fome, tentei pegar um pouquinho para matar a vontade, mas sabe como esses cachorrinhos são sensíveis, né... – Ela os alcançou e os dois laerens abriram espaço para que passasse no meio deles. As armas se viraram, ainda mirando nela. – Acho que ele pensou que eu estava pedindo demais... Então ele deu o fora e me deixou aqui sozinha. E como estou completamente perdida neste lugar, resolvi voltar com vocês para Thales...

Milena passou por eles com as mãos ainda erguidas, e então continuou em direção ao outro lado. Os dois laerens deram as costas para a bifurcação.

Idiotas... não acredito que deu certo – pensou Milena.

– Vamos devolver a Lectra para nosso Vaer – disse o que era o da direita.

– Droga, eu queria era o...

Mas ele nunca terminou de dizer o que queria. Milena virou o rosto a tempo de ver a grande massa de pelos, garras e presas surgir atrás deles.

As garras de Lucas brilharam quando os laerens viraram as lanternas das armas. E bastou um golpe para um deles ter a lateral do rosto e do corpo retalhados enquanto era lançado para cima do companheiro. O outro laeren foi atingido, batendo com força contra a parede e deixando cair sua arma.

Lucas rosnou e atacou, mordendo entre seu ombro e pescoço. O laeren gritou desesperado, mas vieram sons de ossos se quebrando e pele se rasgando e ele silenciou. Lucas o largou.

Milena ofegou com a ferocidade do ataque, os olhos dela foram até os da besta, mais alta que o corredor em que estavam, portanto, precisava manter a cabeça abaixada. Segundos depois, Lucas voltava para a pele humana.

Suas roupas tinham se rasgado na troca de pele momentos atrás, mas ele não estava nu. *Shorts* de um tecido escuro havia surgido nele. Ela sabia que deveria ser feito daquela tecnologia estranha que possuíam.

– Você está bem? – perguntou ele, notando que Milena o encarava.

MARCELLA ROSSETTI

Ela ergueu uma sobrancelha e entreabriu os lábios, mas foi interrompida.

– Consegui! – gritou Rafaela a alguns metros além da curva do corredor.

– É melhor a gente ir – disse ele, virando-se.

Milena o seguiu, passando sem olhar pelos corpos dos laerens.

Ao virar o túnel, encontrou Rafaela também na pele humana. Ela vestia *shorts* curto e um *top* preto. Havia aberto um buraco na parede grande o suficiente para passarem.

– Tinha razão – disse a Uivadora, antes de ser a primeira a entrar. – Esta deve ser a saída.

Lucas se afastou e deixou Milena seguir Rafaela. Ela já sabia o que encontraria ali. Não somente porque sua mãe já tinha lhe dito, mas por causa do forte odor de água corrente. Era uma pequena caverna subterrânea. Água límpida brotava, formando um pequeno lago cercado por paredes rochosas. Milena caminhou até seus pés nus tocarem na água.

– Esta é a nossa saída? – perguntou Lucas, encarando a superfície calma da água.

– É... minha mãe me contou sobre um rio subterrâneo. Tem uma passagem por baixo. – Os lábios dela se contorceram. – Só espero que seja noite lá fora...

– Qual é a distância – perguntou ele.

– Não sei...

– Tá brincando? – disse Rafaela, virando-se para ela. – Não somos Vaerens como você, garota. Podemos morrer sem ar lá embaixo.

Milena assentiu sombriamente. Sabia disso.

– Minha mãe nunca me disse a distância porque para nós realmente não importa. Me desculpem, mas é a única saída.

– Droga – reclamou Lucas.

– Esperem aqui, vou procurar a passagem – disse Milena, antes de mergulhar.

Assim que Milena desapareceu sob a água límpida, Lucas se virou para Rafaela.

– Nadaremos com a pele bestial o quanto pudermos – disse ele. – Aguentaremos mais tempo e seremos mais rápidos.

– Não sei, Lucas. Talvez fosse melhor nos arriscarmos com os laerens.

– Não. Milena está certa. Eles estão muito bem armados com prata e, mesmo se os vencermos, outros virão e nem ao menos sabemos como sair deste lugar.

– Droga... – O medo da Uivadora era quase palpável, apesar de tentar não transparecer. – Então temos que nadar o mais rápido que a gente conseguir.

O alfa se aproximou e tocou em seu ombro.

– Vamos sair daqui, prometo.

Ela assentiu firme, bem no momento que Milena retornava à superfície.

– Achei. A passagem é estreita, mas depois fica bem larga – disse, apontando para algum lugar na água atrás dela. – Passem como humanos e depois troquem de pele.

Lucas assentiu.

– Vou na frente e Rafaela vai logo atrás de mim.

– Não me esperem – disse Milena. – Estarei logo atrás de vocês. Sigam a correnteza, ela vai nos levar para a superfície.

Sons de passos lá fora chamaram a atenção dos três para o buraco na parede. A outra equipe estava se aproximando.

– Vão! – disse Milena.

Sem hesitar, Lucas inspirou fundo e mergulhou, Rafaela foi logo depois. Milena esperou um instante e os seguiu

Debaixo da água escura, ela podia enxergar perfeitamente com seus sentidos aguçados. Viu os pés de Rafaela desaparecendo na passagem. Milena se apressou em segui-la. E então, o espaço se alargou a ponto dos dois poderem trocar de pele e nadar lado a lado.

O corpo de Milena demorou apenas alguns segundos para se adaptar à água. Neste estado, não precisaria respirar e a força da Essência já em seu sangue daria mais força a seus braços e pernas. Ela nadaria quase tão rápido quanto um Karibaki.

Rafaela e Lucas faziam curvas e desviavam de rochas com facilidade, suas patas lhes davam grande impulso. Mas a forma bestial de Rafaela era mais esguia e leve. Ela nadava mais rápido do que ele, talvez porque Lucas estivesse ferido. Entretanto, a Karibaki não se mantinha muito à frente.

Seguiam a corrente, mas o caminho era único. Em alguns momentos o espaço se estreitava e em outros se alargava. Milena percebeu quando começaram a nadar mais rápido, quase desesperados. Estavam ficando sem ar, muitos minutos já tinham se passado.

Por instinto, olhou para cima e notou algo. Milena os alcançou, tocando em seus pelos. Ambos viraram seus focinhos. Milena apontou para cima e eles entenderam.

Lucas começou a subir e retornar para a pele humana e Rafaela fez o mesmo. Até quase encostarem no teto rochoso.

Havia um bolsão de ar de apenas uns trinta centímetros de altura. O suficiente para erguerem o rosto e respirar. Milena surgiu logo depois, mas ela não mudou. Se manteve com a pele cinzenta e as veias escuras. Não gastaria o pouco ar que os dois tinham.

– É muito... longe... – conseguiu dizer Rafaela, ofegando. Os dois tinham nadado sem ar mais tempo que um humano comum conseguiria, mas não foi suficiente.

– Esse ar... salvou a gente... – respondeu Lucas, também ofegante.

– Sinto muito, mas precisamos continuar – disse Milena. – Tenho certeza de que os laerens não estão muito atrás de nós.

– Mas eles são humanos e não tinham equipamento de mergulho... – disse Lucas.

– Eles já devem ter voltado para avisar aos guardas de Thales. Vão tentar nos cercar lá fora, temos que chegar primeiro onde quer que isso nos leve.

– Tudo bem – disse Rafaela, ainda ofegante. – Estou pronta.

Lucas puxou todo o ar que conseguiu e mergulhou. Rafaela fez o mesmo e Milena os seguiu.

Milena batia os pés na água com força suficiente para acompanhar os dois Karibakis, mas estava preocupada. Não encontrou mais bolsões de ar e os minutos estavam se passando. Sua esperança aumentou quando a correnteza se tornou mais forte, talvez estivessem se aproximando da superfície.

De repente, ela percebeu o grande corpo bestial de Lucas estremecer.

Não...

Milena o notou perder impulso e velocidade. Em seguida, seus pés e braços pararam e ele começou a retornar para a pele humana. Rafaela agarrou seu pulso do braço não ferido, puxando-o enquanto nadava mais lentamente agora.

Milena avançou e agarrou o outro braço dele, puxando-o também. Mas ela viu a expressão de Rafaela sob a água. Viu o desespero e o esforço.

Não... Não...

E então foi a vez de ela convulsionar. E quando seu corpo amoleceu e começou a perder os pelos, Milena agarrou seu pulso também. E batendo as pernas o máximo que conseguiu, puxou os dois sozinha pela correnteza.

O sangue Karibaki dentro de si desaparecia a cada esforço sobre-humano que colocava em suas pernas. Precisava ser rápida ou ambos morreriam.

Segundos depois, finalmente havia luz sob a água ao redor deles. Ela deu o impulso final para a superfície.

E então Milena queimou.

Seu rosto, ombros e braços foram atingindo por uma onda insuportável de calor. Grunhiu alto, tentando não gritar para chamar atenção enquanto puxava os dois para cima, mantendo os rostos fora d'água. Ela tentou se esconder sob eles enquanto nadava para a margem, mas o alívio durou pouco. Precisava sair do rio.

Quando se ergueu para puxá-los para a grama, Milena berrou. O sol do final da tarde invadiu seus poros e abriu sua pele como se estivesse sendo tocada por ferro quente.

Mesmo assim, os arrastou pela lama. Eram pesados e precisou usar o que restava do sangue de Lucas para puxá-los mais rápido.

As sombras das árvores próximas aliviaram sua dor, mas ela não poderia parar. Os largou na grama e começou a pressionar o peito de Lucas para que voltasse a respirar.

A pele de suas mãos tinha feridas horríveis, havia bolhas e sangue nos braços. Suas tatuagens estavam deformadas e destruídas pelo sol.

– Respira! – grunhiu, parte por causa de sua dor, parte pelo desespero. Ela só poderia tentar ressuscitar um de cada vez. – Respira, seu lobo idiota!

E ele respirou.

Golfadas de água saíram de sua boca. Ela se afastou e se permitiu um instante de alívio antes de se virar para a garota, raspando os joelhos feridos na grama, para começar a pressionar seu peito também.

Ao seu lado, Lucas ofegou e encarou Milena confuso. Notou primeiro a pele destruída de Milena, mas então viu Rafaela.

– Rafa... – murmurou. – Não...

Milena continuou a pressionar e pressionar o peito de Rafaela. Lucas se levantou e a empurrou para o lado com o ombro e ficou sobre a companheira, substituindo-a na ressuscitação.

– Volta... – murmurou ele. – Volta, Rafa!

Milena sentou-se com cuidado na grama, encolhendo-se nas sombras mais pesadas, rangendo os dentes para as queimaduras em seus braços e pernas enquanto o sangue de Lucas a curava devagar.

– Lucas... – disse ela. Havia palidez e o desespero na expressão dele.

– Não! Ela vai voltar! – gritou ele, pressionando o peito da amiga com força.

– Você tinha que ter ressuscitado ela primeiro, Milena. *Ela*!

Milena ficou em silêncio. Não havia o que dizer. Rafaela não iria voltar.

Ela tinha consciência de como era a ligação entre companheiros de alcateia. Seu pai tinha ensinado sobre os Karibakis. Na verdade, Adel tinha uma prateleira inteira só sobre a espécie deles em sua antiga casa. Portanto, sabia que, se a garota morresse, Lucas ficaria arrasado. Seria como perder alguém de sua própria família. Em alguns casos, seria até pior.

– Lucas, temos que ir...

Mas o Destemido não respondeu. Ele não havia desistido ainda.

Os cabelos pretos de Rafaela estavam espalhados sobre terra e folhas, sua pele estava pálida demais e seus lábios arroxeavam.

– Sei que sou um idiota, Rafaela, mas não me abandona... – murmurou ele, sem parar os movimentos.

Milena se levantou, sentindo a dor diminuir conforme se curava. Ela tocou em seu ombro.

– Ela se foi. Sinto muito, Lucas...

– Não! – disse, sem parar a massagem cardíaca. – Por favor, Rafa, volta... Por favor... – Havia tanto desespero em seu tom que Milena sentiu seu peito apertar – tô implorando... eu juro que faço qualquer coisa para você voltar. Juro que você pode ficar com quem quiser. Fique com Nicole. Fique com ela, mas volta para mim...

– Lucas, precisamos fugir ou morreremos também... Você ainda tem outro amigo para achar...

Vitor... Algo na expressão dele mudou. Sim, ele ainda tinha Vitor...

Lucas finalmente parou.

Trêmulo, afastou as mãos do peito de Rafaela. Lágrimas escorriam por seu rosto. Lucas fechou os punhos. Sua expressão era pura raiva e dor.

– Sinto muito – disse Milena, apertando um pouco mais seu ombro.

Alguém tossiu.

Eles olharam para a garota.

Milena se concentrou e ouviu uma batida e depois outra no peito da Karibaki. Estava fraco, mas seu coração batia.

– Vire-a – pediu Milena.

Ele já estava fazendo isso. Água começou a escorrer pela boca de Rafaela. E então a Uivadora tossiu de novo e inspirou fundo. Estava viva.

– Obrigado... – murmurou Lucas, abraçando a amiga. – Obrigado por voltar, Rafa...

Para Milena, aquilo era praticamente um milagre. Mas ela não entendia da fisiologia dos Karibakis. Eles eram realmente muito resistentes.

Lucas ajudou a companheira a se levantar gentilmente. Rafaela parecia bastante fraca ainda.

– Desculpa – disse ele, baixinho. – Desculpa por tudo... Não quero te perder de jeito nenhum, nem para a morte e nem para a alcateia de Julian...

Ela piscou, confusa.

– Julian? – A voz de Rafaela estava rouca e fraca. – Eu nunca iria para a alcateia dele...

Lucas sorriu e abriu a boca para dizer algo, mas o rosto de Milena se ergueu para a mata ao redor deles.

Ela podia ouvir a água corrente do rio próximo e também o farfalhar das folhas nas árvores, mas havia algo mais. Folhas eram amassadas por algo macio e cuidadoso. Ela ampliou os sentidos um pouco mais e o som ritmado de corações batendo foi suficiente para entender.

Estavam cercados.

E pela expressão de Lucas, ele percebeu também. E mesmo ainda segurando Rafaela trêmula e exausta em seus braços, ele estremeceu, iniciando a troca de pele.

– Não troque de pele – disse uma voz masculina, que Milena não reconheceu. – Não somos Vaerens.

Alguém surgiu das sombras dos arbustos. Era um homem de barba escura. Ele estava sem camisa, vestindo calça de moletom larga e descalço.

– Você é Milena, da família dos Lectras? – perguntou ele.

– Sou – respondeu ela. Ao seu lado, Lucas soltou um pequeno rosnado ao perceber a aproximação de outras silhuetas entre as árvores.

– Estávamos te procurando e ouvimos seu grito – disse ele. – A estrada está próxima e há dois carros por lá. Em um deles alguém espera por você. Vá, cobriremos a retaguarda.

– Quem são vocês? – perguntou Lucas.

– Não importa – respondeu ele. – Vão!

Sem esperar outro pedido, Milena puxou o braço de Lucas e recomeçou a caminhar depressa. O Destemido a seguiu, apoiando Rafaela em seu ombro, enquanto olhava desconfiado para os estranhos recém-chegados.

– Tem ideia de quem são eles?

– Não sei. Nem sabia que tinha alguém me procurando – respondeu ela.

Rostos de homens e mulheres vestindo moletons e *tops* comuns se viravam para encará-los passar na floresta.

Lucas não reconheceu nenhum deles. Seus corpos eram bem treinados e preparados.

– Já estou me sentindo melhor – disse Rafaela, soltando-se dele para caminhar sozinha ao seu lado.

– Tem certeza?

– Tenho – respondeu, olhando ao redor com desconfiança.

As sombras da noite já começavam a cair sobre a floresta. Milena apressou o passo e logo puderam notar as árvores se abrindo até chegarem em uma estrada de terra, bem no momento que um grito cortou o ar atrás deles, seguido por tiros, rosnados e rugidos.

Os três pararam e olharam para trás.

– Com certeza não são humanos ou laerens – disse Rafaela. – É uma alcateia.

– Vamos – disse Milena, retomando o caminho enquanto tiros e mais rugidos podiam ser ouvidos atrás deles. – Não importa quem sejam. Se estão nos ajudando, fico feliz.

A estrada surgiu e Milena pôde ver que falavam a verdade. Havia duas picapes duplas paradas. E quando uma mulher abriu a porta do motorista e saiu do carro, Milena arfou surpresa.

– Laura!

– Milena! Não acredito que já te acharam!

Laura vestia *jeans* e blusa escura, além de um coldre com pistola na cintura. Havia um lenço escuro dobrado e amarrado em seu pescoço.

Ver a irmã de Bianca perto do quintal dos Celenos não era algo que Milena esperava.

O olhar de Laura se ampliou ao notar a pele ferida em Milena.

– Meu Deus! – disse, já se aproximando. – O que aconteceu com você? Foi o sol?

– Vou ficar bem. O que está fazendo aqui?

– Julian e eu estamos te procurando. Fui até seu estúdio e não te achei. – O olhar de Laura foi até Lucas e Rafaela. – Só não sabia que também estaria com

| 429 |

FILHOS DA LUA - O LEGADO SOMBRIO

eles... Você é Lucas, não é? Amigo de Bianca. Lembro daquela noite na boate em Santos.

Ele assentiu, mas seu rosto ainda estava tenso.

– E você é a irmã de Bianca – disse Lucas. – Não sabia que já tinha saído do hospital. Quem está com você? Alguma alcateia do Refúgio?

– Não. – A mandíbula de Laura ficou tensa. – Eu precisei pedir ajuda para velhos conhecidos do meu pai. Eles são... independentes. Mas são de confiança – se apressou em dizer.

E então um rugido mais próximo fez Laura estremecer da cabeça aos pés.

– Droga. Entrem no carro e vamos sair daqui antes que tragam a briga para cá. Não posso ver trocas de pele e não quero ficar em coma de novo.

Milena a seguiu. Rafaela e Lucas vinham logo atrás, olhando em direção à floresta. Entraram no carro enquanto Laura o ligava e Milena sentava-se ao lado dela.

Sem outras palavras, o veículo avançou com velocidade, enquanto ouviam os sons de tiros e rosnados se aproximarem. Mas Milena duvidava que os Celenos tentassem segui-los. Vaerens não gostavam de enfrentar tantos trocadores de pele assim. Logo recuariam.

– Laura, como você conhece uma alcateia independente? – perguntou Lucas, olhando muito sério para a floresta.

E antes que ela pudesse responder, um celular começou a vibrar no painel do carro. O nome DANTE surgiu na tela. Ela imediatamente cancelou a chamada.

– Como já te disse, eu não os conhecia, meu pai sim. Entrei em contato e aceitaram me ajudar a encontrar Milena. Não demorou para descobrirem que tinha sido aprisionada pelos Celenos.

– Seu pai conhecia trocadores de pele? – disse Rafaela.

– Esqueceu que ele se casou com uma parente? – rebateu Laura.

Milena notou que Rafaela e Lucas se entreolharam, estranhando.

– E quem é Dante? – A pergunta veio de Milena. – Julian sabe sobre eles?

Laura se manteve em silêncio no banco da frente e Milena não insistiu.

Alcateia livre que nada... – pensou Milena.

Há poucas coisas capazes de unir pessoas dessa forma, Bianca. E uma delas é o medo.

As palavras de Ester soaram aos ouvidos de Bianca enquanto observava a luz dourada de final de tarde através da janela do helicóptero. Ela sobrevoava algum lugar do oceano Atlântico.

Mas Bianca não queria pensar em Ester e em como a ex-Voz da Lua sofreria ao descobrir que seu filho havia morrido nas mãos de Ruben.

Ela também não queria pensar em Julian ficando para trás.

Não irão matar Julian. Walter não permitiria...

Bianca fechou as mãos apertando o encosto da poltrona. Queria que o tremor em seu corpo fosse embora.

Além do mais, não tinha ideia se Ricardo e Nicole tinham conseguido sair do Refúgio Verde com Gabrielle. E Laura deveria estar a milhares de quilômetros distante, em uma casa segura, vivendo uma vida mais tranquila do que teria com ela.

Bianca se levantou. Precisava pensar em outra coisa.

Começou a andar de um lado a outro. Aproveitou o tempo para beber e comer, se mantendo nutrida e mais forte. Até que desdobrou o *cadigit* do cinto e mandou uma mensagem para Nicole. Não sabia se ela receberia, mas seria bom tentar.

Nic, Julian não conseguiu fugir, mas encontrarei uma forma de o resgatarmos. Gabrielle está bem? Vocês estão bem? O que me pediu já está sendo feito.

Quando chegarem em nosso ponto de encontro, haverá alguém esperando por mim. Por favor, não o ataque. Não o machuque. Prometo que explicarei tudo.

Confie em mim.

Ela esperou um pouco pela resposta. Levou cinco minutos.

Bia, mensagens por aqui não são seguras, apesar dos meus cuidados.

Saímos do Refúgio, mas estamos preocupados em despistar possíveis alcateias nos procurando. Tentaremos não nos atrasar. Gabrielle não está comigo, mas está escondida e segura, por enquanto. Obrigada.

Precisamos encontrar uma forma de ajudar Julian. Qualquer forma.

Confio em você.

Bianca releu a mensagem de Nicole.

Sim. Nicole tinha razão, precisavam encontrar uma forma de ajudar Julian. *Qualquer forma...*

E então baixou os olhos para as últimas palavras:

Confio em você.

Se Nicole viu alguma coisa do que aconteceu no Refúgio Branco, ela já deveria saber a verdade sobre Bianca ser uma mhebaki e possuir sangue Pérfido. E se ainda confiava em Bianca, talvez não seria tão difícil assim explicar sobre Dante.

Bianca inspirou fundo.

Julian tinha ficado para trás.

Esse pensamento martelava seu espírito. Então, para manter sua mente ocupada, encontrou a página em que estava acumulando suas investigações e começou a trabalhar nelas. Precisava de um plano melhor e para isso precisava entender seu inimigo melhor.

Com gestos rápidos, espalhou no ar as informações por toda a área de passageiros e inseriu outras, como a identidade dos últimos traidores e a verdadeira profecia de Isabel Ross.

Concentrada, tentava buscar padrões de comportamento e fraquezas, como Dante a havia ensinado meses atrás.

E ficou assim durante um bom tempo, até algo chamar sua atenção.

Sentiu um puxão em suas entranhas, sentiu a familiar e terrível energia serpenteante cutucá-la mais uma vez. Bianca inspirou fundo e olhou pela janela, mas não precisava.

Lá fora, o dourado tinha se intensificado, já era final da tarde. A aeronave se aproximava da costa, mas o helicóptero não pararia na cidade sagrada.

Ela encarou o horizonte onde Santos repousava enquanto sentia uma presença pesada pulsar, chamando-a a quilômetros de distância. Mas, em minutos, a sensação se esticou e a presença se afastou.

Bianca se perguntou se sentiria a mesma coisa caso passasse pelas outras cidades sagradas. As cidades em que os Corvos nunca permitiram que um trocador de pele Farejador se mantivesse vivo depois de ter entrado. Mas não era hora de se importar com isso.

O helicóptero se afastou de Santos e, algum tempo depois, sua velocidade diminuiu, se aproximando mais da costa. Bianca notou uma praia isolada perto de trechos de mata e um pequeno rio desaguando no oceano.

Sobre a areia fofa, longe da beira do mar, havia um carro escuro e duas pessoas próximas a ele, além de uma menor, sentada no banco de trás.

Um dos rapazes era negro e tinha acabado de tirar a camisa, provavelmente por causa do calor do final da tarde. O outro ela sabia bem quem era.

Dante notou o helicóptero e começou a caminhar depressa em sua direção. Bianca o observou se aproximar, sorvendo cada detalhe.

Dante...

A última vez que estiveram juntos foi há meses, antes de Bianca começar a ter suas memórias apagadas. O cabelo moicano era um charme novo, que o deixava com aspecto ainda mais rebelde.

A aeronave parou na beirada da água, um pouco acima da areia úmida. A porta se abriu e o vento espalhou seus cabelos. Não pousariam. Então, Bianca saltou sem pensar duas vezes.

Concentrou-se enquanto o vento batia em seu rosto e o chão se aproximava. Pouco antes do baque do impacto, dobrou os joelhos e apoiou a mão na areia úmida com firmeza para não cair. Os ossos estalaram, mas aguentaram bem e ela apenas grunhiu com a dor repentina enquanto o corpo se recuperava de qualquer dano. Quando ergueu a cabeça, ele já estava ali e braços a rodearam, firmes.

– Dante... – Ela sussurrou em seu ouvido, apertando ainda mais o abraço. Sentindo seu odor doce e suave. – Que bom que veio.

Dante se afastou e levou uma das mãos ao rosto dela. Ela sentiu o toque de seus dedos e o tecido da luva na palma da mão roçarem sua bochecha.

– É claro que eu viria. Nunca te deixaria sozinha nessa.

Ela apertou os lábios, lembrando-se da promessa que Julian e ela fizeram um para o outro de que nunca estariam sozinhos.

– Eu sei...

Era fácil sua atenção se prender a ele. De perto, podia perceber os pontos dourados entre o verde de seus olhos, deixando-os brilhantes mesmo com a noite descendo sobre a praia.

– E não fique preocupada. Consegui o filhote para a irmãzinha Furtiva de sua amiga e um iate está vindo nos buscar.

Bianca sorriu, sentindo seu peito afrouxar um pouco.

– Sabia que podia contar com você.

Dante aproximou o rosto do dela, tocando sua testa na dela.

– É claro que pode – disse. – Mas antes da gente apagar sua memória, você me prometeu que nunca mais faria algo assim sem mim de novo. Espero que cumpra essa promessa.

Ela se lembrava. Então assentiu.

O movimento na areia fez Bianca desviar o rosto para quem se aproximava.

Era o rapaz alto de pele chocolate que tinha visto do helicóptero. Seus olhos eram lindos e vítreos. A calça estava enrolada na barra, a camisa pendia no ombro e seus pés estavam descalços. Bianca imaginou que ele poderia perfeitamente ser um modelo de capa de revista.

– Bianca, este é Gabriel, um parente Pérfido – disse Dante.

– É um prazer te conhecer, Farejadora – disse Gabriel, oferecendo a mão para ela.

Ela ficou tensa por um instante, ignorando o cumprimento. Ela olhou para Dante.

– Avisei para vir sozinho. Meus amigos chegarão assim que anoitecer – disse, afastando-se do abraço dele. – Já vai ser complicado explicar sobre você.

Dante passou a mão pelo moicano curto e macio.

– Eu sei, mas não são dos Cães de Caça e precisam de nossa ajuda – explicou. – Eles estão fugindo de Alexia e ficarão um tempo conosco.

– *Eles?*

E então uma adolescente com não mais do que uns treze anos apareceu atrás de Gabriel. Ela tinha pele clara, cabelos castanhos-claros curtos, presos no alto de sua cabeça, deixando seus olhos cor de mel em destaque. A menina a olhou curiosa e Bianca sentiu-se congelar.

– Bia, esta é Mariah, meia-irmã de Gabriel – disse Dante. – Foi Gabriel quem me entregou a profecia de Isabel Ross e esse é só um dos motivos que faz eu querer protegê-los.

Bianca mal prestou atenção no final da frase de Dante. Ela encarava a menina, notando seus traços delicados.

– E se está curiosa para saber sobre a profecia – começou Gabriel, achando que a expressão de pura surpresa em Bianca era por causa desse assunto. – Descobri essa informação através de meu pai. Emanuel ouviu Alexia contar sobre a profecia verdadeira e Alexia descobriu através do líder dos caçadores de Santos.

Com relutância, a atenção dela se desviou da menina para Gabriel.

– O quê? Mas como Roberto sabia sobre a profecia?

– Não sei muito bem – falou Gabriel, cruzando os braços sobre o peito nu. – Mas, segundo meu pai, Alexia explicou que o caçador não é quem todos pensam. Roberto é filho de um Karibaki. Mas o caçador não carrega nenhum dom, é um siki. Ele mudou seu nome de criança para os Karibakis não saberem sobre sua existência. Seu pai biológico foi um Guardião que engravidou uma humana comum e nunca colocou a criança nos registros do Refúgio. Quando Roberto investigou sobre o pai, descobriu de alguma forma sobre a profecia verdadeira e guardou o segredo para si, até contar para Alexia meses atrás.

– Emanuel, o pai de Gabriel, era do Conselho das Sombras – continuou Dante. Gabriel assentiu enquanto Mariah apenas os observava atenta. – E Gabriel pretendia entregar esta informação aos Filhos da Lua em troca de aceita-rem Mariah no Refúgio. A meia-irmã dele não é uma Pérfida.

– Ela é uma Destemida – adivinhou Bianca.

Eles olharam para Bianca. O rosto de Mariah se iluminou.

– Você já consegue me farejar? – disse a menina, abrindo um largo sorriso. – Não troquei de pele ainda, mas acho que logo vai acontecer.

Bianca não sabia que ela era uma trocadora de pele. Não sentia nenhum odor nela, só conseguiria farejá-la quando acontecesse a primeira troca, mas não precisava do dom para saber o que a menina era. A verdade estava em seus traços.

Ela se inclinou para Mariah e tocou em seu ombro gentilmente.

– E onde está sua mãe, Mariah?

Mariah imediatamente baixou os olhos e quem respondeu foi Gabriel:

– Morta – disse ele. – Nosso pai a matou quando tentou fugir com Mariah ainda bebê.

Os lábios de Bianca se entreabriram, encarando o olhar vítreo dele.

– A mãe dela era prisioneira do seu pai?

– Era.

A expressão de Bianca enrijeceu.

– Você não me parece muito incomodado com isso – falou, sentindo o tom frio em seus lábios. – Então por que estava tentando levar sua irmã aos Filhos da Lua?

Gabriel deu de ombros.

– Meu pai queria que Mariah vivesse entre nós como uma Retornada, mas ela não estava suportando viver assim...

Os olhos de Bianca se estreitaram, observando-o agora com mais cuidado. Analisando suas feições e sua postura. Notou como a menina se inclinou para ele, o braço tocando o corpo de Gabriel, usando-o como uma barreira. Mariah confiava no meio-irmão. Bianca também percebeu como Gabriel mantinha a menina próxima e levemente atrás dele.

Mariah tomou a mão do irmão com a sua, fazendo com que ele desviasse seu olhar para ela. Foi então que Bianca pôde mais sentir do que ver os sentimentos calorosos que emanaram dele para a menina.

Bianca mordeu os lábios e olhou para Dante.

– Alexia quer os dois por causa da informação que Gabriel descobriu pelo pai?

– Sim. Mas é perigoso entregarmos eles. E levar Mariah até o Refúgio Verde não é uma boa opção. Por isso pensei que deveriam ficar conosco por enquanto.

– Por mim tudo bem, desde que ele siga as *nossas* regras – disse ela, virando-se para encarar os olhos vítreos de Gabriel.

Ele a encarou de volta.

– Se prometer que minha irmã estará segura com vocês e que ela não precisará fazer nada que não queira, farei qualquer coisa que me pedir, Farejadora, e seguirei qualquer ordem que me der.

Ela sentiu sua boca enrijecer. Ele não parecia estar brincando ou mentindo.

Gabriel realmente se importava com sua irmã.

– Eu prometo – disse ela.

O sorriso de Mariah imediatamente surgiu. O olhar de Gabriel se manteve no de Bianca, que o sustentou por alguns instantes até ele deliberadamente desviar o olhar e baixar a cabeça, em submissão.

– Serei obediente – disse o parente Pérfido para Bianca. E ela notou os ombros dele relaxarem antes de se virar para a garota. – Mariah, você estará segura com eles. Fique aqui enquanto vou até o carro buscar a garrafa de água e o boné que esqueceu.

Mariah o olhou.

– Mas já está anoitecendo, Biel, e nem estou com sede – protestou a menina enquanto ele se afastava.

– Então aproveite para fazer todas as perguntas que disse que queria fazer para a Farejadora – disse, já caminhando até o carro, sem olhar para trás.

E Bianca entendeu o que Gabriel estava fazendo.

Confiança era algo raro entre Pérfidos, e seus parentes eram os que mais entendiam o valor dela. Gabriel estava disposto a entregar Mariah aos cuidados dos Filhos da Lua para mantê-la em segurança porque estava sozinho e desesperado. Seu pai provavelmente estava morto. Portanto, com este gesto, de deixar sua irmã somente por alguns minutos a sós com Bianca e Dante, Gabriel mostrava a eles, ou melhor, a ela, que suas palavras eram sinceras. Gabriel confiaria e obedeceria à Bianca e também esperaria que ela cumprisse sua palavra.

E ela iria. Começaria dizendo a verdade assim que fosse possível.

A menina virou seus olhos curiosos para Bianca, entreabrindo os lábios e, depois de um instante de hesitação, falou:

– Gabriel me contou que eu iria te conhecer – começou Mariah, observando-a com seus olhos curiosos –, mas não imaginava que você namorasse o Dante. Como se conheceram?

Bianca ergueu ambas as sobrancelhas e se virou para Dante, que apenas deu de ombros.

– Você disse para ela que eu era sua namorada?

Ele fez expressão de inocência.

– Não disse nada. Ela tirou suas próprias conclusões.

Bianca revirou os olhos e se voltou para Mariah.

– Mariah, eu não sou a namorada dele.

– N-não? – Mariah parecia confusa.

Dante abriu a boca para falar algo, mas se calou de repente.

Um som de alerta fez os ouvidos e os dentes de Bianca vibrarem. Mariah não pareceu notar nada.

Não era um grito humano. Depois de meses treinando no Refúgio, Bianca sabia bem o que era. Um gritador era uma tecnologia *metamold* capaz de liberar um tipo de som agudo que somente aqueles com sentidos aguçados podiam perceber. Era o tipo de ferramenta que um tático usava em batalha para alertar a aproximação do perigo.

Bianca se afastou de Dante, seus olhos varrendo a mata além da praia isolada.

Viu algo de relance primeiro. Em seguida, notou Nicole correndo entre as árvores.

Algo estava errado.

Entendeu o que era quando o odor a atingiu. Mais de um odor forte e selvagem.

– Fomos seguidos! – gritou Nicole, ao surgir na praia com Ricardo e Giovanna atrás dela.

E então Bianca os viu. Já em suas enormes formas bestiais. Os reconheceu assim que saltaram da mata. Eram Manuela e os gêmeos Guilherme e Gustavo.

Bianca desviou o olhar para algo no meio do caminho.

Voltando com um boné e uma garrafa de água nas mãos, o meio-irmão de Mariah se virou em direção ao grito. A camisa que estava pendurada no ombro pendia na porta do carro naquele momento. E quando Gabriel se virou, Bianca viu do lado esquerdo de suas costas a marca do legado dos Pérfidos.

E pelo brilho selvagem no olhar de Manuela e seus companheiros, eles tinham visto também.

– Gabriel! – Havia puro desespero no grito de Mariah.

Dante rosnou, trocando de pele. Mas Bianca já estava na pele Karibaki, correndo em direção ao parente Pérfido.

Tudo foi muito rápido.

Bianca viu o ponto onde Manuela alcançaria Gabriel e acelerou. Por um instante, captou o olhar do parente Pérfido desarmado. Havia algo quase pesaroso em sua expressão antes dele se virar para correr para o outro lado, atraindo os Furiosos para longe de sua irmã.

Bianca já estava a cinco passos até alcançá-lo.

Quatro passos.

A três passos, no entanto, Gabriel percebeu o inevitável e se virou para encarar a enorme fera que o alcançara.

Um rosnado terrível e então a garra de Manuela o atingiu no peito e no rosto.

Mesmo tentando se desviar, Gabriel foi cortado profundamente. Sangue tingiu a areia e ele desabou.

Mariah gritou.

Foi um grito tão intenso que Bianca parou, sentindo seu coração afundar. Foi como ter seu ar arrancado de uma única vez. Foi um grito que se elevou cada vez mais até sua garganta se dilacerar e tornar-se um rosnado.

Bianca conseguiu olhar para Mariah a tempo de ver seu corpo se rasgar e se transformar numa enorme e bela besta esguia, de pelos castanhos dourados macios, com mais de dois metros de altura.

– Para! – disse a menina, em tom gutural.

O murmurar do mar e o farfalhar da floresta à frente ficaram quietos por um momento. Aquilo deveria ser impossível. Ninguém era capaz de falar na pele bestial.

Bianca havia parado de correr. Todos pararam onde estavam. Manuela enrijeceu o corpo com as garras no ar, pronta para atingir Gabriel de novo.

E então Bianca farejou.

Alguém gritou seu nome, provavelmente foi Nicole, mas Bianca estava extasiada com o odor. Uma energia rica e magnética ondulou no ar e fez estremecer todos os seus sentidos. Nunca tinha farejado algo assim antes.

O cheiro do legado Destemido de Mariah era tão intenso...

Tão puro...

Bianca só percebeu que caía de joelhos quando notou que todos os outros faziam o mesmo.

Então uma sombra passou, quase derrubando-a.

Mariah disparou no ar, colidindo contra Manuela em sua pele bestial, levando o corpo paralisado da Furiosa até a areia ao mesmo tempo que golpeava com suas jovens garras afiadas.

E então tudo se tornou sangue.

Os grunhidos de Manuela eram como súplicas. Ossos se partindo, pele se rasgando e rosnados.

Parte de Bianca admirou a forma bestial perfeita da jovem Destemida e parte ficou aterrorizada com a brutalidade de seus golpes.

O ódio em Mariah parecia sem fim, as presas reluziam rubras e seus olhos pareciam perigosamente cruéis, fazendo os pelos de Bianca se eriçarem. E ela sabia que Mariah não pararia em Manuela e talvez nem nos gêmeos, que estavam logo atrás dela.

A poucos metros, Nicole, Ricardo e Giovanna estavam paralisados na areia.

Um rosnado baixo e contínuo saiu da garganta de Bianca, toda a sua concentração estava em tentar se mexer. Tentar levantar.

Mas estava congelada.

Forçou seu corpo. Olhou para a sua mão e pontas de seus dedos. Suor começou a escorrer. A dor em sua cabeça começou aguda e se ampliou conforme se concentrava. Sentiu algo úmido e o cheiro de seu próprio sangue saindo pelas narinas do focinho... por seu ouvido...

Um dos gêmeos era o mais próximo de Mariah.

Ele tentou se mexer, mas a paralisia não era como as dos trocadores de pele comuns, não durava apenas um instante.

Os olhos da Destemida estavam injetados de sangue. Ela não parava de golpear, rosnando. O corpo de Manuela perdia forças.

Não...

Bianca grunhiu e ergueu seus joelhos.

Mariah parou, percebendo o movimento, e então se virou para Bianca, sua boca salivava e suas narinas se dilataram.

Não posso deixá-la matar. Ela é apenas uma menina.

A concentração fez todo o corpo de Bianca tremer e sua cabeça doer violentamente.

O primeiro passo foi o mais difícil e pesado, mas conseguiu sair do lugar. Não ousou desviar os olhos dos de Mariah, por mais difícil que isso fosse, por mais que todos os seus ossos tremessem e sua cabeça ameaçasse explodir.

Bianca deu mais alguns passos, ficando a apenas três metros da Destemida, e então firmou suas pernas na areia, mostrando suas presas antes de inspirar e rugir.

Um rugido de desafio e força.

Sua cabeça doeu tanto que as sombras rodearam sua visão e Bianca achou que desmaiaria, mas aguentou até o final.

Os olhos da menina se ampliaram e a jovem besta grunhiu. No instante seguinte, o olhar de Mariah vacilou. Isso foi suficiente.

Mariah baixou a cabeça e olhou para si, para suas mãos, para todo aquele sangue em suas garras e em seus pelos e a expressão de fúria se desfez. Os joelhos dela tremeram. Bianca a alcançou antes que caísse na areia manchada.

– Gabriel... – A voz de Mariah era gutural na pele bestial.

Os olhos da fera se encheram de lágrimas e dor enquanto seu corpo retornava para a pele de menina. Bianca também trocou para a pele humana, mantendo-a firme nos braços.

– Ele parece muito ferido... – respondeu.

A menina fechou os olhos e seu corpo amoleceu. Lágrimas escorreram vermelhas pelo seu rosto. Bianca tocou em seus cabelos. Sua pele nua estava coberta com o sangue de Manuela.

Bianca olhou em direção ao irmão dela, forçando seus sentidos. Conseguiu ouvir uma fraca batida de coração, diminuindo a cada instante.

Depois, virou o rosto para a fera dilacerada. A pele de Manuela se tornou humana novamente e surgiram seus cabelos loiros trançados, banhados em sangue. Como uma Furiosa, Manuela era capaz de suportar mais golpes do que qualquer outra linhagem, Bianca esperava que se curasse e sobrevivesse.

Movimentos retornavam ao seu redor, rosnados e ganidos alertaram Bianca sobre os gêmeos.

As bestas grunhiram ao olhar para o corpo de sua alfa e então se voltaram para Bianca, segurando Mariah firmemente. Seus olhos brilharam com uma promessa de morte enquanto Bianca sentia e previa os outros movimentos ao redor deles.

Livre da paralização, Dante corria na pele bestial. Sua intenção era se colocar entre ela e os gêmeos, mas ele não era o único a protegê-la.

As bestas gêmeas ganiram ao serem atingidas nas costas pelas armas de choque. Guilherme e Gustavo caíram.

E não foi surpresa ver Nicole, Ricardo e Giovanna com suas armas nas mãos. Eles dispararam ao mesmo tempo. Vários tiros em cada fera, o suficiente para ficarem temporariamente inconscientes. No instante seguinte, apontavam para Dante, que parou.

– Caramba, você está bem? – perguntou Nicole, virando-se para Bianca.

Mas tudo se tornou dor.

Resistir ao dom de Mariah foi demais para Bianca e ela nem ao menos conseguiu gritar. A exaustão de sua mente e a perda de sangue a alcançaram em uma onda só. Todo o seu corpo tremia violentamente ao atingir o chão.

E então Dante se virou para ela, dando as costas para Nicole e os outros.

– Pérfido! – alguém gritou ao ver sua marca. Bianca achou ser a voz de Giovanna.

Dante rugiu ao ser atingido pelo choque da arma e caiu ao seu lado se contorcendo enquanto sua pele retornava para a humana.

– Aguente firme, Bianca – Era a voz de Ricardo.

Mas a dor era quase insuportável.

– Gabriel... Dante... – disse, fracamente.

Sombras a alcançaram e ela sentiu algo no pescoço, um pequeno incômodo, antes de seu corpo finalmente parar de estremecer. Só poderia ser I.C.A. Ela tentou abrir os olhos, mas tudo era borrão de cores e movimentos.

E então houve gritos e ameaças.

Giovanna estava próxima, provavelmente junto à menina caída. As imagens se tornavam mais focadas. Bianca tinha certeza de que via Nicole e Ricardo apontando suas armas para Dante. Ele estava nu. Pérfidos não usufruíam da tecnologia *metamold* existente nos trajes.

Não... – Ela tentou dizer, mas a voz não saía mais. – *Não o machuquem...*

Num último esforço, Bianca ergueu o braço, abrindo a palma da mão enquanto se colocava entre ele e as armas, tentando se manter firme, sem desmaiar de novo.

Dante entendeu o que Bianca estava fazendo e, ainda estremecendo, também ergueu o braço e abriu a mão para eles. Pareciam implorar para que não atirassem. Entretanto, não era isso.

– Meu Deus – disse Nicole guardando sua arma no coldre. – Abaixe a arma, Ricardo.

Ricardo demorou apenas um instante para ver e entender.

A mancha em forma de meia lua, que Bianca possuía na palma de sua mão direita, também marcava a de Dante.

– S-somos irmãos... – Bianca conseguiu dizer finalmente, antes de seu corpo desmoronar na areia. Exausta.

Nicole e Ricardo empalideceram.

– Temos que sair daqui – disse Dante, estremecendo devido ao choque. – Antes q-que mais cheguem... tem um barco... tenho o... filhote Voraz... Ajudem Gabriel...

– Droga – disse Nicole. – Dê I.C.A. para eles, Ric.

Ricardo ampliou o olhar.

– É nossa última ampola – protestou o parente Uivador.

– Divida a dose. Ele está certo, deve ter mais vindo.

E então a consciência de Bianca se afastou de novo e tudo ficou escuro.

A última coisa que sentiu e viu foi o frio da água envolvendo-a e o gosto de sal enquanto era puxada por alguém, e então, tudo se apagou.

Horas... Bianca pensou lentamente. Já fazia horas que estava inconsciente. *Preciso acordar...*

Mas seus pensamentos estavam lentos e ela simplesmente não conseguia abri-los.

As imagens a prendiam em um mundo de sonhos e lembranças. Bianca viu a estátua de Isabel Ross erguida na galeria dos Taus. Os olhos da fundadora dos Guardiões fixos na rocha em que Galen talhou a profecia.

Quando as cinco garras sangrarem, a Sombra de Hoark cobrirá a Terra...

Viu Ruben discursando e justificando os atos absurdos dos Guardiões. Viu os Guardiões vestindo capuzes, exatamente como Julian contou que apareceram para ele. E quando seus capuzes foram baixados, viu o rosto de Walter, Ruben e cada um dos outros Vozes da Lua.

E então as imagens se tornaram como um rio fluindo correnteza abaixo.

Dor e sacrifício...

Walter Ross e seus odiosos olhos frios, que a faziam sentir o cheiro de sangue de sua mãe de novo. Incontáveis Taus presos na galeria, querendo se libertar. Milhares de Farejadores mortos.

Medo e Dever...

Julian sendo atingido e caindo do helicóptero.

Não!

– Ela está tendo um pesadelo – disse uma voz masculina que Bianca nunca ouviu antes.

E então, um odor incrivelmente doce e suave no ar tocando em seus sentidos e em seus sonhos.

– Só pode estar mesmo. – Dessa vez era de Dante. – Depois de tudo o que aconteceu...

– Ela vai acordar em pouco tempo – disse o homem. – É melhor eu ir na outra embarcação e chegar na frente. Bianca ainda não está pronta...

– É... é melhor – concordou Dante.

Bianca inspirou fundo e ofegou quando o doce odor se afastou.

Houve silêncio e ela deve ter pegado no sono de novo e então um movimento ao seu lado a acordou. Outro odor doce, dessa vez conhecido. Ela podia acordar. Estava segura.

Bianca abriu os olhos e viu um teto de madeira envernizada. Estava sobre uma cama macia. O odor adocicado se misturava ao cheiro de água salgada, madeira e limpeza.

Com dificuldade, se sentou no meio da cama. Sentia-se fraca e todas as partes de seu corpo doíam.

Viu uma pequena mesa de cabeceira ao lado, com uma toalha, jarro e copo de vidro com água.

Cortinas brancas cobriam a janela. Eles deveriam estar em um tipo de barco, provavelmente no iate prometido por seu irmão.

– Que bom que acordou, Bia.

Ela o olhou. Dante estava sentado ao seu lado, usando camiseta escura de mangas curtas e *jeans*. Seu moicano parecia já quase seco, mas foram os bonitos olhos verdes, vibrantes como os de sua mãe, que a fizeram sorrir e abraçá-lo.

– Você está bem. – A voz de Bianca saiu rouca.

Ele grunhiu surpreso.

– Estou... – respondeu, um pouco sufocado. – Fiquei preocupado com você.

Bianca se afastou.

– E eu com você. Achei que iriam te matar quando viram seu legado dos Pérfidos.

Ele fez uma careta.

– Até que foi fácil convencer seus dois amigos a virem comigo quando notaram nossas marcas de nascimento – disse Dante, virando a palma da mão direita. A mancha em forma de meia lua era exatamente igual a de Bianca. – O mais difícil foi convencer a *outra*... – Ele fez uma pequena careta. – Ela me disse que se chama Giovanna. Você sabia que estava vindo junto com eles?

– Não... – respondeu, balançando a cabeça. – Mas foi algo bom, se pensarmos em tudo o que aconteceu no final...

A expressão dela se tornou sombria ao se lembrar de Gabriel sendo ferido pelas garras de Manuela. E depois Manuela petrificada, sendo dilacerada pela menina.

– Só consegui convencer essa mais nervosinha quando a fiz entender que Mariah tinha acabado de atacar uma alfa dos Filhos da Lua e que não seria nada legal se a encontrassem – continuou Dante, interrompendo seus pensamentos. – Assim que entrou no iate, ela se trancou num dos quartos com Mariah inconsciente.

– Depois vou falar com Giovanna, não se preocupe com isso – disse Bianca. – E quanto a Gabriel?

– Em outro quarto. Eles só tinham uma injeção curativa e dividiram entre ele e eu. Terminamos de fechar seus ferimentos aqui. Gabriel teve sorte do golpe dela tê-lo pego de raspão e os ferimentos não terem sido mortais. Gabriel vai viver, mas precisa se recuperar. A dor do golpe não está sendo muito fácil para ele.

Bianca suspirou.

– Isso não deveria ter acontecido. Não sabia que estavam sendo seguidos.

Dante se aproximou e apertou a mão dela gentilmente.

– As coisas não foram bem, Bia, mas não nos ferimos. E seus amigos estão aqui, a salvo.

Bianca o olhou.

– Nem todos...

Ele inspirou.

– Vamos dar um jeito de tirar Julian de lá. Prometo.

A pele de Bianca empalideceu. A imagem de Julian caindo do helicóptero preencheu sua mente de novo.

Tudo tinha acontecido rápido demais e agora eles tinham Mariah com eles. E ela sabia. Tinha sentido o odor magnífico em meio ao caos que foi a praia. O modo como a pureza do odor alcançou suas narinas e atravessou seu espírito foi algo indescritível.

– Vamos ter que tomar cuidado quando a garota acordar... – disse ela, erguendo os olhos. – Você percebeu o mesmo que eu, não foi?

– Assim como todo mundo – disse Dante. – Mariah falou na pele bestial.

– Mariah carrega o dom puro da primeira Destemida.

Dante assentiu, sombriamente.

– Nossa única chance contra uma garotinha descontrolada foi você. Não tenho a mínima ideia de quanto tempo nossa paralisia duraria. Quando resistiu ao dom dela, provavelmente nos salvou.

Bianca tinha aprendido sobre os dons dos primeiros Karibakis. Isabel, a avó de Julian, tinha carregado a vidência, do primeiro Farejador, Galen. E na história Karibaki, outros poucos haviam carregado o dom puro de outras linhagens, mas ela não se lembrava de estudar sobre alguém já ter carregado o dom puro de Nínive, a primeira Destemida e alfa da Primeira Alcateia. O mais poderoso dos dons.

Se Ruben, um mhebaki, era capaz de exercer uma liderança sutil, mas poderosa, devido aos seus dois dons, Mariah se mostrou capaz de algo muito mais aterrorizante. Ela foi capaz de impor sua vontade com uma única ordem. Mariah disse para pararem. E eles simplesmente pararam.

– Minha cabeça quase explodiu... achei que iria morrer.

Ele apertou a mão dela entre as suas.

– Nem brinca com isso. Ainda bem que seus amigos tinham aquela injeção de cura.

– E agora, Dante?

Ele inspirou.

– Não sei, Bia. Tudo o que sei é que meu iate VIP está carregando uma Farejadora mhebaki e uma Destemida com o dom puro – disse ele, passando a mão no moicano macio. – Tudo o que sei é que estou ferrado...

Bianca segurou o braço dele firme.

– E eu ainda tenho que descobrir como vou conseguir tirar Julian das mãos dos Filhos da Lua.

– Já disse que farei o que me pedir. Sua amiga Nicole vai ficar feliz quando tivermos um plano – comentou ele.

O nome de Nicole atingiu Bianca como um soco no estômago. Ela baixou o olhar para o tecido suave do lençol.

– Eles estão com muita raiva de mim?

– Acho que ela e Ricardo estão sendo bem compreensivos com a notícia de você ter um irmão Pérfido – disse ele. – Enquanto você descansava, levei os dois para verem o filhote Voraz na área de carga da outra embarcação que estava conosco e conversei com eles. Aproveitei para adiantar as coisas e expliquei um pouco sobre nós. Achei que você iria querer isso. Contei como nos conhecemos durante aquela tempestade e um pouco sobre o ano de treinamento com seus dons. Disse que sua memória só retornou pouco tempo atrás, no Refúgio Branco.

– E o que eles falaram depois?

– Nada... Ouviram em silêncio e, quando terminei, tudo o que Nicole disse é que queriam falar com você quando acordasse.

Bianca assentiu e jogou as pernas para fora da cama. Precisava falar com eles e explicar tudo.

– Espera, Bia, antes preciso te falar uma coisa.

Mas Bianca se levantou e caminhou em direção ao banheiro. Ela podia imaginar o que ele queria lhe dizer.

– Não precisa falar nada – disse, abrindo a porta e entrando. – Eu o senti. Sei que ele estava no navio e que foi embora.

Ela foi fechar a porta, mas Dante já estava ali, impedindo-a.

– Espera... – pediu ele. – Temos evitado esse assunto este tempo todo e sei que o motivo oficial foi porque seria mais fácil apagarmos sua memória se você tivesse menos lembranças importantes. Mas agora isso acabou e preciso te falar...

Bianca inspirou fundo, ouvindo-o. Dante estava certo. Ela nunca tocara a fundo neste assunto e não era só para evitar mais memórias, era porque tinha medo de saber a verdade.

– Pare – pediu ela. – Não quero saber. Não agora. Tenho muita coisa em minha mente neste momento para me preocupar. Depois conversamos sobre ele, Dante. Por favor...

O maxilar de Dante se contraiu.

– Tá legal, mas uma hora vai ter que parar de fugir disso...

Ela demorou um instante, mas assentiu. Ele se afastou da porta e Bianca a fechou. Precisava ficar um pouco sozinha para colocar seus pensamentos em ordem antes de enfrentar o que a esperava lá fora.

Quando Bianca saiu do banheiro, com os cabelos limpos do sal do mar e o traje aparentando *jeans* e blusa comuns, o quarto estava vazio.

Ela inspirou fundo, sentindo o odor absurdamente rico e magnético guiá-la para fora do quarto e por um corredor estreito.

Bianca bateu na porta trancada.

– Sou eu – disse. – Abra, Giovanna, precisamos conversar.

No instante seguinte, ouviu o clique da porta sendo destrancada. Bianca entrou.

O quarto era pequeno. Havia um beliche, uma mesinha, uma cadeira, escotilha e a porta do banheiro.

Giovanna sentou-se ao lado de Mariah na cama de baixo. A menina dormia coberta com mantas confortáveis e limpas.

Bianca fechou a porta sem fazer barulho e então sentou-se na cadeira, observando-as e farejando a pureza do odor de Mariah, enquanto algo pulsava e tremeluzia nos olhos de Giovanna, observando Mariah dormir.

Era impossível não notar a semelhança nos traços delicados, nos cabelos castanhos-claros e nos olhos cor de mel. Mariah era praticamente a cópia mais jovem de Giovanna. E ela tinha notado isso no momento em que viu Mariah na praia.

Mais uma vez a genética dos Karibakis a surpreendia.

Giovanna se mexeu. Ela levou a mão ao bolso do traje e tirou algo. Era uma correntinha dourada e parecia quebrada. Havia um pingente em forma de meio coração nela.

– Era de minha mãe – explicou Giovanna. – Encontrei no meio das roupas rasgadas de Mariah na praia. Tenho a outra parte do pingente – disse, puxando-a de seu pescoço. – Este tem gravado o G, a primeira letra do meu nome, e o meu tem gravado o M, de Maria, o nome de minha mãe.

Bianca a ouviu, mas se manteve em silêncio. Sentia que não era sua voz que Giovanna queria ouvir naquele momento.

– Eles mentiram para mim... – continuou a parente Destemida. – Me contaram que minha mãe estava vivendo feliz com sua nova família humana. Me contaram que ela tinha me abandonado por eu não ter nascido Furiosa como meu pai, Yann.

Bianca inspirou, afastando a sensação de pesar em seu estômago.

– Acho que mentir e esconder suas mentiras é algo que os Karibakis são muito bons – falou Bianca.

Os olhos de Giovanna foram até os dela.

– Será que ao menos procuraram por minha mãe? Será que sabiam que ela já estava morta e que eu tinha uma irmã?

– Não sei...

– No caminho até a praia, Nicole contou o que viu e ouviu quando invadiu o sistema do Refúgio Branco e tirou você de lá – continuou Giovanna, tocando cuidadosamente sobre a manta de Mariah. – Ela falou que os Vozes da Lua eram mentirosos e perigosos. Nicole tem toda razão – disse, torcendo a manta com o punho fechado.

– Você vai precisar se manter calma – disse Bianca. – Isso não é mais só sobre você. Mariah vai precisar de sua ajuda. Gabriel estava tentando protegê-la de uma vida que ela não queria viver. E estava disposto a entregá-la ao Refúgio Verde, se fosse seguro.

Giovanna olhou para a menina dormindo e ficou calada por um momento.

– Mariah foi criada com Pérfidos... não sei o que fazer – confessou, baixando seu tom.

Bianca se levantou e sentou-se na beira da cama, na frente dela.

– Dante é meu irmão – disse. – Meu irmão gêmeo. Fomos separados quando nascemos. Assim como o pai de Mariah, o meu também é um Pérfido. Só que enquanto nasci uma Farejadora mhebaki, Dante nasceu com o legado dos Pérfidos. – Os olhos de Giovanna se ergueram para os dela, um pouco surpresos com a informação de que Bianca era uma mhebaki, mas ainda cheios de dor. – Ele foi criado entre eles e posso te garantir que Dante não é cruel. Tenho certeza de que Mariah também é como ele. Ela é diferente, não é cruel.

– Espero que esteja certa – disse Giovanna. – Você a ouviu falar, não ouviu? Na pele Karibaki...

– Ouvi...

– E você sentiu?

Giovanna queria a confirmação. Mesmo tendo aprendido que falar na pele bestial e ser capaz de dar comandos de voz únicos, para aqueles que tivessem o sangue Karibaki, fossem as características de quem nasce com o dom puro de Nínive.

– Senti.

Giovanna estremeceu, seu olhar foi até a irmã dormindo pálida sobre a cama.

E sem saber mais o que dizer para consolá-la, Bianca se levantou e foi em direção à porta. Ouviu o balanço da cama. Giovanna agarrou seu pulso. Bianca se virou.

– Ela é minha família – disse firme, ainda segurando Bianca. – Minha única família. E não sei o que fazer. O Refúgio virá atrás dela. Mariah atacou uma alfa. Talvez os Pérfidos também venham. Estou sozinha...

– Eles virão – disse Bianca, segurando seus olhos. – E virão por mim também. Mas prometi para Gabriel que cuidaria dela. Se você quiser ficar conosco, vamos arranjar um jeito de cuidar de vocês duas.

Os olhos cor de mel de Giovanna foram até os de Bianca e se demoraram neles. Bianca intensificou o olhar sobre a parente Destemida.

Giovanna soltou seu pulso e baixou o olhar, assim como inclinou sua cabeça levemente para baixo, submetendo-se.

– Eu aceito – disse Giovanna, por fim.

Sem outra palavra, Bianca apenas saiu do quarto e fechou a porta, deixando-a sozinha com Mariah.

Mais tarde voltariam a conversar. No momento, Giovanna tinha muito a pensar e Bianca precisava encontrar Nicole e Ricardo. Precisava tentar consertar as coisas com seus amigos.

Bianca subiu as escadas e alcançou uma área de convivência do iate luxuoso.

Havia um tipo de sala com sofás estofados e mesa de jogos. Paredes com grandes vidros rodeavam todo o lugar. Por uma dessas janelas, viu Ricardo e Nicole sentados em poltronas almofadadas sob o céu estrelado.

Quando alcançou o convés, os dois a olharam em silêncio, monitorando sua aproximação.

A lua cheia brilhava plena no manto de escuridão estrelada, misturando-se à linha do oceano. As luzes do iate eram as únicas coisas tremeluzindo sobre as águas noturnas lá fora.

Bianca notou Nicole tocar em seu pulso para ativar o Bloqueador. Ela sabia que, enquanto estivessem próximos, câmeras e sentidos aguçados seriam enganados de alguma forma.

Ela se aproximou e parou. As palavras que queria dizer se acumulando em seu peito.

– Me desculpem – disse, tensa. – Sei que parece que os traí, mas a verdade é que, apesar de um ano de minha memória ter retornado, meus sentimentos por vocês dois continuam os mesmos.

Nicole se ajeitou na cadeira.

– Não me importa – disparou a Furtiva. E Bianca sentiu-se empalidecer. – Não me importa que você tenha o sangue dos Pérfidos e que apagou sua memória para conseguir descobrir mais sobre os últimos assassinos dos Farejadores.

Bianca sentiu seus joelhos tremerem e sentou-se na poltrona mais próxima.

– Não se importa?

– Não – confirmou Nicole, cruzando as pernas sobre a poltrona e se inclinando para a frente. – Na mensagem do *cadigit,* eu disse que confiava em você, não disse?

– E eu também não me importo – falou o parente Uivador.

Bianca o olhou e entreabriu os lábios. Não sabia o que dizer. O nó em seu peito se desfazia em alívio, mas seu coração batia forte ainda.

– Dante nos explicou que você não queria que descobrissem o que você era no Refúgio – disse Nicole. – Mas a verdade é que nós dois já imaginávamos que era uma mhebaki com sangue Pérfido.

Bianca piscou.

– Como assim?

Eles se entreolharam.

– Desconfiamos desde que trocou de pele pela primeira vez – explicou Ricardo. – Julian exigiu que não contássemos para ninguém o que você fez e isso nos deixou meio que desconfiados, mas não falamos nada.

Bianca imediatamente se lembrou de como tinham se esquivado das perguntas dela sobre a noite que tinha matado o Voraz.

Subitamente, seus olhos brilharam à luz da lua cheia no céu. Ela compreendeu. Tinha feito com o Voraz o que todo Pérfido fazia em sua primeira troca de pele.

– Eu o devorei, não foi?

Ambos assentiram e Bianca precisou conter um estremecimento.

– Julian tentou nos convencer de que isso aconteceu por causa da troca de pele tardia – explicou Ricardo.

– Ele nos falou que contar para o Conselho só deixaria todos confusos e que era por isso que queria manter segredo – falou Nicole. – Então não contamos para ninguém, nem para você. E não tenho a mínima ideia de como Julian conseguiu esconder isso no interrogatório do Conselho.

Bianca sabia como ele tinha escondido, mentindo com o sangue de Milena, mas deixou essa informação para uma outra conversa. No momento, havia um gosto amargo demais em sua boca.

– O que importa de verdade é a gente saber se você apagou sua memória e se infiltrou entre nós para descobrir mais sobre a Noite da Aniquilação, ou se fez isso por outro motivo – falou Nicole, apesar de seu tom parecer neutro.

– Não foi por outro motivo. Juro que não sou cruel – falou Bianca. – Descobrir sobre a Noite da Aniquilação era tudo o que precisava para me manter seguindo em frente.

Ricardo e Nicole se entreolharam mais uma vez. Um entendimento passou por eles.

– Bem... – começou Nicole. – Você se arriscou por minha irmã e invadiu Santos. Sem falar que conseguiu o filhote Voraz, deixando Gabrielle a salvo de novo. Tirando Julian, isso é mais do que meu tio e o resto de minha própria família já fizeram por nós.

Bianca piscou.

– E onde ela está? Onde está Gabrielle?

O olhar de Nicole se desviou para o horizonte estrelado.

– Escondida – disse a Furtiva. – Escondida num lugar onde nem imaginam que possa estar. Naquele momento, era mais seguro ela se esconder do que vir comigo. Mas não temos muito tempo até que descubram como podem encontrá-la.

– Ela ainda está no Refúgio?

Por um momento, Nicole ficou reflexiva.

– Sim e não. É complicado explicar. Mas teremos que voltar para o Refúgio Verde para tirar Gabrielle e Julian.

– Mas você acha que Julian vai estar no Refúgio Verde?

– Sei que vai estar – confirmou Nicole. – Quando você me contou que meu primo não conseguiu fugir, me arrisquei e entrei na rede do Refúgio com meu *cadigit*. Descobri que Julian já está a caminho do Brasil, a pedido de meu tio. Ele vai ser mantido lá até o Conselho Alfa decidir o que deverá ser feito com ele.

– Isso é bom, não é? – perguntou Ricardo. – O resgate deve ficar um pouquinho mais fácil se não tivermos que invadir a prisão mais segura do mundo na Antártica.

Nicole assentiu.

– Mas todo mundo sabe que nunca ninguém invadiu um Refúgio e saiu vivo. Vamos ter que pensar muito bem em como faremos isso.

– E também vamos precisar de um plano para ajudar minha irmã – disse Ricardo, inclinando-se na poltrona. Ela o olhou, confusa. – Rafaela está desaparecida, junto com o resto da alcateia.

Os olhos de Bianca se ampliaram surpresos.

– O quê?

– Sabemos que ninguém te avisou – disse Nicole. – Acho que não era a intenção dos Guardiões que voltasse viva para o Refúgio Verde.

Bianca rosnou alto.

Rafaela, Lucas e Vitor estavam desaparecidos e ela podia ajudar, mas os Vozes da Lua traidores nem sequer cogitaram usar a última Farejadora para encontrá-los.

– Nicole me contou sobre os Vozes da Lua serem traidores – falou Ricardo. – Ela me explicou tudo o que viu no Refúgio Branco enquanto invadia o sistema dos Refúgios. Não devem nem estar se esforçando para achar minha irmã...

– Vou fazer de tudo para achá-los – disse Bianca, inclinando-se para tocar no braço dele.

– Nós sabemos disso – falou Nicole. Ricardo assentiu. – Mas esse tipo de coisa não pode acontecer mais entre nós. Chega de segredos.

Ricardo se remexeu na poltrona.

– Sem mais segredos – apoiou Ricardo.

– Então, sem mais segredos – disse Bianca. – Sem mentiras...

O maxilar de Nicole se contraiu, lembrando-se de tudo o que tinha visto através de Nix. Lembrando-se de tudo o que ela havia descoberto.

– Sem segredos – disse Nicole, inspirando fundo e deixando a coluna mais ereta na cadeira. – Tá legal, chegou a hora de mostrar uma coisa para vocês – disse, desenrolando seu *cadigit* de um dos bolsos do casaco de moletom preto.

– Mostrar o quê? – perguntou Ricardo.

– Espero que entendam o que estou prestes a contar. Além do mais, preciso que alguém mais saiba, caso alguma coisa aconteça comigo.

E então ela tocou numa das páginas do *cadigit* e algo apareceu no espaço vazio entre eles. Era um tipo de caixa grande de metal prateado polido com tampa de vidro e bordas arredondadas.

Dentro desta grande caixa, algo, ou melhor, alguém, flutuava em um tipo de líquido transparente. Havia fios de metal ligando a caixa ao ser dentro dela, em diversas partes de seu corpo.

Bianca ampliou o olhar e Ricardo se levantou de súbito.

– O quê... – começou ele.

– Enquanto estava na rede digital dos Refúgios, descobri um desses no Refúgio Branco e depois outro no Refúgio Verde – explicou Nicole.

Eles encaravam o ser flutuando no líquido. Seus olhos estavam fechados, as pálpebras eram finas e o tom da pele de um branco acinzentado, com pigmentos quase prateados.

– Decidi gravar essa imagem como uma apólice de seguros.

Ricardo ergueu os olhos amplos para ela.

– O que é isto? – perguntou Ricardo.

– Isto era um segredo que Nix pediu para eu proteger.

– Quem é Nix? – perguntou Bianca, e então se virou para o holograma. – E o que é que Altan está fazendo nesta... caixa... cheia de água?

Nicole estendeu a mão, como se pudesse tocar na caixa de prata e vidro.

– Nix é a verdadeira inteligência artificial dos Refúgio – declarou. – E Altan está dentro disso porque este é o verdadeiro corpo dele. O holograma que vemos no Refúgio é só o reflexo de sua mente.

A expressão inteira de Ricardo se ampliou. Ele não sabia o que dizer.

– Nosso mundo é cheio de mentiras – continuou Nicole, seus olhos se tornando um cinza escuro. – A Primeira Alcateia encontrou uma forma da verdade ser esquecida por todos que a sabiam. Então, ela nunca chegou até nós.

– O que está querendo dizer, Nic? – perguntou Ricardo.

– Estou dizendo que Altan realmente não é uma inteligência artificial, como a mulher misteriosa te disse. A Primeira Alcateia nos deixou cegos por muito tempo. – Ela baixou a mão, deslizando-a por entre o holograma. Bianca notou que o olhar dela se perdeu. – Acho que queriam nos aliviar do peso da verdade, porque, em mãos erradas, ela é perigosa. – Nicole agora estava sorrindo, parecendo um pouco louca. – Eu não sei, mas simplesmente me parece absurdo não dividir o que descobri com vocês, que são minha família... minha alcateia.

Bianca sentiu uma onda de arrepios por sua coluna, como se seu corpo reagisse a algo que sua mente não conseguia registrar ainda.

– Que verdade? – perguntou Bianca, havia um tom cuidadoso em suas palavras. – O que é Altan?

Nicole inspirou fundo, encarando o holograma do caixão de metal e vidro.

– Altan é um Vaeren.

– Desculpe – disse Ricardo. – Mas *o quê*?

Nicole o olhou.

– Não qualquer Vaeren, ele é um dos primeiros imortais – continuou ela.

Ricardo entreabriu os lábios. Bianca achou que ele ia protestar, mas desistiu. – Ele é um dos Onze Pesadelos.

Bianca não sabia bem sobre o que ela estava falando.

– Como os Onze Pesadelos, devoradores de vilas inteiras, que as lendas contam? – disse ele.

Ela assentiu e ele engoliu em seco.

– Antes de sair do mundo digital, recolhi um pouco da verdadeira história – explicou ela. – Estas coisas... Estes Onze Pesadelos se dividiram e brigaram entre si. Mas, segundo os relatos, são impossíveis de serem mortos e, por isso, alguns deles, com a ajuda da Primeira Alcateia, pararam a si mesmos usando a tecnologia *metamold* para se autoaprisionar. – O olhar dela foi até o corpo de Altan e seguiu pelos cabos de prata ligando-o ao caixão *metamold*. – Seus corpos se adaptaram à tecnologia e suas mentes puderam se projetar livremente pelos Refúgios, onde se tornaram cativos da verdadeira inteligência artificial, Nix.

Ricardo encarava Nicole com os lábios entreabertos.

– Você está falando sério mesmo? – perguntou ele. – Altan e todos os outros que achávamos ser inteligências artificiais são, na verdade, alguns dos Primeiros Vaerens?

– São projeções de suas mentes – corrigiu Nicole.

– Ok... no quesito revelações bombásticas, você venceu, Nic... – disse Ricardo. – Nem dá mais vontade de te contar quem é a mulher mist... – Mas ele se interrompeu, seus olhos fixando-se nela de novo. – Espera... Se você disse que eles não conseguem ser mortos de jeito nenhum e que alguns deles estão, de alguma forma absurda, em nossos Refúgios... – Ele estreitou o olhar. – Onde estão os outros Pesadelos?

– Não tenho a mínima ideia – respondeu Nicole.

Brasil. A vários quilômetros do território dos Celenos.

Milena e Laura observavam Rafaela e Lucas se afastarem do carro, em direção aos banheiros da parada na rodovia. Ambos carregavam roupas simples, que Laura tirou do porta-malas. Nos banheiros, se limpariam e as vestiriam por cima do traje *metamold* incompleto que usavam.

Depois de vê-los se afastar, Laura se inclinou para o painel do carro e ligou o rádio alto o suficiente para atrapalhar a audição de sentidos aguçados.

– Não temos muito tempo para conversar – disse, aproximando-se de Milena para se fazer ouvir apesar do som alto.

A Vaeren se aproximou dela também.

– É agora que você vai me contar como e por que você foi me salvar com uma alcateia de Pérfidos?

Laura torceu os lábios.

– Essa alcateia não é como as outras. São Cães de Caça.

– O quê? – Até mesmo Milena já tinha ouvido falar dos Cães de Caça, alcateias mercenárias de Pérfidos e Desviados, cujos alfas obedeciam a um alfa acima deles. Os Cães de Caça tinham fama de serem leais e muito perigosos. – Por que está com eles?

– Porque Julian pediu para te procurar no estúdio de tatuagens em São Vicente e quando não te achei, fiquei preocupada. Você nos ajudou quando mais precisávamos, então resolvi que o risco valia a pena. Há muitos anos eu não tinha qualquer contato com eles. Mas valeu, não demorou para descobrirem que você foi pega pelo Vaer dos Celenos. Foi uma sorte termos achado Rafaela e Lucas com você, mas não podemos continuar com eles.

– É claro que não podemos. Se ainda não perceberam que aqueles caras são Pérfidos, logo vão perceber, e aí vai ser um banho de sangue – declarou Milena. – Como você conhecia eles?

Mas Laura virou o rosto para a janela. Lá fora, um carro se aproximava, iluminando o estacionamento com seus faróis acesos.

– É complicado explicar e não tenho mais tempo – disse Laura. – Você tem que decidir se vai embora comigo ou se quer ficar com os Karibakis.

Milena piscou e olhou pelo vidro. Rafaela e Lucas poderiam voltar a qualquer momento.

– Prometi ajudar Lucas a encontrar o outro companheiro da alcateia dele. Tenho que ficar.

Laura assentiu em compreensão, abrindo a porta.

– Tudo bem... Fiquem com o carro. Boa sorte, Milena.

Ela mal terminou as palavras e já estava lá fora. Milena nem conseguiu se despedir. Em segundos, Laura entrou no outro carro e ele se afastou pela estrada.

A Vaeren suspirou e se inclinou para o painel, desligando a música no rádio. Depois saiu, inspirando o ar da noite, tentando afastar a profunda sensação de choque que ainda sentia.

Laura veio me salvar com uma alcateia de Pérfidos... Será que ainda tem mais alguma surpresa me esperando por aí?

Tocou em seu peito, sentindo o pergaminho enrolado em plástico sob o tecido do vestido. E tentando responder a sua própria pergunta, puxou-o pelo decote.

Milena se lembrava das palavras exatas de seu pai, Adel, sobre a importância de cada uma das seis famílias Vaerens protegerem suas relíquias.

Lembrava-se de passarem horas... dias... na velha biblioteca enquanto seu pai a fazia decorar cada uma das palavras dos códigos inscritos no pergaminho protegido pelos Lectras. O Decodificador, a única relíquia capaz de traduzir o que os outros pergaminhos diziam, segundo Adel.

Um código antigo e difícil, que levou anos para que Milena o decorasse.

E talvez, pela primeira vez em milênios, alguém que era capaz de ler uma dessas relíquias a tinha nas mãos.

No estacionamento da parada rodoviária e usando o capô do carro como apoio, Milena se debruçou sobre o pergaminho. Seus olhos percorreram lentamente os exóticos símbolos.

Deveria haver um motivo para o Decodificador ficar longe dos outros pergaminhos, mas ela precisava saber que tipo de conhecimento Thales iria entregar para Alexia, a Pérfida que havia se unido a Roberto, o líder caçador de Santos que, anos atrás, participou do massacre que acabou com a família de Milena.

Será que era o Decodificador que ele buscava?

Milena estava tão concentrada nas palavras que surgiam do pergaminho e começavam a lhe fazer algum sentido, que mal notou a aproximação dos trocadores de pele.

– Cadê a Laura? – perguntou Lucas, olhando para dentro do carro.

Milena não respondeu e nem tirou os olhos do pergaminho, estava em suas últimas frases.

– Precisamos sair daqui e começar a procurar Vitor – disse Rafaela, logo atrás. – Talvez Bianca possa ajudar. Precisamos mandar uma mensagem para ela.

– Precisamos falar com o Refúgio primeiro – avisou Lucas.

Então Milena ergueu os olhos do pergaminho tão pálida que Rafaela e Lucas a encararam em silêncio.

– O que foi? – disse Rafaela, desviando o olhar para o pergaminho. – E que língua esquisita é essa?

– Algum problema? – perguntou Lucas.

– Eu sei o que Alexia e Roberto estão procurando. – O rosto de Milena se tornou rígido. – Sei o que estão procurando em cada uma das cidades que os Corvos protegem.

– Do que está falando? – disse Lucas, um pouco confuso. – O que estão procurando?

– Estão procurando por *eles*... droga!

– Eles quem? – insistiu Lucas.

Milena virou o rosto para ele, mal percebendo o tremor em suas mãos apoiadas ainda no carro.

– Estão procurando pelos Pesadelos, Lucas... Estão procurando por cinco deles...

Sozinha no convés, Bianca se debruçou sobre a amurada do iate encarando as águas escuras do oceano.

Para Bianca, era um alívio, e ao mesmo tempo terrível, ter suas memórias de volta. As memórias traziam não apenas um ano inteiro de treinamento e convivência com Dante, mas também a sensação de peso, como se algo contraísse o tempo todo os seus pulmões, diminuindo seu ar.

E ela sabia o que era. Mesmo tendo descoberto a identidade dos últimos traidores e dilacerado um deles, Bianca não tinha vingado sua mãe e os Farejadores. Ela ainda não tinha parado os Guardiões.

E mesmo com a verdade sobre a Noite da Aniquilação se espalhando entre os Filhos da Lua, tinha certeza de que muitos ainda ficariam ao lado de seus líderes loucos. Como tinha lhe dito Ester: o medo era algo poderoso, capaz de unir tanto quanto destruir.

Enquanto houvesse um Farejador vivo, como ela, haveria o medo da ativação de todos os Taus. O medo da Sombra de Hoark sobre a Terra.

Sendo assim, eles viriam atrás dela. E provavelmente usariam Julian para isso...

Bianca ergueu o olhar para o horizonte noturno. E como se uma corrente ligada às suas entranhas, tivesse sido puxada, o corpo de Bianca travou.

O murmurar das ondas ficou quieto um segundo depois.

Era o estranho e poderoso Rastro que nunca a abandonava. A sensação que sempre a levava em direção a Santos.

Ainda não... – pensou ela. – Seja você o que for, ainda vai ter que esperar mais um pouco...

Epílogo

1

Refúgio Verde. Brasil. Horas depois.

Julian observou seus cabelos dourados surgirem primeiro.

Sabia que ela viria no momento em que saiu do helicóptero do Refúgio Antártico e a viu na área de pouso, encarando-o.

Pouco depois que Julian foi capturado e aprisionado no Refúgio Branco e os outros Vozes da Lua foram avisados, Walter ordenou que ele fosse transferido para o Refúgio Verde, onde imediatamente foi preso em cabos de prata no centro da Oca e julgado por seu pai.

Nas sombras da Oca, o corpo de Julian tremia sem parar. Pontadas de dor disparavam pela pele destruída de suas costas.

Já era de madrugada e ele não poderia se deitar, cabos de prata mantinham seus braços erguidos, mas pelo menos conseguia se ajoelhar.

Ele observou a postura rígida da Uivadora, sua mandíbula tensa e o brilho de raiva no olhar. Não havia mais ninguém ali. As arquibancadas de pedra estavam vazias. Em segundos, ela se agachava para ficar da mesma altura em que ele estava ajoelhado.

Julian trincou a mandíbula, lutando contra o eco de dor, e levantou a cabeça para encará-la.

– Você demorou, Maitê... – A voz dele soou rouca e fraca demais. – Se veio aqui... só para... me dizer que fiz... por merecer, não se incomode...

Maitê pareceu ranger os dentes.

– Acho que ser condenado a chicotadas em cabos de prata todas as noites, até Bianca se entregar aos Vozes da Lua, é muito mais do que você merece, Julian... Ao contrário do que imagina, não estou me divertindo com seu sofrimento.

Ele piscou lentamente e a olhou. Mais perto, percebeu como seus olhos estavam inchados. Provavelmente ela chorou por João.

– Também não me diverti com a punição de vocês... – conseguiu dizer ele, rouco. O suor do esforço escorreu por seu rosto. – Me desculpe por aquilo, eu precisava convencer o meu pai de que...

– Não vim aqui pelas suas desculpas, Julian – interrompeu Maitê, pegando algo em sua jaqueta, mas ele não conseguiu focar seu olhar para saber o que era.

De repente, sentiu o líquido frio e delicioso tocar em seus lábios. Ele mal notara, mas Maitê segurava firme uma pequena garrafa de água. Ele bebeu até tudo acabar.

A água foi bem-vinda e lhe deu uma sensação boa de alívio momentâneo.

– Por que... fez isso? – disse ele. – Vai ser punida...

– Não sei se vou – Maitê guardou a garrafa vazia na jaqueta de novo. – Nem todos os conselheiros concordaram com a sua punição.

Julian tinha percebido isso.

Como Bianca previra, os Filhos da Lua se dividiram...

Seu julgamento pelos Vozes da Lua restantes foi apressado e cheio de ódio e desprezo. Alguns conselheiros, como Carol e Jorge Porto, abandonaram o julgamento e ele não os viu mais.

Depois, sua Assembleia de Purificação foi tumultuada e perigosa. Poucos estavam presentes e houve protestos. Vozes adultas vociferaram contra Walter e os outros Vozes da Lua pelo que fizeram aos Farejadores.

Houve prisões e Altan precisou ativar suas defesas mais de uma vez para proteger seu pai.

Mas, principalmente os mais jovens e confusos, permaneceram quietos à notícia do Conselho Alfa ter ajudado a exterminar uma linhagem inteira por causa da profecia de sua avó.

– Você teve sorte de não ter sido condenado à morte – disse ela.

– Eles só não me mataram porque querem atrair Bianca... – A dor em suas costas rasgadas ainda pulsava, fazendo seus dentes estremecerem. – Querem que ela se entregue pela minha vida...

– Acha que ela vai fazer isso? Acha que Bianca vai se entregar por você?

– Não... – respondeu ele, respirando pesadamente. – Ela não se entregará. Bianca é mais esperta do que isso. Eles... eles a estão subestimando de novo...

– Espero que tenha razão, porque vão matá-la se fizer isso – falou Maitê. – Estão acusando Bianca de coisas horríveis por ser uma mhebaki com sangue Pérfido. Disseram que ela mentiu para nós, que seduziu você para descobrir nossas fraquezas e nos destruir. Disseram que ela planejou ir para o Refúgio Branco e matar Ruben, além de ter atacado a alcateia de Manuela.

Ele piscou para tentar manter sua visão focada nela. Todo o resto tinha se tornado um borrão.

– Bianca é uma Farejadora... o sangue Pérfido nela não a faz uma pessoa ruim... Se você dá ouvidos a isso... – Ele ofegou, exausto – por que está aqui?

– Porque não acredito no que estão dizendo. Bianca e Nicole me ajudaram quando ninguém mais quis fazer isso. Se Manuela foi atacada, deve ter sido por um bom motivo. E João... – Ela hesitou com o nome dele, seus lábios tremeram e ela baixou o olhar. – João a protegeu com sua própria vida.

– Eu sei. Eu vi. E Bianca matou Ruben logo depois disso.

Ela assentiu, erguendo o olhar até o dele.

– A verdade, Julian, é que não me importo se ela tem sangue dos Pérfidos. Bianca me ajudou sem me julgar. Então não vou julgá-la também.

Julian piscou, tentando manter seu olhar nela. Tentando afastar as sombras da inconsciência se aproximando.

– Nós... estávamos juntos – disse ele. Não importava mais mentir. Seu pai já o tinha interrogado com o dom da Verdade antes do julgamento começar. Sem o sangue de Milena, Julian contou toda a verdade. – Mas ela não... não me seduziu, nós dois... – Mas ele não conseguiu mais continuar. A dor em suas costas era como ferro em brasa, Maitê havia se tornado um borrão em sua frente.

– É melhor você guardar suas forças. Precisa aguentar firme – disse a Uivadora. – Depois que te chicotearem amanhã de novo, voltarei para te ver. Não tenho medo de punições, então aguente firme. Bianca me disse uma vez que alfas não abandonam seus companheiros. E ela não vai te abandonar.

Ele a ouviu, mas não conseguiu responder. A inconsciência finalmente o levou.

2

A lua cheia ainda brilhava no céu estrelado quando Ricardo surgiu sozinho na popa do iate luxuoso. Ele tinha pegado o Bloqueador emprestado com Nicole, explicando que precisava fazer uma coisa sozinho. Ela não perguntou o que era, provavelmente já adivinhava, e emprestou o mecanismo.

Não demorou para algo surgir no canto de sua visão... uma sombra, que ele mais sentiu do que viu, atrás de si. Ele se virou para ela.

A bonita mulher, de cabelos escuros e vestido diáfano, pareceu bruxulear, como se fosse feita de pequenos grãos de poeira, quando a brisa fria soprou o ar marítimo.

– Daria... – disse Ricardo.

– Olá, Ricardo – disse ela, encarando as águas negras do oceano adiante.

Ele trincou os dentes.

– O que quer? – perguntou, mesmo já sabendo qual seria a resposta.

Daria manteve seu olhar nas águas escuras.

– Vim cobrar o favor agora que todas as pessoas que ama já estão em segurança.

– Isso não é verdade – rebateu ele. – Minha irmã ainda está desaparecida.

– Não está mais – disse, ainda sem olhá-lo. – Logo Rafaela entrará em contato.

– Minha irmã está bem?

– Está, assim como o alfa dela. Mas não lhe darei mais informações. Mesmo alguém como eu, tem limites.

E apesar de não saber o motivo, Ricardo tinha certeza de que ela não estava mentindo. A notícia de que sua irmã estava bem foi como respirar melhor o ar frio da madrugada, enchendo-o de alívio.

– Não farei nada que machuque pessoas inocentes.

Um meio sorriso provocador surgiu no rosto dela.

– Por que acha eu te pediria algo assim?

– Não sou idiota – disse ele. – O que mais a primeira Pérfida iria querer de mim?

E então o olhar dela desviou do oceano infinito para ele. Ricardo precisou segurar-se firme na grade do convés para não cair de joelhos.

– Sim, sou a primeira Pérfida. E como já sabe, diferente do que os registros da história Karibaki lhe contaram, não sou um homem.

– Não entendo por que mentiriam.

– Porque a lembrança do que fui um dia envergonha a todos os outros da Primeira Alcateia – respondeu ela. – Foi por isso que o primeiro filho, não trocador de pele, de Nínive apagou todos os vestígios sobre mim e uma mentira foi criada. Não suportavam se lembrar de que um dia corri com eles, lutei, sangrei e amei com eles.

– Então por que os traiu?

O silêncio entre eles foi a única resposta por um longo tempo.

– Porque eu os odiei profundamente e por um longo tempo – disse ela. – Mas agora tudo o que desejo é amparar meus filhos. E quero que me ajude nisso.

– Não vou e não posso ajudar os Pérfidos.

Ela o encarou.

– Meus filhos possuem duas faces, como a Lua no céu. Uma face é a que está visível a todos e outra, oculta. Preciso que você ajude Cainã a descobrir a verdade sobre o que ele procura.

– E por que eu?

– Porque você é como uma porta entreaberta para nós, por onde podemos sussurrar coisas não permitidas aos outros. Quando Altan interferiu e apagou minha imagem, ele abriu um pouco mais essa fresta e aqui estamos nós...

Ricardo inspirou fundo, desviando seu olhar do dela.

– E o que você quer que eu faça?

– Quero que ajude meus filhos a encontrarem o lado esquecido de meu legado.

| 467 |

FILHOS DA LUA - O LEGADO SOMBRIO

Ricardo entreabriu os lábios, sem saber o que ela estava realmente querendo dizer com aquelas palavras.

— E mesmo que resolva te ajudar, como é que eu faria isso?

O sorriso indolente nos lábios dela foi a única resposta que ganhou antes da imagem de Daria ondular no ar e desaparecer, deixando-o mais uma vez sozinho no convés do iate.

— Ahh droga... – reclamou ele.

3

Refúgio Verde. Brasil. Horas atrás.

Leonardo tinha uma única certeza enquanto fugiam pela escuridão da floresta no Refúgio: ele confiava em Gabrielle.

Se ela disse que eles deveriam correr até aquela estranha estrutura que surgiu na floresta, era porque ela tinha um plano.

A grama ainda estava úmida devido a uma chuva rápida que havia caído no final da tarde, mas Gabrielle mal notou enquanto corria descalça em direção ao arco escondido sob cipós e trepadeiras.

Leonardo se concentrou nos sons da floresta. Eles não estavam sendo seguidos. Ninguém os tinha visto fugir naquela direção.

Gabrielle tocou nas plantas trepadeiras e elas se afastaram devagar, até poderem ver o metal claro escondido.

— Como isso vai nos ajudar a fugir? – sussurrou ele assim que retornou para a pele humana. Leonardo sempre usava o traje completo no Refúgio.

— Outra noite, voltei aqui e estudei as inscrições – disse ela, tocando em alguns dos ícones. Um brilho suave surgiu entre os relevos de cada um deles. – Confie em mim, não ia dar tempo para fugirmos por qualquer outro lugar. Ninguém vai nos procurar aqui. Esse negócio é tipo uma porta, vamos passar e vou dar um jeito de nos trancar do outro lado.

– Como assim? Que negócio é esse de porta?

Mas ela não respondeu, apenas afastou mais a trepadeira e tocou em um outro ícone.

– Acho que isso vai dar – disse ela.

A parte interna do arco de repente ganhou uma luz suave, além de uma estranha textura, quase líquida.

– Vem – disse, puxando-o.

– Gabi, não sei se isso é segur... – mas Gabrielle o puxou mais forte e Leonardo praticamente tropeçou pelo portal.

A primeira coisa que Leonardo sentiu foi um frio estranho ondular por seus ossos ao passar pela luminosidade líquida. E então, do outro lado, ele caiu pesadamente e de cara no chão.

– Aii...

– Ai, caramba, você tá bem? – disse Gabrielle ao passar também. Mas ela não podia ajudá-lo. Precisava fechar aquela coisa.

– Estou... – gemeu, apoiando os braços para se levantar devagar enquanto Gabrielle procurava o ícone que desligava a passagem, mantendo-os trancados ali.

– Pronto, acho que estamos seguros – disse Gabrielle virando-se para Leonardo.

Mas o olhar dela se ergueu, perdendo-se no incrível cenário que se abriu.

Seu coração começou a bater mais forte ao ver que estavam no centro de um enorme vale escuro, cercado por dunas ondulantes cor de giz.

À frente dela havia três edifícios que pareciam fazer parte do cenário ao redor. Suaves luzes interiores faziam sombras nas fachadas curvilíneas, que pareciam, na verdade, várias camadas de dunas feitas de giz e vidro prateado. E, cercando uma grande praça, brilhava um grande cristal prateado em meio a água límpida.

– Onde estamos? – perguntou Leonardo, olhando o edifício além do grande cristal.

Gabrielle engoliu em seco.

– Estamos no Refúgio Prateado.

Os olhos dele se estreitaram.

– Refúgio Prateado? Mas não existe um Refúgio Prateado – falou, virando-se para Gabrielle.

Os olhos do menino se ergueram para algo no céu acima dela. Seu rosto imediatamente perdeu toda a cor, antes de Leonardo desabar inconsciente no chão.

– Leo? – disse ela virando-se para olhar o que o tinha assustado.

E Gabrielle ofegou ao encarar no céu o imenso globo terrestre

GLOSSÁRIO DE TERMOS II

Assembleia de Purificação: Reunião que ocorre em um Refúgio com o objetivo de castigar um(a) Filho(a) da Lua.

Ciclo da Trégua: Acordo entre Karibakis e caçadores. Uma vez por ano, durante um ciclo completo da lua, trocadores de pele entre os Filhos da Lua ganham permissão para entrarem nas cinco cidades sagradas dos Corvos.

Conselho Alfa: Líderes dos Filhos da Lua. Composto por todos os cinco Vozes da Lua, dos cinco Refúgios existentes no mundo.

Conselho das Sombras: Composto pelos mais importantes líderes Pérfidos do mundo.

Corvos: Como são chamados os caçadores.

Culto de Hoark: Grupo entre os Pérfidos que cultua Hoark, o Destruidor. Eles acreditam que provocar caos e destruição no mundo trará o deus de volta.

Desviado (ou Retornado): Karibaki de uma das cinco linhagens do Acordo que passou para o lado dos Pérfidos.

Festival da União: Os Filhos da Lua comemoram durante vários dias e noites a união das cinco linhagens do Acordo.

Filhos de Hoark: Como são chamados os Pérfidos, por ainda serem leais ao seu criador.

Guardiões: Grupo secreto entre os Karibakis. Considerado atualmente desativado desde a morte de Isabel Ross, sua fundadora. Os Guardiões tinham como objetivo estudar suas profecias e impedir que catástrofes se concretizassem.

Noite da Aniquilação: Há vinte e cinco anos, todos os Farejadores foram atacados durante a noite de Natal por Pérfidos e traidores. Os poucos sobreviventes foram caçados ao longo dos anos seguintes e a linhagem foi considerada extinta cinco anos depois.

Ordem Superior dos Caçadores: Líderes dos caçadores (Corvos). Composta pelos líderes das cinco cidades sagradas. Protegem seres humanos de Karibakis e Vaerens, além manterem em segurança cinco cidades brasileiras.

Paz de Prata: Acordo de paz entre Filhos da Lua, Vaerens e Corvos com o objetivo de não lutarem entre si, desde que algumas regras sejam seguidas por todos.

O LEGADO SOMBRIO

6º Legado – A Linhagem dos **Pérfidos**

Parente: Possui a habilidade sutil de influenciar alguém a confiar nele. Seu alvo agirá como se fossem grandes amigos, bastando estar na presença do parente e ser capaz de ouvir sua voz. O Pérfido deve iniciar uma conversa e pedir para que confie nele.

Trocador de pele: Capaz de sentir os desejos e as fraquezas do alvo prestando atenção em suas palavras, gestos e sinais inconscientes.

Glossário de Termos Vaerens

Essência: Somente o Vaer a possui em seu sangue e é somente através dela que é possível transformar um laeren em Vaeren.

Festa da Herança: Momento em que o Vaer escolhe um laeren merecedor para receber o sangue da Noite Eterna e se tornar um Vaeren.

Laerens: Membros humanos das famílias Vaerens. Geralmente doam seu sangue de boa vontade para os membros Vaerens de sua família.

Vaer: Vaeren patriarca ou matriarca de uma das cinco famílias.

Vaeren: Muito parecido com a criatura conhecida como vampiros na mitologia humana. Humanos comuns não podem se tornar Vaerens.

Glossário de Personagens

Ágata Bley – Parente Farejadora. Mãe de Bianca Bley, morreu aos 31 anos, durante um ataque em sua casa. Sobreviveu à Noite da Aniquilação quando possuía apenas 13 anos.

Akeftil – Inteligência do Refúgio Dourado (África).

Alexia – Trocadora de pele Pérfida. Ela é descrita como uma mulher ruiva e elegante.

Alice Lectra – Vaeren. Falecida. Anteriormente da família Celeno. Tornou-se uma Lectra ao se casar com o Vaer Adel Lectra. Mãe de Milena Lectra.

Allan – Parente Destemido. Cabelos brancos acinzentados, que contrastam com a aparência de um homem ao redor de seus trinta e cinco anos.

Altan – Inteligência do Refúgio Verde (Brasil).

Ana – Jovem caçadora, descrita como cega. Ex-namorada de Vitor Verderio. Familiar: Yasmin (irmã).

Andréa – Parente Uivadora. Instrutora de História Karibaki.

Antalis – Inteligência do Refúgio Branco (Antártida).

Antorin – Inteligência do Refúgio Vermelho (Europa).

Artur – É descrito no livro um como um garoto de mais de 15 anos, cabelos castanhos, pele pálida e paralítico. Marco o usava para procurar por Bianca em Santos.

Bianca Bley – Trocadora de pele Farejadora. Idade entre 16 e 17 anos, sua pele tem um leve tom mediterrâneo, longos cabelos castanhos ondulados e altura um metro e setenta. Familiares: Ágata Bley (mãe), Carlos Fernandes (padrasto), Laura Fernandes (irmã de consideração).

Breno Tavares – Humano, por volta de 12 anos, filho de Michele e Bernardo Tavares.

Bruno Soares – Parente Karibaki Furtivo. Falecido. Familiares: Ester SanMartin (esposa), Rafael (filho).

Cainã – Trocador de pele Pérfido. Líder dos Cães de Caça.

Carina Freitas – Trocadora de pele Uivadora Desviada. Falecida. Membro da alcateia de Marco. Foi descrita no primeiro livro como uma bonita mulher acima dos trinta anos, negra e de cabelos crespos. Seu marido é Regis Tobar, outro Karibaki Desviado.

Carlos Fernandes – Morreu junto com Ágata Bley, sua esposa, durante um ataque à sua casa. Familiar: Laura Fernandes (filha), Bianca Bley (enteada).

Carol Porto – Trocadora de pele Uivadora. Membro do Conselho e instrutora nas aulas de Controle. Familiares: Jorge Porto (avô)

Daniel Ross – Trocador de pele Furtivo. Falecido. Assassino de Ágata Bley e Carlos Fernandes, morto por Julian. Familiares: Walter e Joana Ross (pais), Julian (irmão), Isabel (avó), Atair (avó), Nicole e Gabrielle Ross (primas).

Dante – Trocador de pele Pérfido. Jovem. Membro dos Cães de Caça. Músico e cantor nas horas vagas.

Eloisa – Parente Uivadora. Membro dos Cães de Caça.

Emanuel Marczac – Trocador de pele Pérfido. Cabelos escuros, pele pálida, rosto delgado e sorriso fácil. Gabriel (filho), Mariah (filha),

Ester SanMartin – Trocadora de pele Destemida, Voz da Lua (líder) do Conselho do Refúgio. Uma elegante mulher de cabelos compridos e completamente brancos, apesar de não aparentar mais do que quarenta anos de idade. Familiares: João SanMartin (filho).

Fábio – Parente Furioso. Amigo de Giovanna Guedes.

Francis – Parente Furtivo. Possui 9 anos e tem como companheiro animal Piu, um passarinho marrom, pequeno e comum.

Gabriel Marczac – Parente Pérfido de traços delgados como os de seu pai, pele mulata como a de sua mãe, olhos verdes vítreos.

Gabrielle Ross – Parente Furtiva. Seu companheiro animal é Paxá, um gato malhado. Possui 10 anos. Familiares: Nicole Ross (irmã), Marina Ross (mãe), Enzo Ross (pai), Julian Ross (primo), Walter Ross (tio materno).

Giovanna Guedes – Parente Destemida. Dezessete anos. É descrita como uma garota bonita de cabelos castanhos e olhos cor de mel. Familiares: Yann (pai que nunca a reconheceu).

Guilherme Campos – Trocador de pele Furioso. Membro da alcateia de Manuela, cujos membros incluem seu irmão gêmeo Gustavo e Maitê.

Gustavo Campos – Trocador de pele Furioso. Membro da alcateia de Manuela, cujos membros incluem seu irmão gêmeo Guilherme e Maitê.

Isabel Ross – Trocadora de pele Farejadora. Possuía o dom original Vidência. Falecida. Familiares: Altair Ross (marido), Walter e Marina Ross (filhos), Julian, Nicole e Gabrielle Ross (netos).

Joana Ross – Parente Furtiva. Suicidou-se quando Julian ainda era um menino. Familiares: Walter Ross (marido), Guilherme e Julian Ross (filhos).

João (Chorão) SanMartin – Trocador de pele Destemido. Jovem de 17 anos. Alfa de alcateia. Familiares: Ester SanMartin (mãe).

Jorge Porto – Trocador de pele Uivador. Membro do Conselho do Refúgio e instrutor nas aulas da Língua Ki. Ele é descrito como um senhor, o mais velho do Refúgio, possuindo pele negra, olhos e cabelos negros. Familiares: Carol Porto (neta).

Julian Ross – Trocador de pele Furtivo. Possui 19 anos, olhos e cabelos negros. Alfa da alcateia cujos membros incluem Maurício Neves (Con), Maria Eduarda Mendes (Duda) e Patrick Silva. Familiares: Walter Ross (pai), Nicole Ross (prima), Gabrielle Ross (prima), Marina Ross (tia paterna), Enzo Ross.

Laís – Parente Uivadora. Familiares: Mariana (irmã gêmea).

Lara Celeno – Vaeren. Descrita como uma mulher aparentemente jovem e de longos cabelos escuros. Foi amiga de Alice, mãe de Milena Lectra.

Laura Fernandes – Possuía 20 anos quando seu pai e sua madrasta, Agatha Bley, foram assassinados. Ela cuidou de Bianca sozinha desde então. No começo da história, ela possui 27 anos e trabalha como arquiteta, especialista em restaurações.

Leonardo Mendes – Trocador de pele Destemido. 12 anos. Não possui alcateia. Familiares: Ingrid Mendes (mãe), César Mendes (pai) e Duda Mendes (irmã).

Leonel – Trocador de pele Uivador. Membro da alcateia Inverno.

Lucas Mattos – Karibaki Destemido. Alfa da alcateia que inclui Rafaela Dantes e Vitor Verdeiro. Possui cabelos levemente ondulados, olhos verdes e um belo sorriso. Familiares: Sérgio Mattos (pai), Maria Eduarda Mendes (prima), Leonardo Mendes (primo).

Lucia Mattos – Parente Destemida. Ex-namorada de Daniel Ross. Familiares: Lucas Mattos (irmão), Sérgio Mattos (pai). Assassinada poucos anos antes da Noite da Aniquilação.

Luiza – Parente Destemida. Auxiliar de Allan no hospital do Refúgio.

Maik – Parente Destemido. Membro da alcateia Inverno.

Maitê Persi – Karibaki Uivadora. 15 anos. Membro da alcateia de Manuela.

Manuela – Karibaki Furiosa. Ela é descrita como uma garota loira e alta de 17 anos, de músculos definidos. Alfa da alcateia cujos membros são Guilherme Campos, Gustavo Campos e Maitê Persi.

Marco – Trocador de pele Pérfido. Falecido. Alfa da alcateia cujos membros incluem Carina, Regis e Denis.

Maria Eduarda Mendes (Duda) – Trocadora de pele Destemida. Uma sorridente garota de 15 anos. Familiares: Lucas Mattos (primo), Sérgio Mattos (tio paterno).

Maria Fernanda – Trocadora de pele Furiosa. Alfa da alcateia Inverno. Parte de seu braço direito foi destruído enquanto enfrentava um Voraz.

Mariah Marczac – Futura trocadora de pele Destemida de 13 anos. Criada como Desviada. Familiares: Emanuel (pai), Gabriel (meio-irmão)

Mariana – Parente Uivadora. Familiares: Laís (irmã gêmea).

Maurício Neves (Con) – Trocador de pele Furioso. Possui 19 anos, alto, pele morena, ombros largos e musculosos. Usa seus cabelos compridos e soltos. Membro da alcateia de Julian Ross, que inclui Duda Mendes e Patrick Silva.

Michele Tavares – Humana e esposa de Bernardo Tavares, deputado federal e aliado de Emanuel Marczac. Família: Breno (filho), Bernardo (marido).

Milena – Vaeren. Aparenta idade próxima dos 18 anos. Cabelos lisos, cortados e desfiados acima dos ombros, completamente brancos, a não ser por suas raízes escuras. Seus braços são totalmente tatuados.

Nicole Ross – Parente Furtiva. Nicole tem 17 anos, seus cabelos castanhos são curtos e lisos, com fios dourados, olhos de um cinza profundo. Familiares: Marina Ross (mãe), Enzo Ross (pai), Gabrielle Ross (irmã), Julian Ross (primo).

Patrick Silva – Trocador de pele Furtivo. Garoto negro, 17 anos, rosto redondo e olhos inteligentes. Membro da alcateia de Julian Ross, cujos membros incluem Con e Duda Mendes.

Rafael Soares – Trocador de pele Furtivo. Falecido aos dezoito anos. Traidor. Participou da Noite da Aniquilação, mas deixou Ágata Bley fugir. Familiares: Bruno Soares (pai), Ester SanMartin (madrasta).

Rafaela Dantes – Trocadora de pele Uivadora. Rafaela é uma garota de 18 anos, curvilínea, de cabelos e olhos negros. Ela é companheira de alcateia de Lucas Mattos. Familiares: Ricardo Dantes (meio-irmão).

Regis Tobar – Karibaki Uivador Desviado. Falecido. Membro da alcateia de Marco Baumer. Era o marido da Karibaki Carina Freitas.

Renan – Humano. Falecido. Primeiro amigo de Bianca Bley em seu primeiro dia de aula ao chegar em Santos. Ele é um garoto magro, de cabelos castanhos e óculos de aro preto.

Ricardo Dantes – Parente Uivador. Garoto de aparência oriental, usa geralmente os cabelos espetados, perfeitamente arrumados em gel. Familiares: Rafaela Dantes (meia-irmã).

Roberto Sales – Líder dos Corvos. Magro, cabelos escuros com fios prateados ao redor. Idade próxima dos cinquenta anos.

Samuel Ferreira – Trocador de pele Destemido. Falecido. Traidor. Foi instrutor de Combate com armas de longo alcance no Refúgio da Serra do Mar e participou da Noite da Aniquilação.

Sérgio Mattos – Trocador de pele Destemido. Membro do Conselho do Refúgio. Familiares: Lucas Mattos (filho).

Stephanie – Parente Furiosa. Membro da alcateia Inverno.

Tantlis – Inteligência do Refúgio Cinza (China).

Thales Celeno – Vaer da família dos Celenos depois de derrubar seu pai do poder.

Vitor Verderio – Trocador de pele Furioso. Possui 17 anos, 1,90 m, olhos castanhos, cabelos castanhos curtos com um leve topete e bastante musculoso para sua idade. Companheiro de alcateia de Lucas Mattos e Rafaela Dantes.

Walter Ross – Trocador de pele Furtivo, membro do Conselho do Refúgio da Serra do Mar. Familiares: Julian Ross (filho), Marina Ross (irmã), Enzo Ross (cunhado), Nicole e Gabrielle Ross (sobrinhas).

Yann – Trocador de pele Furioso. Instrutor nas aulas de Combate. Membro do Conselho do Refúgio.

Yasmin – Caçadora. Familiar: Ana (irmã).

Apoiadores

*Os Karibakis agradecem ao **apoio** de todos!*
*Graças **a vocês** os trocadores de pele*
*também estarão **conquistando as livrarias.***

Agata Kahany Marques

Agilaine Rodrigues Agirleide Rodrigues

Alex Mandarino

Aline Gabriele de Oliveira

Aline Pelizari

Ana Carla Neto

Andre Moritz Bufrem

Andre Zanki Cordenonsi

Andréa Valente

Artur Vecchi

Beatriz Santos

Bianca Franco de Godoy Aparecido

Bianca Santos

Bruna

Bruna Lemos

Caio Massagardi Damo

Camila Villalba

Carla Cardoso Macedo

Carlos Augusto Silva

Carolina Nascimento Pirão

Carolina Porto

Cauê Terrav Rodrigues

Cecília Tokuno de Sousa

Célia Aparecida Barbero Rossetti

Celine Aika Yoshiura

Cesar Lopes Aguiar

Christopher Kastensmidt

Dafnne Leque

Daniel Braga

Daniel Renattini

Danilo Lopes Ribeiro

Darci Malta Ciríaco

Denise Lima

Diana Kalaf

Djonas Miguel Klein

Driely Crespo Vasques Carolino

Fabio Brust

Fernando Rodrigo

Fernando Rodrigo

Fernando Rodrigo dos Santos

Gabriela Assuar Nucci

Giovanna Aurélio

Gláucia da Silva Angelocci

Higor Benízio

Ian Fraser Lima

Iara Zani

Isabelle Dutra

Jeniffer Unicórnio

Jonas Ishikawa Real

José Carlos Pereira da silva

Juliana Alves s2

Karina Lídia Barros Costa Santana

Karmem Karminna

KiCy

Lara Loures

Larissa e Leticia Ribeiro

Laura Spíndola

Leo Lopes

Leonel Augusto Lui Andreoli

Levi Tonin de Souza

Lígia Colares

Luana Forti

Luciana Barretto

Luy Carrer

Manuela Lima

Manuela Mariana

Maria Julia

Maria Luiza Miranda

Mariana Tamião Mortari

Mário Vicente Ferreira Barbosa

Matteo Azevedo Barbosa

Mayara Barbosa

Michelle Oliveira

Mike Iora

Mylena Aladim

Nadine da F. A. dos Santos

Naftali Vilela

Nathalia de Vares

Nikelen Witter

Paloma Silva

Parafraseando Livros (Samara Mattos)

Patricia Silva

Paula de Franco

Paula de Franco

Paulo Tavares Augusto

Pri Santos

Professor VitAum

Rachel Fahr Nogueira

Rafael G Francisco

Renata Flores

Rosemary Dias

Sarah Elisa

Sarah Pereira da Conceição

Say Silveira

Sergio piunca rossoni

SH

Suellen Marques

Thalia Mirelly

Thállyta M Silva

Thamires dos Santos França

Thyala J F Ferreira

Túlio Rodolfo Angelocci Filho

Uivadora Stephanie Fernandes

Vinicius Stefanini

Vitória Vozniak

Wagner Rodero Junior

Wal Lima